Doorbraak

Van Jonathan Kellerman zijn verschenen:

Doodgezwegen*
Domein van de beul*
Het scherp van de snede*
Tijdbom*
Oog in oog*
Duivelsdans*
Gesmoord*
Noodgreep*
Breekpunt*
Het web*
De kliniek*
Bloedband*
Handicap*
Billy Straight*
Boze tongen
Engel des doods
Vlees en bloed
Moordboek
Doorbraak

* In Poema-pocket verschenen

Jonathan Kellerman

Doorbraak

Uitgeverij Areopagus

Voor meer informatie: kijk op www.boekenwereld.com

© 2004 Jonathan Kellerman
Published by arrangement with Lennart Sane Agency AB.
All rights reserved
© 2003 Nederlandse vertaling
Uitgeverij Luitingh ~ Sijthoff B.V., Amsterdam
Alle rechten voorbehouden
Oorspronkelijke titel: *A Cold Heart*
Vertaling: Cherie van Gelder
Omslagontwerp: Pete Teboskins
Omslagfotografie: Image Store

Licentie-uitgave van de ECI, Vianen

Voor de mannen waar muziek in zit:

Larry Brown, Rob Carlson, Ben Elder, Wayne Griffith, George Gruhn, John Monteleone, Gregg Miner, John Silva, Tom Van Hoose, Larry Wexer.

En ter nagedachtenis aan Michael Katz.

I

Volgens de getuige was het als volgt gegaan:
Een paar minuten over twee in de ochtend loopt Baby Boy Lee via de nooduitgang van de Snake Pit naar het steegje achter de club. Achter het bordje boven de deur horen twee gloeilampen te branden, maar een ervan is kapot en het licht dat op het met rotzooi bedekte asfalt valt, is zwak en niet meer dan een gore, mosterdkleurige cirkel met een doorsnede van hooguit een meter.
Het is de tweede en laatste keer dat Baby Boy een pauze inlast. Hij is contractueel verplicht om twee sets van een uur te spelen. Lee en zijn band hebben hun eerste set tweeëntwintig minuten laten uitlopen, voornamelijk vanwege Baby Boys lange gitaar- en mondharmonicasolo's. De toeschouwers, 124 man sterk dus bijna een uitverkocht huis, zijn wild enthousiast. De Pit kan niet in de schaduw staan van de zalen waarin Baby Boy op het hoogtepunt van zijn carrière optrad, maar toch lijkt hij zelf ook in zijn sas te zijn.
Het is alweer een tijdje geleden dat Baby Boy ergens optrad en zijn publiek prima blues voorschotelde. Toeschouwers die later ondervraagd worden, zijn het er roerend over eens: de grote man heeft nog nooit zo goed gespeeld.
Het gerucht gaat dat Baby Boy eindelijk van de drugs af is, maar aan één ding is hij nog steeds verslaafd: nicotine. Hij rookt per dag drie pakjes mentholsigaretten, op het podium neemt hij de ene trek na de andere en zijn gitaren zijn te herkennen aan de zwarte, langwerpige brandplekken op de gelakte houten kast.
Maar vanavond is Baby Boy tegen zijn gewoonte in bij de les gebleven en de brandende sigaretten die altijd boven aan de hals tussen de drie hoogste snaren van zijn Telecaster uit '62 geklemd zitten, heeft hij nauwelijks aangeraakt.
Dus het zal wel een gebrek aan nicotine zijn dat de zanger noopt om direct nadat de laatste noot is weggestorven het podium af te springen en zonder iets tegen zijn band of iemand anders te zeggen met zijn dikke lijf de achterdeur uit stormt. Dat die achter hem in het slot valt, heeft hij waarschijnlijk niet eens in de gaten.
De vijftigste sigaret van die dag brandt al voordat Baby Boy een voet in het steegje heeft gezet. Hij zuigt de mentholrook diep in zijn longen als hij door de gore lichtkring loopt.
De getuige, als we hem zo mogen noemen, weet zeker dat hij in het licht een glimp opving van Baby Boys gezicht en dat de grote man

zweette. Als dat waar is, zal dat waarschijnlijk geen angstzweet zijn geweest, maar het gevolg van Baby Boys omvang en de inspanning die zijn muziek hem heeft gekost. Drieëntachtig minuten lang heeft hij staan springen, schreeuwen en zwijmelen terwijl hij zijn gitaar koosde en het publiek aan het eind van zijn set helemaal uit de bol liet gaan met een felle, hart- en keelverscheurende uitvoering van zijn lijflied, een standaardbluesnummer in b mineur waarin de stem van Baby Boy van een haast onverstaanbaar gemurmel aanzwelt tot een gekwelde jammerkreet.

There's women that 'll mess you
There's those that treat you nice
But I got me a woman with
A heart as cold as ice.

A cold heart,
A cold, cold heart
My baby's hot but she is cold
A cold heart,
A cold, cold heart
My baby's murdering my soul...

Bij het verloop van de volgende gebeurtenissen moeten vraagtekens worden gezet. De getuige is een aan hepatitis lijdende dakloze genaamd Linus Leopold Brophy, een man van negenendertig die eruitziet als zestig, die geen enkele belangstelling heeft voor blues of enige andere vorm van muziek en die zich toevallig in de steeg bevindt omdat hij zich de hele avond vol heeft laten lopen en de afvalcontainer die een meter of vier van de achterdeur van de Snake Pit verwijderd staat hem genoeg beschutting biedt om zijn delirium tremens uit te slapen. Later, als Brophy bereidwillig een bloedproef ondergaat, zal blijken dat het alcoholpromillage in zijn bloed 0.24 bedraagt, drie keer het wettelijke maximum waarbij iemand nog achter het stuur van een auto mag kruipen. Maar volgens Brophy was hij 'licht aangeschoten'.
Brophy beweert dat hij zat te dommelen maar wakker schrikt als de achterdeur opengaat en hij een grote man in het licht ziet opduiken, die vervolgens in het duister verdwijnt. Brophy beweert dat hij zich herinnert dat de brandende punt van de sigaret die de man rookt in het donker opgloeit 'as een soort feestverlichting, snap-u... oranje, glimmend, hartstikke fel, weet-u-wel?' en geeft toe dat hij op het idee komt om de roker wat geld af te troggelen. ('Want die

vent is zo dik, dat-ie vast meer dan genoeg te eten krijgt, dus misschien schuift-ie wel wat af, snap-u?')

Linus Brophy krabbelt overeind en loopt naar de grote man toe.

Een paar seconden later komt er iemand vanuit de tegenovergestelde richting naar de grote man toe – vanaf het begin van de steeg, bij Lodi Place. Linus Brophy blijft abrupt staan, loopt in het donker terug en gaat weer naast de afvalcontainer zitten.

De nieuwkomer – een man en volgens Brophy ook behoorlijk uit de kluiten gewassen, maar niet zo lang als Baby Boy Lee en hooguit half zo dik – loopt recht op de zanger af en zegt iets dat 'vriendelijk' klinkt. Als hij grondig aan de tand wordt gevoeld over die uitspraak, ontkent Brophy dat hij iets van het gesprek heeft verstaan, maar hij blijft hardnekkig volhouden dat het een vriendschappelijke indruk maakte. ('Net asof ze mekaar mochten, snap-u? Gewoon as een stel vrienden.')

De brandende punt van Baby Boys sigaret zakt van zijn mond naar een punt ter hoogte van zijn middel als hij naar de nieuwkomer staat te luisteren.

De nieuwkomer zegt nog iets tegen Baby Boy en Baby Boy geeft antwoord.

De nieuwkomer stapt naar Baby Boy toe. Nu lijkt het alsof de twee mannen elkaar omarmen.

De nieuwkomer stapt achteruit, kijkt om zich heen, draait zich om en loopt de steeg weer uit.

Baby Boy blijft alleen achter.

Zijn hand zakt omlaag. Het brandende puntje van zijn sigaret belandt op de grond. De vonken springen ervan af.

Baby Boy wankelt. Hij valt.

Linus Brophy kijkt met grote ogen toe en brengt ten slotte de moed op om naar de grote man toe te lopen. Als hij naast hem neerknielt, zegt hij: 'Hé, joh.' Het antwoord blijft uit, hij steekt zijn hand uit en raakt de bolle buik van Baby Boy aan. Hij voelt iets vochtigs en trekt zijn hand vol afschuw terug.

Als jongeman was Brophy een driftkop. Hij heeft zijn halve leven achter tralies gezeten en van alles gezien en gedaan. Hij weet hoe vers bloed aanvoelt, hij kent de geur.

Hij komt wankelend overeind, loopt slingerend naar de achterdeur van de Snake Pit en probeert die open te trekken, maar de deur zit op slot. Hij klopt. Niemand doet open.

De kortste weg uit de steeg betekent dat hij achter de nieuwkomer aan moet: richting Lodi Place en dan linksaf naar Fountain op zoek naar iemand aan wie hij zijn verhaal kwijt kan.

Brophy heeft vanavond al twee keer in zijn broek gepiest: eerst terwijl hij zijn roes lag uit te slapen en nu weer, nadat hij Baby Boy Lees bloed op zijn hand kreeg. Door angst overmand gaat hij de andere kant op en loopt struikelend de lange steeg uit. Omdat de straat op dit uur uitgestorven is, wankelt hij naar de drankwinkel op de hoek van Fountain en El Centro die de hele nacht open is.

Zodra hij in de winkel staat, begint Brophy te schreeuwen tegen de Libanese winkelbediende die achter een plexiglas scherm zit te lezen, dezelfde man die hem een uur geleden drie flessen wijn heeft verkocht. Brophy zwaait met zijn armen en probeert hem aan zijn verstand te brengen wat hij zojuist heeft gezien. De winkelbediende beschouwt Brophy volkomen terecht als een doorgedraaide zuipschuit en zegt dat hij moet oprotten.

Als Brophy het plexiglas met zijn vuisten begint te bewerken, overweegt de winkelbediende even om de met spijkers beslagen honkbalknuppel die onder de toonbank ligt te pakken. Maar omdat hij slaperig is en geen zin heeft in herrie belt hij het alarmnummer.

Brophy loopt de drankwinkel uit en drentelt zenuwachtig heen weer op Fountain Avenue. Als een patrouilleauto van het district Hollywood arriveert, gaan agenten Keith Montez en Cathy Ruggles er terecht van uit dat Brophy de man is die ze zoeken en slaan hem meteen in de boeien.

Op de een of andere manier weet hij de Hollywood-smerissen aan hun verstand te brengen wat er aan de hand is en ze rijden in hun zwart-witte auto naar de ingang van de steeg. De felle standaardschijnwerpers van het LAPD werpen hun genadeloze witte licht op het lijk van Baby Boy Lee.

De mond van de grote man hangt wijd open en het wit van zijn ogen is te zien. Zijn banaankleurige Stevie Ray Vaughan-T-shirt is helemaal rood en zijn lijk ligt in een grote plas bloed. Later zal blijken dat de moordenaar de grote man op de klassieke manier van de straatvechter heeft opengereten: een lang mes dat in zijn bovenbuik wordt geplant en vervolgens omhoog is gerukt, dwars door zijn darmen en middenrif, waar de punt nog net de rechterhartkamer raakt van het toch al ernstig vergrote hart van Baby Boy.

Voor Baby Boy komt elke hulp te laat en de smerissen besparen zich dan ook de moeite.

2

Petra Connor, net bekomen van een periode waarin ze geen vent meer kon zien, wist dat ze een stommiteit had begaan door dat broekpak aan te trekken.
De periode had drie maanden geduurd. Eigenlijk vond ze dat ze best wat egoïstischer had mogen zijn, maar ze was nu eenmaal van nature vergevingsgezind en de neiging om elke drager van het Y-chromosoom een knal voor zijn kanis te geven was inmiddels weggeëbd. Ze was de enige vrouwelijke rechercheur die nachtdienst deed in district Hollywood en ze kreeg kramp in haar kaken van alle pogingen om vriendelijk over te komen.
Ze had een maand nodig gehad om zichzelf ervan te overtuigen dat het haar schuld niet was. Ondertussen was het wel zo dat ze al twee keer op haar bek was gegaan in het Spel van de Serieuze Relaties.
Hoofdstuk Een: het huwelijk met een eersteklas schoft. Hoofdstuk Twee was nog erger: een vriendje dat terug was gegaan naar zijn ex-vrouw.
Ze haatte Ron Banks niet meer. Ondertussen was het wel zo dat hij háár had versierd door beschaafd maar hardnekkig achter haar aan te lopen. En hij had haar ten slotte op de knieën gekregen met zijn hoffelijkheid, zijn hartelijkheid en zijn tederheid in bed. Kortom: door zich als een schat van een vent te gedragen.
Maar ook een slappeling, zoals het gros van dat soort kerels.
Er waren mensen die zouden zeggen dat Ron de juiste keuze had gemaakt. Voor hemzelf. Voor zijn dochters.
Dat was ook iets wat Petra in hem had aangetrokken: hij was een fantastische vader. Ron zorgde voor Alicia en Bea terwijl zijn ex, een Spaanse schone, paarden trainde op Mallorca. Twee jaar gescheiden, je mocht toch verwachten dat dat wel snor zat.
Lieve meiden, zes en zeven. Petra had zich tegen wil en dank aan hen gehecht. Net alsof...
Petra was al op een belachelijk jonge leeftijd haar baarmoeder kwijtgeraakt.
Tegen het eind, toen juf Caballera de druk stevig had opgevoerd – door Ron tien keer per dag te bellen, schuine praatjes tegen hem op te hangen, hem per e-mail foto's in bikini te sturen, op haar blote knietjes te smeken – was hij rijp voor een gesticht, verscheurd door tweestrijd. Ten slotte, nadat Petra hem een duwtje in de goeie richting had gegeven, had hij zijn baan bij de afdeling moordzaken op-

gegeven en was met de meisjes naar Spanje gevlogen om de zaak recht te zetten.

Voor Petra was Spanje altijd synoniem geweest met kunst. Het Prado, Degas, Velasquez, Goya. Ze was er nog nooit geweest. Ze was zelfs nog nooit het land uit geweest.

Nu was Spanje het synoniem van *voorbij*.

Ron had Petra één keer opgebeld en was in snikken uitgebarsten. *Het spijt me, schat, het spijt me zo ontzettend, maar de meisjes zijn zo gelukkig. Het was nooit tot me doorgedrongen dat ze zo ongelukkig waren...*

De meisjes hadden Petra altijd de indruk gegeven dat er niets aan de hand was, maar wat wist zij nou van kinderen af, zij was per slot van rekening maar een onvruchtbare ouwe vrijster van dertig.

Ron bleef de hele zomer in Spanje en stuurde haar bij wijze van troost een stom houten beeldje van een flamencodanseres. Compleet met castagnetten. Petra brak er de armen en benen af en smeet het in de vuilnisbak.

Stu Bishop, die al sinds mensenheugenis haar partner was, had haar ook in de steek gelaten. Hij had zijn veelbelovende carrière opgegeven om voor zijn zieke vrouw te zorgen. O, wat bracht het huwelijk toch veel verplichtingen mee.

Vlak daarna stapte ze over naar de nachtdienst, omdat ze toch niet kon slapen en verwantschap voelde met dat bepaalde gif dat de lucht bezoedelde als de straten van Hollywood donker werden.

Ze vond troost bij de ellende van mensen die er een stuk beroerder aan toe waren dan zij.

In de negentig dagen waarin ze geen kerel meer kon zien, kreeg ze drie 187's op haar brood, die ze in haar eentje moest zien op te lossen wegens gebrek aan personeel, en ze protesteerde niet toen de commandant van de nachtdienst haar vroeg of dat wel ging. Twee daarvan waren gevallen in oost-Hollywood die zonder problemen opgelost konden worden: een verkoper van een drankwinkel die was neergeschoten en iemand die in een latino danstent een mes tussen de ribben had gekregen. In beide gevallen waren meer dan voldoende getuigen voorhanden en de twee zaken konden binnen de week afgerond worden.

Bij het derde geval moest ze op zoek naar de dader die een vijfentachtigjarige vrouw, een zekere Elsa Brigoon, in haar appartement op Los Feliz Boulevard doodgeknuppeld had.

Dat kostte haar bijna de volle negentig dagen, omdat de ene na de andere aanwijzing op niets uitliep. Elsa was een onaangename dame geweest, die een stevige borrel lustte en geen kans onbenut liet

om met iemand ruzie te maken. Ze had ook het jaar daarvoor een levensverzekering afgesloten, met als gevolg dat haar nietsnut van een zoon bij haar dood honderdduizend dollar zou ontvangen. De klungel zat tot aan zijn nek in de problemen op de aandelenmarkt. Maar dat bleek toch een doodlopend spoor en Petra slaagde er pas in de zaak op te lossen toen ze iedere inwoner en vaste bezoeker van het flatgebouw onder de loep nam. Een klusjesman, die door de huisbaas in dienst was genomen, bleek al eerder veroordeeld te zijn wegens exhibitionisme, aanranding en inbraak en toen Petra hem in zijn gore eenkamerappartement in het centrum een verhoor afnam, puilden zijn ogen uit zijn kop. Nadat rechercheur tweedeklas Connor hem vervolgens op vakkundige wijze het hemd van het lijf had gevraagd, viel de klootzak al snel door de mand.
Drie op drie. Petra's gemiddelde voor opgeloste zaken begon in de buurt te komen van dat van de kampioen – Milo Sturgis van West L.A. – en ze wist dat ze met een noodvaartje afstoof op de functie van rechercheur derdeklas. Als ze dat voor het eind van het jaar klaarspeelde, kon ze erop rekenen dat veel van haar collega's zouden barsten van jaloezie.
Goed zo. Mannen waren...
Nee, nu was het mooi geweest. Mannen zijn onze biologische partners.
O, god...

Na precies drie maanden kwam ze tot de conclusie dat de bitterheid aan haar ziel vrat en ze besloot zich positief op te stellen. Toen ze voor het eerst in tijden weer achter haar ezel zat, probeerde ze in olieverf te werken, maar omdat er iets mis was met haar kleurgevoel schakelde ze over op pen en inkt en vulde het ene na het andere schetsblad met strakke, superrealistische portretten.
Kindergezichten. Goed getekend maar klef. Ze scheurde de tekeningen aan stukken en ging winkelen.
Ze had iets kleurigs nodig, dat besefte ze al na één blik in haar kast. Haar vrijetijdskleding bestond uit zwarte spijkerbroeken, zwarte T-shirts en zwarte schoenen. Haar werkkleding waren donkere broekpakken: een stuk of tien zwarte, twee donkerblauwe, drie chocolabruine en een donkergrijze. Allemaal nauwsluitend, wat goed paste bij haar magere lijf, allemaal dure merkkleding die ze in discountwinkels had gekocht of ergens in de uitverkoop op de kop had getikt.
Ze reed van haar appartement in het Wilshiredistrict naar de grote zaak van Neiman-Marcus in Beverly Hills en trakteerde zichzelf op

een zachtwollen pak van Vestimenta, dat ze voor de helft van de prijs mocht meenemen.
Met zijde afgezette revers, een scheef opgezet borstzakje, brede schouders, wijde pijpen die bij de enkels waren ingenomen. Zachtblauw.
Ze trok het diezelfde avond aan, wat haar op verraste blikken van de andere rechercheurs kwam te staan. Eén snotneus sloeg zijn handen voor zijn ogen alsof hij verblind werd. Een tweede zei: 'Wat leuk, Petra.' Een paar van de anderen floten haar na en ze grijnsde breed naar het hele stel.
Voordat er nog meer geintjes gemaakt konden worden, begonnen de telefoons te rinkelen en moest de hele korpskamer aan de slag met de dood. Petra ging achter haar metalen bureau in een hoekje bij de garderobe zitten, knapte een paar administratieve klusjes op, plukte aan een zachtblauwe mouw en kwam tot de conclusie dat ze precies wist wat al die kerels dachten.
Morticia verandert van stijl.
De Dragon Lady zoekt het licht.
Ze zag er altijd uit alsof ze naar een begrafenis moest, maar dat lag voornamelijk aan haar uiterlijk. Ze had een scherp gezicht, een ivoorkleurige huid, dik, steil en pikzwart haar, dat ze altijd in een kort, glanzend, opgeknipt kopje droeg, en donkerbruine ogen met een vrij doordringende blik.
Kinderen maakten haar week, maar nu had ze geen contact meer met Alicia en Bea. En Billy Straight – een jonge knul die ze bij een van haar zaken had leren kennen en die ze in haar hart had gesloten – was bijna veertien en had inmiddels een vriendinnetje.
Billy belde nooit meer. De laatste keer dat Petra hem had gebeld had het gesprek voornamelijk uit stiltes bestaan.
Ze was dan ook van mening dat het niet echt haar schuld was dat ze als een Dragon Lady overkwam.
Ze had een fax gekregen van het kantoor van de officier van justitie met vragen over de zaak Elsa Brigoon – allemaal dingen die de onervaren assistent-OVJ ook in het dossier had kunnen vinden. Maar ze beantwoordde de vragen toch en stuurde een fax terug.
Daarna rinkelde haar telefoon en toen een agent die Montez heette een heel verhaal ophing over een 187-steekpartij op Fountain in de buurt van El Centro stoof Petra met een noodgang het bureau uit.
Nadat ze op de plaats van het misdrijf was aangekomen, overlegde ze met de assistent-lijkschouwer. Hij vertelde haar dat het mortuarium verdronk in het werk en dat de lijkschouwing wel even op

zich zou laten wachten. Maar de doodsoorzaak leek voor de hand te liggen.

Eén messteek, ernstig bloedverlies, waarvan het merendeel in een plas onder het lijk terecht was gekomen en dus de plaats van overlijden aangaf. Petra, in haar zachtblauwe pak, was blij dat er niet meer bloederige toestanden waren.

Daarna bekeek ze het rijbewijs van het slachtoffer en voelde zich een beetje triest worden omdat ze voor het eerst in haar loopbaan als rechercheur de naam van het slachtoffer herkende. Ze wist niet veel van blues – althans niet in muzikale zin – maar je hoefde geen echte fan te zijn om te weten wie Edgar Ray Lee was.

Beter bekend als Baby Boy. Maar op het rijbewijs dat hij in zijn zak had, stonden alleen de feiten: man, blank, een geboortedatum waaruit bleek dat hij eenenvijftig was. Lengte: een meter vijfentachtig. Gewicht: 122 kilo. Petra vond dat hij zwaarder leek.

Terwijl ze de bijzonderheden in haar opschrijfboekje noteerde, hoorde ze iemand – een van de chauffeurs van de lijkwagen – zeggen dat de vent een gitaargod was en had gejamd met lui als Bloomfield, Mayall, Clapton, Roy Buchanan en Stevie Ray Vaughan.

Petra keek om en zag een soort ex-hippie met lang haar en een baard, gekleed in een overal van het lijkenhuis. Witte paardenstaart. Tranen in zijn ogen.

'Veel talent,' zei ze.

'Die vingers,' zei de chauffeur terwijl hij een zwarte plastic lijkzak openvouwde.

'Speel je zelf ook?' vroeg Petra hem.

'Ik rommel maar wat aan. Hij spéélde. Hij... die vingers waren... magisch.' De chauffeur wreef in zijn ogen en gaf een boze ruk aan de zak, die hij letterlijk openscheurde. *Rrrrrits.*

'Klaar?' vroeg hij.

'Eén moment.' Petra hurkte naast het lichaam neer en nam de details opnieuw in zich op. Ze krabbelde ze in haar opschrijfboekje. Geel T-shirt, spijkerbroek, kaalgeschoren hoofd, sikje. Beide armen blauw van de tatoeages.

Paardenstaart liep weg met een gezicht vol afschuw. Petra ging door met bestuderen. De mond van Edgar Ray Lee hing open en toonde rottende en kapotte tanden waardoor Petra zich afvroeg: Junk? Maar ze vond geen sporen van naalden tussen de tatoeages.

Baby Boy was hooguit een uur dood, maar zijn gezicht had die grauwgroene tint al aangenomen. Het ambulancepersoneel had het T-shirt rond de steekwond weggeknipt. Een verticale, gapende buikwond van ongeveer acht centimeter lang.

Ze maakte een schets van de wond en stopte het boekje terug in haar tas. Ze liep net weg toen een fotograaf achter haar zei: 'Ik wil nog even controleren of ik wel de juiste belichting had.' Hij liep naar het lijk, verloor zijn evenwicht en viel op zijn kont. Hij kwam met zijn voeten in de plas bloed terecht.
Zijn camera belandde met een onheilspellend gekraak op het asfalt, maar daar maakte Petra zich geen zorgen over.
Haar broek zat vol rode vegen en spetters. Beide broekspijpen waren verpest.
De fotograaf bleef verbijsterd liggen. Petra stak geen hand uit om hem te helpen, maar maakte een scherpe opmerking waardoor hij en iedereen om hen heen haar met grote ogen aankeek.
Ze liep met driftige passen weg van de plaats van het misdrijf.
Het was haar eigen stomme schuld. Had ze maar geen gekleurd pak aan moeten trekken.

3

Petra pakte de zaak serieus aan. Behalve dat ze de normale procedure in werking stelde, probeerde ze ook via internet zoveel mogelijk over Baby Boy Lee te weten te komen. Al snel zat ze midden in de wereld van haar slachtoffer en vroeg ze zich af hoe het was geweest om Edgar Ray Lee te zijn.
De bluesmuzikant was afkomstig uit de gegoede middenklasse, het enige kind van twee professoren aan de Emory-universiteit in Atlanta. Aan een carrière van tien jaar als wonderkind op viool en cello was een eind gekomen toen Edgar als opstandige tiener voor de gitaar had gekozen en op een Greyhound naar Chicago was gestapt, waar hij een geheel nieuwe manier van leven had opgepakt: hij leefde op straat of woonde in geleende kamers en speelde als gastmuzikant mee met de Butterfield Blues Band, Albert Lee, B.B. King en elk ander genie dat toevallig in de stad was. Op die manier kreeg hij zijn vak onder de knie, maar pikte ook een aantal slechte gewoonten op.
De oudere muzikanten hoorden meteen dat het dikke joch talent had en een van hen gaf hem de bijnaam die hij nooit meer kwijt zou raken.
Baby Boy scharrelde twintig jaar lang zijn kostje bij elkaar als sessiemuzikant en leider van kroegbandjes, leerde leven met loze be-

loften, maakte platen die geen moer deden en nam ten slotte een Top Veertig-hit op met een band uit het zuiden die Junior Biscuit heette. Het nummer, geschreven, gezongen en van gitaarlicks voorzien door de grote man, was een hartverscheurende jammerklacht met de titel 'A Cold Heart', hetzelfde liedje dat Baby Boy luttele minuten voor zijn dood nog had gespeeld.

Het nummer kwam tot 19 in de Bilboard Top 100 en bleef een maand in de hitlijsten staan. Baby Boy kocht een mooie auto, een heel stel gitaren en een huis in Nashville. Binnen een jaar was het geld op, omdat Lee zich met verdubbelde energie stortte op zijn favoriete tijdverdrijf: vrouwen, lekker eten en alle soorten drugs die hij te pakken kon krijgen. De volgende paar jaar waren een aaneenschakeling van mislukte pogingen om af te kicken. Het gevolg: vergetelheid.

Er waren geen familieleden die meer over de zaak wilden weten. Lees ouders waren allebei dood, hij was nooit getrouwd geweest en hij had nooit een kind gehad. En, god nog aan toe, juist daardoor raakte de zaak haar diep in het hart en kon ze het beeld van zijn lijk niet uit haar hoofd zetten.

De normale procedure hield in dat ze het appartement van Baby Boy liet verzegelen, voordat ze ernaartoe ging om zelf rond te kijken, en niet alleen Baby Boys bandleden ondervroeg, maar ook zijn manager, de eigenaar van de Snake Pit, de uitsmijters, de barkeepers en de serveersters, plus een paar bezoekers die op de plaats van het misdrijf met open mond hadden staan toekijken en van wie de namen waren genoteerd.

Niemand had een flauw idee wie Baby Boy kwaad had willen doen. Iedereen hield van Baby Boy, hij was een groot kind, naïef, vriendelijk en zo gul dat hij iemand zijn laatste cent zou geven... Goeie genade, je had zelfs zijn gitáár van hem kunnen krijgen.

Het hoogtepunt van de gebruikelijke procedure was een uur in een afgesloten verhoorkamertje in het gezelschap van kroongetuige Linus Brophy.

Toen Petra hoorde dat er een ooggetuige was, had ze aanvankelijk goede hoop gehad. Maar nadat ze met de dakloze man had gepraat, besefte ze dat ze met zijn verhaal geen steek opschoot.

Brophy's beschrijving kwam erop neer dat het een lange man was geweest.

Leeftijd? Geen idee.
Ras? Geen idee.
Kleding? Geen flauwe notie.

Het was echt heel donker, mevrouw de rechercheur.
Alsof dat niet genoeg was om grondig de pest aan Brophy te krijgen, hunkerde de schooier ook nog eens naar media-aandacht en hij bleef Petra constant lastig vallen met de vraag of er niemand van de tv met hem zou willen praten. Petra vroeg zich af hoe lang het zou duren voordat Brophy probeerde een filmscenario aan de man te brengen. Om zijn verhaal voor grof geld aan de boulevardpers te slijten: IK ZAG HOE BABY BOY LEE DOOR BUITENAARDSE WEZENS WERD VERMOORD.
Het enige probleem was dat de roddelpers het volkomen liet afweten. Want ondanks zijn comeback-poging was Baby Boy geen beroemdheid. Het was achttien jaar geleden dat hij met Junior Biscuit de hitparade had gehaald en in deze tijd van pornorock was Lee het laatste waarop MTV zat te wachten.
De toeschouwers die op de plaats van het misdrijf bleven plakken, spraken boekdelen. Het waren allemaal jongelui die Baby Boys kinderen hadden kunnen zijn en ze bewonderden hem alleen maar uit de tweede hand: het jaar daarvoor had Baby Boy de gitaarpartijen ingespeeld op een album van Tic 439, een band met knullen van net in de twintig. Het album was platina geworden en de grote man had geprobeerd er toch wat graantjes van mee te pikken.
Desondanks vroeg Petra zich af of Baby Boy niet behoorlijk wat geld aan de hit had overgehouden – veel geld was altijd een goed motief. Maar dat idee werd meteen de grond ingeboord toen ze met Lees manager sprak.
'Nee hoor, daar is Baby Boy niet rijk van geworden. Hij heeft er geen cent aan overgehouden.' De man die Baby Boys carrière onder zijn hoede had gehad, was Jackie True, een in spijkerstof gehulde fret met een grote bos haar en afhangende schouders, die klonk alsof hij aan een chronische depressie leed.
'Waarom niet, meneer?'
'Omdat ze hem zwaar belazerd hebben,' zei True. 'Die knullen hebben hem zover gekregen door tegen hem te zeggen dat ze helemaal idolaat van hem waren en dat hij een soort godsgeschenk was. En wat denk je dat ze hem ten slotte betaalden? Twee keer de normale prijs voor een sessiemuzikant. Ik heb nog geprobeerd om een paar procenten van de winst los te kloppen, in ieder geval van de netto-opbrengst, maar...' True slaakte een zucht en schudde zijn hoofd. 'Ik heb niet eens mijn aandeel genomen. Baby had die poen hard nodig.'
'Wat jammer,' zei Petra.
'Wat jammer was Baby's lijflied.'

Haar gesprek met de manager vond plaats in Trues gore appartement in Noord-Hollywood. Jackie droeg afgetrapte laarzen en zijn nagels zagen er schunnig uit. Wat kreeg een manager eigenlijk... tien, vijftien procent? Dit exemplaar zag er niet uit alsof hij een stal vol volbloeds had. Betekende het feit dat Baby er niet meer was dat Jackie nieuwe schoenen en een bezoek aan een manicure wel op zijn buik kon schrijven? In dat geval kon ze weer een motief doorhalen. Jackie True kon trouwens onmogelijk de man zijn op wie ze het had voorzien. Het enige waar Linus Brophy echt zeker van scheen te zijn, was dat de moordenaar een lange vent was en True zou de een meter vijfenzestig pas halen als hij een paar uur op de pijnbank had gelegen.

Ze ging naar de volgende naam op haar lijstje: de geluidstechnicus, een ouderejaarsstudent van USC voor wie de avond een freelanceklus was geweest en die nauwelijks wist wie Baby Boy was.

'Om eerlijk te zijn,' zei hij, 'vond ik er niets aan. Ik hou van klassiek.'

Op de dag na de moord ging Petra 's middags naar het huis waar Baby Boy had gewoond. Het bleek een appartement te zijn dat al even triest oogde als dat van Jackie True, een flat op de begane grond in een wit pand in een zijstraat van Cahuenga, halverwege Hollywood en de Valley. Voor het gebouw lag een met cipressen omzoomde parkeerplaats. Overal op het asfalt lagen plasjes olie en de auto's van de andere bewoners waren al even krakkemikkig en stoffig als de dertien jaar oude Camaro van Lee.

Gezien de voorgeschiedenis van Lee had ze een wanordelijke toestand verwacht, een smerig zootje vol lege drankflessen, drugs en meer van die dingen. Maar Baby Boy was in alle opzichten schoon geweest.

De flat bestond uit een woonkamer, een kookhoek, een slaapkamer en een badkamer. Gebroken witte muren, ruige vloerbedekking in de kleur van Mexicaanse limoenen, lage plafonds vol scheuren, en lampen uit de jaren zestig met hier en daar een spoortje glitter en een likje vergulsel. Petra werkte het appartementje van achter naar voor af.

De slaapkamer rook naar verschaald zweet. Baby Boys bed bestond uit twee tweepersoonsmatrassen die op elkaar op een boxspring lagen. Het bed stond plat op de vloer. Eronder was geen ruimte om iets op te bergen. Lees kleren namen maar de helft van de krappe kast in beslag: T-shirts, sweatshirts, spijkerbroeken en een heel groot zwart leren jack dat zo versleten was dat het ieder moment uit elkaar kon vallen. In de la van het nachtkastje vond ze een voornamelijk lege agenda en een paar elektriciteitsrekeningen waarvan de betalingstermijn verstreken was.

Petra nam de agenda mee en bleef verder zoeken. Geen drugs of alcohol te vinden en het zwaarste spul dat ze in het medicijnkastje in de badkamer aantrof, was een flesje extra sterke Advil. Uit het feit dat de dop er los opzat, maakte ze op dat de pillen regelmatig gebruikt werden.

De avocadokleurige koelkast bevatte yoghurt, kwark, cafeïnevrije koffie, een paar beurse perziken en pruimen en druiven die al begonnen uit te drogen. In de vriezer lagen een pakje kipfilet en een stuk of tien dieetmaaltijden.

Hij was aan de lijn. De arme kerel had geprobeerd om zijn leven te beteren. En iemand had hem als een vis gefileerd.

In de woonkamer stonden twee eetkamerstoelen, acht gitaren in standaards en drie versterkers. Op een van de versterkers stond een opvallend elegant voorwerp: een charmant cloisonné doosje van zwarte lak, versierd met rode draken. Het bleek verschillende soorten gitaarplectrums te bevatten.

En dat was alles.

Petra's mobiele telefoon ging over. Iemand van de administratie van het bureau vertelde haar dat Linus Brophy had gebeld en wilde weten of ze hem nog ergens voor nodig had.

Ze lachte en verbrak de verbinding.

De volgende paar dagen werden in beslag genomen door andere routinekarweitjes – veel zweet, geen inspiratie. Petra's keel deed pijn en ze kreeg koppijn. De zaak begon de nare trekjes van een mysterie te vertonen.

Toen ze in de nacht van zondag op maandag om één uur achter haar bureau zat, haalde ze de agenda van Baby Boy te voorschijn. Het zwarte, kunstleren boek was vrijwel leeg, met uitzondering van incidentele aantekeningen om eten te kopen, naar de wasserij te gaan, of 'J.T.' te bellen.

Lee had contact gehouden met Jackie True. Waar had hij op gehoopt?

Toen kwam Petra bij de week van de moord. Er was maar één aantekening in de naar rechts overhellende blokletters die ze inmiddels als het handschrift van Baby Boy herkende. In koeienletters die alle dagen van de week besloegen had hij met een zwarte marker geschreven:

GIG IN DE S.P.

Geen uitroepteken, maar dat had er net zo goed achter kunnen staan. Aan het formaat van de letters was te zien hoe opgewonden Lee was geweest over dat optreden.

Petra sloeg de bladzijde om en kwam bij de datum van vandaag. Twee aantekeningen in veel kleinere letters. Baby Boy had plannen gemaakt voor een toekomst die nooit zou komen.

Gold Rush Studio's? $$$?

Dat was te verwachten. Jackie True had haar verteld dat het heilige vuur bij Baby Boy nog steeds brandde en dat hij van plan was geweest een deel van zijn honorarium van de Snake Pit aan plaatopnamen te besteden.

'Eigenlijk was dat best triest,' had True fronsend gezegd. 'Baby Boy besefte niet hoe weinig studiotijd hij kon kopen van het geld dat over zou blijven als ik de band en de rest had betaald.'

'Welke rest?'

'De huur van de geluidsinstallatie, de geluidstechnicus, de knul die onze spullen versjouwde, je weet wel.' Hij had even geaarzeld. 'En mijn aandeel.'

'Dus er bleef niet veel over,' zei Petra.

'Het was om te beginnen al niet veel.'

De tweede aantekening stond op woensdag en zag eruit als een afspraak:

RC voor afstelling Tele, J-45.

Petra was inmiddels zover dat ze wist dat Baby Boy op Fender Telecasters speelde, dus dit was een afspraak met een gitaartechnicus.

Toen ze nog een keer naar de initialen keek, ging haar een lichtje op.

RC. De vriendin van Alex Delaware, Robin Castagna, bouwde en repareerde gitaren en Alex had Petra verteld dat alle serieuze muzikanten haar belden als er iets mis was met hun instrumenten.

RC. Dat kon haast niet anders.

Petra betwijfelde of Robin haar iets zou kunnen vertellen, maar ze had geen andere aanwijzingen en maakte een aantekening dat ze haar morgen moest bellen.

Ze ging vroeg naar huis en dacht onderweg aan het mooie en moderne witte huis van Alex en Robin in Beverly Glen.

Wat een stel... over een vaste relatie gesproken.

Robin was, in tegenstelling tot andere mensen die ze kende, zo verstandig geweest een vent te kiezen op wie je kon bouwen. Pure mazzel, vooral als je naging dat die vent een psychiater was. En Petra had het donkerbruine vermoeden dat de meeste psychiaters nogal veeleisend waren.

Bovendien was Alex ook nog aantrekkelijk om te zien... wat hem nog kieskeuriger zou maken. Maar ondanks alles maakte hij toch een... tja, een standvastige indruk. Misschien een beetje aan de serieuze kant, maar dat was beter dan dat egoïstische, excentrieke gedoe dat zo typerend was voor de meeste mannen in L.A.

Petra had Alex al een tijdje niet meer gesproken. Ze had overwogen hem te bellen toen ze zich begon af te vragen of ze misschien tekortschoot als... als vriendin, omdat Billy niets meer van haar wilde weten. Per slot van rekening had Alex Billy behandeld. Maar ze had het niet gedaan. Veel te druk.

Nee, dat was niet waar. Hij mocht dan een vent zijn op wie je kon bouwen, maar Delaware was toch een zielenknijper en Petra was bang dat hij aan haar stem zou kunnen horen dat ze verdrietig was en haar zou willen helpen. En ze had helemaal geen zin om hem los te laten op haar ziel.

Nu kon ze, onder de dekmantel van een moord, zonder zorgen contact met hem opnemen.

De volgende ochtend belde ze naar het witte huis. Alex nam op en zei: 'Hé, Petra, hoe gaat het ermee?'

Ze zaten even te kletsen. Toen Alex vroeg hoe het met Billy ging, jokte Petra en zei dat alles prima was. Daarna zei ze: 'Ik bel eigenlijk voor Robin. Haar naam stond in de agenda van het slachtoffer in een zaak waar ik net aan ben begonnen.'

'Baby Boy Lee?'

'Hoe weet je dat?'

'Robin onderhield zijn gitaren. Hij is hier een paar keer geweest. Een lieve man.'

'Ken je hem goed?'

'Nee,' zei Alex. 'Hij kwam maar af en toe langs. Een vriendelijke kerel, hij lachte altijd. Maar het was wel de lach van een bluesmuzikant.'

'Wat bedoel je daarmee?'

'Triest, een beetje terughoudend. Robin heeft me verteld dat hij nogal veel pech heeft gehad. Ik kwam een paar keer toevallig binnenlopen als hij net zat te spelen. Het beste optreden dat ik dat jaar heb gezien. Hij had een ongelooflijk gevoel voor frasering... geen stortvloed van noten, maar precies de goede.'

Echt de opmerking van een muzikant. Zijn collega's in de band hadden tegen Petra vrijwel letterlijk hetzelfde over de grote man gezegd.

Ze herinnerde zich ineens dat Alex ook gitaar speelde.
'Dus hij had nogal veel pech gehad,' zei ze. 'Wat kun je me nog meer over hem vertellen?'
'Dat is het wel zo'n beetje. Robin onderhield zijn gitaren gratis, omdat hij altijd platzak was. Ze kreeg wel iedere keer een schuldbekentenis van hem, omdat hij daarop stond, maar voor zover ik weet, heeft ze nooit een cent geïnd. Enig idee wie het gedaan heeft?'
'Nakko. Daarom trek ik alle aanwijzingen na. Is Robin in de buurt?'
Het bleef even stil. Toen: 'Ze woont hier niet meer, Petra. We zijn een paar maanden geleden uit elkaar gegaan.'
'O.'
'In onderling overleg en het gaat prima,' zei hij. Maar hij klonk niet echt overtuigend. 'Ik zal je haar nummer geven.'
Petra kreeg een rood hoofd. Niet omdat ze zich geneerde. Van woede. Alweer een illusie armer.
'Goed,' zei ze.
'Ze zit in Venice. Op Rennie Avenue, ten noorden van Rose. Twee huizen naast elkaar, de studio is in het meest rechtse huis.'
Petra schreef het adres op en bedankte hem.
'Volgens mij is ze momenteel niet in de stad, Petra. Ze is vorig jaar voornamelijk op tournee geweest, met de Anti-Honger-Tournee, en ze is nog steeds vaak op stap.' Hij zweeg even. 'Ze heeft iemand anders ontmoet.'
'Dat spijt me,' flapte Petra eruit.
'Zulke dingen gebeuren,' zei hij. 'We hadden afgesproken om... te kijken hoe we het zonder elkaar zouden rooien. Maar goed, die kerel is zangpedagoog en hij is ook vaak op reis. Ze zitten in Vancouver. Dat weet ik, want ze heeft me gebeld om te vertellen dat ze daar met Spike naar een dierenarts is geweest. Hij had kiespijn.'
Petra kon zich de hond goed herinneren. Een lollige minibuldog. Ze greep de gelegenheid aan om het gesprek op iets anders te brengen. 'Ai. Ik hoop dat hij zich nu beter voelt.'
'Ik ook. Maar goed... volgens mij zouden ze morgen terugkomen.'
'Oké, bedankt.'
'Goed. Veel succes met de zaak. Doe Robin de groeten.'
'Dat zal ik doen,' zei Petra die ernaar snakte om de telefoon neer te leggen. 'Pas goed op jezelf.'
'Jij ook.'
Hij verbrak de verbinding. Petra zette het gesprek uit haar hoofd en bestudeerde voor de zoveelste keer alle bijzonderheden van Baby Boys dood. Daarna liep ze het bureau uit en haalde iets te eten.

Een vette hamburger van een tent in Vine Street, waarvan ze zeker wist dat hij tegen zou vallen.

4

De eerste keer dat ik met Allison Gwynn naar bed ging, had ik het gevoel dat ik overspel pleegde.
Dat sloeg nergens op. Robin en ik waren al maanden uit elkaar. En inmiddels woonde ze samen met Tim Plachette.
Maar als je zo vergroeid bent met de aanraking, het gevoel en de geur van iemand anders...
Als Allison merkte dat ik me niet op mijn gemak voelde, heeft ze daar niets van gezegd.

Ik had haar leren kennen vlak voordat mijn jarenlange relatie met Robin scheurtjes begon te vertonen. Ik had Milo geholpen met de oplossing van een twintig jaar oude moord en Allison was op haar zeventiende aangerand door een man die iets met die zaak te maken had. Haar studiebegeleider was een oude vriend van me en hij had haar gevraagd of ze met me wilde praten. Ze moest er even over nadenken, maar stemde toch toe.
Ik vond haar meteen erg aardig – ik bewonderde haar moed, haar eerlijkheid en haar vriendelijke houding. Ze zag er opvallend goed uit, maar destijds was dat nog bijzaak voor me.
Een ivoorkleurige huid, tere maar geprononceerde jukbeenderen, een brede, sterke mond en het mooiste zwarte haar dat ik ooit had gezien. Het hing tot in haar middel. De grote, diep donkerblauwe ogen straalden belangstelling uit. Ze was psycholoog, net als ik. Ik nam aan dat die ogen haar goed van pas zouden komen.
Ze was opgegroeid in Beverly Hills, als enige dochter van een hoge ambtenaar van justitie, en studeerde aan Penn waar ze ook haar titel behaalde. In het jaar waarin ze afstudeerde ontmoette ze een briljante student van Wharton, werd verliefd, trouwde jong en kwam terug naar Californië. Een paar maanden nadat ze de vergunning had gekregen om haar beroep daar uit te oefenen bleek haar man aan een zeldzame vorm van kanker te lijden en ze bleef alleen achter. Uiteindelijk slaagde ze erin de klap te verwerken en begon een succesvolle praktijk in Santa Monica. Nu combineerde ze haar privépraktijk met het geven van avondcolleges aan de universiteit

en vrijwilligerswerk in een tehuis voor terminale patiënten.
Ze was altijd in de weer. Dat was iets wat me bekend voorkwam.
Als ze zat, gaven haar hoge taille, haar slanke, soepele armen en haar zwanenhals de indruk dat ze lang was, maar ze was net als Robin een kleine, tengere vrouw... en nu zit ik alweer te vergelijken.
In tegenstelling tot Robin hield ze van dure make-up. Kleren kopen was voor haar een vorm van ontspanning en ze zag er geen been in om op strategische plaatsen te pronken met glinsterende diamanten.
Ze had me een keer in vertrouwen verteld dat dat kwam omdat ze zo laat in de puberteit was gekomen. Zolang ze op de middelbare school zat, had ze eruitgezien als een kind en dat had ze verschrikkelijk gevonden. Ze was inmiddels zevenendertig, maar ze leek tien jaar jonger.
Ik was de eerste man met wie ze in tijden naar bed was geweest.

Toen ik haar belde, hadden we elkaar in maanden niet gesproken. Ze was hoorbaar verrast. 'O, hoi.'
Ik draaide een beetje om de hete brij heen en vroeg haar ten slotte mee uit eten.
'Bedoel je... een afspraakje?' vroeg ze.
'Dat bedoel ik.'
'Ik dacht... dat je iemand had.'
'Dat dacht ik ook,' zei ik.
'O. Is dat pas geleden gebeurd?'
'Dit is geen kwestie van wederomstuit,' zei ik. 'Ik ben al een tijdje alleen.' Ik vond het vervelend om erop in te gaan – het klonk me te zielig.
'Dus je hebt de tijd genomen om het te verwerken,' zei ze.
Ze wist precies wat ze moest zeggen. Maar daar had ze dan ook de opleiding voor. Misschien was dit geen verstandige zet. Zelfs toen ik nog studeerde, had ik afspraakjes met vrouwelijke collega's altijd gemeden. Ik wilde verder kijken dan mijn neus lang was en was bang geweest dat een intieme verhouding met een andere therapeut me te kortzichtig zou maken. Daarna leerde ik Robin kennen en dus hoefde ik niet verder te zoeken...
'Maar goed,' zei ik. 'Als je het te druk hebt...'
Ze lachte. 'Goed, laten we gezellig gaan eten.'
'Ben je nog steeds zo'n vleeseter?'
'Dus dat weet je nog. Heb ik me toen zo zitten volproppen? Daar hoef je geen antwoord op te geven. Nee, ik ben nog steeds geen vegetariër.'

Ik stelde een steakhouse in de buurt van haar praktijkadres voor.
'Komt morgenavond uit?'
'Ik heb tot acht uur afspraken met patiënten, maar als je het niet erg vindt om laat te eten, vind ik het prima.'
'Negen uur,' zei ik. 'Ik kom wel naar je praktijk toe.'
'Waarom zien we elkaar niet in het restaurant?' zei ze. 'Dan hoef ik mijn auto niet te laten staan.'
Zodat ze ervandoor kon als ze wilde.
'Geweldig,' zei ik.
'Tot dan, Alex.'
Een afspraakje.
Hoe lang was dat geleden? Eeuwen... Hoewel Allison met haar eigen auto zou komen, ging ik toch de Seville wassen en stofzuigen. Ik werd zelfs zo fanatiek dat ik de grille met een tandenborstel te lijf ging. Een uur later ging ik smerig, zwetend en stinkend naar poetsmiddel een eind hardlopen, deed mijn rek- en strekoefeningen, nam een douche, schoor me, poetste een stel zwarte instappers en pakte een donkerblauwe blazer.
Zachte Italiaanse wol, met één rij knopen, twee jaar geleden met Kerstmis gekregen... van Robin. Ik rukte het jasje uit, pakte een zwart sportcolbert, vond dat ik zo sprekend op een begrafenisondernemer leek en nam toch het blauwe maar. De volgende stap: een broek. Dat was gemakkelijk. De lichtgewicht grijze flanellen, die ik meestal droeg als ik bij een rechtszaak moest getuigen. Nu nog het gele overhemd met de bies langs de kraag en een das en dan was ik... welke das? Ik probeerde er een paar voordat ik besloot dat een das eigenlijk te stijf was voor deze gelegenheid, pakte een dunne donkerblauwe trui met een ronde hals en vond dat weer *te* Hollywood.
Dan het gele overhemd maar weer. Zonder das. Nee, dat zag er niet uit met die biesjes. En het kreng had nu al zweetplekken in de oksels.
Mijn hart bonsde en mijn maag draaide zich om. Dit was belachelijk. Wat zou ik in een dergelijk geval tegen een patiënt zeggen?
Wees jezelf.
Wie dat ook mocht zijn.

Ik kwam als eerste aan bij het restaurant en overwoog om in de Seville te blijven wachten, zodat ik Allison kon opvangen als ze naar de deur liep. Maar daar zou ze misschien van schrikken, dus liep ik naar binnen. Het was donker in de tent, het leek wel een grafkelder. Ik ging aan de bar zitten, bestelde een biertje, keek naar een sportprogramma op tv – welke sport weet ik niet meer – en had nog maar een paar slokken genomen toen Allison binnenkwam en een zwarte waterval van haar uit haar vest trok terwijl ze om zich heen keek.

Ik stond al naast haar op het moment dat de gerant opkeek. Toen ze me zag, werden haar ogen groot. Geen inspectie van top tot teen, haar blik bleef op mijn gezicht gevestigd. Ik glimlachte en ze lachte terug.

'Hallo daar.' Ze hield me haar wang voor en ik drukte er een kusje op. Het vest was van lavendelkleurige wol en hoorde bij de nauwsluitende jurk die haar van haar borstbeen tot haar knieën bedekte. Bijpassende schoenen met hoge hakken. Diamanten oorbellen, diamanten tennisarmband, een korte streng zilverkleurige pareltjes om haar blanke hals.

We gingen zitten. Ze bestelde een glas merlot en ik vroeg om een Chivas. Het zitje was ruim, met rood leer bekleed, en ik ging ver genoeg van haar af zitten om niet opdringerig te lijken en dichtbij genoeg om haar te kunnen ruiken. Ze rook heerlijk.

'Nou,' zei ze terwijl ze die blauwe ogen op het lege zitje naast ons richtte.

'Een lange dag gehad?'

Ze keek me weer aan. 'Ja. Gelukkig wel.'

'Ik weet precies wat je bedoelt,' zei ik.

Ze speelde met een servet. 'Wat heb jij de laatste tijd uitgespookt?'

'Nadat alle heisa over de Ingalls-zaak voorbij was, heb ik een tijdje vrij genomen. De laatste tijd werk ik voornamelijk als deskundige bij rechtszaken.'

'Bij misdaadprocessen?'

'Nee,' zei ik. 'Meestal letselzaken en af en toe een geval van voogdij over kinderen.'

'Voogdij,' zei ze. 'Dat kan lelijk uit de hand lopen.'

'Vooral als er geld genoeg is om de advocaten tot sint-juttemis te betalen en je met een stomme rechter wordt opgescheept. Ik probeer mezelf tot intelligente rechters te beperken.'

'Zijn die er dan?'

'Je moet ze met een lantaarntje zoeken.'

De drankjes werden gebracht. We klonken en zaten zwijgend te drinken. Ze liet de steel tussen haar vingers draaien, bekeek het menu en zei: 'Ik val om van de honger, dus ik zal mezelf wel weer gaan zitten volproppen.'

'Goed zo.'

'Wat is lekker?'

'Ik ben hier al jaren niet meer geweest.'
'O?' Ze leek geamuseerd. 'Heb je die tent uitgekozen vanwege mijn vleesetersneigingen?'
'Niet alleen de jouwe. Bovendien kon ik me herinneren dat het een rustige tent was.'
'Dat is het inderdaad.'
Stilte. Ik voelde dat ik rood werd... vanwege de whisky en omdat ik me niet op mijn gemak voelde. Zelfs bij dit gedempte licht kon ik zien dat zij ook bloosde.
'Enfin,' zei ze. 'Ik weet niet of ik je ooit bedankt heb, maar dankzij jou vond ik het niet moeilijk om over die vervelende ervaring te praten. Dus alsnog bedankt.'
'Bedankt dat je me hebt geholpen. Daar hebben we veel aan gehad.'
Ze bestudeerde het menu opnieuw, knabbelde op haar lip, keek op en zei: 'Ik denk dat ik de T-bone neem.'
'Klinkt goed.'
'En jij?'
'De *rib-eye*.'
'Dat wordt een eersteklas vleesmarathon,' zei ze. Ze keek weer naar het lege zitje en richtte vervolgens haar ogen op het tafelkleed, waarbij ze mijn vingertoppen scheen te bestuderen. Ik was blij dat ik mijn nagels had gevijld.
'Je laat voorlopig de misdaadzaken dus even links liggen,' zei ze.
'Maar die pak je vast wel weer op.'
'Als me dat gevraagd wordt.'
'Zullen ze dat doen?'
Ik knikte.
'Ik heb je dat nog nooit gevraagd,' zei ze, 'maar wat trekt je eigenlijk zo aan in dat soort gevallen?'
'Ik zou nu natuurlijk een mooi verhaal kunnen ophangen over het recht dat moet zegevieren en de wereld een tikje veiliger maken, maar ik ben opgehouden mezelf voor de gek te houden. De waarheid is dat ik gewoon hou van onvoorspelbare en ongebruikelijke dingen. Ik heb af en toe behoefte aan een adrenalinestoot.'
'Net als een autocoureur.'
Ik glimlachte. 'Nu maak je het mooier dan het is.'
Ze nam een slokje wijn, hield het glas even aan haar mond en liet het toen zakken, waardoor haar eigen glimlach zichtbaar werd. 'Dus je bent gewoon een adrenalinejunk.' Ze liet haar vinger over de voet van haar glas glijden. 'Als het echt alleen maar een kwestie van opwinding en risico's is, waarom ben je dan niet gewoon over circuits gaan rondrazen of uit vliegtuigen gaan springen?'

Het werk dat ik deed, was mede oorzaak geweest dat er een eind aan mijn relatie met Robin was gekomen. Zouden we nog steeds bij elkaar zijn als ik voor parachutespringen had gekozen?
Terwijl ik nadacht over mijn antwoord, zei Allison: 'Sorry, het was niet mijn bedoeling om je voor het blok te zetten. Maar ik heb het vermoeden dat het bij jou meer is dan een voorkeur voor ongewone situaties. Ik denk dat jij echt graag dingen recht wilt zetten.'
Ik gaf geen antwoord.
'Maar goed,' zei ze, 'wie ben ik om dat soort uitspraken te doen zonder dat ze ergens op gebaseerd zijn? Alsof ik een soort gedragsdeskundige ben of zo.'
Ze ging even verzitten, trok aan haar haar en nam een slokje wijn. Ik probeerde haar met een glimlach op haar gemak te stellen, maar ze keek me niet aan. Toen ze haar glas neerzette, kwam haar hand dichter bij de mijne terecht. Onze vingers waren hooguit een paar millimeter van elkaar verwijderd.
Meteen daarna werd het gat overbrugd... van weerskanten. We raakten elkaar aan.
Alsof het per ongeluk gebeurde, trokken we allebei meteen onze hand terug.
De warmte van huid tegen huid.
Het blauwe overhemd dat ik in plaats van het bezwete gele had aangetrokken raakte langzaam maar zeker doorweekt.
Allison begon aan haar haar te frunniken. Ik tuurde in het restantje van mijn whisky en snoof de alcohollucht op. Ik had de hele dag nauwelijks gegeten en sterkedrank op een lege maag had me op z'n minst een lichte roes moeten bezorgen.
Niets.
Daarvoor was ik verdomme te veel op mijn hoede.
Hoe zou dit aflopen?

De rest van de avond gaven we voorzichtig nog een paar persoonlijke geheimen prijs, aten goed, dronken te veel en maakten na het eten een wandelingetje over Wilshire ter bevordering van de spijsvertering. Naast elkaar, maar zonder elkaar aan te raken. Haar hoge hakken klikten en haar haar wapperde. Haar heupen wiegden – ze was geen vamp, maar zo liep ze gewoon en daarom was het sexy. Mannen keken haar na. Halverwege de eerste zijstraat pakte ze mijn bovenarm vast. Een lichte bries vanaf de oceaan maakte de straten nevelig. Mijn ogen brandden van onzekerheid.
Het gesprek stokte. We liepen zwijgend verder en deden net alsof we naar de etalages keken. Toen we weer bij onze auto's waren, gaf

Allison me een aarzelende kus op mijn mond. Voordat ik wist wat er gebeurde, was ze in haar tien jaar oude Jaguar gestapt en scheurde weg.
Twee dagen later belde ik haar op en vroeg haar opnieuw uit eten. 'Ik heb vanmiddag vrij en ik was van plan om lekker lui thuis te blijven,' zei ze. 'Waarom kom je niet naar me toe, dan kunnen we hier eten. Als je dat tenminste niet te gevaarlijk vindt.'
'Is het dan erg gevaarlijk?'
'Waarom zou je je daar druk over maken? Jij kickt toch op adrenaline?'
'Die zit,' zei ik. 'Moet ik iets meebrengen?'
'Bloemen zijn altijd welkom. Ik bedoel niet... ik maakte gewoon een grapje, je hoeft niets mee te brengen. En we houden het gewoon op vrijetijdskleding, oké?'

Ze woonde in een bungalow in Spaanse stijl in Fourteenth Street, net ten zuiden van Montana en op loopafstand van haar praktijk. Het bordje van de veiligheidsdienst op het gazon sprong meteen in het oog en de zwarte, open Jag stond onder een carport die was afgesloten met een ijzeren hek. Toen ik naar de voordeur reed, floepte het met een bewegingsmelder uitgeruste buitenlicht aan. Voorzorgsmaatregelen van een alleenwonende vrouw. Voorzorgsmaatregelen van een vrouw die twintig jaar geleden aangerand was.
Terwijl ik de auto wegzette, dacht ik aan Robin die weer helemaal alleen in Venice woonde. Herstel: niet langer alleen... *hou op, sukkel.*
Ik belde aan en stond te wachten met de bloemen in mijn hand. Omdat rozen een beetje te vrijpostig leken, had ik tien witte pioenrozen uitgekozen. De vrijetijdskleding kwam neer op een olijfkleurig poloshirt, een spijkerbroek en sportschoenen.
Allison deed open in een lichtgroen poloshirt, een spijkerbroek en sportschoenen.
Ze wierp één blik op me, zei: 'Dat hou je toch niet voor mogelijk?' en barstte in lachen uit.

Terwijl ik in haar kleine witte keuken zat, maakte zij twee omeletten met kippenlevertjes en champignons en pakte een gekoelde salade uit de ijskast. Bruinbrood, witte wijn, een ijsemmer en een sixpack met cola light vormden de rest van het menu.
De keuken kwam uit op een piepklein achtertuintje en we aten op een terrasje onder een pergola. De tuin bestond uit een gazonnetje en tuinpaden van klinkers omzoomd door een hoge ligusterhaag.

Ik nam een hapje van de omelet. 'Hier lijkt me weinig gevaar aan verbonden.'
'Dit is een van de weinige dingen die ik klaar kan maken zonder dat het op een ramp uitloopt. Het recept is van oma.'
'Driemaal hoera voor oma.'
'Oma was een stuk chagrijn, maar achter het fornuis stond ze haar mannetje.' Ze vertelde iets meer over haar familie en uiteindelijk kwam ik tot de ontdekking dat ik ook wat over mezelf vertelde. Naarmate het later werd, voelde ik mijn spanning wegebben. Allison voelde zich ook op haar gemak en had zich opgekruld op haar bank, met haar voeten onder zich getrokken. Ze lachte veel, en haar blauwe ogen straalden.
Wijde pupillen: volgens mensen die een studie van dat soort dingen maken, is dat een goed teken. Maar vlak voor elf uur verstrakte ze weer, keek op haar horloge en zei: 'Ik heb al vroeg een afspraak met een patiënt.'
Ze stond op en keek naar de deur, terwijl ik me afvroeg wat er mis was gegaan.
Toen ze met me meeliep naar de voordeur zei ze: 'Het spijt me.'
'Wat?'
'Dat ik je zo pardoes de deur uitzet.'
'Je moet rekening houden met je patiënten,' zei ik. Ik klonk als een echte hark.
Ze haalde haar schouders op alsof dat er niets mee te maken had. Maar ze zei verder niets en stak haar hand uit. Binnen in huis was het warm geweest, maar haar huid voelde koud en klam aan. Op blote voeten was ze echt heel klein en ik had haar het liefst in mijn armen willen nemen.
'Het was leuk je weer te zien,' zei ik.
'Hetzelfde geldt voor jou.' Ik liep de veranda op. Ze schonk me een verdrietig lachje terwijl ze de deur dichttrok, maar toen kwam ze naar buiten en zoende mijn wang.
Ik liet mijn hand over haar haar glijden. Ze draaide haar hoofd om en kuste me nog een keer, met haar lippen op elkaar midden op mijn mond. Hard, bijna agressief. Ik probeerde haar terug te kussen, maar ze week achteruit en zei: 'Rij voorzichtig.' Dit keer trok ze de deur wel dicht.

Ze belde me de volgende dag om twaalf uur. 'Zal ik je eens iets vertellen? Mijn vroege patiënt is niet komen opdagen.'
'Wat vervelend,' zei ik.
'Ja... ik... zouden we... zou je het leuk vinden om... Ik ben van-

avond om zeven uur klaar, als je zin hebt.'
'Zeven uur is prima. Zal ik koken?'
'Alex, zou je het erg vinden om iets anders te doen dan alleen maar een beetje te zitten en te eten? Kunnen we een eindje gaan rijden? Ik heb constant binnen gezeten en een ritje helpt meestal wel om me te ontspannen.'
'Dat geldt ook voor mij.' Hoeveel honderden kilometers zouden er sinds het vertrek van Robin op de kilometerteller van de Seville bijgekomen zijn? 'We kunnen via de kustweg naar Malibu rijden.' Dat was mijn favoriete ritje. Al die keren dat ik 's avonds laat met Robin langs de Stille Oceaan... *hou op*.
'Prima,' zei ze. 'Als we honger krijgen, komen we genoeg tentjes tegen waar we kunnen stoppen. Tot zeven uur dan maar.'
'Wil je ergens met me afspreken?'
'Nee, kom me maar thuis ophalen.'

Ik was er om twee minuten over zeven. Voordat ik bij de deur was, deed ze al open, stapte naar buiten en kwam me over het pad tegemoet waardoor het buitenlicht aanfloepte. Ze droeg een zwarte, mouwloze jurk en zwarte, lage sandalen aan haar blote voeten. Geen diamanten, alleen een kort, dun gouden kettinkje wat haar hals nog langer en blanker maakte. Ze had haar haar in een paardenstaart, waardoor ze jonger en onzekerder leek.
'Ik moet je iets uitleggen over gisteravond,' zei ze. Ze sprak zo snel dat het leek alsof ze naar adem snakte. 'Om eerlijk te zijn had ik mijn eerste afspraak pas om halftien. Ik had meer dan genoeg tijd, het was helemaal niet nodig om alles zo af te kappen. Ik was... laten we er maar geen doekjes om winden: ik was nerveus. Het feit dat jij bij me was, maakte me ontzettend nerveus, Alex.'
'Ik...'
'Het lag niet aan jou.' Ze schokschouderde. Ze lachte kort, een haast droog lachje terwijl ze mijn arm pakte en me mee naar binnen trok. Met haar rug tegen de deur zei ze: 'Als mijn patiënten me nu eens konden zien. Ik ben toch een van de topspecialisten die andere mensen precies kunnen vertellen hoe ze nieuwe wegen moeten inslaan, maar het kost me zelf de grootste moeite.'
Ze schudde haar hoofd. 'Nieuwe wegen. Wat aanmatigend van me.'
'Hoor eens,' zei ik. 'De eerste keer dat we samen uitgingen heb ik drie keer een schoon overhemd aan moeten trekken.'
Ze keek naar me op. Ik legde mijn vingers onder haar kin en tilde haar gezicht op. Ze duwde mijn hand weg.
'Precies het goede antwoord,' zei ze. 'Bij mensen zoals wij weet je

nooit of dat dankzij onze opleiding is.'
'Dat is een van de risico's van ons beroep,' zei ik.
Ze sloeg haar armen om me heen en kuste me heftig. Haar tong was glad en dartel. Ik trok haar stijf tegen me aan, streelde haar gezicht, haar nek en haar rug en dwaalde voorzichtig omlaag. Toen ze me niet tegenhield, liet ik mijn beide handen zakken en legde ze om haar billen. Ze trok mijn rechterhand naar voren en klemde die tussen haar in katoen gehulde dijen. Mijn vingers voelden haar warmte en ze deed iets met haar heupen dat geen enkele twijfel liet bestaan over haar bedoelingen, dus ik trok de zwarte jurk op en schoof haar broekje omlaag. Ik voelde dat ze haar benen uit elkaar deed. Ik kuste haar en bespeelde haar. Met één hand hield ze mijn haar stijf vast, de ander frunnikte aan mijn rits. Toen ze me eindelijk bevrijd had, zakten we op de houten vloer van haar woonkamer en ik gleed in haar. Ze klemde zich aan me vast en onze bewegingen waren zo eensgezind dat het leek alsof we dit ons hele leven al hadden gedaan.

Ze kuste mijn gezicht en zei: 'Ik steek mijn nek uit. Bij jou is het niet alleen je opleiding. Jij bent een lieve man.'

De gevoelens kwamen pas later. Nadat we hadden geslapen, een paar kliekjes hadden opgegeten, onze uitgedroogde lichamen weer op peil hadden gebracht met een paar glazen water en eindelijk over de Pacific Coast Highway naar het noorden reden. In Allisons Jaguar, want dat was een cabrio. Ik zat achter het stuur en Allison lag languit op de passagiersstoel die ze helemaal achterover had laten zakken. Ze was weggedoken in een grote witte Ierse trui en haar loshangende haar wapperde als een diepzwarte vlag in de wind die in haar gezicht sloeg.
Een hand rustte op mijn knie. Mooie vingers, spits toelopend. Glad en blank.
Geen littekens. Robin, die haar gereedschap tot in de puntjes beheerste, schoot toch af en toe...
Ik drukte het gaspedaal van de Jag in en stoof langs de zwarte oceaan en de grauwe heuvels, de coulissen van andere avonturen. Als de weg recht was, wierp ik af en toe een stiekeme blik op Allisons gezicht. Mijn hoofdhuid was nog steeds gevoelig op de plek waar ze aan mijn haar had gerukt en het reepje voorhoofd waar ze het zweet had weggelikt tintelde.
Ik ging nog harder rijden. Toen ze mijn knie streelde, kreeg ik opnieuw een stijve.

Een mooie vrouw, een sensuele vrouw.
Een snelle auto, een zoele Californische avond. Volmaakt.
Maar deze sukkel liet zijn plezier vergallen door het waarschuwende vingertje van de twijfel... een vaag gevoel dat ik ontrouw was geweest.
Te stom voor woorden. Robin heeft Tim.
En nu heb ik Allison.
Alles was veranderd. Verandering was goed.
Of niet soms?

5

Er was honderd uur verstreken sinds Baby Boy in de steeg was doodgebloed en Petra had nog steeds geen enkele aanwijzing. De klamme, zure stank van een mysterie bleef in haar neus hangen. Ze kwam tot de ontdekking dat ze stiekem verlangde naar een rechttoe-rechtaan steekpartij in een kroeg, maar ze nam geen andere zaken aan. Het teruglopende misdaadcijfer, dat inmiddels als een pluim op de hoed van de politie werd beschouwd, garandeerde dat er voldoende personeel was. Het zou nog wel even duren voordat het wijzertje van de moordmeter weer bij haar naam zou staan.
Ze bestudeerde het dossier tot ze er hoofdpijn van kreeg en vroeg een paar van de jongens of zij misschien een idee hadden. Arbogast, een jonge rechercheur eersteklas, zei: 'Je zou eigenlijk naar zijn muziek moeten luisteren.'
Petra had een paar cd's gekocht en tot diep in de nacht naar Baby Boys schorre stem en zijn jankende gitaarlicks geluisterd. 'Om aanwijzingen te krijgen?'
'Nee,' zei Arbogast. 'Omdat hij keigoed was.'
'De vent was verdomme een genie,' beaamde een andere rechercheur. Een van de ouderen... Krauss. Petra had nooit gedacht dat hij van blues hield. Maar toen besefte ze dat hij ongeveer even oud was als Baby Boy en waarschijnlijk met zijn muziek was opgegroeid.
Een genie overlijdt, maar dat liet de gewone pers ijskoud. Zelfs geen telefoontje van de *Times*, ondanks al die goede recensies over Baby Boys muziek die Petra op het web had gevonden. Ze liet een boodschap achter voor de muziekrecensent van de krant, voor het geval zich iets in het verleden van Baby Boy had afgespeeld dat haar

op een ander spoor zou kunnen brengen. De klootzak belde niet terug.
Ze werd wel lastig gevallen door een stuk of wat jong klinkende knullen die zichzelf 'popjournalist' noemden en beweerden dat ze werkten voor bladen met namen als *Guitar Buzz, Guitar Universe* en *Twenty-first-Century Guitar*. Ze wilden allemaal bijzonderheden voor een In Memoriam. Ze konden haar geen van allen iets over Lee vertellen, maar waren unaniem lovend over zijn spel. Het woord 'frasering' kwam voortdurend langs – Alex had het ook gebruikt – en Petra nam aan dat het de manier was waarop je noten en ritme tot een geheel verwerkte.
Haar frasering deugde in dit geval voor geen meter.
De interesse van de popjournalisten verdween toen ze vragen begon te stellen in plaats van antwoord te geven op die van hen. Met uitzondering van één knul die bleef zeuren om bijzonderheden, een figuur die Yuri Drummond heette, de uitgever van een plaatselijk blad, *GrooveRat*, dat vorig jaar een overzichtsartikel over Baby Boy had geplaatst.
Drummond joeg Petra meteen tegen zich in het harnas door haar bij haar voornaam te noemen en die ergernis werd nog groter toen hij onbeschoft naar medische details bleef vissen. *'Hoeveel steekwonden?' 'Hoeveel bloed heeft hij eigenlijk verloren?'*
De knul had de morbide nieuwsgierigheid en de nasale stem van een tiener met op hol geslagen hormonen en Petra vroeg zich af of hij zo'n figuur was die voor de lol dat soort telefoontjes pleegde. Maar ze verstijfde toen hij haar vroeg of er in de steeg toevallig ook iets op de muur was geklad.
'Waarom vraagt u dat?'
'Nou ja, je weet wel,' zei Drummond. 'Net als bij de Manson-moorden... *Helter Skelter.*'
'Waarom denkt u dat de Manson-moorden iets te maken hebben met de moord op meneer Lee?'
'Dat weet ik niet. Ik dacht gewoon...'
'Hebt u iets gehoord over de moord op meneer Lee, meneer Drummond?'
'Nee.' Drummonds stem werd hoger. 'Wat had ik moeten horen?'
'Wanneer hebt u meneer Lee geïnterviewd?'
'Nee, nee, ik heb hem nooit ontmoet.'
'U zei dat u een artikel over hem hebt geplaatst.'
'We hebben een overzichtsartikel compleet met discografie geplaatst.'
'U hebt een overzichtsartikel geplaatst zonder hem te ontmoeten.'

'Precies,' zei Drummond. Hij klonk verwaand. 'Daar gaat het juist om.'
'Waarom?'
'*GrooveRat* houdt zich alleen bezig met de psychobiosociale essentie van kunst en muziek, niet met de cultus van persoonsverheerlijking.'
'Psycho-bio-sociale,' zei Petra.
'In huis-tuin-en-keukentaal,' zei Drummond neerbuigend, 'komt het erop neer dat we niet geïnteresseerd zijn in met wie iemand neukt, maar alleen in hun *groove*.'
'Vandaar de naam van uw blad.'
Stilte.
Petra zei: 'Weet u dan met wie Baby Boy Lee neukte?'
'Wilt u beweren dat er een seksuele kant aan...'
'Meneer Drummond, waar draaide dat overzichtsartikel precies om?'
'De muzíék,' zei de brutale snotneus nadrukkelijk. Het onuitgesproken 'tuurlijk' was bijna tastbaar.
'Baby Boys frasering,' zei Petra.
'Baby Boys hele groove... de geestelijke toestand waarin hij moest verkeren om die sound te produceren.'
'En u had niet het idee dat het zou helpen om daarover met hem te praten?' drong Petra aan. Ze vroeg zich af waarom ze eigenlijk haar tijd aan deze mislukkeling verspilde. Het trieste antwoord lag voor de hand: ze had niets anders te doen.
'Nee,' zei Drummond.
'Heeft Baby Boy Lee uw verzoek om een interview afgewezen?'
'Nee, we hebben hem nooit gevraagd. Vertel me nou eens, wat voor soort mes...'
'Wat was Baby Boys groove?' vroeg Petra.
'Intens verdriet,' zei Drummond. 'Daarom is het feit dat hij is vermoord zo... toepasselijk. Kunt u me nou vertellen hoe het precies is gebeurd?'
'U wilt onsmakelijke details,' zei Petra.
'Precies,' zei Drummond.
'Hebt ú enig idee wie hem heeft vermoord?'
'Hoezo? Hoor eens, u moet ons echt helpen. Het publiek heeft het recht om dat te weten en wij zijn het beste doorgeefluik.'
'Waarom, meneer Drummond?'
'Omdat wij hem begrepen. Waren ze dan onsmakelijk? De details, bedoel ik.'
'Was u zaterdagavond in de Snake Pit?'

'Nee hoor.'
'Dus u bent geen echte fan?'
'Ik was in de Whiskey... bij een showcase voor een stel nieuwe bands... hé, wat bedoelt u eigenlijk?' Drummonds stem klonk nog hoger en inmiddels klonk hij alsof hij een jaar of twaalf was. Petra zag in gedachten een door pukkeltjes geplaagde engerd voor zich, in een slonzig kamertje. Zo'n griezeltje met te veel vrije tijd dat met de hoorn in zijn zweterige handjes de plaatselijke supermarkt opbelt: *'Hebt u varkenspootjes?' 'Ja, hoor.' 'Trek dan schoenen aan, dan heeft niemand het in de gaten ha ha ha.'*
'Als ik had geweten wat er zou gebeuren, was ik er wel geweest,' zei Drummond. 'Vast en zeker.'
'Waarom?'
'Om zijn laatste optreden te zien. Hoe noemen ze dat ook al weer... een zwanenzang?'
'Yuri,' zei Petra. 'Dat is toch Russisch?'
Drummond verbrak de verbinding.

Vrijdagavond, even over zes, belde iemand van het kantoor beneden Petra's toestel. 'Er staat hier een mevrouw Castagna voor je.'
'Ik kom er meteen aan,' zei Petra verrast.
Toen ze op de begane grond arriveerde, stond Robin alleen in de receptie met de handen in de zij naar een paar Gezocht-posters te staren. Ze stond met haar rug naar Petra toe en haar haar was nog langer dan Petra zich herinnerde, een dikke bos roodbruine krullen die als wijnranken over haar rug vielen. Alex had ook krullend haar. Als dat stel kinderen had genomen, zouden ze waarschijnlijk een nieuwe Shirley Temple hebben voortgebracht.
Daarna dacht Petra: al die jaren samen en ze hebben nooit kinderen genomen. En ze zijn ook nooit in het huwelijksbootje gestapt. Vanwege haar eigen toestand schoot dat soort dingen automatisch door haar hoofd.
Ze liep naar Robin toe en bestudeerde haar kleren zoals vrouwen vaak bij andere vrouwen doen. Een zwarte corduroy overal met daaronder een rood T-shirt met hoog opgeknipte mouwtjes. Zwarte suede gymschoenen. Uit een van haar achterzakken hing een rood sjaaltje.
Een soort landelijke rock-'n-roll-stijl. Als het lijf niet volmaakt was, zou die overal een ramp zijn. Met Robins welvingen stond hij prima.
Toen Petra vlak bij haar was, zei ze: 'Hallo.' Robin draaide zich om en Petra zag dat ze met vochtige ogen op haar lip had staan bijten.

'Petra,' zei ze. Ze omhelsden elkaar. 'Ik ben net terug en ik heb vanmorgen je boodschap gehoord. Omdat ik toch voor een sessie naar Hollywood moest, leek het me beter om maar even langs te komen. Het is echt verschrikkelijk.'
'Het spijt me dat ik je dat op die manier moest vertellen, maar ik wist niet wanneer je terug zou komen.'
Robin schudde haar hoofd. 'Ik had het gisteren al gehoord, in San Francisco.'
'Stond het daar dan in de krant?'
'Dat weet ik niet,' zei Robin. 'Ik hoorde het in de kleedkamers. Via via van andere muzikanten. Ik schrok me dood. Dat gold voor ons allemaal. Ik had geen idee dat jij erbij betrokken was.'
'Dat kun je wel stellen,' zei Petra. 'Kun jij me iets meer vertellen?'
'Ik zou niet weten wat. Hij was zo'n schattebout.' Robins stem trilde en ebde weg. Ze vocht tegen haar tranen. 'Een grote, lieve oude man en bijzonder getalenteerd.'
'Heb je via via nog andere dingen gehoord? Wie hem dit zou willen aandoen, bijvoorbeeld? Al is het maar het kleinste gerucht.'
Robin schudde opnieuw haar hoofd en wreef over een gladde, gebruinde arm. 'Baby was de laatste van wie ik zou hebben verwacht dat hij een vijand had, Petra. Iedereen mocht hem.'
Niet iedereen, dacht Petra. 'Zoals ik al in mijn boodschap zei, stond je naam in zijn agenda. Waar ging het om, een afspraak om een paar gitaren te repareren?'
'Ze zijn al klaar. Hij zou langskomen om ze op te halen.' Robin glimlachte. 'Ik sta ervan te kijken dat hij het echt heeft opgeschreven. Baby had nauwelijks benul van tijd.'
'Je onderhoudt zijn instrumenten al een tijdje.'
'Al jaren. En om de haverklap. Baby speelde zo heftig, dat de toets onder zijn vingers afsleet. Ik bleef maar toetsen gladschuren en er over de hele lengte van de hals weer nieuwe frets op zetten. Deze twee waren al zover heen dat ik de toetsen moest vervangen.'

'Een Fender Telecaster en een J-45,' zei Petra. 'Iemand heeft me verteld dat dat een Gibson is.'
Robin glimlachte. 'Een akoestische Gibson. Daar had ik de lak al een paar keer van vervangen, omdat Baby hem altijd te droog liet worden, waardoor de lak ging barsten en begon te bladderen, zodat hij met zijn plectrum bijna een gat in de kast sloeg. Dit keer heb ik er voor de tweede maal een nieuwe toets op gezet. De Tele was minder werk, dat was alleen een kwestie van afstellen. Ik had ze allebei al gedaan voordat ik de stad uitging, omdat ik voor Baby al-

tijd mijn best deed om eerder klaar te zijn.'
'Waarom?' vroeg Petra.
'Omdat Baby geluiden aan een gitaar wist te ontlokken die niemand anders voor elkaar kreeg en daar wilde ik mijn steentje aan bijdragen. Ik wist dat ik naar San Francisco moest, dus heb ik bij zijn appartement een boodschap achtergelaten dat hij ze woensdag kon ophalen. Ik heb niets meer van hem gehoord, maar dat is niet ongebruikelijk. Ik zei al dat Baby en stiptheid twee totaal verschillende dingen waren. Dat geldt trouwens voor de meesten.'
'En met 'de meesten' bedoel je muzikanten.'
'Muzikanten,' herhaalde Robin. Haar mondhoeken krulden omhoog.
'Dus hij heeft je niet gebeld, maar de afspraak wel opgeschreven,' zei Petra.
'Dat denk ik wel. Normaal gesproken kwam Baby gewoon binnenvallen. Petra, wat moet ik nu met die gitaren doen? Ze zijn toch geen bewijsmateriaal?'
'Zijn ze veel waard?'
'Ongeschonden zouden ze een vermogen waard zijn. Na al die reparaties... een stuk minder.'
'Zijn ze niet meer waard omdat Baby erop heeft gespeeld?' vroeg Petra. 'Ik heb gelezen dat er een paar gitaren van Eric Clapton zijn geveild en die brachten veel meer op dan de geschatte waarde.'
'Baby was Clapton niet,' zei Robin. Ze kon haar tranen niet inhouden en pakte het rode sjaaltje om ze weg te poetsen. 'Hoe heeft iemand dit kunnen doen?'
'De hele zaak stinkt,' zei Petra. 'Ik zou niet weten waarom die gitaren bewijsmateriaal zouden zijn, maar hou ze maar vast. Als ik ze nodig heb, laat ik je dat wel weten.'
En dacht: misschien was het verstandiger om ze op te halen. Voor het onwaarschijnlijke geval dat ze de boosdoener te pakken kreeg en hij zou moeten voorkomen. Want dan kon een of andere advocaat misschien een hoop heibel gaan maken over het bewijsmateriaal...
'Ik hoop dat je de dader te pakken krijgt,' zei Robin op hetzelfde moment.
'Wat kun je me verder nog over Baby Boy vertellen?' vroeg Petra.
'Prettig in de omgang. Een groot kind. Mensen maakten misbruik van zijn vriendelijke karakter. Hij had een gat in zijn hand.'
'Maar het ziet er niet naar uit dat hij de laatste tijd veel geld heeft verdiend,' zei Petra, terwijl ze dacht aan wat Alex haar had verteld over Baby's eeuwige schuldbekentenissen aan Robin. Het leek haar

niet verstandig om nu over Alex te beginnen.
'Hij had het niet gemakkelijk,' zei Robin. 'Dat was al een tijdje zo. Hij kreeg even een zetje in de rug toen een nieuwe popgroep hem vroeg om op hun album te spelen. Knulletjes die jong genoeg waren om zijn zoon te zijn, maar hij was helemaal in de wolken. Hij dacht dat hij eindelijk zou doorbreken. Het album heeft fantastisch gelopen, maar ik betwijfel of hij er veel voor heeft gekregen.'
'Hoezo?'
Robin schopte met de ene suede gymp tegen de andere. 'Hij had kennelijk geen cent te makken... zoals gewoonlijk. Hij had mij al heel lang niet meer betaald. Hij schreef altijd van die uitgebreide schuldbekentenissen voor me... een soort minicontractjes eigenlijk. We deden allebei net alsof we heel zakelijk waren. En als hij zijn instrumenten ophaalde, bood hij me een paar dollar aan bij wijze van aanbetaling, maar dan zei ik: nee, laat maar zitten. Hij begon altijd te protesteren, maar uiteindelijk gaf hij toe. En daar bleef het dan bij, tot de volgende keer. Het ging al zo lang op die manier, dat ik de hoop had opgegeven dat ik ooit mijn geld zou krijgen. Maar toen hij dat album opnam met die knullen, belde hij me op en beloofde me dat hij alles zou betalen. 'Dan zal ik mijn schuld voldoen, lieve kleine Zus,' zei hij letterlijk. Hij zei altijd dat als hij een zusje had gehad hij het leuk zou hebben gevonden als ze op mij had geleken.'
Het sjaaltje moest er weer aan te pas komen.
'Maar de schuld werd nooit voldaan,' zei Petra.
'Geen cent. Daarom weet ik dat die opnamen hem nauwelijks geld hebben opgeleverd. Als Baby een hoop poen had gekregen, zou ik als een van de eersten aan de beurt zijn geweest, vlak na de huur en eten.'
'Zijn huur was betaald en hij had eten in de koelkast... dieetmaaltijden.'
Robins gezicht vertrok. 'Alweer? Op het podium pronkte hij altijd met zijn gewicht... hij schudde met zijn buik, wiebelde met zijn kont en maakte grapjes over zijn postuur. Maar de arme kerel vond het vreselijk om zo dik te zijn, hij probeerde constant af te vallen.' Ze snufte. 'Ondanks alles wat hij had meegemaakt, deed hij toch zijn uiterste best om een beter mens te worden. Hij zei een keer tegen me, toen hij diep in de put zat: "God heeft er een zootje van gemaakt toen hij mij heeft geschapen. Nu moet ik de rotzooi opruimen."'
Ze barstte in tranen uit en Petra sloeg haar arm om haar schouder.
Een stel agenten in uniform kwam door de voordeur naar binnen

en liepen vol branie door de receptie, rinkelend met hun boeien. Ze schonken geen enkele aandacht aan de huilende vrouw. Dat soort dingen zagen ze vaak genoeg.

6

Op de donderdag na de moord op Baby Boy Lee werd er aan de deur gebeld. Ik had de hele middag rapporten zitten tikken en toen mijn woordenschat en mijn verstand het af lieten weten, belde ik een Chinees restaurant dat maaltijden aan huis bezorgde.
Ik pakte het geld voor de fooi, liep van mijn kantoor via de woonkamer naar de deur en toen ik die opendeed, stond Robin voor mijn neus. Ze had me haar sleutel nooit teruggegeven, maar toch gedroeg ze zich alsof ze op bezoek kwam.
En dat was waarschijnlijk ook zo.
Ze zag het geld voor de fooi en lachte. 'Zo goedkoop ben ik niet.'
Ik stopte de bankbiljetten in mijn zak. 'Hoi.'
'Kom ik ongelegen?'
'Nee, natuurlijk niet.' Ik deed de deur wijd open en ze stapte het huis binnen dat we samen ontworpen hadden. Ik keek toe hoe ze door de woonkamer dwaalde alsof ze zich het vertrek opnieuw in haar geheugen wilde prenten. Toen ze op het puntje van de bank ging zitten, nam ik de stoel tegenover haar.
'Je weet al wat er met Baby Boy is gebeurd,' zei ze.
'Petra belde me toen ze op zoek was naar jou.'
'Ik ben net op het bureau in Hollywood geweest en heb met haar gesproken.' Ze keek strak naar het plafond. 'Het is de eerste keer dat iemand die ik persoonlijk ken vermoord is... al die jaren dat jij en ik samen waren, ben ik nooit ergens bij betrokken geweest.'
'Je hebt niets gemist.'
Ze speelde met haar oorbel. 'Het is walgelijk... dat gevoel dat er iets weg is. Het doet me denken aan de dood van mijn vader. Maar natuurlijk is dit niet hetzelfde. Ik mocht Baby graag, maar hij was geen familie van me. En toch, op de een of andere manier...'
'Baby was een fijne vent.'
'Een fantastische vent,' zei ze. 'Wie heeft hem nou kwaad willen doen?'
Ze stond op en begon weer rond te drentelen. Ze hing een lijstje recht. 'Ik had niet zomaar bij je binnen moeten vallen.'

'Heeft Petra aanwijzingen?' vroeg ik.
Ze schudde haar hoofd.
'Had het iets te maken met zijn manier van leven? Was Baby weer aan de drugs?'
'Voor zover ik weet niet,' zei ze. 'De laatste paar keer dat hij langskwam, zag hij er toch uit alsof hij clean was?'
'Op het eerste gezicht wel.' Maar ik had nauwelijks aandacht geschonken aan Baby Boys gedrag. De laatste keer dat hij met een paar instrumenten langskwam, had ik de muziek uit Robins studio in het huis kunnen horen en ik was ernaartoe gelopen om te luisteren. Baby Boy had de deur van de studio open laten staan en ik keek toe en luisterde hoe hij met zijn oude Gibson als een baby in zijn armen een paar noten aansloeg in een des-stemming en zacht iets heel verdrietigs en teers zong.
'Maar ik kan me natuurlijk best vergissen,' zei Robin. 'Misschien had hij zijn oude, slechte gewoonten weer opgepakt. We weten toch eigenlijk niets van de mensen om ons heen?' Ze wreef in haar ogen. 'Ik had niet moeten komen. Dat was heel onnadenkend van me.'
'We zijn nog steeds vrienden.'
'Dat is waar,' zei ze. 'Dat was de afspraak, dat we als vrienden uit elkaar gingen. Kun jij daar nog steeds mee leven?'
'Jij niet dan?'
'Oké.' Ze stond op. 'Ik ga er weer vandoor, Alex.'
'Moet je dringend ergens naartoe?' vroeg ik. Waarom was ze eigenlijk naar me toe gekomen? Zocht ze een schouder om op uit te huilen? Mankeerde er iets aan Tims schouder? Ik besefte dat ik boos was, maar op een rare manier ook voldaan... ze had mij gekozen.
'Nee, niet echt,' zei ze. 'Maar ik hoor hier niet te zijn.'
'Ik vind het leuk dat je er bent.' Waarom zei ik dat nou?
Ze liep naar me toe, woelde door mijn haar en drukte een kus op mijn kruin. 'Er is een tijd geweest dat we dit soort dingen je-weet-wel-hoe probeerden te verwerken.'
'Hoe?'
Ze glimlachte. 'Vroeger zouden we onze toevlucht hebben gezocht tot het beest met de twee ruggen. Zo probeerden we altijd stress de baas te worden.'
'Ik kan me slechtere manieren voorstellen.'
'Zeker weten,' zei ze.
Ze liet zichzelf op mijn schoot zakken en we bleven elkaar een hele tijd kussen. Ik streelde een borst. Ze maakte een zacht, triest geluidje en stak haar hand uit naar mijn rits. Maar toen beheerste ze zich.

'Het spijt me ontzettend,' zei ze, terwijl ze naar de deur holde.
Ik stond op, maar bleef staan waar ik stond. 'Je hoeft nergens spijt van tc hebben.'
'Er is een heleboel waar ik spijt van moet hebben,' zei ze.
Dit was nu overspel.
'Hoe gaat het met Spike?' Als je met je mond vol tanden staat, begin je gewoon over de hond.
'Prima. Je mag hem best eens komen opzoeken.'
'Bedankt.'
Er werd aan de deur gebeld en ze keek met een ruk om.
'Ik heb eten besteld. Bij Hunan in de Village.'
Ze streek haar haar glad. 'Een goeie tent.'
'Pittig maar niet te heet.'
Ze lachte op een afschuwelijke manier en trok de deur open. Een latino knulletje dat hooguit een jaar of twaalf leek, hield een vettige zak omhoog en ik liep op een drafje naar de deur, pakte het eten aan, stak mijn hand in mijn zak om het geld eruit te halen en stopte hem veel te veel in zijn hand.
'Bedankt, joh,' zei hij en hij rende de trap af.
'Honger?' vroeg ik.
'Integendeel,' zei Robin. Terwijl ze zich omdraaide om weg te gaan, schoten me een miljoen dingen door het hoofd die ik nog tegen haar moest zeggen.
Maar het enige dat ik over mijn lippen kreeg, was: 'Petra is echt een topkracht. Ze zal aan die zaak blijven werken.'
'Dat weet ik wel. Bedankt dat je naar me hebt geluisterd. Tot ziens, Alex.'
'Ik sta altijd voor je klaar,' zei ik.
Maar dat was niet waar. Niet meer.

7

Twee weken lang, waarin ze dubbele uren draaide en de meeste niet eens als overwerk opschreef, werkte Petra zich suf om zoveel mogelijk toeschouwers van Baby Boys laatste optreden op te sporen. Maar ze vond alleen de mensen die op de gastenlijst hadden gestaan – van wie het merendeel niet eens was komen opdagen – en de achterblijvers die ze al had gesproken. Ze schoot de eigenaar van de Snake Pit aan – een tandarts uit Long Beach die niet eens aanwezig was geweest – en ondervroeg opnieuw de zetbazen, de uitsmijters, de serveersters, Lee's bandleden – allemaal freelance muzikanten – en de ondermaatse Jackie True met zijn afgetrapte schoenen. Ze schoot er geen steek mee op.

Ze probeerde zelfs contact op te nemen met de leden van Tic 439, de band die ervoor had gezorgd dat Baby Boy weer over een comeback was gaan dromen. Toen leerde ze een andere kant van de muziekindustrie kennen: een ondoordringbare muur van receptionistes van functionarissen van platenmaatschappijen tot en met de manager van de band, een zalvend klinkende shitkikker die Beelzebub Lawrence heette en die zich, nadat Petra hem minstens tien keer had gebeld, eindelijk verwaardigde haar via de telefoon te woord te staan. Op de achtergrond klonk dreunende muziek en Lawrence sprak zacht. Het twee minuten durende gesprek stelde niet alleen Petra's gehoor maar ook haar geduld zwaar op de proef.

Ja, Baby Boy was fantastisch geweest.

Nee, hij had geen flauw idee wie hem kwaad had willen doen.

Ja, de jongens hadden het gaaf gevonden om met hem te jammen.

Nee, ze hadden sinds de opnamen geen contact meer met hem gehad.

'Hij heeft echt iets aan hun sound toegevoegd, hè?' zei Petra. Ze had de cd gekocht en vond het een afschuwelijke mix van zeikerige teksten en een doordreutelend ritme. Alleen de twee tracks met de gitaar van Baby Boy, melodieus en vol *sustain*, gaf de rotzooi nog een schijn van muzikaliteit.

'Ja, hij was cool,' zei Beelzebub Lawrence.

De lijkschouwer was klaar met het lichaam van Baby Boy, maar er was niemand komen opdagen om het op te eisen. Hoewel het haar werk niet was, trok Petra toch zijn familie na en vond uiteindelijk het naaste nog in leven zijnde familielid van Baby Boy Lee. Een oudtante, Grenadina Bourgeouis, die klonk alsof ze al heel oud en zwak was.

En seniel op de koop toe, zoals al snel bleek. Het telefoongesprek maakte de oude vrouw overstuur en bezorgde Petra koppijn. Ze belde Jackie True en bracht hem op de hoogte.

'Baby wilde gecremeerd worden,' zei hij.

'Heeft hij het weleens over doodgaan gehad?'

'Wie niet?' zei True. 'Laat het maar aan mij over.'

Het was maandagochtend en het liep al tegen vier uur. Ze was geestelijk uitgeput, maar te nerveus om te gaan slapen. Ze slaakte een

diepe zucht, leunde achterover in haar stoel en dronk de koude koffie uit het bekertje dat al uren op haar bureau had gestaan. Cafeïne, ja, dat was pas goed voor de zenuwen, heel verstandig, meid.
Het was rustig op de afdeling, waar verder alleen een rechercheur tweedeklas genaamd Balsam achter een verouderde computer zat te rommelen. Balsam was ongeveer even oud als Petra, maar hij gedroeg zich als een ouwe kerel. Dat gold ook voor zijn muzikale voorkeur. Hij had een gettoblaster bij zich, maar die stond afgestemd op een easy-listeningstation. Een nummer van zo'n als-je-haar-maar-goed-zit-band uit de jaren tachtig, opgesausd met violen en een harp. Petra waande zich in de lift van een warenhuis. *Derde etage, damessportkleding...*
Haar aantekeningen over Baby Boy lagen verspreid op haar bureau en ze pakte ze op om ze terug te stoppen in het dossier. Op volgorde. Want je wist maar nooit...
Wat maakte het eigenlijk uit? Dit geval zou voorlopig toch niet opgelost worden.
Haar telefoon ging. 'Connor.'
'Rechercheur?' vroeg een mannenstem.
'Ja, u spreekt met rechercheur Connor.'
'Mooi, u spreekt met agent Saldinger. Ik ben op Western en Franklin en we hebben iemand van jullie nodig.'
'Wat is er aan de hand?' vroeg Petra.
'Iets dat echt in jullie straatje past,' zei Saldinger. 'Massa's bloed.'

8

Na die keer dat Robin plotseling bij me binnenviel, beperkte ons contact zich tot beleefde telefoongesprekjes en doorgestuurde post vergezeld van nog beleefdere briefjes. Als ze behoefte had om over Baby Boy of over andere belangrijke zaken te praten had ze een ander gehoor gevonden.
Ik overwoog om Spike op te zoeken. Ik had hem geadopteerd, maar uiteindelijk had hij voor Robin gekozen. Er was geen gevecht geweest over wie hem mocht houden, ik kende de stand van zaken. Maar toch verlangde ik af en toe terug naar dat kleine buldogkopje, de grappige egoïstische trekjes en de ontzagwekkende vraatzucht. Binnenkort dan maar.

Ik had sinds het telefoontje van Petra niets meer over de moord gehoord en vijf weken later zag ik haar naam in de krant staan.
Een drievoudige moord op de parkeerplaats van een danstent in een zijstraat van Franklin Boulevard. Een auto vol leden van een Armeense bende uit Glendale was om drie uur 's nachts overvallen door een rivaliserende groep uit Oost-Hollywood. Petra en een mij onbekende partner, een rechercheur die Eric Stahl heette, hadden 'na een langdurig onderzoek' een vijftienjarige schutter en een zestienjarige chauffeur gearresteerd.
'Langdurig' betekende dat de zaak waarschijnlijk vlak na de dood van Baby Boy was geopend.
Dus Petra had haar tijd liever besteed aan iets dat ze wel kon oplossen?
Dat was misschien wel waar, maar ze was fanatiek en een mislukking zou haar zwaar op de maag liggen.
De volgende paar weken werd mijn tijd voornamelijk in beslag genomen door Allison, een paar kinderen die hulp nodig hadden en het spekken van mijn bankrekening. Ik was voornamelijk druk met één consult: een tweejarig meisje dat per ongeluk in haar been was geschoten door haar vierjarige broertje. Veel familiecomplicaties, geen voor de hand liggende antwoorden, maar uiteindelijk leek alles toch voor elkaar te komen.
Ik haalde Allison over om een paar dagen vrij te nemen en we brachten een lang weekend door op de San Ysidro Ranch in Montecito, waar we genoten van zon en lekker eten. Toen we terugreden naar L.A. was ik er zelf inmiddels van overtuigd dat ik het in alle opzichten prima deed.
De dag nadat ik terug was, belde Milo en zei: 'Goh, wat klink je vrolijk.'
'Daar heb ik ook hard aan gewerkt.'
'Kijk uit dat je het niet overdrijft,' zei hij. 'Ik zou niet graag willen dat je vergeet dat onze relatie alleen bij de gratie van chagrijn bestaat.'
'Ik zou niet durven,' zei ik. 'Wat is er aan de hand?'
'Iets waar je bepaald niet vrolijk van wordt. Ik heb een raar geval, dus natuurlijk moest ik meteen aan jou denken.'
'Hoezo raar?'
'Op het eerste gezicht lijkt er geen enkel motief te zijn, maar uiteraard zijn wij psychisch zo alert dat we wel beter weten, hè? Een kunstenares, een schilderes, die vermoord is in de nacht na de opening van haar eerste grote tentoonstelling. Afgelopen zaterdag. Iemand heeft haar gewurgd. Met een draad... dun en bewerkt, dus

waarschijnlijk is het omwikkeld metaaldraad geweest.'
'Seksueel misbruikt?'
'Ze was vrij suggestief neergelegd, maar er was niets dat op aanranding wees. Heb je tijd?'
'Voor jou altijd.'

Hij stelde voor om te gaan lunchen in Café Moghul, een Indiaas restaurant op Santa Monica, op een paar straten van bureau West-L.A. De tent bleek een inlooprestaurant te zijn, afgesloten met madrasgordijnen met een gouden werkje. Een onopvallende Ford LTD stond vlak bij de ingang op een laad/losplaats en op het dashboard lag een goedkope plastic zonnebril die ik Milo weleens had zien dragen.
De muren waren paarsroze en behangen met machinaal vervaardigde wandtapijten vol nootmuskaatkleurige mensen en tempels met spitse torentjes. Een hoge vrouwenstem zong iets klaaglijks. Er hing een lucht van kerrie en anijs.
Ik werd begroet door een in een sari gehulde vrouw van een jaar of zestig. 'Hij zit daar.' Ze wees naar een tafeltje tegen de achtermuur. Ze had zich de moeite kunnen besparen, Milo was de enige klant. Voor hem stond een groot glas met iets dat op ijsthee leek en een bord met gefrituurde hapjes in diverse maten en vormen. Hij had zijn mond vol en stak kauwend zijn hand naar me op. Toen ik bij het tafeltje was, stond hij half op, veegde het vet van zijn kin, nam een slok om de bal ter grootte van een honkbal door te slikken die hij als een orang-oetan in zijn wangen had geprop en schudde mijn hand.
'Gemengde hapjes vooraf,' zei hij. 'Neem er ook maar een paar. Ik heb al voor ons allebei besteld... de kip tandoori met rijst, linzen en groente, de hele rataplan. De groente is okra. Dat ziet er meestal uit als snot op toast, maar hier is het lekker. Er zit ook nog een beetje mangochutney bij.'
'Hallo,' zei ik.
De verlegen vrouw kwam aanlopen met een glas, schonk het vol thee en liep weer weg.
'Gekoelde kruidenthee, met een massa kruidnagelen,' zei hij. 'Ik heb de vrijheid genomen om dat ook maar vast te bestellen.'
'Fijn dat je zo goed voor me zorgt.'
'Wat moet ik anders?' Hij pakte een driehoekig hapje, mompelde: 'Samosa,' en keek me met half geloken, heldergroene ogen aan. Ik probeerde hem er al sinds het vertrek van Robin van te overtuigen dat met mij alles prima in orde was. Hij beweerde dat hij me ge-

loofde, maar uit zijn lichaamstaal bleek dat hij nog niet overtuigd was.
'Moet de arme rechercheur zelf niet vertroeteld worden?' vroeg ik.
'Dat wil ik niet. Daar ben ik veel te stoer voor.' Hij gaf me een knipoogje.
'Hoe staan de zaken?' vroeg ik, voornamelijk om te voorkomen dat hij zich te veel op mij zou gaan concentreren.
'De wereld stort in, maar met mij gaat het prima.'
'Vind je het nog steeds leuk om te freelancen?'
'Zo zou ik het niet willen noemen.'
'Hoe noem jij het dan?'
'Bureaucratisch goedgekeurde afzondering. Ik krijg de kans niet om te doen wat ik leuk vind.' Hij trok zijn lippen op. Ik wist dat het een glimlach moest voorstellen, maar iemand anders had het waarschijnlijk als een vijandige reactie beschouwd. Ik keek toe hoe hij nog een hap doorslikte en een slok thee nam.
Vorig jaar had hij de commissaris van politie tegen zich in het harnas gejaagd vlak voordat die commissaris met pensioen ging. Maar hij had een paar troefkaarten uitgespeeld en was erin geslaagd om tot inspecteur benoemd te worden met het bijbehorende salaris, maar zonder de kantoorbaan die met die promotie gepaard gaat. Omdat hij nu geen recht meer had zich op de afdeling moord en overvallen te vertonen, hadden ze hem een eigen kantoortje gegeven, verderop in de gang: een verbouwde verhoorkamer zonder ramen, figuurlijk gesproken mijlenver verwijderd van de andere rechercheurs. Zijn officiële titel was 'clearance ambtenaar' voor onopgeloste moordzaken. In principe kwam het erop neer dat hij besloot welke oude zaken heropend moesten worden en welke niet. Het goede nieuws was dat hij min of meer onafhankelijk was. Het slechte nieuws was dat hij niet automatisch op assistentie of steun van zijn collega's kon rekenen.
Nu werkte hij aan een nieuwe zaak. Ik nam aan dat er een verhaal aan vastzat, maar dat zou ik wel te horen krijgen als hij dat nodig vond.
Hij zag er goed uit en uit zijn heldere oogopslag kon ik opmaken dat hij zich kennelijk aan zijn besluit hield om minder te gaan drinken. Hij had ook besloten om te gaan lopen en zo wat meer lichaamsbeweging te krijgen, maar de laatste paar keer dat ik hem had gezien had hij gezeurd over pijn aan zijn wreven.
Vandaag droeg hij een grof, bruin tweed jasje dat veel te dik was voor een Californische lente, een kunststofoverhemd dat ooit wit was geweest en een das in verschillende groentinten met gebor-

duurde blauwe draakjes. Zijn zwarte haar was pas geknipt in de gebruikelijke coupe: lang en ruig boven op zijn hoofd, kort aan de slapen. Bakkebaarden, inmiddels sneeuwwit, tot aan zijn vlezige oorlelletjes. Volgens hem waren dat zijn skunkstrepen. Het licht in het restaurant was mild voor zijn huid, want sommige acnelittekens zagen eruit als diepe voren.

'De kunstenares heette Juliet Kipper,' zei hij. 'Ze werd Julie genoemd. Tweeëndertig, gescheiden, een schilderes in olieverf. Zo noemen ze dat.'

'Wie noemen dat zo?'

'Kunstzinnige types. Ze hebben hun eigen taaltje. Een schilder in olieverf, een beeldhouwer in brons, een etser in droge naald. Schilderijen zijn 'stukken' of 'afbeeldingen', iemand 'maakt' kunst, bla bla bla. Maar goed, Julie Kipper dus: ze was kennelijk heel begaafd, tijdens haar studietijd heeft ze een heel stel prijzen gewonnen, ze is afgestudeerd aan de Rhode Island School of Design en mocht zich vlak nadat ze haar diploma had gehaald verheugen in de belangstelling van een galerie in New York. Ze verkocht een paar doeken en leek carrière te gaan maken, maar toen ging het even wat minder en ze kwam financieel in de problemen. Ze is zeven jaar geleden hierheen gekomen en verdiende de kost met commerciële illustraties voor reclamebureaus. Een jaar geleden ging ze haar kunst weer serieus nemen, vond een galerie die bereid was haar werk tentoon te stellen, nam deel aan een paar groepsexposities en had redelijk succes. Afgelopen zaterdag opende ze haar eerste eigen expositie sinds ze uit New York was vertrokken.'

'Bij welke galerie?'

'Een zaak die Light and Space heet. Het is een collectief van een aantal kunstenaars die daar voornamelijk hun eigen werk aan de man proberen te brengen. Maar ze ondersteunen ook mensen die volgens hen opvallend getalenteerd zijn en hun beoordelingscommissie rekende Julie Kipper daar ook toe. Ik heb het gevoel dat die lui niet van hun kunst kunnen leven. De meesten hebben er een baantje bij. Julie moest de receptie zelf betalen... kaas, crackers en goedkope wijn, plus een jazztrio. Er zijn die avond een stuk of vijftig bezoekers geweest en zes van de vijftien schilderijen kregen een rode stip – dat betekent 'verkocht' in kunstkringen. Dan plakken ze ook echt een rood puntje op het naambordje.'

'Waren er nog bepaalde leden van het gezelschap die jouw argwaan wekten?'

'Het lijkt mij een vredelievend stel toe, ik kreeg niets dan goeds over Julie te horen, maar wie zal het zeggen?'

Julie. Hij noemde het slachtoffer nu al bij haar voornaam. Dit geval liet hem niet onberoerd. 'Wat is er precies gebeurd?' vroeg ik.
'Iemand heeft haar overvallen in het vrouwentoilet van de galerie. Na sluitingstijd. Een klein hokje: alleen een wastafel, een wc en een spiegel. Ze had een buil op haar achterhoofd – volgens de lijkschouwer was het niet zo'n harde klap dat ze buiten westen is geraakt, maar haar hoofd lag wel open en er zijn sporen van haar bloed op de rand van de wastafel gevonden. De lijkschouwer denkt dat ze zich fel heeft verzet en haar hoofd eraan heeft gestoten.'
'Ook bloedsporen van iemand anders?'
'Zoveel geluk is me niet gegund.'
'Een worsteling,' zei ik. 'Was ze een grote vrouw?'
'Nee, klein,' zei hij. 'Een meter zestig, negenennegentig pond.'
'Huidschilfers onder haar vingernagels?'
'Helemaal niets, maar we hebben wel sporen van talkpoeder gevonden. Je weet wel, dat spul dat je in rubber handschoenen doet.'
'Als het daar inderdaad voor is gebruikt,' zei ik, 'dan hebben we het over voorbedachten rade. Hoe lang na sluitingstijd is het gebeurd?'
'De expositie werd om tien uur gesloten en Julie is gebleven om de boel op te ruimen. Een van de andere kunstenaars van het collectief hielp haar daarbij, een vrouw die CoCo Barnes heet. En ik beschouw haar niet als een verdachte, omdat ze A. in de zeventig is en B. het postuur heeft van een tuinkabouter. Even na elven ging Barnes naar achteren om te kijken waar ze bleef en vond Julie.'
'Is ze soms doof op de koop toe?' vroeg ik. 'Ze moet toch flink lawaai hebben gemaakt.'
'Dat is niet zo vreemd als het lijkt, Alex. De galerie is een grote ruimte aan de voorkant, maar de toiletten zijn helemaal aan de achterzijde. De tussendeur is van massief hout en geeft toegang tot een halletje en een opslagruimte met een deur die op de steeg erachter uitkomt. En de deur van het toilet is ook van massief hout. Bovendien was er muziek. Het jazzcombo was er al vandoor, maar Julie had een stereo-installatie meegebracht, plus wat bandjes voor als de band even pauzeerde. Die heeft ze aangezet toen ze de boel gingen opruimen. Het is volkomen logisch dat Barnes niets heeft gehoord.'
De glimlachende vrouw dook op met een paar ondiepe stalen dienbladen die propvol schaaltjes stonden. Basmatirijst, linzen, groene salade, okra, platte broodjes en kip tandoori. Plus een potje mangochutney.
'Een leuke verzameling, hè?' vroeg Milo terwijl hij een kippenvleugel oppakte.

'Je gaat er kennelijk van uit dat de moordenaar via het steegje naar binnen is gekomen. Was de achterdeur geforceerd?'
'Nee.'
'Hoe lang na tienen liep Julie naar achteren om naar het toilet te gaan?'
'Dat kan CoCo zich niet herinneren. Ze weet nog wel dat het vlak voordat ze zelf naar achteren liep ineens tot haar doordrong dat Julie al een tijdje weg was. Maar ze waren allebei druk aan het opruimen geweest. Ten slotte moest ze ook naar de wc, liep naar achteren en klopte op de deur van het toilet. Toen Julie geen antwoord gaf, trok ze de deur open.'
'Viel de deur automatisch in het slot?'
Hij dacht na. 'Ja, het was zo'n geval met drukknoppen.'
'Dus de moordenaar heeft hem expres niet op slot gedaan.'
'Of hij heeft het vergeten.'
'Iemand die handschoenen bij zich heeft en zijn slachtoffer vanuit een hinderlaag overvalt, zou daar vast wel aan denken.'
Hij wreef over zijn gezicht. 'Goed, wat moeten we daaruit opmaken?'
'Dat hij een opschepper is,' zei ik. 'Hij wil de aandacht trekken. Je hebt zelf gezegd dat ze op een seksueel suggestieve manier was neergelegd.'
'Haar broekje om haar enkels, gespreide benen, opgetrokken knieën. Ze lag op haar rug tussen de wc en de wastafel. Daar moet ze tussen gepropt zijn... Zo zou je nooit per ongeluk terechtkomen.' Hij veegde het haar van zijn voorhoofd en at door.
'In wat voor stemming was ze die avond?'
'CoCo Barnes zei dat ze in de wolken was omdat ze zoveel succes had gehad.'
'Zes van de vijftien schilderijen verkocht.'
'Dat schijnt geweldig goed te zijn.'
'In de wolken,' zei ik. 'Met of zonder hulpmiddelen?'
Hij legde zijn vork neer. 'Waarom vraag je dat?'
'Je zei dat Julies carrière in het slop raakte nadat ze aanvankelijk succes had gehad. Ik vroeg me af of dat kwam omdat ze er slechte gewoonten op na ging houden.'
Hij pakte het restant van de kippenvleugel op, bekeek het nadenkend en begon op de botjes te knagen. Hij moet ze zo fijngekauwd hebben dat hij ze kon doorslikken, want alles verdween naar binnen. 'Ja, ze had problemen. Kun je me ook nog een tip voor de beurs geven nu je toch zo lekker aan het gokken bent?'
'Bewaar je geld maar in je matras.'

'Bedankt... ja, toen ze nog in New York woonde, heeft ze gerotzooid met cocaïne en alcohol. Daar heeft ze nooit een geheim van gemaakt, alle andere kunstenaars van het collectief wisten ervan. Maar iedereen met wie ik heb gesproken zegt dat ze clean was. Ik heb zelf haar appartement doorzocht en het verslavendste middel dat ze in haar medicijnkastje had, was Mydol. En ze had die avond niets sterkers ingenomen dan aspirine, dat zegt de lijkschouwer tenminste. Dus het lijkt erop dat ze inderdaad in de wolken was omdat haar eigenwaarde flink omhoog was geschoten.'
'Tot iemand haar neerhaalde,' zei ik. 'En zorgvuldig berekende waar dat moest gebeuren. Iemand die voldoende bekend was met de galerie om te weten dat het toilet een relatief veilige plek was om dat klusje te klaren. Hebben jullie enige aanwijzing dat Julie na het feest een afspraak met iemand had?'
'Daar heeft ze het met niemand over gehad en in haar agenda stond alleen maar het feest genoteerd.'
'Seksueel suggestief maar geen aanranding. Misschien wilde iemand dat we zouden denken dat het om een seksmoord ging.'
'Dat gevoel krijg ik ook. Het is allemaal veel te bedacht voor een verdomde moord na verkrachting.'
'Het lijkt bijna op kunst,' zei ik. 'Performance art.'
Hij beet zijn kaken op elkaar.
'Waarom heb jij deze zaak op je genomen?' vroeg ik.
'Om iemand een plezier te doen. Haar familie was vroeger in Indiana met mijn familie bevriend. Haar vader werkte net als mijn vader in de staalfabriek. Om precies te zijn werkte hij aan de lopende band waarvan mijn vader opzichter was. Hij is dood en dat geldt ook voor Julies moeder, maar de broer van haar vader – Julies oom – is hiernaartoe gevlogen om het lichaam te identificeren. Hij heeft me opgetrommeld en me gevraagd de zaak op me te nemen. Het laatste waar ik op zat te wachten was een zaak waarbij ik persoonlijk betrokken was, maar ik had geen keus. Die vent hemelde me op alsof ik een of andere verdomde Sherlock was.'
'Je roem is zelfs tot Indiana doorgedrongen.'
'O, hoi,' zei hij terwijl hij een pluk okra aan zijn vork prikte. Maar hij veranderde van gedachten en liet de glibbertroep weer op zijn bord vallen.
'Is de draad waarmee ze is gewurgd achtergelaten?'
'Nee, dat het daarom ging, heeft de lijkschouwer opgemaakt uit de sporen op haar hals. Hij is dwars door de huid gegaan, maar de moordenaar heeft toch de tijd genomen om de draad terug te pakken. We hebben de hele omgeving afgezocht, maar niets gevonden.'

'Alweer een blijk van zorgvuldige planning,' zei ik. 'Dit is een slimme vogel.'
'Ja, het is echt dolle pret.'

9

Nadat we hadden gegeten stapten we in mijn auto en Milo vertelde me hoe ik bij het adres van Light and Space op Carmelina, even ten noorden van Pico, moest komen. Ik kende de buurt: pakhuizen, carrosseriebedrijven en kleine fabriekjes, op loopafstand van de grens tussen West-L.A. en Santa Monica. Als Julie Kipper een paar straten verderop was gewurgd, zou het beroep van haar oom op Milo vergeefs zijn geweest.
Terwijl ik reed, balanceerde Milo een tandenstoker tussen zijn wijsvingers en speurde de omgeving af met de radarogen van een smeris. 'Het is alweer een tijdje geleden dat we dit hebben gedaan, hè?' De afgelopen maanden hadden we elkaar steeds minder vaak gezien. Ik was ervan uitgegaan dat het aan de hoeveelheid oude zaken lag die hij moest oplossen en aan het feit dat ik het zo druk had. Maar ik had mezelf voor het lapje gehouden. We hadden elkaar opzettelijk gemeden. 'Je zult wel niet genoeg rare gevallen hebben gehad.'
'Toevallig klopt dat ook nog,' zei hij. 'Alleen maar gewone zaken en daar val ik jou niet mee lastig.' En meteen daarna: 'Gaat het goed met je? In het algemeen?'
'Alles gaat prima.'
'Mooi zo.' Bij de volgende zijstraat: 'Dus... alles met Allison is... dat gaat goed?'
'Allison is geweldig,' zei ik.
'Nou, da's mooi.' Hij begon zijn tanden met de tandenstoker te bewerken en bleef de omgeving in de gaten houden.
Zijn eerste contacten met Allison waren beroepshalve geweest, tijdens het afwikkelen van de Ingalls-zaak. Ze had me verteld dat hij vlug van begrip en meevoelend was geweest.
Hij was aanvankelijk met stomheid geslagen toen hij hoorde dat wij omgang met elkaar hadden. De reactie daarna was: 'Ik moet toegeven dat ze er fantastisch uitziet.'
En ik had gedacht: Wat wil je dan niet toegeven? Daarna kwam ik tot de conclusie dat ik veel te lichtgeraakt was en ik had mijn mond

gehouden. Een paar weken later had ik voor ons vieren bij mij thuis gekookt: een zoele avond in maart, biefstukken, gebakken aardappels en rode wijn op het terras. Milo en Rick Silverman, Allison en ik.

Tot onze verrassing kenden Allison en Rick elkaar. Een van haar patiënten had zijn auto in elkaar gereden en was naar de spoedeisende hulp van het Cedars-Sinai gebracht, waar Rick toevallig net dienst had.

Zij zaten over hun werk te praten, ik hing de gastheer uit en Milo at en voelde zich duidelijk niet op zijn gemak. Tegen het eind van de avond had hij me even apart genomen. 'Dat is een aardig meisje, Alex. Hoewel je mijn goedkeuring natuurlijk niet nodig hebt.' Hij klonk alsof iemand hem had geprest om dat tegen me te zeggen.

Daarna begon hij zelden over haar.

'Nog een paar straten verder,' zei hij. 'Hoe gaat het met dat beest?'
'Ik heb gehoord dat het prima met hem gaat.'
Even later: 'Robin en ik hebben een paar keer samen koffiegedronken.'
Nee, maar.
'Daar is niets mis mee,' zei ik.
'Je bent nijdig.'
'Waarom zou ik nijdig zijn?'
'Je klinkt alsof je nijdig bent.'
'Ik ben niet nijdig. Waar moet ik afslaan?'
'Twee straten verder, dan de eerste rechts,' zei hij. 'Oké, ik zal mijn kaken wel met superlijm vastzetten. Hoewel je al zolang als we elkaar kennen tegen me zegt dat ik mijn gevoelens moet uiten.'
'Uit maar een end weg,' zei ik.
'Die vent met wie ze nu is...'
'Hij heeft een naam. Tim.'
'Tim is een slapjanus.'
'Zet het maar uit je hoofd, Milo.'
'Wat?'
'Die droom dat je ons weer bij elkaar kunt brengen.'
'Ik...'
'Smachtte ze soms naar me toen je haar sprak?'
Stilte.
'Sjonge,' zei hij.
'Hier rechts?'
'Ja.'

De buren van Light and Space waren een fabriek van pantserplaten en een groothandel in plastic uithangborden. Het was nog duidelijk te zien dat de galerie vroeger een pakhuis was geweest: een roodstenen gevel, bitumen dakbedekking en drie stalen tuimeldeuren aan de voorkant in plaats van een etalage. Boven de middelste deur stond in zwarte plastic letters: LIGHT AND SPACE: EEN KUNSTWINKEL. De twee buitenste deuren waren voorzien van stevige hangsloten, maar de middelste was afgesloten met een grendel, waarvan Milo de sleutel bleek te hebben. Hij trok de deur omhoog en het metalen paneel verdween in een uitsparing boven zijn hoofd.
'Hebben ze jou een sleutel gegeven?' vroeg ik.
'Dat komt door mijn eerlijke gezicht,' zei hij terwijl hij naar binnen liep en het licht aandeed.
De ruimte besloeg ongeveer 450 vierkante meter. Muren in die vanille-witte tint waarop kunst het best tot zijn recht komt, een grijze cementvloer, een zes meter hoog plafond bedekt met afvoerbuizen en een paar hoog aangebrachte spots, gericht op een paar grote, niet-ingelijste schilderijen.
Geen meubels, met uitzondering van een bureau, vooraan in het vertrek, met brochures en een cd-speler. Op de dichtstbijzijnde muur stond een tekst in dezelfde zwarte plastic letters die aan de buitenkant van het gebouw waren gebruikt.

JULIET KIPPER
LUCHT EN BEELD

Dezelfde titel stond op de brochures. Ik pakte er een op, las vluchtig een paar paragrafen kunstgeleuter door en bladerde verder naar een zwart-witportret van de kunstenares.
Juliet Kipper had geposeerd in een zwarte coltrui zonder sieraden en haar gezicht stak bleek af tegen een matgrijze achtergrond. Een vrij vierkant gezicht, niet onaantrekkelijk, onder kortgeknipt platinablond haar. Diepliggende, waakzame lichte ogen keken uitdagend in de camera. Haar mond was grimmig, de mondhoeken omlaag. Een korte, rafelige pony liet een gefronst voorhoofd vrij. Diep geconcentreerd. Of gebukt onder zorgen. Ze had haar best gedaan om eruit te zien als de gekwelde kunstenares, maar het kon ook haar natuurlijke houding zijn.
Milo liep door de galerij en zijn voetstappen weerkaatsten tegen de muren terwijl hij langs de schilderijen drentelde.

Een vooringenomen psycholoog die zich op basis van haar sombere foto aan een voorspelling van Julie Kippers kunst had gewaagd, zou zich vergaloppeerd hebben. Ze had vijftien stralende landschappen gecreëerd, uitbundig van kleur en structuur, stuk voor stuk gekenmerkt door een meesterlijke beheersing van compositie en licht.

Droge rivierbeddingen, in nevelen gehulde vlijmscherpe bergen, woeste watervallen die omlaag stortten in spiegelende beekjes, donkergroene wouden met plotselinge gouden breuken waarin onbekende verten lonkten. Twee doeken van de oceaan bij nacht werden verlevendigd door diepblauwe luchten en citroengeel maanlicht dat de branding in schuim veranderde. Ieder schilderij vertoonde de vrijmoedige penseelstreken van iemand die had geweten hoe ze verf op linnen moest aanbrengen. Diverse lagen kleur leken licht te geven... in minder getalenteerde handen zou het werk al snel tot toeristenkitsch verworden zijn.

De prijzen varieerden van twee- tot vierduizend dollar. Ik bestudeerde de doeken met een andere blik en zocht tevergeefs naar een plek die me bekend voorkwam. Toen viel mijn oog op de naamplaatjes: *Droom I, Droom II, Droom III...*

Juliet Kipper had haar eigen wereld geschapen.

Ik zei: 'Naar mijn mening was ze een groot talent.' Mijn stem galmde door de bijna lege ruimte.

'Ik vind haar werk ook mooi, maar wie ben ik,' zei Milo. 'Kom op, dan zal ik je laten zien waar ze is gestorven.'

Het toilet was te klein voor ons beiden en Milo bleef buiten wachten terwijl ik rondkeek in de smerige ruimte waar Juliet Kipper was gewurgd.

Een akelig hokje, zonder ramen en vochtig. Een gebarsten wastafel, geoxideerde kranen. Slierten zwarte schimmel in de hoeken.

Het was er zo smerig dat de vage bruine vlekken op de cementvloer me niet eens zouden zijn opgevallen als ik niet beter had geweten.

Ik liep achteruit het toilet uit en Milo liet me de rest van de ruimte achter zien. Een grote opslagplaats aan de linkerkant was gevuld met schilderijen zonder lijsten, kantoorbenodigdheden en niet bij elkaar passende, goedkoop uitziende meubels. Het herentoilet was al even krap en onaantrekkelijk.

De achterdeur van de galerie was voorzien van een klink.

'Alweer een deur die automatisch in het slot valt,' zei ik. 'Alweer een weloverwogen risico dat hij betrapt zal worden.'

'Een exhibitionist.'

'Maar hij heeft het wel onder controle. Hij weet precies wat hij doet.'

Milo duwde de deur open, zette hem vast met een blok hout dat kennelijk daarvoor bestemd was en we liepen het gebouw uit. Een strook asfalt met daarachter een drie meter hoge muur van cementblokken. In de verste hoek stond een afvalcontainer.

'Wat is er aan de andere kant van de muur?'

'De parkeerplaats van een bedrijf in loodgietersartikelen. De grond is aan die kant hoger, een centimeter of zestig, maar dan nog zou het een hele klim zijn. En de moordenaar hoefde er helemaal niet overheen te klauteren, want hij kon hier zo naar binnen lopen.' Hij nam me mee naar de zijkant van de galerie en wees naar een andere geasfalteerde steeg die langs de fabriek van pantserplaten liep en op de straat uitkwam. Er kwamen rookwolken uit de fabriek en er hing een pure giflucht.

'Nauwelijks beveiliging,' zei ik.

'Waarom zou een stel kunstenaars dat nodig hebben?'

We liepen terug naar de openstaande deur en ik bekeek het slot nog eens goed.

'Dezelfde sleutel als van de voorkant?'

'Yep.'

'Ik neem aan dat alle leden van het collectief een sleutel hebben.'

'Hoe hij binnenkwam, is geen raadsel, Alex. Het motief wel. Ik heb al met alle leden van het collectief gesproken en er is er niet een bij die zelfs maar een sprankje argwaan bij me oproept. Veertien van de twintig zijn vrouwen en van de zes kerels zijn er drie van dezelfde leeftijd als CoCo. De jongeren lijken me allemaal van die standaardcreatievelingen die eeuwig met hun hoofd in de wolken lopen. Het barst hier in Venice van dat soort figuren. Vredelievende kunstenaars. Daar komt nog bij dat niemand iets probeert te verbergen. Desondanks heb ik ze allemaal laten natrekken. Stuk voor stuk een schone lei. Ik ben er al te vaak ingetrapt om te denken dat niemand me voor de gek kan houden, maar als ik op mijn gevoel afga, heeft dit stel er niets mee te maken.'

We gingen weer naar binnen en ik liep nog een keer langs de schilderijen van Julie Kipper.

Prachtig.

Ik wist niet of dat in de kunstwereld veel te betekenen had, maar het betekende wel iets voor mij en ik was het liefst in tranen uitgebarsten.

'Wanneer is ze gescheiden?' vroeg ik.

'Tien jaar geleden. Drie jaar voordat ze hiernaartoe verhuisde.'

'Wie is haar ex?'

'Een vent die Everett Kipper heet,' zei hij. 'Hij was vroeger ook kun-

stenaar. Ze hebben elkaar op Rhode Island ontmoet, maar hij is iets anders gaan doen.'
'Ze gebruikt wel nog steeds zijn naam.'
'Julie heeft iedereen verteld dat ze als vrienden uit elkaar zijn gegaan. En Kipper was ook bij de opening. De mensen die ik heb gesproken zeiden allemaal dat ze vriendschappelijk met elkaar omgingen.'
'Wat doet hij nu voor de kost?'
'Beursmakelaar.'
'Van kunst naar financiën,' zei ik. 'Betaalt hij alimentatie?'
'Op haar bankafschriften staan maandelijkse stortingen van tweeduizend dollar en verder heeft ze kennelijk geen vast inkomen.'
'Dus nu zij er niet meer is, scheelt hem dat vierentwintig duizend ballen per jaar.'
'Ja hoor, hij is net als alle andere echtgenoten mijn hoofdverdachte,' zei hij. 'Ik heb over een uur een afspraak met hem.'
'Woont hij dan in de stad?'
'Hij woont in Zuid-Pasadena en hij werkt in Century City.'
'Waarom ga je dan nu pas met hem praten?'
'We hebben krijgertje per telefoon gespeeld. Ik ga zo meteen rechtstreeks naar hem toe.' Hij frunnikte aan de knoop in zijn das. 'Is dit zakelijk genoeg voor de Avenue of the Stars?'
'Met dat soort zaken wil ik niets te maken hebben.'
Toen we terugliepen naar de Seville zagen we een oud, blauw Volkswagenbusje aankomen. Op de bumper zat een sticker met *Spaar de Moerasgebieden*. Daarboven: *Kunst is Leven*. Een kleine witharige vrouw zat achter het stuur. Ze kon er net overheen kijken. Op de stoel naast haar zat een geel-met-bruine hond strak naar de voorruit te staren.
De vrouw zwaaide. 'Joehoe, rechercheur!' We liepen naar de bus toe.
'Mevrouw Barnes,' zei Milo. 'Wat is er aan de hand?' Hij stelde me voor aan CoCo Barnes en toen ze me een hand gaf, had ik het gevoel dat ik een mussenklauwtje vastpakte.
'Ik kwam alleen maar langs om te zien of u wel binnen kon komen.' Barnes wierp een blik op de voorgevel van de galerie. De hond bleef rustig op zijn plaats zitten, met een doffe blik en de kaken stevig op elkaar geklemd. Het was een groot beest met een grijze snuit. Zijn vacht zat vol stukjes droog blad.
Ik kon de moed opbrengen hem te aaien en hij gaf me een lik over mijn hand.
'We konden gemakkelijk binnenkomen,' zei Milo.

'Bent u al klaar binnen?' Ze had een schorre stem, bijna krassend, maar dat werd weer tenietgedaan door een zuidelijk accent. Ze leek een jaar of zeventig. Het witte haar was jongensachtig kort en zonder pardon afgehakt. Haar huid had de kleur en de stevigheid van een goed doorbakken kip. Leigrijze ogen – alerter dan die van de hond, maar toch een beetje wazig – bekeken me van top tot teen.
'Hoe heet hij?' vroeg ik.
'Lance.'
'Een lieve hond.'
'Wel als hij je aardig vindt.' CoCo Barnes wendde zich weer tot Milo. 'Weet u al iets meer over Julie?'
'Het onderzoek bevindt zich nog in het beginstadium, mevrouw.'
De oude vrouw fronste. 'Heb ik niet horen vertellen dat de kans groot is dat een zaak nooit wordt opgelost als jullie niet snel een dader vinden?'
'Zo simpel is het niet, mevrouw.'
CoCo Barnes krabde Lance in zijn nek. 'Ik ben blij dat ik u nog tref, dat bespaart me weer een telefoontje. Weet u nog wel dat u me vroeg of er zaterdagavond misschien iets ongewoons was gebeurd en dat ik heb gezegd dat dat niet zo was en dat het een doodgewone opening was geweest? Nou, daar heb ik nog eens over nagedacht en er was toch iets. Niet 's avonds en eigenlijk niet echt tijdens de opening. En ik weet ook niet of het wel precies is wat u bedoelt.'
'Wat is er dan gebeurd?' vroeg Milo.
'Het was vóór de opening,' zei Barnes. 'Wel op dezelfde dag, rond een uur of twee 's middags. Julie was er nog niet eens. Ik was alleen met Lance. En Clark Van Alstrom was er ook, u weet wel, hij maakt die aluminium installaties.'
Milo knikte.
'Ik had Clark bij me omdat ik die metalen deur niet in mijn eentje kan optillen,' zei CoCo Barnes. 'Zodra ik binnen was, vertrok Clark weer en ik ging aan de slag. Ik wilde me ervan overtuigen dat alles in orde was... een paar maanden geleden hadden we een stroomstoring en dat was niet leuk.' Ze glimlachte. 'Vooral niet omdat de kunstenaar in neon werkte... maar goed, ik liep dus alles te controleren en toen hoorde ik Lance blaffen. Dat gebeurt zelden. Hij is echt héél rustig.'
Ze glimlachte naar de hond, die een zacht en tevreden gebrom liet horen. 'Ik had achter een bak water voor hem neergezet, in de gang waar Julie... vlak bij de toiletten, maar ik had de deur naar de gang opengelaten en ik hoorde hem blaffen. Niet hard, hoor, hij is al veertien en zijn stembanden zijn niet meer zo goed. Hij komt niet

verder dan een schor gehoest.' Ze kuchte een paar keer om te laten horen wat ze bedoelde. Lance keek haar aan, maar hij verroerde zich niet. 'Hij bleef maar doorgaan, het hield niet op en ik liep naar achteren om te zien wat er aan de hand was. Tegen de tijd dat ik bij hem was, had hij zichzelf opgehesen en stond naar de achterdeur te kijken. Ik vroeg me af of hij soms ratten had gehoord... een jaartje geleden hebben we een rattenplaag gehad, waardoor een opening helemaal in het honderd liep... waar is de rattenvanger van Hameln als je hem nodig hebt? Maar goed... waar was ik gebleven? O ja, ik deed de deur open om te kijken wat er aan de hand was en er was geen rat te zien. Maar er stond wel een vrouw in de afvalcontainer te rommelen. Duidelijk een dakloze en duidelijk gestoord.'
'Gestoord?' zei Milo.
'Gek, psychotisch, geestesziek. Ik vind het niet leuk om iemand een etiket op te plakken, maar af en toe ontkom je daar niet aan. Deze had duidelijk een klap van de spreekwoordelijke molen gehad.'
'En dat kon u zien aan...'
'Haar ogen, om maar iets te noemen,' zei Barnes. 'Verwilderde ogen... bange ogen. Ze schoten voortdurend heen en weer.' Ze probeerde het voor te doen, maar haar grijze ogen bewogen te langzaam. Nadat ze een paar keer had geknipperd, alsof ze haar blik weer helder moest maken, draaide ze zich om naar Lance, krabde hem achter zijn oor en zei: 'Rustig maar, je bent een brave kerel... bovendien gedroeg ze zich vreemd en haar kleren... niets paste bij elkaar, alles was veel te groot en voor het weer van die dag had ze veel te veel lagen over elkaar aan. Ik woon al drieënvijftig jaar in Venice, rechercheur. Ik heb genoeg geestelijke gestoordheid gezien om het te herkennen als ik er met mijn neus opgedrukt word. Plus dat gesnuffel in die afvalbak. Op het moment dat de deur openging, sprong ze achteruit, verloor haar evenwicht en viel bijna. Doodsbang. Ik zei: 'Als je even wacht, haal ik iets te eten voor je.' Maar ze drukte haar hand tegen haar mond, beet op haar knokkels en ging ervandoor. Dat doen ze vaak, weet u. Voedsel afslaan. Sommigen reageren zelfs vijandig als je ze wilt helpen. Ze horen constant stemmen in hun hoofd die hun god-mag-weten-wat vertellen. Dan kun je ze toch niet kwalijk nemen dat ze niemand vertrouwen?' Ze kriebelde de hond opnieuw. 'Het zal wel niets te betekenen hebben, maar gezien wat er met Julie is gebeurd lijkt het me beter om niets over het hoofd te zien.'
'Dat is zeker waar, mevrouw. Wat kunt u me nog meer over die vrouw vertellen?' vroeg Milo.

De ogen van de oude vrouw begonnen te sprankelen. 'Dus u denkt wel dat het belangrijk is?'
'In dit stadium is alles belangrijk. Ik ben blij dat u me dit hebt verteld.'
'Nou, dat is fijn om te horen. Want ik had het u bijna níét verteld, omdat het een vrouw was en ik ervan uitging dat Julie door een man was vermoord... vanwege de manier waarop ze...' De ogen van de oude vrouw werden even stijf dichtgeknepen voordat ze weer trillend opengingen. 'Ik probeer nog steeds dat beeld uit mijn hoofd te zetten... hoewel deze vrouw Julie best had kunnen overweldigen. Ze was groot... misschien wel een meter tachtig lang. En ook forsgebouwd. Hoewel dat met al die kleren niet goed te onderscheiden was. En ik heb haar eigenlijk maar heel even goed aangekeken.'
'Zware botten,' zei Milo.
'Grof. Bijna mannelijk.'
'Kan het geen man zijn geweest die zich had verkleed als...'
Barnes lachte. 'Nee, nee, dit was wel degelijk een vrouw. Maar een grote vrouw. Veel groter dan Julie. Dat zette me aan het denken. Want het hoeft niet per se een man te zijn geweest, hè? Vooral als we te maken hebben met iemand die niet goed bij haar hoofd was.'
Milo had zijn opschrijfboekje te voorschijn gehaald. 'Hoe oud was ze volgens u?'
'Ik denk ergens in de dertig, maar dat blijft gokken, want met dat soort ellende – dakloos, geestelijk gestoord – speelt leeftijd geen rol meer, hè?'
'Wat bedoelt u precies, mevrouw?'
'Wat ik bedoel,' zei Barnes, 'is dat dergelijke mensen er allemáál oud en geschonden uitzien... je kunt de wanhoop ervan afscheppen. Toch was deze erin geslaagd om iets van haar jeugd vast te houden, ik zag nog iets jongs onder al dat vuil. Beter kan ik het niet omschrijven.'
CoCo Barnes tikte op haar vinger. 'En wat de rest betreft: ze droeg een soort dik, gewatteerd soldatenjack over een rood met zwart en wit flanellen overhemd met daaronder een blauw UCLA-sweatshirt. UCLA in witte letters, de C was er half af. Daaronder een dikke grijze joggingbroek en die puilde zo uit dat ze er op z'n minst nog één broek onder aanhad. Witte gympen met veters aan haar voeten en een zwarte strohoed met een brede rand op haar hoofd. De rand was aan de voorkant kapot, er staken een paar strootjes uit. Ze had haar haar in de hoed gepropt, maar er hingen nog een paar strengen los en die waren rood. En krullend. Rood krullend haar. Voeg daar nog een dikke laag vuil aan toe en het plaatje is compleet.'

Milo stond te krabbelen. 'Hebt u haar weleens eerder gezien?'
'Nee,' zei Barnes. 'Niet op de boulevard of in de achterafsteegjes van Venice. Ook niet in Ocean Front Park of op andere plaatsen waar je daklozen ziet rondhangen. Misschien hoort ze hier niet thuis.'
'Kunt u zich nog iets anders van die ontmoeting herinneren?'
'Ik zou het geen ontmoeting willen noemen, rechercheur. Ik deed de deur open, ze schrok zich dood, ik bood haar iets te eten aan en ze ging er als een haas vandoor.'
Milo las zijn aantekeningen door. 'U hebt een fantastisch geheugen, mevrouw Barnes.'
'Dan had u me een paar jaar geleden mee moeten maken.' De oude vrouw tikte tegen haar voorhoofd. 'Ik heb me aangewend om in mijn hoofd momentopnamen te maken. Wij kunstenaars zien de wereld door een telelens.' Ze knipperde twee keer snel met haar ogen. 'Als ik niet te laf was geweest om een staaroperatie te ondergaan, zou ik er nog veel beter aan toe zijn.'
'Mag ik u dan nog iets vragen, mevrouw? Zou u voor mij een tekening van die vrouw kunnen maken? Ik weet zeker dat die veel beter wordt dan wat onze politietekenaar voor elkaar kan krijgen.'
Barnes onderdrukte een verbaasde glimlach. 'Ik heb al een tijdje niet meer getekend. Ik ben een paar jaar geleden overgestapt op pottenbakken, maar natuurlijk, waarom niet? Ik bel u wel als ik klaar ben.'
'Dat stel ik bijzonder op prijs, mevrouw.'
'Burgerplicht en kunst,' zei Barnes. 'Gewoon in één adem.'

Terwijl ik terugreed naar Café Moghul, zei ik: 'Denk je dat het belangrijk is?'
'Jij niet, dan?'
'CoCo Barnes heeft staar, dus wie weet wat ze werkelijk heeft gezien. Ik denk nog steeds dat alles aan die moord wijst op planning en intelligentie. Iemand aan wie geestelijk geen steekje loszit. Maar dat is puur giswerk, geen wetenschappelijke conclusie.'
Hij fronste. 'Om die rooie op te sporen zal ik de straatagenten op moeten trommelen uit de buurten waar veel daklozen rondhangen en contact moeten opnemen met de sociale dienst en de afkickcentra. En als Barnes gelijk heeft en die rooie niet uit West-L.A. komt, zal ik me niet tot dit district kunnen beperken.'
'Maar je hebt één groot voordeel,' zei ik. 'Een vrouw van een meter tachtig met rood krullend haar wordt niet snel over het hoofd gezien.'

'Maar stel dat ik haar vind, wat dan? Dan heb ik nog alleen maar een mogelijk psychotische persoon die vijf uur voordat Julie werd gewurgd in de afvalcontainer in de steeg stond te snuffelen.' Hij schudde zijn hoofd. 'Denk ik dat het belangrijk is? Niet echt.'
Een straat verder: 'Maar aan de andere kant...'
'Ja?'
'Als ik niet snel een andere aanwijzing vind, kan ik me niet veroorloven er níét achteraan te gaan.'

Ik stopte naast de laad/losplaats voor het restaurant. Er zat een bekeuring onder de ruitenwisser van zijn blinde politieauto. 'Zin om kennis te maken met Everett Kipper?' vroeg hij.
'Zeker weten.'
Hij keek naar de bekeuring. 'Rij jij maar... als ik toch een chauffeur heb, kan ik er net zo goed van profiteren.'
'Krijg ik dan een vergoeding van het stadsbestuur?'
'Vast en zeker. Ik zal je per expres een pak innige dank laten sturen.'

Everett Kipper werkte voor een bedrijf dat MuniScope heette, op de eenentwintigste etage van een uit staal en beton opgetrokken torenflat aan de Avenue of the Stars, net ten zuiden van Santa Monica. Hoge parkeertarieven, maar de parkeerwacht was diep onder de indruk van Milo's politiepenning en ik mocht de Seville gratis stallen.
De lobby van het gebouw was zo groot als een voetbalveld en er kwamen twaalf liften op uit. We zoefden in een hermetische stilte omhoog. De receptie van MuniScope was een halfronde ruimte met een lambrisering van gebleekt essenhout, indirecte verlichting, vaste vloerbedekking en langs de wanden oranjegele leren zitjes. Milo's politiepenning zorgde voor een schrikreactie bij de receptioniste die van top tot teen onverzettelijkheid uitstraalde. Maar ze herstelde zich snel en lachte al haar tanden bloot.
'Ik zal hem meteen bellen, heren. Kan ik u iets te drinken aanbieden? Koffie, thee of een frisdrankje?'
We bedankten beleefd en zakten neer op oranjegeel leer. Met dons gevulde kussens. Er was geen hoek te bekennen in de eivormige ruimte. Ik had het gevoel dat ik een bevoorrecht ongeboren kuiken was, met een nestje in een dure huurflat.
'Lekker,' mompelde Milo.
'Zo stel je cliënten op hun gemak,' zei ik. 'Het werkt ook nog. Ik sta op het punt de schaal kapot te pikken en iets te kopen.'

Een man in een zwart pak kwam vanachter een van de rondlopende wanden te voorschijn. 'Rechercheurs? Ev Kipper.'
Julie Kippers ex was een magere man met een harde stem, grijsblond stekelhaar en het gladde ronde gezicht van een student op leeftijd. Een jaar of veertig, een meter zeventig, achtenzestig kilo. Zijn verende tred suggereerde turn- of ballettraining. Het pak was een perfect zittend model met vier knopen, aangevuld met een saffierblauw overhemd, een goudkleurige das, gouden manchetknopen en een gouden polshorloge. Zijn handen waren gemanicuurd, glad en ongewoon groot en toen we elkaar de hand schudden, voelde ik een nauwelijks onderdrukte kracht. Droge handpalmen. Heldere bruine ogen, die ons recht aankeken. Een subtiel gebruinde huid riep gedachten op aan een of andere vorm van buitensport of de zonnebank.
'Ga maar mee naar binnen, dan kunnen we praten,' zei hij. Een zelfbewuste bariton, geen spoor van ongerustheid. Als hij zijn voormalige echtgenote had vermoord, was hij een eersteklas psychopaat.

Hij nam ons mee naar een lege directiekamer met een uitzicht tot aan Las Vegas. Oesterkleurige vloerbedekking en muren en een zwart granieten vergadertafel die groot genoeg was voor de dertig imitatiebiedermeierstoelen die eromheen stonden. We gingen met ons drieën aan een van de uiteinden zitten.
'Het spijt me dat het zo lang heeft geduurd om een afspraak te maken,' zei Kipper. 'Waar kan ik u mee van dienst zijn?'
'Is er iets dat wij over uw ex-vrouw zouden moeten weten?' vroeg Milo. 'Iets dat ons kan helpen om uit te zoeken wie haar heeft gewurgd?'
Met de klemtoon op 'vrouw' en 'gewurgd'. Hij keek Kipper strak aan.
'God, nee,' zei Kipper. 'Julie was een fantastisch mens.'
'U hebt contact met haar gehouden, ondanks het feit dat u tien jaar geleden bent gescheiden.'
'Het leven heeft onze wegen gescheiden. Maar we zijn altijd bevriend gebleven.'
'Uw wegen gescheiden in professioneel opzicht?'
'Ja,' zei Kipper.
Milo leunde achterover. 'Bent u hertrouwd?'
Kipper glimlachte. 'Nee, ik ben nog steeds op zoek naar de ideale vrouw.'
'En dat was uw ex-vrouw niet.'
'Julies hele bestaan draaide om kunst. Het mijne houdt in dat ik

aandelenprospectussen zit door te spitten. We zijn op dezelfde plek begonnen, maar uiteindelijk raakten we te ver uit elkaar.'

'Hebt u in Rhode Island ook schilderkunst gestudeerd?'

'Beeldhouwkunst.' Kipper raakte de wijzerplaat van zijn horloge aan. Het uurwerk was zo plat als een dubbeltje en het raderwerk was te zien. Vier diamantjes op gelijke afstand op de kast, een krokodillenleren bandje. Ik probeerde uit te rekenen hoeveel schilderijen Julie Kipper had moeten verkopen om zich zo'n klokje te kunnen veroorloven.

'Dat klinkt alsof u een onderzoek naar mij hebt ingesteld, rechercheur.'

'Uw huwelijk kwam aan de orde toen ik met mensen praatte die haar kenden, meneer. Het feit dat u van oorsprong kunstenaar bent, schijnt algemeen bekend te zijn.'

'Die kliek van Light and Space?' vroeg Kipper. 'Een triest stel.'

'Hoezo, meneer?'

'Maximale zelfpromotie, minimaal talent.'

'Zelfpromotie?'

'Ze nóémen zich kunstenaars,' zei Kipper. Voor het eerst klonk zijn stem licht geïrriteerd. 'Julie was dat inderdaad, in tegenstelling tot de rest. Maar dat geldt in het algemeen voor de hele kunstwereld. Er zijn geen criteria... heel anders dan bij een chirurg bijvoorbeeld. Een en al uiterlijk vertoon.'

De bruine ogen dwaalden naar zijn abnormaal grote handen. Vierkante vingers, glanzende nagels. Goed verzorgde handen. Je kon je nauwelijks voorstellen dat ze een beitel vasthielden en aan de blik in Kippers ogen was te zien dat hij dat wist. 'Dat gold ook voor mij.'

'Deed u dan ook aan uiterlijk vertoon?' vroeg Milo.

'Een tijdje wel. Daarna gaf ik het op.' Kipper glimlachte. 'Ik deugde voor geen meter.'

'Maar u was goed genoeg om toegelaten te worden tot het Rhode Island College of Design.'

'Nee maar, wat zullen we nou krijgen?' zei Kipper. Zijn stem had opnieuw een laagje zijde verloren. 'Ik heb al gezegd dat er geen criteria bestaan. Wat Julie en ik gemeen hadden, was dat we allebei prijzen hadden gewonnen op de middelbare school en op college. Het verschil was, dat zij die ook had verdiend. Ik heb me altijd een bedrieger gevoeld. Ik zeg niet dat ik een volslagen klungel ben. Ik kan dingen met hout, steen en brons doen, die de gemiddelde persoon niet voor elkaar krijgt. Maar dat is nog mijlenver van kunst verwijderd. Ik was intelligent genoeg om dat te beseffen en ben iets gaan doen wat beter bij me past.'

Milo keek de kamer rond. 'Geeft dit u dan artistieke bevrediging?'
'Geen grein,' zei Kipper. 'Maar ik verdien een vermogen en ik leef me iedere zondag uit... in mijn eigen studio thuis. Doorgaans kom ik niet verder dan kleimodellen. Het kan heel louterend zijn om die kapot te slaan.'
Zijn gezicht bleef rimpelloos, maar hij was iets roder geworden.
'Hoe vond uw vrouw het dat u voor een andere carrière koos?' vroeg Milo.
'Dat is al jaren geleden, hoe kan dat nu nog relevant zijn?' vroeg Kipper.
'Op dit moment is alles relevant, meneer. Heb alstublieft een beetje geduld met me.'
'Hoe ze het vond? Ze vond het vreselijk en probeerde me het uit mijn hoofd te praten. En daaruit kunt u al een beetje opmaken hoe Julie was – hoe integer. We leefden als een stel paupers in een goor krot aan de Lower East Side en pakten elk baantje aan dat we konden krijgen. Julie probeerde telefonisch abonnementen op tijdschriften te verkopen en ik fungeerde als conciërge van het gebouw om de huur te kunnen betalen. De dag dat ik in het financiewezen begon, konden we voor het eerst rekenen op een vast inkomen. Hoewel dat niet bepaald hoog was. Ik begon helemaal onder aan de ladder bij Morgan Stanley. Maar zelfs dat was al een stap vooruit. Toen konden we tenminste eten kopen. Maar dat kon Julie geen bal schelen. Ze bleef tegen me tekeergaan... ik had talent en dat had ik vergooid. Ik geloof niet dat ze me dat ooit vergaf... niet tot ze ook hierheen kwam, me opzocht en we weer contact met elkaar kregen. Ik denk dat ze toen pas inzag dat ik echt gelukkig was.'
'U bent het eerst hierheen gekomen.'
'Een jaar voor Julie. Nadat we gescheiden waren.'
'En zij kwam u opzoeken.'
'Ze belde me op kantoor. Ze zat ontzettend in de put... omdat ze het in New York niet gemaakt had en omdat ze stomme krantenadvertenties moest tekenen. Ze zat ook op zwart zaad. Ik heb haar uit de brand geholpen.'
'En u moest ook nog alimentatie betalen.'
Kipper liet zijn adem ontsnappen. 'Dat maakte niet uit. Ik heb u al verteld dat ik heel veel geld verdien.'
'Geef me dan eens precies de volgorde van alle gebeurtenissen aan,' zei Milo. 'Huwelijk, scheiding, enzovoort.'
'Dus ik moet mijn hele leven in één zinnetje samenvatten?'
'In een paar zinnen, meneer.'
Kipper maakte de knopen van zijn colbert los. 'We hebben elkaar

vlak nadat we op Rhode Island kwamen leren kennen. Het klikte meteen, binnen een week woonden we samen. Na ons eindexamen zijn we naar New York gegaan en getrouwd... veertien jaar geleden. Vier jaar later zijn we gescheiden.'

'Hoe was het contact met uw ex-vrouw na de scheiding?' Milo had Julies naam nog niet één keer tegenover Kipper gebruikt. Om de nadruk te leggen op de verbroken relatie.

'We hielden contact door elkaar af en toe op te bellen,' zei Kipper. 'En heel af en toe gingen we samen eten.'

'Waren dat vriendschappelijke telefoontjes?'

'Grotendeels wel.' Kipper wreef met zijn vinger over de wijzerplaat van zijn horloge. 'Ik begrijp wel waar dit naartoe gaat. Maar dat maakt me niet uit. Mijn maatjes hadden al tegen me gezegd dat ik als een verdachte zou worden beschouwd.'

'Uw maatjes?'

'Een paar andere beursmakelaars.'

'Hebben zij dan ervaring met justitie?'

Kipper lachte. 'Nog niet. Nee, ze kijken te vaak tv. Ik neem aan dat het tijdverspilling is om u te vertellen dat ik er niets mee te maken had.'

Milo glimlachte.

'U gaat uw gang maar,' zei Kipper, 'maar u moet één ding goed begrijpen: ik hield van Julie... eerst als vrouw, later als mens. Ze was mijn vriendin en ik ben de laatste die haar ooit kwaad zou doen. Ik heb geen enkele reden om haar kwaad te doen.'

Hij schoof zijn stoel een stukje achteruit en sloeg zijn benen over elkaar.

'Waar gingen die vriendschappelijke telefoontjes over?' vroeg Milo.

'We vertelden elkaar wat we uitspookten,' zei Kipper. 'En af en toe zat er ook wel een zakelijk gesprek tussen. Rond de tijd dat de belastingformulieren moesten worden ingevuld. Ik moest het bedrag van de alimentatie opvoeren, plus de andere bedragen die ik aan Julie stuurde. En soms had ze extra geld nodig.'

'Hoeveel extra?'

'Zo nu en dan een klein bedrag... hooguit tien- of twintigduizend per jaar.'

'Twintigduizend extra zou bijna een verdubbeling van haar alimentatie zijn.'

'Julie kon niet met geld omgaan. Ze kwam altijd in de problemen.'

'Dus ze had moeite om de tering naar de nering te zetten?'

Kipper liet zijn grote handen zakken tot ze plat op het granieten ta-

felblad lagen. 'Julie kon niet met geld omgaan, omdat ze er niets om gaf.'
'Dus in totaal gaf u haar bijna veertigduizend per jaar. Wat aardig van u.'
'Ik rijd in een Ferrari,' zei Kipper. 'En ik zit niet te wachten op vetleren medailles.' Hij schoof iets naar voren. 'Ik zal u uitleggen wat er allemaal met Julie is gebeurd. Vlak na haar eindexamen had ze voor het eerst succes. Ze mocht meedoen aan een expositie van een aantal kwalitatief bijzonder goede kunstenaars in een galerie in het centrum van de stad en verkocht al haar schilderijen. Ze kreeg ook geweldige kritieken, maar geloof het of niet: het leverde haar vrijwel geen geld op. De prijs van haar doeken varieerde van acht- tot twaalfhonderd dollar en tegen de tijd dat de eigenaar van de galerie, haar agent en alle andere figuren die ook altijd een graantje mee wensen te pikken hun aandeel hadden opgeëist, was er nog net genoeg over voor een uitgebreide lunch in de Tavern on the Green. De galerie schroefde haar prijs op tot vijftienhonderd per schilderij en vertelde haar dat ze aan de slag moest. Ze heeft zes maanden aan één stuk door gewerkt. Vierentwintig uur per dag, daar leek het althans op.' Hij vertrok zijn gezicht.
'Een zware opgave,' zei Milo.
'Het leek meer op zelfmoord.'
'Had ze iets waarmee ze haar energie kon stimuleren?'
'Wat bedoelt u?' vroeg Kipper.
'We weten dat ze een drugsprobleem heeft gehad. Is dat toen begonnen? Cocaïne kan heel stimulerend zijn.'
'Coke,' zei Kipper. 'Daar was ze al veel eerder mee begonnen... op college al. Maar ja, ze ging het veel meer gebruiken toen de galerie eiste dat ze instantkunst afleverde in een onmenselijk tempo.'
'Wat hield dat tempo in?'
'Twaalf schilderijen binnen vier maanden. Een knoeier zou dat best voor elkaar gekregen hebben, zonder enige moeite, maar Julie was heel precies. Ze maakte haar eigen verfstoffen, legde de ene laag verf over de andere, afgewisseld met haar eigen bijzondere lak en vernis. Ze was zo kieskeurig dat ze af en toe zelfs haar eigen penselen maakte. Daar kon ze weken mee bezig zijn. En de lijsten. Die moesten allemaal origineel zijn, precies passend bij het schilderij. Alles moest volmaakt zijn. Alles werd een project van immens belang.'
'Haar huidige doeken zijn niet ingelijst,' zei ik.
'Dat heb ik ook gezien,' zei Kipper. 'Ik heb haar gevraagd waarom niet. Ze zei dat ze zich concentreerde op het beeld zelf. Ik heb haar

verteld dat ik dat een goed idee vond.' Hij balde zijn hand. 'Julie was briljant, maar ik weet niet of ze ooit echt succes zou hebben gehad.'
'Waarom niet?'
'Omdat ze *te* begaafd was. Wat tegenwoordig voor kunst doorgaat, is pure kul. Video-installaties, 'performances', rotzooi die in elkaar is gedonderd met 'vrije materialen' – en dat is gewoon slap kunstzinnig gelul voor troep die uit de vuilnisbak komt. Als je tegenwoordig een dildo op een limonadeflesje niet, ben je Michelangelo. Als je echt kunt tekenen, word je aan alle kanten gekleineerd. Tel daar nog bij op dat Julie geen notie had van zakendoen en…' Kippers schouders zakten. Zijn zwarte pak vertoonde geen rimpeltje.
'Onwerelds,' zei ik.
'Precies,' zei Kipper. 'Ze had geen flauw benul van de wereld waarin ze leefde. Neem nou die kwestie van dat geld. Ik heb geprobeerd haar zover te krijgen dat ze een deel van het alimentatiegeld belegde in solide obligatiefondsen. Als zij destijds tegelijk met mij was gaan investeren, zou ze inmiddels een aardig appeltje voor de dorst hebben gehad en dan had ze zich op de manier zoals ze zelf wilde aan haar kunst kunnen wijden. In plaats daarvan moest ze zichzelf verlagen door commerciële klussen aan te nemen.'
'Ze hield niet van commerciële kunst.'
'Ze had er de pest aan,' zei Kipper. 'Maar ze weigerde om de maatregelen te treffen die haar daarvan bevrijd zouden hebben. Ik wil niet zeggen dat ze masochistisch was, maar Julie hing wel graag de martelares uit. Ze was nooit echt gelukkig.'
'Chronisch gedeprimeerd?' vroeg ik.
'Behalve als ze schilderde.'
'Laten we nog even teruggaan,' zei Milo, terwijl hij door zijn opschrijfboekje bladerde. 'Die New Yorkse galerie die haar in dienst nam… Haar carrière-overzicht in de brochure vermeldt de Anthony Galerie…'
'Die bedoelde ik ook. Die bloedzuiger Lewis Anthony.'
'Geen aardige man?'
'Dat geldt voor de meesten,' zei Kipper.
'Galerie-eigenaren.'
'Eigenaren, agenten, verzamelaars.' Inmiddels waren Kippers beide handen gebald. 'De zogenaamde kunstwereld. Ronduit ongetalenteerde mensen, mensen die zo weinig benul hebben van talent dat ze het nog niet zouden herkennen als het aan hun voortplantingsorganen vrat… en die parasiteren op hun hoogbegaafde medemens. Bloedzuigers die zich voeden met het lichaam van de kunst. Zo

noemden Julie en ik hen. Talent is een vloek. Misdadigers moeten terechtstaan voor een jury van hun gelijken, maar dat geldt niet voor kunstenaars.'

Zijn gladde, ronde gezicht was vuurrood.

'Dus Lewis Anthony zette Julie onder druk om werk af te leveren en daardoor ging ze meer cocaïne gebruiken,' zei Milo.

Kipper knikte. 'Ze gebruikte coke en speed om door te kunnen werken, en drank en tranquillizers om zich te kunnen ontspannen. Als ik haar niet dwong om te eten en te slapen, deed ze dat gewoon niet. Het was een nachtmerrie. Ik bleef steeds vaker weg. Dat kon gemakkelijk, want ik werkte aan een nieuwe carrière. Om op te klimmen binnen het bedrijf en zo.'

'Gebruikte u ook drugs?'

Kipper aarzelde. 'Ik heb ermee gestoeid,' zei hij ten slotte. 'Dat deed iedereen destijds. Maar ik ben nooit verslaafd geraakt. Daar heb ik gewoon geen aanleg voor. Dat zal wel iets te maken hebben met het gebrek aan talent... er broeide hier niet genoeg.' Hij raakte zijn haar aan.

'Het aloude verband tussen genie en waanzin?' vroeg Milo.

'Dat is echt waar, dat mag u gerust van me aannemen. Toon me een briljant kunstenaar en ik zal u laten zien dat hij of zij volslagen verknipt is. En ja, dat gold ook voor Julie. Ik hield van haar, ze was een fantastisch mens, maar zelfs als ze niets omhanden had, was ze totaal in verwarring.'

Milo tikte op zijn opschrijfboekje. 'Vertel me eens iets meer over Lewis Anthony.'

'Wat moet ik over hem vertellen? De klootzak zette Julie onder druk, Julie propte zichzelf vol met verdovende middelen en produceerde drie doeken. Anthony ging tegen haar tekeer, verkocht ze alle drie, gaf Julie een schijntje van de opbrengst en zei dat hij niet meer voor haar wilde bemiddelen tenzij ze harder zou gaan werken. Ze ging naar huis, nam een overdosis en kwam in een ontwenningskliniek terecht.'

Kipper ontspande zijn vingers en klauwde in het zwarte graniet. 'Daar heb ik me altijd schuldig over gevoeld. Dat ik haar liet zitten toen ze me nodig had. Toen ze thuiskwam met die cheque van Anthony en ik dat miezerige bedrag zag, werd ik stapelgek... ik sloeg helemaal door. Zes maanden lang had ik gezien hoe ze roofbouw op zichzelf pleegde – ze viel negen kilo af tijdens de voorbereidingen voor die expositie – en het enige wat ze eraan overhield was tweeduizend dollar. Ik zei dat ze de grootste sukkel was die ik ooit had ontmoet en ging weg om een pilsje te pakken. Toen ik thuis-

kwam, lag ze languit in bed en ik kon haar niet wakker krijgen. Ik dacht dat ze dood was. Ik heb een ambulance gebeld en die heeft haar naar Beth Israel gebracht. Een paar dagen later werd ze overgeplaatst naar de psychiatrische afdeling van Bellevue.'
'Gedwongen opname?' vroeg ik.
'De eerste paar dagen wel, in ieder geval zo lang als de wet voorschrijft. Maar ze bleef er ook nadat ze vrij was om te gaan. Ze zei tegen mij dat ze liever in een gekkengesticht zat dan met iemand samen te wonen die niets om haar gaf. Wat kon ik daartegen inbrengen? Ik had haar in de steek gelaten. Nadat ze in Bellevue een ontwenningskuur had ondergaan werd ze weer naar huis gestuurd en ik deed mijn best om weer contact met haar te krijgen. Maar ik had net zo goed tegen een stenen muur kunnen praten. Ze kon niet werken – de vonk ontbrak – en daar werd ze gek van. Ze begon weer drugs te gebruiken en daar hadden we constant ruzie over. Uiteindelijk ben ik het huis uit gegaan. Ik was degene die een aanvraag tot scheiding indiende, maar Julie verzette zich daar niet tegen… ze deed geen barst om zichzelf in financieel opzicht te beschermen. Ik heb vrijwillig aangeboden om haar de helft van wat ik toen verdiende als alimentatie te geven, wat neerkwam op duizend dollar per maand. Mijn advocaat verklaarde me voor gek.' Kipper streek met zijn hand over zijn stekeltjeshaar. 'Naarmate het beter met me ging, heb ik het bedrag verhoogd.'
'Tweeduizend per maand,' zei Milo.
'Ja, ik weet het,' zei Kipper. 'Voor een vent met een Ferrari is dat een schijntje. Maar Julie wilde niet meer hebben. Ik heb aangeboden om een mooi huis voor haar te huren, zodat ze haar eigen atelier zou hebben. Maar ze wilde per se in die bouwval blijven wonen.'
'Er bestond dus nog steeds een band tussen u beiden.'
'Ik zei al dat we af en toe nog samen uit eten gingen.' Kipper boog zijn hoofd. 'En soms vrijden we met elkaar… ik weet dat het raar klinkt, maar dat overkwam ons gewoon. Misschien waren we wel voor elkaar bestemd. Dat zou een giller zijn.'
'Een giller?'
'Dat we op zo'n rare manier toch aan elkaar gebonden waren,' zei Kipper. 'Ik wilde niet dat ze uit mijn leven zou verdwijnen. Waarom zou dat nodig zijn? En nu is ze er niet meer. En jullie zitten hier je tijd te verdoen.'
'Meneer…'
'Luister eens,' zei Kipper, 'van mij krijgt u carte blanche. Kom maar naar mijn huis en breek voor mijn part alle verdomde vloeren op.

Maar als dat is gebeurd, zouden jullie me dan een genoegen willen doen en serieus op jacht gaan naar de klootzak die het wel gedaan heeft? En als jullie hem te pakken krijgen, vertel hem dan maar dat hij een verrekte barbaar is, die deze verdomde wereld van een brokje pure schoonheid heeft beroofd.'
Schreeuwend. Zo rood als een biet en de kolenschoppen van handen zo stijf vastgeknepen dat de knokkels wit waren.
Kipper slaakte een diepe zucht en zakte in elkaar.
'Ik wilde u nog een paar vragen stellen,' zei Milo.
'Ja hoor, je gaat je gang maar.'
'U was aanwezig bij de opening.'
'Dat klopt en ik heb twee schilderijen gekocht.'
'Vond uw ex-vrouw dat niet vervelend?'
'Waarom zou ze dat vervelend vinden?'
'Omdat ze onafhankelijk wilde zijn en zo,' zei Milo. 'Was u niet bang dat ze het als een soort liefdadigheid zou beschouwen?'
'Dat zou misschien het geval zijn geweest als Julie en ik het niet al een tijdje geleden over die schilderijen hadden gehad. Ik had ze bij haar thuis gezien en haar verteld dat er twee bij waren die ik echt graag wilde hebben. Ze wilde ze me cadeau geven, maar dat heb ik afgeslagen. Ik zei dat ze de doeken bij de expositie moest hangen, compleet met rode stip. Als een soort lokkertje... dit materiaal loopt als een trein, zorg dus maar dat je er op tijd bij bent.'
'Tot hoe laat bent u bij de opening gebleven?'
'Tot een halfuur voor sluitingstijd.'
'En hoe laat was dat?'
'Rond halftien.'
'Waar bent u toen naartoe gegaan?'
'Aha,' zei Kipper. 'Het alibi. Nou, dat heb ik niet. Ik ben in mijn auto gestapt en een eindje gaan rijden. Via Sepulveda naar San Vicente en vervolgens over Seventh naar de Santa Monica Canyon. Ik ken die buurt goed, want daar is een pompstation dat een speciaal soort benzine verkoopt met een octaangehalte van 100 en een speciale aanjager die het gehalte nog eens opvoert naar 104. Er zit er ook een in Pasadena. Ik was eerst van plan om langs de kust te rijden, maar toen besloot ik dat ik meer zin had in een bochtiger traject – de Ferrari is dol op bochten – dus ik ben omgedraaid en ben Sunset opgereden tot aan Benedict Canyon, een mooi ritje.'
'Speciale benzine,' zei Milo. 'Hoeveel moet u daarvoor neertellen?'
'Momenteel iets meer dan een dollar per liter.'
Milo floot.
'De Ferrari loopt daar veel beter op,' zei Kipper.

'Welk model hebt u?'
'Een Testarossa.'
'Een meesterwerk,' zei Milo.
'O, ja,' zei Kipper. 'En duur in het onderhoud. Maar dat geldt voor alles in mijn leven.'

10

'De treurende ex-echtgenoot,' zei Milo terwijl ik wegreed uit Century City, langs het ABB Entertainment Center.
'Een boze ex-echtgenoot. Grote, sterke handen en opvliegend. En als hij het over de kunstwereld heeft, begint hij te koken.'
'Bloedzuigers die zich voeden met het lichaam van de kunst.'
'En Julie maakte nog steeds deel uit van het lichaam van de kunst.'
'Hij zit je dwars.'
'Hij is een nader onderzoek waard,' zei ik. 'Intelligent en machtig. En hij was in de galerie. Bovendien geeft hij zelf toe dat zijn verhouding met Julie nogal ingewikkeld was. Een stormachtig huwelijk en tien jaar na de scheiding nog steeds een fysieke knipperlichtrelatie. Als goede bekenden willen doen voorkomen dat er sprake was van verkrachting, gaan ze meestal net niet ver genoeg. Dan trekken ze een broekje omlaag en niet uit. Kipper beweert dat hij Julie moest overhalen om geld aan te pakken, maar je weet maar nooit. Hij kan ook best een zwaar gefrustreerde vent zijn. Hij is serieus van plan geweest om kunstenaar te worden. Meestal valt het niet mee om dat soort dromen te laten varen.'
'Ook al heb je een Ferrari als zoethoudertje.'
'Dat heeft hij ons drie keer onder de neus gewreven. Een Ferrari die hij volgooit met een speciaal soort benzine. Denk daar eens over na: hij betaalt een smak meer om een toch al bijzonder krachtige motor nog eens op te voeren. Dat betekent dat we met een agressieve kerel te maken hebben. Voeg daarbij een lastige ex-vrouw met wie hij nog steeds naar bed ging en geldzaken...'
'Julie heeft tegen de andere kunstenaars gezegd dat ze als vrienden uit elkaar zijn gegaan.'
'Maar hoe goed kenden ze haar? Heeft ze bijvoorbeeld aan iemand verteld dat ze geprobeerd had zelfmoord te plegen?'
'Nee,' zei hij. 'Ze heeft het er wel over gehad dat ze een ontwenningskuur had gedaan, maar daar heeft ze niets over gezegd. Denk

je dan dat Julie van idee was veranderd en Kipper grote bedragen probeerde af te troggelen?'
'Misschien had ze geen zin meer om de noodlijdende kunstenaar uit te hangen, ging eens goed nadenken, besefte dat Kipper ruim in de slappe was zat en besloot haar eigen levensstijl ook aan te passen. Kipper vond het waarschijnlijk wel leuk om de grote meneer uit te hangen als dat op zíjn voorwaarden gebeurde. Maar als Julie eisen is gaan stellen, zou dat iets heel anders zijn. Julie had alle redenen om de balans op te maken. Ze had zo langzamerhand de middelbare leeftijd bereikt en ook haar tweede poging om een succesvolle carrière als kunstenares op te bouwen heeft niet bepaald voor grote krantenkoppen gezorgd. Ik weet wel dat ze schilderijen heeft verkocht, maar Light and Space is geen New Yorkse galerie en de prijzen van haar doeken zijn sinds ze begon nauwelijks hoger geworden. Als je ze vergelijkt met wat ze twintig jaar geleden kreeg, zijn ze zelfs lager. Dus misschien drong de werkelijkheid eindelijk tot haar door: ze zou de grootste moeite hebben om als schilderes aan de bak te komen en ze had er genoeg van om elke cent te moeten omdraaien. Kipper zei dat ze in een bouwval woonde. Was het echt zo'n krot?'
'Volgens zijn maatstaven wel. Ik vond het een doodgewoon huis. Een tweekamerappartement in Santa Monica, aan de oostkant, in een zijstraat van Pico. Ze gebruikte de woonkamer als atelier. Ze mag dan een kunstenares zijn geweest, maar van huizen inrichten had ze geen kaas gegeten.'
'Dat is wel de zelfkant van Santa Monica,' zei ik. 'Bendes, handel in drugs.' Ik dacht aan Robins huis op Rennie. Tim Plachette was een vriendelijke vent, een zachtaardig kerel die mij altijd beleefd behandelde. Zou ze wat aan hem hebben als er problemen waren?
Milo zat midden in zijn antwoord. '... nog een keer met de buren praten. En ik zal manlief ook nog eens nader bestuderen.'
'Probeer er maar achter te komen hoe hij er financieel voor staat. Dat soort beroepsinvesteerders wordt af en toe overmoedig en dan gaan ze hun nek uitsteken. Als Kipper bij een transactie het schip in is gegaan en een fortuin heeft verloren, dan was de verleiding misschien groot om een eind te maken aan zijn verplichtingen ten opzichte van Julie.'
'Hij had een paar stevige handen,' zei hij. 'Hij is klein van stuk, maar nog altijd groter dan Julie. Hij zou voldoende kracht hebben gehad om haar in dat toilet te overmeesteren.'
'Dat was misschien niet eens nodig. Ze vertrouwde hem. Dat zou het element van verrassing alleen nog groter hebben gemaakt.'

'In welk opzicht vertrouwde ze hem?'
'Hij heeft ons verteld dat ze nog steeds met elkaar naar bed gingen.'
'Een afspraakje op die gore plek?'
'Ik heb wel raardere dingen gehoord,' zei ik.
'Ik ook, maar... Volgens mij zijn jouw gedachten inmiddels nog slechter dan de mijne.'
Ik maakte een U-bocht en reed terug naar Santa Monica Boulevard.
'Toen Julies oom je vroeg om deze zaak op je te nemen, heb je toen met hem ook over haar gepraat?'
'Zeker weten.'
'Was hij op de hoogte van haar verleden?'
'Voor hem was ze gewoon het lieve, begaafde nichtje dat naar New York was gegaan. Haar familie beschouwde haar als Rembrandt in eigen persoon.'
'Prettig om zo gewaardeerd te worden.'
'Ja.' Even later zei hij: 'Sterke handen. Maar degene die Julie heeft gewurgd vertrouwde niet op zijn handen, hij heeft een draad gebruikt.'
'Een goeie manier om je handen niet vuil te maken,' zei ik. 'En daarnaast ook nog handschoenen. Op die manier is er weinig kans dat je sporen achterlaat.'
'Dus hij heeft zijn handen niet vuilgemaakt.'
'Bij wijze van spreken.'

Ik zette hem af, reed naar huis en startte de computer op. Een stuk of zes zoekmachines brachten nauwelijks gegevens aan het licht over Everett of Julie Kipper.
Zijn naam leverde drie resultaten op: lezingen die hij had gegeven tijdens privécursussen voor cliënten van MuniScope. Het onderwerp was iedere keer hetzelfde: als personen met een hoog inkomen belastingvrije premieobligaties kochten in plaats van de aandelenmarkt af te stropen zou hun dat op de lange duur meer geld opleveren.
Julies naam leverde maar één resultaat op: zes maanden geleden was een van haar oudere schilderijen bij een veiling van Sotheby's verkocht. Achttienhonderd dollar voor een tien jaar oud olieverfschilderij getiteld *Marie aan haar keukentafel*. Er stond geen foto bij. Op de veiling waren alleen vrij goedkope werken aangeboden en van het merendeel ontbrak een illustratie.
Ik keek niet echt op van de herkomst van het schilderij: afkomstig van de Lewis Anthony Galerie, N.Y., en verkocht aan een 'privéverzamelaar'.

Ik zocht Anthony op. Vijftig resultaten. Hij was vijf jaar geleden gestorven, maar de galerie bestond nog steeds.
Ik dacht na over de manier waarop Julie Kippers leven was verlopen. Ze had zichzelf vol drugs moeten proppen om te voldoen aan de eisen van een galeriehouder. Drie schilderijen.
En nu was een daarvan door de eigenaar gedumpt voor minder dan de kostprijs.
Als ze dat had gehoord, was ze er niet vrolijk van geworden.
En ik durfde te wedden dat ze het had gehoord. Er was vast wel iemand geweest die haar dat had verteld.
Maar toch had ze besloten om te proberen een comeback te maken. Misschien was dat verkochte schilderij zelfs wel de aanleiding geweest.
Had ze die schilderijen, volgens haarzelf haar allerbeste werk, gemaakt in de hoop een tweede kans te krijgen bij een van de toonaangevende galerieën en had ze zich uiteindelijk tevreden moeten stellen met Light and Space?
Een geringe productie betekende ook dat er geen levendige handel in bestaande schilderijen was.
En omdat er zo weinig vraag was naar haar werk kon één motief voor de moord meteen worden geschrapt: iemand die probeerde de waarde van zijn investering op te schroeven, omdat dode kunstenaars vaak meer geld opbrengen dan levende. Maar dat gold alleen voor belangrijke kunstenaars. Wat de kunstwereld betrof, had Juliet Kipper nooit bestaan en haar dood zou iedereen onberoerd laten.
Nee, dit geval had niets te maken met zakelijke intriges. Dit was iets persoonlijks.
Een intelligente moordenaar. Iemand die vooruit kon denken en uiterlijk onbewogen was, maar vanbinnen... woede die werd onderdrukt tot kille berekening.
Toen hij me opbelde, had Milo het een 'raar geval' genoemd, maar zo zou de moordenaar er niet over denken. Hij zou het volkomen logisch vinden dat hij een draad om Juliet Kippers hals had geslagen en die had aangetrokken.

Ik nam een biertje, bleef nog even nadenken over Julies stralende schilderijen en haar gesmoorde talent en pakte de telefoon op.
De Lewis Anthony Galerie bevond zich volgens het telefoonboek in Fifty-seventh Street in New York. De vrouw die de telefoon aannam, klonk alsof ze de woorden met een nagelschaar afknipte.
'Meneer Anthony is een paar jaar geleden overleden.' Uit de toon

waarop ze sprak, was op te maken dat elke fatsoenlijke Amerikaanse burger dat behoorde te weten.
'Misschien kunt u mij helpen. Ik ben op zoek naar werk van Juliet Kipper.'
'Van wie?'
'Juliet Kipper, de schilderes. Ze werd een paar jaar geleden door uw galerie vertegenwoordigd.'
'Over hoeveel jaar praten we dan?'
'Tien jaar.'
Ze snoof. 'Dat is een eeuwigheid. Ik heb nog nooit van haar gehoord. Goedendag.'
Ik zat me af te vragen hoe het zou zijn als je voortdurend met dat soort dingen te maken kreeg. Als je was opgegroeid met een hoofd vol schoonheid en de gave om die weer te geven en van de mensen die van je hielden te horen had gekregen hoe briljant je was – waardoor je volkomen verslaafd was geraakt aan al die complimentjes – en dan bij je intrede in de 'echte wereld', of wat daarvoor doorging, ineens tot de ontdekking kwam dat liefde geen barst te betekenen had.
Julie Kipper werd geconfronteerd met een kil universum dat begaafde mensen als veevoer beschouwde.
Over de vriendelijkheid van vreemden gesproken.
Desondanks had ze toch haar ziel en zaligheid weer blootgegeven en werk van een adembenemende schoonheid gecreëerd.
Met als resultaat dat ze werd gewurgd en in een suggestieve houding op de grond van een smerig toilet werd achtergelaten.
Het leek plotseling ontzettend belangrijk om de persoon die dat had gedaan te pakken te krijgen.

Het was pas een paar uur later – nadat ik mijn rapporten had afgemaakt en verstuurd, een paar rekeningen had betaald en op en neer naar de bank was geweest om een paar cheques van advocaten op mijn rekening te laten storten – dat me nog iets anders over Julie te binnen schoot.
Een getalenteerde, getormenteerde ziel die meedogenloos werd gesmoord bij het eerste gloren van een comeback.
Hetzelfde kon worden gezegd van Baby Boy Lee.
Ik vergeleek de twee zaken. Beide moorden waren op zaterdagavond gepleegd, in een achterafsteegje. Er zaten vijf weken tussen. Milo noch Petra – en evenmin iemand anders – had een verband gezien, omdat er geen opvallende overeenkomsten waren. Toen ik alle verschillen onder elkaar had geschreven, stond er een behoorlijke lijst op mijn kladblok.

Mannelijk i.p.v. vrouwelijk slachtoffer.
Achter in de veertig i.p.v. midden dertig.
Vrijgezel i.p.v. gescheiden.
Neergestoken i.p.v. gewurgd.
Buiten i.p.v. binnen vermoord.
Muzikant i.p.v. schilderes.

Ik kwam tot de conclusie dat ik mijn analyses nu wel erg ver doordreef. Het had geen zin om Milo te bellen, ik kon hem niets anders dan theorieën aanbieden. Ik ging veertig minuten hardlopen, een fikse uitdaging voor mijn hart en longen, al ging ik er niet helderder door denken. Daarna kroop ik weer achter de computer en zocht alle moorden op creatieve mensen van de afgelopen tien jaar op.
Ondanks die arbitraire limiet kreeg ik toch nog veel materiaal voorgeschoteld dat niet aan de voorwaarden voldeed: voornamelijk massa's dode popsterren, die vrijwel allemaal door eigen schuld de laatste adem hadden uitgeblazen. Plus de moord op Sal Mineo, die in West-Hollywood was neergestoken. Dat was in 1976 geweest, ver voor de tien jaar die ik als grens had gesteld. Het was een moord waarover de filmwereld niet uitgepraat raakte. Aanvankelijk ging men ervan uit dat er verband bestond met het feit dat Mineo homoseksueel was, maar uiteindelijk bleek het een straatroof die volkomen uit de hand was gelopen.
De acteur was op het verkeerde moment op de verkeerde plaats geweest. Misschien zou dat ook het geval blijken te zijn met Baby Boy. En met Julie.
Ik bleef zoeken en selecteren en uren later had ik nog vier gevallen over die veelbelovend leken.
Zes jaar geleden was een pottenbakster die Valerie Brusco heette in een braakliggend veld achter haar atelier in Eugene, Oregon, doodgeknuppeld. Ik vond geen direct verslag van de misdaad, maar Brusco's naam dook op in een overzicht van keramische kunst aan de Noordwestkust, geschreven door een professor van Reed College die in zijn artikel vermeldde hoe Brusco aan haar eind was gekomen. De misdaad was wel opgelost: haar vriend, een taxichauffeur die Tom Blascovitch heette, was gearresteerd, veroordeeld en in de gevangenis beland. Maar moordenaars worden weer vrijgelaten, dus ik maakte toch een uitdraai van de gegevens.
Het tweede geval betrof een saxofonist, Wilfred Reedy, die viereneenhalf jaar geleden voor een jazzclub op Washington Boulevard was doodgestoken. Ik vond het verslag van de moord bij de overlijdensberichten in een blad van een muzikantenvakbond. In het her-

denkingsartikel werd Reedy een vriendelijke man genoemd die uitmuntend kon improviseren en er werd een oproep gedaan om in plaats van bloemen een bijdrage voor Reedy's echtgenote over te maken naar de vakbond.

De zesenzestigjarige Reedy was een vriend van John Coltrane geweest en had gespeeld met veel van de allergrootsten, zoals Miles Davis, Red Norvo, Tal Farlow en Milt Jackson. Ik dook in de archieven van de *L.A. Times* en vond een spottend artikel dat ergens achter in de krant had gestaan en een kort berichtje dat een week later was geplaatst. Geen aanwijzingen, geen arrestaties. Iedereen die over inlichtingen beschikte, werd verzocht het bureau van district Zuid-West te bellen.

Moord nummer drie was een vijfentwintigjarige balletdanseres, een zekere Angelique Bernet, die vier jaar geleden in Cambridge, Massachussetts, was doodgestoken. Bernet was lid geweest van een reizend gezelschap uit New York dat in Boston optrad. Ze was op een vrijdagnacht rond twee uur weggegaan uit haar hotel en niet meer teruggekomen. Twee dagen later werd haar lichaam gevonden achter een flatgebouw aan Mt. Auburn Avenue, vlak bij de campus van de Harvard universiteit. Verwijzingen naar de *Boston Herald* en de *Globe* leverden twee korte verslagen van het misdrijf op, maar er was niemand gearresteerd. Toen viel mijn oog op een ander berichtje in de *Globe*: Bernet was onlangs gepromoveerd tot stand-in voor de prima ballerina en had op de avond dat ze verdween zelfs haar eerste solo gedanst.

De laatste moord die ik vond, had tien maanden later plaatsgevonden, weer in Hollywood. Tijdens een plaatopname die de hele nacht zou duren, had een punkzangeres die China Maranga heette in een dronken woede-uitbarsting haar band de mantel uitgeveegd omdat ze volgens haar te sloom speelden. Ze was boos de studio uitgelopen en verdwenen. Twee maanden later ontdekten wandelaars haar geraamte in de heuvels vlak bij het Hollywood-monument. Het lag nauwelijks verborgen in het struikgewas. Ze was geïdentificeerd aan de hand van haar gebitsgegevens. Een gebroken nek en het ontbreken van kogelgaten of steekwonden zouden erop kunnen wijzen dat ze gewurgd was, maar meer kon de lijkschouwer er niet over zeggen.

China Maranga's gebit was gemakkelijk te herkennen – als kind had ze een uitgebreide orthodontische behandeling ondergaan. Haar echte naam was Jennifer Stilton en ze was opgegroeid in een groot huis in Palos Verdes, als dochter van een directielid van een supermarktketen en een binnenhuisarchitecte. Op school had ze altijd hoge cijfers gehaald en was dankzij haar mooie sopraan lid geweest van de zangclub. Daarna was ze aan Stanton Engelse literatuur gaan studeren, raakte verslaafd aan alternatieve muziek, whisky en cocaïne, liet een hele verzameling tatoeages en piercings aanbrengen en richtte een band op van gelijkgestemde ouderejaars die net als zij hun studie eraan gaven. De volgende paar jaar toerde ze met China Whiteboy door het land, trad op in kleine clubs en verwierf zich een cultstatus, maar een platencontract bleef uit. Gedurende die tijd veranderde China's mooie hoge stem in een ruig, atonaal geschreeuw. Een tournee door Duitsland en Nederland zorgde voor meer publiciteit en leverde een contract met een alternatief label in L.A. op. De twee albums van China Whiteboy liepen verrassend goed, de band begon de aandacht te trekken van mensen die iets te vertellen hadden en er ging een hardnekkig gerucht dat ze bij een grote maatschappij zouden tekenen.

De moord op China maakte overal een eind aan.

China kon nauwelijks gitaar spelen, maar ze gebruikte er een voor de show: een gehavende oude Vox *teardrop* waarmee ze nogal ruw omsprong. Dat wist ik omdat twee van haar bandleden – een stel slungelige, vrijwel onverstaanbare geestverschijningen die Squirt en Brancusi heetten – wel zuinig waren op hun instrumenten en naar Robin toe kwamen als er iets aan mankeerde. Toen China tijdens een van haar doldrieste escapades op het podium de hals van de Vox brak, gaven de jongens haar het nummer van Robin.

Ik kan me de dag dat China langskwam nog goed herinneren. Het was een akelige middag in juli, verpest door luchtvervuiling van de westkust en nattigheid van de oostkust. Robin was achter aan het werk en ik zat in mijn kantoor toen er aan de deur werd gebeld. Acht keer achter elkaar. Ik liep naar voren en deed de deur open voor een bleke, goedgevormde vrouw met piekhaar dat even glanzend en zwart was als de teerputten van La Brea. Ze had een gitaar bij zich in een zachte hoes van canvas en keek me aan alsof ik de indringer was. Onder het terras stond een grote, stoffige Buick in de kleur van verpakte mosterd.

Ze zei: 'Verrek, wie ben jij nou weer? Of ben ik echt aan het verkeerde adres?'

'Waar moet u zijn?'

'In het paradijs om me lekker uit te leven op maagdelijke jongetjes... woont die gitaarjuf hier nou wel of niet?'

Ze tikte met haar voet. Haar schouders bewogen. Bij haar linkeroog zat een tic. Ze had een onopvallend gezicht, maar waarschijnlijk zou ze er best leuk uit hebben gezien als ze een beetje ontspannen was geweest. Ze was erg bleek maar dat kwam gedeeltelijk door een dikke laag lichte make-up, die nog eens benadrukt werd door de zwaar met kohl aangezette ogen. De rest duidde op slechte gewoonten.

Haar linkerarm was voor zover ik kon zien helemaal bedekt met tatoeages in zwarte inkt: kronkelige, abstracte beelden. Op de rechterkant van haar gezicht, precies tegen haar oorlelletje aan, stond een zwart met blauw ijzeren kruis. Haar beide oren zaten vol met een verzameling ringen en stekers. Dat alles, plus de piercings in haar wenkbrauwen en de knopjes in haar neus, schreeuwde maar om één ding: aandacht. Haar blauwe, gestippelde oxford-overhemd suggereerde een rooftocht door de chique klerenkast van pappie. Het overhemd zat ingestopt in een geblokt minirokje, zo'n plooirokje als kostschoolmeisjes verplicht moeten dragen. Witte kniekousen in soldatenkistjes met veters voltooiden het kostuum dat de boodschap 'probeer het maar niet eens te begrijpen' leek uit te dragen.

'De gitaarjuf zit aan de achterkant,' zei ik.

'Waar aan de achterkant? Ik ga hier niet rondlopen zonder precies te weten waar ik moet zijn. Ik vind het hier doodeng.'

'Waarom?'

'Er kunnen hier best coyotes of andere rotbeesten zitten.'

'Coyotes komen alleen 's nachts te voorschijn.'

'Dat geldt ook voor mij... schiet nou maar op, man, ik krijg pijn in mijn ogen. Laat maar zien waar ze zit.'

Ik liep samen met haar de trap naar het terras af, om het huis heen en door de tuin. Ze had nauwelijks conditie en liep al bij de vijver te hijgen. Toen we naar het water liepen, stoof ze langs me heen en rende voor me uit, zwaaiend met de gitaar. Daarna bleef ze abrupt staan en keek met grote ogen naar de *koi*.

'Wat een grote vissen,' zei ze. 'Vreten jullie je helemaal suf aan sushi?'

'Dat zou een duur etentje zijn,' zei ik.

Toen ze grijnsde, trok haar scheve mond recht. 'Hé, meneer De Yup, je hoeft niet meteen naar de Xanax te grijpen, ik zal je lievelingetjes echt niet stelen. Ik ben allergisch voor voedsel.' Ze keek om zich heen in de tuin. 'Al dat mooie yuppengroen... waar zit ze dan?'

Ik wees naar de studio.

'Oké, dure jongen,' zei ze, 'je hebt je goeie daad voor vandaag gedaan, ga nou maar gauw terug naar de beurspagina's.' Ze draaide zich om en liep door.

Uren later, toen Robin alleen binnenkwam, zei ik: 'Wat heb je toch charmante klanten.'

'O, die,' zei ze. 'Dat is China Maranga. Ze schreeuwt bij een band.'
'Welke band?'
'China Whiteboy.'
'Squirt en Brancusi,' zei ik, toen me de twee magere knullen met hun goedkope elektrische gitaren te binnen schoten.
'Zij hebben me met haar opgezadeld. Wij moeten maar eens even met elkaar babbelen.'
Ze rekte zich uit en liep naar de slaapkamer om zich te verkleden. Ik schonk een whisky voor mezelf in en bracht haar een glas wijn.
'Dank je, dat had ik net nodig.'
We gingen op het bed zitten om onze glazen leeg te drinken.
'Schreeuwt die jongedame goed?' informeerde ik.
'Ze heeft een groot bereik. Van spijkers op een schoolbord tot nog hardere spijkers op een schoolbord. Ze kan niet spelen, ze staat alleen maar met die gitaar te zwaaien alsof ze iemand een knal wil verkopen. Gisteravond heeft ze een microfoonstandaard te grazen gehad en nu is de hals afgebroken. Ik heb haar aan haar verstand proberen te brengen dat het de moeite niet waard is om het ding te maken, maar toen begon ze te huilen.'
'Letterlijk?'
'Dikke tranen. Ze stond als een verwend kind te stampvoeten. Ik had haar eigenlijk naar jou toe moeten sturen.'
'Met dat soort types heb ik geen ervaring.'
Ze zette haar glas neer en liet haar vingers door mijn haar glijden. 'Ik breng haar mijn hoogste tarief in rekening om er een van die Fender-halzen aan te zetten waar ik toen een heel stel van op de kop heb getikt en ik ben niet van plan me te haasten. Volgende week heeft ze een nog lelijker kreng om kapot te slaan en ze zal contant moeten betalen ook. Genoeg gekletst, laten we nu maar spijkers met koppen slaan.'
'Wat gaan we dan doen?'
'Iets waar je wel veel ervaring mee hebt.'

Toen China een week later haar gitaar kwam ophalen, zat ik in de studio koffie te drinken met Robin.
Dit keer droeg ze een vettig motorjack over een lange kanten jurk, die ooit wit was geweest, maar waar je inmiddels soep van kon koken. Roze satijnen schoenen met hoge hakken. Het zwarte piekhaar ging schuil onder een zwarte Schotse muts met een pompoen.
Robin pakte de verbouwde Vox. 'Hier is hij.'
China hield het instrument omhoog en keek ernaar. 'Wat lelijk... moet ik je hier nog voor betalen ook?'

'Dat is wel de gewoonte.'
China keek haar strak aan, wierp een blik op mij en richtte toen haar ogen weer op Robin. Ze stak haar hand in een zak van het leren jack, haalde een stapel verkreukelde biljetten te voorschijn en gooide die op de werktafel.
Robin telde het geld. 'Dit is veertig dollar te veel.'
China liep naar de deur, bleef staan en stak haar middelvinger tegen ons op. 'Koop nog maar zo'n verrekte vis.'

Robin had hoofdschuddend op de moord gereageerd. 'Wat zielig.'
China verschilde van Baby Boy en Juliet Kipper in de zin dat ze niet over een groot talent had beschikt. Maar ze was wel een opkomende ster geweest, die was vermoord terwijl ze op weg was naar de top.
Ik vroeg me af of Robin na al die jaren een verband had gelegd tussen de beide moorden. Twee van haar klanten, een bijzonder geliefd, de ander het tegendeel.
Als dat zo was, had ze mij daar niets van verteld.
Waarom zou ze ook?

11

Het huis van Juliet Kipper was een van twee lelijke grijze blokken die samen op een klein stuk grond waren gepropt. Geen achtertuin. De voortuin was een met olievlekken besmeurd gazon van beton. Het enige groen in de omgeving was de bitumen dakbedekking waarvan de randen opkrulden.
Tralies voor de ramen. Een roestig ijzeren hek sloot de toegang af. Het gele lint waarmee het achterste huis was afgezet wapperde in de zeewind. Ik stapte uit. Het hek zat op slot. Geen deurbel of microfoon te zien. Een knul van een jaar of zestien met een kaalgeschoren hoofd slenterde door de straat, met een pitbull met een roze neus aan de lijn. De hond droeg een slipketting. De hond en zijn baas negeerden me volkomen, maar de twee oudere, eveneens kaalgeschoren knullen die even later in een opgevoerde Chevy Nova voorbijreden, remden af om me eens goed te bekijken.
Ik had geen enkele reden om hier te zijn. Ik keerde de auto, reed via Pico naar Lincoln en daarna verder naar het zuiden naar Rose Street in Venice, waar ik weer in de goede buurt terechtkwam.

Robins huis was een witte bungalow met een puntgevel en houten dakpannen. Het zag er veel te schattig uit. Mooie bloemen aan de voorkant die er een paar maanden geleden nog niet hadden gestaan. Ik had Robin nooit zien tuinieren. Misschien had Tim groene vingers.

Zijn Volvo stond op de oprit, achter de Ford, Robins pick-up. Ik overwoog om door te rijden.

'Ach, barst ook,' zei ik hardop. 'Ik heb per slot van rekening ouderlijke rechten.'

Ik had gehoopt dat zij zou opendoen, maar hij was het.

'Alex.'

'Tim.'

Gespannen glimlachjes van weerskanten. We schudden elkaar vluchtig de hand. Hij had zijn gewone kleren aan: een geblokt overhemd met lange mouwen, een kaki broek en bruine mocassins. De rust in eigen persoon. Brillenglazen zonder randen gaven zijn blauwe ogen – echt blauw, feller dan mijn grijsgetinte irissen – een dromerige blik.

Hij is jonger dan ik, maar ik maak mezelf graag wijs dat hij er ouder uitziet, omdat zijn haar al dun begint te worden. Het haar dat hij nog heeft, is fijn en karamelkleurig en te lang... duidelijk een geval van overcompensatie. Hij heeft grijze haren in zijn baard. Die ogen zijn wel erg sprekend.

En dan die stem. De soepelste, meest *sonoro basso profundo* die er bestaat. Elk woord afgerond, vol en op de juiste plaats. Een wandelende advertentie voor zijn vak.

Hij is zangpedagoog, een van de besten die er is, en werkt met operazangers, popsterren en beroemde mensen die in het openbaar moeten spreken. Hij is voortdurend op reis. Robin heeft hem een maand nadat wij uit elkaar gingen, ontmoet bij een opnamesessie. Hij was opgetrommeld om een diva te helpen die geen geluid meer uit haar strot kreeg en toen waren ze in gesprek geraakt. Haar hulp was ook ingeroepen, omdat een aantal instrumenten tijdens het vervoer schade had opgelopen.

Ik dacht aan het soort spoedgevallen waarmee zij te maken kregen. Ze leefden in een heel andere wereld dan ik.

Voor zover ik kon nagaan was Tim gemakkelijk in de omgang, geduldig en deed nauwelijks zijn mond open, tenzij hem iets gevraagd werd. Zijn ex-vrouw had ook zangles gegeven en hij had een twintigjarige dochter die aan Juilliard studeerde en die stapelgek op hem was.

Een week nadat Robin hem had ontmoet, belde ze me. Zodra we het gehum en geaarzel achter de rug hadden, drong het tot me door dat ze mij om toestemming vroeg.
Ik zei dat ze die niet nodig had, wenste haar veel geluk en hing op. Daarna raakte ik diep in de put. Binnen een maand woonde ze al met Tim samen.

'Zo,' zei hij. De Stem gaf het woordje gewicht mee. Het kan best zijn dat hij van nature zo'n stem heeft, maar ik krijg er de kriebels van.
'Hoe gaat het met je, Tim?'
'Prima. En met jou?'
'Idem dito.'
Hij leunde tegen de deurpost. 'Ik sta eigenlijk op het punt te vertrekken.'
'Moet je weer op pad?'
'Inderdaad. Naar Burbank.'
'Nou, veel plezier dan.'
Hij wist van geen wijken. 'Je bent hier om...'
'Spike te zien.'
'Het spijt me,' zei hij. 'Hij is bij de dierenarts. Zijn gebit moest schoongemaakt worden.'
'O. En ik moet ook iets met Robin bespreken.'
Hij bleef nog een tel staan, maar ging toen opzij.
Ik liep langs hem heen, door de kleine, donkere woonkamer die is ingericht met zijn zware eiken meubelen en de paar dingen die Robin heeft meegenomen. Een oude gangkast was verbouwd tot doorgang tussen de twee huizen. Door de deur hoorde ik het lawaai van een zaagmachine.
'Alex?'
Ik bleef staan en draaide me om. Tim stond nog steeds in de deuropening. 'Maak haar alsjeblieft niet overstuur.'
'Dat was niet mijn bedoeling.'
'Dat weet ik wel... hoor eens, ik zal eerlijk zijn. De laatste keer dat ze je heeft gesproken, was ze helemaal over haar toeren.'
'De laatste keer dat ze me heeft gesproken, is ze uit eigen beweging naar me toegekomen. Ze kwam bij me binnenvallen.'
Hij stak zijn handen op met een kalmerend gebaar. 'Dat weet ik, Alex. Ze wilde met je praten over Baby Boy Lee. Nog bedankt.'
'Waarvoor?'
'Dat je naar haar hebt geluisterd.'
'Maar je hebt toch het idee dat ik haar overstuur heb gemaakt.'

'Nee... hoor eens, het spijt me. Ik had mijn mond moeten houden. Alleen...'
Ik wachtte af.
'Vergeet het maar,' zei hij en hij wilde weglopen.
'Heb jij Baby Boy gekend?' vroeg ik.
Zijn gezicht vertrok toen ik zo plotseling over iets anders begon. 'Ik kende hem van naam.'
'Heb je weleens met hem gewerkt?'
'Nee.'
'En ook niet met China Maranga?'
'Die naam zegt me niets.'
'Ze was zangeres,' zei ik. 'Eigenlijk schreeuwde ze alleen maar. Daarom dacht ik dat ze misschien jouw hulp had ingeroepen.'
'Schreeuwers doen dat vrijwel nooit. Waarom begin je over haar?'
'Ze is dood. Vermoord, net als Baby Boy.'
'Ben je daarom hier? Alex, ik geloof echt dat Robin niet aan nog meer van dat soort dingen moet worden blootgesteld.'
'Dat zal ik onthouden.' Ik liep naar de verbindingsdeur.
'Goed dan,' riep hij me na. 'Je bent een stijfkop. Ik geef me gewonnen. Maar zou je nu een keer aan Robin willen denken?'
Nu een keer. Hij hield me het aas voor de neus. Maar ik hapte niet toe.

De hitte van de machines en de geur van hardhout sloegen me in het gezicht. Op de vloer lag een laag zaagsel. Een aantal projecten – gitaren en mandolines in diverse fases van bewerking – hingen aan de muur. Robin stond met haar rug naar me toe terwijl ze een blok palissanderhout langs het draaiende zaagblad leidde. Ze had haar haar opgestoken en bedekt met een van die sjaaltjes die ze verzamelt. Ze had een stofbril en een stofmasker op en droeg een strak wit hemdje op een wijde, zwart katoenen broek en witte gympen. Het donkere hout siste en de stukjes hout die eraf spatten leken op brokjes chocola. Het zou gevaarlijk zijn om haar aan het schrikken te maken, dus ik bleef gewoon staan kijken tot ze de schakelaar omdraaide en wegliep bij de zaag, terwijl de herrie veranderde in een zacht gebrom.
'Hallo,' zei ik.
Ze draaide zich met een ruk om, staarde me aan door de stofbril, trok het masker omlaag en legde het afgezaagde stuk palissanderhout op de werkbank.
'Hoi.' Ze veegde haar handen af aan een doek.
'Ik kwam Tim tegen die net op het punt stond om weg te gaan. Hij is bang dat ik je overstuur zal maken.'

'Is dat ook zo?'
'Het zou best kunnen.'
Terwijl ze het masker in haar nek schoof, zei ze: 'Kom maar mee, ik heb dorst.'
Ik liep achter haar aan naar het oude keukentje aan de achterkant van de dubbele woning. Oude, witte keukenapparaten, gele tegeltjes waarvan een paar vervangen waren. Het vertrek besloeg een derde van de ruimte van de chique nieuwe keuken die we samen ontworpen hadden. Maar net als daar was het hier blinkend schoon en alles stond op de plaats.
Ze pakte een kan ijsthee, schonk twee glazen vol en nam ze mee naar de formica tafel die maar net in het keukentje paste. Er was ook maar plaats voor twee stoelen. Veel bezoek zouden ze wel niet krijgen. Waarschijnlijk hadden ze genoeg aan elkaar...
'Proost,' zei ze. Ze zag er niet echt opgewekt uit.
We namen een slokje thee. Ze keek op haar horloge.
Ik zei: 'Als je het druk hebt...'
'Nee, ik ben moe. Ik ben al vanaf zes uur bezig, het is tijd om een dutje te gaan doen.'
Vroeger zou ik voorgesteld hebben om dat samen te doen. 'Ik ga wel weer,' zei ik.
'Nee. Wat heb je op je hart, Alex?'
'China Maranga.'
'Wat is er met haar?'
'Ik heb zitten nadenken,' zei ik. 'Zij en Baby Boy. Er zijn wel wat overeenkomsten te vinden.'
'Met China?'
Ik vertelde haar waarom ik dat dacht en voegde er de belangrijkste feiten omtrent de moord op Juliet Kipper aan toe.
Ze werd bleek. 'Het zou kunnen... maar er zijn toch wel erg veel verschillen.'
'Waarschijnlijk heb je gelijk,' zei ik.
'Je zou kunnen zeggen dat China's carrière in de lift zat,' zei ze. 'Niemand had verwacht dat haar platen het zo goed zouden doen. Maar toch... Alex, ik hoop echt dat je je vergist. Dat zou gewoon walgelijk zijn.'
'Het vermoorden van kunst?'
'Het vermoorden van artiesten omdat ze succes beginnen te krijgen.' Ze was nog steeds bleek.
'Nou doe ik het weer,' zei ik. 'Ik druk je met je neus op akelige dingen.' Ik stond op. 'Ik heb me vergist. Tim had gelijk.'
'Waarover?'

'De laatste keer dat je bij me bent geweest, was je overstuur. Ik had beter moeten weten.'
Ze fronste. 'Tim probeert me te beschermen... ik was inderdaad overstuur. Maar dat lag niet aan jou.'
'Waaraan dan?'
'Aan alles. De huidige toestand... al die veranderingen. Ik weet dat we de juiste beslissing hebben genomen, maar... toen gebeurde dat met Baby Boy. De ene dag sta ik nog met hem te praten en de volgende dag is hij er niet meer. Ik denk dat ik op dat moment heel kwetsbaar was. Maar nu ben ik eroverheen. Het heeft geholpen dat ik met jou heb gepraat.'
'Tot nu.'
'Zelfs nu.'
Ze pakte mijn pols vast. 'Je was er toen ik je nodig had.'
'Voor de verandering.'
Ze liet me los en schudde haar hoofd. 'Moet je na al die jaren nog steeds vissen naar complimentjes?'
Ik kreeg jeuk op de plek waar ze me had vastgehouden.
'Ga zitten,' zei ze. 'Alsjeblieft. Neem nog een glas thee. We kunnen ons ook beschaafd gedragen.'
Ik ging weer zitten.
'Baby Boy was een vriend van me,' zei ze. 'Ik had geen enkele band met China. De enige keer dat ik haar heb ontmoet was toen ik die klus voor haar opknapte en daar was ze niet blij mee. Weet je nog dat ze haar middelvinger tegen me opstak?'
'Tegen óns,' zei ik. 'Volgens mij was ik degene die ze niet zag zitten. Ze bleef me meneer De Yup noemen.'
'Het was een akelig mens... en dat is iets wat je van Baby absoluut niet kunt zeggen. Hij was de liefste man ter wereld. En er is nog een verschil: hij had echt talent. Bovendien was haar lichaam verstopt... nee, ik geloof er niets van, Alex. Ik wed dat ze zich gewoon heeft laten oppikken door de verkeerde figuur, haar grote bek niet heeft kunnen houden en dat ingepeperd kreeg.'
'Dat klinkt logisch,' zei ik. 'Ze is woedend bij die sessie weggelopen. Hoe zit het met haar band? Zat daar iemand bij die zich weleens agressief gedroeg?'
'Die knulletjes?' zei ze. 'Niet echt. Ze waren net als China. Studenten die stoute dingen deden. En waarom zouden zij China vermoorden? Toen zij dood was, ging de band meteen over de kop. Wat denkt Milo ervan?'
'Dat heb ik hem nog niet gevraagd.'
'Ben je eerst hiernaartoe gekomen?'

'Jij ziet er een stuk aantrekkelijker uit.'
'Het hangt er maar vanaf aan wie je dat vraagt.'
'Nee,' zei ik. 'Zelfs Rick zou zeggen dat jij veel leuker bent.' Ik stond opnieuw op. 'Bedankt en sorry dat ik je bioritme in de war heb gestuurd. Slaap maar lekker.'
Ik liep terug naar de voorkant van het huis.
'Die zijn vervelend, hè?' riep ze me na.
'Wat?'
'Veranderingen in je bioritme. Tim is echt geweldig voor me, maar af en toe kom ik tot de ontdekking dat ik nog steeds iets tegen jóu begin te zeggen... gaat het met jou ook goed?'
'Prima.'
'Is ze wel lief voor je?'
'Ja. Hoe is het met Spike?'
'Jammer dat hij er nu niet is,' zei ze. 'Maar zijn gebit moest schoongemaakt worden.'
'Ai.'
'Ze houden hem vannnacht daar. Je moet hem maar een keer komen opzoeken. Bel dan even van tevoren, zodat je zeker weet dat er iemand thuis is.'
'Best. Bedankt.'
'Goed,' zei ze en ze stond op. 'Ik breng je even naar de deur.'
'Dat hoeft niet.'
'Nee, maar het is wel beleefd. Mama heeft me goed opgevoed.'

Ze liep mee tot aan de stoeprand. 'Ik zal nog eens nadenken over China en vragen of iemand anders iets weet. Als ik iets hoor, geef ik dat wel aan je door.' Ze lachte breed. 'Hoor mij nou: mevrouw de detective.'
'Dat laat je maar uit je hoofd,' zei ik.
Ze pakte mijn hand tussen de hare. 'Alex, wat ik eerder zei, was echt waar. Jij hebt me niet overstuur gemaakt. Toen niet en nu ook niet.'
'Dus je bent een grote sterke meid geworden?'
Ze keek naar me op en lachte. 'Ik ben nog steeds een ukkie.'
Er is een tijd geweest dat je een groot stuk van mijn hart in beslag nam.
'Zo denk ik er niet over,' zei ik.
'Daar ben je altijd goed in geweest,' zei ze. 'Mij het gevoel geven dat ik belangrijk ben. Ik weet niet zeker of ik daar bij jou ook in geslaagd ben.'
'Natuurlijk wel,' zei ik.

Ze is geweldig. Wat is er in godsnaam gebeurd?
Allison is ook geweldig...
Ik liet haar hand los, stapte in de auto, startte de motor en keek over mijn schouder om nog even naar haar te wuiven. Ze was al naar binnen.

12

Een partner. Dat was het laatste waaraan ze behoefte had.
Niet dat Petra ook maar enige keus had gehad. Halverwege haar dienst had Schoelkopf haar naar zijn kantoor laten komen en haar een vel papier onder de neus geduwd. Een bevel tot overplaatsing.
'Waarvandaan?' vroeg ze.
'Uit het leger. Hij is nieuw bij de politie, maar hij heeft meer dan genoeg ervaring als lid van de militaire inlichtingendienst, dus behandel hem niet als een of ander stom groentje.'
'Hoofdinspecteur, tot nu toe heb ik het in mijn eentje prima gedaan...'
'Nou, da's dan heel fijn, Connor. Ik ben blij dat je werk je zoveel genoegdoening geeft. Alsjeblieft.'
Hij zwaaide met het papier. Petra pakte het aan, maar las het niet.
'Ga nu maar,' zei Schoelkopf. 'Hij moet over een paar uur hier zijn. Zoek een bureau voor hem en zorg dat hij zich op zijn gemak voelt.'
'Moet ik ook koekjes voor hem bakken, meneer?'
De grote zwarte snor van de hoofdinspecteur werd nog breder toen hij zijn veel te witte jacketkronen bloot lachte. Vorige zomer was hij drie weken afwezig geweest en toen hij angstaanjagend gebruind terugkwam, had hij nieuwe tanden gehad en zo te zien meer haar aan de voorkant.
'Als dat een van je vrouwelijke talenten is, rechercheur,' zei hij, 'ga dan gerust je gang. Zelf hou ik het meest van havermoutkoekjes.'
Hij woof dat Petra kon gaan.
Toen ze bij de deur was, zei hij: 'Is dat Armeense geval helemaal voor elkaar?'
'Kennelijk wel.'
'Kennelijk wel?'
'Het openbaar ministerie heeft de zaak overgenomen.'
'En wat spook je momenteel uit?'
'De Nunes-steekpartij...'

'Welke zaak is dat?'
'Manuel Nunes. De metselaar die zijn vrouw met een troffel...'
'Ja, ja, die bloedige specie. Heb je dat al rond?'
'Het is geen mysterie,' zei Petra. 'Toen de jongens in uniform kwamen opdagen, stond Nunes nog met de troffel in de hand. Ik ben nu bezig de puntjes op de i te zetten.' Ze bezweek niet voor de verleiding een lange neus tegen die zeikerd te maken.
'Nou, je zorgt maar dat het voor elkaar komt. Trouwens, over mysteries gesproken, heb je ooit iets bereikt in die zaak van die muzikant – die dikke kerel, Lee?'
'Nee, meneer.'
'Wou je me vertellen dat je geen enkel spoor hebt?'
'Ik vrees van niet.'
'Hoe zit dat dan?' vroeg Schoelkopf. 'Kwam er gewoon een gek langs die hem een mes in zijn buik stak?'
'Ik kan u het dossier wel brengen...'
'Nee,' zei Schoelkopf. 'Dus je zit vast. Zal ik je eens iets vertellen? Het is niet zo erg dat je dat af en toe overkomt. Anders word je te verwaand.' Weer die jacketkronen. 'Je hebt mazzel dat hij geen echte beroemdheid was. Bij zulk klein grut geeft het niet dat de zaak niet opgelost wordt, daar maalt toch niemand om. Hoe zit het met zijn familie? Is er niemand die je lastig valt?'
'Hij had nauwelijks familie.'
'Dus ook in dat opzicht heb je mazzel.' De brede grijns van Schoelkopf werd ontsierd door woede. Ze hadden elkaar vanaf het begin niet gemogen en Petra wist dat daar nooit verandering in zou komen, wat ze ook deed. 'Je bent wel een meid – pardon, een vróúw – met veel geluk, hè?'
'Ik doe mijn best.'
'Natuurlijk doe je dat,' zei Schoelkopf. 'Oké, dat was alles. Laat Jan Soldaat maar zien hoe alles hier in z'n werk gaat. Misschien blijkt hij ook wel een geluksvogel te zijn.'

Ze liep terug naar het kantoor van de recherche, wachtte tot ze wat bedaard was en wierp een blik op het papier. Ze had verwacht dat er wat beknopte informatie over haar nieuwe partner op zou staan. Maar Schoelkopf had alleen een naam op het formulier gekrabbeld.

ERIC STAHL

Eric. Dat klonk wel lekker. Een voormalige beroepsmilitair. Petra ging een bekertje warme chocola uit de automaat beneden halen en toen ze de trap weer op liep, werkte haar fantasie op volle toeren. Ze stelde zich Eric voor als een soort Clint Eastwood, knap en scherp, misschien wel met zo'n keurig kort geschoren hoofd waar ze in het leger zo dol op zijn. Een liefhebber van buitensporten, zo'n gozer die niet alleen surfte en fietste, maar ook aan parachutespringen en bungeejumpen deed, een echte adrenalinejunk.

Ze had helemaal geen bezwaar tegen een partner die een en al actie was. Dan kon hij mooi rijden.

Twintig minuten later stond hij voor haar neus. Ze had goed gegokt met betrekking tot zijn kapsel, maar voor de rest zat ze er hopeloos naast.

Eric Stahl was een jaar of dertig, hooguit een meter vijfenzeventig en schrikbarend mager, met afgezakte schouders en slungelige armen en benen. Het super kortgeknipte haar was middelbruin en het gezicht onder de korte stekeltjes was het smalle, tobberige gelaat van een honger lijdende dichter. God, wat was die jongen wit! Een huid van iemand die veel te lang met zijn neus in de boeken had gezeten. Met uitzondering van die vreemde rode plekken op zijn wangen... koortsvlekken.

Ingevallen wangen. Een spitse, scherpe kin, een mond zonder lippen en ogen die dieper lagen dan Petra ooit had gezien. Alsof iemand twee vingers had uitgestoken en ze teruggeduwd had in zijn schedel. Dezelfde vage bruine tint als het haar. Strakke blik.

'Rechercheur Connor?' zei hij. 'Eric Stahl.' Hij stak geen hand uit, hij bleef gewoon naast haar bureau staan, in een zwart pak, een wit overhemd en een grijze das.

'Hoi,' zei Petra. 'Ga zitten.'

Ze wees naar de stoel die naast haar bureau stond.

Stahl scheen even over het aanbod na te denken, maar accepteerde het uiteindelijk toch.

Zijn zwarte pak leek een aanvulling te vormen op haar eigen outfit: een zwart broekpak van Vestimenta dat ze twee jaar geleden in de uitverkoop had gekocht. Samen zagen ze eruit als het ontvangstcomité bij een rouwkamer.

Stahl knipperde niet eens met zijn ogen. Over een en al actie gesproken. En dan dat gezicht... als dat haar wat langer zou zijn hoefde je hem alleen maar een leren broek en nog wat andere punktroep aan te trekken en hij zou een dubbelganger zijn van al die losgeslagen sjacheraars die je altijd over de boulevard zag sjouwen.

Een jonger broertje van Keith Richards. Richards zelf, in zijn hoogtijdagen als junk.

'En wat kan ik voor je doen, Eric?' vroeg ze.

'Je kunt me op de hoogte brengen.'
'Van wat?'
'Van alles wat je belangrijk vindt.'
Van dichtbij was Stahls huid krijtwit. De stem van de vent was volkomen toonloos. Een kloppende ader in zijn linkerslaap was het enige teken van leven.
'Je kunt dat bureau gebruiken,' zei ze. 'En dit is je kast.'
Stahl verroerde zich niet. Hij had niets bij zich.
'Wat zou je ervan zeggen,' zei Petra, 'als we eens een ritje gingen maken, zodat ik je de buurt kan laten zien.'
Stahl wachtte tot zij was opgestaan voordat hij overeind kwam. Toen ze de trap afliepen, bleef hij achter haar. Griezelig gewoon. Schoelkopf had haar met een enge robot als partner opgezadeld.

Ze reden langzaam over de donkere boulevard. Om vier uur 's ochtends waren in Hollywood alleen een paar nachtbrakers en duistere figuren op straat. Petra wees kroegen aan waar drugs werden verhandeld, illegale clubs, plaatsen waar bekende misdadigers zich ophielden en eethuisjes die een ontmoetingsplaats vormden voor tippelende travestieten. Als Stahl onder de indruk was, liet hij dat niet merken.
'Het is wel iets anders dan het leger,' zei ze.
Geen antwoord.
'Hoe lang ben je in dienst geweest?'
'Zeven jaar.'
'Waar was je gestationeerd?'
Stahl wreef met zijn duim over zijn kin en zat kennelijk na te denken.
Het was geen strikvraag.
'Overal,' zei hij ten slotte.
'Overal in het land, of overal in het buitenland?'
'Allebei.'
'Hoezo,' zei Petra lachend. 'Was je soms zo'n supergeheime figuur? En als ik daar achter kom, moet je me dan vermoorden?'
Onder het rijden door wierp ze een korte blik op Stahl. Ze had op z'n minst een spoor van vrolijkheid verwacht.
Niets.
'Buitenland was het Midden-Oosten,' zei Stahl.
'Waar in het Midden-Oosten?'
'Saoedi-Arabië, Bahrain, Djibouti, Dubai.'
'De emiraten,' zei Petra.
Een knikje.

'Leuk?' vroeg Petra.
Een digitale vertraging van vijf seconden. 'Niet echt. Ze haten Amerikanen. Je mocht geen bijbel bij je hebben, of iets anders waaruit bleek dat je een christen was.'
Aha. Een bekeerling.
'Dus je bent godsdienstig.'
'Nee.' Stahl wendde zich af en tuurde uit het raam.
'Had je iets te maken met de bomaanslag op de *Cole*?' vroeg ze.
'Dat soort dingen?'
'Nee, helemaal niet.'
'Helemaal niet,' herhaalde Petra.
'Volgens mij is die auto daarginds gestolen,' zei Stahl.
Hij wees naar een witte Mustang die een meter of vijf voor hen uit reed. Petra zag niets verdachts aan de kentekenplaten of aan de manier waarop de chauffeur met het voertuig omsprong.
'O ja?' zei Petra.
Stahl pakte de radio op en riep een patrouillewagen op. Hij wist precies hoe de radio werkte en welke codes het LAPD gebruikte. Alsof hij al jaren bij de politie werkte.
Petra's kaken deden pijn van het vele praten.
Ze bleven nog een halfuurtje in doodse stilte rondrijden, en toen Petra de parkeerplaats opreed, zei Eric Stahl: 'Moet ik voor morgen nog iets doen?'
'Zorg maar dat je komt opdagen,' zei ze, zonder haar irritatie te verbergen.
'Goed,' zei Stahl. Hij liep de parkeerplaats af en verdween in de duisternis.
Wat krijgen we nou? Is hij met de bus gekomen? Of mag ik niet weten in wat voor auto hij rijdt?
Later, voordat ze haar bureau afsloot, belde Petra de afdeling autodiefstal en kreeg te horen dat de witte Mustang gestolen was.

13

Vanaf Robin ging ik rechtstreeks naar huis, waar ik weer achter de computer kroop en probeerde te achterhalen wat er met de leden van China Whiteboy was gebeurd.
De gitarist die zichzelf Squirt had genoemd, schitterde in cyberspace door afwezigheid, maar de drummer, die de naam Mr. Sludge

had aangenomen, en de bassist, Brancusi, waren gemakkelijk te vinden.

Een jaar geleden was Sludge, oftewel Christian Bangsley, op de website van een muziekblad dat *misterlittle* heette onderuitgehaald. Ze hadden een speciale rubriek 'Schande!' en daar vond ik de kop: *Laatste nieuws: ex-Chinawhiteboy pleegt verraad, verkoopt junkfood, wordt giga-goor kapitalistisch zwijn!!!!*

In de drie jaar na de moord op China had Bangsley zijn manier van leven grondig veranderd: hij was naar Sacramento verhuisd, had een 'kleine erfenis' belegd en was uiteindelijk mede-eigenaar geworden van een kleine keten 'familierestaurants' die Hearth and Home heette. Het blad meldde dat Bangsley van plan was om *'dit kankergezwel van quasi-kloterig normanrockwellisme door te laten etteren tot een zich kwaadaardig uitzaaiende!!! franchise!!! Meneer Smurrie heeft zichzelf wijsgemaakt dat hij tegenwoordig hartstikke clean is, maar nu is hij echt een emmer vol snot geworden.'*

De woede-uitbarsting van *misterlittle* ging vergezeld van 'vroeger-en-nu'-foto's en het verschil was zo groot, dat ik me afvroeg of het verhaal wel waar was.

In de tijd dat hij nog bij de band zat, was Sludge een magere nachtbraker geweest met een boze blik in de ogen.

Christian Bangsley was weldoorvoed, compleet met Beatle-kapsel, een wit overhemd en een das. De ogen straalden tevredenheid uit.

Ik ontdekte dat Brancusi een eigen website had. Het was even schrikken, want hij heette echt Paul Brancusi. Hij woonde in L.A. en maakte animatiefilms voor Haynes-Bernardo, een studio in Burbank en een van de belangrijkste leveranciers van tv-programma's voor kinderen.

In de bio van Brancusi stond dat hij twee jaar kunst had gestudeerd aan Stanford, eveneens twee jaar lid was geweest van China Whiteboy en daarna nog een jaar op CalArts had gezeten waar hij een cursus computer-*graphics* en animatie had gevolgd.

Hij werkte mee aan een ochtendprogramma dat *The Lumpkins* heette en omschreven werd als *'scherp maar wel vriendelijk. Denkbeeldige wezens wonen in een buitenwijk die ongeveer dezelfde humor, nostalgie en dolkomische situaties oproept als een buurt vol mensen. Maar in Lumpkinville draait alles om verbeelding en fantasie!'*

Het hoofdkantoor van Home and Hearth in Sacramento stond in de gids. Ik belde en vroeg naar Christian Bangsley.

De receptioniste klonk opgewekt. Zou ze een etentje in een familierestaurant achter de kiezen hebben? 'Meneer Bangsley is in vergadering. Kan ik u misschien helpen?'

'Ik wil meneer Bangsley graag over een van zijn oude kennissen spreken. China Maranga.'
'Wilt u dat alstublieft even spellen?'
Ik deed wat ze me vroeg.
'Kan ik aan meneer Bangsley vertellen waar het over gaat?' vroeg ze.
'Een paar jaar geleden heeft meneer Bangsley samen met mevrouw Maranga in een band gezeten. China Whiteboy.'
'O, dat. Ze is toch dood?'
'Ja.'
'Maar wat moet ik nu tegen meneer Bangsley zeggen?'
Ik vertelde haar dat ik als adviseur voor de politie van L.A. werkte en Bangsley graag een paar dingen wilde vragen.
'Ik zal het zeker aan hem doorgeven.'

Ik bereikte Paul Brancusi op zijn kantoor.
'Gaat er na al die tijd dan eindelijk eens iets gebeuren?' vroeg hij.
'Hebt u het gevoel dat er in het begin te weinig aan is gedaan?'
'De smerissen hebben toch nooit kunnen ontdekken wie het heeft gedaan? Wat mij dwarszat, was dat ze niet eens met ons wilden praten. Wij kenden China toch het best... beter dan iemand anders, behalve dan misschien haar vader.'
'Niet haar moeder?'
'Haar moeder is dood,' zei hij. 'Ze stierf een jaar eerder dan China. Haar vader is ook dood... u weet er niet echt veel van, hè?'
'Ik ben nog maar net begonnen. Zou u me niet wat meer willen vertellen? Ik kan vandaag op elk uur dat u uitkomt bij u op kantoor langskomen.'
'Laat me eerst eens even alles op een rijtje zetten: wat bent u nu precies... een psychiater?'
De uitleg die ik hem gaf, was heel wat uitgebreider dan wat ik de receptioniste van Hearth and Home had verteld.
'Maar waarom nu?'
'De kans bestaat dat China's dood verband houdt met een andere moord.'
'Nee maar,' zei hij langzaam. 'Dus nu is ze wel belangrijk. En ik moet u te woord staan omdat...'
'Omdat ik wél graag met u wil praten.'
'Wat opwindend.'
'Het hoeft niet lang te duren, meneer Brancusi.'
'Wanneer?'
'Zegt u het maar.'

'Over een uur,' zei hij. 'Ik sta voor het gebouw op u te wachten. In een rood overhemd.'

Haynes-Bernardo Productions zat in een groot, in vrije stijl opgetrokken pand van rode baksteen en blauwe tegels. Het stond aan de oostkant van Cahuenga Boulevard, vlak voor de Universal Studios, op de grens tussen Hollywood en de Valley.
Het gebouw had geen hoeken en elke vorm van symmetrie ontbrak. Alleen maar rondingen, bogen en parabolische avontuurtjes, die nog eens benadrukt werden door vreemd gevormde, lukraak aangebrachte ramen. De droom van een striptekenaar. Aan weerszijden van een wijnrode deur in de vorm van een ongelijke vierhoek stonden kokospalmen en langs de voorzijde van het gebouw was een dertig meter lange bloembak van baksteen vol armetierige begonia's.
Op de rand van de bloembak zat een man aan een sigaret te lurken. Hij droeg een veel te groot rood overhemd, een wijde spijkerbroek en smerige gympen.
Toen ik naar hem toe liep, zei hij zonder op te kijken: 'U bent keurig op tijd.'
'Een kwestie van motivatie,' zei ik.
Hij bekeek me van top tot teen en ik betaalde hem in gelijke munt terug.
Paul Brancusi was niet zo veranderd als Christian Bangsley. Hij was nog steeds zo mager als een lat, bleek en met lange, ongekamde haren, waarvan hij de natuurlijke, saaie donkerblonde kleur in een bronstint had veranderd.
Zijn sigaret kleefde aan een onderlip vol kloofjes. Onder een haakneus zat koortsuitslag waar al een korstje op was gekomen. Hij had een blauw-zwarte tatoeage van een ijzeren kruis op zijn rechterhand en een roestvrijstalen knopje in zijn linkeroorlelletje. Op zijn neus, voorhoofd en kin zaten minstens een stuk of zes zwarte puntjes, de littekens van dichtgegroeide piercings. Iemand die niet wist hoe hij er vroeger had uitgezien, had ze voor mee-eters kunnen houden.
Zijn John Lennon-brilletje gaf hem een afwezige blik, zelfs toen hij mij bestudeerde.
Hij haalde een pakje Rothman Filters te voorschijn en bood me een sigaret aan.
'Nee, dank u.' Ik ging naast hem zitten.
'Wie is er nog meer vermoord?' vroeg hij.
'Sorry, ik mag geen bijzonderheden prijsgeven.'
'Maar u wilt wel dat ik u alles vertel.'

'U wilt toch dat de moord op China opgelost wordt?'
'Wat ik wil en wat er uiteindelijk gebeurt, is niet altijd hetzelfde,' zei hij.
In de afwezige ogen stond nu een harde blik. Hij zat met een kromme rug, alsof hij een loden gewicht meetorste. Ik wist waarom hij er zo uitzag en zo klonk. Jaren waarin de ene na de andere teleurstelling zich opgehoopt hadden. Ik zag hem in gedachten achter zijn tekentafel, waar hij de Lumpkins tot leven bracht. *Scherp maar vriendelijk. Dolkomische situaties.*
Brancusi pakte opnieuw een sigaret en stak die met de peuk van de oude aan. Zijn wangen werden hol toen hij de rook naar binnen zoog. 'Wat wilt u weten?'
'Hebt u om te beginnen misschien een vermoeden wie China heeft vermoord?'
'Ja, natuurlijk,' zei hij. 'Iemand die ze heeft afgezeken. En dat geldt voor ongeveer tien miljoen mensen.'
'Ze liep niet bepaald over van charme.'
'China was een eersteklas kreng. En zal ik u eens iets vertellen? U bent de eerste persoon die iets met de smerissen te maken heeft die wil weten hoe ze in elkaar stak. Wat is er mis met die kerels... zijn ze niet goed wijs, of zo?'
'Wat hebben zij dan gevraagd?'
'Ze gedroegen zich als Joe Dragnet. Feiten, alleen maar feiten. Hoe laat vertrok ze uit de studio, wat heeft ze de paar dagen daarvoor uitgespookt, met wie heeft ze drugs gebruikt, met wie neukte ze. Geen enkele poging om erachter te komen hoe ze werkelijk was.'
Er kringelde rook uit zijn neusgaten die snel in de nevelige lucht oploste. 'Het was duidelijk dat ze alleen maar minachting voor ons en voor haar hadden en van mening waren dat het gewoon een gevolg was van onze manier van leven.'
'Denkt u ook dat die manier van leven iets met China's dood te maken had?'
'Wie weet? Hoor eens, ik zie niet in wat we hiermee opschieten.'
'Heb nog even geduld,' zei ik. 'Ik probeer een samenhang te vinden.'
'Waarmee?'
'Bijvoorbeeld dat ik het idee heb gekregen dat de toekomst er voor de band vrij zonnig uitzag. Het gerucht ging dat er een deal met een grote platenmaatschappij op komst was. Klopt dat?'
Brancusi ging rechter op zitten, aangespoord door nostalgie. 'Het was meer dan een gerucht. We hadden een redelijke kans. We hadden net een showcase gedaan bij Madame Boo waarbij een paar van

de grote A&R-jongens aanwezig waren geweest. We waren die avond echt geweldig... het optreden stond als een huis. De volgende dag werden we uitgenodigd voor een gesprek met Mickey Gittleson... weet u wie hij was?'
Ik schudde mijn hoofd.
'Een toonaangevende manager. Met een stal van beroemde artiesten.' Hij raffelde een lijst namen af waarvan ik er een paar herkende. 'Hij wilde China Whiteboy dolgraag vertegenwoordigen. Als hij achter ons was gaan staan, zou alles van een leien dakje zijn gegaan.'
'U zegt "hij was".'
'Dood,' zei Brancusi. 'Vorig jaar, longkanker. De idioot rookte te veel.' Hij tikte zijn as af en lachte kakelend.
'Wat is er met Gittleson gebeurd?'
'China zegde de eerste afspraak af... ze kreeg een rolberoerte en zei dat Gittleson de verpersoonlijking was van alles wat er niet deugde aan de muziekindustrie en dat zij niet van plan was om de boel te besodemieteren. Dat was wel grappig, want tijdens de showcase was zij juist degene die uit haar bol ging toen ze Gittleson daar zag zitten. Ze vertelde ons in de kleedkamer dat die vent het helemaal was. Tijdens het optreden van de volgende band ging ze naar zijn tafeltje toe, begon met hem te kletsen en zat bijna op zijn schoot te rijen. Dat kon geen kwaad. Die vent was een geile ouwe bok, die het leuk vond om talent te neuken.'
'Dus China flirtte met hem,' zei ik, terwijl ik me dat in gedachten probeerde voor te stellen.
Brancusi lachte. 'China was niet in staat tot zoiets luchtigs en onschuldigs als vrouwelijk geflirt. Maar als ze wilde, kon ze heel sexy zijn.'
'Method acting?'
'Wat bedoelt u?'
'Was dat echt, of speelde ze dat maar? Was ze seksueel erg actief?'
'Ze was actief genoeg,' zei Brancusi. 'Maar alleen met meisjes. Ze hield van meisjes.'
Hij staarde naar het verkeer op Cahuenga en scheen alle interesse te verliezen.
'Dus zij was degene die Gittleson benaderde,' zei ik. 'Maar toen veranderde ze van gedachten.'
'Typisch China.'
'Wispelturig,' zei ik.
Hij smeet zijn sigaret op het trottoir. De peuk bleef smeulen.
'U had het net over de eerste afspraak,' zei ik. 'Dus Gittleson heeft

jullie niet laten vallen toen dat niet doorging?'
'Daar reageerde hij heel gaaf op. Wij waren een veelbelovende band, dus hij zorgde ervoor dat we een nieuwe afspraak kregen. Maar hij zou eerst een maand naar Europa gaan, daarom regelde hij dat we hem daarna zouden ontmoeten. Hij gaf ons de raad om een paar nieuwe nummers op te nemen. Daarom zaten we in de studio. We probeerden een cd-sampler in elkaar te zetten, die Gittleson echt bij de ballen zou grijpen. En het lukte ook nog. We gingen als een trein. China was van gedachten veranderd... nu was Gittleson weer tof. Ze werkte mee, ze geloofde er helemaal in. Zo was ze ten voeten uit. Zelfs als ze high was, kon ze die concentratie nog opbrengen.'
'Heel erg high?'
'Hoe anders?'
'Maar wat is er dan gebeurd?'
'De sessie liep fantastisch en toen kreeg China ergens de pest over in... het kan zijn dat iemand iets heeft gezegd, of dat het geluid niet naar haar zin was... als ze in zo'n bui was, kon ze zich zelfs woest maken over een gordijn dat scheef hing. Ze begon stennis te schoppen, liet ons zitten en verdween.'
'Zonder te zeggen waar ze naartoe ging?'
'Yep. Alleen maar dat we allemaal konden verrekken. We gingen ervan uit dat ze wel weer terug zou komen, zo ging het altijd. Zonder scènes kon ze niet leven.' Hij pakte een nieuwe sigaret en stak die aan met een Donald Duck-aansteker.
'De concurrentie,' zei hij en hij zwaaide even met de aansteker voordat hij hem weer dichtklapte.
'Wat is er gebeurd met de nummers die jullie die avond hebben opgenomen?'
'Die zijn niets waard. Ik heb nog geprobeerd ze aan de man te brengen, maar zonder China was geen hond in ons geïnteresseerd – Gittleson niet, maar ook niemand anders. Een paar maanden later waren we verleden tijd.' Weer zo'n kakelend lachje. 'Knap zielig, hè? Ik had aan de top mee kunnen draaien. Het lijkt dat Zweedse schip wel, de *Wasa*. Hebt u daar weleens van gehoord?'
Ik schudde mijn hoofd.
'Ik was vorig jaar voor zaken in Zweden, omdat ze misschien van plan zijn de Lumpkins daar ook uit te gaan zenden. En een van die Zweedse animatoren gaf me een rondleiding door Stockholm. Rare stad, vol van die grote blonde zombies die rondlopen met een gezicht alsof ze in geen jaren hebben geslapen. Dat komt door het licht daar. In de zomer wordt het nooit donker. In de winter is het altijd donker. Maar ik was er in de zomer en toen we om middernacht

uit een club kwamen, was het nog steeds klaarlichte dag. Maar goed, de volgende dag nam die vent me mee naar dat schip, de *Wasa*. Een groot houten viking-oorlogsschip, dat honderden jaren geleden gebouwd is, echt enorm. De Zweden stampten het vol kanonnen voor de oorlog die ze destijds tegen de Denen voerden. Maar het probleem was dat ze er te véél kanonnen op hadden gezet, dus toen het te water werd gelaten zonk dat stomme ding meteen in de haven van Stockholm. Ze hebben het veertig jaar geleden geborgen, volledig intact, en hebben er een museum omheen gebouwd. Je kunt erin gaan zitten en net doen alsof je Leif Ericson bent, zat worden en haring eten, wat je maar wilt. Enfin, toen we dat museum uit liepen, keek die vent die me die rondleiding gaf me met tranen in zijn ogen aan, echt helemaal in de put, en zei: "Paul, mijn vriend, als de *Wasa* niet was gezonken zou Zweden nu een wereldmacht zijn."'

Drie snelle trekjes aan de verse sigaret. Hij hield zijn adem in, sloot zijn ogen en kreeg ineens een fikse hoestbui. Hij scheen er troost uit te putten. 'Wij zijn de muzikale *Wasa*. Als China niet was vermoord, waren we nu Aerosmith geweest, ha ha ha.'

'Wat kunt u me nog meer over China vertellen?'

'Ze had u goed kunnen gebruiken. Geestelijk onevenwichtig. Dat gold voor ons allemaal. Ik gebruik lithium en antidepressiva omdat ik manisch-depressief ben. Vier verknipte persoonlijkheden en dat dikten we nog eens lekker aan met een eindeloze hoeveelheid drugs.'

Dolkomische situaties.

'Christian Bangsley ook?' vroeg ik.

'Meneer de Zakenman? Vooral Chris. Hij was nog veel erger dan de rest. Hij kwam uit een rijke familie en had totaal geen karakter. In tegenstelling tot ons, want wij hadden alleen maar sláppe karakters.'

'En hij heeft de boel besodemieterd?'

'Helemaal niet,' zei Brancusi. 'Dat is een stompzinnige redenatie. Wat maakt het nu uit hoe je het leven doorkomt... met het spelen van muziek, of als accountant, of als bouwer van pakhuizen? Het is toch één grauwe doodsmars. Chris is gewoon op iets anders overgeschakeld, dat is alles.'

'Waar is Squirt?'

'Dood,' zei hij, alsof dat volkomen logisch was. 'Hij is naar Europa gegaan en heeft daar een overdosis heroïne genomen. In een of ander park in Zwitserland. Hij leefde als een landloper, het heeft weken geduurd voordat hij geïdentificeerd werd.'

'U lijkt niet verbaasd.'

'Squirt was al zwaar aan de naald voordat China werd vermoord. Daarna ging het spul echt met liters naar binnen.'
'Getraumatiseerd door de dood van China.'
'Dat zal wel. Hij was de fanatiekste van ons allemaal, China niet meegerekend.'
'China was al geen katje om zonder handschoenen aan te pakken, maar had ze in de week voordat ze werd vermoord misschien ook ruzie met iemand anders?'
'Dat weet ik niet, maar het zou me niets verbazen. Ze was gewoon van nature onaardig en gedroeg zich vaak als een soort Greta Garbo: ik wil alleen zijn en jij kunt de kolere krijgen omdat je contact met me zoekt.'
'En een stalker?'
Hij stak zijn handen op. 'Ik geloof dat u het nog steeds niet snapt. We waren geen sterren, niemand trok zich een ruk van ons aan. En dat was ook precies wat China dwarszat. Ondanks al dat geleuter over afzondering en al dat kluizenaarsgedoe was ze nog steeds het prinsesje uit Palos Verdes dat als kind massa's aandacht had gehad en daar nog steeds naar snakte. Daarom was het zo ongelooflijk stom van haar dat ze Gittleson afblies. Mevrouw Schizo. Het ene moment kon ze ziedend zijn omdat de band niet het respect kreeg dat we verdienden, en het volgende moment vloekte ze iedereen stijf die wel aandacht voor de band had... journalisten bijvoorbeeld. Ze deed haar uiterste best om hen tegen ons in het harnas te jagen, ze noemde hen kontlikkers en wenste onder geen beding interviews te doen.'
Het pakje sigaretten kwam weer te voorschijn en opnieuw werd een nieuwe sigaret met de peuk van de oude aangestoken. 'Ik zal u een voorbeeld geven: er was een fanzine, een lullig blaadje dat een verhaal over ons wilde plaatsen. China zei tegen hem dat hij de kolere kon krijgen. Maar ze plaatsten het artikel toch, zonder met ons te praten. En wat doet China? Ze belt de uitgever op en scheldt hem plat.'
Hij schudde zijn hoofd. 'Ik zat erbij en hoorde wat ze zei. "Je moeder pijpt schunnige nazilullen en likt het kwakkie van Hitler op." Goed, ze had ze geen toestemming gegeven, maar waar slaat dat nou op?'
'Weet u nog om welk blad het ging?' vroeg ik.
'Denkt u soms dat een of andere journalist China vermoord heeft omdat ze tegen hem tekéér is gegaan? Doe me een lol.'
'U zult ongetwijfeld gelijk hebben,' zei ik. 'Maar als de uitgever een fan van jullie was, heeft hij misschien wel een vermoeden.'

'U gaat uw gang maar,' zei hij. 'U hebt kennelijk tijd genoeg... *Groove*-nog wat... *GrooveRut* of *GrooveRat*. Hij heeft ons een exemplaar gestuurd maar dat hebben we weggegooid. Een goedkoop blaadje, met de computer gemaakt. Waarschijnlijk bestaat het niet eens meer.'
'Wat was de strekking van het artikel?'
'Dat wij genieën waren.'
'Hebt u er een knipsel van bewaard?'
'O ja, hoor,' zei hij. 'Samen met mijn Grammy's en mijn platina platen.'
Hij stond op, nam nog een trek van zijn sigaret, hoestte en liep met gebogen hoofd naar de wijnkleurige deur. Hij gaf er een harde duw tegen en ging weer aan het werk.

14

Ik reed naar een kiosk op Selma Avenue, vlak bij Hollywood Boulevard, en ging op zoek naar *GrooveRat*. Vijftien meter schappen, met een grote hoeveelheid alternatieve bladen en kranten in een stuk of twintig talen, maar het fanzine was nergens te vinden. Ik vroeg de eigenaar, een met een tulband getooide sikh, of hij het blad kende en hij zei dat hij er nog nooit van had gehoord, maar dat ik misschien meer succes zou hebben in de stripwinkel-annex-piercingsalon drie straten verder.
Ik reed langs de winkel, zag het bordje met GESLOTEN dat bijna schuilging achter het harmonicascherm in de etalage en ging terug naar huis. Ik vroeg me af of Paul Brancusi met zijn opmerking dat ik te veel vrije tijd had misschien de spijker op de kop had geslagen.
Hoe langer ik erover nadacht, des te brozer werd het verband tussen de zaken. Ik begon te piekeren over de andere drie moorden die ik tijdens mijn zoektochten op het web had gevonden.
De enige moord die ook in L.A. had plaatsgevonden was die op de oude saxofonist Wilfred Reedy en daarbij had niets erop gewezen dat hij op het punt stond een comeback te maken, of dat zijn carrière in de lift zat. De moordenaar van Valerie Brusco, de pottenbakster uit Oregon, was opgepakt en in de gevangenis beland en Angelique Bernet, de balletdanseres – een jonge vrouw die in haar carrière kennelijk wél een behoorlijke stap vooruit had gemaakt –

was vijfenveertighonderd kilometer hiervandaan, in Massachusetts, gestorven.

Tussenstand: nul. Geen reden om Milo lastig te vallen, want die zou zijn handen wel vol hebben aan het onderzoek naar Everett Kipper, van wie ik zelf had gezegd dat hij de meest logische kandidaat was voor de moord op Julie.

Het was al bijna etenstijd, maar ik had geen honger. Gezelschap had troostend kunnen werken, maar Allison werkte vanavond in het ziekenhuis.

Het zou misschien verstandig zijn als ik dat voorbeeld zou volgen: gewoon werk waarbij je maag zich af en toe omdraaide, zodat ik geen tijd meer had om aan mezelf te denken, het soort werk dat ik jaren geleden ook had gedaan op de kankerafdeling van het Western Kinderziekenhuis.

Ik had bijna tien jaar op die afdeling gewerkt, een veel te jonge, pas afgestudeerde psycholoog die zichzelf wijsmaakte dat hij wist wat hij deed. En die te snel te veel kreeg voorgeschoteld, waardoor hij het gevoel kreeg dat hij een beunhaas was.

Ik had mijn schulden ingelost. Maar dat was kolder. Sommige oncologen en gespecialiseerde verpleegkundigen wijdden hun hele leven aan de goede zaak, dus waar haalde ik verdomme het recht vandaan om mezelf zo te verheerlijken?

Allisons man was aan kanker overleden en zij werkte een avond per week met terminale patiënten.

Dat waren geen prettige gedachten. Ik begon weer te piekeren over de dood van China Maranga. Haar scheldkanonnade was voor haar niets bijzonders geweest, maar sommige mensen kunnen er absoluut niet tegen als ze uitgescholden worden. En toen ik Robin had gevraagd wat zij van de zaak dacht, was haar eerste reactie geweest dat China toevallig iemand tegen het lijf was gelopen, een lift had geaccepteerd en één keer te vaak haar grote mond had opengedaan. Hoewel Paul Brancusi daar niets van had willen weten, kon de mogelijkheid van een stalker niet zomaar genegeerd worden. Het waren niet altijd beroemdheden die te maken kregen met overdreven aandacht en aanhankelijkheid. En alternatieve tijdschriften waren soms niet veel meer dan veredelde fanclubbladen. Bladen van een club fanatiekelingen.

Had die uitgever China uit de verte aanbeden? En was die hartstochtelijke liefde door de manier waarop ze hem had behandeld omgeslagen in een woede waarmee ze geen raad had geweten?

Ik liet mijn fantasie de vrije loop. Misschien had hij besloten om China nog een laatste kans te geven. En had hij daarom op de uit-

kijk gestaan bij de studio en gewacht tot ze te voorschijn kwam. En dan duikt China ineens op, stoned, uit haar evenwicht en boos op haar band, en hij gaat achter haar aan.
Blij dat er nog iemand is die haar waardeert, gaat ze met hem mee.
Dan nemen de zaken een andere keer.
China gaat weer op haar oude, vertrouwde manier tekeer.
En daar heeft hij genoeg van.
Pure speculatie, maar het was dát of zelfbespiegelingen.
Ik startte de computer en ging op zoek naar *GrooveRat*. Geen enkel resultaat.
Daar keek ik van op. Iedereen die in de waan verkeert dat hij het publiek van allerlei trivialiteiten op de hoogte moet houden heeft een website. Dus het fanzine was wel heel obscuur geweest. En, zoals Brancusi al had voorspeld, allang weer uit de roulatie.
Omdat ik toch on line was, overtuigde ik mezelf ervan dat er echt niets meer te vinden was over de andere drie moorden.
De naam van Wilfred Reedy werd bijna honderd keer genoemd, voornamelijk in discografieën en lovende recensies. Twee verwijzingen naar de 'tragische moord'. Geen speculaties. Aan Valerie Brusco noch Angelique Bernet waren meer artikelen gewijd dan de referenties die ik de eerste keer al had gevonden.
Ik verliet de virtuele wereld, belde de Centrale Divisie op en vroeg naar de rechercheur die de zaak van Reedy had behandeld. De man van de administratie had geen flauw idee waarover ik het had en verbond me door met een brigadier die zei: 'Waarom wilt u dat weten?'
'Ik ben een adviseur van de politie.'
'Wat voor soort adviseur?'
'Psycholoog. Ik werk samen met inspecteur Milo Sturgis van het district West-L.A.'
'Laat hem dan maar bellen.'
'Ik wil alleen maar de naam van de rechercheur weten.'
'Hebt u een dossiernummer?'
'Nee.' Ik herhaalde de naam van Reedy en gaf hem de datum.
'Dat is vier jaar geleden,' zei hij. 'U moet het archief bellen, in het centrum.'
Hij verbrak de verbinding.
Ik wist dat ik van het archief niets los zou krijgen en schakelde over naar de politie in Cambridge, Mass., en Angelique Bernet. Een man met een zuidelijk accent vertelde me dat er een nieuw tijdperk met betrekking tot binnenlandse veiligheid was aangebroken en dat er eerst formulieren ingevuld dienden te worden en aan bepaalde ei-

sen moest worden voldaan. Toen hij vroeg wat mijn sofinummer was, gaf ik dat op. Hij zei dat hij me terug zou bellen en hing op. Een telefoontje naar de staatsgevangenis van Oregon, waar ik vroeg hoe de stand van zaken was met betrekking tot gevangene Tom Blascovitch, de ex-vriend van Valerie Brusco, werd met soortgelijke argwaan begroet en stuitte op evenveel tegenwerking.
Ik legde de telefoon neer. Deze amateur had zijn beste beentje voorgezet. Milo moest eerst maar eens kijken hoe ver hij kwam met Everett Kipper, en als dat een doodlopend spoor bleek te zijn, kon ik nog altijd over de rest beginnen.
Ik was net van plan om de koelkast te plunderen toen de telefoon ging.
'Morgen is natuurlijk prima,' zei Allison. 'Maar zal ik je eens iets vertellen? Dat geldt ook voor vanavond. Ze hebben een gezellige avond in het ziekenhuis, compleet met komiek en een bluegrassband. Wat was jij van plan?'

Ik stond voor mijn huis te wachten toen ze in haar Jag kwam aanrijden. Ze had de kap omlaag en haar haar was verwaaid. Toen ze uitstapte, nam ik haar in mijn armen en kuste haar hard.
'Sjonge,' zei ze lachend. 'Ja, ik ben ook blij om jou te zien.'
Ze liet haar arm om mijn middel glijden en ik sloeg de mijne om haar schouder toen we samen de trap naar het huis op liepen.
Binnen zei ze: 'Is er nog wat van die bordeaux over?'
'Alles wat we de vorige keer niet hebben opgedronken staat er nog steeds.'
We liepen de keuken in en ik pakte de wijn.
'Lieve help,' zei ze, terwijl ze me van top tot teen bekeek. 'Je bent écht blij om me te zien.'
'Je moest eens weten,' zei ik.

Terwijl we in het donker naast elkaar lagen, hoorde ik ineens dat Allison haar adem inhield.
'Is alles in orde?'
'Ja hoor,' zei ze veel te snel. Ze lag opgekruld onder de dekens, met haar rug naar me toe.
Ik stak mijn hand uit en raakte haar gezicht aan. Haar wang was nat.
'Wat is er aan de hand?' vroeg ik.
'Niets.' Ze begon te huilen.
Toen ze uitgehuild was, zei ze: 'Hebben we het punt al bereikt waarop we elkaar alles kunnen vertellen?'

'Natuurlijk.'
'Dat hoop ik wel,' zei ze.
Maar ze deed haar mond niet open.
'Allison?'
'Laat maar. Ik voel me prima.'
'Oké.'
Een moment later: 'Ik voelde me net zo prettig en ik lag te denken dat er niets fijner kon zijn dan dit en toen zag ik in gedachten ineens het gezicht van Grant. Hij zag er heel gelukkig en blij uit... blij voor mij. God, ik wil niets liever dan denken dat hij gelukkig is.'
'Natuurlijk.'
'En toen kwamen al die gedachten... wat hij allemaal heeft gemist, wat ik voor hem voelde, hoe jong hij nog was. Alex, ik mis hem zo ontzettend! En af en toe raak jij me aan op een manier... je kunt zo teder zijn als ik dat nodig heb... dan moet ik ineens aan hém denken.'
Ze rolde op haar rug en sloeg haar handen voor haar gezicht. 'Ik heb echt het gevoel dat ik hem bedrieg. En jou ook. Maar het is al jaren geleden, waarom kan ik dat niet loslaten?'
'Je hebt van hem gehouden. En dat is nog steeds zo.'
'Ja, dat is nog steeds zo,' zei ze. 'En misschien blijft het wel altijd zo... vind je dat niet erg? Want het heeft niets met jou te maken.'
'Ik vind het prima.'
'Meen je dat?'
'Ja.'
'Ik begrijp ook best dat jij nog dezelfde gevoelens voor Robin koestert.'
'Dezelfde gevoelens,' zei ik.
'Vergis ik me?'
Ik gaf geen antwoord.
'Jullie zijn jaren samen geweest,' zei ze. 'Je zou wel heel oppervlakkig moeten zijn als je dat zomaar opzij kunt zetten.'
'Alles heeft tijd nodig,' zei ik.
Ze liet haar handen zakken en staarde naar het plafond. 'Nou, jongens, ik geloof dat ik net een enorme blunder heb gemaakt.'
'Nee,' zei ik.
'Ik wou dat ik dat zeker wist.'
Ik rolde naar haar toe en trok haar tegen me aan.
'Alles is in orde,' zei ik.
'Dat wil ik geloven,' zei ze. 'Het alternatief bevalt me namelijk helemaal niet.'

15

Tien dagen later nam Milo weer contact met me op. In de tussentijd bleef ik de politie van Cambridge lastig vallen en slaagde er uiteindelijk in een rechercheur aan de lijn te krijgen, een zekere Ernest Fiorelle. Hij begon met uit te vissen wie ik precies was en ik kreeg weer dat verhaal over de binnenlandse veiligheid te horen. Uiteindelijk slaagde ik erin zijn nieuwsgierigheid te bevredigen door hem een kopie te faxen van een oud adviseurscontract met het LAPD en een paar pagina's van de beëdigde verklaring die ik voor de zaak Ingalls had afgelegd. Desondanks slaagde Fiorelle er toch in mij meer vragen te stellen dan hij beantwoordde over Angelique Bernet.

Er waren geen serieuze aanwijzingen geweest en de zaak was nog steeds niet opgelost.

'Ik denk dat het een of andere gek is geweest,' zei Fiorelle. 'U bent de psychiater, zegt u het maar.'

'Een seksuele psychopaat?' vroeg ik. 'Was er dan sprake van verkrachting?'

'Dat heb ik niet gezegd.'

Stilte.

'Wat was er dan zo krankzinnig?' vroeg ik.

'Het lijkt mij toch vrij krankzinnig om een mooi jong meisje aan een mes te rijgen en haar lijk in een steegje te dumpen, dok. Of vinden ze dat daarginds in L.A. normaal?'

'Dat hangt ervan af welke dag het is.'

Hij liet een kort en ruw lachje horen.

'Dus de collega-dansers van Bernet en de muzikanten werden niet verdacht?' vroeg ik.

'Nee hoor, dat was een slap zootje, voornamelijk vrouwen en homo's. Ze waren zich wezenloos geschrokken. Iedereen beweerde dol op het meisje te zijn.'

'Ook al had ze promotie gemaakt.'

'Hoezo?' vroeg hij.

'Ik zat me af te vragen of er geen sprake was van jaloezie.'

'Dok, als u op de plaats van het misdrijf was geweest, zou u zich dat soort dingen niet afvragen. Dit was geen kwestie van... ruzie. Dit was echt smerig.'

Omdat ik nog steeds het idee in mijn achterhoofd had dat China misschien een al te fanatieke fan had ontmoet, vroeg ik hem of er ten tijde van de moord misschien een muziekconventie in de stad was geweest.

'Houdt u me nou voor de gek?' vroeg hij. 'Dit is een studentenstad. Harvard en zo. We hebben hier constant een of andere conventie.'
'Maar ook iets wat specifiek met de muziekindustrie te maken had? Met deelname van critici, journalisten en fans.'
'Nou nee, daar herinner ik me niets van. En eerlijk gezegd denk ik dat u op het verkeerde paard wedt.'
'Ik heb geen andere mogelijkheden.'
'Nou, misschien moet u dan beter zoeken. En hou al die rare dingen nou maar daar aan de linkerkust. Nee, volgens mij bestaat er geen overeenkomst tussen dat meisje en uw zaken. In feite heb ik in Baltimore een zaak gevonden die er meer op leek, maar dat liep ook op niets uit.'
'Wie was het slachtoffer in Baltimore?'
'Een of andere secretaresse die op dezelfde manier aan mootjes was gehakt als juffrouw Bernet. Maar wat doet dat er toe, ik heb u net al verteld dat het op niets uitliep. Baltimore pakte een of andere gek op en die heeft zichzelf verhangen. Ik moet ervandoor, dok. Ik wens u een lekkere warme dag toe daar in L.A.'
Ik zocht op het net naar moorden in Baltimore, maar ik vond niets dat zelfs maar in de verste verte leek op de moord op Angelique Bernet of op de andere moorden.
Niets scheen het woord te zijn waar alles om draaide.

Tijdens die tien dagen gebeurden nog een paar dingen.
Tim Plachette belde me op een avond op en zei: 'Ik bied mijn excuses aan voor die belachelijke woordenwisseling die we laatst hadden.'
'Maak je niet druk,' zei ik. 'Je bent niet over de schreef gegaan.'
'Dat mag dan wel waar zijn, maar ik had mijn mond moeten houden... ik hou echt heel veel van haar, Alex.'
'Daar ben ik van overtuigd.'
'Je hebt helemaal geen zin in dit gesprek,' zei hij.
Iets in zijn stem – wanhoop, een ongerustheid die voortkwam uit intense liefde – zorgde dat mijn stemming omsloeg.
'Ik waardeer het bijzonder dat je me belt, Tim,' zei ik. 'En ik zal je niet voor de voeten lopen.'
'Ik wil niet de zedenmeester uithangen, dit is een vrij land. Als je langs wilt komen, vind ik dat prima.'
Het was meteen gedaan met mijn goede stemming: *Goh, wat fijn dat je dat goed vindt, vriend.* Maar ik wist dat hij gelijk had. Het zou voor iedereen een stuk gemakkelijker zijn als ik afstand bewaarde.

'Het leven gaat verder, Tim.'
'Het is aardig van je om dat te zeggen, maar... Robin... en dan is er ook nog Spike – ik gedraag me als een eersteklas idioot.'
'Dat gebeurt wel vaker als het om vrouwen gaat,' zei ik.
'Dat is waar.'
We wisselden een met Y-chromosomen beladen gegrinnik uit.
'Enfin,' zei hij.
'Het beste, Tim.'
'Ik wens jou hetzelfde.'
Twee dagen daarna belde Robin op. 'Ik wil je niet lastig vallen, maar ik wil ook niet dat je het van iemand anders hoort. *Guitar Player* gaat een artikel over mij plaatsen en ik moet bekennen dat ik dat hartstikke gaaf vind. Ik weet dat jij dat blad af en toe koopt, dus ik dacht dat je het wel onder ogen zou krijgen.'
'Dat is niet zomaar gaaf, het is geweldig,' zei ik. 'Vertel me maar welk nummer het wordt, dan zal ik het zeker kopen.'
'Het volgende nummer,' zei ze. 'Ze hebben me een tijdje geleden geïnterviewd, maar ze hebben nooit gezegd dat ze het ook zouden plaatsen. Dat heb ik vandaag pas van ze gehoord. Het zal wel voor wat extra problemen zorgen, want waarschijnlijk krijg ik meer werk aangeboden dan ik aankan, maar wie maalt daarom. Het is een leuk gevoel om voor de verandering eens in het zonnetje te worden gezet. Ik ben een groot kind, hè?'
'Je verdient het,' antwoordde ik. 'Geniet er maar van.'
'Dank je wel, Alex. Hoe gaat het verder?'
'Z'n gangetje.'
'Nog nieuws over Baby of die schilderes?'
'Nee,' zei ik. Toen we nog samen waren, had ze dat soort dingen nooit willen weten. Misschien kwam het door haar genegenheid voor Baby Boy. Of omdat het haar niet meer kon schelen wat ik met mijn leven deed.
'Nou ja,' zei ze. 'Als er iemand achter kan komen dan ben jij het. Dat weet ik zeker.'
'U maakt me aan het blozen, mevrouw.'
'Tot ziens,' zei ze en de lach in haar stem bracht weer een beetje zon in mijn leven.

De donderdag daarna werd ik thuis door Milo gebeld, even na negen uur 's avonds. Ik was de hele dag alleen geweest. Ik had mijn laatste rapport afgemaakt, belastinggegevens voor mijn accountant verzameld en een paar klusjes rond het huis opgeknapt. Toen de telefoon ging, hing ik op de bank in een smerig joggingpak, knagend

aan een portie spareribs met een paar flesjes Grolsch binnen handbereik. Ik had het licht uitgedaan en de volumeknop opengedraaid terwijl ik op het grote scherm de beide banden van *Magnolia* langs liet komen. De film trof me opnieuw als het werk van een genie.
De vorige twee nachten had ik bij Allison geslapen en was wakker geworden in haar gezellige, meisjesachtige slaapkamer met de geur van parfum en ontbijt in mijn neus en mijn ongeschoren gezicht tegen zachte lakens, wat zowel een gevoel van verrukking als van desoriëntatie had opgeroepen.
We hadden het niet meer over Grant of Robin gehad en ze maakte een tevreden indruk... Of ze deed net alsof. Ze had wat afspraken verzet zodat ze een dag vrij kon nemen en we hadden een ritje langs de kust gemaakt en in het Stone House in Montecito geluncht. Daarna waren we doorgereden naar Santa Barbara, waar we eerst een strandwandeling hadden gemaakt en vervolgens naar het kunstmuseum in State Street waren gegaan om een expositie van portretkunst te bezoeken.
De veel te wijze, zwartogige kinderen van Robert Henri, de trieste, gekwetste vrouwen van Raphael Soyer en de dandy's en de opgetutte dames uit het New Yorkse kunstenaarswereldje van John Koch.
Bleke, lome, donkerharige schoonheden van Singer Sargent, waardoor ik Allison met nieuwe ogen gingen bekijken.
We deden tot elf uur over het etentje in The Harbor op de pier, zodat we pas om één uur 's nachts in L.A. terug waren. De laatste dertig kilometer had ik moeite om mijn ogen open te houden. Toen ik voor het huis van Allison stopte, hoopte ik dat ze me niet zou vragen om binnen te komen.
'Het was geweldig,' zei ze. 'Je bent echt ontzettend lief voor me. Wil je nog een kopje oploskoffie voordat je naar huis gaat?'
'Ik red het zo ook wel.'
Ik kuste haar en reed weg. Nu had ik de nacht voor mezelf.
De volgende ochtend huurde ik de film.

'Stoor ik?' vroeg Milo.
'Ik zit met bier en spareribs naar *Magnolia* te kijken.'
'Alweer? Dat moet zo'n beetje de tiende keer zijn.'
'De derde. Wat is er aan de hand?'
'Ben je alleen?'
'Yep.'
'Dan is het een rotstreek dat je al die ribben voor jezelf houdt.'
'Welja,' zei ik. 'Kom maar hier, dan kun je pakken wat je wilt.'

'Breng me niet in verleiding, Satan. Nee, Rick komt eerder naar huis en we gaan naar de Jazz Bakery. Larry Coryell is in de stad en je kent Rick. Maar goed, CoCo Barnes heeft me haar tekening van die roodharige vrouw toegestuurd. Ik ben bang dat je gelijk had. Het is bijna abstract... vanwege die staar kunnen we haar schrappen als een betrouwbare getuige. En ik kan je ook iets nieuws over Everett Kipper vertellen. Niet bepaald een populaire gozer.'
'Bij wie?'
'Zijn buren,' zei hij. 'Hij woont in een mooi gedeelte van Pasadena... vlak bij de grens met San Marino. Een groot, degelijk huis op een lap grond van bijna een halve hectare. Een boel ruimte voor een vent alleen. Voor de rest wonen er alleen maar gezinnen en bejaarden in de buurt. Dat zijn Kippers naaste buren aan weerskanten ook... beschaafde oude mensen. Volgens hen is hij onvriendelijk, bemoeit hij zich met niemand en had hij de gewoonte om 's avonds laat zijn garage in te duiken en een hoop herrie te maken door op een stuk marmer of zo in te hakken. Ook nadat ze zich daarover beklaagd hadden. Ten slotte hebben ze de politie gebeld, die daarop een praatje is gaan maken met Kipper. Daarna werd het wat rustiger, maar Kipper gedroeg zich ronduit onvriendelijk... als hij aangesproken wordt, doet hij net alsof hij niets hoort. De smerissen hebben tegen hem gezegd dat hij het na tienen wat rustiger aan moet doen en volgens de buren gaat Kipper nu expres tot klokslag tien uur door met zijn gehamer. Hij laat ook de garagedeur openstaan, om er zeker van te zijn dat iedereen hem hoort.'
'Vijandig en haatdragend,' zei ik. 'Hij doet nog steeds aan beeldhouwen, maar hij slaat alles weer kapot.'
'Ik heb met die smerissen uit Pasadena gesproken, maar het enige wat ze zich herinneren is die klacht wegens burengerucht. Ze hebben me een kopie van het rapport gestuurd. Niets waarvan ik opkeek. De buren hebben ook gezegd dat Kipper hoogst zelden bezoek heeft, maar dat er af en toe wel een blonde dame rondliep. Ik heb hun een foto van Julie laten zien en ze dachten dat zij het misschien wel was geweest.'
'Misschien?'
'We hebben het over mensen van in de tachtig en niemand heeft haar van dichtbij gezien. Ze herinneren zich alleen dat ze blond was... heel lichtblond haar, precies zoals Julie had. Dus het lijkt erop dat Kipper de waarheid sprak toen hij ons vertelde dat ze nog steeds een relatie hadden.'
'Hoe vaak was ze bij hem?'
'Niet op vaste tijden. Een of twee keer per maand. Een van die ou-

de dametjes vertelde me wel dat ze zeker wist dat die blondine af en toe bleef slapen, omdat ze heeft gezien dat ze samen met Kipper in zijn Ferrari stapte.'
'Dus af en toe waren ze nog intiem,' zei ik.
'Misschien kwam ze haar alimentatie eigenhandig innen en vergaten ze dan waarom ze uit elkaar waren gegaan. Daardoor ben ik gaan piekeren over wat jij zei... over het feit dat Julie zo afhankelijk van hem was. Stel je voor dat ze daar geen trek meer in had en dat ook tegen Kipper heeft gezegd, waardoor ze slaande ruzie kregen. Hij zou haar nooit in zijn eigen huis hebben vermoord. Niet met die buren die hem toch al in de gaten hielden en met die klacht die al bij de politie bekend was. Jij hebt het over een intelligente, berekenende vent gehad en hij is bijzonder bij de pinken. Kan ik dat bewijzen? *Nyet*. Maar ik heb niets anders waarop ik me kan concentreren.'
'Hoe staat het met Kippers financiën?'
'Ik heb geen schijn van kans op een gerechtelijk bevel om zijn rekeningen te controleren, maar alles wijst erop dat hij ruim in zijn slappe was zit. Behalve de Testarossa heeft hij ook nog een klassieke oude Porsche van rond 1930, dat badkuipmodel, een oude MG en een Toyota Land Cruiser. Het huis is groot en mooi en hij houdt het goed bij, net als de tuin... vanaf de weg ziet het eruit als een plaatje. De buren zeggen dat hij zich chic kleedt, zelfs op vrije dagen. Een van die ouwe knakkers zei dat hij er "Hollywoodachtig" uitzag. Dat wordt in Pasadena min of meer als een misdaad beschouwd. En iemand anders, een oude dame, vertelde dat Kipper dol is op zwart. Zij vond hem net een begrafenisondernemer. Maar haar man viel haar in de rede en zei: "Nee, hij lijkt op een van de dooien." Eenennegentig en hij maakte voortdurend grapjes. Misschien kwam dat door al die gin-tonics... ze hadden me uitgenodigd voor een drankje. Volgens mij was ik het meest opwindende dat ze in die buurt hebben meegemaakt sinds de laatste wedstrijd in de Rose Bowl.'
'Gin-tonics met de oudjes,' zei ik. 'Wat een elegante bedoening.'
'De Queen Mother dronk ook gin-tonics en die is 102 geworden. En ik dronk cola. Maar ik kan je wel vertellen dat het verleidelijk was... ze hadden Bombay onder de kurk en ik heb de laatste tijd niet veel lol gehad. Helaas zegevierde het gezond verstand. Verdomme. Maar goed, ik houd Kipper nog steeds in de peiling. De vijandige, agressieve eenling. En ik heb ook hier en daar geïnformeerd naar lange, roodharige, dakloze dames. Ze hadden een paar kandidaten in de Westside en bij de Pacific Division, maar die bleken het

niet te zijn. Bij een van de tehuizen in Hollywood kunnen ze zich wel een vrouw herinneren die aan de beschrijving voldoet. Een zekere Bernadine of Ernadine. Lang, grofgebouwd, knettergek, ergens midden in de dertig. Ze komt daar af en toe langs om haar roes uit te slapen, maar ze hebben haar al een tijdje niet meer gezien. De beheerder van het tehuis had het gevoel dat ze nogal diep gevallen is.'
'Waarom?'
'Als ze goed bij haar hoofd was, kon ze vrij intelligent klinken.'
'Geen achternaam?'
'In tegenstelling tot overheidsinstellingen houden de privétehuizen niet altijd precies bij wie er langskomen... dit is van een kerkelijke groepering, het Dove House. Alleen maar liefdadigheid, vragen worden niet gesteld.'
'Als Bernadine intelligent klonk,' zei ik, 'waar had ze het dan over?'
'Geen idee. Hoezo? Dit was puur tijdverdrijf omdat ik geen meter opschoot met Kipper.'
'Ik vroeg me alleen af of ze een kunstliefhebster was.'
'Vind je nou ineens dat we er wel achteraan moeten?'
'Niet echt.'
'Hè?'
'Laat maar zitten,' zei ik. 'Ik wil niet dat je je tijd verspilt.'
'Momenteel heb ik toch tijd zat. Ik werd vanmorgen opgebeld door de oom van Julie Kipper die me beleefd vroeg of ik vorderingen had gemaakt en ik moest hem vertellen dat we geen steek waren opgeschoten. Waar zit je aan te denken, Alex?'
Ik vertelde hem dat ik nog een paar andere moorden had gevonden en dat ik met Paul Brancusi had gepraat.
'Wilfred Reedy kan ik me nog wel herinneren,' zei hij. 'Ook een van Ricks favoriete jazzmuzikanten. Volgens mij had dat iets met drugs te maken. Reedy had een dealer nijdig gemaakt of zoiets.'
'Was Reedy verslaafd?'
'Reedy's zoon was verslaafd. Hij nam een overdosis en stierf. Reedy begon zich druk te maken over al die dealers rond de clubs in South Central en trok aan de bel. Ik kan me vergissen, maar ik geloof dat het zo is gegaan.'
'Dus die zaak is opgelost?'
'Dat weet ik niet, maar ik zoek het wel uit,' zei hij. 'Dus volgens jou is het motief jaloezie?'
'Het is het enige punt dat consistent is: kunstenaars die om het leven worden gebracht op het moment dat ze in de lift zitten. Vier, als je Angelique Bernet ook meerekent. Maar er zijn nog steeds meer verschillen dan overeenkomsten.'

'Wilfred Reedy zat niet in de lift. Hij werd al jaren bewonderd.'
'Ik zei toch dat het tijdverspilling was.'
Stilte.
'Oppervlakkig bekeken is het niet veel,' zei hij. 'Maar ik ben nu ook niet echt bezig met een onderzoek. Wat zou je ervan zeggen als ik eens een paar telefoontjes pleeg en probeer jouw theorie te ontzenuwen. Dat gebeurt in de wetenschap toch ook? Je begint met het uitschakelen van de hoe-heet-het-ook-alweer...'
'De nulhypothese.'
'Precies. Ik zal uitzoeken wie de zaak Reedy heeft behandeld en de politie in Cambridge opbellen om te horen wat er precies is gebeurd. Ik kan ook nagaan of dat vriendje van die pottenbakster nog steeds achter tralies zit. Hoe heten ze?'
'Valeri Brusco en Tom Blaskovitch,' zei ik. 'Hij is drie jaar geleden veroordeeld.'
'Ook zo'n creatieve figuur?'
'Een beeldhouwer.'
'Net als Kipper... alweer een haatdragende man met een beitel. Ach, de kunstwereld. Zoals ik al tegen mijn moeder zei, je weet nooit wanneer het werk je op een hoger vlak brengt.'

16

De volgende paar weken gingen we ons langzaam maar zeker steeds meer met futiliteiten bezighouden. Er kwamen geen verdere bijzonderheden over de Kipper-moord aan het licht en Milo kwam ook niets opwindends over de andere moorden te weten. Hij nam contact op met Petra en kreeg te horen dat zij bij Baby Boy ook op een doodlopend spoor zat.
Tom Blaskovitch, de moordende beeldhouwer, was een jaar geleden wegens goed gedrag uit de gevangenis ontslagen: hij had kunstcursussen voor de andere gevangenen georganiseerd. Maar hij was naar Idaho verhuisd, waar hij een baan had gekregen als klusjesman op een vakantieboerderij en zijn baas wist zeker dat hij daar aanwezig was geweest op de avonden dat Kipper en Lee waren vermoord.
Rechercheur Fiorelle van de politie van Cambridge herinnerde zich mij als een 'opdringerige vent, zo'n intellectueel... ik ken dat soort wel, die hebben we hier bij bosjes.' De feiten van de moord op An-

gelique Bernet gaven geen aanleiding om enig verband te vermoeden met Baby Boy of Julie: de danseres was met zes messteken om het leven gebracht en in de studentenstad op een punt gedumpt waar overdag veel maar 's avonds weinig mensen langskwamen. Geen wurging, geen suggestieve houding: ze had al haar kleren nog aangehad.
De rechercheur die de zaak Wilfred Reedy had behandeld was dood. Milo kreeg een kopie van het dossier. Reedy was net als Baby Boy in een steegje met een messteek in de buik gedood, maar destijds waren er sterke aanwijzingen geweest dat de moord iets met verdovende middelen te maken had. Dat gold ook voor de mogelijke verdachte, een kleinschalige dealer die Celestino Hawkins heette en Reedy's zoon van drugs had voorzien. Hawkins had in de gevangenis gezeten omdat hij iemand met een mes had belaagd. Hij was inmiddels al drie jaar dood. Wilfred Reedy jr. had vlak voor de moord op zijn vader een overdosis genomen.
Het dossier van China Maranga was dun en bevatte totaal geen nieuws.
Milo belde de oom van Julie Kipper op en vertelde hem dat hij er niet op mocht rekenen dat de zaak snel opgelost zou worden. De oom reageerde hoffelijk waardoor Milo zich nog beroerder voelde.

Allison en ik brachten steeds meer tijd bij elkaar door. Ik kocht de *Guitar Player* en las het artikel over Robin. Daarna zat ik heel lang naar de foto's te staren.
Robin in haar nieuwe werkplaats. Er stond nergens te lezen dat ze vroeger ergens anders had gezeten. Prachtig gevormde gitaren en mandolines, dankbetuigingen van beroemdheden en een brede glimlach. Ze was fotogeniek.
Ik schreef haar een kort briefje bij wijze van felicitatie en kreeg een bedankje in de vorm van een kaart.

Tweeëneenhalve maand na de moord op Julie Kipper werd het weer warmer en het spoor was ijskoud. Milo vloekte, legde het dossier opzij en begon weer aan het oprakelen van oude gevallen.
De meeste konden niet opgelost worden, waardoor hij kribbig werd en constant bezig bleef. Als we elkaar ontmoetten, begon hij onveranderlijk over Julie... af en toe op die geforceerd vrolijke toon waaruit je kon opmaken dat de mislukking aan hem vrat.
Vlak daarna reed ik samen met Allison naar Malibu Canyon om een meteorenregen te zien. We vonden een eenzame doodlopende weg, deden de kap van de Jaguar omlaag, zetten de stoelen in de

slaapstand en keken toe hoe het kosmische stof door de ruimte schoot en ontplofte. Vlak nadat we thuiskwamen, om kwart over een 's nachts, ging de telefoon. Ik zat de kranten door te kijken en Allison las *The Mimic Men* van V.S. Naipaul. Ze had haar haar opgestoken en een kleine leesbril met een zwart montuur stond pontificaal op haar neus. Toen ik de telefoon pakte, keek ze even naar de klok op het nachtkastje.
Als er rond die tijd werd opgebeld, was het meestal voor haar. Patiënten die dringend hulp nodig hadden.
Ik nam het gesprek aan.
'Weer een,' snauwde Milo.
Ik zei zijn naam zonder geluid te maken en Allison knikte.
'Een klassiek pianist,' ging hij verder, 'neergestoken en gewurgd na een concert. Direct achter de zaal. En je raadt het nooit: deze vent was op de weg omhoog, qua carrière. Er lag een platencontract in het verschiet. De oproep was niet voor mij bestemd, maar toen ik het via de scanner hoorde, ben ik ernaartoe gegaan en heb de zaak overgenomen. Dat recht heb je als inspecteur. Ik ben nu op de plaats van het misdrijf. Ik wil dat jij ook komt kijken.'
'Nu?' vroeg ik.
Allison legde haar boek neer.
'Is dat dan een probleem?' vroeg hij. 'Ben je geen nachtmens meer?'
'Heel even.' Ik legde mijn hand over de hoorn en keek Allison aan.
'Ga maar,' zei ze.
'Waar moet ik zijn?' vroeg ik aan Milo.
'Van jou uit ben je hier in een vloek en een zucht,' zei hij. 'Bristol Avenue, Brentwood. De noordkant.'
'Hij zoekt het hogerop,' zei ik.
'Wie, ik?'
'De booswicht.'

Bristol was schitterend, overschaduwd door oude ceders en bij ongeveer elke zijstraat onderbroken door een rotonde. De meeste huizen waren nog de originele tudor- en Spaans-koloniale panden. Het moordhuis was nieuw, een modern, quasi-Grieks geval aan de westkant van de straat. Drie vierkante etages, wit en met pilaren, bijna de helft groter dan de aangrenzende landhuizen en met de hartelijke uitstraling van een gerechtsgebouw. Een vlak groen gazon werd alleen onderbroken door een eenzame, vijftien meter hoge amberboom, verder niets. Felle sterke lampen stonden op een bepaald punt gericht. Het was maar een korte wandeling naar Rockingham Avenue, waar O.J. Simpson zijn eigen oprit met bloed had besmeurd.

Een zwart-witte patrouillewagen met een rood zwaailicht blokkeerde de straat half. Milo had mijn naam opgegeven aan de agent in uniform die de wacht hield en ik werd glimlachend doorgewuifd met een 'natuurlijk, dokter'.

Dat was me nog nooit eerder overkomen. Ook het voorrecht van een inspecteur?

Voor het grote huis stonden nog vier patrouillewagens, samen met twee busjes van de technische recherche en een lijkwagen van het mortuarium. Er was geen maan te zien, de lucht zat helemaal dicht. Geen spoor meer van vallende sterren.

De volgende agent in uniform reageerde met de gebruikelijke argwaan van een smeris terwijl hij zijn walkie-talkie hanteerde. Ten slotte: 'Ga maar naar binnen.'

Een deur die minstens een ton woog, reageerde meteen toen ik mijn vingertopje ertegenaan zette. Kennelijk een of ander hydraulisch systeem. Op het moment dat ik naar binnen stapte, zag ik Milo al aankomen. Hij zag eruit alsof hij zijn laatste oortje had versnoept terwijl hij haastig door de marmeren entreehal van een slordige negentig vierkante meter liep. Het plafond was zes meter hoog en tien procent ervan bestond uit friezen, sierplaten en stucwerk. De vloer was van wit marmer, onderbroken door zwart granieten vierkanten. Een kristallen kroonluchter was sterk genoeg om een heel dorp in de derde wereld te verlichten. De muren waren van grijs marmer met abrikooskleurige nerven en dusdanig bewerkt dat ze op linnen vouwpanelen leken. Drie kale wanden, op de vierde hing een met franje versierd bruin wandtapijt: jagers, honden en voluptueuze vrouwen. Aan de rechterkant liep een brede marmeren trap voorzien van koperen leuningen met een bocht omhoog naar een overloop vol in vergulde lijsten gevatte portretten van stoïcijnse mensen die allang dood waren.

Milo droeg een slobberige spijkerbroek, een veel te groot groen poloshirt en een grijs tweed colbert dat hem te klein was. In deze omgeving was hij net zo op zijn plaats als een puist bij een supermodel.

Achter de entreehal was een ruimte die op het eerste gezicht nog veel groter leek. Houten vloeren, gladde, witte muren. Rijen klapstoelen met het gezicht naar een verhoogd podium met een grote zwarte vleugel. Een paar vreemde, uitgeholde voorwerpen die wel iets weghadden van radiatoren hingen in de hoeken aan het gebogen houten plafond – die zouden wel dienen om de akoestiek te verbeteren. Geen ramen. Dubbele deuren in de achterwand staken nauwelijks tegen de gewitte muren af.

Links van de piano stond een bordje met STILTE ALSTUBLIEFT. De pianokruk was onder het instrument geschoven. Op de lessenaar stond bladmuziek.

De dubbele deuren gingen open en een bolle man van een jaar of zestig stoof als een duveltje uit een doosje achter Milo aan.

'Rechercheur! Rechercheur!' Hij wapperde met zijn handen en probeerde hem hijgend in te halen.

Milo draaide zich om.

'Rechercheur, mag ik het personeel naar huis sturen? Het is al ontzettend laat.'

'U moet nog even geduld hebben, meneer Szabo.'

De kaken van de man trilden en spanden zich. 'Ja, natuurlijk.' Hij wierp een blik op mij en zijn ogen verdwenen in een nest van rimpeltjes en vouwen. Zijn lippen waren vochtig en paars en zijn gelaatskleur was niet best: vlekkerig en koperkleurig.

Milo stelde me aan hem voor, maar liet mijn titel achterwege. 'Dit is meneer Stefan Szabo, de eigenaar van het huis.'

'Aangenaam,' zei ik.

'Ja, ja.' Szabo frunnikte aan een diamanten manchetknoop en stak zijn hand uit. Zijn handpalm was warm en zacht en zo vochtig dat hij bijna klef aanvoelde. Hij was vadsig, zacht en kaal, met uitzondering van een paar roodbruine plukjes boven zijn flaporen. Zijn gezicht had de vorm van een volgroeide aubergine en de neus in het midden leek op een kleinere uitgave van dezelfde vrucht: een bungelende, dikke Japanse aubergine. Hij droeg een gekleed witzijden overhemd met half-karaats diamanten knoopjes, een rode paisley sjerp om zijn middel, een zwarte smokingbroek met satijnen biezen langs de pijpen en laklèren instapschoenen.

'Arme Vassily, dit is echt te erg voor woorden. En nu zal iedereen me haten.'

'U haten, meneer?' vroeg Milo.

'Vanwege de publiciteit,' zei Szabo. 'Toen ik dit odeum liet bouwen, heb ik me echt de grootste moeite getroost om alles correct te laten verlopen. Ik heb persoonlijke brieven geschreven aan alle buren, waarin ik iedereen verzekerde dat hier alleen privéconcerten en een incidentele liefdadigheidsvoorstelling zouden plaatsvinden. En dat we altijd de grootste discretie zouden betrachten. Mijn aanpak is steeds hetzelfde geweest: iedereen die hier minimaal twee straten vanaf woont, wordt ruim van tevoren gewaarschuwd en er zijn altijd meer dan genoeg parkeerbedienden. Ik heb altijd mijn uiterste best gedaan, rechercheur. En nu dit.'

Hij wrong zijn handen. 'Ik moet bovendien extra voorzichtig zijn vanwege u-weet-wel. Tijdens het proces was het leven een hel. Maar afgezien daarvan ben ik een trouwe inwoner van Brentwood. En nu dít.'

Szabo's ogen puilden plotseling uit zijn hoofd. 'Was u daar ook bij betrokken?'

'Nee, meneer.'

'O, gelukkig,' zei Szabo. 'Want anders had ik niet kunnen zeggen dat ik veel vertrouwen in u heb.' Hij snoof de lucht op. 'Mijn arme *odeum*. Ik weet niet of ik er nu nog wel mee door kan gaan.'

'Meneer Szabo heeft een privéconcertzaal laten bouwen, Alex. Het slachtoffer trad daar vanavond op.'

'Het sláchtoffer.' Szabo legde zijn hand op zijn hart. Voordat hij iets kon zeggen gingen de deuren weer open en een jonge, lenige Aziatische man in een nauwsluitende zwart satijnen broek, een zwartzijden overhemd en een rood vlinderdasje kwam haastig naar ons toe.

'Tom!' zei Szabo. 'De rechercheur zegt dat we nog even geduld moeten hebben.'

De jongeman knikte. Hij zag eruit alsof hij hooguit dertig jaar was, met een gladde, strakke huid die onder een dikke blauwzwarte bos haar op glanzend ivoor leek. 'Het is niet anders, Stef. Is alles in orde met je?'

'Niet echt, Tom.'

De jongeman keek mij aan. 'Tom Loh.' Zijn hand was koel, droog en krachtig.

Szabo stak zijn arm door die van Loh. 'Tom heeft het odeum ontworpen. En het huis ook. We zijn partners.'

'Levenspartners,' zei Tom Loh.

'Wat spookt die mevrouw van de catering eigenlijk uit?' vroeg Szabo. 'Als ze hier toch moet blijven, kan ze net zo goed gaan opruimen.'

'Meneer Szabo,' zei Milo, 'laten we nu maar even wachten met opruimen tot de technische recherche klaar is met de plaats van het misdrijf.'

'De plaats van het misdrijf,' zei Szabo. De tranen sprongen hem in de ogen. 'Ik had nooit van mijn leven verwacht dat die term op ons huis zou slaan.'

'Ligt het... ligt Vassily daar nog steeds?' vroeg Tom Loh.

'Het lichaam wordt weggehaald zodra we klaar zijn,' zei Milo.

'Goed, prima, u gaat uw gang maar. Is er nog iets anders wat u van mij wilt weten? Over Vassily, of over het concert?'

'We hebben de gastenlijst al doorgenomen, meneer.'

'Maar ik heb u ook verteld,' viel Szabo hem in de rede, 'dat de gas-

tenlijst slechts een deel van het publiek vormt. Vijfentachtig van honderdendertien mensen. En u moet me op mijn woord geloven: op die vijfentachtig mensen is helemaal niets aan te merken. Vijfentwintig van hen zijn onze trouwe abonnees, buren die altijd gratis toegang hebben.'
'Om de mensen uit de buurt te paaien,' legde Loh uit. 'Zodat we zonder problemen de nodige vergunningen van de gemeente zouden krijgen.'
'Vijfentachtig van de honderddertien,' zei Milo. 'Dan blijven er nog achtentwintig vreemden over.'
'Maar,' zei Szabo, 'iedereen die geïnteresseerd is in Chopin moet toch veel te beschaafd zijn om...'
'Laat ze hun werk nou maar doen, Stef,' zei Loh. Hij had zijn hand op de schouder van de oudere man gelegd.
'O, ik weet wel dat je gelijk hebt. Ik ben alleen maar een vent die de wereld een beetje mooier wil maken, wat weet ik nou van dit soort dingen af?' Szabo glimlachte zwak. 'Tom leest detectiveboeken. Hij vindt dit soort dingen léúk.'
'Alleen in boeken,' zei Loh. 'Dit is walgelijk.'
Szabo had kennelijk het gevoel dat hij op zijn vingers was getikt. 'Ja, ja, natuurlijk, ik praat onzin, ik weet niet meer wat ik zeg. Doe maar gewoon wat u moet doen, rechercheur.' Hij raakte zijn borst aan. 'Ik moet even gaan zitten.'
'Ga maar naar boven, dan breng ik je een Pear William,' zei Loh. Hij pakte Szabo bij zijn arm en bracht de oudere man naar de overloop. Daar bleef hij staan om Szabo na te kijken en kwam vervolgens terug.
'Hij is er ziek van.'
'Hoe lang hebben jullie het odeum al?' vroeg Milo.
'Even lang als het huis,' zei Loh. 'Drie jaar. Maar we hebben tien jaar aan dat project gewerkt. We zijn er meteen aan begonnen toen Stef en ik vanuit New York hierheen kwamen. Voor die tijd waren we al twee jaar bij elkaar. Stef had een firma in kousen en gebreide artikelen en ik werkte bij stadsplanning en ontwierp openbare en privéruimtes. We hebben elkaar ontmoet bij een receptie voor Zubin Mehta. Stef is altijd dol geweest op klassieke muziek en ik was aanwezig omdat ik een karweitje had opgeknapt voor een van de vrienden van de maestro.'
Donkere, amandelvormige ogen keken Milo strak aan. 'Denkt u dat dit het odeum in gevaar brengt?'
'Dat zou ik niet weten, meneer.'
'Het is namelijk zo ontzettend belangrijk voor Stef.' Loh trok aan

zijn rode vlinderdasje. 'Ik denk eigenlijk niet dat er een juridische reden is om er een eind aan te maken. De buren staan er volledig achter. Stef koopt altijd massa's lootjes als hun kinderen een loterij op school hebben en we geven altijd veel geld aan buurtprojecten. We staan ook op goede voet met de bouwcommissie van de gemeente en geloof me, dat heeft heel wat moeite gekost.'
'Hebben jullie ook lootjes van hen gekocht?' vroeg Milo.
Loh sloeg zijn ogen ten hemel en lachte. 'Vraag me alsjeblieft niets... waar het om gaat, is dat ik het echt heel vervelend zou vinden als er een eind aan zou komen. Het betekent heel veel voor Stef en hij betekent veel voor mij.'
'Hoe vaak regelen jullie concerten?'
'Hoe vaak regelen wij concerten.' Loh scheen het een grappige uitdrukking te vinden. 'Stef organiseert er vier per jaar. Vorig jaar hebben we met de kerst nog een extra concert ingelast, om geld in te zamelen voor de John Robert Preston School.'
'Voor een van de buurkinderen?'
Loh lachte breed. 'Ik kan wel merken dat u een detective bent.'
'Ik heb de kassa gecontroleerd en ik heb dertien cheques gevonden van mensen die niet op de gastenlijst stonden,' zei Milo. 'Dat betekent dat er vijftien mensen contant hebben betaald. Het geld klopt precies. Hebt u enig idee wie die vijftien zijn?'
Loh schudde zijn hoofd. 'Dat zult u aan Anita moeten vragen... het meisje bij de deur.'
'Dat heb ik gedaan. Ze weet het niet meer.'
'Het spijt me,' zei Loh. 'Het was natuurlijk niet zo dat we... dat we dit verwachtten.'
'Wat kunt u me vertellen over Vassily Levitch?'
'Jong, vurig. Zo zijn ze allemaal. Stefan zal wel meer weten. Muziek is zijn passie.'
'En u?'
'Ik zorg dat alles op rolletjes loopt.'
'Is u iets opgevallen aan de houding van Levitch?'
'Hij was heel stil, zenuwachtig voor het optreden. Hij heeft nauwelijks geslapen of gegeten en ik hoorde dat hij vlak voor het recital in zijn kamer liep te ijsberen. Maar zo gaat het eigenlijk altijd, rechercheur. We hebben het over begaafde mensen en ze werken harder dan iemand zich kan voorstellen. Vassily is twee dagen geleden aangekomen en heeft per dag zeven uur gerepeteerd. Als hij niet speelde, zat hij in zijn kamer.'
'Geen bezoek?'
'Geen bezoek en twee telefoontjes. Van zijn moeder en van zijn

agent. Hij was nog nooit eerder in L.A. geweest.'
'Begaafd,' zei Milo. 'En op weg naar de top.'
'Daar gaat het Stefan om,' zei Loh. 'Hij zoekt naar opkomende sterren en probeert hen een zetje in de rug te geven.'
'Door ze hier een recital te laten geven?'
'En met geld. Onze stichting verleent studiebeurzen. Geen overdreven hoge bedragen, iedere artiest ontvangt een honorarium van vijftienduizend dollar.'
'Dat vind ik toch vrij gul.'
'Stef is de edelmoedigheid in persoon.'
'Waar haalt meneer Szabo de artiesten vandaan... Hoe heeft hij met name Vassily Levitch gevonden?'
'Via Vassily's agent in New York. Nu de concerten een zekere reputatie hebben, krijgen we regelmatig artiesten aangeboden. De agent heeft Stefan een bandje gestuurd en toen Stefan dat had beluisterd, besloot hij dat Vassily perfect zou zijn. Stefan heeft een lichte voorkeur voor solisten of kleine ensembles. We kunnen hier niet echt een filharmonisch orkest presenteren.'
'Hoe lang voor het concert is alles geregeld?'
'Wel een tijdje geleden,' zei Loh. 'Een paar maanden. We hebben ruim tijd nodig om alles voor te bereiden. De akoestiek, de belichting, de keuze van het cateringbedrijf. En natuurlijk de publiciteit vooraf. Als je het zo wilt noemen.'
'Wat gebeurt er precies?'
'Het wordt af en toe op bepaalde radiostations vermeld. KBAK, de klassieke zender, zendt in de twee weken voorafgaand aan het concert twee keer per dag een spotje uit. Dat past binnen het budget en het is precies wat we willen. We kunnen geen groot aantal toeschouwers aan en dat willen we ook niet.'
'Vijfentachtig mensen op de gastenlijst,' zei Milo. 'Waarom worden niet alle plaatsen van tevoren verkocht?'
'Stefan laat altijd een paar stoelen over om het publiek ter wille te zijn. Voor muziekstudenten, leraren, dat soort mensen.'
'Adverteren jullie behalve op de radio ook nog ergens anders?'
'Daar hebben we geen behoefte aan,' zei Loh. 'Zelfs het beetje publiciteit dat we krijgen, betekent al meer aanvragen voor kaarten dan waaraan we kunnen voldoen.'
'Gold dat ook voor vanavond?'
'Ik denk het wel.' Loh fronste. 'U kunt toch niet serieus denken dat een van de toeschouwers dit heeft gedaan.'
'Op dit moment sta ik nog open voor alle mogelijke theorieën, meneer.'

'Nou, dan zal ik u mijn theorie vertellen: het was een indringer. Eerlijk gezegd kan iedereen naar de achtertuin zijn gelopen om Vassily achter het paviljoen van het zwembad neer te steken. Bristol is een open straat, we willen niet achter muren en hekken wonen.'
'Wat had Levitch daar te zoeken?'
Loh haalde zijn schouders op. 'Waarschijnlijk liep hij daar even op en neer om de spanning van het recital van zich af te zetten.'
'En u weet niet wanneer hij bij de receptie is weggegaan?'
'Geen flauw idee. Iedereen liep door elkaar. Stefan raadt de artiesten altijd aan om te blijven. Voor hun eigen bestwil... om connecties te leggen. Meestal geven de artiesten daar gehoor aan. Maar Vassily is kennelijk de deur uit geglipt.'
'Was hij verlegen?' vroeg Milo. 'Hij bleef ook steeds in zijn kamer zitten.'
'Ja. Maar hij vond het wel prettig om 's avonds een wandelingetje door de tuin te maken. Nadat hij had gerepeteerd. En altijd alleen.'
'Liepen er ook gasten buiten rond?'
'Dat moedigen we niet aan, we proberen ze binnen te houden. Anders vertrappen ze de planten en zo. Maar we hebben bepaald geen gewapende bewakers of zo.'
'Geen gewapende bewakers,' zei Milo. 'Maar één man van de veiligheidsdienst.'
'Vanwege de buren... die zien dat soort gestapotoestanden liever niet op Bristol. En er is ook nooit behoefte geweest aan een legertje bewakers. Dit is een van de veiligste buurten van de stad. Ondanks u-weet-wel.'
'Het enige hek staat aan de achterkant van de tuin.'
'Dat klopt, achter de tennisbaan,' zei Loh.
'Hoe groot is het grondgebied?'
'Iets minder dan een hectare.'
'Welke opdracht had de man van de veiligheidsdienst precies?'
'Om voor de veiligheid te zorgen, wat dat ook inhield. Ik weet zeker dat hij niet rekende op... serieuze problemen. Dit was niet precies een rapconcert. De gemiddelde leeftijd van de bezoekers moet minstens vijfenzestig zijn geweest. Dus iedereen gedroeg zich volmaakt.'
'Met inbegrip van de buitenstaanders?'
'Als het om de concerten gaat, kan Stefan behoorlijk streng zijn. Hij staat erop dat het doodstil is. En hij houdt het meest van rustige muziek. Chopin, Debussy, alleen mooie dingen.'
'Hebt u dezelfde smaak als meneer Szabo?'

Loh grinnikte opnieuw. 'Ik hou meer van techno-rock en David Bowie.'
'Staan er concerten van David Bowie gepland in het odeum?'
Loh lachte. 'Meneer Bowie is een beetje te duur voor ons. Bovendien zou Stefan een dergelijke aanslag op zijn gevoelens niet overleven.' Hij schoof een gladde zwarte manchet omhoog en wierp een blik op een glad, zwart horloge.
'Laten we maar eens een kijkje gaan nemen in de kamer van meneer Levitch,' zei Milo.

Terwijl we de trap op liepen, zei Milo: 'Wat een groot huis.'
'Stefans familie is in 1956 uit Hongarije gevlucht,' zei Loh. 'Hij was een tiener, maar ze slaagden erin hem in een grote hutkoffer te proppen. En dat betekende dágenlang geen eten, geen kans om naar het toilet te gaan en alleen een paar gaatjes om adem te kunnen halen. Dus volgens mij heeft hij nu wel recht op een beetje ruimte, vindt u ook niet?'

De rechterkant van de overloop werd in beslag genomen door twee enorme slaapkamers – die van Szabo en Loh. Door de openstaande deuren vingen we een glimp op van brokaat en damast, gepolitoerd hout en sfeerverlichting. Aan de linkerkant lagen drie gastenverblijven, kleiner en minder luxueus, maar toch ook chic ingericht. De kamer waarin Vassily Levitch de afgelopen twee nachten had doorgebracht, was afgezet met een lint. Milo trok het kapot en ik liep achter hem aan naar binnen. Tom Loh bleef op de overloop staan en vroeg: 'Wat moet ik nu doen?'
'Bedankt dat u ons hebt geholpen, meneer,' zei Milo. 'U kunt nu gewoon verder gaan met uw werk.'
Loh liep de trap weer af.
'Vind je het erg om daar even te blijven staan terwijl ik de kamer doorzoek?' vroeg Milo. 'In verband met het bewijsmateriaal en zo.'
'Je kan niet voorzichtig genoeg zijn,' zei ik. 'Vooral in verband met je-weet-wel.'

De logeerkamer was behangen met rode zijde en gemeubileerd met een hemelbed, twee régencenachtkastjes en een rijkversierde, ingelegde Italiaanse ladekast. De lades waren leeg, net als de kast. Vassily Levitch had niet de moeite genomen om zijn zwarte nylon koffer uit te pakken. Zelfs zijn toiletspullen zaten er nog in.
Milo bekeek de inhoud van de portefeuille van de pianist en voelde in de zakken van alle kledingstukken. De inhoud van de toilet-

tas bestond uit aftershave, een scheermes, aspirine, valium en maagtabletten. Een bruine envelop die in een ritsvak van de koffer zat, bevatte gefotokopieerde recensies van andere recitals die Levitch had gegeven. De critici waren lovend over de aanslag en de frasering van de jongeman. Hij had het Steinmetz Concours, het Hurlbank Concours en het Great Barrington Piano Gala gewonnen. Geen rijbewijs. Uit zijn bankpasje viel op te maken dat hij zevenentwintig was.
'Nul komma nul,' zei Milo.
'Mag ik het lichaam zien?' vroeg ik.

Aan de achterkant gaf een binnenplaats die even groot was als de concertzaal toegang tot de eerste helft van de tuin: een golvend gazon en verspreide berken werden omzoomd door een drieëneenhalve meter hoge ficushaag. Een gotische boog in de heg gaf toegang tot een vijftien meter lang zwembad, een tennisbaan, een cactustuin, een ondiepe vijver zonder vissen en helemaal rechts achterin, weggedrukt in een hoekje, een garage voor vier auto's.
Ik zag geen oprit en ook geen andere toegang vanaf de straat naar de garage en vroeg Milo hoe dat zat.
'Die wordt alleen als opslagplaats gebruikt... antiek, kleren en lampen. Je zou eens moeten zien wat erin staat. Van de spullen die zij weggooien, zou ik kunnen leven.'
'Laten ze hun auto's voor het huis staan?'
'Ja. Ze hebben allebei een Mercedes 600. Op de avonden dat er een concert is, laten ze die op straat staan. Ze willen dat het huis er dan "esthetisch puur" uitziet. Wat een leventje, hè? Kom maar mee.'
Hij liep voor me uit naar de achterkant van de garage waar een vrouwelijke agent het lijk van Vassily Levitch bewaakte. Het lichaam lag op een smalle strook smerig beton, eveneens afgezet met een hoge ficushaag, en deelde die ruimte met vijf plastic afvalemmers. Een LAPD-schijnwerper op batterijen gaf alles een ziekelijk groen tintje. Milo vertelde de agente dat ze even pauze mocht nemen. Ze ging met een dankbaar gezicht op weg naar de cactustuin.
Hij deed een stap achteruit en wachtte tot ik de details in me had opgenomen.
Een akelige, onsmakelijke plek. Die vind je zelfs op de grootste landgoederen, maar in dit geval moest je een hectare schoonheid oversteken om er te kunnen komen.
De beste plek op het grondgebied om iemand te vermoorden. Iemand die hier al eens eerder was geweest en de indeling kende?

Toen ik dat opmerkte, stond Milo er even over na te denken, maar hij zei niets.
Ik liep naar het lijk toe en stapte in het groene licht.
Bij leven was Levitch een knappe jongeman geweest... letterlijk een gouden jongen. Zijn fijnbesneden gezicht keek omhoog naar de donkere lucht, omlijst door een dikke bos goudblonde krullen die tot op zijn schouders hing. Scherp afgetekende neus, kin en jukbeenderen, een agressief voorhoofd. De handen met de lange vingers lagen verstijfd in een smekend gebaar, met de palmen omhoog. De panden van zijn jacquet lagen op een prop onder hem. Een gesteven wit overhemd, inmiddels bijna helemaal rood, was opengerukt waardoor een kale borst zichtbaar was. Een ruim vijftien centimeter lange snee, waarvan de randen omkrulden, liep verticaal van de navel tot de holte onder het borstbeen van de pianist. Er stak iets bleeks en wormvormigs uit de wond. Een stukje darm.
Het witte piqué vlinderdasje van Levitch was ook met bloed besmeurd. Zijn ogen puilden uit, een gezwollen tong stak bij een van zijn mondhoeken naar buiten en om zijn keel zat een bebloede rode band.
'Hebben de mensen van de ambulance dat overhemd opengerukt?' vroeg ik.
Hij knikte.
Ik bleef nog even naar het lijk staren en draaide me om.
'Wat denk je ervan?'
'Baby Boy is doodgestoken, Julie Kipper is gewurgd en deze arme kerel heeft het allebei moeten ondergaan. Is die steekwond voor of na de dood toegebracht?'
'Volgens de lijkschouwer waarschijnlijk ervoor, vanwege al dat bloed. Daarna is die draad om zijn nek geslagen. Waar slaat dat volgens jou op? Een seriemoordenaar die steeds bruter wordt?'
'Of hij geeft de voorkeur aan wurging en moet af en toe concessies doen. Sadisten en seksuele psychopaten vinden het leuk om hun slachtoffers de keel dicht te knijpen, want het is een intiem en langzaam proces waardoor de machtswellust steeds groter wordt. Julie was een gemakkelijk doelwit omdat ze zo klein was en zich in die krappe ruimte van het toilet niet kon verweren, dus kon hij meteen met het leukste beginnen. Maar Levitch was een sterke jonge vent, dus die moest eerst uitgeschakeld worden.'
'En Baby Boy dan? Voor zover ik weet, had hij niets om zijn keel.'
'Baby Boy was een grote vent. Het zou heel wat moeite hebben gekost om hem te wurgen. En Baby Boy werd midden op straat vermoord... in een steegje waar zomaar iemand langs kon lopen. Mis-

schien was de moordenaar gewoon voorzichtig. Of hij is ergens van geschrokken voordat hij zijn werk kon afmaken.'
'Ik zou weleens willen weten of die steekwond van Levitch overeenkomt met die van Baby Boy. Dat zal ik bij Petra navragen. Tot nu toe hadden we niet het idee dat er verband bestond tussen onze zaken.'
Hij keek me strak aan en schudde zijn hoofd. Daarna wierp hij opnieuw een blik op Levitch.
'Waar dit ook op uitdraait, ik zal toch de normale gang van zaken moeten volgen, Alex. En dat betekent in dit geval een enorme hoeveelheid saaie klussen: de persoonlijke gegevens van alle toeschouwers noteren, overal in de buurt navragen of iemand verdachte vreemdelingen heeft gezien en het archief doorspitten op zoek naar recente meldingen van insluipers. Dat is te veel voor één nobele soldaat. De kerels die deze zaak aanvankelijk toegewezen kregen, zijn twee rechercheurs eersteklas, zo groen als gras, die nog nooit een moord hebben behandeld waarvan de dader onbekend was. Maar ze beweren dat ze het dolgraag willen proberen. Ze schijnen zelfs dankbaar te zijn dat ze oom Milo om raad mogen vragen. Ik zorg wel dat zij al die routineklusjes opknappen, dan kan ik zelf morgen de agent van Levitch in New York bellen om te zien of ik iets meer over hem te weten kan komen.'
'Hé, meneer de chef,' zei ik.
'Dat ben ik,' zei hij. 'Het opperhoofd van de puinruimers. Heb je genoeg gezien?'
'Meer dan genoeg.'
We liepen terug naar het huis en ik dacht aan Vassily Levitch die voor dood was achtergelaten naast een stel vuilnisbakken. Baby Boy was in een achterafsteegje gedumpt en Julie Kipper had haar laatste adem uitgeblazen in een toilet.
'Hij wil ze vernederen,' zei ik. 'En kunst verlagen tot vuilnis.'

17

De volgende dag nodigde Milo me uit voor een vergadering. Vijf uur 's middags in de achterkamer van Café Moghul.
'Ik zal er zijn. Heb je nog nieuws?'
'De agent van Levitch en zijn moeder konden me niets vertellen. Zij zat voornamelijk te huilen en de agent kwam niet verder dan dat

Vassily een knappe jongen was geweest en ongelooflijk getalenteerd. Maar ik wil toch de koppen bij elkaar steken, omdat Petra heeft gezegd dat de wond van Levitch zo te horen precies hetzelfde was als die van Baby Boy. Bovendien heeft de lijkschouwer me verteld dat de draad die voor Levitch is gebruikt van dezelfde dikte en sterkte moet zijn geweest als die waarmee Julie is gewurgd. En zal ik je nog eens iets vertellen? Jouw vermoeden dat de moordenaar van Baby Boy ergens van is geschrokken klopt waarschijnlijk als een bus. Het blijkt dat er een getuige in de steeg was, een of andere dakloze. Hij was behoorlijk dronken en bovendien was het daar stikdonker, dus veel leverde zijn beschrijving niet op. Maar misschien voelde de moordenaar instinctief dat hij niet alleen was en is ervandoor gegaan.'
'Wat gaf hij voor beschrijving?'
'Een grote kerel in een lange jas. Hij liep naar Lee toe, stond even met hem te smoezen en stapte toen naar hem toe, ogenschijnlijk om hem te omhelzen. Vervolgens loopt die kerel weg en Lee valt op de grond. De moordenaar heeft geen hand uitgestoken naar die dakloze – Linus Brophy – maar je weet maar nooit.'
'De moordenaar is niet geïnteresseerd in Brophy.'
'Waarom niet?'
'Die voldoet niet aan de maatstaven,' zei ik. 'We hebben het over iemand met een heel specifiek doel voor ogen.'

Ik verzamelde mijn aantekeningen en reed naar Café Moghul. Dezelfde vriendelijke, in een sari gehulde dame schonk me een stralende glimlach en liep voor me uit naar een deur zonder opschrift naast de ingang van het herentoilet. 'Hij is er!'
Het vensterloze, groene vertrek was vroeger waarschijnlijk een opslagruimte geweest. Milo zat aan een tafeltje dat gedekt was voor drie personen. Achter hem stond een slaapbank tegen een muur. Op de bank lagen een stijf opgerolde slaapzak, een stapel Indiase tijdschriften en doos met papieren zakdoekjes. Door een rooster in het plafond dreven kerriegeuren naar binnen.
Ik ging zitten terwijl hij een soort wafeltje in een kom rode saus dipte. De saus maakte zijn lippen leverkleurig.
'Je hebt kennelijk veel indruk gemaakt op onze gastvrouw.'
'Ik geef grote fooien. En ze denken dat mijn aanwezigheid hun bescherming biedt.'
'Hebben ze dan problemen gehad?'
'Alleen de gewone... dronkenlappen die binnenvallen, ongewenste colporteurs. Een paar weken geleden zat ik hier toevallig toen een

of andere idioot met gedroogde bloemen die je onmiddellijk in een staat van nirwana zouden brengen een beetje lastig werd. Ik ben als bemiddelaar opgetreden.'
'En nu heeft de VN je gevraagd om meteen je cv op te sturen.'
'Hoor eens, die mafkezen zouden best wat hulp... Daar is ze.'
Hij stond op om Petra Connor te begroeten.
Ze keek om zich heen en grinnikte. 'Jij weet echt hoe je een meisje moet verwennen, Milo.'
'Voor district Hollywood is alleen het beste goed genoeg.'
Ze had haar gebruikelijke zwarte broekpak aan, met de bruinrode lipstick en de matbleke make-up die ze altijd droeg. Haar korte zwarte haar glansde en haar ogen straalden. Ze had net als Milo een uitpuilende zachte aktetas bij zich. Die van hem was grauw en gebarsten, die van haar zwart en glanzend van de olie.
Ze woof even naar me. 'Hallo, Alex.' Toen een man met afhangende schouders de kamer binnenstapte, draaide ze zich half om. 'Jongens, dit is mijn nieuwe partner, Eric Stahl.'
Stahl was ook in het zwart. Een slobberig pak met daaronder een gesteven wit overhemd en een smalle grijze das. Hij had ingevallen wangen en zijn ogen lagen even diep als die van een blinde. Zijn stekelhaar was donkerbruin, een halve tint lichter dan Petra's zwarte pruik, maar qua kleur was er eigenlijk nauwelijks verschil. Een paar jaar ouder dan Petra en net als zij mager en met een lichte huid. Maar de bleekheid van Stahl leek ziekelijk in vergelijking met het frisse cosmetische kabuki-masker van Petra. Afgezien van de rode plekken op zijn wangen leek hij van was gemaakt te zijn.
Hij keek de kamer rond. Nietszeggende, lome ogen.
'Ha, die Eric,' zei Milo.
'Hoi,' zei Stahl zacht en hij richtte zijn blik op de tafel.
Er was maar voor drie personen gedekt.
'Ik zal er een bord bij laten zetten,' zei Milo.
'Zorg alleen maar voor een extra stoel,' zei Petra. 'Eric wil toch niet eten.'
'O, nee?' zei Milo. 'Hou je niet van Indiaas eten, Eric?'
'Ik heb al gegeten,' zei Stahl. Zijn stem paste precies bij zijn ogen.
'Eric eet niet,' zei Petra. 'Hij beweert van wel, maar ik heb het nog nooit gezien.'
De glimlachende vrouw bracht schalen vol voedsel binnen. Milo propte zich vol, Petra en ik aten mondjesmaat en Eric Stahl legde zijn handen plat op tafel en staarde naar zijn vingernagels.
De aanwezigheid van Stahl voorkwam kennelijk dat er over koetjes en kalfjes werd gesproken. Maar dat lag ook aan de omstandighe-

den. Milo kwam meteen ter zake door het dossier van Julie Kipper rond te laten gaan en een samenvatting te geven van het weinige dat hij van Vassily Levitch wist.
De twee Hollywood-rechercheurs luisterden zonder commentaar te geven. 'Kun jij nog eens kort vertellen hoe het met Baby Boy is gegaan?'
'Natuurlijk,' zei Petra. Het verslag was beknopt en concentreerde zich op de ter zake doende details. Haar zakelijke stem benadrukte hoe weinig ze te weten was gekomen en toen ze klaar was, leek ze bedrukt.
Stahl hield zijn mond.
'Het lijkt me dat er in ieder geval overeenkomsten zijn met Levitch,' zei Milo. 'Laat ons eens horen wat de psychiater daaraan kan toevoegen, Alex.'
Ik gaf een kort verslag van de beide moorden die niet in deze stad hadden plaatsgevonden, stipte Wilfred Reedy alleen even aan omdat de moord op hem toch drugsconnecties leek te hebben, en ging verder met China Maranga. Toen ik de veronderstelling uitte dat ze misschien zonder het te weten door een stalker in de gaten werd gehouden, luisterden ze alle drie zwijgend toe.
Een drietal onbewogen gezichten. Als ik gelijk had, zouden ze een gigantische hoop werk moeten verzetten.
'De nacht dat China verdween,' zei ik, 'was ze niet alleen geïrriteerd toen ze de studio uitliep, maar waarschijnlijk nog stoned ook. Normaal gesproken was ze al slechtgehumeurd en het kwam vaak voor dat ze zonder reden tegen mensen uitviel. Ik zal jullie één typisch voorbeeld geven: ze weigerde een interview te doen met een fanzine, maar de uitgever was eigenwijs en plaatste het artikel toch. Een heel complimenteus stuk. Als dank belde China die vent op en schold hem de huid vol. Volgens een van haar bandleden was ze ronduit venijnig. Ze had geen benul van gevaar en nam de meest idiote risico's. In combinatie met een woede-uitbarsting op het verkeerde moment is haar dat misschien fataal geworden.'
'Hoe heette dat fanzine?' wilde Petra weten.
'*GrooveRat*. Ik heb geprobeerd of ik het te pakken kon krijgen, maar...'
Met haar slanke, witte vingers op mijn pols legde ze me midden in een zin het zwijgen op.
'*GrooveRat* heeft ook een stuk over Baby Boy gepubliceerd,' zei ze. Ze deed haar aktetas open, haalde er een blauw moorddossier uit en begon erin te bladeren. 'De uitgever liet mij ook niet met rust. Hij was een echte lastpost, hij bleef bellen en zeuren om bijzonder-

heden... hier heb ik het: Yuri Drummond. Ik nam hem niet serieus, want hij klonk als een vervelende snotneus. Hij vertelde me dat hij Baby Boy nooit had ontmoet, maar desondanks publiceerde hij toch een overzichtsverhaal over hem.'
'Net als bij China,' zei Milo. 'Heeft Baby Boy hem ook afgewezen?'
'Dat heb ik niet gevraagd. Hij beweerde dat het blad niet geïnteresseerd was in interviews en dat ze zich alleen maar bezighielden met de essentie van kunst en niet met de persoon erachter, of een soortgelijk onzinverhaal. Hij klonk alsof hij een jaar of twaalf was.'
'Wat wilde hij van je?'
'De onsmakelijke details.' Ze fronste. 'Ik had het idee dat hij gewoon zo'n morbide tiener was en wimpelde hem af.'
'Het zou interessant zijn om te weten of hij ooit een artikel over Julie Kipper heeft geschreven,' merkte Milo op.
'Zeker weten,' zei Petra.
'Ik ben bij de grote kiosk op Selma op zoek geweest naar een exemplaar van GrooveRat, maar daar hadden ze het niet. De eigenaar zei dat ik het maar eens moest proberen bij een winkel in stripboeken aan de boulevard, maar die was dicht.'
'Het zal wel zo'n goedkoop gevalletje zijn geweest dat na een paar nummers alweer van de markt is verdwenen,' zei Milo.
'Dat zei dat bandlid van China ook. Hij heeft niet eens een exemplaar bewaard.'
'Yuri Drummond... dat klinkt als een verzonnen naam. Zou hij soms kosmonaut willen worden?'
'Iedereen wil graag opnieuw beginnen,' zei Petra. 'Zeker hier in L.A.' Ze keek even naar Stahl. Hij reageerde niet.
'Vooral als ze ergens voor op de vlucht zijn,' zei ik.
'GrooveRat,' herhaalde ze. 'Maar wat betekent het precies? Een fan die doorgeslagen is?'
'Iemand die overdreven veel belangstelling heeft voor de carrières van zijn slachtoffers. Misschien iemand wiens identiteit verstrengeld raakte met de creativiteit van andere mensen. "Bloedzuigers die zich voeden met het lichaam van de kunst" is de term die Julie Kippers ex-man gebruikte voor critici, agenten, galeriehouders en andere figuren die bij de wereld van de kunst betrokken zijn. Hetzelfde geldt voor fanatieke aanhangers. Soms groeit een dergelijke betrokkenheid uit tot een zakelijke relatie – voorzitters van fanclubs die allerlei merchandise gaan verkopen – maar de kern blijft emotioneel: beroemdheid door associatie. Bij de meeste mensen gaat dat fanatieke er wel af als ze volwassen worden. Maar bepaalde borderline persoonlijkheden worden nooit volwassen en dan kan iets dat ooit

als een onschuldige egosubstitutie is begonnen – een knulletje dat voor de spiegel op een denkbeeldige gitaar staat te spelen en net doet alsof hij Hendrix is – veranderen in een psychologische kaping.'
'Wat wordt er dan gekaapt?' wilde Milo weten.
'De identiteit van de persoon die aanbeden wordt. "Ik ken de ster beter dan hij zichzelf kent. Waar haalt hij het lef vandaan om te gaan trouwen, ermee te kappen of niet naar mijn raad te luisteren?"'
'Hoe durft hij mijn edelmoedige aanbod voor een interview af te slaan?' zei Petra. 'Pubers zijn toch de grootste fanaten? En Yuri Drummond klonk alsof hij een puber was. Het feit dat hij een blad uitgaf, betekent dat hij echt tot de harde kern behoort.'
'Dankzij desktop publishing kan de harde kern zich nog meer manifesteren,' zei ik. 'Koop een computer en een printer en jij kunt ook een mediamagnaat worden. Ik weet wel dat de slachtoffers niet afkomstig zijn uit één bepaalde bevolkingsgroep, maar ik heb vanaf het begin vermoed dat alles draait om de fase waarin hun carrière zich bevond: ze stonden op het punt een grote stap vooruit te maken. Stel je nu eens voor dat de moordenaar hen juist bewonderde omdát ze geen sterren waren? Misschien droomde hij ervan dat hij de redder in de nood zou zijn en sterren van hen zou maken door over hen te schrijven. Maar ze wezen hem af, dus maakte hij een eind aan hun weg naar de top. Misschien heeft hij zichzelf wijs gemaakt dat ze verraad aan hun kunst pleegden.'
'En als we het toch over plaatsvervangend talent hebben,' zei Petra, 'is het ook best mogelijk dat hij zelf graag kunstenaar wilde worden en gewoon hartstikke jaloers werd.'
'Iemand die zowel gitarist, schilder, zanger als pianist wil worden?' vroeg Milo.
'Een geval van pure hoogmoedswaanzin,' zei ze.
De drie rechercheurs keken mij aan.
'Dat kan best,' zei ik. 'Een dilettant die van het ene kunstje op het andere overstapt. Ik heb jaren geleden een succesvol schrijver als patiënt gehad. Vrijwel iedere week kwam hij iemand tegen die van plan was om de Grote Amerikaanse Roman te schrijven, zodra hij of zij er tijd voor had. Die vent had zijn eerste vier boeken geschreven toen hij nog een dubbele baan had. Hij heeft me toen iets verteld dat altijd in mijn achterhoofd is blijven hangen. Als mensen zeggen dat ze schrijver willen worden, komt daar nooit iets van terecht. Als ze zeggen dat ze willen gaan schrijven, hebben ze nog een kans. Dat zou goed passen bij ons scenario van een verbitterde fan: iemand die vooral kickt op de uiterlijke schijn van een creatief beroep.'

Petra glimlachte. 'Bloedzuigers die zich voeden met het lichaam van de kunst.' Jaren geleden had ze zelf haar geld ook als schilderes verdient. 'Dat vind ik mooi.'
'Dus we hebben het over twee mogelijkheden,' zei Milo. 'Iemand die is doorgeslagen omdat een artiest het ook zonder zijn hulp schijnt te redden of iemand die ziekelijk jaloers is.'
'Of allebei,' zei ik. 'Of ik sla de plank volkomen mis.'
Petra lachte. 'Zeg dat alsjeblieft nooit als je in de getuigenbank staat, doctor.' Ze pakte een stuk van een wafeltje op, zette haar sterke witte tanden erin en kauwde het langzaam weg. 'Yuri Drummond bleef maar volhouden dat zijn fanzine de essentie van de kunst blootlegde. Toen hij me aan mijn hoofd begon te zeuren om onsmakelijke details was dat misschien omdat hij weer terug wilde naar de plaats van het misdrijf... in gedachten.'
'Een egotrip,' zei Milo. 'Net als een pyromaan die staat te kijken hoe een gebouw in vlammen opgaat.'
'Heeft Drummond dat verhaal over Baby Boy geschreven?' vroeg ik.
'Ik geloof dat hij me heeft verteld dat het een van zijn schrijvers was,' zei Petra. 'Ik heb alleen maar de naam van die vent opgeschreven. Destijds leek het volslagen onbelangrijk.' Ze legde haar servet op tafel. 'Hoog tijd om een onderzoek naar hem in te stellen en mijn salaris te verdienen. Dit was heel lekker, Milo. Zal ik de helft betalen?'
'Nee hoor. Ik heb hier een rekening.'
'Weet je het zeker?'
'Ik ben een radja,' zei hij. 'Ga jij maar lekker rechercheren. Hou me op de hoogte.'
Petra legde even haar hand op Milo's schouder, schonk mij een glimlach en liep naar de deur.
Stahl stond op en volgde haar naar buiten. Gedurende de hele discussie had hij zijn mond niet opengedaan.

18

Het stille type. Sommige vrouwen dachten dat ze dat leuk vonden. Dat idee had Petra ook gehad. Maar werken met Stahl bleek bijzonder vermoeiend te zijn. De vent deed zijn mond pas open als hem iets gevraagd werd en zelfs dan was hij uiterst spaarzaam met zijn woorden.

Nu zaten ze na hun vergadering met Milo en Alex samen in de auto en terwijl ze eigenlijk druk met elkaar hadden moeten overleggen zat Stahl gewoon als een duf konijn uit het raampje te kijken.
Wat zat hij te doen? Zou hij weer op zoek zijn naar een gestolen auto? Hij had er binnen een week al twee gezien en aangezien in de tweede een passagier zat die gezocht werd wegens doodslag hadden ze allebei een aantekening wegens goed gedrag verdiend. Maar als Stahl daar echt lol in had, kon hij beter overplaatsing aanvragen naar de afdeling autodiefstal.
Ze begreep niet waarom hij voor Moordzaken had gekozen. En waarom hij de zekerheid van een baan bij het leger had opgegeven om de straten af te schuimen snapte ze helemaal niet.
Ze had een paar keer beleefd geprobeerd iets meer aan de weet te komen. Maar elke poging stuitte op een granieten muur van onverzettelijkheid.
Niet dat onze Eric zo'n echte onverstoorbare macho was, die altijd de baas wilde spelen en hunkerde naar glorie. Integendeel, hij had vanaf het begin duidelijk gemaakt dat Petra de meer ervaren collega was.
En in tegenstelling tot de meeste mannen vond hij het geen probleem om zijn verontschuldigingen aan te bieden. Zelfs als dat niet nodig was.
Toen ze nog maar twee dagen partners waren, was Petra vroeg op het bureau gekomen en trof Stahl achter zijn bureau waar hij een dubbelgeslagen krant zat te lezen en ondertussen aan een kopje kruidenthee nipte. Dat was ook zoiets: hij dronk geen koffie en als er iets regelrecht tegen de arbeidsethiek van de recherche indruiste, dan was het wel een afkeer van koffie.
Toen hij haar zag, keek hij op en Petra voelde instinctief dat hij zich niet op zijn gemak voelde... in de doffe bruine ogen stond een glimp van onrust te lezen.
'Goedenavond, Eric.'
'Dit was niet mijn idee,' zei hij, terwijl hij haar de krant gaf. Een tweekolomsartikel, op een van de achterste pagina's, was met een zwarte marker omcirkeld.
Een samenvatting van de moord op de Armeense bendeleden. Haar naam werd genoemd, als de rechercheur die het geval onderzocht had. Maar ook die van Stahl.
De zaak was al in kannen en kruiken voordat Stahl kwam opdagen. Iemand – waarschijnlijk een sukkelachtige persvoorlichter van de politie – had hem onterecht mede de eer gegund. Of misschien

was het Schoelkopf wel geweest die Petra opzettelijk onderuit had willen halen.
'Maak je daar maar niet druk over,' zei Petra.
'Het bevalt me helemaal niet,' zei Stahl.
'Wat niet?'
'Het was jouw zaak.'
'Dat kan me niets schelen, Eric.'
'Ik wilde eigenlijk de *Times* bellen.'
'Die niet zo mal.'
Stahl keek haar strak aan. 'Oké,' zei hij ten slotte. 'Maar ik wilde het wel even uitleggen.'
'Dat heb je nu gedaan.'
Hij concentreerde zich weer op zijn thee.

Ongeveer anderhalve kilometer voordat ze bij bureau Hollywood waren, zei Petra: 'En wat vind jij ervan?'
'Waarvan?'
'Die theorie van doctor Delaware.'
'Jij kent hem,' zei Stahl. Het was een conclusie, geen vraag.
'Als je wilt weten of hij goed is, ja. Ik heb al eerder met hem en Milo samengewerkt. Er is geen betere dan Milo... zijn percentage opgeloste zaken is het hoogste van West-L.A., misschien zelfs wel van de hele politie.'
Stahl tikte op zijn knie.
'Hij is homo,' zei Petra.
Geen reactie.
'Delaware is intelligent,' zei ze. 'Briljant. Ik heb doorgaans niet zoveel vertrouwen in psychiaters, maar hij heeft zich bewezen.'
'In dat geval vind ik zijn theorie wel aantrekkelijk,' zei Stahl.
'Wat moeten we nu het eerst doen? Allerlei winkels in stripboeken afstropen op zoek naar *GrooveRat*, of moeten we proberen of we het via telefoontjes kunnen vinden?'
'Allebei,' zei Stahl. 'We zijn met ons tweeën.'
'Wat doe jij het liefst?'
'Zeg jij het maar.'
'Maak eens een keuze, Eric.'
'Dan doe ik de telefoontjes wel.'
Nou, daar keek ze echt van op. Eric die achter zijn bureau wilde blijven zitten en het contact met échte mensen aan haar overliet.

Ze zette hem af en reed rond door Hollywood, op zoek naar alternatieve boekwinkels. De vraag naar *GrooveRat* resulteerde in vage

blikken van de verkopers, maar de meesten leken al geïrriteerd voordat ze haar mond opendeed. Bij haar vijfde poging wees de pukkelige knul achter de toonbank met zijn duim naar een kartonnen doos links van hem. Op het deksel stond met rode inkt OUDE BLADEN, ÉÉN DOLLAR.
De doos rook muf en zat propvol papier en losse vellen – met splitpennen vastgezette en beschadigde tijdschriften.
'Weet je zeker dat *GrooveRat* hierin zit?' vroeg Petra.
'Ik denk het wel,' zei de knul en hij staarde voor zich uit.
Petra begon in de doos te graven en veroorzaakte zulke stofwolken dat haar zwarte jasje grauw werd. De meeste bladen zagen eruit als het slonzige resultaat van een puberale hobby. Een paar waren op krantenpapier geprint. Ze liep de stapel snel door. Een aaneenschakeling van onsamenhangende kolder, variërend van verveeld tot wild-enthousiast, voornamelijk over muziek, films en gore moppen. Toen ze bijna de hele stapel had doorgewerkt, vond ze een exemplaar van *GrooveRat*, waarvan de omslag ontbrak. Tien pagina's slecht getypte teksten en amateuristische strips. De datum onder het logo was van de zomer van het jaar ervoor. Het nummer van het exemplaar ontbrak, evenals paginacijfers.
Het colofon van medewerkers liet ook te wensen over:

> Yuri Drummond, Hoofdredacteur & Uitgever
> Medewerkers: Het Gewone Stel Kwallen

Het tweede zinnetje deed Petra ergens aan denken... een foute kopie van een zinnetje uit het tijdschrift *Mad*. Haar vier broers hadden stuk voor stuk *Mad* verzameld. Iets over het gebruikelijke stel mafkezen...
Dus meneer Drummond was niet alleen pretentieus, maar ook een jatmous. Dat klopte met de theorie van Alex.
Onder het logo stond een adres waar het abonnementsgeld naartoe gestuurd moest worden. Het blad werd 'op onregelmatige tijden gepubliceerd' en kostte veertig dollar per jaar.
Dus hij leed ook nog aan waanideeën. Petra vroeg zich af of iemand daar ingetrapt was. Maar niets was onmogelijk, want per slot van rekening waren er ook gekken die drie dollar per minuut betaalden om zich per telefoon de toekomst te laten voorspellen.
Het adres was hier in Hollywood... op Sunset, ten oosten van Highland. Met de auto kon ze daar binnen een paar tellen zijn.
Ze bekeek de inhoudsopgave. Vier artikelen over popgroepen waarvan ze nog nooit had gehoord en een lovende recensie over een

beeldhouwer die in geplastificeerde hondenpoep werkte.
De auteur van het kunstwerkje, die zich bediende van het pseudoniem 'Mr. Peach', had bijzonder veel waardering voor ontlastingskunst, die hij omschreef als *'primair bevredigend en navrant (Duchamps-Dada-ajakkes, jongens)'*. Petra raakte er steeds vaster van overtuigd dat ze te maken had met een puberaal brein en dat klopte niet met de zorgvuldige planning van de moorden. Maar goed, het feit dat de naam van het tijdschrift bij twee zaken opdook, betekende dat ze het niet mocht negeren.
Een zorgvuldige bestudering van de resterende pagina's leverde niets op over Baby Boy Lee, Juliet Kipper of Vassily Levitch. Evenmin iets over die zaak uit Boston die Alex had gevonden – Bernet, de ballerina. Petra betwijfelde of die er wel iets mee te maken had, maar het zou stom zijn om de instinctieve ideeën van Alex te negeren.
Ze betaalde voor het vod en ging op weg naar het hoofdkwartier van *GrooveRat*.

Een winkelgalerij op de hoek van Gower en Sunset. Een van de zaken verhuurde een aantal postbussen. Wat een verrassing.
'Suite 248' was in werkelijkheid postbus 248, die momenteel verhuurd was aan Verna Joy Hollywood Cosmetics. Dat wist Petra, omdat haar oog toevallig op twee stapels post was gevallen terwijl ze stond te wachten tot de vrouw die de winkel beheerde klaar was met het vijlen van een van haar nagels en haar te woord zou willen staan. Veel belangstelling voor Verna Joy: te veel voor één postbus. De bovenste envelop was roze, met als afzender een adres in Des Moines. Een keurig, vrouwelijk handschrift vermeldde *'Betaling bijgesloten'*.
De eigenares van de winkel legde eindelijk haar vijl neer, zag dat Petra naar de stapels stond te kijken, griste ze weg en legde ze onder de toonbank. Ze was een vrouw van in de zestig met geblondeerd haar, die zich te buiten was gegaan aan bruine oogschaduw en zwarte eyeliner en de rest van haar vermoeide, gevlekte drankorgelgezicht niet had opgemaakt. De nadruk lag op de ogen, waardoor de wanhoop zichtbaar werd.
Petra liet haar penning zien en de gelaatsuitdrukking van de vrouw veranderde van ergernis in onverholen minachting. 'Wat wil jij nu weer?'
'Postbus nummer 248 werd vroeger gehuurd door een tijdschrift dat *GrooveRat* heette. Hoe lang is het geleden dat ze de bus opzegden, mevrouw?'

'Dat weet ik niet en als ik het wel wist, zou ik het toch niet vertellen.' De vrouw keek haar strijdlustig aan.
'Waarom niet, mevrouw?'
'Zo staat het in de wet. De rechten van de burger. U moet een gerechtelijk bevel hebben.'
Petra koos voor een andere aanpak en probeerde het met een vriendelijke glimlach. 'U hebt volkomen gelijk, mevrouw, maar ik wil de postbus niet doorzoeken. Ik wil alleen graag weten hoe lang geleden de houder zijn abonnement heeft opgezegd.'
'Dat weet ik niet en als ik het wel wist, zou ik het toch niet vertellen.' De vrouw trakteerde haar op een strak, triomfantelijk lachje.
'Werkte u hier al toen *GrooveRat* nog gebruik maakte van de postbus?'
Ze schokschouderde.
'Wie haalde de post van *GrooveRat* op?'
Dezelfde reactie.
'Mevrouw,' zei Petra. 'Ik kan ook terugkomen met een gerechtelijk bevel.'
'Dan doe je dat maar,' zei de vrouw onverwacht fel.
'Wat is het probleem, mevrouw?'
'Ik heb geen probleem.'
'Dit houdt mogelijk verband met het onderzoek naar een moord.'
De smoezelige ogen bleven vastberaden. Petra keek haar recht aan, met een harde blik. 'Je maakt toch geen indruk op me,' zei de vrouw.
'Moord maakt geen indruk op u?' vroeg Petra.
'Het is altijd moord,' zei de vrouw. 'Alles is moord.'
'Wát?'
De vrouw wees naar haar met een priemende vinger. 'Dit is mijn zaak en ik hoef helemaal niet met je te praten.' Maar daarna zei ze: 'Als je jezelf probeert te beschermen is dat móórd. Als je voor je rechten opkomt, is dat móórd.'
Twee paar ogen gaven elkaar geen duimbreed toe.
'Hoe heet u, mevrouw?'
'Dat hoef ik je niet te...'
'Ja, dat moet u wel, anders arresteer ik u wegens belediging van een ambtenaar in functie.' Petra haalde haar handboeien te voorschijn.
'Olive Gilwhite,' zei de vrouw met trillende wangen.
'Weet u zeker dat u niet wilt meewerken, mevrouw Gilwhite?'
'Ik zeg toch niks.'
Petra liep de winkel uit en reed terug naar het bureau. Eric Stahl zat op zijn plaats met een telefoon aan zijn hoofd aantekeningen te

maken. Ze negeerde hem en begon te stoeien met de computer. Ze voerde de naam van Olive Gilwhite en het adres van de winkel in en had eindelijk succes.

Twee jaar geleden was de eigenaar van een winkel in Hollywood die onder andere een aantal postbussen verhuurde, een zekere Henry Gilwhite, gearresteerd wegens moord.

Petra dook in het archief en slaagde erin een samenvatting van de zaak te vinden. De drieënzestigjarige Gilwhite had een negentienjarige prostitué, een travestiet die Gervazio Guzman heette, in het vertrek achter de winkel doodgeschoten. Gilwhite had beweerd dat het een roofoverval was geweest en dat hij uit zelfverdediging had gehandeld, maar zijn sperma op de jurk van Guzman vertelde een ander verhaal. Gilwhite was uiteindelijk veroordeeld wegens doodslag en zat zijn straf uit in Lompoc. Tien jaar, vijf met eventuele strafverkorting, maar op zijn leeftijd stond dat ongeveer gelijk aan levenslang.

En dus was mevrouw Gilwhite op haar beurt veroordeeld om de winkel in haar eentje te beheren en zichzelf dood te drinken.

Als je jezelf probeert te beschermen is dat moord.

Petra besloot dat ze de vervelende oude heks toch op een of andere manier moest dwingen om mee te werken.

Terwijl ze daarover zat na te denken, stond Stahl op en kwam naar haar bureau toe.

'Wat is er, Eric?'

'Ik heb een paar kandidaten voor Yuri Drummond.'

'Kandidáten?'

'Er is in de hele staat geen Yuri Drummond te vinden, dus heb ik alle Drummonds in ons postdistrict opgezocht.'

'Waarom heb je je beperkt tot Hollywood?' vroeg Petra.

'Je moet toch ergens beginnen. Als Drummond een *starfucker* is, wil hij er misschien middenin zitten.'

'Eric, alle sterren wonen in Bel Air en in Malibu.'

'Ik bedoelde bij wijze van spreken,' zei Stahl. Hij viste een archiefkaartje uit zijn zak. Hij had nog steeds zijn zwarte colbert aan. Alle andere rechercheurs liepen in hemdsmouwen.

'Wat heb je ontdekt?' informeerde Petra.

'Bij het Bureau Kentekenbewijzen zijn twaalf Drummonds bekend en vijf daarvan zijn vrouwen. Van de zeven mannen zijn er vier ouder dan vijftig. Dit *zijn* de overige drie.'

Zoveel had ze hem nog nooit achter elkaar horen zeggen. In zijn doffe ogen was een duistere glans verschenen en de rode plekjes op zijn wangen waren vurig geworden... deze vent raakte helemaal opgewonden van zo'n saaie klus. Hij gaf haar de kaart. Drie namen onder elkaar, in groene inkt en keurige blokletters.

1. *Adrian Drummond, 16.* (Een adres in Los Feliz, waarvan Petra wist dat het in een met hekken afgesloten buurt lag. Een rijke knul? Dat klopte wel, maar zestien leek een beetje te jong om al een blad uit te geven, ook al was het maar een laag-bij-de-gronds fanzine.)
2. *Kevin Drummond, 24.* (Een appartement op North Rossmore.)
3. *Randolph Drummond, 44.* (Een appartement op Wilton Place.)

'De eerste twee hebben geen strafblad,' zei Stahl. 'Randolph Drummond heeft vijf jaar gezeten wegens dood door schuld en rijden onder invloed. Zullen we met hem beginnen?'
'Een zwaar auto-ongeluk?' zei Petra. 'Dat komt niet in de buurt van seriemoord.'
'Maar het is wel asociaal,' zei Stahl. Zijn stem klonk anders... harder en feller. Hij had zijn ogen tot spleetjes samengeknepen.
'Maar ik gok toch liever op de tweede,' zei Petra. 'Kevin. De stem die ik heb gehoord was jonger dan vierenveertig jaar en het fanzine maakt een onvolwassen indruk. Aangenomen natuurlijk dat een van deze drie onze man is. Voor zover wij weten, kan Drummond net zo goed in de Valley wonen.' Maar ze zette zelf al vraagtekens bij die opmerking. *GrooveRat* had een postbus in Hollywood gehad. Er mankeerde niets aan het instinct van Stahl.
'Goed,' zei hij.
'We weten niet eens of hij wel echt Drummond heet,' zei Petra. 'Yuri is waarschijnlijk verzonnen, dus waarom de achternaam niet?' Door het voorval met Olive Gilwhite was ze geneigd haar stekels op te zetten.
Stahl gaf geen antwoord.
'Laten we maar gaan,' zei Petra, terwijl ze hem de kaart weer toeschoof en haar tas pakte.
'Waarheen?'
'Op zoek naar Drummond.'

19

Het pand van Kevin Drummond op Rossmore bleek imitatie-tudor te zijn, tachtig jaar oud, drie verdiepingen hoog en met een gevel van baksteen. Vlak onder Melrose, op het punt waar die straat overging in Vine en het commerciële Hollywood begon.
De herenhuizen van het zuidelijker Hancock Park lagen op loopafstand en tussen die dure wijk en de buurt waar Drummond woonde, lagen het Royale en het Majestic, plus nog andere elegante, door portiers bewaakte gebouwen. Schitterende oude, vanillekleurige douairières met uitzicht op de fluwelen groene golfbaan van de Wilshire Country Club en gebouwd in een tijd toen arbeidskracht nog goedkoop was en architectuur synoniem was met overdaad. Petra had gehoord dat Mae West tot het eind van haar leven in een van die huizen had gewoond, gekleed in satijnen gewaden en tot het laatst toe in het gezelschap van jongemannen. God zegene haar.
Maar alle sporen van glamour waren zoetjesaan wel verdwenen als je de straat van Drummond had bereikt. De meeste huizen waren lelijke vierkante blokken die in de jaren vijftig uit de grond waren gestampt en de overgebleven oudere panden, zoals dat van Drummond, zagen er slecht onderhouden uit. In de gevel ontbraken een paar stenen en op de eerste etage stond een kromgetrokken stuk karton voor een van de ramen. Op de begane grond was de voordeur beveiligd door roestige metalen hekken en voor de ramen aan de straatkant zaten tralies. Het bordje van de bewakingsdienst dat op het slonzige kleine gazon stond, verwees naar een ondeugdelijk bedrijf waarvan Petra wist dat het al jaren geleden over de kop was gegaan. Over midden tussen de sterren gesproken...
Rechts van de ingang zaten twintig deurbellen, het merendeel zonder bijbehorende naamplaatjes. Dat gold ook voor het nummer van Drummonds flat op de eerste verdieping. De aanwezige namen waren allemaal Spaans of Aziatisch.
Petra drukte op de deurbel van Drummond. Er werd niet opengedaan. Ze probeerde het opnieuw en hield de knop lang ingedrukt. Niets.
Nummer één was de huisbewaarder, G. Santos. Hetzelfde resultaat.
'Laten we de andere twee maar proberen,' zei ze.

Ralph Drummond woonde op Wilton in een zestig flats tellend, roze bepleisterd bakbeest dat rond een zwembad met smerig water was gebouwd. Drummonds appartement lag op de begane grond aan de straatkant. Hier was geen spoor van beveiliging te bekennen, zelfs geen symbolisch hek voor de ingang en Petra en Stahl konden zo doorlopen naar Drummonds voordeur.

Toen ze aanklopte, riep een zware stem: 'Moment alsjeblieft!' Het slot werd opengedraaid, de deur ging open en een man leunend op een stel aluminium krukken vroeg: 'Wat kan ik voor u doen?'

'Randolph Drummond?'

'In eigen persoon. Wat er nog van over is.' Drummonds bovenlichaam helde naar één kant. Hij droeg een bruine trui met een v-hals over een geel overhemd, een brandschone kaki broek en vilten huisslippers. Zijn haar was wit, met een keurige scheiding, en een sneeuwwitte baard bedekte de onderkant van een rond gezicht. Vermoeide ogen, een gegroefde huid, licht gebruind. Hemingway als WAO-trekker.

Petra zou hem eerder vierenvijftig jaar hebben gegeven dan vierenveertig.

Sterke onderarmen rustten op de krukken. Boven het middel een forse man met dunne beentjes. Achter hem bevond zich een zitslaapkamer waarin het bed met een zijden sprei was bedekt. Voor zover Petra kon zien, zag alles er keurig netjes uit. De klanken van klassieke muziek – zacht en romantisch – kwamen de rechercheurs tegemoet.

Dit was tijdverspilling. Afgezien van de handicap was dit geen man die iets met fanzines van doen had. 'Mogen we binnenkomen, meneer?' vroeg ze.

'Mag ik vragen waarom?' informeerde Drummond. Hij glimlachte vriendelijk maar ging geen stap opzij.

'We zijn bezig met het onderzoek naar een moord en nu zoeken we een man die zich Yuri Drummond noemt.'

Drummonds glimlach verdween op slag. Hij leunde op de krukken. 'Moord? Lieve hemel, waarom?'

Zijn reactie deed Petra's hart sneller kloppen. Ze glimlachte. 'Kunnen we even binnen praten, meneer?'

Drummond aarzelde. 'Ja hoor, waarom niet? Ik heb geen bezoek meer gehad sinds de laatste club hulpverleners langskwam.'

Hij stommelde achteruit op zijn krukken en Petra en Stahl stapten het appartement in. Binnen klonk de muziek iets luider, hoewel dat nauwelijks opviel. Het was een beschaafd volume dat werd voortgebracht door een draagbare stereo-installatie die op de grond stond. Eén kamer, zoals Petra al had gedacht, met een bed en twee fauteuils, en een piepklein keukentje. In de achtermuur zat een doorloop waarachter een al even kleine badkamer te zien was.

Twee boekenkasten van spaanplaat, die haaks op het bed stonden, vol ingebonden boeken. Romans en juridische boeken. Drummond had in de gevangenis gezeten voor doodslag: een bajesklant die zich in de wet verdiept had?
'Hulpverleners?' vroeg Petra.
'Invaliditeitspooiers,' zei Drummond. 'Of je nu een uitkering van de staat krijgt of van een privé-instelling, zodra je naam op een of andere lijst staat, ben je een potentiële klant. Ga gerust zitten.'
Petra en Stahl gingen in de stoelen zitten en Drummond liet zich op het bed zakken. Het was duidelijk dat het een pijnlijke operatie was, maar die glimlach bleef op zijn gezicht vastgeplakt. 'Goed, wie is er vermoord en waarom denkt u dat ik er iets van af weet?'
'Hebt u weleens van Yuri Drummond gehoord?' vroeg Petra.
'Dat klinkt Russisch. Wie is dat?'
'Of van een tijdschrift dat *GrooveRat* heet?'
Drummond kneep zijn handen zo stijf samen dat zijn knokkels wit werden.
'U kent het dus,' zei Petra.
'Waarom hebben jullie daar belangstelling voor?'
'Meneer Drummond, het lijkt me verstandiger dat wij de vragen stellen.'
'Ja, ik ken dat blad wel.'
'Bent u de uitgever?'
'Ik?' Drummond schoot in de lach. 'Nou nee, ik dacht het niet.'
'Wie dan wel?'
Drummond schoof moeizaam naar de kussens op het bed toe en nam ruimschoots de tijd om op zijn gemak te gaan zitten. 'Ik wil de politie graag ter wille zijn, maar jullie moeten me echt vertellen wat er aan de hand is.'
'Dat hoeven we helemaal niet,' zei Stahl.
Zijn stem leek Drummond aan het schrikken te maken. Hij werd bleek en liet zijn tong over zijn lippen glijden. Daarna begonnen zijn ogen te fonkelen van kwaadheid. 'Het is mijn eigen schuld. Dat ik er zo aan toe ben.' Hij klopte even op de krukken. 'Een klein probleempje met rijden onder invloed. Maar dat zal jullie wel bekend zijn.'
De rechercheurs zeiden niets. Petra wierp een korte blik op haar partner. Stahl zag er woedend uit.
'Onbewogen ambtenaren,' zei Drummond. 'Goddank werd ik betrapt. Ik heb heel wat tijd in een gevangenisziekenhuis doorgebracht en daarna ben ik lid geworden van de AA.' Opnieuw een klopje. 'Ik vertel jullie dit omdat ik heb geleerd om schoon schip te maken.

Maar ook om jullie duidelijk te maken dat ik wel een sufferd maar geen sukkel ben. Ik heb alweer tien jaar lang mijn gezond verstand terug en ik weet dat ik niets heb gedaan waardoor mijn rechten moeten worden opgeschort. Dus probeer me niet te intimideren.'
'Opgeschort,' zei Stahl. Hij stak zijn hand uit en raakte de rug van een van de juridische boeken aan. 'U houdt van juridische terminologie.'
'Nee,' zei Drummond. 'Integendeel. Ik heb er de pest aan. Maar ik ben vroeger jurist geweest.'
'Is Yuri Drummond uw zoon?' vroeg Petra.
'Hoe komt u erbij. Ik heb u toch verteld dat ik die naam nog nooit heb gehoord.'
'Maar u hebt wel van *GrooveRat* gehoord. Het tijdschrift waarvan Yuri Drummond hoofdredacteur is.'
Drummond gaf geen antwoord.
'Meneer Drummond,' zei Petra. 'We hebben u gevonden en we zullen hem ook wel vinden. Waarom zou u nog meer verkeerde beslissingen nemen?'
'Au,' zei Drummond terwijl hij over zijn baard streek.
'Pardon?'
Drummond beet op zijn wang. 'Ik wist niet dat hij zichzelf "Yuri" noemde. Maar ja, dat zogenaamde tijdschrift ken ik wel. Het is van de zoon van mijn broer. Kevin Drummond. Dus hij heet tegenwoordig Yuri? Wat heeft hij gedaan?'
'Misschien niets. We willen met hem praten over *GrooveRat*.'
'Nou, dan zijn jullie hier aan het verkeerde adres,' zei Drummond.
'Hoezo?'
'Ik zie Kevin nooit. Laten we het er maar op houden dat we niet bepaald familieziek zijn.'
'Kunt u ons misschien vertellen waarom hij de naam Yuri heeft aangenomen?'
'Ik mag barsten als ik het weet... misschien verkeert hij in de waan dat hij subversief is.'
'Wanneer hebt u uw neef voor het laatst gesproken?'
'Ik spreek hem nóóit.' Drummond glimlachte zuur. 'Zijn vader – mijn broer – en ik hadden vroeger samen een advocatenpraktijk en mijn losbandige gedrag heeft Frank heel wat cliënten gekost. Nadat ik vervroegd was vrijgelaten en mijn ontwenningskuur erop had zitten, heeft hij zijn broederplicht gedaan door deze flat voor me te regelen – er zijn hier tien invalidenwoningen beschikbaar voor mensen met een staatsuitkering – en me vervolgens de rug toegekeerd.'
'Hoe komt het dat u *GrooveRat* kent?'

'Kevin heeft me een exemplaar gestuurd.'
'Hoe lang geleden?'
'Een paar jaar geleden. Hij had net met succes zijn collegeopleiding voltooid en deelde mee dat hij uitgever was.'
'Waarom zou hij u een exemplaar toesturen?' wilde Petra weten.
'Destijds zag hij me wel zitten. Waarschijnlijk omdat de hele familie er anders over dacht... de wilde oom die wel een slokje lustte en zo. Broer Frank is nogal een stijve hark. Kevin zal in zijn jeugd niet veel lol met hem hebben gehad.'
'Dus u was Kevins raadsman.'
Drummond grinnikte. 'Helemaal niet. Hij stuurde me dat vod toe en ik heb hem een briefje gestuurd waarin ik hem vertelde dat het een ramp was en dat hij beter voor accountant kon gaan studeren. Vervelende ouwe oom. Ik heb die knul nooit gemogen.'
'Waarom niet?' vroeg Petra.
'Het is geen aantrekkelijk joch,' zei Drummond. 'Zo'n leuterende slappeling die nog geen vijftig kilo woog, in zichzelf gekeerd en altijd met een of ander project in de weer.'
'Verschillende bladen?'
'Met zijn laatste bevlieging. Tropische vissen, hagedissen, konijnen, kaartjes om te ruilen, god mag weten wat. Die Japanse robotjes... natuurlijk moest hij die allemaal hebben. Hij verzamelde altijd rotzooi: speelgoedautootjes, computerspelletjes, goedkope horloges, je kunt het niet zo gek bedenken. Frank en zijn moeder verwenden hem. Frank en ik zijn in een arm gezin opgegroeid. Wij waren verslingerd aan sport, zowel op de middelbare school als op college hadden we allebei een basisplaats in het footballteam. De andere twee jongens van Frank – Greg en Brian – zijn uitmuntende sportlui. Greg heeft een sportbeurs gekregen voor Arizona State en Brian speelt in een universiteitsploeg in Florida.
'Dus Kevin is niet sportief.'
Drummond lachte spottend. 'Laten we het er maar op houden dat Kevin een huismus is.'
Het gesprek over zijn neef had een wrede trek blootgelegd. Als hij dronken was, zou deze vent heel gemeen kunnen zijn, dacht Petra.
'Hebt u zelf ook kinderen, meneer Drummond.'
'Nee. Vroeger had ik wel een vrouw.' Drummond kneep zijn ogen stijf dicht. 'Ze zat naast me in de auto toen ik tegen die paal reed. Mijn advocaat heeft mijn verdriet als verdediging gebruikt, waardoor ik een lichtere straf heb gekregen.'
Zijn ogen gingen weer open. Vochtig.
Stahl zat naar hem te kijken. Strak. Hij was niet onder de indruk.

'Wanneer hebt u Kevin voor het laatst gezien?' vroeg Petra.
'Jaren geleden, dat heb ik u al verteld. Ik zou echt niet meer weten wanneer dat precies is geweest. Na mijn oordeel over zijn zogenaamde publicatie heeft hij me nooit meer gebeld. Het was eigenlijk helemaal geen tijdschrift, weet u. Gewoon iets dat Kevin in zijn slaapkamer in elkaar geflanst had. Waarschijnlijk heeft het Frank weer een flinke duit gekost.'
'Kunt u zich nog iets van de inhoud herinneren?'
'Ik heb het niet gelezen,' zei Drummond. 'Ik heb er één blik op geworpen, zag dat het rotzooi was en heb het weggesmeten.'
'Waar ging die rotzooi over?'
'Kevins opvatting over kunst. Mensen die hij als genieën beschouwde. Hoezo?'
'Schreef Kevin het helemaal in zijn eentje vol?'
'Daar ging ik wel van uit... hoezo, denkt u soms dat hij een staf van medewerkers had? Dit was amateurisme ten top, rechercheur. En wat heeft dat verdomme te maken met moord?'
Petra glimlachte. 'Dus u ziet Kevin nooit. Ondanks het feit dat hij vlak bij u woont.'
'Is dat zo?' Drummond leek oprecht verbaasd.
'Ook hier in Hollywood.'
'Hoera voor Hollywood,' zei Drummond. 'Maar dat is wel logisch.'
'Hoezo?'
'Dat joch is altijd een starfucker geweest.'

Ze bleven nog een tijdje in het appartement en namen alles wat besproken was nog een keer door, zoals de gewoonte is van rechercheurs die op zoek zijn naar tegenstrijdigheden. Ze sloegen Randolph Drummonds aanbod af toen hij vroeg of ze een glaasje fris wilden, maar haalden wel een cola light voor de man toen hij een droge mond begon te krijgen. Petra was degene die het meest aan het woord was. De paar keer dat Stahl zijn mond opendeed, voelde Drummond zich duidelijk niet op zijn gemak. Maar Petra had niet het idee dat hij iets probeerde te verbergen. De toonloze stem werkte de man gewoon op zijn zenuwen en daar had Petra alle begrip voor.
De ondervraging leverde het privé- en het zakenadres op van Franklin Drummond, meester in de rechten, allebei in Encino, plus het feit dat Kevin Drummond twee jaar geleden met succes eindexamen had gedaan aan Charter College, een kleine, dure privéschool in de buurt van Eagle Rock.
'Ze hebben mij ook een uitnodiging gestuurd,' zei Drummond.

'Maar ik ben niet gegaan. Het was geen welgemeend aanbod.'
'Wat bedoelt u?' vroeg Petra.
'Ze boden niet aan me daarheen te rijden. Ik had geen zin om met die verrekte bus te gaan.'

Het was bijna vier uur 's middags toen ze weer terug waren bij het huis van Kevin Drummond. Er was nog steeds niemand thuis.
Dan maar naar Encino. Terwijl ze via Laurel Canyon naar het noorden reden, zei Petra: 'Was er iets met Randolph Drummond dat je dwarszat?'
'Hij kan zijn neef niet uitstaan,' zei Stahl.
'Het is een opstandige man. Vervreemd van zijn familie. Maar volgens mij heeft hij niets met onze zaak te maken. Ik kan me niet voorstellen dat hij op die krukken de hele stad rondrent om allerlei artistieke figuren een kopje kleiner te maken.'
'Hij heeft zijn vrouw gedood.'
'Heeft dat er volgens jou dan iets mee te maken?' informeerde Petra.
Stahl verstrengelde zijn bleke vingers. Zijn gezicht vertoonde even een verslagen uitdrukking, maar die was ook weer zo snel verdwenen dat Petra zich afvroeg of ze het wel goed gezien had.
'Eric?' vroeg ze.
Stahl schudde zijn hoofd. 'Nee, hij heeft niets te maken met onze zaak.'
'Laten we het dan maar weer over Kevin hebben. Die opmerking dat hij een starfucker is, klopt perfect met de theorie van Delaware. Hetzelfde geldt voor al die mislukte projecten. En het feit dat hij met elke rage meedoet. Dit zou best eens zo'n zielige kleine mislukkeling kunnen zijn die het gewoon niet kon verkroppen dat hij geen talent had en heeft besloten om het degenen die dat wel hebben betaald te zetten.'
Stahl gaf geen antwoord.
'Eric?'
'Ik weet het niet.'
'Wat zegt je intuïtie?'
'Ik vertrouw niet op intuïtie.'
'Echt niet?' zei Petra. 'Terwijl je zo goed bent in het signaleren van gestolen auto's.'
Alsof hij dat als een aansporing beschouwde, draaide Stahl zijn hoofd weer om en begon het verkeer te bestuderen door het zijraampje. Dat hield hij de hele weg naar de Valley vol.

Ze probeerden het eerst bij het kantoor van Franklin Drummond op Ventura Boulevard. De 'firma' was een eenpersoons advocatenpraktijk op de tiende etage van een bronskleurige glazen torenflat. De wachtkamer was gezellig, met hetzelfde soort romantische muziek dat Randolph Drummond had gedraaid. De jonge receptioniste ontving hen vriendelijk genoeg en ze vertelde hun dat meneer Drummond naar de rechtbank was. Ze droeg een naamplaatje met DANITA TYLER en ze zag eruit alsof ze het druk had.
'Wat voor soort praktijk heeft meneer Drummond?' vroeg Petra.
'Een algemene praktijk, veel onroerend goed en processen. Mag ik vragen waar het om gaat?'
'We willen graag met hem over zijn zoon praten. Kevin.'
'O.' Tyler was verbaasd. 'Kevin werkt hier niet.'
'Kent u Kevin?'
'Alleen van gezicht.'
'Wanneer hebt u hem voor het laatst gezien?'
'Is hij in moeilijkheden?'
'Nee,' zei Petra. 'We willen alleen maar met hem praten over zijn uitgeverspraktijken.'
'Uitgever? Ik dacht dat hij studeerde.'
'Hij heeft een paar jaar geleden zijn collegeopleiding al met succes afgesloten.'
'Ik bedoel dat hij verder is gaan studeren. Die indruk had ik tenminste.' De jonge vrouw ging onrustig verzitten. 'Maar ik denk dat ik beter mijn mond kan houden.'
'Waarom?'
'De baas is nogal gesteld op privacy.'
'Heeft hij daar een bepaalde reden voor?'
'Hij is een man die niet met zijn gevoelens te koop loopt. Een fijne baas. Dus bezorg me alstublieft geen problemen.'
Petra glimlachte. 'Goed, hoor. Kunt u me wel vertellen waar Kevin studeert?'
'Dat weet ik niet... en dat is echt waar. Ik weet niet eens zeker óf hij wel studeert. Ik weet eigenlijk vrij weinig over de familie. Ik zei al dat meneer Drummond gesteld is op zijn privacy.'
'Wanneer was Kevin hier voor het laatst, mevrouw Tyler?'
'O, lieve help... dat zou ik u niet kunnen zeggen. De familie komt hier vrijwel nooit.'
'Hoe lang werkt u hier al, mevrouw Tyler?'
'Twee jaar.'
'Hebt u in die tijd Randolph Drummond weleens ontmoet?'
'Wie is dat?'

'Een familielid,' zei Petra.
'Een uitgeverij, hè?' zei Tyler. 'De politie... gaat het soms om een soort porno... nee, zeg maar niks.' Ze lachte en drukte haar wijsvinger tegen haar mond. 'Ik wíl het niet eens weten.'

Ze vroegen haar om Franklin Drummond op zijn mobiele nummer te bellen, maar de advocaat nam niet op.
'Hij zet de telefoon soms uit als hij onderweg is naar huis,' zei ze.
'Omdat hij gesteld is op privacy,' zei Petra.
'Omdat hij heel hard werkt.'

Ze reden over Ventura Boulevard. Petra had honger en ze keek of ze ergens een goedkoop maar toch aantrekkelijk restaurantje zag. Twee straten verder naar het westen ontdekte ze een shoarmatentje waar twee picknicktafels buiten stonden. Nadat ze de blinde politieauto op een laad/losplaats had gezet, kocht ze een zacht pitabroodje met lamsshoarma en een beker cola en ging aan een van de tafels zitten om het op te eten, terwijl Stahl in de auto bleef wachten. Toen ze het broodje half op had, stapte Stahl uit en ging tegenover haar zitten.
Het verkeer raasde voorbij. Zij kauwde. En Stahl bleef gewoon zitten. Zijn eetlust was ongeveer even groot als zijn behoefte aan menselijk contact. Als hij iets at, was het altijd een wit broodje met saai beleg dat hij van huis meebracht in een schone, bruine zak.
Wat Eric ook als zijn thuis beschouwde.
Ze negeerde hem, at met smaak haar broodje op, veegde haar lippen af en stond op. 'Laten we maar weer gaan.'
Tien minuten later stopten ze voor het huis waar Kevin Drummond zich met zijn voortdurend veranderende hobby's bezig had gehouden.

Het was een prachtig onderhouden, extra breed ranchhuis dat op het hoogste punt van een heuvelachtige zijstraat van Ventura Boulevard stond. De trottoirs werden overschaduwd door *jacaranda*'s. Zoals in de meeste dure wijken van L.A. was er geen spoor van mensen te bekennen.
Wel een heleboel auto's. Voor iedere woning stonden drie of vier wagens. Bij het huis van Franklin Drummond stond een nieuw uitziende Baby Benz op de rondlopende oprit, samen met een Ford Explorer, een rode Honda Accord en iets laags dat schuilging onder een beige hoes.
De man die de deur opendeed, trok net zijn das los. Midden veer-

tig, gedrongen bouw, een breed, vlezig gezicht met daarboven golvend peper-en-zoutkleurig haar en een neus die eruitzag alsof hij enige tijd in de ring had doorgebracht. Op de brede rug stond een bril met een gouden montuur. Achter de glazen koele bruine ogen die hen van top tot teen opnamen.
Franklin Drummond had al drie volwassen zoons, dus hij moest ouder zijn dan zijn vierenveertigjarige broer. Maar hij zag er jonger uit dan Randolph.
'Ja?' zei hij. De das was van koningsblauwe zijde. Hij kon gemakkelijk losgetrokken worden en Frank Drummond liet de uiteinden los op zijn brede borst hangen. Petra zag aan de achterkant een dun gouden kettinkje bungelen. Met een Brioni-logo. Drummonds overhemd was aangemeten en lichtblauw met een gesteven witte boord. Zijn pantalon was grijs met een krijtstreepje.
Petra vertelde hem dat ze op zoek waren naar zijn zoon.
Frank Drummond kneep zijn ogen samen en zijn borst zwol op.
'Wat is er aan de hand?'
'Hebt u Kevin onlangs nog gesproken, meneer?'
Drummond stapte naar buiten en trok de deur achter zich dicht.
'Waar gaat het om?'
Op zijn hoede, maar onaangedaan. De vent was praktiserend advocaat. Een eenmanszaak, gewend om zijn eigen zaken op te knappen. Uitvluchten zouden niet de minste indruk op hem maken, dus hield Petra het simpel.
'We zijn geïnteresseerd in dat tijdschrift van Kevin,' zei ze. '*GrooveRat*. Een paar van de mensen aan wie hij artikelen heeft gewijd zijn vermoord.'
Toen ze dat zei, hoorde ze zelf hoe vergezocht het klonk. Ze hadden al een heleboel tijd verspild aan de zoektocht naar die slome kleine hunkerbunker en waarschijnlijk liep het allemaal toch op niets uit.
'Nou en?' zei Frank Drummond.
'Dus willen we graag even met hem praten,' zei Stahl.
Drummonds ogen dwaalden naar Stahl. In tegenstelling tot zijn broer was hij niet in het minst onder de indruk van Stahls zombieachtige gedrag. 'Dat verandert mijn vraag niet.'
'We zijn nog bezig met een algemeen onderzoek, meneer,' zei Petra.
'Zorg dan maar dat je hem vindt en vraag hem het hemd van het lijf,' zei hij. 'Hij woont hier niet meer.'
'Wanneer hebt u hem voor het laatst gezien?' informeerde Petra.
'Waarom zou ik daar antwoord op geven?'
'Waarom niet, meneer?'

'Een kwestie van principe,' zei Frank Drummond. 'Als je je mond houdt, krijg je ook geen problemen.'
'We willen u geen problemen bezorgen, meneer,' zei Petra. 'We doen gewoon ons werk en het zou ons echt helpen als u ons kunt vertellen waar we Kevin kunnen vinden.'
'Kevin heeft een eigen huis.'
'Het appartement op Rossmore?'
Drummond wierp haar een boze blik toe. 'Als jullie dat al weten, waarom zijn jullie dan hier?'
'Betaalt Kevin zelf de huur?'
Drummond kneep zijn lippen op elkaar. Hij klikte met zijn tong. 'Ik zie niet in wat Kevins financiële omstandigheden te maken hebben met jullie onderzoek. Als jullie dat tijdschrift willen lezen, zeg dat dan tegen hem. Ik weet zeker dat hij jullie maar al te graag van dienst wil zijn. Hij is er trots op.'
Hij legde een nauwelijks merkbare klemtoon op de woorden 'het tijdschrift' en 'trots'.
'Hij was niet thuis,' zei Petra.
'Dan proberen jullie het later nog maar eens. Ik heb een lange dag achter de rug en...'
'Ik dacht alleen maar dat als u zijn huur betaalt, u waarschijnlijk ook wel zult weten waar hij uithangt.'
'Ik betaal,' zei Drummond. 'En meer komt er niet bij kijken.'
'De geneugten van het ouderschap?' vroeg Petra glimlachend.
Drummond hapte niet in het aas. Hij stak zijn hand uit naar de deurknop.
'Meneer, waarom noemt Kevin zich "Yuri"?'
'Dat moet je maar aan hem vragen.'
'Hebt u echt geen idee?'
'Hij zal wel denken dat het gaaf klinkt. Wat maakt het uit?'
'Dus u hebt helemaal geen contact met uw zoon?' vroeg Petra.
Drummond trok zijn hand terug en wilde zijn beide armen over elkaar slaan, maar bedacht zich. 'Kevin is vierentwintig. Hij leidt zijn eigen leven.'
'U hebt niet toevallig een paar exemplaren van *GrooveRat* in huis?'
'Natuurlijk niet,' zei Drummond. De twee woorden dropen van minachting... dezelfde verachtelijke toon waarvan oom Randolph zich had bediend.
Macho-afkeuring voor de laatste domme gril van Kevin.
Deze vader, die oom en twee supersportieve broers. De arme Kevin met zijn afwijkende gedrag en zijn gebrek aan belangstelling voor sport had het waarschijnlijk in zijn jeugd niet gemakkelijk gehad.

Zou de ervaring traumatisch genoeg zijn geweest om hem helemaal naar de verkeerde kant te laten doorslaan?
'Natuurlijk niet?' herhaalde Petra.
'Kevin heeft al zijn bezittingen meegenomen toen hij het huis uitging.'
'Wanneer is dat gebeurd?'
'Nadat hij geslaagd was voor zijn eindexamen van het college.'
Randolph Drummond had rond die tijd een exemplaar van het blad ontvangen. Toen het eerste nummer verscheen, hadden de wegen van vader en zoon zich gescheiden. Artistieke onenigheid of had pa genoeg gehad van het klaplopen van zoonlief?
'Studeert Kevin nog, meneer?'
'Nee.' Frank Drummonds mond werd strak.
'Is er een reden waarom deze vragen u irriteren, meneer?'
'Júllie irriteren me. Omdat ik denk dat je me staat te belazeren. Als jullie alleen maar dat tijdschrift willen hebben, waarom dan al die vragen over Kevin? Als hij van iets verdacht wordt... maar dat zou gewoon kolder zijn. Kevin is een zachtaardig jochie.'
Door de manier waarop hij dat zei, leek het een slechte karaktertrek.
Een vierentwintigjarig *jochie*.
'Hebt u enig idee wie er behalve Kevin nog meer voor *GrooveRat* schreef?'
Drummond schudde zijn hoofd en probeerde verveeld te kijken.
'Waar heeft Kevin het geld vandaan gehaald om zijn droom te verwezenlijken?'
Drummonds rechterhand pakte de schitterende blauwe das vast, kneep hem samen en liet hem weer los. 'Als jullie op zoek zijn naar een exemplaar dan zal Kevin dat ongetwijfeld wel in zijn appartement hebben liggen. Als jullie hem vinden, zeg dan maar dat hij zijn moeder moet bellen. Ze mist hem.'

'In tegenstelling tot,' zei Stahl toen ze wegreden.
'Wat bedoel je?'
'Zijn moeder mist hem. Zijn vader niet.'
'Geen harmonieus gezin,' zei Petra. 'En Kevin was het mietje van de familie. Schieten we daar iets mee op?'
'Frank gedroeg zich niet bepaald bereidwillig.'
'Of gewoon als een advocaat die alleen vragen wil stellen en ze niet wil beantwoorden. We hebben niet onder stoelen of banken gestoken dat we meer wilden dan alleen maar een paar oude nummers van dat tijdschrift. Maar dat vind ik prima. Laten we maar eens wat

heibel schoppen, misschien gebeurt er dan iets.'
'Wat zou er kunnen gebeuren?' vroeg Stahl.
'Dat weet ik niet. Het zit me alleen dwars dat we zoveel tijd verspillen aan de speurtocht naar dat joch met zijn stomme tijdschrift.'
'Je zei dat hij een morbide tiener was.'
'O ja?'
'Bij die vergadering,' zei Stahl. 'Toen heb je gezegd dat Yuri alle onsmakelijke bijzonderheden wilde weten. En dat hij een morbide tiener was.'
'Dat is waar,' zei Petra. 'En?'
Het bleef een tijdje stil.
Toen zei Stahl: 'Laten we het nog maar een keer bij zijn appartement proberen.'
Het was bijna zes uur 's avonds. Petra, die gewend was om 's nachts te werken, nam meestal om die tijd een douche en vervolgens een kom cornflakes bij wijze van ontbijt. Door alle administratieve heisa plus vergaderingen over de Armeense zaak, het inwerken van Stahl, de lunch met Milo en Alex en de verspilde middag die erop was gevolgd, was haar biologische klok volkomen van slag geraakt. Ze was een beetje misselijk en doodmoe.
'Welja,' zei ze. 'Waarom niet?'

Kevin Drummond was nog steeds niet thuis, maar toen ze op de bel van de huisbewaarder drukten, riep een hoge stem: 'Ja?'
Petra vertelde wie ze was en toen de deur openging, zagen de beide rechercheurs een kleine, gezette vrouw voor hun neus staan. Ze was een jaar of vijftig en droeg een witte blouse, een zwarte legging en gympen. Om haar hals bungelde een leesbril aan een kettinkje. Boven op een dikke bos veel te zwart haar zat een enorme roller. De rest van haar pas gewatergolfde haar hing tot op haar schouders. 'Er is toch niets mis?' vroeg ze.
'Mevrouw Santos?'
'Guadalupe Santos.' Met een stralende glimlach. Eindelijk iemand die zich vriendelijk gedroeg.
'We zijn op zoek naar een van uw huurders, mevrouw Santos. Kevin Drummond, uit flat nummer veertien.'
'Yuri?' zei Santos.
'Noemt hij zichzelf zo?'
'Ja. Is er iets mis?'
'Wat voor soort huurder is Yuri?'
'Een aardige jongen. Rustig. Waarom zoekt u hem?'
'We willen hem graag even spreken in verband met een onderzoek.'

'Ik geloof niet dat hij thuis is. Ik heb hem... eh... twee of drie dagen geleden voor het laatst gezien. Ik liep hem tegen het lijf toen ik de vuilnisbakken buitenzette. Hij stapte net in zijn auto. Zijn Honda.'
Volgens het Bureau Kentekenbewijzen had hij een vijf jaar oude Civic. Maar Petra dacht aan de rode Honda Accord die bij Frank Drummond op de oprijlaan had gestaan en vroeg: 'Welke kleur?'
'Wit,' zei Guadalupe Santos.
'Dus meneer Drummond is al drie dagen weg.'
'Hij kan wel thuisgekomen en weer weggegaan zijn toen ik sliep, maar ik heb hem niet meer gezien.'
'En hij veroorzaakt nooit moeilijkheden.'
'Hij is een gemakkelijke huurder,' zei Santos. 'Zijn papa betaalt de huur zes maanden vooruit en hij maakt nooit lawaai. Ik wou dat ze allemaal zo waren.'
'Heeft hij vrienden? Mensen die regelmatig op bezoek komen?'
'Geen vriendinnetjes, als u dat bedoelt. Of vriendjes.' Santos glimlachte een beetje onbehaaglijk.
'Is Yuri homo?'
Santos lachte opnieuw. 'Nee, ik maakte een grapje. Dit is per slot van rekening Hollywood.'
'Krijgt hij helemaal nooit bezoek?' informeerde Stahl.
Santos werd op slag ernstig. Dat moest de uitwerking van Stahl zijn. 'Het is me nooit eerder opgevallen, maar u hebt gelijk. Er komt nooit iemand. En hij gaat ook niet vaak de deur uit. Hij is niet bepaald de netste thuis, maar dat moet hij zelf weten.'
'Dus u bent weleens in zijn appartement geweest,' zei Petra.
'Twee keer. Zijn wc lekte. En ik moest een keer komen om uit te leggen hoe de verwarming werkte. Hij is niet technisch.'
'Dus het is een slons,' zei Petra.
'Hij is niet echt smerig,' zei Santos. 'Hij is alleen een... hoe noem je die mensen ook alweer die nooit iets weggooien?'
'Een hamster?'
'Precies. Het is een tweekamerflat en die staat vol dozen. Ik zou u niet kunnen vertellen wat er allemaal in zit, het zag er alleen uit alsof hij alles bewaart... o ja, ik heb wel gezien wat er in één van die dozen zit. Die kleine autootjes van Matchbox. Mijn zoon verzamelde die vroeger ook, maar die had er lang niet zoveel als Yuri. Alleen is Tony er overheen gegroeid. Hij is nu bij de mariniers en zit in Camp Pendleton. Hij is sergeant opleiding, mijn Tony. En hij is ook in Afghanistan geweest.'
Petra knikte bij wijze van compliment en zweeg even uit respect

voor sergeant Tony Santos. Daarna zei ze: 'Dus Yuri verzamelt van alles.'
'Echt van alles. Maar geen vieze dingen, dat zei ik al.'
'Wat doet hij voor werk?'
'Ik geloof niet dat hij werkt,' zei Guadalupe Santos. 'Omdat zijn papa de huur betaalt en zo dacht ik dat hij... u weet wel.'
'Dat hij wat?'
'Iemand was met... problemen gaat me te ver. Iemand die geen regelmatig werk aankan.'
'Waar denkt u dan aan?' vroeg Petra.
'Ik zeg liever niet... hij is gewoon heel rustig. Hij loopt altijd met gebogen hoofd. Alsof hij met niemand wil praten.'
Dat was een heel verschil met de opdringerige knul die tegen Petra zo hoog van de toren had geblazen. Kevin had kennelijk uitschieters. Ze liet de foto van Kevins rijbewijs aan Santos zien. Een onscherpe foto, inmiddels vijf jaar oud. Een magere knul met donker haar en een onopvallend gezicht. *Bruin haar, bruine ogen, 1,85 m, 67,5 kg. Draagt contactlenzen.*
'Dat is hij,' zei Santos. 'Lang... hij draagt een bril. Hij heeft een slechte huid... met hier en daar puistjes.' Ze wees naar haar kaak en haar slaap. 'U weet wel, alsof hij vroeger veel last heeft gehad van jeugdpuistjes en daar nooit helemaal van af is gekomen.'
Een meter vijfentachtig klopte met de beschrijving die Linus Brophy van de moordenaar van Baby Boy had gegeven. Zou zo'n magere knul in staat zijn geweest om Vassily Levitch te overmeesteren? Vast wel, als je rekening hield met het verrassingselement.
'Verlegen,' zei Petra. 'En verder?'
'Hij is net als... u weet wel, zo'n figuur die van computers houdt en het liefst alleen is? Hij heeft daarboven ook een vracht aan computerapparatuur. Ik weet niet veel van die dingen, maar het ziet er heel duur uit. En omdat zijn papa de huur betaalt, dacht ik... maar hij is een goede huurder. Nooit problemen. Ik hoop niet dat hij in moeilijkheden zit.'
'U zou het vervelend vinden hem als huurder kwijt te raken,' zei Stahl.
'Zeker weten,' zei Santos. 'In dit vak weet je nooit wat je ervoor terugkrijgt.'

Op de terugweg naar het bureau, toen de zon net onder begon te gaan, zag Petra ineens een bejaarde man en vrouw die langzaam over Fountain Avenue liepen, gevolgd door een grote witte eend met een gele snavel.

Ze moest even met haar ogen knipperen om er zeker van te zijn dat ze niet aan het hallucineren was geslagen, maar toen stopte ze en reed achteruit tot ze op gelijke hoogte was met het echtpaar. Ze bleven doorlopen en zij reed langzaam mee in dezelfde snelheid. Twee oude mensjes in zware overjassen en met gebreide mutsen op, die wel iets weghadden van een androgyne tweeling, zoals wel vaker het geval is met hoogbejaarde mensen. Een jaar of negentig. Iedere stap kostte moeite. De eend was niet aangelijnd en volgde hen op hun hielen. Hij waggelde zo dat het leek alsof hij ieder moment kon omvallen.

De man keek opzij, pakte toen de vrouw bij haar armen en ze bleven staan. Ze glimlachten nerveus. Er zou wel een of andere regel met betrekking tot dieren overtreden worden, maar wie maakte zich daar nu druk om.

'Wat een leuke eend,' zei Petra.
'Dit is Horace,' zei de vrouw. 'Hij is al heel lang ons troeteldier.'
De eend tilde een poot op en krabde over zijn buik. Zwarte kraaloogjes leken zich in die van Petra te boren. Beschermend.
'Ha, die Horace,' zei ze.
De eend zette zijn veren overeind.
'Prettige dag verder,' zei ze en ze reed door.
'Wat was dat?' vroeg Stahl.
'De werkelijkheid.'

20

Twee dagen na de vergadering met Petra en Stahl vroeg Milo of ik mee wilde om Everett Kipper voor de tweede maal te ondervragen.
'Dit keer is het een onaangekondigd bezoek,' zei hij. 'Ik heb wel van tevoren opgebeld, maar Kipper zit de hele dag in vergadering.'
'Waarom die hernieuwde belangstelling?' vroeg ik.
'Ik wil met hem praten over *GrooveRat* en erachter zien te komen of Yuri Drummond ooit een poging heeft gedaan om Julie te interviewen. Petra en Stahl zijn er niet in geslaagd om een paar exemplaren in handen te krijgen, maar Drummond lijkt steeds interessanter te worden. Hij is een vierentwintigjarig, in zichzelf gekeerd joch dat in werkelijkheid Kevin heet en in een tweekamerflat op het ruigere gedeelte van Rossmore woont. Hij schittert al een paar dagen door afwezigheid... interessant, hè? Het tijdschrift klinkt als

een dure hobby, een waanidee. Papa is advocaat, betaalt de huur en waarschijnlijk ook de printkosten. Hij wilde niets tegen Petra zeggen. En dan bedoel ik dat hij zijn kaken dus echt stijf op elkaar hield.'
'Hij is advocaat,' zei ik.
'Petra had het idee dat de sfeer binnen het gezin behoorlijk gespannen was. Zo te horen is Kevin echt een raar buitenbeentje in het gezin en papa vond het helemaal niet leuk dat er vragen over hem werden gesteld.'
'Een in zichzelf gekeerd joch,' zei ik.
'Dat is schrikken, hè? Hij staat erom bekend dat hij van de ene hobby in de andere rolt... van de ene obsessie in de andere. Precies het soort fanatiekeling dat jij beschreven hebt. Hij is ook een hamster, hij kan nergens afstand van doen. Zijn hospita zegt dat zijn appartement propvol dozen staat. In een deel daarvan zit speelgoed. Dus misschien spaart hij ook wel aandenkens van moordpartijen. Hij begon met het tijdschrift in zijn laatste jaar op college. Petra heeft één incompleet nummer gevonden, waarin Drummond zichzelf als enige redactielid opvoert. Hij vroeg een belachelijk hoge abonnementsprijs, maar er is geen bewijs dat er ooit iemand betaald heeft.'
'Waar heeft hij op school gezeten?'
'Charter College en dat stelt behoorlijk hoge eisen, dus hij is waarschijnlijk intelligent... precies zoals jij zei. En hij is lang – een meter vijfentachtig – wat weer klopt met wat die dronken getuige heeft gezien. Alles bij elkaar lijkt het toch niet zo'n gek idee. Stahl houdt zijn appartement in de gaten en Petra probeert nog steeds iets meer over *GrooveRat* te weten te komen... door wie het verspreid werd bijvoorbeeld. Als we oude nummers op de kop kunnen tikken en die artikelen over Baby Boy, China en hopelijk ook Julie vinden, kunnen we een verzoek indienen voor een bevel tot huiszoeking, al zullen we dat niet krijgen. Maar het is in ieder geval iets.'
De uitvoering van de moorden had me eerder doen denken aan een moordenaar van in de dertig of veertig en vierentwintig leek wel erg jong. Maar misschien was Kevin Drummond vroegrijp. En aangezien Milo voor het eerst sinds het begin van de zaak Kipper opgewekt klonk, hield ik mijn mond en reed naar Century City.

Dezelfde ovaalvormige wachtkamer, dezelfde vrouw met de grote tanden achter de receptie. Geen schrikreactie dit keer, alleen een kille glimlach. 'Meneer Kipper is gaan lunchen.'
'Waar, mevrouw?'
'Ik zou het niet weten.'

'Hebt u niet voor hem geboekt?' vroeg Milo.
'Er hoefde niet geboekt te worden,' zei ze. 'Meneer Kipper houdt van eenvoudige eetgelegenheden.'
'Voor een zakenlunch?'
'Meneer Kipper geeft er de voorkeur aan om alleen te eten.'
'En die mensen dan met wie hij de hele ochtend in vergadering heeft gezeten?'
De receeptioniste beet op haar lip.
'Het is goed, hoor,' zei Milo. 'Hij betaalt je salaris, dus moet je doen wat hij tegen je zegt. De gemeente betaalt mij en ik ben net zo volhardend.'
'Het spijt me,' zei ze. 'Alleen...'
'Alleen wil hij niet met ons praten. Heeft hij daar een reden voor?'
'Daar heeft hij het niet over gehad. Zo is hij nu eenmaal.'
'Hoe?'
'Hij is geen prater.' Ze beet weer op haar lip. 'Alstublieft...'
'Ik begrijp het wel,' zei Milo. Hij klonk alsof hij het echt meende.
We liepen het kantoor uit en gingen met de lift naar beneden. Een stroom van mannen en vrouwen in donkere pakken liep het gebouw in en uit.
'Als het waar is wat ze zei over een eenvoudige eetgelegenheid,' zei hij, 'dan gok ik op een van de tentjes in het winkelcentrum een eindje verderop. Waarschijnlijk is hij gaan lopen en komt hij langs deze weg terug.'
Drie enorme granieten plantenbakken gevuld met ficussen sierden het plein voor het kantoorgebouw van Kipper op. We gingen op de rand van een van de bakken zitten.
Twintig minuten later kwam Everett Kipper in zijn eentje aanlopen. Dit keer droeg hij een pak in de donkere, metaalblauwe kleur van een revolver. Ook dit paste perfect en het colbert had opnieuw vier knopen. Een wit overhemd en een roze das. Toen hij met die verende pas naar de inging liep, zagen we een glimpje goud aan zijn manchetten. Er liepen inmiddels nog meer zakenlieden over het plein en hij liep langs ons heen zonder iets in de gaten te hebben.
We sprongen op van de plantenbak en holden achter hem aan.
'Meneer Kipper?' zei Milo en Kipper draaide zich om op de soepele manier van een ervaren beoefenaar van vechtsporten.
'Wat nu weer?'
'Nog een paar vragen, meneer.'
'Waarover?'
'Kunnen we niet in uw kantoor praten?'
'Dat lijkt me niet,' zei Kipper. 'Smerissen in het pand zijn slecht

voor de zaak. Hoe lang gaat dit duren?'
'Hooguit een paar minuten.'
'Laten we dan maar even hier gaan staan.' Hij liep voor ons uit om een van de ficussen heen. De plant wierp langwerpige, halfronde schaduwen over zijn gezicht. 'Wat is er?'
'Hebt u weleens van een tijdschrift gehoord dat *GrooveRat* heet?'
'Nee. Hoezo?'
'We proberen de artikelen te achterhalen die over Julie zijn geschreven.'
'Heeft er dan een in dat blad gestaan?' Kipper schudde zijn hoofd. 'Dat heeft Julie me nooit verteld. Waarom is dat belangrijk?'
'Ons onderzoek is bijzonder minutieus,' zei Milo.
'Maar het antwoord is nog steeds nee,' zei Kipper. 'Ik heb er nog nooit van gehoord.'
'Weet u of er recentelijk nog andere artikelen over Julie zijn verschenen?'
'Niet een en dat zat haar behoorlijk dwars. Destijds in New York, bij die expositie in de galerie van Anthony, had ze veel publiciteit gekregen. De *New York Times* vermeldde de expositie in het kunstkatern en volgens mij waren er nog een paar kranten waar dat ook gebeurde. Daar moest ze steeds aan denken. Die onbekendheid was een van de dingen die haar zoveel verdriet deden.'
'Wat maakte haar dan nog meer verdrietig?'
'Dat ze mislukt was.'
'Dus er is met geen letter over haar expositie bij Light and Space geschreven?'
Kipper schudde zijn hoofd. 'Ze heeft me verteld dat Light and Space wel een aankondiging van de groepsexpositie naar de *L.A. Times* heeft gestuurd, maar die besloten er geen aandacht aan te wijden... wacht even, er was wel een tijdschrift dat een interview had aangevraagd... maar niet het blad waar u het over had. Niet iets met "Rat" in de titel... hoe heette dat nou... shit. Niet dat het iets uitmaakt. Julie was er ontzettend opgewonden over, maar uiteindelijk hebben ze haar toch laten stikken.'
'Werd het interview afgezegd?'
'Ze heeft zitten wachten tot ze een ons woog, maar de schrijver kwam niet opdagen. Dat vond ze niet leuk, dus ze heeft de hoofdredacteur opgebeld en hem de mantel uitgeveegd. Uiteindelijk hebben ze toch iets geplaatst... een kort stukje, waarschijnlijk alleen om haar tot bedaren te brengen.'
'Een recensie van de expositie?' vroeg ik.
'Nee, dit was voor de opening, een maand ervoor of zo. Voor zo-

ver ik weet, kan Julie hen best zelf gebeld hebben. Ze probeerde in ieder geval wat reclame voor zichzelf te maken. Voor haar comeback.' Kipper trok aan zijn neus. 'Ze dacht echt dat ze een goede kans had.'
'Was dat dan niet zo?'
Kipper zag eruit alsof hij moest braken. 'De kunstwereld, ik... hoe heette dat blad nou ook alweer... *Scene* en nog wat, zo'n wijsneuzerige woordspeling... ze heeft me een nummer laten zien. Ik vond het nogal geesteloos, maar daar heb ik niets van gezegd omdat Julie zo opgewonden was... *Scene*... *SeldomScene* en nog iets. Nu moet ik ervandoor.'
Hij draaide zich om en liep weg. De panden van zijn colbert wapperden op, hoewel er op het plein totaal geen wind stond. Hij creëerde zijn eigen slipstream.

SeldomSceneAtoll, oftewel 'ZeldenZoietsgeZien', zat volgens het telefoonboek in West-Hollywood, op Santa Monica in de buurt van La Cienega en het adres bleek een heus kantoorpand te zijn: twee verdiepingen van chocoladebruin geschilderde baksteen, weggedrukt tussen een bloemist en een rijtje winkels met te weinig parkeerplaatsen en te veel ongeduldige mensen. Milo zette de blinde politieauto op een los/laadplaats voor een van de winkels en we liepen het gebouw binnen door een deur met het bordje GEEN COLPORTEURS.
Op de lijst met aanwezige bedrijven stonden theateragentschappen, voedingsdeskundigen, een yogaschool, een zakelijk managementsbureau en JAGUARCURSUSSEN/SSA in een suite op de eerste verdieping.
'Ze delen een kantoorruimte,' zei ik. 'Geen media-imperium.'
'Jaguarcursussen,' zei Milo. 'Zouden ze je daar leren hoe je een roofdier moet worden?'
Uit de omgeving bleek duidelijk dat geen van de aanwezigen het tot grote roem/gezondheid/rijkdom had geschopt: slonzige grijze gangen, smerige grijze vloerbedekking, kromgetrokken triplex deuren, een geur die op wispelturige toiletten wees en een lift die niet reageerde als je op de knop drukte.
We liepen de trap op in een walm van insecticide en stapten zorgvuldig over groepjes dode kakkerlakken.
Milo klopte op de deur met JAGUARCURSUSSEN/SSA en deed hem open zonder op antwoord te wachten. Aan de andere kant bevond zich een vrij klein kantoor met vier verplaatsbare werkstations. Leuke kleine computers in diverse kleuren, scanners, printers, fotoko-

pieermachines en apparaten die ik niet thuis kon brengen. De met vinyl bedekte vloer lag vol elektrische snoeren die als bundeltjes spaghetti in elkaar verstrengeld waren.

Aan de muren hingen ingelijste vergrotingen van SSA-covers, die allemaal op elkaar leken: venijnig belichte foto's van mooie, jonge, ondervoede mensen in kleren waarin hun lichaam goed uitkwam en die met hun lome houding minachting uitstraalden voor de toeschouwer. Veel vinyl en rubber: de pakjes zagen er goedkoop uit, maar waarschijnlijk moest je een lening sluiten om ze aan te kunnen schaffen.

Mannelijke en vrouwelijke modellen, allemaal met dezelfde Cleopatra-oogmake-up. De vrouwen met purperkleurige strepen rouge op de wangen, hun mannelijke tegenhangers met een stoppelbaard van vier dagen.

Een jongeman van achter in de twintig met een donkere huid en dreadlocks zat in een geelgestreept T-shirt en een gele werkbroek onderuitgezakt achter de dichtstbijzijnde pc zonder ophouden te tikken. Ik wierp een blik op zijn scherm. Vormgeving. Escher met behulp van Tinkertoys. Hij zag ons niet of deed alsof. Mini-oordopjes produceerden iets wat al zijn aandacht opeiste.

De twee werkstations in het midden waren niet bezet. Voor de achterste computer zat een jonge vrouw van midden twintig, ook al voorzien van oordopjes en verdiept in het tijdschrift *People*. Ze was vrij mollig, met een rond gezicht. Gekleed in een zwart lakleren broekpak en rode dichte schoenen met plateauzolen zat ze met haar hoofd te knikken op wat kennelijk een driekwartsmaat was. Haar onopvallende bruine haar was met behulp van veel lak tot een jaren-vijftigsuikerspin opgeklopt. Ze draaide zich naar ons om, trok een wenkbrauw op – een getatoeëerde wenkbrauw – en het vrij dikke ringetje dat in het midden van het boogje zat, klapte omhoog en meteen daarna weer omlaag. Het ringetje in haar bovenlip bewoog niet, evenmin als de rij knopjes langs haar oorschelpen en het pijnlijk uitziende bobbeltje dat precies midden op haar kin was geplant.

'Wat is er?' schreeuwde ze. Daarna trok ze de oordopjes uit en bleef met haar hoofd knikken. Een twee drie, een twee drie. De wals van de metaljeugd.

'Wat is er?' zei ze nog een keer.

Milo's penning resulteerde in twee getatoeëerde boogjes. De omtrek van haar mond was ook voorzien van een permanente, zwarte omlijsting.

'En?' zei ze.

'Ik ben op zoek naar de uitgever van *SeldomSceneAtoll*.'

Ze klopte op haar borst en maakte apengeluidjes. 'U hebt haar gevonden.'
'We willen graag iets meer weten over een kunstenares, Juliet Kipper.'
'Wat is er met hááír aan de hand?'
'Kent u haar?'
'Dat heb ik niet gezegd.'
'Er is niets meer met haar aan de hand,' zei Milo. 'Ze is vermoord.'
Het ringetje in de wenkbrauw zakte, maar het gezicht bleef uitdrukkingsloos.
'Nou, nou, nou,' zei ze, stond op, liep naar de vormgever en gaf hem een por tegen zijn schouder. Met een spijtig gezicht trok hij zijn oordopjes uit.
'Juliet Kipper. Hebben we een artikel over haar gedaan?'
'Over wie?'
'Kipper. Overleden kunstenares. Ze is vermoord.'
'Eh...' zei hij. 'Wat voor soort kunstenares?'
Het meisje keek ons aan.
'Ze was schilderes,' zei Milo. 'Iemand heeft ons verteld dat u iets over haar hebt gepubliceerd, mevrouw...'
'Patti Padgett.' Een brede glimlach. In haar linkervoortand zat een diamant en niet zo'n kleintje ook.
Milo glimlachte terug en pakte zijn opschrijfboekje.
'Nee maar,' zei Patti Padgett. 'Ik heb altijd al mee willen werken aan een officieel politieonderzoek. Wanneer hadden we iets over wijlen mevrouw Kipper moeten schrijven?'
'Gedurende de afgelopen paar maanden.'
'Nou, dat maakt het een stuk gemakkelijker,' zei ze. 'We hebben het laatste halfjaar maar twee nummers uitgebracht.'
'Zijn jullie een kwartaaltijdschrift?'
'Wij zijn platzak.' Patti Padgett liep terug naar haar bureau, trok een la open en begon erin te rommelen. 'Eens even kijken of Julie hoe-heet-ze-ook-alweer inderdaad de eer heeft gehad om... hoe is ze gestorven?'
'Gewurgd,' zei Milo.
'O. Enig idee wie het gedaan heeft?'
'Nog niet.'
'Nog niet,' zei Padgett. 'Dat optimisme van u spreekt me aan... De meest fantastische generatie en zo.'
'Dat was de Tweede Wereldoorlog, Patricia,' zei het Maja de Bij-T-shirt. 'Hij is Vietnam.' Hij keek ons aan alsof hij een bevestiging verwachtte. Maar hij zag alleen nietszeggende blikken, deed zijn

oordopjes weer in en begon met dansende dreadlocks op de maat mee te knikken.

'Wat maakt dat nou uit,' zei Padgett. 'Hier heb ik het. Drie maanden geleden.' Ze legde het tijdschrift op haar schoot, likte aan haar duim en begon te bladeren. Er zaten niet al te veel pagina's tussen het omslag, dus we hoefden niet lang te wachten tot ze zei: 'O-oké! Hier staat ze, in onze "Mama/Dada"-rubriek... kennelijk vond iemand haar goed.'

Ze bracht ons het artikel.

'Mama/Dada' was een verzamelrubriek van korte stukjes over plaatselijke kunstenaars. Juliet Kipper deelde de pagina met een naar onze contreien verhuisde Kroatische modefotograaf en een hondentrainer die erbij kluste als videokunstenaar.

Het stukje over Juliet Kipper bestond uit twee alinea's en vermeldde het veelbelovende New Yorkse debuut, de tien jaar vol 'persoonlijke en artistieke teleurstellingen' en de 'quasi-wedergeboorte als een overwegend nihilistisch doorgeefluik van de Californische droom en een ecologische stroom'. Ik had in de landschappen van Kipper niets nihilistisch gezien, maar wie was ik?

Kippers werk, concludeerde de schrijver: 'Maakt het duidelijk dat haar visie meer een ode is aan het paradoxale holisme van het principe dat de wens de vader is van de gedachte dan een serieuze poging tot het concretiseren en cartograferen van de chaos en verwarring en de puinpalpitaties die andere westkust-schilders zo schijnen te boeien.'

Onder het artikel stond *TS*.

'Puinpalpitaties,' mompelde Milo met een blik op mij.

Ik schudde mijn hoofd.

'Ik geloof dat het zoiets betekent als zandverstuivingen of zo. Geen touw aan vast te knopen, hè?' Ze lachte. 'Dat geldt voor de meeste dingen over kunst die we publiceren. Would-be kunstenaars die zelf geen spat talent hebben, maar toch een graantje roem proberen mee te pikken.'

'Bloedzuigers die zich voeden met het lichaam van de kunst,' zei Milo.

Padgett staarde hem met onverholen bewondering aan. 'Wilt u iets voor ons doen?'

'Niet in dit leven.'

'Hindoe?'

'Niksdoe.'

'Ik zou maar uitkijken, Todd,' zei Padgett tegen Maja de Bij. 'Ik ben op slag verliefd.'

'Als de stijl u niet bevalt, waarom plaatst u het dan?' vroeg Milo.
'Omdat we het hádden, *mon gendarme*. En een deel van onze lezers vindt dat helemaal te gek.' Ze lachte opnieuw, wat een metalen draaimolentje veroorzaakte. '*Met ons budget zijn we niet bepaald de New Yorker*, schattebout. Ons streven – of liever gezegd míjn streven, want mijn wil is wet hier – is veel mode, een beetje binnenhuisarchitectuur, een beetje film en een beetje muziek. We gooien dat gezever over kunst met een grote K ertussendoor, omdat sommige mensen dat supercool vinden en in ons marktsegment is *cool* het enige dat telt.'
'Wie is TS?' vroeg Milo.
'Hm,' zei Padgett. Ze liep weer naar Maja de Bij toe en plukte een van de oordopjes uit z'n oren. 'Todd, wie is TS?'
'Wie?'
'Die auteur van dat stukje over Kipper. Er staat "TS" onder.'
'Hoe moet ik dat weten? Ik kon me Kipper niet eens herinneren.'
Padget keek ons weer aan. 'Todd weet het ook niet.'
'Houden jullie geen lijst bij van jullie medewerkers?'
'Sjonge,' zei Padgett. 'Nou wordt het pas echt serieus. Wat is er aan de hand, zijn jullie op zoek naar een vampier die een serie moorden op zijn geweten heeft?'
Milo grinnikte. 'Hoe kom je daar nu weer bij?'
'Ik ben een fan van de *X-Files*. Hè, toe nou. Vertel het Patti maar.'
'Sorry, Patti,' zei hij. 'Het is niets bovennatuurlijks. We verzamelen gewoon zoveel mogelijk informatie.' Hij glimlachte tegen haar. 'Mevrouw.'
'Mevrouw,' zei ze terwijl ze een hand met zwartgelakte nagels op een stevige borst legde. 'Hou je koest daar... zeg, wat zouden jullie ervan vinden als ik eens met jullie meeliep om precies op te schrijven wat jullie doen... alles uit het leven gegrepen en zo. Ik ben echt een kei als het op schrijven aankomt, ik ben afgestudeerd aan Yale in kunstgeschiedenis. Dat geldt ook voor Todd. We zijn het meest dynamische duo dat jullie ooit zullen tegenkomen.'
'Misschien komt dat er nog weleens van,' zei Milo. 'Hebben jullie een lijst van medewerkers?'
'Hebben we die, Todd?'
De oordopjes gingen weer uit en Padgett herhaalde de vraag. 'Niet echt,' zei Todd.
'Niet echt?' zei Milo.
'Ik heb een soort dossiertje,' zei Todd. 'Maar dat is niet volledig... ik vul de gegevens aan in chronologische volgorde en ze staan niet op alfabet.'

'In de computer?' vroeg Milo.
Todd keek hem met grote ogen aan, alsof hij wilde zeggen: *waar anders?*
'Zou je dat alsjeblieft willen oproepen?'
Todd keek Padgett aan. 'Moeten we ons niet beroepen op onze burgerrechten?'
'As-je-blíéft!' zei Padgett. 'Als die kerels het goed vinden dat we een keer met hen meerijden, kunnen we een dijk van een nummer over wetshandhaving maken... dan zetten we dat broodmagere Cambodjaanse model, je-weet-wel met die ellenlange naam, op de cover in zo'n lekker superstrak blauw uniform, compleet met een rijzweepje, een pistool, de hele rataplan. Dat loopt vast als een tréín!'
Todd gooide het vormgevingsprogramma van zijn scherm.

Hij had het binnen een seconde. 'Hier staat het. TS: Trouwe Scribent.'
Milo bukte zich en staarde naar het scherm. 'Is dat alles? Geen andere naam?'
'Een spreekwoordelijk voorbeeld van "wat je ziet" enzovoort,' zei Todd. 'Zo werd de bijdrage aangeleverd en zo sla ik het op.'
'Maar welke naam hebben jullie dan bij de betaling op de cheque gezet?'
'Welja,' zei Todd.
'Ha-ha-ha,' zei Padgett.
'Dus jullie betalen niet.'
'We betalen de modellen en de fotografen die de cover doen zo min mogelijk. Af en toe kunnen we voor iemand die al echt naam heeft gemaakt – een bekende scenarioschrijver of zo – wel een paar grijpstuivers bij elkaar scharrelen... tien cent per woord of zo. Maar meestal betalen we niet, omdat niemand ons betaalt. Verspreiders betalen pas de groothandelsprijs als ze de retouren hebben ontvangen – we krijgen alleen een percentage over het aantal verkochte exemplaren – en dat duurt maanden.' Ze haalde haar schouders op.
'Ondernemers hebben het niet gemakkelijk tegenwoordig.'
'Ze heeft ook een paar jaar economie op Brown gedaan,' zei Todd.
'Dat was alleen maar om papa zoet te houden,' zei Padgett. 'Hij staat aan het hoofd van gróte bedrijven.'
'Hoe lang verschijnt jullie blad al?' vroeg ik.
'Vier jaar,' zei Todd. Hij voegde er vol trots aan toe: 'En we staan momenteel vier ton in het rood.'
'Geleend van mijn pappie,' zei Padgett. 'Om hem koest te houden hebben we ook nog een andere baan.'

'Jaguarcursussen,' zei Milo. 'Wat houdt dat in?'
'Bijlessen,' zei Padgett terwijl ze een visitekaartje van haar bureau pakte en het ons liet zien.

>Dr. Patricia S. Padgett (Brown/Yale)
>hoofddocent jaguarcursussen

'Als we een opdracht aanvaarden,' zei ze, 'is het de bedoeling dat we de koters van strebers die het ergste vrezen, klaarstomen voor hun toelatingsexamen van een of ander college.'
'En je hebt voor Jaguar gekozen omdat...' Milo maakte zijn zin niet af.
'Het verband is snelheid en souplesse,' zei Todd.
'Bovendien klinkt het duur,' zei Padgett. 'Denk maar aan die auto's. We kunnen het ons niet veroorloven om kantoorruimte in Beverly Hills te huren, maar we willen wel zoveel mogelijk kids uit B.H. strikken.'
'Vandaar de namen van die dure universiteiten,' zei Todd.
'Todd heeft eerst op Princeton gezeten,' zei Padgett.
'Dus,' zei Milo terwijl hij weer naar het scherm keek, 'die figuur die zich Trouwe Scribent noemt, heeft jullie onder een pseudoniem een stukje opgestuurd, dat jullie wel geplaatst maar niet betaald hebben.'
'Daar lijkt het wel op,' zei Todd. 'Deze aantekening – IM – betekent dat het een ingezonden mededeling is.'
'Dat is uitgeversjargon voor iets waar we niet om hebben gevraagd, maar dat ons uit eigen beweging is toegestuurd,' zei Padgett.
'Krijgen jullie veel van dat soort bijdragen?'
'Massa's. Voornamelijk rotzooi. Echte rotzooi, mensen die niet eens kunnen spellen.'
'Heeft "TS" weleens vaker iets voor jullie geschreven?'
'Ik zal eens even kijken,' zei Todd. Hij scrollde omhoog. 'Hier heb ik er nog een. Helemaal uit het begin.' Tegen Padgett. 'Dat was in Nummer Twee.'
Milo keek naar de datum. 'Drieëneenhalf jaar geleden.'
'Toen alles nog rustig en vredig was,' zei ze. 'Kijk nou eens: bewijsmateriaal, aanwijzingen, tips die jullie op een dwaalspoor brengen... we lijken wel echte detectives, Todd. Hé, meneer de agent, krijgen we dan ook van die gave badges?'
Ze liep weg om een exemplaar van Nummer Twee op te halen. De eerste bijdrage van Trouwe Scribent stond in de rubriek 'De dood of de gladiolen'. Vlijmscherpe recensies afgewisseld met op niets gebaseerde lofzangen.

Dit stukje viel onder 'de gladiolen'. Twee alinea's gejubel over een veelbelovende jonge danseres die Angelique Bernet heette.
Een recensie van een balletuitvoering in het Mark Taper in L.A. Een experimenteel stuk van een Chinese componist dat 'De Zwanen van Tianenmen' heette.
Twee maanden voordat Bernet in Boston werd vermoord.
Het gezelschap was daarvoor in L.A. geweest.
Angelique was een van de drie ballerina's geweest die de laatste acte hadden gedanst. TS had haar eruit gepikt vanwege 'een overdonderende cygnieke gratie die zo volkomen aansluit bij de tendens van de compositie dat je scrotum samenkrimpt. Dit is de paleo-instinctuo-bio-energie van de pure DANS, zo perfect, zo echt, zo onbeschaamd erotisch. Met haar artisticiteit onderscheidt ze zich van de geparalyseerd ogende pretendenten die de rest van *la compagnie allegement* vormen.'
'Oef,' zei Padgett. 'We moeten toch echt strenger selecteren.'
'Cygnieke,' zei Milo.
'Dat betekent "als een zwaan",' zei Todd. 'Het staat op de lijst met moeilijke woorden voor de toelatingsexamens.'
'"Een samenkrimpend scrotum,"' zei Padgett. 'Hij viel op haar. Wat is dit voor een vent, een of andere seksuele psychopaat?'
'Zouden jullie een kopie kunnen maken van die beide artikelen?' vroeg Milo. 'En nu we toch bezig zijn, hebben jullie weleens iets geplaatst van iemand die Drummond heet?'
Padgett trok een pruilmondje. 'Hij geeft niet eens antwoord als ik iets vraag.'
'Alsjeblieft?' vroeg Milo, opnieuw met een lachje, maar op de dreigende, lage bromtoon van een beer die uit zijn hol te voorschijn komt.
'Ja, hoor, mij best,' zei Padgett.
'Wat is zijn voornaam?' vroeg Todd.
'Kijk elke Drummond maar na.'
'Kijk maar bij Bulldog,' zei Padgett.
Niemand lachte.

Maar de lijst met medewerkers van SSA bevatte geen Kevin, Yuri of een andere Drummond. Er waren ook geen artikelen te vinden over Baby Boy Lee of China Maranga, maar Todd vond wel een positieve recensie van een recital dat Vassily Levitch had gegeven. Weer in 'De dood of de gladiolen', een jaar geleden. Levitch had een bijdrage geleverd aan een groepsrecital in Santa Barbara.
'Weer Alsof Je Een Emmer Leeggooit,' zei Milo.

De auteur: E. Murphy.
De van hyperbolen vergeven tekst vol seksuele verwijzingen deed denken aan Trouwe Scribent: Levitch was 'soepel als een haremconcubine' terwijl hij 'Bartóks gezwollen etude streelde' en 'elke druppel uit de tijd/ruimte/oneindigheid tussen de noten perste'.
Padgett liet het knopje op haar kin ronddraaien. 'Sjonge, wat een rotzooi. Dit reisje terug in de tijd maakt me niet trots.'
'Je moet wel de realiteit in het oog houden, Patti,' zei Todd. 'Die vader van je smijt allerlei giftige stoffen op de markt.'

Patti Padgett kopieerde de artikelen en liep met ons mee naar de deur. Vlak naast Milo.
'Heb je weleens gehoord van *GrooveRat?*' vroeg hij.
'Nee. Is dat een band?'
'Een fanzine.'
'Daar zijn er honderden van,' zei ze. 'Die kun je al maken als je een scanner en een printer hebt.'
Haar opgewekte glimlach veranderde in een triest en terneergeslagen lachje. 'En als je een rijke pa hebt, kun je net een stapje verder gaan.'

21

Toen we weer in de auto stapten, piepte Milo's mobiel de eerste zeven noten van *Für Elise*. Hij drukte het apparaat tegen zijn oor, gromde iets en zei: 'Ja, ik kom er meteen aan. Zorg dat je een beetje aardig voor haar bent.'
En tegen mij: 'De moeder van Vassily Levitch is gisteravond vanuit New York hierheen gevlogen en zit nu op het bureau op me te wachten. Misschien weet zij nog iets anders dat Drummond in verband kan brengen met Levitch behalve "E. Murphy". Wat moeten we dáár nu weer van maken? Drummond die met pseudoniemen werkt? En waarom zou hij dingen naar Patti en Todd sturen als hij zelf een fanzine uitbrengt?'
'Dat stukje over Bernet is geschreven voordat *GrooveRat* begon. Als Kevin de auteur is geweest, zat hij nog op college. Misschien heeft hij die andere stukjes opgestuurd omdat Patti en Todd wel een distributiedeal hadden en hij niet.'
'De behoefte om zich te uiten,' zei hij. 'Die teksten dropen van de seks. Hij wil ze neuken.'

'Hij wil ze bezítten,' zei ik. 'En om dat te bereiken is hij bereid om te reizen. Dat recital van Levitch was in Santa Barbara. Angelique Bernet werd gerecenseerd in L.A., maar vermoord in Boston. Als je kunt vaststellen dat hij op dat moment in Boston zat, zou dat aanleiding kunnen zijn voor een arrestatiebevel.'
'Ja,' zei hij, 'maar hoe kom ik daarachter zónder arrestatiebevel? Luchtvaartmaatschappijen springen tegenwoordig veel voorzichtiger om met hun informatie en van Kevins familie hoef ik geen medewerking te verwachten.'
We volgden Santa Monica in westelijke richting. Toen we bij Doheny waren, zei ik: 'Als Drummond als freelancer voor *SeldomScene* werkte, lijkt de kans groot dat hij ook bijdragen voor andere bladen heeft geschreven.'
Zijn vingers verkrampten om het stuur. 'En als die klootzak nu eens een stuk of tien pseudoniemen heeft gebruikt? Wat moet ik dan doen... een of andere expert inhuren om een taalkundig onderzoek in te stellen bij elk obscuur tijdschrift in het land?'
'Ik zou beginnen met de pseudoniemen Trouwe Scribent en E. Murphy om te zien of dat ergens toe leidt.'
'Lezen als huiswerk. Ondertussen zit er een treurende moeder op me te wachten.'
Een paar straten verder zei hij: 'Is je nog iets anders opgevallen? Bij die stukjes?'
'Het is het soort gezwollen proza dat je in studentenblaadjes aantreft. Schrijven om te imponeren. Als het inderdaad om Kevin gaat, heeft hij thuis maar weinig complimentjes gekregen en zijn energie in andere projecten gestoken waardoor hij zichzelf als een connaisseur van de kunstwereld is gaan beschouwen. Ik zou maar eens in het blad van zijn college kijken of hij daar ook recensies voor heeft geschreven en of de stijl overeenkomt.'
'Dat zeg je iedere keer weer. "Als het om Kevin gaat".'
'Het zit me niet lekker,' gaf ik toe. 'Kevin mag dan vierentwintig zijn, maar dat lijkt me vrij jong voor dit soort moorden. Als hij Angelique Bernet heeft gedood, moet hij toen pas eenentwintig zijn geweest. In bepaalde opzichten lijkt de moord op Angelique wel het werk van een beginneling: meerdere messteken die kunnen duiden op een snel uitgevoerde overval en het lichaam dat op de openbare weg is achtergelaten. Maar om dat op vijfduizend kilometer afstand te doen, op een plek waar je heg noch steg kent, betekent dat je er goed over hebt nagedacht.'
'Wat denk je hiervan,' zei hij. 'Hij ziet Bernet in L.A. dansen, valt als een blok voor haar, trekt het toerschema van het gezelschap na

en gaat naar Boston. Misschien weet hij niet eens waarom. Er spelen allerlei ideeën door zijn hoofd. Dan bespioneert hij haar, volgt haar naar Cambridge en zoekt contact met haar... misschien heeft hij zelfs geprobeerd haar te versieren en heeft ze hem een blauwtje laten lopen. Dat drijft hem tot razernij en hij brengt haar om zeep. En vliegt weer naar huis. Dan gaat hij erover nadenken en beseft wat hij heeft gedaan. Dat er geen haan naar kraait. Voor het eerst heeft hij iets met succes volbracht. Dertien maanden later verdwijnt China. De moordenaar neemt de tijd om haar te begraven en het duurt maanden voordat ze wordt gevonden. Omdat hij inmiddels voorzichtig is geworden. En van tevoren plant hoe hij het zal doen. Bovendien is hij vlak bij huis. Klinkt je dat logisch in de oren?'
'Als hij een getalenteerde knul is.'
'Een knul die zich snel het hoofd op hol laat brengen,' zei hij. 'Net als in dat nummer "Exciteable Boy".'
'De recente moorden wijzen op een toegenomen zelfvertrouwen,' zei ik. 'Ze zijn alle drie gepleegd in de buurt van de plaats van optreden. In het geval van Baby Boy en van Levitch was zelfs het publiek nog aanwezig, bij Julie bevond CoCo Barnes zich in het vertrek ernaast. Dat begint op vermetelheid te lijken. Misschien heeft hij zich inmiddels in het vak bekwaamd en voelt hij zich een virtuoos.'
'Bekwaamd... je bedoelt dat er nog meer moorden zijn geweest waarvan wij niet op de hoogte zijn.'
'Tussen Angelique en China zat een periode van dertien maanden en dan twee jáár niets tot de moord op Baby Boy. Zes weken daarna volgt Julie en negen weken later Levitch.'
'Geweldig,' zei hij.
'De andere mogelijkheid is dat hij er op de een of andere manier in is geslaagd zijn neigingen een paar jaar lang te onderdrukken en nu is het hek van de dam.'
'Hoe heeft hij die dan kunnen onderdrukken?'
'Door zich fanatiek met een nieuw project bezig te gaan houden.'
'*GrooveRat.*'
'Het feit dat hij uitgever was, kan hem een grote illusie van macht hebben bezorgd. En misschien is het nu eindelijk tot hem doorgedrongen dat zijn fanzine een mislukking is. De zoveelste.'
'Zou pappie de kraan dichtgedraaid hebben?'
'Volgens Petra was pappie er nooit echt enthousiast over.'
'De kunstwereld heeft hem in de steek gelaten,' zei hij. 'En dat wreekt hij nu op de kunstenaars. Laten we nog eens naar de seksuele invalshoek kijken. We hebben zowel mannelijke als vrouwe-

lijke slachtoffers. Wat houdt dat in? Een biseksuele moordenaar?'
'Of een moordenaar die seksueel in verwarring is,' zei ik. 'En in ieder geval een moordenaar die seksueel in gebreke blijft. Bij geen van die moorden was er sprake van penetratie. De botsing van de genitaliën intimideert hem en hij zoekt zijn toevlucht bij de erotiek van talent. Door opkomend talent tot zijn doelwit te maken, confisqueert hij de kern van hun wezen op het hoogtepunt. Hoe vind je die goedkope Freudiaanse redenering?'
'Je hebt het over een kunstminnende kannibaal,' zei hij.
'Ik heb het over de ultieme criticus,' zei ik.

Terug in mijn huis, alleen.
Allison was in Boulder, Colorado, voor een symposium. Daarna zou ze naar haar jarige ex-schoonvader gaan.
Ik had haar naar het vliegveld gereden nadat ze de nacht bij mij had doorgebracht. Toen ik haar koffer in de auto had gezet, pakte ze iets uit haar handtas en gaf het aan mij.
Een klein, met nikkel beslagen automatisch pistool. Terwijl ik het aanpakte, zei ze: 'Hier heb je de patroonhouder,' en gaf me die ook.
'Ik was vergeten om het thuis uit mijn tas te halen,' legde ze uit. 'Ik kan er niet mee het vliegtuig in. Wil jij het voor me bewaren?'
'Natuurlijk.' Ik stopte het pistool in mijn zak.
'Het staat wel op mijn naam, maar ik heb geen vergunning om het bij me te dragen. Als je dat vervelend vindt, moet je het maar even naar mijn huis brengen.'
'Dat durf ik wel te riskeren. Ben je zover?'
'Ja, hoor.'
Toen we bijna bij de 405 naar het zuiden waren, zei ze: 'Wil je niet weten waarom?'
'Ik neem aan dat je er wel een reden voor hebt.'
'De reden is dat ik na wat me is overkomen, toen ik eindelijk weer helder kon denken, heb besloten dat ik me nooit meer zo hulpeloos wilde voelen. Ik begon met de gewone dingen: een cursus zelfverdediging en elementaire veiligheidsmaatregelen. Maar jaren later, toen ik met mijn praktijk was begonnen, kreeg ik een vrouw onder behandeling die twee keer verkracht was. Twee voorvallen die niets met elkaar te maken hadden en met een tussenpoos van jaren. De eerste keer zocht ze de schuld bij zichzelf. Ze was zo dronken als een tor geweest en had zich in een kroeg laten oppikken door een of ander stuk vullis. De tweede keer was het een of ander monster dat erin was geslaagd om een gesloten slaapkamerraam open te wrikken. Ik behandelde haar zo goed als ik kon, pakte de gele gids

om wapenhandels op te zoeken en kocht mijn nikkelen vriendje.'
'Logisch.'
'Echt waar?'
'Je hebt het nooit weggedaan.'
'Ik vind het een fijn ding,' zei ze. 'Ik beschouw het echt als mijn vriend. Ik kan behoorlijk goed schieten. Ik heb een cursus gevolgd en ook de vervolgopleiding gedaan. Ik ga nog steeds één keer per maand naar de schietbaan. Hoewel ik dat de laatste paar maanden heb laten lopen, omdat wij elkaar zo vaak zien.'
'Het spijt me dat ik je voor de voeten loop.'
Ze legde haar hand tegen mijn gezicht. 'Vind je het vervelend?'
'Nee.'
'Echt niet?'
Ik had binnen tien jaar twee mannen doodgeschoten. Ze hadden me allebei naar het leven gestaan. Booswichten, uit zelfverdediging, een andere keus was er niet. Af en toe droomde ik nog van hen en dan werd ik wakker met een opspelende maag.
'Als puntje bij paaltje komt, moeten we toch op onszelf passen,' zei ik.
'Dat is waar,' zei ze. 'Ik heb het ook eigenlijk opzettelijk meegenomen. Ik wilde dat je het wist.'

22

Eric Stahl zat op z'n gemak en nam een slokje water.
Kraanwater in een lege literfles Sprite. Dat had hij van huis meegebracht.
Om het appartement van Kevin Drummond op Rossmore in de gaten te houden.
Hij was al voor zonsopgang aangekomen en had de achterkant van het gebouw gecontroleerd. Lichtvoetig als een kat op oude gympen die niet zouden kraken.
Geen verrassingen.
Hij had een goed plekje uitgezocht, schuin tegenover het gore bakstenen gebouw. Een prima hoek, want op deze manier kon hij strak naar de ingang van het gebouw blijven kijken, zonder dat toevallige voorbijgangers zich af zouden vragen wat hij daar uitspookte.
Niet dat een voorbijganger hem op zou merken. De straat stond vol

auto's en Stahl was in zijn eigen wagen gekomen: een beige Chevrolet-personenbus met ramen die veel donkerder waren dan wettelijk was toegestaan.
En voorzien van alle gemakken... gedurende het eerste uur was een vlaamse gaai omlaag gedoken en zijn schaduw was over het gebouw geflitst. Sindsdien had hij nauwelijks tekenen van leven gezien.
Inmiddels zat hij al zeven uur en tweeëntwintig minuten op wacht. Een marteling voor ieder ander mens, maar Stahl was zo tevreden als hij kon zijn.
Zitten. Uit zijn fles water drinken. Zitten. Turen.
Zet alle andere beelden uit je hoofd.
Houd het helder, houd alles helder.

23

Ik had vrijwillig aangeboden om naar Charter College te gaan, waar ik zou proberen om een artikel in handen te krijgen dat door Kevin Drummond was geschreven.
'Bedankt,' had Milo gezegd. 'Dat is een goed idee, want jij bent toch een halve professor.'
'Is dat zo?'
'Zo kun je wel zijn... en het is een compliment. Ik heb groot ontzag voor academici.'

Voordat ik op pad ging, moest ik eerst nog iets anders doen: een tweede poging om Christian Bangsley, alias Sludge en inmiddels president-directeur van de Hearth and Home-restaurantketen te bereiken. De eerste poging was inmiddels alweer maanden geleden. Dit keer werd ik door de jong klinkende receptioniste doorverbonden. Toen ik mijn naam zei, onderbrak Bangsley me.
'Ik heb de eerste boodschap ook gekregen,' zei hij. 'Maar ik heb niet teruggebeld, want ik kan u niets vertellen.'
'Werd China lastig gevallen door een stalker?'
Stilte.
'Waarom nu ineens, na al die jaren?' vroeg hij.
'De zaak is nog steeds niet afgesloten. Weet u er iets vanaf?'
'Ik heb nooit iemand gezien die China bespioneerde.'
Zijn stem klonk zo gespannen dat ik bleef aandringen. 'Maar ze heeft u wel iets verteld.'

'Shit,' zei hij. 'Hoor eens, dat is voor mij inmiddels verleden tijd. Maar er zijn nog steeds klootzakken die zich daar niet bij wensen neer te leggen.'
De teksten die ik op internet had gevonden schoten me door het hoofd: *ex-Chinawhiteboy pleegt verraad... wordt giga-goor kapitalistisch zwijn!!!!* Ik zei: 'Wordt u ook lastig gevallen?'
'Niet stelselmatig, maar ik krijg af en toe brieven. Mensen die beweren dat ze fans zijn en die wat ik nu doe niet leuk vinden. Mensen die nog steeds in het verleden leven.'
'Hebt u dat aangegeven bij de politie?'
'Mijn advocaten zeggen dat ik me die moeite kan besparen. Dat mensen die me vertellen dat ze niet blij zijn met de manier waarop ik nu leef geen misdaad plegen. We leven in een vrij land en zo. Maar ik wíl helemaal geen publiciteit. De enige reden dat ik nu met u praat, is omdat mijn advocaten hebben gezegd dat ik dat moest doen als u nog een keer belde. Omdat u anders misschien zou denken dat ik iets te verbergen heb. En dat is niet zo. Maar ik kan u gewoon niet helpen. Oké?'
'Het spijt me dat u wordt lastig gevallen. En ik beloof u dat alles wat u mij vertelt onder ons blijft.'
Stilte.
'Wat er met China is gebeurd, gaat een stuk verder dan lastig vallen,' zei ik.
'Dat weet ik ook wel. Jezus... oké, ik zal het u vertellen. China liep een keer te kankeren dat iemand haar bespioneerde. Haar overal volgde. Ik nam haar niet serieus, want er was altijd wel iets waar ze de zenuwen over had. Ze was een opgewonden standje. De band zei vaak bij wijze van grap dat er waarschijnlijk spaanse peper in haar moedermelk had gezeten.'
'Wanneer begon ze daarover te klagen?'
'Een maand of twee voordat ze verdween. Ik heb het ook aan de smerissen verteld, maar die wimpelden me af en zeiden dat ik met bijzonderheden moest komen, anders had het geen zin.'
'Wat heeft China dan precies gezegd?'
'Ze was ervan overtuigd dat iemand haar bespioneerde, een stalker of weet-ik-wat. Maar ze heeft nooit echt iemand gezien, ze kon geen beschrijving van die figuur geven. Dus misschien hadden die smerissen wel gelijk. Ze had het over een gevoel, maar China voelde altijd van alles. Vooral als ze high was en dat was vrijwel constant. Er was niets voor nodig om haar paranoïde te maken en haar uit haar slof te laten schieten.'
'Maar ze is nooit naar de politie gegaan.'

'Dat klopt,' zei Bangsley. 'China en de politie. Het punt is dat ze niet báng was, ze was píssig. Ze heeft meer dan eens gezegd dat als die klootzak ooit zijn gezicht zou laten zien, ze zijn ogen uit zou krabben om hem in zijn oogkassen te schijten. Zo was China. Altijd agressief.'
'Was het echt?' vroeg ik.
'Wat bedoelt u?'
'Was ze echt zo onbevreesd of was dat maar schijn?'
'Dat weet ik niet,' zei hij. 'Echt niet. Ze was moeilijk te doorgronden. Ze had een muur om zich opgetrokken. En de metselspecie bestond uit drugs.'
Paul Brancusi had niets over een stalker gezegd. 'Heeft China de anderen ook verteld dat ze gevolgd werd?' vroeg ik. 'De andere bandleden bedoel ik.'
'Dat waag ik te betwijfelen.'
'Waarom?'
Hij aarzelde. 'China en ik... er bestond een band tussen ons. Officieel was ze lesbisch, maar we hebben een tijdlang iets met elkaar gehad... shit, dit is nu precies wat ik probeerde te vermijden. Ik ben inmiddels getrouwd en we verwachten ons tweede kind...'
'Niemand is geïnteresseerd in uw liefdesleven,' zei ik. 'Alleen in wat u weet over China's stalker.'
'Ik weet niet eens of er wel een stalker wás. Ik heb u al verteld dat ze nooit echt iets gezien heeft.'
'Maar ze had een gevoel,' zei ik.
'Precies,' zei Bangsley. 'En China had een levendige fantasie. Als je bij haar was, moest je altijd opletten dat je de dingen in perspectief bleef zien.'
'Maar geloofde u haar destijds wel?'
'Soms wel, soms niet. Ze kon heel overtuigend zijn. Op een keer waren we 's avonds laat in de heuvels en zaten met wiet en ander lekker spul te stoeien, toen ze ineens verstijfde. Ze zette een paar ogen op waar ik me wild van schrok en greep mijn schouder vast, zo hard dat het pijn deed. Vervolgens stond ze op en zei: "Fuck, hij is híér! Ik vóél hem gewoon!" Daarna ging ze in een kringetje rondlopen, ze leek bijna zo'n geschutskoepel op een tank die op zoek is naar een doelwit. En ze begon te schreeuwen tegen de duisternis om ons heen. *"Krijg de kolere, smerige klootzak, kom te voorschijn en laat dat klotesmoel van je zien."* Zwaaiend met haar vuist en in elkaar gedoken alsof ze ieder moment iemand een karatetrap tegen zijn ballen kon verkopen. Op dat moment geloofde ik haar... het was zo donker en zo stil en ze was zo zeker van haar zaak dat ze

me overtuigde. Later vroeg ik me af wat er in vredesnaam aan de hand was.'
'Wat gebeurde er nadat ze begon te schreeuwen?'
'Niets. Ik werd bang dat iemand haar zou horen en probeerde haar met een zoet lijntje de heuvel af en in mijn auto te krijgen. Ze treuzelde net zo lang tot ze zeker wist dat wie het ook was de benen had genomen. We zijn in mijn huis gaan pitten. De volgende ochtend was ze weg. Ze had mijn hele koelkast leeggegeten en was ervandoor gegaan. Een maand of twee later verdween ze en toen ze uiteindelijk gevonden werd, kreeg ik het spaans benauwd. Want de plek waar ze begraven lag, was niet ver van de plaats waar we die avond hadden gezeten.'
'Hebt u dat aan de politie verteld?'
'Na de manier waarop ze me behandeld hadden?'
'China is in de buurt van het Hollywood-monument gevonden.'
'Precies,' zei hij. 'Daar zaten wij ook. Recht onder het monument. China was er dol op, ze liep weg met dat verhaal dat een of andere actrice er afgesprongen is. Er was destijds nog een rijschool daar, zo'n imitatieranch waar je een paard kon huren. China vertelde me dat ze het leuk vond om daar 's nachts naar binnen te sluipen, met de paarden te praten, die paardenmest te ruiken en gewoon een beetje rond te dwalen. Ze vond het helemaal te gek om bij andere mensen door de tuin te lopen. Dan kreeg ze het gevoel dat ze een van de Manson-meisjes was. Ze heeft ook een periode gehad dat ze helemaal idolaat was van de Manson-familie en overwoog om een nummer te schrijven dat aan Charlie was opgedragen, maar wij hebben gezegd dat we dat niet zouden spelen. Zelfs toen hadden we nog bepaalde principes.'
'Dus ze voelde zich aangetrokken tot seriemoordenaars.'
'Nee, alleen tot Manson. En dat meende ze niet echt. Het was gewoon weer China ten voeten uit... alles wat door haar hoofd speelde, flapte ze er meteen uit. Pure aandachttrekkerij... ze vond het heerlijk om in het middelpunt van de belangstelling te staan. En Manson was precies zo, hè? Ik weet nog dat ik dacht dat het wel een heel raar toeval zou zijn als ze was vermoord door zo'n type als Manson. Pure ironie, snapt u wat ik bedoel?'

Charter College lag verstopt op zestig hectare in de noordoostelijke hoek van Eagle Rock en werd door met klimop bedekte, gepleisterde muren en schitterende bomen gescheiden van de ingeroeste lichtgeraaktheid van de voornamelijk uit arbeiders en latino's bestaande inwoners van die slaapstad.

Het college was 112 jaar geleden opgericht, toen Eagle Rock door projectontwikkelaars nog 'het Zwitserland van het westen' werd genoemd vanwege de frisse lucht en het feit dat het op vierhonderd meter hoogte lag. Meer dan een eeuw later waren de omringende heuvels nog steeds mooi als het toevallig een heldere dag was, maar verder dan goedkope motels had Eagle Rock het in de toeristenbranche niet geschopt.

Ik reed over Eagle Rock Boulevard, een breed, door de zon geblakerd toevluchtsoord voor garages en bedrijven in allerhande automaterialen, draaide College Road op en reed een woonwijk binnen vol kleine, met de hand gebouwde bungalows en vierkante bepleisterde landhuisjes. Een boog, verlucht met het wapen van de school, gaf toegang tot Emeritus Lane, een breed, smetteloos terrein met een bloembed in de vorm van een schild met de naam van de instelling in rode en witte petunia's.

De gebouwen op de campus waren schitterende voorbeelden van Beaux-Arts en Monterey Colonial, allemaal in dezelfde vaalgrijze kleur geschilderd en lagen als juweeltjes te pronken in een zetting van oude bomen en weelderig groen. Ik had in de loop der jaren een paar studenten van Charter behandeld en kende de beginselen van de school: selectief, duur en van oorsprong protestants. Maar inmiddels had die godsdienstige grondslag geleidelijk aan plaatsgemaakt voor politiek activisme en gemeenschapszin.

Er waren meer dan genoeg gratis parkeerplaatsen voor bezoekers beschikbaar. Ik pakte een kaart van de campus uit de bak die op het parkeerterrein stond en ging op weg naar de Anna Loring Slater Bibliotheek. Veel lachende gezichten bij de knappe jonge mensen die ik tegenkwam. Alsof het leven verrukkelijk was en ze zich verheugden op de volgende gang.

De bibliotheek was een twee verdiepingen hoog meesterwerk uit de jaren twintig met een vrij smakeloze vier etages tellende aanbouw uit de jaren tachtig. De stilte op de begane grond werd alleen doorbroken door het geklik van computers. Een stuk of honderd studenten zaten aan hun schermen gekleefd. Ik vroeg een bibliothecaris naar de naam van de schoolkrant en waar ik oude exemplaren kon vinden.

'De *Daily Bobcat*,' zei hij. 'En alles staat in de computer.'

Ik vond een vrij werkstation en meldde me aan. De *Bobcat*-file bevatte alle uitgebrachte nummers van tweeënzestig jaargangen. Gedurende de eerste veertig jaar was de krant een weekblad geweest. Kevin Drummond was vierentwintig, dus dat betekende dat hij waarschijnlijk zes jaar geleden toelatingsexamen had gedaan. Ik ging

voor alle zekerheid nog een jaar verder terug en begon door duizenden pagina's te scrollen, waarbij ik alleen op de auteursnamen lette. In de eerste drie jaar schitterde de naam Drummond door afwezigheid en ik zag ook geen stukken van Trouwe Scribent of E. Murphy. Maar in maart van wat naar later bleek Drummonds eerste jaar te zijn boekte ik mijn eerste resultaat.
Kevin Drummond, Communicatiewetenschappen, had een recensie geschreven van een showcase in de Roxy op Sunset. Zeven nieuwe bands die zich hadden uitgesloofd in de hoop een doorbraak te bewerkstelligen. Korte recensies van iedere groep. Kevin Drummond had drie bands leuk gevonden en de andere vier met de grond gelijk gemaakt. Zijn schrijftrant was onomwonden en weinig geïnspireerd, zonder de gezwollen toon en de seksuele beeldspraak van de stukjes in *SeldomSceneAtoll*.
Ik vond nog elf andere artikelen, verspreid over een periode van anderhalf jaar. Tien daarvan waren even nietszeggende, maar lovende besprekingen van popgroepen.
De uitzondering was interessant.
Uit mei van Drummonds laatste jaar. Onder het pseudoniem Trouwe Scribent. Een terugblik op de carrière van Baby Boy Lee.
In dit lange en dweperige artikel werd Baby Boy getypeerd als 'een manifest boegbeeld, wiens mastodontachtige schouders weliswaar gebukt gaan onder een Atlaslast in de vorm van het zware ordekleed van Robert Johnson, Blind Lemon Jackson en het complete pantheon van de strot verzengende Delta-Chicago-koningen, maar wiens ziel ongeschonden is en nooit verpand zal worden. Baby Boy heeft recht op het gewicht en de pijn van de verpletterende last van een genie. Hij is een artiest met te veel emotionele integriteit en psychopathologie om ooit blijvend succes te hebben bij een groot publiek.'
Het essay eindigde met een citaat uit de 'titanische, hart en vaten verscheurende jammerklacht "A Cold Heart"' en besloot met de opmerking dat 'een bluesmuzikant de wereld altijd zal ervaren als een ongastvrije, verraderlijke plaats met een hart van steen. Nergens is het adagium "kunst is lijden" meer toepasselijk dan in het noir universum van rokerige kroegen en losbandige vrouwen waar elke afloop triest is, een omgeving die al sinds mensenheugenis als voedingsbodem heeft gediend voor het genie van elke vuige en verslaafde snarenplukker. Baby Boy Lee zal waarschijnlijk nooit een gelukkig man worden, maar zijn muziek, rauw, uit het leven gegrepen en rücksichtslos oncommercieel, zal de harten van velen blijven verwarmen.'

Een jaar later had Lee die theorie ontzenuwd door als sessiemuzikant een bijdrage te leveren aan de monsterhit van Tic 439. Cognitieve dissonantie, maar op het eerste gezicht nauwelijks een motief voor moord.
Ik moest meer te weten komen over Kevin Drummond.

De faculteit communicatiewetenschappen van Charter College was ondergebracht in Frampton Hall, een majestueus pand met Dorische zuilen op vijf minuten lopen van de bibliotheek. Het interieur bestond uit versleten houten lambrisering, een koepelvormig plafond en met kurk beklede vloeren die het geluid van voetstappen dempten. Het gebouw gaf ook onderdak aan de faculteiten Engels, geschiedenis, humanitaire wetenschappen, vrouwenstudies en Romaanse talen. Communicatie zat samen met de laatste twee op de derde etage.
De telefoongids vermeldde drie faculteitsleden: professor E.G. Martin, voorzitter, professor S. Santorini en professor A. Gordon Shull. Je moet altijd bovenaan beginnen.
Voor het hoekkantoor van de faculteitsvoorzitter was een lege receptieruimte. De deur die toegang gaf tot het eigenlijke kantoor stond vijftien centimeter open en in de kamer ervoor was een geklik van toetsen te horen in dezelfde toonhoogte als het lied van de bibliotheek. Sepiakleurige foto's van Charter College in de begintijd aan de muren. Bij de grote, schone gebouwen vielen de jonge boompjes nog in het niet. De mannen zagen er grimmig uit met hun stijve boorden en de dames met hun hoog dichtgeknoopte lijfjes hadden het uiterlijk van vastberaden christenvrouwen. Op de dichtstbijzijnde archiefkast stond een bordje met de volledige naam van de voorzitter: DR. ELIZABETH GALA MARTIN.
Ik liep naar de deur van het kantoor. 'Professor Martin?'
Het geklik van een zin die werd afgemaakt, gevolgd door een korte stilte. 'Ja?'
Ik vertelde haar wie ik was en voegde er mijn academische titel van de medische faculteit in het centrum aan toe, voordat ik de deur iets verder openduwde.
Professoraal.
Een zwarte vrouw met een bijzonder donkere huid kwam achter haar bureau vandaan. Een topaaskleurige zijden jurk die tot op haar kuiten hing en schoenen met hoge hakken in dezelfde kleur. Haar hennakleurige haar was gewatergolfd en ze droeg een parelketting met de bijpassende oorknopjes. Een jaar of veertig, mollig, knap en een tikje verbaasd. Scherpe ogen als zwarte dropjes keken me aan

over een gouden, halvemaanvormige leesbril.
'Professor in de pediatrie?' Een alt die onder andere omstandigheden waarschijnlijk heel plezierig kon klinken hakte de woorden nauwkeurig in lettergrepen. 'Ik kan me niet herinneren dat we een afspraak hebben.'
'Dat is ook niet zo,' zei ik, terwijl ik haar mijn identiteitsbewijs als adviseur van het LAPD liet zien. Ze kwam dichterbij, las de kleine lettertjes en fronste.
'Politie? Waar gaat het om?'
'U hoeft niet te schrikken, maar ik zou het op prijs stellen als ik even met u zou kunnen praten.'
Ze deed een stapje achteruit en bekeek me opnieuw. 'Dit is op z'n zachtst gezegd heel ongebruikelijk.'
'Neemt u mij dat alstublieft niet kwalijk. Ik was bezig iets uit te zoeken in uw bibliotheek, toen ik op uw naam stuitte. Als u liever hebt dat ik een afspraak maak...'
'Hoezo stuitte u op mijn naam?'
'Als faculteitsvoorzitter van communicatiewetenschappen. Ik stel een onderzoek in naar een student van u die inmiddels is afgestudeerd. Een man die Kevin Drummond heet.'
'U stelt een onderzoek naar hem in,' zei ze. 'Dat doet de politie dus.'
'Ja.'
'Waar wordt meneer Drummond precies van verdacht?'
'Kent u hem?'
'Van naam. We zijn maar een kleine faculteit. Wat heeft meneer Drummond gedaan?'
'Het kan best zijn dat hij niets heeft gedaan,' zei ik. 'Maar het is ook mogelijk dat hij iemand heeft vermoord.'
Elizabeth G. Martin zette haar bril af. Vanuit de gang klonk een dof gestommel. Schoenen op de kurken vloer. Een gebabbel van jonge stemmen zwol aan en stierf weer weg.
'We kunnen hier beter niet blijven staan,' zei ze.
In haar kantoor lag een Perzisch tapijt, de muren waren bedekt met boekenkasten en alles zag er keurig netjes uit. Twee wanden met ramen die uitkeken op weelderige gazons. Impressionistische landschappen van Californische schilders, waarschijnlijk waardevol en waarschijnlijk eigendom van het college, hingen op de plekken die vrijgelaten werden door de boekenkasten. Elizabeth Martins op Berkeley behaalde diploma hing samen met de in tien jaar tijds verworven academische eretitels op de muur achter haar met houtsnijwerk versierde antieke dubbelbureau. Op het blad stonden een rookgrijze laptop en een verzameling kristallen kantoorspulletjes.

In een groene marmeren open haard lag een stapel geschroeide houtblokken.
Ze ging zitten en gebaarde dat ik hetzelfde moest doen. 'Wat is er precies aan de hand?'
Ik probeerde haar vraag te beantwoorden zonder al te veel bijzonderheden prijs te geven.
'Nou ja, alles goed en wel, professor, maar hierbij komen toch aardig wat burgerrechten in het geding, om nog maar te zwijgen van academische vrijheid en normale beleefdheid. U verwacht toch niet dat u zomaar hier binnen kunt lopen en onze dossiers mag doorsnuffelen om de simpele reden dat uw onderzoek daarbij gebaat is. Wat dat ook mag inhouden.'
'Ik ben helemaal niet geïnteresseerd in vertrouwelijke inlichtingen over Kevin Drummond. Alleen in dingen die voor een misdaadonderzoek van belang kunnen zijn, zoals disciplinaire problemen.'
Elizabeth Martin bleef me onbewogen aankijken.
'Het gaat om een aantal moorden,' zei ik. 'Als Drummond betrokken blijkt te zijn bij misdadige handelingen zal dat bekend worden. En als hij hier voor problemen heeft gezorgd en Charter probeert dat te verzwijgen, zal dat zijn uitwerking op het college niet missen.'
'Is dat een dreigement?'
'Nee,' zei ik. 'Ik wil u alleen duidelijk maken waar dit soort dingen vaak op uitloopt.'
'Politieadviseur... gaat uw faculteit wel akkoord met uw bezigheden? Houdt u hen volledig op de hoogte?'
Ik lachte. 'Is dat een dreigement?'
Martin wreef in haar handen. Op de schoorsteenmantel stond een foto in een zilveren lijst waarop zij in een geklede rode japon stond, naast een grijsharige man in smoking, een jaar of tien ouder. Een andere foto toonde haar in vrijetijdskleding, samen met dezelfde man. Op de achtergrond goud-en-roestkleurige gebouwen met rode dakpannen. Een diagonaal lopend stuk van een groenblauwe gracht en de gebogen punt van een gondel. Venetië.
'Wat er ook uit voort zal vloeien, ik kan hier toch niet aan meewerken,' zei ze.
'Ik begrijp het,' zei ik. 'Maar als er iets is wat ik zou moeten weten – wat de politie zou moeten weten – en u zou een manier kunnen bedenken om ons dat toch te vertellen, zou dat het leven van een heleboel mensen een stuk draaglijker maken.'
Ze pakte een gouden pen uit een leren doos en begon op het bureau te tikken. 'Ik kan u wel vertellen dat ik me niet kan herinne-

ren dat Kevin Drummond bij de faculteit ooit voor problemen heeft gezorgd. Hij vertoonde absoluut geen... moordlustige trekjes.' De pen tikte tegen haar bakje met inkomende post. 'Echt, professor Delaware, ik vind het allemaal ontzettend vergezocht klinken.'
'Hebt u Kevin ook persoonlijk les gegeven?'
'Wanneer heeft hij eindexamen gedaan?'
'Twee jaar geleden.'
'Dan moet het antwoord ja zijn. Twee jaar geleden gaf ik nog steeds mijn college massamedia en iedere oudejaars communicatiewetenschappen was verplicht dat te volgen.'
'Maar u kunt zich niet specifiek herinneren dat u hem les hebt gegeven?'
'Het is een populair college,' zei ze zonder op te scheppen. 'Communicatiewetenschappen is een onderdeel van humanitaire wetenschappen op Charter. Onze studenten volgen de hoofdcolleges in de andere disciplines en vice versa.'
'Ik neem aan dat Kevin Drummond een mentor bij de faculteit had.'
'Dat was ik niet. Ik werk alleen met de beste studenten.'
'En dat was Kevin niet.'
'Als dat wel het geval was geweest, zou ik me hem wel herinneren.'
Ze begon op de laptop te tikken.
Ik kon gaan.
Als ik de gang af liep, op zoek naar de professoren Santini en Shull, zou ze dat ongetwijfeld in de gaten hebben. Ik moest een andere manier verzinnen om contact op te nemen met haar collega's. Of Milo moest het doen.
Ik was net opgestaan, toen ze zei: 'Zijn mentor was Gordon Shull. Dus u hebt geluk, want professor Susan Santini is voor research in Frankrijk.'
Stomverbaasd door die plotselinge ommekeer in haar gedrag vroeg ik: 'Mag ik met professor Shull gaan praten?'
'Ga uw gang,' zei ze. 'Als hij er is. Zijn kantoor is de tweede deur links.'

Buiten in de mahoniehouten gang stond een groepje studenten. Een stukje verderop, in de buurt van Romaanse talen. Bij communicatiewetenschappen was geen kip te bekennen.
De deur van het kantoor van A. Gordon Shull zat op slot en toen ik erop klopte, bleef het stil. Ik stond net een briefje te schrijven toen een opgewekte stem vroeg: 'Kan ik u ergens mee helpen?'
Een man met een rugzak om zijn schouders was net de achtertrap op gekomen. Midden dertig, een meter tachtig lang, goedgebouwd,

rood haar dat zo kort was geknipt dat het nog maar net de schedel bedekte en een vierkant, verweerd gezicht met zware wenkbrauwen. Hij droeg een rood-zwart geblokt overhemd, een zwarte das, een zwarte spijkerbroek en bruine wandelschoenen. De rugzak was legergroen. Lichtblauwe ogen, een gegroefd gezicht met een stoppelbaardje van een dag of vijf. Knap op een ruige manier. Een fotograaf van *National Geographic* of een bioloog die precies wist hoe hij aan subsidie voor zijn studie van zeldzame soorten moest komen.
'Professor Shull?'
'Ik ben Gordie Shull. Wat is er aan de hand?'
Ik herhaalde het verhaal dat ik ook tegen Elizabeth Martin had opgehangen.
'Kevin?' zei A. Gordon Shull. 'Eens even kijken... dat is alweer een paar jaartjes geleden. Wat is het probleem?'
'Er hoeft geen probleem te zijn, maar zijn naam dook op bij een onderzoek.'
'Wat voor soort onderzoek?'
'Moord.'
Shull deed een stapje achteruit, schoof de rugzak iets opzij en krabde aan zijn grote kin.
'Dat meent u niet. Kevin?' Hij spande zijn schouders. 'Dat is ongelooflijk.'
'Hebt u problemen met hem gehad toen Kevin nog les van u had?'
'Problemen?'
'Disciplinaire problemen.'
'Nee. Hij was een beetje... hoe zal ik het zeggen... excentriek?'
Hij trok een grote metalen sleutelring uit zijn broekzak en maakte de deur open. 'Waarschijnlijk hoor ik helemaal niet met u te praten. In verband met privacy en zo. Maar moord... Ik denk dat ik beter even contact kan opnemen met mijn baas voordat we verder gaan.' Zijn ogen dwaalden door de gang in de richting van het kantoor van Elizabeth Martin.
'Professor Martin heeft me naar u doorverwezen. Zij heeft me zelf verteld dat u de mentor van Kevin Drummond was.'
'Echt waar? Hmm... nou ja, dan zal het wel in orde zijn... denk ik.'

Zijn kantoor besloeg maar een derde van het oppervlak van dat van zijn baas. Het was een donker hol, ook al omdat de muren mokkakleurig waren. Toen hij het rolgordijn voor het enige, smalle raam omhoogtrok, bleek het venster verduisterd te worden door een gigantische, knobbelige boomstam en pas toen Shull de lampen aan deed, werd het wat lichter in het vertrek.

De status binnen een faculteit scheen op Charter duidelijk afgebakend te zijn. Shulls bureau en boekenkasten waren Deens-modern en van gefineerd hout, zijn bezoekersstoelen van grijsgelakt metaal. Geen Californische impressionisten hier, alleen twee posters van moderne kunstexposities in New York en Chicago.
Achter het bureau hingen twee diploma's in zwarte lijstjes scheef aan de muur. Het diploma van Charter, vijftien jaar geleden, en het bewijs dat hij vier jaar later aan de universiteit van Washington met succes zijn doctoraal examen had afgelegd.
Shull gooide zijn rugzak in een hoek en ging zitten. 'Kevin Drummond... sjonge.'
'In welk opzicht was hij excentriek?'
Zijn voeten belandden met een zwaai op zijn bureau en hij legde zijn handen in zijn nek. Onder zijn rekrutenkapsel bleek een knobbelige schedel schuil te gaan. 'U wilt toch niet zeggen dat die knul echt iemand heeft vermoord?'
'Nee, helemaal niet. Alleen maar dat zijn naam gedurende een moordonderzoek opdook.'
'Hoe?'
'Dat mag ik u helaas niet vertellen.'
Shull grinnikte. 'Dat is niet eerlijk.'
'Wat kunt u me over hem vertellen?'
'Bent u psycholoog? Hebben ze u gestuurd omdat iemand vermoedt dat Kevin psychisch gestoord is?'
'Af en toe vindt de politie dat ik bepaalde taken het best kan opknappen.'
'Ongelooflijk... om de een of andere reden komt uw naam me bekend voor.'
Ik glimlachte. Hij glimlachte terug. 'Oké, over dat excentrieke kantje van Kevin Drummond... om te beginnen was hij erg eenzelvig... voor zover ik dat tenminste kon beoordelen. Hij had geen vrienden en nam ook geen deel aan het campusleven. Maar hij was geen knul die mensen angst aanjoeg. Rustig. Nadenkend. Matig intelligent en weinig sociale vaardigheden.'
'Hebt u veel contact met hem gehad.'
'Af en toe spraken we elkaar als hij hulp nodig had bij het samenstellen van zijn takenpakket... dat soort dingen. Hij leek geen houvast te kunnen vinden... alsof hij het helemaal niet leuk vond om op college te zitten. Dat komt wel vaker voor, veel jongelui raken ontmoedigd.'
'Gedeprimeerd?' vroeg ik.
'U bent de psycholoog,' zei hij. 'Maar ja, dat denk ik wel. Nu ik er-

over nadenk, heb ik hem eigenlijk nooit zien lachen. Ik heb mijn best gedaan om hem uit zijn tent te lokken. Maar hij was niet iemand met wie je een gezellig babbeltje maakte.'
'Intens.'
Shull knikte. 'Heel intens. Een serieuze knul. Als hij gevoel voor humor had, is mij dat in ieder geval niet opgevallen.'
'Waar had hij belangstelling voor?'
'Hm,' zei Shull. 'De popcultuur denk ik. Maar dat geldt voor de helft van onze studenten. Het zijn allemaal producten van hun opvoeding.'
'Wat bedoelt u?'
'De tijdgeest,' zei Shull. 'Als uw ouders ook maar iets op de mijne leken, hebt u een basiskennis meegekregen van boeken, theater en kunst. Tegenwoordig komen de meeste eerstejaars uit gezinnen waar alleen naar tv-series wordt gekeken. Het is vrij moeilijk om hun belangstelling te wekken voor iets dat kwaliteit heeft.'
Mijn jeugd had me alleen een basiskennis van stilte en alcohol opgeleverd. Ik zei: 'In welke aspecten van de popcultuuur was Kevin geïnteresseerd?'
'In alles. Muziek en kunst. In die zin was hij hier perfect op zijn plaats. Elizabeth Martin wil absoluut dat we een holistische benadering toepassen. Kunst als een geheel en het raakvlak van de kunstwereld met andere aspecten van de cultuur.'
'Matig intelligent,' zei ik.
'Vraag me niet naar zijn cijfers. Die mag ik u absoluut niet geven.'
'En een algemene opinie?'
Shull liep naar het door de boom bedekte raam, krabde zich op zijn hoofd en trok zijn das los. 'We begeven ons nu op gevaarlijk terrein, beste man. Het college wil absoluut dat cijfers vertrouwelijk blijven.'
'Mag ik er dan wel van uitgaan dat hij een middelmatig student was?'
Shull lachte even zacht. 'Oké, daar kan ik me wel in vinden.'
'Is er in de loop der jaren verandering gekomen in zijn cijfers?'
Shull aarzelde. 'Het kan zijn dat zijn prestaties aan het eind van zijn verblijf hier iets omlaaggingen.'
'Wanneer?'
'De laatste twee jaar.'
Vlak na de moord op Angelique Bernet. Bovendien was Kevin Drummond een tijdje voor zijn eindexamen begonnen met *GrooveRat*.
Ik zei: 'Wist u dat Kevin voor uitgever speelde?'

'O, dat,' zei Shull. 'Zijn fanzine.'
'Hebt u dat weleens gezien?'
'Hij heeft er wel met me over gepraat. In feite was dat de enige keer dat hij ergens echt enthousiast over was.'
'Maar hij heeft u het blad nooit laten zien?'
'Hij liet me een paar artikelen zien die hij had geschreven.' Shull glimlachte een beetje triest. 'Hij had behoefte aan een schouderklopje. Ik heb een poging in die richting gedaan.'
'Maar zijn stijl gaf daar geen aanleiding voor,' zei ik.
Shull haalde zijn schouders op. 'Hij was nog maar een knulletje. En zo schreef hij ook.'
'Wat bedoelt u daarmee?'
'Stijl eerstejaars, stijl tweedejaars, stijl ouderejaars. Dat krijg ik voortdurend voorgeschoteld. Maar dat geeft niet. Oefening baart kunst. Het enige verschil tussen Kevin en honderden andere jongelui was dat hij het idee had dat hij al klaar was voor het grote werk.'
'En u hebt hem verteld dat hij dat uit zijn hoofd moest zetten?'
'Lieve hemel, nee,' zei Shull. 'Waarom zou ik het zelfvertrouwen ondermijnen van een joch dat toch al zulke problemen had? Ik wist dat de wereld hem dat vanzelf aan zijn verstand zou brengen.'
'En joch dat toch al zulke problemen had,' zei ik.
'U hebt me net verteld dat hij bij een moord betrokken is.' Shull ging weer in zijn stoel zitten. 'Ik wil echt geen vervelende dingen over hem zeggen. Hij was rustig, een beetje vreemd, en hij overschatte zijn talent. Dat is alles. Ik wil hem niet als een maniak afschilderen. In feite verschilde hij nauwelijks van andere wijsneuzen die ik heb meegemaakt.'
Hij plantte zijn ellebogen op het bureau en keek me ernstig aan. 'U kunt me dus echt geen bijzonderheden vertellen? Mijn oude journalistieke neigingen steken de kop weer op.'
'Het spijt me,' zei ik. 'Dus u bent van de journalistiek overgeschakeld op een academische carrière.'
'De academische wereld heeft haar charme,' zei Shull.
'Wat kunt u me nog meer over Kevin vertellen?'
'Dat was alles. En ik heb over een paar minuten spreekuur.'
'Ik zal niet veel langer beslag leggen op uw tijd, professor. Wat kunt u me nog meer vertellen over Kevins dromen op het gebied van bladen maken?'
Shull trok aan zijn kin. 'Toen hij er eenmaal mee begonnen was – gedurende zijn laatste jaar – was dat het enige waarover hij kon praten. Zo zijn jongelui nu eenmaal.'
'Hoe?'

'Obsessief. We laten hen toe op het college en we noemen hen volwassen, maar in feite zijn het nog steeds pubers en pubers zijn obsessief. Daar zijn hele bedrijfstakken op gebaseerd.'
'Waar werd Kevin door geobsedeerd?'
'Succes, denk ik.'
'Hield hij er een bepaalde opvatting op na?'
'Op welk gebied?'
'Kunst.'
'Kunst,' herhaalde Shull. 'Ik wijs u er nogmaals op dat we wel met pubers te maken hebben. Kevin had de geijkte instelling van de doorsnee ouderejaars.'
'En die is?'
'Anticommercieel. Als het verkoopt, deugt het niet. Dat is in studentenhuizen een geliefd onderwerp van gesprek.'
'Dat heeft hij u verteld.'
'Meer dan eens.'
'Denkt u er anders over?'
'Het is mijn taak om de kuikentjes te vertroetelen, niet om ze met een volle lading kritiek te bestoken.'
'Hebt u wijzigingen aangebracht toen Kevin u zijn artikelen liet lezen?'
'Niet in zijn artikelen. In de opdrachten die ik hem had gegeven, bracht ik kleine verbeteringen aan.'
'Kon hij tegen kritiek?'
'Ja.' Shull schudde zijn knobbelige hoofd. 'Juist heel goed. Hij vroeg er zelfs af en toe om. Ik denk dat hij tegen me opkeek. Ik had het gevoel dat hij verder niet veel steun kreeg.'
'Wist u dat Kevin recensies schreef voor de *Daily Bobcat?*'
'O, die,' zei Shull. 'Daar was hij behoorlijk trots op.'
'Dus hij heeft ze u laten zien.'
'Hij liep ermee te pronken. Ik denk dat hij vertrouwen in me had gekregen. Dat betekende niet dat we samen een biertje gingen drinken, of elkaar ook privé zagen. Zo'n type was Kevin niet.'
'Over wat voor type hebt u het dan?'
'Iemand met wie je graag een biertje gaat drinken.'
'Heeft hij u verteld dat hij ook onder pseudoniemen schreef?' vroeg ik.
Shull trok zijn wenkbrauwen op. 'Welke pseudoniemen?'
'"Trouwe Scribent,"' zei ik. 'En: "E. Murphy." Die gebruikte hij voor stukken in zijn eigen fanzine en voor andere kunstbladen.'
'Echt waar?' zei Shull. 'Wat vreemd. Waarom?'
'Ik hoopte dat u mij dat zou kunnen vertellen, professor.'

'Laat die titel maar zitten. Zeg maar Gordie... Pseudoniemen... Wilt u daarmee zeggen dat Kevin iets te verbergen had?'
'Kevins motieven zijn nog steeds een raadsel voor me,' zei ik. 'Enfin, ik wist dus niets van die pseudoniemen af.'
'U zei dat zijn cijfers in de loop der jaren minder werden. Hebt u ook gemerkt dat zijn schrijfstijl veranderde?'
'Hoezo?'
'Het lijkt erop dat hij van simpel en direct is overgeschakeld op breedsprakig en pretentieus.'
'Ai,' zei Shull, 'die kritiek komt van u, niet van mij.' Hij trok zijn das los en maakte de bovenste knoopjes van zijn geblokte overhemd open. 'Pretentieus? Nee, integendeel. Hoewel ik Kevins ontwikkeling niet echt bijhield, vond ik wel dat er verbetering in zat. Zijn stijl werd een beetje sierlijker. Maar volgens mij is dat ook logisch. Als u tenminste gelijk hebt dat Kevin getroebleerd was. Als hij geestelijk achteruitging, zou dat immers ook aan zijn stijl te zien zijn? Maar goed, ik moet me verontschuldigen, want ik heb een afspraak.'
Toen we bij de deur stonden, zei hij: 'Ik weet niet wat Kevin volgens u gedaan heeft... waarschijnlijk wil ik dat niet eens weten. Maar ik moet wel zeggen dat ik medelijden met hem heb.'
'Waarom?'
In plaats van antwoord te geven trok hij de deur open en we stapten de gang in. Een knap Aziatisch meisje zat een meter verderop op de grond. Toen ze Shull zag, stond ze op en glimlachte.
'Ga maar vast naar binnen, Amy,' zei hij. 'Ik kom zo bij je.'
Toen het meisje weg was, zei ik: 'Waarom hebt u medelijden met Kevin?'
'Zo'n triest joch,' zei hij. 'Hij kon voor geen meter schrijven. En nu vertelt u me dat hij een psychopathische moordenaar is. Volgens mij is dat reden genoeg om medelijden met hem te hebben.'

24

Ik verliet het college, pakte de 134 in oostelijke richting en was weer op weg naar L.A. toen mijn mobiele telefoon overging.
'De afgelopen paar uur had ik je goed kunnen gebruiken,' zei Milo. 'Om de moeder van Levitch te helpen met het verwerken van haar verdriet. Vassily was een fantastische zoon, een wonderkind, een absoluut genie en mama's oogappel. Wie heeft hem nou in vre-

desnaam kwaad willen doen? Daarna kreeg ik een voorlopig rapport van mijn rechercheurs. Het buurtonderzoek rond Bristol heeft niets opgeleverd en geen van de toeschouwers met wie ze gesproken hebben, heeft iets ongewoons gezien. Hetzelfde geldt voor de man van de veiligheidsdienst en de parkeerbedienden. Dus degene die Vassily om zeep heeft gebracht viel niet op, of hij is ongezien naar binnen geglipt.'

'Je zei dat het publiek gemiddeld vrij oud was. Zou een knul als Kevin Drummond dan niet opvallen?'

'Misschien had hij zich vermomd. Of hij is stiekem in het donker op de achterste rij gaan zitten. Bovendien, als je naar een pianorecital gaat, let je niet op of je ook verdachte figuren ziet. Maar we moeten nog een paar cheques van niet-leden natrekken. Ben jij al bij dat college geweest?'

'Ik kom er net vandaan. Kevin Drummond heeft een paar recensies voor het studentenblad geschreven. Uit het merendeel viel weinig op te maken. Maar tijdens zijn laatste jaar – vlak voordat hij met *GrooveRat* begon – veranderde zijn manier van schrijven plotseling van vrij onopvallend proza in de stijl die we ook in die stukjes uit *SeldomScene* aantroffen. Misschien heeft hij rond die tijd een psychische verandering ondergaan.'

'Is hij schizo geworden?'

'Niet als hij de man is die wij zoeken. Deze misdaden zijn veel te weloverwogen voor iemand die schizofreen is. Maar er zijn andere afwijkingen – manisch-depressief, bijvoorbeeld – die wel passen bij het overdreven hitsige proza en de grootheidswaan. Zo omschreef Drummonds mentor zijn uitgeversplannen. Iemand die manisch-depressief is, verliest soms het gevoel van wat wel en wat niet kan en ook zijn remmingen. Bovendien gedraagt hij zich af en toe anders dan normaal. De mentor zei dat Kevin rustig was en niet bepaald assertief. Hij had geen vrienden en was bijzonder serieus, een middelmatig student met grote aspiraties. Niet gezellig in de omgang. En dat past allemaal bij de depressieve kant van een dergelijke psychose, net als die verzamelwoede die zijn hospita beschreef. Het feit dat hij vroeger van de ene hobby naar de andere overschakelde, kan heel goed een voorbode zijn geweest van dat ziektebeeld. Manisch-depressieve patiënten zijn meestal niet gewelddadig, maar als dat wel het geval is, kan het ernstig uit de hand lopen.'

'Dus nu hebben we een diagnose,' zei hij. 'Maar de patiënt ontbreekt.'

'Een mogelijke diagnose. De mentor vertelde ook dat Kevin ervan overtuigd was dat commercieel succes en kwaliteit onverenigbaar

waren. Op zichzelf zegt dat niet veel... hij noemde het een typisch studentikoze opvatting en dat is ook zo. Maar voor de meeste studenten is dat een voorbijgaande fase en daarna krijgen ze een eigen mening. Kevin schijnt in dat opzicht niet echt veel opgeschoten te zijn.'
'Een kwestie van achtergebleven ontwikkeling... succes is corrupt, dus geef het geen kans. Ondertussen is hij nergens te vinden en begint het er steeds meer op te lijken dat hij de benen heeft genomen. Petra zegt dat Stahl het appartement als een havik in de gaten houdt, maar nog geen glimp van de knul heeft opgevangen. Ik laat een opsporingsbevel uitgaan voor Drummonds Honda zonder hem officieel als verdachte aan te merken. Dus dat zal wel onder op de stapel belanden.'
'Drummond kan best in zijn appartement zitten, ook al staat zijn auto er niet,' zei ik. 'Hij is zo'n eenling dat hij het wel een tijdje uithoudt met een paar blikjes soep en een laserprinter bij de hand. Heeft Stahl dat gecontroleerd?'
'Hij heeft de hospita laten aankloppen. Er werd niet opengedaan en aan de andere kant van de deur bleef alles doodstil. Stahl heeft overwogen of hij haar zou vragen om onder een of ander voorwendsel met haar moedersleutel naar binnen te gaan... iets in de trant van een lekkende gasleiding of zo. Maar bij nader inzien leek hem dat toch niet zo verstandig. Hij heeft Petra gebeld en die belde mij weer. We hebben unaniem besloten om te wachten. Voor het geval een huiszoeking iets belangrijks aan het licht brengt. Kevins pa is advocaat. Als we die knul ooit in zijn kraag grijpen, zal hij vertegenwoordigd worden door een gehaaide jurist, dus het heeft geen zin om overhaast te werk te gaan en het risico te lopen dat belangrijk bewijsmateriaal onbruikbaar wordt. Voor alle zekerheid heb ik nog even gebabbeld met een assistent-OVJ van wie bekend is dat ze nogal gul is met huiszoekingsbevelen. Ze hoorde mijn verhaal aan en vroeg toen of ik van plan was als amateur-komiek het podium op te gaan.'
'Hoe gaat het dan nu verder?'
'Stahl blijft op de uitkijk zitten en Petra gaat door met haar tocht door Hollywood om bij allerlei clubs en alternatieve boekwinkels na te vragen of iemand Kevin kent. Ik neem het dossier van Julie Kipper opnieuw onder de loep om te kijken of ik iets over het hoofd heb gezien. Ik heb ook Fiorelle in Cambridge gebeld en voorgesteld dat hij in de gastenboeken van alle hotels op zoek gaat naar Drummond. Hij zei dat hij een poging zou wagen, maar dat het een hele klus was.'

'Er is nog iets,' zei ik. 'Ik heb met Christian Bangsley gesproken, het andere bandlid van China Maranga dat nog in leven is. Volgens hem was China ervan overtuigd dat ze een stalker had.' Ik vertelde hem wat er zich in de buurt van het Hollywood-monument had afgespeeld. 'In plaats van bang te zijn werd ze boos. De nacht dat ze verdween, was ze woest op de band. Als je daar de drugs en haar agressieve karakter bij optelt, heb je al gauw een explosieve toestand.'
'Met een vent als Kevin?'
'Met iedere vent die niet deugt. Het feit dat China in de buurt van het monument begraven is, maakt een stalker alleen maar waarschijnlijker. Iemand die haar in de gaten hield en haar gewoontes kende. Misschien werd ze helemaal niet op straat opgepikt. Misschien heeft ze die nacht wel besloten om een eind te gaan wandelen, werd gevolgd en is overvallen. Bangsley zei dat niemand haar hoorde toen ze zo stond te schreeuwen. Het geluid van een worsteling zou daarboven in de heuvels nauwelijks te horen zijn.'
'Wat had ze met dat monument?'
'Het feit dat een of ander sterretje ervan af is gesprongen sprak haar aan.'
'Dromen die niet uitkomen,' zei hij. 'Zo te horen hadden zij en Drummond toch wel iets gemeen.'
'Uiteraard,' zei ik. 'Tot het botste.'

25

Nadat ze tevergeefs een dubbele dienst had gedraaid om Hollywood af te stropen op zoek naar iemand die Kevin Drummond kende, kroop Petra om drie uur 's ochtends in bed. Om negen uur was ze alweer wakker en belde vanuit haar bed een aantal mensen op, met haar haar in rollers en nog steeds in haar T-shirt en onderbroekje. Milo had haar verteld wat Alex tijdens zijn bezoek aan het college van Drummond had ontdekt. Inclusief de beschrijving die Drummonds professor van hem had gegeven en die het beeld dat ze van hem hadden nog eens bevestigde.
Een typische eenling: wat een verrassing.
Maar wel een heel fanatieke eenling... ze had niet één clubeigenaar, uitsmijter, bezoeker of verkoper in een boekwinkel gevonden die zijn gezicht herkende.

De enige mensen die positief reageerden toen ze de foto van Drummonds rijbewijs had laten zien, waren de eigenaar van een wasserette, twee straten verwijderd van Drummonds appartement, en de winkelbediende in een supermarkt in de buurt die dacht dat die vent daar weleens kwam om boodschappen te doen.
'Wat kocht hij dan?'
'Worstjes of zo?' De winkelbediende was een skinhead met een kwetsbaar gezicht, die reageerde met het zenuwachtige enthousiasme van iemand die meedoet aan een tv-quiz.
'Of zo?' zei Petra.
'Of bacon chips?'
De eigenaar van de wasserette was een Chinese man die nauwelijks Engels sprak en aan een stuk door lachte. Het enige dat Petra uit hem had gekregen, was: 'Ja, misschien wassen.' Ze onderdrukte de neiging om te vragen of Drummond misschien een stel kleren had gewassen die onder het bloed zaten, maar sjokte terug naar haar auto en reed naar het bureau waar ze besloot om Drummonds pseudoniemen aan een nader onderzoek te onderwerpen.
Het had geen zin om te kijken of er Trouwe Scribenten in het archief zaten, maar ze vond een heel stel misdadigers dat E. Murphy heette. Inmiddels was het te laat om daar verder op door te gaan, dus dat moest maar tot morgen wachten.
En nu lag ze hier lekker in haar bedje en toetste het ene na het andere nummer in.
Twee uur later had ze alle E. Murphy's afgewerkt en niet één ervan leek veelbelovend.
Ze zocht uit waar Henry Gilwhite uithing, de echtgenoot van de onaangename Olive die een travestiet had vermoord, en om vijf over half een 's middags was ze te weten gekomen dat Gilwhite zijn straf aanvankelijk in San Quentin had uitgezeten, maar al binnen een jaar naar Chino was overgeplaatst. Binnen drie minuten nadat ze de onderdirecteur van de gevangenis aan de lijn kreeg, wist ze waarom. Ze bedankte de man, zette een kan koffie, at een verlept broodje, ging onder de douche, kleedde zich aan en reed naar Hollywood.

Ze vond een parkeerplaats voor de winkelgalerij waar ze de zaak met de postbussen goed in de gaten kon houden. Er gingen een paar slonzige figuren naar binnen die al snel weer naar buiten kwamen en daarna kwam er tien minuten lang geen hond naar de zaak toe. Petra stapte met een brede glimlach de winkel in, wat haar op een boze blik van onder de bruin aangezette oogleden van Olive kwam te staan.

'Ha, die mevrouw Gilwhite. Hebt u de laatste tijd nog iets van Henry gehoord?'
Olives wangen werden vuurrood, een blos die zich over haar hele gezicht verspreidde. 'Jij weer.'
Nog nooit had een persoonlijk voornaamwoord zo venijnig geklonken.
'En?' vroeg Petra.
Olive zei binnensmonds iets heel onaardigs.
Petra stak haar handen in haar zakken en liep naar de toonbank toe. Naast de mollige elleboog van Olive lagen een paar rolletjes postzegels. Ze griste ze op en draaide Petra haar rug toe.
'Wat fijn voor je dat Henry is overgeplaatst, Olive. Chino is veel dichterbij dan San Quentin, dus je kunt gemakkelijk op bezoek. En dat doe je dan ook. Met de regelmaat van een klok, om de week. Hoe gaat het nu met hem? Is zijn bloeddruk weer een beetje op peil?'
Olive draaide zich half om en toonde haar uitgezakte profiel. Ze tuitte haar lippen alsof ze op het punt stond te spugen. 'Wat gaat jou dat aan?'
'Chino is ook een stuk veiliger,' zei Petra. 'Als je nagaat dat Armando Guzman, een neef van Henry's slachtoffer, ook in Quentin zit en bovendien een belangrijk lid is van de Vatos Locos-bende. Toevallig zit er wel een heel stel V.L.'s in Quentin en maar een paar in Chino, dus dat maakt het gemakkelijker om ze bij Henry uit de buurt te houden. Maar ik heb ook te horen gekregen dat Chino overvol begint te raken. En je weet nooit wat dat allemaal voor veranderingen teweeg kan brengen.'
Olive draaide zich met een ruk om. Doodsbleek. 'Dat kun je niet máken.' De vijandige toon in haar stem had plaats gemaakt voor een zenuw tergend gejammer.
Petra glimlachte.
Olive Gilwhites wangen trilden. Er ging een siddering door de gebleekte bos haar die haar dronkenmansgezicht omlijstte. Het leven met deze feeks moest voor Henry geen lolletje zijn geweest. Maar ach, er waren altijd voldoende travestieten met wie je in een steegje een afspraakje kon maken.
'Dat kun je niet maken,' zei Olive Gilwhite opnieuw.
'Het probleem is,' zei Petra, 'dat Henry ondanks zijn leeftijd en ondanks zijn hoge bloeddruk niet hoeft te rekenen op sympathie van het gevangeniswezen, want hij is per slot van rekening een veroordeelde moordenaar. En het feit dat hij een psychiatrische behandeling heeft afgewezen werkt ook al niet in zijn voordeel. Hij is knap koppig, die Henry van jou.'

Olive plukte aan het platinakleurige vogelnest op haar hoofd. 'Wat wíl je nou eigenlijk?'
'Postbus 248. Wat kun je je daarvan herinneren?'
'Een mislukkeling,' zei Olive. 'Snap je? Net als al die anderen. Wat voor soort klanten zou ik hier anders moeten krijgen? Filmsterren?'
'Vertel me maar eens iets meer over die mislukkeling,' zei Petra. 'Hoe zag hij eruit? Hoe betaalde hij de huur van die postbus?'
'Hij zag eruit... hij was jong, mager en lang. Met een grote bril. En een slechte huid. Een van die hoe-heten-ze-ook-alweer... zo'n wijsneus. Een eigenwijze flikker.'
'Homo?' vroeg Petra.
'Dat zei ik toch.'
'Waarom denk je dat?'
'Dat denk ik niet, dat weet ik. Hij kreeg allemaal van die flikkertroep opgestuurd,' zei Olive.
'Homobladen?'
'Nee, een uitnodiging van de paus. Ja, bladen. Waarom denk je dat ze die hebben?' Ze gebaarde naar de muur vol postbussen. 'Je kunt de bijbels op één hand tellen.' Olive lachte en zelfs op die afstand kon Petra de alcoholwalm ruiken. Het was een vloeibare lunch geweest.
'Heeft hij zijn naam opgegeven?'
'Alsof iemand zich dat zou herinneren.'
'Dus hij heeft je wel een naam gegeven.'
'Hij moest een formulier invullen.'
'Waar is dat?'
'Weg,' zei Olive. 'Zodra de postbus van eigenaar verandert, smijt ik de hele papierwinkel weg. Dacht je soms dat ik genoeg ruimte had om dat allemaal te bewaren?'
'Lekker gemakkelijk,' zei Petra.
'Dat is mijn motto. Je kunt dreigen wat je wilt, maar dat verandert niets aan de feiten.' Olive vloekte binnensmonds en Petra kon nog net *vuil kreng* verstaan. 'Je zou je moeten schamen, zogenaamde vertegenwoordiger van de zogenaamde wet. Mij een beetje bedreigen. Eigenlijk zou ik een klacht moeten indienen. En misschien doe ik dat ook wel.' Olive sloeg haar armen over elkaar, maar ze deed een stapje achteruit, alsof ze verwachtte dat er klappen zouden vallen.
'Over welke dreigementen hebben we het?' informeerde Petra.
'O ja,' zei Olive. 'Overvol. Veranderingen.'
'Ik hoor geen dreigementen, mevrouw, maar als u zich over mij wilt

beklagen moet u dat vooral doen.' Petra toonde haar politiepenning. 'Noteer het nummer maar.'
Olive wierp een blik op een pen maar verroerde zich niet.
'Welke naam heeft die wijsneus opgegeven?' vroeg Petra.
'Dat weet ik niet meer.'
'Denk eens goed na.'
'Ik weet het echt niet meer... iets Russisch. Maar dat was hij niet. Ik vond hem gek.'
'Gedroeg hij zich zo?'
'Wel ja, natuurlijk,' zei Olive. 'Hij kwam hier kwijlend en bibberend binnen en zag overal Marsmannetjes.'
Petra wachtte rustig af.
'Hij was een mafkees,' zei Olive. 'Snap je wel? Of dacht je dat ik een soort psychiater was? Hij was een wijsneus en een flikker, hij deed nauwelijks zijn mond open en liet zijn hoofd hangen. Maar dat maakt mij niks uit. Betaal de huur, haal die vieze kleine geheimpjes van je op en maak dat je wegkomt.'
'Hoe betaalde hij?'
'Contant. Zoals de meesten.'
'Per maand?'
'Geen denken aan,' zei Olive. 'Ik heb hier niet zo gek veel postbussen. Als jij er daar een van wilt hebben, zul je me drie maanden vooruit moeten betalen. Dus dat is op z'n minst wat ik van hem heb gehad.'
'Op z'n minst?'
'Er zijn ook figuren bij aan wie ik meer vraag.'
'Aan wie dan?'
'Aan degenen die zich dat volgens mij kunnen permitteren.'
'Was hij zo iemand?'
'Waarschijnlijk wel.'
'Hoe lang heeft hij die postbus gehad?'
'Heel lang. Een paar jaar.'
'Hoe vaak kwam hij hier?'
'Ik zag hem bijna nooit. De bussen zijn vierentwintig uur per dag bereikbaar. Hij kwam altijd 's avonds.'
'Ben je dan niet bang dat er hier veel gestolen wordt?'
'Ik maak de kassa leeg en sluit alles af. Wat kan het mij nou schelen dat ze een paar pennen stelen? Als er te veel gejat wordt, verhoog ik de prijs van de postbussen en dat weten ze. Dus gedragen ze zich netjes. Dat is kapitalisme.'
Henry Gilwhites avontuurtje met de travestiet had 's avonds laat plaatsgevonden. Petra zag in gedachten Olive thuis in Palmdale in het tweepersoonsbed liggen. Wat had Henry voor smoesje gebruikt?

Dat hij nog een paar pilsjes ging pakken in de buurtkroeg?
Plotseling kreeg ze medelijden met de vrouw.
'Ik zal u niet langer lastig vallen...'
'Je bent al lastig genoeg geweest.'
'... was die Russische naam misschien Yuri?'
'Ja, dat klopt,' zei Olive. 'Yuri. Dat rijmt op sloerie. Wat heeft hij gedaan, jullie verneukt?' Ze lachte kakelend, sloeg met haar platte hand op de toonbank en begon van de weeromstuit rochelend te hoesten.
Haar ongezonde gehijg volgde Petra de winkel uit.

26

Om vier uur 's ochtends op de tweede dag dat hij het flatgebouw van Kevin Drummond in de gaten hield, stapte Eric Stahl uit zijn personenbusje en sloop naar de achterkant van het gebouw. Het was een trieste nacht, met plotselinge, bijtend koude windvlagen uit het oosten. De neongloed in het noorden – de lichtjes van Hollywood – was nevelig en dof.
Het was al een tijdje rustig in de straat waar Drummond woonde. Het zou nog twee uur duren voordat het licht werd.
Stahl had er goed over nagedacht voordat hij tot deze handelwijze besloot. Hij had bijna vijftig uur lang niets anders gedaan dan zitten en nadenken. In die tijd had hij per mobiele telefoon drie keer met Connor gesproken. Ze was nog niets wijzer geworden.
In die vijftig uur had Stahl heel wat mensen zien gaan en komen, met inbegrip van een man die zijn hond zo had afgeranseld dat hij hem dat met liefde betaald had willen zetten, een onguur uitziend persoon die een oogje had op een vrijwel nieuwe Toyota die halverwege in de straat geparkeerd stond – die zou hij opgepakt hebben, maar de vent bedacht zich en ging ervandoor – en een aantal schichtige ontmoetingen tussen drugdealers en hun klanten.
De dealer met de meeste handel woonde in het gebouw naast dat van Drummond. Stahl noteerde zijn adres om het later door te geven aan de narcoticabrigade. Anoniem, dat was het eenvoudigst.
De meeste buren van Drummond schenen brave burgers van Latijns-Amerikaanse afkomst te zijn.
Rust. Een taxi was de laatste auto geweest die voorbij was gesnord, twaalf minuten geleden.

Stahl ritste zijn zwarte windjack dicht, propte zijn gereedschap in een zak van zijn werkbroek, stapte uit de auto, keek de straat af, rekte zich, haalde diep adem en liep op een drafje naar het gebouw, op zwarte sportschoenen met dikke zolen. Oude schoenen. Als ze al gekraakt hadden, dan was dat inmiddels wel verholpen door de dikke twintig kilometer die hij tegenwoordig drie keer per week ging hardlopen. Zijn nieuwe schema...
De ruimte tussen het gebouw van Drummond en de flat ernaast was vergeven van onkruid, lekker zacht onder de voeten, en stil. Er brandde nergens licht.
Terwijl de stad slaapt...
Hij liep door naar de achterkant en controleerde de parkeerplaatsen. Hij was er al een paar keer eerder geweest, gewoon voor het geval dat, maar er was nog steeds geen spoor van de witte Honda. Drummonds parkeerplaats was leeg.
Stahl schuifelde door naar de achteringang van het gebouw.
Die was afgesloten, maar het slot stelde niets voor. Er zat wel een sticker van een beveiligingsdienst op het hout, maar Stahl was er al eerder achtergekomen dat die niets te betekenen had. Geen draden, geen lopende rekening bij de beveiligingsdienst. Hij stak zijn hand in zijn zak en pakte zijn sterke zaklamp die slechts een smal maar bijzonder fel lichtstraaltje produceerde. Hij inspecteerde zijn verzameling sleutels en tuurde nog eens naar de opening in het slot. Twee lopers zagen er veelbelovend uit. De eerste paste al.
Het leger had hem geleerd hoe hij met sloten moest omgaan. Plus nog een hoop andere dingen.
Hij had die specifieke vaardigheden maar één keer gebruikt. In Riaad, waar de hitte en het zand bijna ondraaglijk waren en waar de eeuwig brandende zon een aanslag op zijn ogen had gepleegd. Ondanks alle torenflats, het feit dat er alles te koop was en het Amerikaanse eten dat op de basis werd aangeboden was de stad voor Stahl altijd een van god verlaten uithoek in de woestijn gebleven.
De opdracht om een slot open te breken in Riaad was onderdeel geweest van een groter plan: de inbraak in het penthouse van een Saoedische prins die de achttienjarige dochter van een van de militaire attachés van de Amerikaanse ambassade had verleid.
Een mager, blond meisje dat er doodgewoon uitzag, op het randje van debiel en met een schrijnend gebrek aan eigendunk. De prins, knap, rijk en met een zachte stem, had haar met allerlei mooie praatjes overgehaald om naar zijn huis te komen wanneer hij zin in seks had en haar verdovende middelen gegeven. Nu was er kwaad bloed gezet. Kóninklijk bloed: de omgang met een meisje dat zo duidelijk

beneden zijn stand was, zou weleens slecht kunnen zijn voor het imago van de prins, maar de Saoedi's verdomden het om hun eigen lieveling op zijn vingers te tikken. Het vuile werk moest altijd door buitenlanders opgeknapt worden.

'Bekijk het eens van de andere kant,' had Stahls commandant gezegd. 'Ze komt er nog goed vanaf, omdat ze een Amerikaanse is. Als ze een Saoedi was geweest, zouden ze haar gestenigd hebben.'

Officieel woonde de prins met zijn gezin in een paleis. Zijn privé-hoerenkast was een wit marmeren paleisje op de bovenste verdieping van een torenflat, waarvan de leveranciersingang op een bepaalde avond toevallig onbewaakt en niet op slot was.

Dezelfde avond waarop de prins moest dineren met een stel kontlikkers van het ministerie van buitenlandse zaken aan wie iedereen de pest had. Hij was in het gezelschap van een van zijn drie vrouwen, maar diezelfde middag had hij het Amerikaanse meisje meegenomen naar het privébordeel, haar volgepropt met pillen en achtergelaten onder de hoede van een Filippijns dienstmeisje, om er zeker van te zijn dat ze aanwezig was als hij binnen kwam vallen voor een seksueel slaapmutsje.

Stahl had op wacht gestaan bij de torenflat en gezien hoe de prins zijn sletje naar binnen bracht: een gele Bentley Azure was voor de leveranciersingang gestopt. De prins, in een witzijden overhemd en een crème broek, was uit de auto gestapt en had het portier open laten staan. Een bediende was toegesneld om het dicht te slaan, maar de auto bleef staan. Vijf minuten later ging het linkervoorportier open en er kwamen twee mannen in pakken te voorschijn met een in een deken gewikkelde figuur die ze haastig het gebouw binnen smokkelden. Dezelfde bediende had al op hen staan wachten en hield de deur open.

Een uur later schoof de prins, gehuld in een lang, wit Arabisch gewaad met een van een gouden band voorziene *kaffiyeh*, achter het stuur van de Azure en reed snel weg.

Twintig minuten later kwamen de twee mannen in pakken naar buiten lopen, stapten in een zwarte Mercedes die vlakbij geparkeerd stond en gingen er ook vandoor.

Vlak na het invallen van de duisternis was Stahl al in het gebouw, trok de rok van zijn eigen gewaad op en liep achtentwintig trappen op naar het liefdesnestje van de prins.

Achter de deur naar het trappenhuis stond een slaperige wachtpost. Stahl liep naar hem toe onder het mompelen van een paar Arabische zinnetjes die hij uit zijn hoofd had geleerd, draaide de kerel om, nam hem in een houdgreep, sleepte hem naar het trappenhuis en bond zijn armen en benen vast met plastic draad. Daarna haalde hij zijn inbrekersgerei te voorschijn en maakte het slot open. Het appartement was duur maar voorzien van een goedkoop slot. Talal had geen reden om zich ergens ongerust over te maken.

Hij zag het meisje direct, want ze lag languit op een met purperen brokaat beklede bank via de satelliet naar MTV te kijken, naakt en zo stoned als een garnaal.

'Hallo, Cathy.'

Het meisje streelde haar borsten en likte haar lippen.

Toen het Filippijnse dienstmeisje opdook, bespoot Stahl haar met een wolkje van de troep in het blauwe verstuivertje dat hij van de officier van de medische dienst had gekregen. Toen ze dat in haar gezicht kreeg, was ze meteen uitgeteld, en hij zette haar in een stoel. Daarna trok hij het Arabische gewaad uit en knapte in zijn zwarte T-shirt en spijkerbroek de rest van het karweitje op. Hij wikkelde Cathy in dezelfde deken die de kerels van de prins hadden gebruikt, gooide haar over zijn schouder en maakte dat hij wegkwam.

Hij droeg het meisje de achtentwintig trappen af. Achter het gebouw stond een auto te wachten. Geen Bentley, zelfs geen Mercedes, maar gewoon een oude, onopvallende Ford. Als Cathy bij haar positieven was geweest, zou ze dat als een afgang hebben beschouwd. Talal vond het leuk om haar in de Bentley te neuken en ze had haar zuster verteld dat ze dat fantastisch vond.

Riaad was niets anders dan schone schijn geweest... hij had gewoon zijn werk gedaan en zich door niets laten afleiden.

Het inbrekersgereedschap was een van de weinige dingen die Stahl had meegenomen toen hij weer terugkeerde in de burgermaatschappij.

Als je het zo mocht noemen.

Hij ging de benedenverdieping van het gebouw binnen. Drummonds flat bevond zich op de eerste verdieping aan de achterkant, maar de trap was aan de voorkant. Hij liep ernaartoe over de dunne vloerbedekking van de gang.

Het gebouw rook naar insectenspray en pikante saus. Onder het tapijt was een ingezakte en krakende houten vloer, dus hij lette goed op waar hij liep. Twee plafondlampen waarvan alleen de voorste brandde. De betegelde trap was van cement en maakte geen geluid onder zijn rubberzolen.

Binnen een paar seconden stond hij al voor de deur van Drummonds flat, zonder dat iemand hem had gezien. Gereedschap bij de hand, het smalle lichtstraaltje op het sleutelgat. Dezelfde makelij als van

de benedendeur, hij maakte het slot met dezelfde loper open.
Hij trok de deur achter zich dicht, deed hem op slot, trok zijn Glock uit de zwarte nylon holster op zijn heup en stond in het duister te wachten tot een teken van leven – iets dat erop duidde dat er iemand aanwezig was – de stilte zou doorbreken.
Niets.
Hij deed een stap naar voren en fluisterde. 'Kevin?'
Doodse stilte.
Hij keek om zich heen. Eén kamer, niet groot. Twee kleine ramen, allebei bedekt met een rolgordijn, boden uitzicht op het gebouw ernaast. Als hij het licht in de kamer aan zou doen, zouden de rolgordijnen verlicht worden, dus Stahl beperkte zich tot zijn andere zaklantaarn, de zwarte Mag met een iets bredere straal.
Hij liet het licht door de kamer dwalen en lette op dat het niet op de ramen viel.
Kevin Drummonds woonruimte werd in beslag genomen door een onopgemaakt eenpersoonsbed, een goedkoop ogend nachtkastje en een vouwstoel die midden voor een laag, breed bureau stond. Toen hij beter keek, bleek het bureau te bestaan uit een deur die over twee schragen was gelegd. Meer dan genoeg werkruimte. Aan de rechterkant, naast het bed, stonden een elektrisch kookplaatje en wat voorraden. Drie blikjes gewone chili, een zak chips, een potje milde salsasaus en twee sixpacks Pepsi. Een glas met een tandenborstel.
Links stonden drie computers met negentien-inch *flatscreens*, een stel kleurenprinters, een scanner, een digitale camera, een stapel tonervullingen voor de printers en twaalf pakken wit papier.
Naast de apparatuur was de deur naar de badkamer. Om daar te komen moest Stahl zigzaggen tussen stapels tijdschriften. Bijna het hele vloeroppervlak werd in beslag genomen door dozen.
Hij begon met het controleren van de badkamer. Douche, wastafel en wc vertoonden geen sporen van recent gebruik en er hing een muffe geur in het vertrek. De douche was beschimmeld, er zat een vette rand in de wastafel en Stahl had voor geen goud gebruik willen maken van het zwart uitgeslagen toilet. Geen medicijnkastje, alleen een glazen plaatje boven de wastafel. Een slonzig uitgedrukte tube tandpasta, een neusspray, een potje handcrème – waarschijnlijk bedoeld als hulpmiddel bij het masturberen – aspirine, maagtabletten en pillen op recept tegen acne, drie jaar geleden verstrekt door een apotheek in Encino. Nog drie pillen over. Kevin maakte zich niet langer druk over zijn huid.
Geen zeep of shampoo in de doucheruimte en Stahl vroeg zich af

hoe lang Kevin hier al niet meer was geweest.
Had hij nog een andere woonplaats?
Hij liep terug naar de voorkamer en keek rond tussen de dozen. Alles wat hij vanavond vond, zou nutteloos zijn... en wat nog erger was: als deze inbraak aan het licht kwam, had hij het hele onderzoek verpest.
Hij begon de inhoud van de dozen te controleren, in de verwachting dat hij Drummonds voorraad oude nummers van *GrooveRat* zou vinden.
Fout: er was in de hele flat geen exemplaar van het fanzine te vinden. De knul was een hamster, maar hij verzamelde alleen dingen die door anderen waren gemaakt.
Stahl kreeg de indruk dat de rotzooi in twee categorieën verdeeld kon worden: speelgoed en tijdschriften. Het speelgoed bestond uit autootjes, voor een deel nog in de verpakking, figuurtjes uit *Star Wars* en andere actiefilms en dingen die hem niet bekend voorkwamen. De bladen waren *Vanity Fair, The New Yorker, InStyle, People, Talk* en *Interview*. Plus homoporno. Stapels, met inbegrip van bondage en SM-spul.
De mevrouw uit de winkel met de postbussen had tegen Petra gezegd dat Drummond homo was. Stahl vroeg zich af of ze dat ook aan Sturgis had verteld. En hoe Sturgis zou reageren als hij op de hoogte werd gebracht van Kevins neigingen.
Ze had hém wel verteld dat Sturgis ook zo was. Waarschijnlijk om hem te waarschuwen dat hij geen anti-homo-opmerkingen moest maken.
En dat was belachelijk, want hij maakte nooit ergens opmerkingen over, dat moest ze toch weten ook al werkten ze nog maar zo kort samen.
Ze werd nerveus van hem; als ze samen in de auto zaten, bezorgde hij haar echt de kriebels.
Maar deze zaak liep best lekker. Ze gingen allebei het liefst hun eigen gang.
Connor was zo gek nog niet. Carrièregericht. Geen gezin.
Ogenschijnlijk keihard, maar nieuwe omstandigheden werkten op haar zenuwen.
Híj werkte op haar zenuwen.
Hij wist dat hij die uitwerking op veel mensen had.
Het kon hem geen barst schelen.

Hij ging verder met het doorzoeken van Kevin Drummonds appartement, maar vond geen persoonlijke papieren of andere trofeeën,

helemaal niets dat wees op illegale of misdadige praktijken. Dat hij die hele papierwinkel bewaarde, klopte met wat die psychiater had verondersteld: dat Drummond bijzonder fanatiek was. Uit de bladen die Drummond bewaarde, viel op te maken dat hij voornamelijk werd geobsedeerd door personen, beroemdheden.
De inbraak had twee dingen opgeleverd: Stahl wist nu zeker dat het feit dat ze geen bevel tot huiszoeking hadden niets uitmaakte. Het enige wat dat zou hebben opgeleverd was de zekerheid dat Drummond homoseksueel was en hij zag niet in wat dat ermee te maken had... of dat SM-spul misschien? Drummond die zijn eigen sadokant bevredigde door andere mensen het masochisme op te dringen?
En het tweede was dat hij, door een tijdje in de flat van Drummond door te brengen en de kille eenzaamheid op zich te laten inwerken, durfde te wedden dat Drummond er al een tijdje geleden vandoor was gegaan en niet van plan was terug te komen. Ondanks al die computerapparatuur die hij had achtergelaten.
Betaald door pappie... zo gewonnen, zo geronnen.
En het feit dat er geen exemplaren van *GrooveRat* lagen, bewees dat Kevin nog een andere opslagruimte had. Of hij had zijn belangstelling voor de bladenwereld verloren.
Om zich aan een nieuwe hobby te wijden?
Hij deed zijn zaklantaarn uit en bleef nog even in dat zielige kamertje van Drummond staan om zich ervan te overtuigen dat niemand hem had gezien. Voor alle zekerheid pakte hij de bivakmuts uit zijn zak en trok die over zijn hoofd. Een legerexemplaar van zwarte lycra, met twee gaten om door te kijken. Mocht hij tijdens zijn aftocht toevallig gezien worden, dan zouden die persoon of personen zich niets anders herinneren dan een gewone inbreker die in het holst van de nacht was binnengeslopen.
De bivakmuts zou elk normaal mens afschrikken en het gevaar van een confrontatie verminderen.
Stahl was bereid tot het uiterste te gaan om zichzelf te beschermen. Maar hij wilde liever geen mensen kwaad doen.

27

Het telefoontje kwam op het moment dat Milo en ik samen zaten te ontbijten op de Third Street Promenade in Santa Monica. Een

leikleurige hemel leek een voorbode van regen en er liepen niet veel voorbijgangers langs ons terrastafeltje. De broodmagere man die op een krakkemikkige manier gitaar stond te spelen om een paar centen op te halen liet zich niet door het weer ontmoedigen. Milo gaf hem een tientje en zei dat hij maar een ander plekje moest gaan zoeken. De man liep zes meter verder en begon weer te blèren. Milo richtte zijn aandacht weer op zijn omelet.
Het was twee dagen na mijn bezoek aan Charter College. Kevin Drummond had zich nog steeds niet bij zijn flat laten zien en Eric Stahl had het gevoel dat hij ook niet snel zou komen opdagen.
'Waarom niet?' wilde ik weten.
'Volgens Petra is dat een kwestie van instinct,' zei hij.
'Moeten we daar waarde aan hechten?'
'Wie zal het zeggen? Het enige dat we ondertussen nog over Drummond te weten zijn gekomen is dat hij homo is. Petra heeft ontdekt dat hij zijn postbus voornamelijk gebruikte om homoporno te ontvangen.' Hij legde zijn vork neer. 'Is dat volgens jou relevant?'
'We hebben al eerder gezegd dat het om iemand gaat die seksueel in de knoop zit...'
'Misschien heeft hij die knoop inmiddels ontward. Denk maar aan Szabo en Loh. Rijke homo's die een luxeleventje leiden. Dan ligt jaloezie op de loer.'
'Szabo en Loh zijn niet aangevallen en in hun huis heeft slechts één van de moorden plaatsgevonden. Degene die Levitch heeft vermoord had het gemunt op iets wat Levitch bezat.'
'Talent.' Hij wierp een blik op de jammerende gitarist. 'Dat is in ieder geval iemand die geen gevaar heeft te duchten.'
'Ben je nog iets meer over Kipper aan de weet gekomen?' vroeg ik.
'Hij heeft een vriendinnetje. Veel jonger... achter in de twintig. Ze ziet er fantastisch uit en heet Stephanie. Ze is secretaresse bij een advocatenkantoor in hetzelfde gebouw waar hij werkt. De laatste paar dagen heeft Kipper zich een paar maal met haar in het openbaar vertoond. Dit is ook een blondje, dus misschien hebben Kippers buren zich vergist en was zijn gast Julie helemaal niet. Als ik die artikelen uit *SeldomScene* niet had gehad die Julie aan die andere gevallen koppelen en als die verwurging van haar niet zoveel overeenkomsten vertoonde met die van Levitch, zou ik me toch afvragen of Kipper misschien overwoog voor een tweede keer te gaan trouwen. Ex-vrouwen kunnen dan een hoop heibel veroorzaken, niet alleen financieel, maar ook emotioneel. En we weten van zijn buren hoe haatdragend Kipper kan zijn.'

'Dus toen Julie herrie ging schoppen heeft hij haar om zeep gebracht.'
'Ja,' zei hij. 'Jammer hoor. Die vent bevalt me niet... er is iets mis met hem...'
Hij nam een hapje omelet en een slok koffie.
'Stephanie,' zei ik. 'Heb je al met haar gesproken?'
'Ik hoorde dat een vriendin haar zo noemde toen ze samen naar het toilet liepen.'
'Heb je dat kantoorgebouw in de gaten gehouden?'
'Op dat moment leek dat me nog het verstandigst.' Hij haalde zijn schouders op. Zijn telefoon ging over. 'Sturgis... hé, hallo... écht waar? Ja, oké, ik zit hier met Alex, dus ik kan hem net zo goed meebrengen...' Hij wierp een blik op zijn horloge. 'Vanaf hier ongeveer drie kwartier. Ja. Bedankt. Tot zo.'
Hij zette de telefoon uit, stopte het toestel in zijn zak en keek naar mijn half verorberde geroosterde boterham. 'Dat was Petra. Neem dat maar mee voor onderweg.' Terwijl hij wat geld onder zijn bord legde, zwaaide hij naar de kelner en schoof weg van het tafeltje.
'Wat is er aan de hand?' vroeg ik terwijl ik achter hem aan de Promenade opliep.
'Een dode vrouw,' zei hij. 'Met rood haar.'

De autopsiekamer was een brandschone betegelde ruimte met metalen meubels, stil en heerlijk koel. Samen met Petra en Milo stond ik naast een met een laken bedekte gestalte op een roestvrij stalen tafel, terwijl Rhonda Reese, een assistent met een zachte stem, onze papieren controleerde. Reese was een jaar of dertig, met kastanjebruin haar, prettige welvingen en het vriendelijke gezicht van een reisleidster.
Ik was via de 10 naar Boyle Heights gereden, maar Interstate 5 stond muurvast vanwege de spreekwoordelijke geschaarde vrachtauto en we hadden een uur in de file gestaan op weg naar het kantoor van de lijkschouwer. Milo had zitten dommelen en ik had aan vrouwen zitten denken. Petra ving ons op in de lobby.
'Ik heb ons al aangemeld,' zei ze. 'Ga maar mee.'

Rhonda Reese trok het laken weg en legde het netjes opgevouwen aan het ondereind van de tafel. Het lijk was lang, grofgebouwd en vrouwelijk, wasachtig vlees overgoten met die unieke grauwgroene tint. Gesloten ogen, gesloten mond. Een vredige gezichtsuitdrukking, geen in het oog springende tekenen van geweld. Een paar puistjes en oneffenheden op het platte stuk tussen de kleine, verwelkte

borsten. Ingezakte, gerimpelde tepels, uitstekende heupbeenderen, een breed bekken en dunne benen bedekt met krullend, kastanjebruin dons. Rond de enkels was de huid hard, rood en gebarsten als slangenhuid.
Straatenkels.
De voetzolen van de vrouw waren zwart, net als de vieze, gebroken nagels van haar voeten en haar handen. Tussen de tenen zat schimmel. Een slonzig rossig driehoekje schaamhaar zat vol roos. Tussen de rode een paar witte haren.
Het haar op haar hoofd was ook rood, maar veel feller van kleur, met knalrode wortels en een laagje purperrood op de uiteinden. Lang, vervild haar, smerig en dik, dat een gezwollen gezicht omkranste dat vroeger best knap kon zijn geweest.
Geen littekens van naalden.
'Weten jullie al iets?' vroeg Milo.
'Ik weet niet wat dokter Silver denkt,' zei Rhonda Reese, 'maar als je haar ogen openmaakt, zijn er petechiën te zien.'
'Wurging.' Hij kwam een stap dichterbij, controleerde de ogen en kneep de zijne samen. 'De hals is ook een beetje rozig, maar er is geen verwonding te zien.' Hij keek Petra even aan en ze knikte. Niet zoals bij de anderen.
'Tedere verwurging?' suggereerde ik.
Petra keek me met grote ogen aan. Milo haalde zijn schouders op. Het was een walgelijke term, maar het gebruikelijke jargon voor een manier om iemand om het leven te brengen met een brede, zachte band om de in het oog springende tekenen van verwurging te omzeilen. Er waren mensen die zichzelf op die manier de adem hadden benomen om een seksueel hoogtepunt te bereiken en per ongeluk waren gestorven.
Milo en ik hadden een per jaar geleden met een dergelijk geval te maken gehad. Geen ongeluk, een kind...
'Wanneer vindt de autopsie plaats, Rhoda?' vroeg hij.
'Dat moet u aan dokter Silver vragen. We zitten nogal vol.'
'Dave Silver?' vroeg Petra.
Reese knikte.
'Die ken ik wel,' zei Petra. 'Een fijne vent. Ik zal wel even met hem praten.'
Milo keek weer naar het lijk. 'Wanneer is het gebeurd?' vroeg hij aan Petra.
'Gisteren, vroeg in de ochtend. Twee van onze jongens in uniform vonden haar in de buurt van de boulevard, aan de zuidkant. Een steegje achter een kerk die vroeger een theater was.'

'Die Salvadoraanse pinkstergemeente?' vroeg Milo. 'Aan East End?'
'Precies. Ze zat rechtop tegen een muur toen de vuilnisdienst voorbijkwam. Ze zat op een plek waardoor ze met de auto niet bij de container konden komen en omdat ze dachten dat ze sliep, probeerden ze haar wakker te maken.' En tegen Reese: 'Vertel hun maar wat ze droeg.'
'We hebben haar uit lagen kleren moeten pellen,' zei Reese. 'Allemaal oude troep, hartstikke vies.' Ze trok haar neus op. 'Jullie weten toch wel wat die rode uitslag op haar benen betekent, hè? Vaatproblemen. Er groeide allerlei rotzooi op en in haar. We hebben god-mag-weten-wat van haar voeten, uit haar neus en uit haar keel geplukt. Behalve al die lichaamsluchtjes kon je de alcohol ruiken, de hele kamer stonk ernaar. Haar bloed komt pas later vandaag terug, maar ik durf te wedden dat het alcoholpromillage op .3 of nog hoger zat.'
Haar stem klonk niet zonder gevoel, maar de feiten bleven wreed. Milo bekeek het lichaam opnieuw, maar op zijn gezicht stond nog steeds niets te lezen. 'Ik zie geen andere sporen.'
'Die zijn er ook niet,' zei Reese. 'Het lijkt alsof ze zich voornamelijk te buiten ging aan drank, maar we zien wel wat het toxicologisch onderzoek oplevert.'
'Heb je een lijst van de kleren?'
'Hier,' zei Reese, terwijl ze het rapport van de lijkschouwer doorbladerde. 'Twee vrouwenonderbroekjes, twee mannenboxershorts, drie T-shirts. Daaroverheen een beha en een blauw UCLA-sweatshirt.'
'Was de C van dat sweatshirt half afgescheurd?' vroeg Milo.
'Dat staat hier niet,' zei Rhoda. 'Maar ik ga wel even kijken.'
Op een roestvrijstalen aanrecht stond een kartonnen doos. Reese trok handschoenen aan, boog zich over de doos en pakte er een grote, papieren zak uit die ze openmaakte.
Ze haalde opnieuw haar neus op toen ze er een blauw sweatshirt uit haalde dat vol vuil en bladeren zat. 'Yep, een halve C.'
Milo keek Petra aan. 'Volgens die oude mevrouw van Light and Space had de vrouw die in haar afvalcontainer stond te graaien zo'n sweatshirt aan. We schoten geen bal op met de tekening die ze voor ons heeft gemaakt, dus ik dacht dat ze last had van staar. Maar ik denk nu dat ze genoeg kon zien, dus waarschijnlijk kan ze gewoon niet tekenen. Is dit officieel een van jouw zaken?'
'Nee,' zei Petra. 'Digmond en Battista zijn ermee opgezadeld. Ik hoorde ze er toevallig over praten en toen herinnerde ik me dat jij had gezegd dat er ergens een lange roodharige dakloze had rondgehangen. Ze is nog niet geïdentificeerd, haar vingerafdrukken zitten momenteel in de molen.'

'Mag ik dit weer opbergen?' vroeg Rhonda Reese.
'Ja hoor, en nog bedankt,' zei Milo. 'Waar zijn de foto's van de plaats van het misdrijf?'
'Die hebben Dig en Harry, maar als het goed is, zijn hier ook afdrukken,' zei Petra.
'Rhonda, als het niet te veel moeite is, zouden wij daar graag kopieën van willen hebben.'
'Daar zal ik wel even voor zorgen,' zei Reese. Ze liep het vertrek uit en kwam een tijdje later terug met een witte envelop.
Milo bedankte haar en ze zei: 'Veel succes, rechercheurs.'
'Zou je niet eens een paar 187's voor ons op willen lossen, Rhonda?' vroeg hij.
Reese lachte. 'Tuurlijk wel. En mag ik dan met levende mensen praten?'

We bleven nog even op de parkeerplaats van het mortuarium staan. 'Zouden Digmond en Batista het vervelend vinden als je je met een van hun zaken bemoeit?' vroeg Milo.
'Ze zitten tot aan hun nek in het werk en zouden die zaak maar al te graag naar mij overhevelen. Maar ik wil nog even wachten om te zien of hij echt verband houdt met de rest. We weten nog niet eens of het wel om moord gaat.'
'En die petechiën dan?'
'Ze kan ook zijn gestikt, of een toeval hebben gehad. Of zwaar hebben moeten overgegeven. Alles waarbij er maar genoeg druk op haar ogen ontstond, kan dat hebben veroorzaakt en je weet zelf ook wel dat er altijd de meest vreselijke dingen met daklozen gebeuren. Als het tongbeen of het schildklierweefsel beschadigd is, wordt het een ander verhaal. Uit dat sweatshirt blijkt dat ze bij de galerie is geweest, maar als zij ook bij de slachtoffers hoort, waarom ontbreekt dan elk teken van lichamelijk geweld? Ze heeft geen wonden, zelfs geen schrammetje. En als ze inderdaad gewurgd is, dan lijkt het niet op de manier die we bij Kipper en Levitch hebben gezien. Die diepe verwonding waarbij de draad helemaal in de hals had gesneden... alsof iemand razend van woede was geweest. Seriemoordenaars worden geleidelijk aan steeds gewelddadiger. Dat is toch zo, Alex?'
'Deze moord kan wel met die andere verband houden, maar dan verschilde het motief,' zei ik. 'Misschien was de verhouding van de moordenaar met dit slachtoffer anders.'
'In welk opzicht?' vroeg Milo.
'Ze was achter de galerie om het terrein voor de moordenaar te verkennen.'

'Een voorpost?' zei hij. 'Wou je zeggen dat Drummond een dakloze vrouw als medeplichtige had? En dat hij zich nu van haar heeft ontdaan?'
'Als ze inmiddels een gevaar voor hem betekende, moest hij wel. Een dakloze vrouw, verslaafd aan de drank en waarschijnlijk nog geestesziek ook, zou hem van dienst kunnen zijn zolang hij zich niet bedreigd voelde. Maar als hij weet dat er een onderzoek naar hem gaande is, heeft hij misschien besloten om alle sporen uit te wissen.'
'Waarschijnlijk weet hij dat inderdaad,' zei Petra. 'We hebben met zijn familie gepraat en ook met zijn hospita. Hij heeft zich al dagenlang niet meer vertoond, alles wijst erop dat hij de benen heeft genomen.'
'Zo'n breed verwurgingslitteken kan erop wijzen dat de moordenaar een bepaalde sympathie voor het slachtoffer koesterde,' zei ik. 'Bovendien was ze een grote vrouw. Als ze stomdronken is geweest, zal alles een stuk gemakkelijker voor hem zijn geweest, want dan hoefde hij haar niet aan te vallen of met haar te worstelen. De manier waarop ze daar zittend is aangetroffen duidt bijna op respect. Zat ze met haar benen wijd?'
Milo maakte de envelop open, haalde er een stel kleurenfoto's uit en zocht even tot hij een opname had waar het hele lichaam op te zien was.
'De benen stijf tegen elkaar,' zei Petra.
'Geen suggestieve houding, maar het kan toch nog steeds een pose zijn,' zei ik. 'Verwurging veroorzaakt verkramping, zelfs als er geen worsteling aan te pas is gekomen. Dit ziet er te netjes uit om natuurlijk te zijn.'
Ze stonden samen de foto te bestuderen. 'Volgens mij is ze zo neergezet,' zei Milo.
Petra knikte.
'In dit geval is er geen poging gedaan om haar te vernederen,' zei ik. 'Integendeel, hij heeft haar zelfs in seksueel opzicht in beschérming genomen.'
'Kevin is homo,' zei Milo. 'Misschien beschouwt hij vrouwen niet als seksobjecten.'
'Julie was wel suggestief neergelegd. Kevin mag dan homoseksuele neigingen hebben, maar als hij de vent is die we zoeken, is hij echt behoorlijk in de war.'
'Dat lijkt me logisch,' zei Petra. 'Met zo'n machovader en dito broers en al die nadruk op sportprestaties en mannelijkheid heeft hij het vast niet gemakkelijk gehad.'
Ze keek even naar Milo en ik zag een spoor van onzekerheid in haar

donkere ogen. Ze vroeg zich af of hij dat als een belediging zou opvatten.

Hij knikte, alsof hij haar wilde geruststellen.

'Maar wat het motief ook is geweest,' zei ik, 'de moordenaar heeft de moeite genomen om de schijn op te houden dat zijn slachtoffer er op haar gemak bij zat. In vergelijking met de andere zaken is dat een teken van respect.'

'Een medeplichtige maar geen vriendinnetje?' vroeg Milo.

'Zelfs als Kevin belangstelling had voor meisjes,' zei Petra, 'en zelfs als hij nog andere afwijkingen heeft waarvan wij niets weten, dan kan ik me nog niet voorstellen dat zo'n jonge knul het aanlegt met een zieke, dakloze vrouw. Wat kan de reden zijn dat hij met haar optrok?'

'Kevin verkeert in een isolement,' zei ik. 'Waarschijnlijk voelt hij zich al jarenlang een paria. Afgezien van zijn seksuele neigingen gedroeg hij zich als een eenzame strijder voor kunst in de meest pure vorm. Als hij zo van de wereld vervreemd was, kan ik me wel voorstellen dat hij zich aangetrokken voelt tot verschoppelingen.'

'Dat betekent dat ik dus eigenlijk alle daklozen moet aflopen in plaats van boekwinkels.'

'Hij zoekt het gezelschap op van daklozen en brengt getalenteerde mensen om zeep,' zei Milo. 'Het lijkt wel alsof hij de oorlog heeft verklaard aan de plezierige kant van het leven.'

'Er is nog iets wat ik interessant vind,' zei ik. 'Dit lijk is aangetroffen achter een voormalig theater. Zou dat geen stiekeme verwijzing kunnen zijn naar de dood van de podiumkunst?'

'Ze treden daar anders nog steeds op,' zei Milo. 'De kerk. Een preek is toch ook een voorstelling? Of misschien wilde hij heiligschennis plegen.'

'Het begint nu behoorlijk maf te worden,' zei Petra. Ze knabbelde op haar lip. 'Goed, wat gaan we doen?'

'Het staat voor negenennegentig procent vast dat dit de roodharige vrouw is die CoCo Barnes heeft gezien, maar laten we eerst maar eens kijken of die oude dame haar inderdaad herkent,' zei Milo. 'Het belangrijkste is om erachter te komen wie ze is, een dergelijke vrouw moet ergens in het systeem terug te vinden zijn. Wanneer komen die vingerafdrukken terug?'

'Je weet toch hoe dat gaat. Het kan vandaag zijn, maar net zo goed volgende week. Ik zal wel even met Dig en Harry gaan praten om te zien of er wat vaart achter gezet kan worden.'

'Zodra we weten wie ze is, kunnen we nagaan waar ze heeft uitgehangen. En misschien hoeven we niet eens op die vingerafdrukken

te wachten. Toen Barnes me vertelde wat ze had gezien heb ik links en rechts wat vragen gesteld en vond een tehuis voor daklozen in jouw district – Dove House – waar ze een lange roodharige vrouw kenden die daar af en toe binnen kwam vallen. Bernadine-nog-wat. Ze zeiden ook dat ze volgens hen betere tijden had gekend, want als ze helder was, kwam ze intelligent over.'
'Misschien is dat de kant die de moordenaar kende,' zei ik. 'Hij wist dat ze hulpeloos zou zijn als hij ervoor zorgde dat ze stomdronken was.'
'Ik ken Dove House wel,' zei Petra. 'Ik heb er weleens kinderen naartoe gebracht. Meestal boeken ze goede resultaten.'
Milo keek naar de foto van het lijk. 'Niemand is volmaakt.'

28

Toen we bij CoCo Barnes aankwamen, was ze in haar tot studio omgebouwde garage bezig met een vormeloze pot. Lance de hond lag aan haar voeten te snurken.
Na één blik op de foto zei ze: 'Dat is ze... sprekend mijn tekening. Arm kind, wat is er met haar gebeurd?'
'Dat weten we nog niet, mevrouw,' zei Milo.
'Maar ze is wel dood.'
'Ja, mevrouw.'
'Jemig,' zei Barnes terwijl ze de klei van haar vingers poetste. 'Doe me een genoegen en noem me voortaan CoCo in plaats van mevrouw. U geeft me het gevoel dat ik een fossiel ben.'

Milo belde naar Petra en hoorde dat ze in de Valley zat. Toen hij haar vroeg of het goed was dat we zonder haar naar het tehuis voor daklozen gingen, vond ze dat prima.
'Wat doet ze daar?' vroeg ik.
'Ze houdt het huis van Kevins ouders in de gaten. Stahl zit nog steeds bij het appartement op wacht, maar dat lijkt weinig zin te hebben.'
Ik draaide de auto en zag dat ik bijna geen benzine meer had.
'Al dat heen-en-weer geren,' zei hij. 'Gooi hem maar vol, dan betaal ik.'
'Bied me liever een etentje aan.'
'Waar?'

'In een of andere dure tent.'
'Met aanhang?' vroeg hij.
'Mij best.' Ik reed een tankstation op Lincoln binnen. Hij sprong uit de auto, gebruikte zijn creditkaart om de pomp aan de gang te krijgen, pakte de slang en keek om zich heen terwijl hij de tank volgooide. De eeuwige detective. Ik had behoefte aan beweging, dus ik maakte de voorruit schoon.
'Hoe gaat het met Allison?' vroeg hij.
'Ze zit in Boulder.'
'Om te skiën?'
'Een psychologiesymposium.'
'O... oké, die zit vol.' Hij hing de slang weer op. 'Wanneer komt ze terug?'
'Over een paar dagen. Hoezo?'
'Dan moeten we nog even wachten voordat we die afspraak kunnen maken,' zei hij.

Dove House zat in een verlopen, grauw flatgebouw op Cherokee, net ten noorden van Hollywood Boulevard. Geen uithangbord of naamplaatjes. De voordeur stond open en op de flat links op de begane grond stond KANTOOR.
De directeur was een jonge, gladgeschoren zwarte man die Daryl Witherspoon heette. Hij zat in zijn eentje achter een gehavend bureau te werken. Zijn hoofd was bedekt met gevlochten rijtjes. Een zilveren kruis bengelde om zijn nek toen hij opstond en naar ons toe kwam. Zijn grijze joggingpak rook fris gewassen.
Milo liet hem de foto zien en hij drukte een hand tegen zijn wang.
'O, lieve help. Arme Erna.'
'Erna wie?'
'Ernadine,' zei Witherspoon. 'Ernadine Murphy.'
'E. Murphy,' zei ik.
Witherspoon keek me verrast aan. 'Wat is er met haar gebeurd?'
'Ik ben hier een week geleden ook geweest,' zei Milo. 'Toen heb ik een vrouw gesproken die dacht dat ze mevrouw Murphy kende.'
'Dat zal Diane Petrello wel zijn geweest, mijn assistente. 'Was Erna... is dit al een week geleden gebeurd?'
'Gisteravond. Wat kunt u me over haar vertellen?'
'Laten we maar even gaan zitten,' zei Witherspoon.
Milo en ik gingen op het puntje zitten van een tweedehands bank die naar tabaksrook stonk. Witherspoon bood ons koffie aan uit een pruttelend apparaat, maar we bedankten. Boven hoorden we voetstappen. De kamer was zo felgeel geschilderd dat het pijn deed

aan je ogen. De enige kunstuitingen waren godsdienstige spreuken die met plakband op de muur zaten.

Witherspoon trok een stoel bij en zei: 'Kunt u me vertellen wat er precies is gebeurd?'

'Dat is nog steeds niet duidelijk,' zei Milo. 'Ze werd gevonden in een steegje een paar straten hiervandaan. Achter de kerk van de pinkstergemeente.'

'De kerk... ze was niet godsdienstig,' zei Witherspoon. 'Dat is het enige wat ik u kan vertellen.'

'Was ze anti?' vroeg ik.

Hij knikte. 'Heel erg. Niet dat we fanatiek proberen hen te bekeren, maar we doen wel ons best om hen iets bij te brengen. Ernie had niet de minste behoefte aan God. Ze was ook eigenlijk niet een van onze vaste klanten, ze kwam alleen van tijd tot tijd binnenvallen als ze de omstandigheden niet meer aankon. We weigeren nooit mensen, tenzij ze gewelddadig zijn.'

'Was zij weleens gewelddadig?'

'Nee, nooit.'

'Welke omstandigheden kon ze niet aan?' vroeg Milo.

'Het kwam allemaal door de drank. Ze dronk zichzelf dood. We kennen haar al een paar jaar en de laatste tijd konden we zien dat ze hard achteruitging.'

'In welk opzicht?'

'Met haar gezondheid... ze had een hardnekkige hoest, huidproblemen en maagproblemen. Toen ze hier een keer was blijven slapen, zaten haar lakens 's morgens onder het bloed. Aanvankelijk dachten we dat het... nou ja, u weet wel, de maandelijkse periode. Er zijn hier altijd tampons voorradig, maar sommige vrouwen vergeten het weleens. Maar toen bleek dat Erna bloedde uit haar...' Witherspoon trok een gezicht. 'Van achteren. Inwendig. We lieten een van de dokters komen die hier als vrijwilliger werken en slaagden er ten slotte in om Erna zover te krijgen dat ze zich liet onderzoeken. Volgens de dokter was het niets ernstigs, Erna had kloofjes die verzorgd moesten worden. Ze zei ook dat ze waarschijnlijk darmproblemen had die onderzocht moesten worden. We boden Erna een bezoek aan een specialist aan, maar ze ging ervandoor en het duurde maanden voordat ze weer opdook. Dat was haar gewone manier van doen. Ze kwam en ze ging. Voor de meeste van hen zijn we een doorgangshuis.'

'Had ze ook geestelijke problemen?' vroeg Milo.

'Uiteraard,' zei Witherspoon. 'De meeste mensen die hier komen, lijden daaraan.'

'Leed Erna aan specifieke geestelijke problemen?'
'Het was allemaal het gevolg van de drank, zoals ik al eerder zei. Ik ging ervan uit dat ze gewoon te ver was gegaan... dat noemen ze tegenwoordig een organisch hersensyndroom. Ze worden suf. En als ze hier sliep, had ze soms last van hallucinaties als ze wakker werd. Het korsakovsyndroom, dat wordt veroorzaakt door een gebrek aan vitamine B.' Hij fronste. 'Mensen maken weleens grapjes over roze olifanten, maar in werkelijkheid is het allesbehalve grappig.'
'Hoe was ze voordat ze zo achteruitging?' vroeg ik.
'Hmm... Ik kan niet zeggen dat ze ooit echt... normaal is geweest. Ik beweer niet dat ze dom was. Dat was ze niet. Af en toe, als we haar lang genoeg van de drank af konden houden en dan met haar praatten, kon je merken dat ze over een goede woordenschat beschikte... Wij hadden het idee dat ze een opleiding had gehad, maar als we probeerden daar iets meer over te weten te komen, klapte ze dicht. De laatste tijd lukte het steeds minder vaak om haar nuchter te houden. Het laatste jaar of zo was er eigenlijk geen land met haar te bezeilen.'
'Agressief?' vroeg Milo.
'Juist het tegendeel... Passief, met haar hoofd in de wolken, praten met een dubbele tong, alles dubbelzien. Motorisch klopte het ook niet meer. Ze struikelde vaak, of viel... Is dat nu ook met haar gebeurd? Is ze op haar hoofd gevallen?'
'Daar lijkt het niet op,' zei Milo.
'Dus iemand heeft haar dit aangedaan.'
'Dat weten we nog niet, meneer.'
'O, god,' zei Witherspoon.
Milo pakte zijn opschrijfboekje. 'Wie is de dokter die haar heeft onderzocht toen haar lakens onder het bloed zaten?'
'We maken gebruik van diverse vrijwilligers. Volgens mij was het dit keer Hannah Gold. Ze heeft een praktijk op Highland. Het was de enige keer, ze heeft geen vriendschap met Erna gesloten. Dat lukte niemand. We konden nooit vat op haar krijgen.'
Witherspoon schokschouderde. 'God geeft en God neemt, maar in de tussentijd doen wij mensen ons best om de levensreis te beïnvloeden.'
'Wat weet u van de familieomstandigheden van mevrouw Murphy?'
'Niets,' zei Witherspoon. 'Ze heeft er nooit iets over gezegd.'
'Had ze vrienden?' vroeg ik. 'Praatte ze wel met de andere bewoners?'

'Daar heb ik nooit iets van gemerkt. Om eerlijk te zijn waren de meeste andere vrouwen bang voor haar. Ze was groot en kon dreigend overkomen als je haar niet kende.'
'Hoezo?'
'Ze liep vaak binnensmonds mompelend rond te klossen,' zei Witherspoon. 'En dan zag ze van alles.'
'Wat dan?' vroeg Milo.
'Dat heeft ze nooit onder woorden gebracht, maar aan de manier waarop ze zich gedroeg – stokstijf stilstaan, wijzen en haar lippen bewegen – kon je zien dat ze bang was. Dat ze iets zag dat haar angst aanjoeg. Maar ze liet zich nooit geruststellen.'
'Dus de andere vrouwen waren bang voor haar.'
'Ik denk dat ik een beetje overdreef,' zei Witherspoon. 'Ze waren meer nerveus dan bang. Ze heeft nooit moeilijkheden veroorzaakt. Af en toe kroop ze weg in een hoekje, raakte opgewonden, begon te mompelen en met haar vuist te zwaaien. Als ze dat deed, bleef iedereen bij haar uit de buurt. Maar ze heeft zich nooit agressief tegenover mensen gedragen. Soms sloeg ze zichzelf op de borst, of trommelde met haar knokkels tegen haar hoofd. Het had niets te betekenen, maar u snapt zelf ook wel dat ze daar een beetje bang van werden. Omdat ze zo groot was.'
'Die heldere periodes,' zei ik. 'Waaruit kon u dan opmaken dat ze een goede opleiding had gehad?'
'Haar woordenschat,' zei Witherspoon. 'De manier waarop ze die gebruikte. Ik wou dat ik me een specifiek voorbeeld kon herinneren, maar helaas. Het is alweer een tijdje geleden dat ik haar voor het laatst heb gezien.'
'Hoe lang?' vroeg Milo.
'Drie, misschien vier maanden.'
'Kunt u alstublieft in uw archief nagaan wanneer dat precies is geweest, meneer?' vroeg Milo.
'Het spijt me. De enige dossiers die we bijhouden, zijn ons van overheidswege opgelegd. Om onze belastingvrije status te kunnen handhaven enzo. Die hele papierwinkel die de overheid van ons vraagt, bezorgt me al genoeg werk, dus voor de rest hou ik het zo simpel mogelijk.'
'Een goede woordenschat,' zei ik.
'Er kwam nog meer bij kijken... een goede uitspraak. Op een bepaalde manier kon ze heel... beschaafd klinken.'
'Waar praatte ze over als ze helder was?'
Witherspoon liet zijn vinger over een van de vlechtjes glijden. 'Dat moet ik even aan Diane vragen.' Hij liep naar zijn bureau, toetste

een toestelnummer in, vroeg iets op zachte toon en zei: 'Ze komt nu naar beneden.'

Diane Petrello was in de zestig, een korte gezette vrouw met afgehakt grijs haar en een grote ronde bril met een schildpadmontuur dat nog breder was dan haar gezicht. Ze droeg een roze sweatshirt met de tekst COMPASSION, een lange spijkerrok en gympen.
Toen Milo haar vertelde wat er met Erna Murphy was gebeurd, zei ze: 'O, mijn god,' met een zachte, hoge stem. De tranen rolden over haar wangen toen hij er een paar bijzonderheden aan toevoegde. Ze ging tegenover hem zitten en poetste in haar ogen terwijl Daryl Witherspoon een kopje thee voor haar zette.
Ze warmde haar handen aan het kopje en zei: 'Ik hoop dat het arme kind nu eindelijk rust zal vinden.'
'Een gekwelde ziel,' zei Milo.
'O ja,' zei Diane Petrello. 'Maar dat geldt toch voor ons allemaal?'
Hij praatte even met haar over dingen die hij ook al met Witherspoon had besproken en vroeg toen opnieuw waarover Murphy had gepraat als ze helder was.
'Waarover ze praatte,' zei Petrello. 'Hmm... volgens mij voornamelijk over kunst. Ze kon urenlang naar de foto's in boeken over kunst kijken. Ik ben zelfs een keer naar een tweedehandswinkel gegaan om een paar boeken over kunst voor haar te kopen, maar toen ik terugkwam, was ze weg. Zo was ze nu eenmaal. Rusteloos, ze kon nooit lang op één plaats blijven. In feite was dat zelfs de laatste keer dat ik haar heb gezien. Ze heeft die boeken nooit onder ogen gehad.'
'Welke vorm van kunst had haar voorkeur?' vroeg Milo.
'Tja... dat zou ik u eigenlijk niet kunnen vertellen. Mooie schilderijen, denk ik.'
'Landschappen?'
De mooie schilderijen van Julie Kipper.
'Alles wat mooi was,' zei Diane Petrello. 'Dat scheen haar te kalmeren. Maar niet altijd. Als ze echt opgewonden was, hielp eigenlijk niets.'
'Af en toe kon ze behoorlijk geagiteerd zijn,' zei Milo.
'Maar ze veroorzaakte nooit moeilijkheden.'
'Had ze ook vrienden hier in Dove House?'
'Niet echt, nee.'
'Buiten het tehuis wel?'
'Niet dat ik weet.'
'Heeft ze het weleens over vrienden gehad?'

Petrello schudde haar hoofd.

'Ik ben met name geïnteresseerd in een jonge man van in de twintig, mevrouw,' zei Milo. 'Lang, mager, met donker haar, een slechte huid en een bril.'

Petrello keek Witherspoon aan. Ze schudden allebei hun hoofd.

'Heeft hij het gedaan?' vroeg Witherspoon.

'We weten nog niet of iemand iets heeft gedaan, meneer. Wat kunt u me nog meer over mevrouw Murphy vertellen?'

'Dat is het enige dat me te binnen schiet,' zei Petrello. 'Ze was zo alleen. Net als zoveel van die mensen. Dat is in feite het grootste probleem. Eenzaamheid. Zonder de liefde van God zijn we allemaal alleen.'

Milo vroeg of we de foto van Erna Murphy aan de andere bewoners mochten laten zien en Daryl Witherspoon fronste.

'Er zijn deze week maar zes vrouwen in het tehuis,' zei Diane Petrello.

'En mannen?' vroeg Milo.

'Acht mannen.'

'We hebben een paar moeilijke weken achter de rug en iedereen is nogal kwetsbaar,' zei Witherspoon. 'De foto's die u mij hebt laten zien, zouden net te veel zijn.'

'Dan heb ik een ander voorstel,' zei Milo. 'We vergeten de foto en praten alleen maar. En u kunt erbij blijven om er zeker van te zijn dat we het niet verkeerd aanpakken.'

Opnieuw keken Petrello en Witherspoon elkaar aan. 'Vooruit dan maar,' zei hij. 'Maar bij het eerste blijk van problemen houden we er meteen mee op, goed?'

Witherspoon ging weer achter zijn bureau zitten en Milo en ik liepen achter Diane Petrello aan een kreunende trap op. De bovenverdiepingen waren onderverdeeld in aparte kamers aan weerszijden van een lange, felturquoise geschilderde gang. Vrouwen op de eerste verdieping, mannen op de tweede. Elke kamer bevatte een stapelbed. Bijbels op de kussens, een kleine, losse kast en weer religieuze afbeeldingen.

De helft van de bewoners was slaperig. De naam van Erna Murphy leverde alleen vage blikken op tot een jonge vrouw, een zekere Lynnette met het gezicht van een fotomodel en oude littekens van naalden in de elleboogholten van haar broodmagere armen, zei: 'De Lange Rooie.'

'Kent u haar?'

'Ik heb een paar keer een kamer met haar gedeeld.' Lynnettes ogen

waren groot, zwart en gekwetst. Haar lange haar was donker en vettig. Een getatoeëerde ster ter grootte van een sheriffster sierde de linkerkant van haar hals. Midden door die lichaamskunst liep een ader, die de blauwe inkt liet kloppen. Een langzame hartslag, regelmatig en onaangedaan. Ze zat op het onderste bed, met een bijbel onder haar ene arm en een zak chips onder de andere. Ze had de gebogen rug van een oude vrouw. Uit haar omlaag hangende mondhoeken was op te maken dat ze niet meer geïnteresseerd was in persoonlijke zekerheid. 'Wat is er met haar gebeurd?'
'Ik ben bang dat ze dood is, mevrouw.'
Lynnettes hartslag bleef even traag. Daarna kneep ze geamuseerd haar ogen dicht.
'Wat is er zo grappig, mevrouw?'
Lynnette schonk hem een scheef lachje. 'Het enige grappige is dat u "mevrouw" tegen me zegt. Wat is er gebeurd, heeft iemand haar koud gemaakt?'
'Dat weten we niet zeker.'
'Misschien heeft haar vriendje het gedaan.'
'Over welk vriendje hebt u het?'
'Weet ik niet. Ze heeft me alleen maar verteld dat ze een vriendje had en dat hij heel intelligent was.'
'Wanneer heeft ze u dat verteld?' vroeg Milo.
Lynnette krabde aan haar arm. 'Dat moet al een hele tijd geleden zijn.' En tegen Petrello: 'Waarschijnlijk niet de laatste keer dat ik hier was, maar een paar keer daarvoor?'
'Dan hebben we het over maanden,' zei Petrello.
'Ik ben op reis geweest,' zei Lynnette. 'Dus het moet wel maanden geleden zijn.'
'Op reis,' zei Milo.
Lynnette glimlachte. 'Een rondreisje door de vs. Ja... maanden geleden, zes of zeven, dat weet ik niet meer. Ik kan me het alleen nog maar herinneren omdat ik dacht dat het lulkoek was. Want wie zou haar nou willen hebben? Ze was een viezerik.'
'Dus u mocht haar niet.'
'Wat viel er te mogen?' vroeg Lynnette. 'Ze was zo gek als een deur. Als je met haar zat te praten werd ze ineens zweverig en dan begon ze rond te lopen en in zichzelf te praten.'
'Wat heeft ze nog meer over dat vriendje verteld?' vroeg Milo.
'Dat was alles.'
'Intelligent.'
'Ja.'
'Geen naam?'

'Nee, hoor.'
Milo liep naar het bed toe. Diane Petrello ging tussen hem en Lynnette staan en hij stapte weer achteruit. 'Als er ook maar iets is dat u ons over dat vriendje zou kunnen vertellen, zou ik dat bijzonder op prijs stellen.'
'Ik weet helemaal niks,' zei Lynnette. En een seconde later: 'Ze zei dat hij intelligent was, verder niks. Het was gewoon opschepperij. Zo van: als híj intelligent is, ben ík het ook. Ze zei dat hij haar zou weghalen.' Ze tuitte haar lippen. 'Ja, vast.'
'Uit Dove House?'
'Híéruit. Uit dit léven. Van de stráát. Dus misschien heeft hij woord gehouden. Als je nagaat wat er met haar is gebeurd.'

We stapten weer in de auto. 'Wat denk jij?' vroeg Milo.
'Erna Murphy hield van mooie kunst,' zei ik. 'Dat zou een punt van overeenkomst kunnen zijn met iemand als Kevin, die zichzelf tot kunstkenner had uitgeroepen. Dat de schilderijen van Julie Kipper mooi waren, is buiten kijf. Erna zou ze zeker aantrekkelijk hebben gevonden. Misschien heeft hij haar wel op de expositie gewezen. En haar als een soort afleidingsmanoeuvre gebruikt.'
'CoCo Barnes heeft de achterdeur opengedaan en misschien is ze vergeten die weer op slot te doen.' Hij wreef over zijn gezicht. 'Een psychotische voorpost. Denk je dat hij Erna meer heeft laten doen dan alleen dat? Wat als hij haar ook Julie heeft laten vermoorden? Erna was groot genoeg om iemand met het postuur van Julie te overmeesteren, zeker in dat benarde damestoilet. Een vrouw zou ook verklaren waarom er geen sperma is aangetroffen en waarom ze niet is verkracht. En we hebben net gehoord dat ze ook heldere momenten had.'
'Vrij helder,' zei ik. 'De moord op Julie was te goed gepland om bedacht te zijn door iemand die psychotisch was. Er is geen spoortje forensisch bewijsmateriaal op de plaats van het misdrijf aangetroffen. Erna had nooit zo zorgvuldig te werk kunnen gaan. Nee, daar geloof ik niets van. Hier speelt iets heel anders... een jaar geleden schreef "E. Murphy" een recensie over Vassily Levitch. De schrijfstijl was overdadig, maar niet verward genoeg om van Erna te kunnen zijn. Iemand heeft haar naam geleend. Een soort identiteitsroof.'
'Het intelligente vriendje,' zei hij. 'Lynnette was ervan overtuigd dat Erna zich dat verbeeldde.'
'In de zin van romantische betrekkingen was dat waarschijnlijk ook zo. Maar er was wel degelijk een band. De esthetische interesses van Erna, plus het feit dat ze een opleiding had gehad en bij vlagen goed

van de tongriem was gesneden, maakten haar misschien aanlokkelijk voor iemand als Kevin Drummond. Een tragische figuur die geen kant meer op kon, de ultieme outsider. Zelfs haar psychose kan in zijn ogen aantrekkelijk zijn geweest. Er zijn nog steeds idioten die denken dat krankzinnigheid iets geweldigs is. Maar wat de onderlinge relatie ook is geweest, Kevin heeft er wel voor gezorgd dat ze op afstand bleef. Zijn hospita heeft haar nooit in de buurt van zijn appartement gezien en de mensen met wie Petra heeft gesproken hebben het helemaal niet over haar gehad.'
'Eerst idealiseert hij haar en dan vermoordt hij haar.'
'Ze paste niet meer in zijn wereldbeeld en werd een bedreiging.'
'Koud,' zei hij. 'Dat is de overeenkomst bij al die gevallen. Een hart van steen. Net als in dat nummer van Baby Boy. Ik heb een van zijn cd's gekocht en daar heb ik naar zitten luisteren, om te proberen er wat meer begrip voor te krijgen.'
'En is dat gelukt?'
'Hij was een kanjer van een gitarist, zelfs zo'n muzikale analfabeet als ik kan zijn ziel in zijn spel horen. Maar echt begrip heeft het niet opgeleverd. Wist je dat jouw naam ook op dat album staat?'
'Waar heb je het over?'
'In kleine lettertjes, helemaal onderaan, waar hij iedereen bedankt, van Jezus Christus tot Robert Johnson. Het is een hele lijst. Robin staat er ook bij. Hij noemt haar "de mooie gitaardame" en bedankt haar omdat zij ervoor zorgde dat zijn gitaren gelukkig bleven. En dan sleept hij jou er ook bij. Iets in de trant van: "En dr. Alex Delaware wordt bedankt omdat hij de mooie gitaardame gelukkig maakt."'
'Dat is alweer een tijdje geleden.'
'Sorry,' zei hij. 'Ik dacht dat je het wel leuk zou vinden.'
Ik reed weg en volgde Hollywood Boulevard in westelijke richting. Wegwerkzaamheden zorgden voor oponthoud. Mannen met veiligheidshelmen zorgden voor een gigantische puinhoop. Harde werkers die de buurt een facelift moesten geven. Misschien zou op een dag inderdaad het stralende, steriele en totaal vercommercialiseerde Hollywood verrijzen waar de burgervaders hun zin op hadden gezet. Ondertussen bestond er een wankel evenwicht tussen opzichtige luxe en verval.
Een paar kilometer naar het noorden, in de heuvels, stond het Hollywood-monument, waar decennia geleden een aankomend sterretje een eind had gemaakt aan haar leven en waar het lichaam van China Maranga weg had liggen rotten. Ik stelde niet voor om ernaartoe te rijden, en Milo voelde er kennelijk ook niets voor. Het

was al zo lang geleden dat het er niet meer toe deed.
We kropen stapvoets richting Vine Street. 'Erna,' zei hij. 'Weer een ziel die onteigend is.'
'Een gebruiker,' zei ik. 'Daar draait alles om.'

29

Encino. Petra moest even verwerken wat Milo haar net had verteld. De identiteit E. Murphy betekende dat de moord op de rode vrouw ook op haar bureau terecht zou komen.
Ze belde Eric Stahl en vertelde hem wat er was gebeurd.
'Oké,' zei hij op die vlakke manier die het bloed onder je nagels vandaan haalde. *Ik raak nergens van onder de indruk.*
'Blijf je Kevin nog in de gaten houden?' vroeg ze.
'Volgens mij is het pure tijdverspilling.'
'Hoezo?'
'Ik denk niet dat hij hier binnenkort weer langskomt,' zei Stahl. 'Zeg jij het maar.'
'Ik hou nog steeds het huis van zijn ouders in de gaten. Hier gebeurt ook niets, maar ik blijf volhouden. Ondertussen kunnen we volgens mij beter in het verleden van Erna Murphy duiken. Als je echt denkt dat die flat van Kevin niets oplevert, kun jij wat mij betreft daarmee beginnen.'
'Goed.'
Het bleef even stil.
Petra wachtte net zolang tot hij weer iets zei. 'Heb je enig idee waarmee ik moet beginnen?' vroeg hij.
'De gebruikelijke archieven... wacht even, er komt net een vrouw bij het huis aanrijden, dat zou Kevins moeder weleens kunnen zijn. Ze ziet er niet echt gelukkig uit... volg de gebruikelijke werkwijze maar, Eric. Ik bel je straks wel weer.'

Ze bleef in haar Accord zitten en keek toe hoe de vrouw zich uit haar lichtblauwe Corvette hees. Het lage, met een hoes bedekte geval dat zij en Stahl tijdens hun eerste bezoek aan het huis van Franklin Drummond hadden gezien.
De rode Honda stond op naam van Anna Martinez – een latino dienstmeisje dat kennelijk inwonend was. De andere drie voertuigen stonden op naam van Franklin Drummond. Hij maakte dage-

lijks gebruik van de grijze Baby Benz, de 'Vette was het speeltje van mevrouw en niemand scheen behoefte te hebben aan de witte Explorer. Misschien was het een reserveauto voor de twee jongste zoons als ze thuis waren.

Kevin reed in een goedkoop autootje. Kennelijk niet het favoriete kind.

De vrouw haalde haar vingers door haar haar, wiebelde met haar kont en sloot de Corvette met de afstandsbediening af. Van middelbare leeftijd, lang, mager en met lange benen. Een breed gezicht met grove trekken. Niet bepaald knap, maar in zekere zin toch sexy. Het haar was een soort knaloranje helmpje... dezelfde kleur als dat van Erna Murphy, is dat niet interessant, Doktor Freud? Ze droeg een witte jersey slobbertrui bezet met rijnsteentjes die op en neer huppelden op haar grote tieten, een strakke zwarte broek met bandjes onder de voeten en open sandalen met ijzingwekkende naaldhakken.

Hoerenschoenen. Een slet op leeftijd?

Deed Kevins mammie het met iemand anders dan met Kevins pappie?

Petra keek toe hoe ze naar de voordeur liep, in haar Gucci-handtas rommelde en een sleutelbos te voorschijn haalde.

Vast en zeker Kevins mama. Hij had zijn slungelachtige lijf niet van zijn vierkant gebouwde vader geërfd.

Uit de auto, de hoge hakken en de rest viel op te maken dat mama graag de bloemetjes buitenzette. Een vrouw die zich bewust was van haar seksualiteit. Als ze dat optelde bij de rest van de familieomstandigheden kon Petra zich vaag voorstellen wat voor soort jeugd Kevin had gehad.

Maar vanmiddag zag mama er beroerd uit. Gespannen. Strakke nek, de mondhoeken omlaag. Ze liet de sleutelbos vallen en bukte zich om hem weer op te rapen.

Petra stapte uit haar auto toen de vrouw net de sleutel in het slot wilde steken en ze stond al naast haar voordat ze de deur open had. De vrouw draaide zich om. Petra duwde haar de politiepenning onder de neus.

'Ik heb u niets te vertellen.' Een rokersstem. De kleren van de roodharige vrouw roken naar een mengsel van tabak en Chanel 19.

'U bent mevrouw Drummond,' zei Petra.

'Ik ben Terry Drummond.' Haar stem vertoonde een spoor van angst.

'Hebt u even een momentje om met mij over Kevin te praten?'

'Geen denken aan,' zei Terry Drummond. 'Mijn man heeft me ge-

waarschuwd dat u langs zou komen. Ik ben niet verplicht om met u te praten.'
Petra glimlachte. De rijnsteentjes op Terry's trui vormden de omtrek van twee terriers. Met de neuzen tegen elkaar. Schattig. 'Dat klopt inderdaad, mevrouw Drummond. Maar ik ben niet hier om u het vuur aan de schenen te leggen.'
De hand waarmee Terry de sleutel vasthield, verstijfde. 'U kunt het noemen zoals u wilt. Ik ga naar binnen.'
'Mevrouw, Kevin heeft zich al bijna een week niet meer laten zien. Volgens mij moet u als moeder toch ongerust zijn.'
Ze bleef strak naar de vrouw kijken, op zoek naar een teken dat Kevin contact met haar had opgenomen.
De tranen sprongen Terry Drummond in de ogen. Zachte bruine ogen, met gouden vlekjes. Prachtige ogen zelfs, ondanks de te overdadig aangebrachte ogenschaduw en mascara. Petra herzag haar aanvankelijke mening. Ondanks haar grove trekken was Terry meer dan aantrekkelijk en ze mocht dan ongerust zijn, ze was nog ongelooflijk prikkelend. Als jonge vrouw was ze waarschijnlijk zo sexy als de pest geweest.
Hoe zou het zijn om zo'n moeder te hebben?
Petra wist niets van moeders af, de hare was bij haar geboorte gestorven.
Ze ontspande zich en gunde Terry Drummond de tijd om na te denken. Terry droeg zware gouden sieraden en een dikke diamant van drie karaat aan haar ringvinger. Van dichtbij zag de Gucci-tas er echt uit.
Petra zag haar als iemand die met haar lichaamswarmte en haar uitdagende uiterlijk een opkomende advocaat aan de haak had geslagen. Iemand die een paar stapjes op de maatschappelijke ladder was geklommen, waarschijnlijk haar eigen carrière had opgeofferd, drie jongens had grootgebracht en zich helemaal had overgegeven aan het moederschap in de voorsteden, met als enige resultaat dat haar oudste zoon uiteindelijk... anders bleek te zijn.
Nu was ze doodsbang. Kevin had niet naar huis gebeld.
Ze zei: 'U moet zich toch zorgen maken, mevrouw. Niemand beweert dat Kevin zich aan iets schuldig heeft gemaakt, we willen alleen graag met hem praten. De kans bestaat dat hij in gevaar verkeert. Denk eens goed na: is hij weleens eerder op deze manier verdwenen? Vindt u het niet belangrijk dat wij hem vinden?'
Terry Drummond vocht tegen haar tranen. 'Als ík niets van hem heb gehoord, hoe kunnen jullie hem dan vinden?'
'Hoe lang is dat al zo, mevrouw?'

Terry schudde haar hoofd. 'Meer krijgt u van mij niet te horen.'
'Hebt u enig idee waarom wij belangstelling voor hem hebben?'
'Het heeft iets met moord te maken. En dat is belachelijk. Kevin is heel zachtaardig.' Bij het uitspreken van dat laatste woord ging Terry's stem omhoog en haar gezicht vertrok. Petra had het gevoel dat iemand het ten opzichte van Kevin als een belediging had gebruikt. *Een zachtaardig type.*
'Dat zal vast wel, mevrouw Drummond.'
'Waarom blijft u ons dan lastig vallen?'
'Dat probeer ik juist te vermijden, mevrouw. Ik weet zeker dat u Kevin beter kent dan wie ook. U geeft meer om hem dan enig ander. Dus als hij contact met u opneemt, zult u hem ongetwijfeld goede raad geven.'
Terry Drummond begon te huilen. 'Ik zit hier echt niet op te wachten. Ik zit hier helemaal niet op te wachten. Als die idiote zwager van me zijn mond over Kevin had gehouden, was mij dit bespaard gebleven... waarom laten jullie hém met rust? Hij hééft al twee mensen vermoord.'
'Randolph?'
'Zijn vrouw en zijn kind, de smerige zuiplap,' snauwde Terry. 'Frank drukte Randy altijd op zijn hart dat hij moest ophouden met drinken. Hij heeft ons bijna geruïneerd... al die processen. Alleen omdat Frank zo slim is, slaagde hij erin om er weer bovenop te komen. Dus u begrijpt ook wel waarom Randy ons zwart probeert te maken.'
'Randy heeft alleen maar bevestigd dat hij Kevins oom was, anders niets,' zei Petra. 'En daar waren we toch wel achter gekomen.'
'Waarom?' zei Terry. 'Waarom vallen jullie mijn zoon lastig? Het is een brave jongen, hij is lief, hij is intelligent, hij is vriendelijk en hij doet geen vlieg kwaad.'
Het lichaam van de vrouw was inmiddels zo gespannen als een veer en Petra veranderde van tactiek.
'Had Kevin een vriendin die Erna Murphy heette?'
'Wie?'
Petra herhaalde de naam.
'Ik heb nog nooit van haar gehoord. Kevin heeft nooit... ik ken zijn vrienden niet.'
De asociale Kevin. Terry verbleekte en probeerde haar bekentenis haastig goed te praten. 'Ze gaan het huis uit en leiden hun eigen leven. Vooral creatieve mensen moeten de ruimte krijgen.' Het klonk als een vaak gebruikt excuus voor Kevins vreemde gedrag.
'Ja, dat is waar,' zei Petra.

'Ik schilder,' zei Terry Drummond. 'Ik ben les gaan nemen en nu heb ik óók ruimte nodig.'
Petra knikte.
'Alsjeblieft,' zei Terry, 'laat me met rust.'
'Hier is mijn kaartje, mevrouw. Denk nog maar eens na over wat ik heb gezegd. Voor Kevins bestwil.'
Terry aarzelde even voordat ze het aanpakte.
'Nog één ding,' zei Petra. 'Kunt u mij vertellen waarom Kevin zichzelf Yuri noemt?'
Terry glimlachte plotseling, een verblindende glimlach die haar ongelooflijk aantrekkelijk maakte. Ze raakte even haar borst aan, alsof ze moest denken aan wat die gevoed had. 'Het is zo'n liverd. En zo knap. Ik zal u dat vertellen en dan zult u zelf wel inzien dat u de plank misslaat. Jaren geleden, toen Kevin nog klein was – nog maar een knulletje, maar al wel heel slim – vertelde Frank hem alles over de wedloop in de ruimte. En over de Spoetnik, die echt groot nieuws was toen Frank zelf nog klein was. De Russen kwamen als eerste in de ruimte, waarmee ze ons Amerikanen toonden dat wij slap en lui waren geworden. Dat was de manier waarop Frank altijd tegen Kevin praatte. Kevin was Franks eerste kind en hij heeft echt veel tijd aan hem besteed, hij nam hem overal mee naartoe. Naar museums, parken en zelfs naar kantoor, waar iedereen Kevin "de kleine advocaat" noemde, omdat hij zo gemakkelijk praatte. Maar goed, Frank vertelde Kevin dus over de Russen en de Spoetnik en die Russische astronaut... hoe noemden ze die ook alweer, kosmonog-iets.'
'Kosmonauten.'
'Onze astronauten moesten het afleggen tegen de kosmonauten en de eerste daarvan was een vent die Yuri-nog-wat heette. En hoewel hij nog heel klein was, zat Kevin naar Frank te luisteren, en toen hij klaar was met zijn verhaal, zei Kevin: "Pappie, ík wil de eerste zijn. Ik wil óók een Yuri worden."'
De tranen biggelden Terry weer over de wangen. Een hand met lange nagels plukte aan een van de rijnsteen-terriërs. 'En als hij daarna goed zijn best had gedaan en bijvoorbeeld een mooi cijfer had gekregen voor een proefwerk of zo, noemde ik hem Yuri. Dat vond hij leuk, want het betekende dat hij goed werk had geleverd.'

30

Twee boodschappen op mijn antwoordapparaat.
De eerste was van Allison, van twee uur geleden. Een paar minuten later had Robin gebeld. Ze vroegen allebei of ik hen terug wilde bellen als het me uitkwam. Ik begon met Allisons hotel te bellen. Ze pakte op nadat de telefoon vier keer was overgegaan en klonk alsof ze buiten adem was. 'O, ben jij het, geweldig. Ik stond net op het punt de deur uit te gaan.'
'Komt het ongelegen?'
'Welnee, helemaal niet. Ik was op weg naar de zoveelste conferentie.'
'Is het een leuk symposium?'
'Boulder is heel mooi,' zei ze. 'IJle lucht.'
'IJle hete lucht?'
Ze lachte. 'In feite zijn er een paar goede studies aangeboden, over onderwerpen die jou ook vast aan zouden spreken. Posttraumatische stress bij slachtoffers van terrorisme, een prima onderzoek naar depressie bij kinderen... hoe gaat het met de zaak?'
'Daar zit weinig schot in,' zei ik.
'Wat jammer... ik wou dat je ook hier was. Dan hadden we samen nog een beetje lol op de pistes kunnen hebben.'
'Ligt er nog steeds sneeuw?'
'Geen millimeter. Ik heb Philadelphia afgezegd en ik kom morgen naar huis. Heb je zin om voor morgenavond een afspraak te maken?'
'Reken maar.'
'Ik heb de familie van Grant niet voor het hoofd gestoten,' zei ze. 'Om eerlijk te zijn leken ze zelfs opgelucht. Iedereen weet dat het tijd wordt om de banden te verbreken. Zal ik vanaf het vliegveld rechtstreeks per taxi naar je toekomen?'
'Ik kan je ook ophalen.'
'Nee, werk jij maar aan die zaak. Tegen een uur of acht ben ik er wel.'
'Moet ik koken?'
'Als je daar zin in hebt, maar dat is niet zo belangrijk. Op de een of andere manier zullen we toch wel aan onze trekken komen.'

Ik stelde het telefoontje naar Robin uit. Toen ik uiteindelijk belde en hoorde hoe gespannen haar stem klonk, speet het me dat ik er zo lang mee had gewacht.

'Bedankt dat je terugbelt.'
'Wat is er aan de hand?'
'Ik wilde je er eigenlijk niet mee lastig vallen, maar ik vond toch dat je het moest weten... je zou er toch wel achter zijn gekomen. Er is bij me ingebroken. Iemand heeft de hele werkplaats overhoopgehaald en zich met een paar instrumenten uit de voeten gemaakt.'
'God, wat vervelend voor je. Wanneer?'
'Gisteravond. We waren uit geweest, en toen we rond middernacht thuiskwamen was het licht aan en de deur naar de studio stond op een kier. Het duurde drie uur voordat de politie kwam opdagen. Er werd een rapport opgemaakt en toen haalden ze de recherche erbij die alles nog eens dunnetjes overdeed. Daarna kwam de technische recherche die op zoek ging naar vingerafdrukken. Al die vreemden in mijn huis... al die procedures waar jij en Milo het altijd over hebben.'
'Waren er tekenen van braak?'
'De achterdeur zat op slot en er zit een rooster voor het raampje, maar ze hebben de hele deur gewoon uit de scharnieren getild. Die waren kennelijk verroest. Het alarmsysteem was wel ingeschakeld, maar volgens de rechercheurs was er ergens een draadje kapot, want het werkte niet zoals het moest. Het is een oud huis... Ik had dat natuurlijk moeten controleren, maar de huisbaas woont in Lake Havasu en het duurt tijden om iets voor elkaar te krijgen.'
'Heb je veel schade?'
'Ze hebben wat dingen meegenomen, maar het ergste is dat ze alles kapotgeslagen hebben wat op de werktafel lag. Prachtige oude instrumenten. Een Martin met een ivoren brug, de Lyon & Healy-mandoline van Clyde Buffum en een twaalfsnarige Stella. Mijn verzekering dekt de schade, maar die arme klanten van me... die instrumenten betekenden veel meer voor hen dan geld kan vergoeden... je hoeft niet naar dit gezeur te luisteren, ik weet niet eens waarom ik je heb gebeld. Tim heeft er een nieuwe deur in gezet en kon nog net zijn vlucht naar San Francisco halen.'
'Dus je bent alleen?'
'Een paar dagen maar.'
'Dan kom ik meteen naar je toe.'
'Dat hoeft niet, Alex... ja, alsjeblieft.'

Ze zat in een groene trui en een spijkerbroek op me te wachten op het kleine gazon voor het huis, in een witte plastic tuinstoel. Voordat ik haar had kunnen begroeten, had ze haar armen al om me heen geslagen.

'Ze hebben de gitaren van Baby Boy meegenomen,' zei ze. Ze trilde van top tot teen. 'Ik heb tegen Jackie True gezegd dat ik ze wou kopen, omdat ik ze aan jou wilde geven, Alex. Hij heeft navraag gedaan bij Christie's en daar zeiden ze dat hij er nooit een hoog bedrag voor zou krijgen. Hij stond op het punt om toe te happen.'
Ze keek naar me op. 'Ik wist dat ik jou er een plezier mee zou doen. Ik wilde ze je op mijn verjaardag geven.'
Ze was over een maand jarig. Daar had ik nog geen moment aan gedacht.
Ik liet mijn hand over haar krullen glijden. 'Het was lief bedacht.'
'En dat is het enige dat telt, hè?' Ze lachte en snufte. 'Laten we maar naar binnen gaan.'
Haar woonkamer was nauwelijks veranderd, er ontbraken alleen wat porseleinen spulletjes. 'Had de recherche enig idee?'
'Doorgeslagen bendeleden. Het waren duidelijk geen profs. Ze hebben een paar prachtdingen achtergelaten... een beeldschone D'Anglico Excel en een F-5 uit de jaren veertig... die had ik goddank in een kast liggen. Met uitzondering van de Gibson van Baby Boy hebben ze alleen elektrische instrumenten meegenomen. Een paar Fenders uit de jaren zeventig, een Standell bas en een Les Paul *gold-top reissue*.'
'Alleen maar de opvallende dingen,' zei ik. 'Kinderwerk.'
'De rechercheurs zeiden dat je daaruit en uit die doelloze vernielingen kon opmaken dat het om onvolwassen mensen ging. Het leek wel een beetje op een stel kinderen dat in een school inbreekt. De bendes zijn eigenlijk alleen maar actief ten zuiden van Rose. Tot nu toe hebben wij er geen last van gehad.'
Ten zuiden van Rose was een paar straten verder. Een van die willekeurige grenzen in L.A. die even realistisch zijn als een film. Waarschijnlijk drong dat ook ineens tot Robin door, want ze begon weer te beven, klemde zich nog stijver aan me vast en drukte haar gezicht tegen mijn overhemd.
'Moest Tim echt dringend naar het noorden?' vroeg ik.
'Hij wilde niet weg, maar ik stond erop dat hij ging. Hij heeft een contract om met de kinderen in een nieuwe productie van *Les Misérables* te werken. Ze moeten zich twee weken lang voorbereiden op de première. Bij kinderen moet je altijd oppassen dat je hun stembanden niet overbelast.'
'Ik dacht dat je maar een paar dagen alleen zou zijn.'
'Zodra dit allemaal is opgelost, ga ik er ook naartoe.'
Ik zei niets.
'Bedankt dat je bent gekomen, Alex.'

'Moet ik je helpen opruimen?'
'Ik wil daar niet eens naar binnen.'
'Zullen we er dan even tussenuit knijpen om ergens een kopje koffie te gaan drinken?'
'Ik kan niet weg,' zei ze. 'Ik zit te wachten op de slotenmaker.'
'Wanneer komt die?'
'Hij had er een uur geleden al moeten zijn. Kom maar gewoon bij me zitten. Alsjeblieft.'

Ze haalde een paar blikjes cola op en we gingen tegenover elkaar zitten om ze op te drinken.
'Wil je een koekje?'
'Nee, dank je wel.'
'Ik gedraag me erg egoïstisch. Je hebt het vast heel druk.'
'Waar ga je vanavond slapen?' vroeg ik.
'Hier.'
'Vind je dat niet vervelend?'
'Nee,' zei ze. 'Ik weet het niet.'
'Waarom doen we het niet zo: zodra de nieuwe sloten aangebracht zijn, ruimen we de troep op, brengen de instrumenten naar mijn huis waar ze veilig zijn en dan kun jij vanavond al naar San Francisco vliegen.'
Ze legde haar handen op haar schoot.
'Dat zou ik kunnen doen,' zei ze.
Daarna begon ze te huilen.

Toen ze zover was dat ze de troep onder ogen kon komen, liepen we naar de studio. Robins keurige atelier was kort en klein geslagen. We veegden samen de troep op, zetten dingen recht, verzamelden stukjes van kapotgeslagen instrumenten, stemknoppen, bruggen en alles wat we verder nog konden redden en gooiden de rest weg. Terwijl ik losgetrokken en kapotte gitaarsnoeren oprolde, sneed ik mezelf een paar keer aan de scherpe uiteinden, omdat ik haastig doorwerkte, zonder na te denken.
Het vervelende karwei had Robin de adem benomen. Ze stofte de werkbank af, ging op de rand zitten, zei: 'Zo is het wel goed, laat de rest maar zitten' en stak me haar hand toe.
Ik bleef staan met de bezem in mijn hand.
'Kom hier,' zei ze.
Ik zette de bezem weg en liep naar haar toe. Toen ik op een pas afstand voor haar bleef staan, legde ze haar hand in mijn nek, trok me dichterbij en kuste me.

Ik draaide mijn hoofd om en haar lippen gleden over mijn wang. Ze lachte droog. 'Ik heb je zo vaak in me gehad,' zei ze. 'En nu is het ineens verkeerd.'
'Grenzen,' zei ik. 'Zonder grenzen blijft er niet veel over van beschaving.'
'Dus je voelt je beschaafd?'
'Niet echt,' zei ik.
Ze pakte me vast en kuste me feller. Dit keer stond ik toe dat haar tong in mijn mond drong. Mijn pik was een ijzeren staaf. Mijn emoties bleven daar ver bij achter.
En dat wist ze. Ze legde haar hand plat tegen mijn wang en heel even dacht ik dat ze me zou slaan. In plaats daarvan nam ze haar hand weg.
'Als puntje bij paaltje komt,' zei ze, 'ben je altijd een brave jongen geweest.'
'Waarom klinkt dat niet als een compliment?'
'Omdat ik bang en eenzaam ben en geen behoefte heb aan grenzen.' Ze liet haar armen hangen. De blik in haar ogen was zowel koel als gekwetst.
'Tim zegt dat hij van me houdt,' zei ze. 'Als hij eens wist... Alex, ik gedraag me schandelijk. En geloof me alsjeblieft: ik heb je alleen maar gebeld omdat ik behoefte had aan troost. En om je te vertellen dat de gitaren van Baby Boy waren verdwenen. God, volgens mij is dat wat mij het meest dwarszit aan die hele inbraak. Ik wilde echt dat jij ze zou krijgen. Ik wilde íéts voor je doen.' Ze lachte. 'En het rare is dat ik eigenlijk niet weet waarom.'
'Wat wij gehad hebben,' zei ik, 'verdwijnt niet zomaar.'
'Denk je weleens aan me?'
'Ja, natuurlijk.'
'Weet zij dat?'
'Allison is heel intelligent.'
'Ik probeer echt om niet aan jou te denken,' zei ze. 'Meestal lukt me dat wel. Ik ben vaker gelukkig dan je misschien denkt. Maar af en toe kan ik jou niet van me af zetten, dan blijf je maar door mijn hoofd rondmalen. De meeste tijd kan ik daar wel mee omgaan. Tim is heel lief voor me.'
Ze keek rond door de vernielde studio. 'Trots die voor de val komt. Ik ben gisteren echt niet wakker geworden met het idee: "Kom op, meid, nu is het weer tijd voor een tikje wanhoop."' Ze lachte, dit keer een tikje zekerder, en raakte even mijn wang aan. 'Je bent nog steeds mijn vriend.'
'Dat klopt.'

'Ga je het haar vertellen? Dat je naar me toe bent gekomen?'
'Dat weet ik niet.'
'Het is waarschijnlijk verstandiger om dat niet te doen,' zei ze. 'Wat niet weet, wat niet deert en zo. Hoewel je niets verkeerds hebt gedaan. *Au contraire.* Dus er valt ook niets te vertellen. Dat is mijn advies. Als vrouw.'
Doorgedraaide bendeleden. Een theorie die net zoveel hout sneed als andere. Maar toch wilde ik dat ze naar San Francisco zou gaan. Mijn erectie was niet verdwenen. Ik draaide me om zodat ze het niet zou zien en liep naar de kast waar ze de kostbaarste instrumenten had opgeslagen. 'Laten we alles maar in je truck gaan leggen.'

31

'Een gitaarsnaar,' zei ik.
Milo, Petra en Eric Stahl keken me met grote ogen aan.
De tweede groepsbijeenkomst. Geen Indiaas eten, maar een kleine vergaderkamer op het bureau van West-L.A. Zeven uur 's avonds en overal rinkelende telefoons.
Het opruimen van Robins studio – waarbij ik ook snaren in handen had gekregen – had me op het idee gebracht. Toen ik Milo vertelde dat er bij haar was ingebroken, zei hij: 'Shit. Ik neem wel even contact op met Pacific om ervoor te zorgen dat ze de zaak serieus nemen.'
'De breedte en de inkepingen van de draad,' ging ik verder. 'Ik zou de sporen om de hals van Julie Kipper en Vassily Levitch maar eens vergelijken met een lage E- of A-snaar. Het klopt ook met het vermoeden dat onze jongen een aspirant-kunstenaar is.'
'Hij bespeelt ze,' zei Petra.
Milo gromde, sloeg dossiers open, vond de foto's en liet ze rondgaan. Stahl bestudeerde de afdrukken zonder zijn mond open te doen. Petra zei: 'Hierop kun je dat nauwelijks zien. Ik ga wel een setje gitaarsnaren kopen om ze aan de lijkschouwer te geven. Moeten ze nog van een bepaald merk zijn?'
Ik schudde mijn hoofd.
'Een kunstenaar,' zei Milo. 'Ik vraag me af of Kevin gitaarsnaren in zijn flat had.'
Stahl keek even naar de grond.

'Ik heb Kevins moeder gesproken,' zei Petra. 'Stijf van de stress, maar het leverde niets op. Alleen dat Kevin zo zachtaardig is, et cetera. Het feit dat ze zo bezorgd is, kan betekenen dat ze geen idee heeft waar haar zoon uithangt. Of dat ze het juist wel weet. Maar één ding viel me wel op. Ze heeft vuurrood haar.'
'Net als Erna Murphy,' zei Milo. 'Interessant. Wat vind jij daarvan, Alex? Het aloude Oedipuscomplex?'
'Hoe ziet die moeder eruit?' vroeg ik.
'Uitbundige rondingen en opvallend gekleed,' zei Petra. 'Eerder flitsend dan fatsoenlijk. Toen ze jong was, moet ze een stuk zijn geweest. En ze ziet er nog steeds niet slecht uit.'
'Verleidelijk?'
'Als ze dat zou willen vast en zeker. Ik heb geen rare neigingen richting Kevin opgevangen, maar ik heb hooguit een minuut of drie met haar gesproken. De dame wilde absoluut niet met me praten.'
'Het zou best kunnen dat Erna's rode haar iets bij Kevin teweeg heeft gebracht,' zei ik.
'Gitaarsnaren,' zei Milo. 'En wat is de volgende stap? Dat hij ze neersteekt met de strijkstok van een viool? Kevin heeft zonder succes al van alles ondernomen. Ik vraag me af of hij ook heeft geprobeerd om een gitaarheld te worden.'
'We moeten maar eens naar binnen in die flat,' zei Petra. 'Onder het mom dat we gas ruiken, kunnen we die hospita vragen om de boel na te kijken. En dan gaan wij mee om ervoor te zorgen dat haar niets overkomt.'
'Dat doe ik wel,' zei Stahl.
'Over die inbraak,' zei Milo. 'Robins naam stond in de linernotes van Baby Boys cd en de gitaren van Baby Boy zijn meegenomen.'
Hij bracht precies onder woorden wat mij dwarszat.
'Jouw naam stond er ook bij, Alex.'
'Het was een lange lijst,' zei ik. 'En zelfs als er een verband is, heb ik niets te vrezen. Ik ben geen kunstenaar. Ben je van plan om Robin te bellen?'
'Ik wil haar niet bang maken, maar ik wil wel dat ze goed op zichzelf past. Gelukkig zit ze in San Francisco... ja, ik bel haar wel. Waar zit ze precies?'
'Dat weet ik niet. Haar vriend werkt met de kinderen in een of andere productie van *Les Misérables*, dus daar kom je wel achter.'
Zijn mond vertrok en hij speelde met de omslag van zijn opschrijfblok.
Haar vriend.
De klok aan de muur stond op tien over zeven. Als Allisons vlucht

op tijd was, zou ze over twintig minuten landen.
'Is er nog nieuws omtrent Erna Murphy?' vroeg Milo.
'Geen strafblad, geen opname in een staatsinstelling,' zei Stahl.
'We hebben ook geen familie kunnen vinden om op de hoogte te brengen,' zei Petra.
'De meeste instellingen voor geestelijk gehandicapten zijn al jaren geleden gesloten,' zei ik. 'Ze kan best opgenomen zijn geweest, maar daar komen we dan nooit achter.'
'Ik sta open voor suggesties, dokter,' zei Stahl.
'Zelfs als ze opgenomen is geweest in Camarillo of zo'n soort instituut, schieten we daar niets mee op,' zei Milo. 'We weten al dat ze geestesziek was. We moeten iets recenters hebben, een of andere connectie met Drummond. Is er echt niets over haar te vinden?'
Stahl schudde zijn hoofd. 'Ze heeft zelfs nooit een bekeuring gehad. Ze heeft nooit haar rijbewijs gehaald.'
'Dat betekent waarschijnlijk dat ze al een hele tijd gehandicapt was,' zei ik.
'Gehandicapt, maar wel intelligent en goed opgeleid?' vroeg Milo.
'Geestelijk gehandicapte mensen zijn vaak bang om te rijden.'
'Ik ben af en toe ook bang om te rijden,' zei Petra.
'Welke papieren had ze dan wel?' vroeg Milo.
'Een sofinummer,' zei Stahl. 'En de afdeling maatschappelijk werk van de staat zegt dat ze ongeveer acht jaar geleden bij hen werd aangemeld, maar dat ze nooit een uitkering heeft aangevraagd. Acht jaar daarvoor had ze de enige officiële baan die ik kan vinden. Toen heeft ze van juni tot augustus bij een vestiging van McDonald's gewerkt.'
'Zestien jaar geleden,' zei Milo. 'Toen was ze zeventien en zat nog op de middelbare school. Een vakantiebaantje. Waar?'
'In San Diego. Ze heeft daar op Mission High gezeten. Volgens de school was ze de dochter van Donald en Colette Murphy, maar ze zeggen dat ze verder niets van haar in het archief hebben. Volgens een taxateur in San Diego County hebben Donald en Colette eenentwintig jaar lang in hetzelfde huis gewoond en het tien jaar geleden verkocht. Er is nergens te vinden waar ze naartoe zijn gegaan. Niets wijst erop dat ze een ander huis hebben gekocht. Ik ben ernaartoe gegaan. Het huis stond in een arbeidersbuurt, waar ook burgeremployés van het leger woonden en gepensioneerden. Niemand daar kan zich de familie Murphy herinneren.'
'Misschien zijn ze naar een andere staat verhuisd toen papa met pensioen ging,' zei Milo. 'Voor hen zou het prettig zijn als we ze kunnen opsporen.' Heel even vertrok zijn gezicht in een grimas bij

de gedachte aan het zoveelste telefoontje met slecht nieuws. 'Maar wat ik uit dit alles opmaak, is dat Erna al heel lang niet meer thuis is geweest, dus waarschijnlijk kunnen ze ons toch niets vertellen waar we iets aan hebben.'
'Door dat gebrek aan sociale contacten zou Erna de perfecte kennis zijn voor onze man,' zei ik. 'Iemand met wie hij kon praten zonder bang te zijn dat ze zijn geheimpjes door zou vertellen. Iemand over wie hij de baas kon spelen en wier identiteit hij kon lenen.'
'Dat gebrek aan contacten maakte haar ook tot een gemakkelijk slachtoffer,' zei Petra. Ze veegde een onzichtbaar stofje van de rever van haar zwarte broekpak en keek Milo aan. 'Wat nu?'
'Misschien weer een bezoekje aan Kevins ouders?' zei Milo. 'Om de stamboom eens flink te schudden en te zien wat eruit valt?'
'Niet op dit moment,' zei ze. 'Papa stelt zich overdreven vijandig op en heeft ons duidelijk laten weten dat hij niets met ons te maken wil hebben. De kans bestaat dat mevrouw D. zich wat inschikkelijker zou opstellen, maar hij bepaalt wat er gebeurt. En het is een beetje riskant omdat hij advocaat is. Als we ook maar het kleinste foutje maken, zal hij meteen met een rechtszaak gaan dreigen en dan kunnen we ons bewijsmateriaal wel vergeten. Als we genoeg mankracht hadden, zou ik het huis constant in de gaten laten houden. Maar in werkelijkheid overweeg ik om nog maar eens de straat op te gaan. Op zoek naar iemand die zich Erna en Kevin kan herinneren.' Ze keek even naar Stahl. 'Maar het kan geen kwaad om haar ouders op te sporen.'
'Donald en Colette,' zei hij. 'Ik zal het hele land moeten doorzoeken.'
'Een gitaarsnaar,' zei Milo. 'Tot nog toe spelen we behoorlijk vals.'
'Tot nog toe,' zei Petra, 'weten we niet eens welk nummer we spelen.'

32

Allison arriveerde per taxi, anderhalf uur te laat en opnieuw opgemaakt, maar ze zag er doodmoe uit. Ik had een paar biefstukken in de gril, spaghetti met olijfolie en knoflook in de pan en stond net boter door de sla te roeren.
'Ik heb me vergist,' zei ze. 'Eten lijkt me een uitmuntend idee.'
'Geen pinda's aan boord?'

'We mochten blij zijn dat we nog aan landen toekwamen. Een of andere vent werd dronken en begon zich te misdragen. Het zag er een tijdlang niet al te best uit. Maar toen slaagden een paar van ons erin hem te overmeesteren en uiteindelijk viel hij in slaap.'
'Een paar van ons?' vroeg ik.
'Ik kreeg een van zijn enkels te pakken.'
'Sheena, de koningin van de jungle.'
Ze liet haar spierballen zien. 'Maar het was heel beangstigend.'
'Dappere meid,' zei ik, terwijl ik mijn armen om haar heen sloeg.
'Als het gebeurt, heb je niet eens tijd om na te denken,' zei ze. 'Dan reageer je gewoon... nu moet ik echt gaan zitten. Staat er ook wijn op het menu?'
We deden heel lang over het eten, zaten gezellig te kletsen en raakten daarbij allebei een tikje boven ons theewater. Later, toen we ons uitgekleed hadden en in bed lagen, hielden we elkaar stijf vast zonder te vrijen en vielen in slaap alsof we kamergenootjes waren. Toen ik om vier uur 's morgens wakker werd, was Allisons kant van het bed leeg en ik ging naar haar op zoek.
Ze zat in het vage ochtendlicht in de keuken in een van mijn T-shirts cafeïnevrije koffie te drinken. Met haar haar slordig opgestoken, een schoongeboend gezicht en gladde blote benen die wit afstaken tegen de donkere eiken vloer.
'Mijn bioritme schijnt in de war te zijn,' zei ze.
'Na een verblijf in Colorado?'
Ze haalde haar schouders op. Ik ging zitten.
'Ik neem aan dat je het niet erg vindt,' zei ze, 'maar ik heb een beetje rond lopen dwalen in de hoop dat ik dan weer moe zou worden. Wat hebben al die gitaarkoffers in de logeerkamer te betekenen?'
Ik vertelde haar wat er was gebeurd.
'Arme Robin,' zei ze. 'Wat een traumatische ervaring. En wat lief van je.'
'Ik vond dat ik dat moest doen,' zei ik.
Een plukje zwart haar raakte los en ze stopte het achter haar oor. Haar ogen waren bloeddoorlopen. Zonder make-up zag ze er wat valer uit, maar ook jonger.
Ik boog me naar haar over en kuste haar lippen. We hadden allebei een zure adem.
'Dus nu is ze weer in San Francisco?'
'Yep.'
'Je was inderdaad verplicht om haar te helpen,' zei ze. 'En doe nu maar eens iets voor mij.'

Ze stond op, kruiste haar armen en trok het T-shirt van haar slanke witte lichaam.

Ik stond om zeven uur op omdat ik wakker was geworden van haar zachte gesnurk. Ik keek toe hoe haar borst op en neer ging en bestudeerde haar bleke, mooie gezicht dat tussen twee kussens geklemd lag. De mond wijd open zodat ze er eigenlijk een beetje komisch uit had moeten zien. De handen met de lange vingers hielden de dekens vast.
Stijf vast. Zenuwachtige bewegingen achter haar oogleden. Ze droomde. Haar lichaam was zo gespannen dat het kennelijk geen gezellige droom was.
Ik sloot mijn ogen. Het snurken hield op. Meteen daarna begon het weer. Toen ze haar ogen opendeed en mij zag, stond de verwarring in haar blauwe irissen te lezen.
Ik glimlachte.
Ze zei: 'O', ging rechtop zitten en staarde me aan alsof ik een volkomen vreemde was.
Daarna: 'Goede morgen, schat.' Ze wreef in haar ogen. 'Lag ik te snurken?'
'Helemaal niet.'

Ze had een ochtend vol afspraken met patiënten en vertrok om acht uur. Ik ruimde op terwijl ik nadacht over Robin in San Francisco, het feit dat de instrumenten van Baby Boy waren verdwenen en wat dat allemaal te betekenen had. Als het tenminste iets te betekenen had.
Drie straten verder naar het zuiden stroopten de bendes de omgeving af...
Maar de Gibson van Baby Boy was het enige akoestische instrument dat meegenomen was.
De telefoon ging. 'De verwurgingslittekens bij Julie en Levitch stemmen precies overeen met een licht kaliber lage E-gitaarsnaar,' zei Milo. 'Wat houdt dat nu weer in?'
'Het betekent dat niets bij deze moorden toevallig is,' zei ik. 'En daar maak ik me zorgen over. Heb je nog met die rechercheurs van Pacific over de inbraak bij Robin gesproken?'
'Zij beschouwen het als een normale inbraak.'
'Zijn ze goed?'
'Middelmatig,' zei hij. 'Maar er is geen reden om aan te nemen dat ze zich vergissen. In Robins buurt komen dat soort dingen om de haverklap voor.'

Ik dacht aan de tijd dat Robin nog bij mij woonde, in de Glen. Een duurdere buurt. Veiliger. Behalve als dat niet het geval was. Een paar jaar geleden had een moordlustige psychopaat het huis tot op de grond afgebrand.
Ons huis...
'Ik heb hun gevraagd ervoor te zorgen dat er de komende weken regelmatig een patrouillewagen langsrijdt.'
'Je bedoelt de gebruikelijke twee keer per dag?'
'Ja, ik weet het, maar het is beter dan niks. Ik heb ze ook het merk en het kenteken van Kevin Drummonds auto doorgegeven en tegen hen gezegd dat ze daar speciaal op moeten letten. Ondertussen zit Robin in San Francisco, dus maak je geen zorgen. Stahl is gisteravond samen met de hospita in de flat van Drummond geweest. Hij verzamelt speelgoed en tijdschriften en heeft een hele stoot computerapparatuur en printers. Geen gitaren, geen snaren, geen rare trofeeën, geen bezwarend materiaal. En geen enkel nummer van *GrooveRat*. Dat vind ik heel interessant.'
'Hij heeft alle sporen uitgewist,' zei ik. 'Of hij heeft nog een andere opslagplaats.'
'Stahl belt alle bedrijven die opslagruimte verhuren af.'
'Ik vraag me af of Stahl al eerder binnen is geweest.'
'Wat bedoel je?'
'Normaal gesproken zit hij er als een dooie pier bij. Gisteren, toen je zei dat we maar eens naar binnen moesten gaan, kwam er een onrustige blik in zijn ogen en hij keek naar de vloer.'
'Echt waar? Het is wel een rare vogel, dat is zeker... tussen de tijdschriften zat ook homoporno. Stevige kost. Stahl zei dat Kevin er een Spartaanse levensstijl op nahield en dat hij maar weinig kleren en nauwelijks persoonlijke bezittingen had. Dat kan betekenen dat hij er echt vandoor is, of dat hij over andere woonruimte beschikt.'
'Het kan ook betekenen dat hij psychisch achteruitgaat,' zei ik. 'Dat hij steeds meer in zichzelf gekeerd raakt en minachting koestert voor de waarden van zijn ouders.'
'Petra heeft besloten dat ze het toch nog een keer gaat proberen met die ouders... vooral met de vader. Ik ga naar het kantoorgebouw van Ev Kipper om te zien of ik iets meer te weten kan komen over dat vriendinnetje van hem. Een van zijn buren heeft me namelijk opgebeld. Hij beweerde dat onze ouwe Ev de laatste tijd een bijzonder boze indruk maakt. Hij zit ook tot diep in de nacht te houwen, lang na de toegestane tijd, maar ze durven de politie niet te bellen. Bovendien ziet dat vriendinnetje er de laatste dagen nogal terneergeslagen uit en ze zit steeds alleen te eten. Ik zie niet meteen

het verband met de andere gevallen, maar ik heb geen enkele andere aanwijzing. Hoe langer ik over Erna Murphy zit na te denken, hoe meer ik van haar wil weten, maar het enige dat Petra tot dusver boven water heeft gekregen zijn een stel kooplieden die zich vaag herinneren dat ze Erna op straat hebben zien lopen. Zonder kameraden of vriendje, altijd alleen.'
'Hoe zit het met die dokter die de mensen van Dove House hebben laten komen toen die lakens onder het bloed zaten? Misschien heeft Erna haar iets verteld.'
'Volgens die lui van Dove House heeft die dokter Erna maar één keer gezien.'
'Die lui van Dove House hebben toegegeven dat ze geen contact houden met de vrouwen als ze het tehuis verlaten. En Erna was er vaker niet dan wel. Als ze weer ziek is geworden, kan ze best teruggegaan zijn naar de persoon die haar de eerste keer heeft behandeld.'
'Tja,' zei hij, 'aangezien we geen andere veelbelovende sporen hebben, kunnen we dat net zo goed natrekken... wil jij dat doen? Ik ben op weg naar Century City.'
'Tuurlijk,' zei ik. 'Hoe heet die dokter?'
'Even kijken... hier staat het... Hannah Gold.'
'Ik bel haar meteen.'

Ik belde dr. Gold, kreeg een receptionist aan de lijn en gebruikte mijn titel.
'Ze is bezig met een patiënt, doctor,' zei hij.
'Het gaat over een van haar patiënten. Ernadine Murphy.'
'Is het een spoedgeval?'
'Het is heel belangrijk.'
'Moment alstublieft.'
Een moment later: 'Dokter Gold wil graag weten waar het over gaat.'
'Ernadine Murphy is vermoord.'
'O. Moment alstublieft.'
Dit keer moest ik langer wachten. Daarna kreeg ik dezelfde man weer aan de lijn. 'Dokter Gold is vanmiddag om twaalf uur vrij. Dan kunt u even langskomen.'

De praktijk was gevestigd in een zandkleurige bungalow naast een Fiat-garage. Op een zwart plastic bord naast de deur stond:

Vrinda Srinivasan, arts
Hannah R. Gold, arts
Angela B. Borelli, arts
Inwendige ziekten, Verloskunde, Gyneacologie
Gezondheidszorg voor vrouwen

Ik arriveerde klokslag twaalf, maar dr. Gold was niet vrij. In de wachtkamer zaten drie patiënten, twee bejaarde vrouwen en een uitgemergeld meisje van een jaar of vijftien. Ze keken allemaal op toen ik binnenkwam. Het meisje bleef me aanstaren tot ik glimlachte. Ze fronste verontwaardigd en begon weer aan haar nagelriemen te plukken.
Een kleine, veel te warme wachtkamer, ingericht met schone maar versleten afdankertjes. Aan de muur hingen ingelijste foto's van Machu Picchu, Nepal en Angkor Wat. Er klonk een bandje met een lief liedje van Enya.
Op een handgeschreven mededeling die op de receptiebalie was geplakt stond:

> *Wij regelen uw aanspraken op vergoeding van ziektekosten – en af en toe krijgen we zelfs geld van de Staat.*
> *Contant geld is ook goed – betaal zoveel u kunt, maar u hoeft zich daar geen zorgen over te maken.*

Er zat geen glazen wand rond de receptie, het was gewoon een krappe ruimte die werd ingenomen door een jongeman van begin twintig, met keurig geknipt, vroegtijdig grijs haar. Hij zat zo geboeid te lezen in *Principes van het boekhouden* dat het bijna leek alsof hij verdiept was in een thriller. Op zijn geblokte overhemd met korte mouwen zat een naamplaatje met ELI.
Toen ik naar hem toe liep, legde hij met tegenzin zijn boek neer.
'Ik ben doctor Delaware.'
'Ze is uitgelopen.' Hij dempte zijn stem: 'Ze was helemaal overstuur toen ik het haar vertelde. Misschien merkt u daar niets van, maar het is echt waar. Ze is mijn zuster.'

Vijfentwintig minuten later waren de drie patiënten verdwenen en Eli kondigde aan dat hij ging lunchen.
'Ze komt zo naar buiten,' zei hij, terwijl hij met zijn studieboek onder de arm de bungalow uit liep.
Vijf minuten daarna kwam een vrouw in een dichtgeknoopte witte

jas de wachtkamer in, met een patiëntendossier in haar hand. Een jong gezicht, vrij ondeugend en met de bronskleurige huid waar van nature een glans over ligt. Niet veel ouder dan dertig, maar haar dikke, springerige schouder-lange haar was sneeuwwit. Een erfelijkheidskwestie: bij Eli zou het ook niet lang meer duren. Ze had lichtgroene ogen die behoefte hadden aan rust.
'Ik ben dokter Gold.' Ze stak haar hand uit en omknelde mijn vingers op de verdedigende manier die vrouwen met tere botten al snel aanleren om te voorkomen dat hun hand fijngeknepen wordt. Haar huid voelde droog en koud aan.
'Bedankt dat u me een onderhoud toestaat.'
De wijd opengesperde ogen in de kleur van zeewater stonden een tikje scheef en keken me nieuwsgierig aan. Een brede mond boven een vierkante kin. Een bijzonder knappe vrouw.
Ze deed de deur van de wachtkamer op slot, nam plaats in een stoel met een olijfgroene tweed bekleding die nergens bij paste en sloeg haar benen over elkaar. Onder de witte jas droeg ze een zwarte spijkerbroek en grijze laarzen. De stem van Enya treurde in het Keltisch.
'Wat is er met Erna gebeurd?' vroeg ze.
Ik bracht haar in het kort op de hoogte.
'O, lieve hemel. En u bent hier omdat...'
'Ik ben adviseur van de politie. Zij hebben me gevraagd om contact met u op te nemen.'
'Dus dat betekent dat de moord psychische aspecten heeft en niet zomaar een domme straatoverval is.'
'Dat is op het ogenblik nog niet helemaal duidelijk,' zei ik. 'Hoe goed kende u haar?'
'Iemand als Erna leer je nooit goed kennen. Ik heb haar een paar keer gezien.'
'Hier of in Dove House?'
'Een keer daar en twee keer hier.'
'Ze is dus teruggekomen nadat u met spoed naar het tehuis was geroepen.'
'Ik heb haar mijn kaartje gegeven,' zei ze. 'Toen ik ontdekte dat ze het echt bewaard had, schrok ik gewoon.' Ze sloeg het dossier open. Er zat maar één velletje in. Ik zag het keurige, kleine handschrift op z'n kop. 'Beide keren kwam ze onaangekondigd hier. De eerste keer was iets meer dan twee weken nadat ik haar in Dove House had behandeld. Haar anale kloofjes waren weer gaan bloeden en ze klaagde over pijn. Daar keek ik niet echt van op. Ik had haar die eerste keer alleen maar oppervlakkig onderzocht. Bij zo iemand

moet je maar gokken wat zich inwendig allemaal afspeelt. Ik drong erop aan dat ze een endoscopie zou laten maken en bood aan om te regelen dat het gratis in County gedaan zou worden. Maar dat wilde ze niet, dus heb ik haar zalf en pijnstillers gegeven en een korte preek over hygiëne afgestoken, zonder echt streng te worden. Je mag nooit vergeten wie je voor je hebt.'
'Ik weet precies wat u bedoelt,' zei ik. 'Ik heb mijn opleiding in het Western Kinderziekenhuis gehad.'
'Echt waar?' zei ze. 'Ik ben in County opgeleid, maar ik heb ook stage gelopen bij het Western. Kent u Ruben Eagle?'
'Die ken ik heel goed.'
We wisselden wat namen en plaatsen uit en zaten even over koetjes en kalfjes te praten, maar toen werd het gezicht van Hannah Gold weer ernstig. 'De tweede keer dat ik Erna zag, verliep heel wat alarmerender. Het was 's avonds. Ze kwam binnenvallen toen ik op het punt stond om weg te gaan. Het personeel was al naar huis en ik deed net het licht uit toen de deur openging en ze daar ineens stond te zwaaien met haar handen, helemaal overstuur. Daarna verscheen er een blik vol paniek in haar ogen en ze stak haar handen uit.'
Ze huiverde. 'Ze zocht lichamelijk contact, maar ik vrees dat ik achteruitdeinsde. Ze was een grote vrouw en ik reageerde instinctief een beetje angstig. Ze keek me even aan en zakte in tranen op de grond in elkaar. Ik hielp haar overeind en nam haar mee naar mijn spreekkamer. Ze was zo gespannen als een veer en sloeg alleen maar wartaal uit. Ik ben geen psychiater en ik wilde niet gaan rommelen met thorazine of andere sterke middelen. En als ik de spoedeisende hulp had gebeld zou dat een soort verraad zijn geweest... ik voelde me niet langer bedreigd. Ze was meelijwekkend, niet gevaarlijk.'
Ze sloeg het dossier dicht. 'Ik gaf haar een valiuminjectie en een kopje kruidenthee en bleef een tijdje bij haar zitten... op z'n minst een uur. Ten slotte kalmeerde ze. Als dat niet het geval was geweest, had ik beslist een ambulance gebeld.'
'Hebt u enig idee wat haar zo overstuur had gemaakt?'
'Dat wilde ze niet vertellen. Ze werd heel stil, ze zat bijna stommetje te spelen. Daarna bood ze haar verontschuldigingen aan omdat ze me lastig had gevallen en wilde per se vertrekken.'
'Stommetje te spelen?'
'Ze gaf wel antwoord op simpele vragen over onbelangrijke onderwerpen die met ja of nee beantwoord konden worden. Maar ze wilde niets kwijt over de reden waarom ze naar de praktijk was gekomen of over haar lichamelijke problemen. Ik wilde haar onderzoeken, maar daar moest ze niets van hebben. Maar toch bleef

ze zich verontschuldigen... ze was helder genoeg om te weten dat ze zich niet correct had gedragen. Ik raadde haar aan om terug te gaan naar Dove House en dat vond ze een prima idee. Dat heeft ze letterlijk gezegd. "Wat een prima idee, dokter Gold!" Toen ze dat zei, klonk ze bijna... jolig. Dat gebeurde wel vaker, ze kon ineens heel vrolijk doen. Maar het was een soort vrolijkheid waar je nerveus van werd... overdreven. Dan kon ze dingen zeggen die onder die omstandigheden te... te beschaafd klonken.'

'De mensen van Dove House hadden het idee dat ze een goede opleiding had gehad.'

Hannah Gold zat daar even over na te denken. 'Of ze deed alsof.'

'Hoe bedoelt u dat?'

'Dat hebt u bij psychisch gestoorde mensen toch ook wel meegemaakt? Dat ze bepaalde zinnetjes onthouden en die dan te pas en te onpas gebruiken... net als autistische kinderen?'

'Kreeg u die indruk ook bij Erna?'

Ze perste haar lippen op elkaar. 'Ik kan echt niet zeggen dat ik een bepaalde indruk van haar had.' De scheef staande ogen werden half dichtgeknepen. 'Hebt u enig idee wie haar dit heeft aangedaan?'

'Het kan iemand zijn geweest die ze vertrouwde. Iemand die misbruik van haar maakte.'

'In seksueel opzicht?'

'Was ze seksueel actief?'

'Niet in de normale zin van het woord,' zei ze.

'Wat bedoelt u?'

Haar tong gleed over haar lippen. 'Toen ik haar onderzocht, was de huid rond haar vagina rauw, en ze had luizen en oude littekens, overmatige bindweefselvorming. Dat zijn dingen die je verwacht bij dakloze mensen. Maar daarna deed ik een inwendig onderzoek en ik kon de uitslag gewoon niet geloven. Haar maagdenvlies was intact. Ze was nog steeds maagd. Vrouwen die op straat rondzwerven, worden op de meest vreselijke manieren misbruikt. Erna was een grote vrouw, maar een gewelddadige man – of een groep mannen – had haar de baas gekund. Ik vond het heel opmerkelijk dat ze nog nooit was gepenetreerd.'

Tenzij haar metgezel geen behoefte had aan heteroseksuele geslachtsgemeenschap.

'De huid rond haar geslachtsorganen was rauw,' zei ik. 'Ze kan ook verkracht zijn zonder dat er sprake was van penetratie.'

'Nee,' zei ze. 'Dit was eerder het gevolg van slechte hygiëne. Er was geen letsel, geen enkele vorm van verwondingen. En ze raakte ook niet overstuur toen ik haar onderzocht. Integendeel. Ze bleef heel

stoïcijns. Alsof ze totaal geen gevoel had op die plek.'
'Als ze helder was – en zich beschaafd gedroeg – waar praatte ze dan over?' vroeg ik.
'De eerste keer dat ze hier kwam, kreeg ik haar aan de praat over dingen die ze leuk vond en ze raakte niet uitgepraat over kunst. Dat het echt het mooiste ter wereld was. Dat kunstenaars eigenlijk goden waren. Ze kwam met namen van schilders... Fransen, Vlamingen, kunstenaars van wie ik nog nooit had gehoord. Voor zover ik weet, kan ze die best uit haar duim hebben gezogen. Maar ze klonken authentiek.'
'Heeft ze het ooit over vrienden of familie gehad?'
'Ik heb geprobeerd haar vragen te stellen over haar ouders, waar ze vandaan kwam en waar ze op school had gezeten. Maar daar wilde ze niet over praten. Ze gaf alleen toe dat ze een neef had. Een bijzonder intelligente neef. Hij hield ook van kunst. Daar scheen ze heel trots op te zijn. Maar dat was het enige dat ze over hem kwijt wilde.'
'Een neef,' zei ik. 'Dus ze had het over een man.'
'Volgens mij wel.' Ze schudde haar hoofd. 'Maar het is alweer een tijdje geleden. U zei dat ze misschien misbruikt was door iemand die ze vertrouwde. Dus die neef bestaat echt? Ik ging ervan uit dat het een waanidee was.'
'Ik heb er nog niemand over horen praten,' zei ik. 'De politie denkt dat ze misschien meegelokt is door iemand die ze kende. Wanneer is ze precies bij u geweest?'
Ze keek in het dossier. De eerste keer dat Erna Murphy bij haar was binnengevallen was vijf maanden geleden. De tweede keer was op een donderdag geweest, twee dagen voordat Baby Boy werd vermoord.
'Die neef,' zei ze. 'Ze praatte over hem alsof ze diep onder de indruk van hem was. Als ik had geweten...'
'Dat kon u niet weten.'
'Nu klinkt u echt als een psycholoog. Toen ik nog studeerde, had ik verkering met een psycholoog.'
'Een aardige vent?'
'Een vreselijke vent.' Ze onderdrukte een geeuw. 'Neem me niet kwalijk. Sorry, maar ik ben bekaf. En dat was echt alles wat ik u kan vertellen.'

'Een troetelneef,' zei Milo.
'Maar het bleef bij troetelen.' Ik vertelde hem de uitslag van het inwendige onderzoek dat Erna Murphy had ondergaan.

'De laatste maagd in Hollywood... als het niet zo triest was...' Hij belde via zijn mobiele telefoon, vanuit de auto, en hij viel af en toe weg.
'Ze was eerder een maagdenoffer,' zei ik. 'Ze werd gebruikt en afgedankt.'
'Waarvoor werd ze gebruikt?'
'Dat is een goede vraag.'
'Laat me maar eens een theorie horen.'
'Adoratie, onderdanigheid... luisteren naar zijn fantasieën. Klusjes opknappen... zoals het verkennen van de plaats voor een moord en verslag uitbrengen. Een relatie waar geen seks aan te pas komt, sluit aan bij het feit dat Kevin homo is. Hun interesse voor kunst bracht hen samen. Misschien noemde ze hem haar neef omdat hij voor haar de plaats van haar familie innam. Ze wilde met geen woord over haar echte familie praten.'
'Of,' zei hij, 'Kevin is echt haar neef.'
'Dat kan ook,' zei ik. 'Rood haar, net als zijn moeder.' Ik lachte.
'Hé, af en toe helpt het als je niet al te slim bent.'
'Hoe moet jij dat weten?' informeerde ik.
'Poeh. We hebben nog geen geluk gehad met die familie van Erna. Stahl is nu aan de slag met het leger. Maar ik zal je eens iets anders vertellen: de Honda van Kevin is boven water. Hij staat op de parkeerplaats van de politie in Inglewood. De auto stond op een plek waar niet geparkeerd mocht worden en is twee dagen geleden weggesleept.'
'Inglewood,' zei ik. 'In de buurt van het vliegveld?'
'Vlakbij. Daar ben ik nu trouwens naar op weg. Ik wil Kevins foto bij de balies van de luchtvaartmaatschappijen laten zien, om te zien of er iemand is die hem herkent.'
'Wil je heel LAX in je eentje afwerken?'
'Nee, samen met mijn kleuterklasrechercheurs, maar het blijft toch een naald in de spreekwoordelijke je-weet-wel. De Honda wordt overgebracht naar ons autolab, maar er hebben een heleboel mensen met hun vingers aangezeten. Het feit dat de auto is gevonden, lijkt echter te bevestigen dat Kevin onze boosdoener is. Hij heeft smerige dingen uitgehaald, kwam erachter dat wij op zoek naar hem waren en is de stad uit gegaan. Er waren geen trofeeën in zijn flat omdat hij die meegenomen heeft.' Zijn stem verdronk in een golf ruis. '... enig idee met welke luchtvaartmaatschappij we moeten beginnen?'
'Loop eerst langs de paspoortcontrole en overtuig je ervan dat hij niet naar het buitenland is gegaan.'

'Dat was ik al van plan,' zei hij, 'hoewel dat een hele klus wordt, want die jongens doen niets liever dan formulieren invullen. Maar laten we aannemen dat het een binnenlandse vlucht is geweest. Waar zou jij mee beginnen?'
'Waarom niet met Boston?' zei ik. 'Daar is hij al eerder geweest. Om van het ballet te genieten.'

33

De onderhandelingen met de diverse onderdelen van het Amerikaanse leger kostten Eric Stahl twee dagen. De archieven van de sociale dienst bevatten duizenden Donald Murphy's. Met behulp van het leger kon een groot gedeelte daarvan uitgeschakeld worden, maar de bureauridders van het Pentagon hielden de gegevens vast tot hij de gebruikelijke wegen had bewandeld.
En dat ging iets gemakkelijker omdat hij vertrouwd was met het jargon.
Hoe hij over het leger dacht, was iets heel anders.
Hij was begonnen met Erna's moeder, omdat Colette een minder gebruikelijke naam was. Honderdachttien dossiers bij de sociale dienst, waarvan drieënveertig in de juiste leeftijdscategorie. Hij begon met de staten in het westen en bleef met lege handen zitten. Ondertussen vroeg hij zich voortdurend af of het wel zin had om de antecedenten van Erna na te trekken, ook al zou hij haar familie vinden. Desondanks zou hij toch doen wat hem was opgedragen.
Hij werkte zich langzaam maar zeker naar het oosten en vond een Colette Murphy in Saint Louis, die zo ontwijkend reageerde en zo hardnekkig ontkende, dat hij argwaan kreeg. Uit haar accent maakte Stahl op dat het om een zwarte vrouw ging. Maar hij vroeg niets. Dat kon je tegenwoordig niet meer maken.
Het leger had hem rassenbewustzijn bijgebracht. Bijvoorbeeld dat je de Saoedi's als goden moest behandelen en met een brede glimlach moest toestaan dat ze je in de zeik namen.
Hij vroeg om informatie over de Colette uit Saint Louis bij de plaatselijke politie, ontdekte dat ze al eens veroordeeld was wegens diefstal – dat verklaarde haar behoedzaamheid – en kreeg te horen dat ze nooit met een Donald getrouwd was geweest.
Om halfnegen 's avonds kreeg hij een Colette Murphy in Brooklyn aan de lijn.

Bij haar was het halfelf. 'U belt me wakker,' zei ze.
'Neem me niet kwalijk, mevrouw.' Zonder veel hoop begon Stahl zijn verhaal op te hangen – dat hij op zoek was naar Donald wegens een routineonderzoek. Hij sprak met geen woord over Erna.
'Christus, op dit uur?' zei ze. 'Dat ben ik niet, dat is mijn schoonzuster. De broer van mijn man is met haar getrouwd en ze kregen een kind dat niet goed wijs was. Ik heet Colette en dan komt Donald ook met een Colette aan. Raar, hè? Niet dat het zo'n fijne familie is. Het zijn allebei schooiers. Mijn Ed en die broer van hem.'
'Donald.'
'Wie anders?'
'Waar is uw schoonzuster?'
'Onder de groene zoden,' zei Colette uit Brooklyn.
'Waar is Donald?'
'Geen idee en ik wil het niet weten ook.'
'Dus het is geen aardige vent.'
'Een schooier,' zei ze. 'Net als Ed.'
'Kan ik Ed even spreken?'
'Alleen als je hem opgraaft.'
'Dat spijt me,' zei Stahl.
'Laat maar zitten. We konden toch niet met elkaar overweg.'
'U en uw man?'
'Ik en het hele zootje. Toen Ed nog leefde, sloeg hij me regelmatig in elkaar. Nu heb ik eindelijk rust. Tot jij me wakker belde.'
'Enig idee waar ik Donald kan vinden?'
'Leuk dat je je excuses aanbiedt,' zei ze.
'Neem me niet kwalijk dat ik u wakker heb gemaakt, mevrouw.'
'Volgens mij zit hij in Californië. Wat heeft hij uitgespookt?'
'Het gaat om zijn dochter Erna.'
'Die is geschift,' zei Colette uit Brooklyn. 'Wat heeft ze gedaan?'
'Ze is vermoord,' zei Stahl.
'O. Wat naar. Nou, ik wens je veel succes met je speurtocht. Ik zou maar gaan zoeken op plekken waar schooiers uithangen. Hij zoop als een ketter. Net als Ed. Maar daar heeft de marine zich nooit druk om gemaakt. Ze hebben hem zelfs tot sergeant benoemd, of hoe ze dat bij de marine ook noemen... onderofficier of zo. Geen oorlogsheld, hij zat achter een bureau. Maar hij gedroeg zich wel alsof hij de oorlog had gewonnen. Hij liep graag rond in dat uniform van hem en ging alle kroegen af om vrouwen op te pikken.'
'Dat doen veel militairen.'
'Dacht je dat je me iets nieuws vertelde?' vroeg Colette uit Brooklyn. 'Ik ben vierendertig jaar met zo'n figuur getrouwd geweest. Ed

zat bij de kustwacht. Daarna is hij overgestapt naar het havenbedrijf, kwam achter een bureau terecht en gedroeg zich alsof hij een admiraal was.' Ze lachte kakelend. 'Uiteindelijk blies hij zijn laatste adem uit en kwam ik in veilige haven terecht. En nu ga ik weer slapen...'
'Nog één ding, mevrouw,' zei Stahl. 'Alstublieft.'
'Het is al laat,' snauwde ze. 'Wat is er dan?'
'Kunt u zich herinneren op welke marinebasis uw zwager was gestationeerd?'
'Ergens in Californië. San Diego of zo. Ik kan me nog herinneren dat we een keer in de zomer bij hen hebben gelogeerd. We zaten de hele dag in huis zonder iets te doen. Lekker gastvrij. Daarna zijn ze naar Hawaï gegaan, daar werden ze door de marine naartoe gestuurd. Dat hou je toch niet voor mogelijk? Een soort betaalde vakantie.'
'Hoe lang hebben ze op Hawaï gezeten?'
'Een jaar of zo. Toen ging Donald met pensioen en zijn ze teruggegaan naar Californië.'
'Naar San Diego?'
'Nee, ergens in de buurt van L.A., geloof ik. We hadden geen contact meer met elkaar. Ik zou in Hawaï zijn gebleven.'
'Waarom deden zij dat niet?'
'Hoe moet ik dat weten? Omdat ze stom waren. Al dat gepraat over die kant van de familie roept vervelende herinneringen op. Dag...'
'En u hebt geen flauw idee waar in de buurt van L.A.?' vroeg Stahl.
'Hebt u niet geluisterd, meneer? Wat zijn dat voor rare streken om me midden in de nacht met al die vragen lastig te vallen. Alsof u het volste recht hebt. U klinkt als iemand van het leger... u hebt vast in militaire dienst gezeten, hè?'
'Dat klopt, mevrouw.'
'Nou, da's fijn voor u. Misschien verwacht u nu dat ik het volkslied voor u ga zingen, maar ik heb er genoeg van. Ik ga weer slapen.'

De overplaatsing van San Diego naar Hawaï maakte de klus een stuk gemakkelijker. Terug naar de lijst van de sociale dienst. Donald Arthur Murphy, negenenzestig jaar.
Ergens in de buurt van L.A. Ondanks haar problemen was Erna niet ver van huis weggelopen.
Inmiddels was het te laat om contact op te nemen met de marine of met het kadaster, dus reed Stahl naar zijn eenkamerflat op Franklin, trok zijn kleren uit, vouwde ze netjes op, liep naar zijn bed, ging

op de dekens liggen, lag even te masturberen zonder ergens aan te denken, ging onder de douche en boende zich schoon. Daarna legde hij een paar voorgewassen en voorgesneden slablaadjes op een papieren bordje, voegde er een blikje tonijn aan toe omdat hij proteïnen nodig had, at alles snel op zonder het te proeven en ging slapen.

De volgende ochtend pakte hij thuis de telefoon op.
Donald Arthur Murphy bezat geen onroerend goed in L.A. County. En evenmin in Orange, Riverside, San Bernadino en alle zuidelijke districten tot aan de Mexicaanse grens. Stahl controleerde vervolgens alle districten in het noorden tot aan Oregon. Zonder resultaat.
Een huurder.
Hij belde het kantoor van de marine in Port Hueneme en slaagde er eindelijk in het adres los te kloppen waar Murphy's pensioen iedere maand naartoe werd gestuurd.
Het Sun Garden Verpleegtehuis. Op Palms Avenue, in Mar Vista. Een halfuurtje rijden. Connor had hem al een tijdje niet meer gebeld, maar hij wilde de zaak netjes afhandelen, dus belde hij haar op het bureau, hoewel hij van tevoren wist dat ze er niet zou zijn. Hij liet een boodschap achter. Op die manier werd alles schriftelijk vastgelegd. Daarna probeerde hij haar privénummer, maar daar werd niet opgenomen.
Sliep ze uit en liet ze de telefoon gewoon rinkelen? Of was ze al op pad en liep ze de straten af? Misschien had ze wel gewoon een paar uurtjes vrij genomen, of had ze een afspraakje. Per slot van rekening was het een leuke meid. Een meisje met veel vrienden en kennissen.
Zijn verstand vertelde hem dat ze behoefte moest hebben aan een verzetje.
Maar in feite liet het hem volkomen koud.

34

Petra was vroeg opgestaan om mensen op straat te ondervragen. Gisteren had ze haar hele dienst doorgebracht met de nachtbrakers: vaste bezoekers van clubs, uitsmijters, parkeerbedienden, boulevardpredikers, dopehoofden, slenteraars en alle mogelijke onverla-

ten. En mafkezen natuurlijk. Hollywood bij nacht was een openluchtgekkenhuis.
Ze had diep in dode ogen gekeken, vieze luchtjes opgesnoven en beurtelings walging, medelijden en moedeloosheid gevoeld. Dit waren de lotgenoten van Erna Murphy, maar bij degenen die nog aanspreekbaar waren, was niemand die had toegegeven dat hij of zij de lange roodharige vrouw kende.
Vandaag zou haar taak wat minder bizar zijn: ze ging de kooplieden langs die ze de eerste keer had overgeslagen. Hopelijk zat daar een brave burger bij die zich Erna wel herinnerde.

Maar het was een van de smeerlappen bij wie ze succes had. Een bleke, tweeëntwintigjarige methedrinejunk, een zekere Strobe, die af en toe zelf ook pilletjes verkocht. Hij had vervild, vuilgeel haar, dat tot ver over zijn schouders hing. Echte naam: Duncan Bradley Beemish. Een plattelandsjongetje – een boerenkinkel – uit een of andere plaats in het zuiden waarvan de naam Petra was ontschoten. Hij was jaren geleden van huis weggelopen en naar Hollywood gekomen, waar hij als zoveel van zijn lotgenoten in de goot was beland.
Petra had hem weleens als tipgever gebruikt. Of liever gezegd: ze had hem één keer om informatie gevraagd. Ze was Beemish tegen het lijf gelopen tijdens het onderzoek naar een schietpartij in een kroeg en de speedfreak had haar een dubbelzinnige tip gegeven die Petra op het spoor had gezet van iemand die iemand kende die misschien iets had gehoord over iets dat misschien had plaatsgevonden. En het was op niets uitgelopen.
Die miskleun had haar zeventig dollar gekost en ze had haar buik vol van Strobe. Maar hij kreeg haar in de gaten toen ze stond te praten met de eigenaar van een eettentje op Western dat zich op een 'Mediterrane Cuisine' beroemde. Op Western betekende dat kebab en falafel en houtskooldampen die over het hele trottoir walmden.
De eigenaar was een man uit het Midden-Oosten met een grote gouden snijtand en een slijmerig vriendelijk houding, zo'n zalvend type dat als een blad aan een boom kon omdraaien. Het eethuisje had van de gezondheidsdienst een B-status gekregen, wat inhield dat er meer ratten- en muizenkeutels waren aangetroffen dan acceptabel was. Gouden Tand ontkende dat hij Erna Murphy ooit had gezien en bood Petra een gratis broodje aan. Toen ze bedankte en weg wilde lopen, zei een schelle stem: 'Ik lus dat broodje wel, r'cheur Connors.'

Ze draaide zich om en zag het wriemelende gezicht van Strobe. De knul stond geen moment stil en zijn lange haar trilde alsof het onder stroom stond.

Het donkere gezicht van de falafelvent werd paars. 'Jij!' En tegen Petra: 'Stuur hem weg, hij jat altijd alle pikante saus.'

'Krijg de kolere, Osama,' zei Strobe.

'Dat klinkt echt vriendelijk, Duncan,' zei Petra.

Strobe kuchte, blies zijn tabaksadem in haar gezicht en sloeg zich op zijn knie. 'R'cheur Connor! Wasterandehand? Wiesdat?' Trillende vingers wezen naar de foto die Petra in de hand had.

'Een dode vrouw.'

'Gaaf. La's zien.'

'Hé, jij! Pliesie! Stuur hem weg!' beval de falafelkoning.

Strobe dook in elkaar en zijn gore haarslierten zwaaiden heen en weer toen hij zijn lichaamstaal probeerde te verduidelijken met een spontaan opgestoken middelvinger. Voordat hij het gebaar af kon maken, trok Petra hem mee naar buiten en liep, achtervolgd door het geschreeuw van Gouden Tand, met hem naar haar auto.

'Verdomde theedoekklant,' zei Strobe met een stem die plotseling angstaanjagend klonk. 'Als ik terugkom en hem aan een mes rijg, vinden jullie dat dan ook een onderzoek waard?' Voordat Petra antwoord kon geven was de aandacht van de speedfreak alweer afgeleid en hij richtte zijn geniepige oogjes op de foto van Erna Murphy. Er stond een vrolijke, maar valse blik in. De kille inborst van de jongen was duidelijk merkbaar. 'Hé... die ken ik.'

'O ja?' zei Petra.

'Ja, ja, ja, ja, ja, ik heb haar... wat zal 't zijn...seffe denke... een dag of wat geleden nog gezien.'

'Waar, Duncan?'

'Hoeveel schuift 't?'

'Genoeg voor een broodje,' zei Petra.

'Ha. Hahahahahahaha. Effe serieus, r'cheur Connor.'

'Ik weet toch pas wat 't schuift, als jij me vertelt wat je weet, Duncan?'

'Ik kan toch pas vertellen wat ik weet as je me betaald heb, r'cheur Connor?'

'Duncan, Duncan,' zei Petra terwijl ze haar tas opendeed en er een briefje van twintig uit haalde.

Strobe griste als een hongerige aap in de dierentuin het briefje uit haar hand. Hij stopte het geld in zijn zak en keek met samengeknepen ogen naar de foto. 'Een paar dagen geleden. Minstens.'

'Dat heb je me al verteld. Wanneer was het precies? En waar?'

'Wanneer precies... drie dagen geleden. Misschien... of twee... of toch drie.'
'Wat is het nou, Duncan?'
'O jee,' zei Strobe. 'Tijd... weetjewel. Af en toe is 't net...' Hij grinnikte. Hij had de zin in zijn hoofd afgemaakt en vond het kennelijk grappig.
Twee of drie dagen was een cruciaal verschil. Erna Murphy was drie dagen geleden vermoord. Twee zou betekenen dat ze geen enkel geloof kon hechten aan het verhaal van Strobe.
'Twee of drie, ik wil het nu weten,' zei Petra.
'Dan zeg ik drie.'
'Waar heb je haar gezien, Duncan?'
'Bij Bronson, Ridgeway, daar in de buurt, je weet wel.'
Vlak bij de plaats waar Erna's lichaam was gevonden. Petra keek Strobe met samengeknepen ogen aan en bestudeerde zijn magere lijf, de dikke wallen onder zijn ogen en de beginnende rimpeltjes. Hoelang zou die knul nog te leven hebben... een jaar of vijf? Strobe friemelde nerveus onder haar strakke blik, stond te draaien op zijn voeten en frunnikte aan zijn haar. Het was een meisjesachtig gebaar, maar deze knul had niets vrouwelijks. Hij was van slachtoffer veranderd in een roofdier. In een donkere, eenzame straat zou Petra hem alleen aanspreken als ze wist dat er hulp in de buurt was.
'Hoe laat was dat?' vroeg ze.
'Dat zei ik al... laat.' Opnieuw dat grinnikje. 'Of vroeg, dat hangt d'r vanaf.'
'Hoe laat?'
'Twee, drie, vier uur.'
''s Nachts.'
Strobe keek haar met grote ogen aan, stomverbaasd over die bespottelijke vraag. 'Ja,' zei hij.
'Wat spookte jij daar uit, Duncan?'
'Een beetje rondhangen.'
'Met wie?'
'Met niemand.'
'Hing je in je eentje rond?'
'Hé,' zei Strobe, 'dan ben ik tenminste in goed gezelschap.'
Hollywood in de buurt van Bronson was niet zo ver lopen van Hospital Row op Sunset. Een prima plaats om wat pillen op de kop te tikken van een of andere corrupte dokter, verpleegkundige of apotheker, en dan meteen terug naar de boulevard om ze aan de man te brengen. En dat was meer dan een vermoeden. Petra wist dat de

narcoticabrigade vorig jaar een assistent-chirurg had opgepakt die voor grossier speelde. Een stommeling die zo lang had geleerd en het al zover had geschopt en dat op die manier had vergooid.

'Ik heb zo het idee dat je een beetje aan het handelen was,' zei ze. Strobe wist precies wat ze bedoelde en hij grijnsde de gaten in zijn gebit bloot. Er zat iets groens op zijn tandvlees. Lieve god.

'Vertel me maar eens precies wat je hebt gezien,' zei Petra.

'Ze is toch gek, hè?'

'Was.'

'Ja, ja, ja. Dat zag ik, een gek, die zich als een gek gedroeg en als een gek heen en weer sjouwde. En net als alle gekken liep ze in zichzelf te praten. Toen kwam er een auto die haar oppikte. Met een vent erin.'

'Wou je zeggen dat ze liep te tippelen?'

'Doen wijven 's nachts dan iets anders als ze heen en weer lopen?' Strobe lachte. 'Wat ister gebeurd? Heeft-ie haar aan een mes geregen? Loopt d'r hier een Jack de Ripper rond of zo?'

'Je schijnt het allemaal nogal leuk te vinden, Duncan.'

'Nou ja, een beetje lol is nooit weg.'

'Weet je zeker dat ze liep te tippelen?'

'Nou... ja hoor. Waarom niet?'

'Er is een groot verschil tussen "ja hoor" en "waarom niet",' zei Petra.

'Moet ik nou alweer kiezen?'

'Hou op met die onzin, Duncan. Als je me alleen vertelt wat je zeker weet, zit er misschien nog wel een briefje van twintig voor je in. Maar als je zo doorgaat, pak ik je dat eerste biljet ook weer af en dan reken ik je in.'

'Hé,' zei Strobe, weer met die angstaanjagende stem. Petra dacht dat ze waarschijnlijk net had voorkomen dat de toestand tussen hem en de heetgebakerde falafelverkoper uit de hand liep. In ieder geval voorlopig.

Strobe had een gejaagde blik in de ogen gekregen en zijn uitgemergelde lijf was zo gespannen als een veer. Hij zou de eerste de beste kans aangrijpen om ervandoor te gaan.

Of stond hij op het punt agressief te worden?

Toen wierp hij een blik op Petra's handtas.

Daar zat haar pistool in en het lag bovenop. Haar handboeien hingen boven haar billen aan haar riem.

Zo gek zou hij toch niet zijn?

Ze glimlachte, zei: 'Duncan, Duncan,' greep hem vast, draaide hem om, trok zijn arm op zijn rug en stond even te hannesen met de

handboeien, om ze eerst om zijn ene en daarna om zijn andere pols te doen.
'Ah nee, r'cheur!'
Toen ze hem snel fouilleerde, vond ze een verfrommeld, halfleeg pakje sigaretten, een zakje pillen en capsules en een verroest zakmes.
'Ah nee,' zei hij nog een keer. Toen begon hij te blèren als een baby.
Ze duwde hem op de achterbank van haar auto, duwde de sigaretten in het borstzakje van zijn overhemd, smeet de drugs in een put – sorry, Stille Oceaan – stopte het mes in haar zak, ging achter het stuur zitten, ritste haar tas open en legde haar hand op het pistool.
De tranen biggelden de knul over de wangen.
'Het spijt me verschrikkelijk, r'cheur Connor,' zei hij. Hij klonk alsof hij een jaar of twaalf was. 'Ik wou je helemaal nie voor de gek houen. Ik heb gewoon honger, ik wil allenig maar een broodje.'
'Heb je niet genoeg handel?'
Strobe wierp een blik in de richting van de put. 'Nou nie meer.'
'Luister eens goed,' zei ze. 'Ik heb geen tijd voor die onzin. Vertel me nu maar precies wat je van Erna Murphy weet en wat je drie nachten geleden hebt gezien.'
'Ik weet niks van haar, ik wist nie eens hoe ze heette,' zei Strobe. 'Ik heb haar allenig maar gezien, precies zoas ik zei. Ik weet dat ze een van de gekken is...'
'Ging ze dan om met andere gekken?'
'Ga je me arresteren?'
'Niet als je meewerkt.'
'Wil je me die dingen afdoen?' Hij bewoog zijn armen. 'Ze doen zeer.'
Hij had smalle polsen en ze had de boeien stijf aangedraaid. Maar hij kon onmogelijk pijn hebben. Ze was zoals gewoonlijk heel zorgvuldig geweest. Het waren allemaal toneelspelers...
'Die gaan pas af als we klaar zijn.'
'Maar da's toch onwettig?'
'Duncan!'
'Sorry, sorry...oké, oké, ik dacht gewoon... wat vroeg je ook alweer?'
'Of ze met andere gekken optrok.'
'Dat heb ik nooit gezien. Het is nie zo dat ze altijd in de buurt was en helemaal bij de scene hoorde. Het ene moment was ze d'r, en dan weer een hele tijd nie. Snap je? Ik heb nooit met d'r gepraat, niemand praatte met d'r en zij praatte met niemand. Ze was gek.'

'Weet je zeker dat ze tippelde?'
Strobes pluizige tong gleed over het smalle, uitgedroogde reepje grauw weefsel dat bij hem voor een onderlip doorging. 'Nee. Dat durf ik nie te beweren. Ik dach gewoon dat 't zo was. Omdat ze in die auto stapte.'
'Wat voor auto?'
'Een gewone,' zei hij. 'Geen Porsche of BMW.'
'Kleur?'
'Licht.'
'Groot of klein?'
'Klein, gloof ik.'
Kevin Drummond reed in een witte Honda. Het telefoontje van Milo waarin hij haar had verteld dat de auto in de buurt van het vliegveld was gevonden leek te bevestigen dat Kevin de man was die ze zochten. Het was de bedoeling dat de auto eerst grondig werd onderzocht en dat ze daarna opnieuw met Kevins ouders zou gaan praten.
Het verhaal van Strobe maakte alles nog waarschijnlijker. De tijd en de plaats klopten precies.
Kevin heeft besloten dat Erna geen nut meer heeft, pikt haar op, rijdt samen met haar een paar straten verder, voert haar dronken, brengt haar om zeep, ontdoet zich van de auto in Inglewood, wandelt naar LAX en kiest het luchtruim.
Milo had haar 's ochtends vroeg opnieuw gebeld, voordat ze wegging. Er was nog niemand die Kevin op het vliegveld had gezien.
'De auto,' zei ze. 'Geef me eens een merk, Duncan.'
'Da weeknie, r'cheur Connor.'
'Nissan, Toyota, Honda, Chevy, Ford?'
'Weeknie,' hield Strobe vol. 'Echt waar. Ik wil je geen lulkoek verkopen, want as je er dan achter kom dat 't nie klopt, denk je nog da'k je belazerd heb en dan kom je weer achter me aan... kun je me die dingen nou asjeblieft af doen, ik vind 't vréselijk om vastgebonden te zijn.'
De manier waarop hij dat zei – een klacht die uit het diepst van zijn hart kwam, een echo van de vernederingen die hij eerder had moeten ondergaan – trof een gevoelige snaar. Kinderen die wegliepen, kwamen niet voor niets naar Hollywood. Eén afschuwelijk moment zag Petra in gedachten een jongere Duncan, met blozende wangen, die thuis door een of andere verdorven ziel was vastgebonden.
Alsof hij instinctief begreep hoe ze zich voelde, kromp Strobe in elkaar en begon nog harder te huilen.

Petra zette het beeld uit haar hoofd. 'Geen busje? Het was echt een auto?'
'Een auto.'
'Geen terreinwagen of een jeep?'
'Een auto.'
'Kleur?'
'Licht.'
'Wit, grijs?'
'Weeknie. Ik lieg heus nie...'
'Waarom dacht je dat ze tippelde, Duncan?'
'Omdat ze op straat liep en toen die auto stopte, stapte ze in.'
'Hoeveel mensen zaten er die auto?'
'Weeknie.'
'Hoe zag de chauffeur eruit?'
'He'k niet gezien.'
'Hoe ver stond je van die auto af?'
'Eh, eh... halverwege de straat.'
'En dat gebeurde op de boulevard?'
'Nee, in een zijstraat.'
'Welke?'
'Eh... Ridgeway, ja, ik geloof dat het Ridgeway was. Ja, ja, Ridgeway. Het is daar hartstikke donker, ga maar kijken as je me nie gelooft. Alle lantaarns zijn kapot.'
Ridgeway was één straat verwijderd van de plek waar de chirurg was opgepakt. De gemeente had de lantaarns waarschijnlijk wel laten repareren, maar de freelance apothekers zouden ze onmiddellijk weer kapot hebben gemaakt.
'Zei ze iets tegen de chauffeur voordat ze in de auto stapte?' vroeg Petra.
'Nee, ze stapte meteen in.'
'Dus er werd niet onderhandeld? Ze probeerde ook niet om erachter te komen of ze met een stille te maken had? Dat klinkt niet als een tippelaarster, Duncan.'
Strobes ogen werden groot.
Er daagde iets in zijn van speed vergeven brein. 'Ja, je heb gelijk!' Hij begon weer te wriemelen. 'Mogen die dingen nu af? Asjeblieft?'
Ze bleef hem nog een tijdje langer ondervragen zonder dat het iets opleverde, stapte uit de auto, liep terug naar meneer Gouden Tand en bestelde een grote portie kebab met extra veel pikante saus en een dubbele cola. Hij wilde het haar opnieuw gratis opdringen, maar ze stond erop om het volle pond te betalen en de donkere ogen van Tand versomberden.

Ze had hem vast op zijn etnische tenen getrapt. 'Ik heb je extra veel saus gegeven.'
Ze liep terug naar de Honda, legde het broodje op de motorkap, trok Scobe naar buiten, maakte de handboeien los en zei dat hij een eindje verder op de stoeprand moest gaan zitten. Hij gehoorzaamde meteen en ze gaf hem het eten en nog een briefje van twintig.
Een paar meter bij hen vandaan keek Gouden Tand woedend toe. Strobe had het broodje al in zijn klauwen voordat Petra haar mond open kon doen. Hij zat het hoorbaar te verslinden, als een hongerig beest.
Met zijn mond vol vlees en brood en de saus die op zijn kin drupte, zei hij: 'Bedankt, r'cheur.'
'*Bon appétit*, Duncan.'

35

Milo liep achter de blondine aan. Hij had haar kantoor een uur lang in de gaten gehouden en begon haar te schaduwen toen ze samen met een groep collega's naar buiten kwam en naar het winkelcentrum van Century City liep. Ze was in het gezelschap van drie andere vrouwen die net als zij donkergekleurde mantelpakjes droegen. Ze waren stuk voor stuk ouder dan het blondje, dat een jaar of vijfentwintig was.
Everett Kippers jongere vriendinnetje, Stephanie.
Ze was goedgebouwd, met een doorsneelengte en behoorlijk lange benen. Ze had niet geprobeerd daar de nadruk op te leggen, want haar rok viel tot op haar knieën. Maar ze kon de natuurlijke manier waarop ze zich bewoog niet verhullen.
Het blonde haar was lang en steil, platina met een gouden gloed. Vanachteren zag ze eruit als de natte droom van elke heteroseksuele vent.
Milo keek naar haar figuurtje met hetzelfde genoegen waarmee hij een goed schilderij bekeek.
Hij liep achter de vier vrouwen aan naar het Food Court, waar de collega's in een van de vele eettentjes verdwenen, nadat een van hen had gevraagd: 'Weet je het zeker, Steph?'
Stephanie knikte.
'Dan zien we je straks wel,' zei haar vriendin.
Ze liep door, langs de boekwinkel van Brentano en de multifunc-

tionele theaters, bleef even staan om naar de etalages van Bloomingdale en nog een paar andere boetieks te kijken en wandelde verder tot ze bij een plein aan de zuidkant van het winkelcentrum kwam. Op het grote, zonovergoten stenen plein stonden overal stalletjes met etenswaren en banken.
Het was een heerlijke dag. Perfect voor een afspraakje met iemand van wie je hield.
Het winkelcentrum was vol winkelende mensen, toeristen en kantoorpersoneel uit de omliggende torenflats dat daar hun lunch gebruikte. Milo kocht een extra grote beker ijsthee, mengde zich tussen het publiek en slenterde rustig verder terwijl hij het blonde hoofdje geen moment uit het oog verloor.
Toen Stephanie midden op het plein bleef staan, wachtte hij even om de hoek voordat hij doorliep in haar richting en met zijn rug naar haar toe met behulp van een rietje een slokje thee nam. Hij zorgde ervoor dat hij haar spiegelbeeld in een winkelruit kon zien.
Ze haalde haar hand door haar haar en streek het achter haar oren. Deed haar zonnebril af en zette hem weer op.
Stond ze op haar vriend te wachten? Milo was nieuwsgierig waarom Kipper zo'n boze indruk had gemaakt.
Ondertussen hield hij ook de passage in de gaten, omdat Kipper waarschijnlijk van die kant zou komen.
Stephanie kocht een warme krakeling met mosterd en een bekertje drinken van een koopman achter een handkar, liep naar een bank toe en ging zitten eten.
Terwijl ze zat te knabbelen, voerde ze de duiven met de kruimeltjes van haar krakeling.
Ze sloeg haar lange benen over elkaar.
Toen ze de krakeling en haar drankje bijna op had, stond ze op, kocht een ijshoorntje bij een ander karretje en ging weer op dezelfde plaats zitten.
Ze keek geen enkele keer op haar horloge.
Er ging een kwartier voorbij en ze vertoonde geen enkel teken van ongeduld.
Weer vijf minuten. Ze gaapte, rekte zich uit en keek omhoog naar de zon.
Ze zette opnieuw haar zonnebril af zodat het zonlicht op haar gezicht viel.
Met gesloten ogen bleef ze ontspannen zitten.
Zonder op iemand te wachten. Milo stak het plein over, maakte een omtrekkende beweging en liep vanachteren naar haar toe. Ze zou hem pas zien als hij de tijd rijp achtte.

Hij had zijn penning in zijn hand, maar zorgde ervoor dat niemand die kon zien. Ze zou vast schrikken als er zo'n grote kerel op haar af kwam en hij hoopte dat de penning haar aandacht af zou leiden, zodat ze geen heibel zou schoppen.
Ze hoorde hem niet aankomen en ze keek pas op toen hij om de bank heen was gelopen en vlak voor haar stond.
Donkere, verbaasde ogen. Hij negeerde ze en richtte zijn blik op de blauwe plek op haar gezwollen linkerjukbeen. Ze had slim gebruik gemaakt van haar make-up en was er bijna in geslaagd om de verkleuring weg te werken, maar er was toch nog iets te zien van de vurige plek op haar gebruinde, gladde huid. De hele linkerkant van haar gezicht was opgezwollen. Dat kon je niet met cosmetica verbergen.
Ze schrok van zijn penning en hij stopte het mapje weer in zijn zak.
'Ik vind het vervelend dat ik u lastig moet vallen, mevrouw. Vooral vandaag.'
'Ik begrijp u niet,' zei ze een beetje benauwd. 'Hoezo vandaag?'
Hij ging naast haar zitten en vertelde haar wie hij was, waarbij hij de belangrijkste woorden van zijn titel nog wat extra benadrukte.
Inspecteur. Politie. Moordzaken.
Dat stelde Stephanie niet bepaald gerust, maar ze wist ook meteen waar ze zich zorgen over moest maken.
'Het gaat over Julie, hè?' zei ze met trillende lippen. 'Dat kunt u toch niet menen.'
'Wat meen ik niet, mevrouw...'
'Cranner. Stephanie Cranner. Ev heeft me verteld dat jullie hem het hemd van het lijf hebben gevraagd over Julie. Dat jullie hem waarschijnlijk verdachten, omdat hij haar ex-man is.' Haar hand ging naar haar beurse wang, maar ze hield zich in en liet hem weer op haar schoot vallen. 'Belachelijk gewoon.'
'Dus hij heeft u verteld dat wij hem verdenken,' zei Milo.
'Dat is toch zo?' zei Stephanie Cranner. Ze had een prettige stem... jong en melodieus, maar stijf van de zenuwen. Alles aan haar straalde jeugd en gezondheid uit. Behalve die blauwe plek.
'Heeft meneer Kipper dat gedaan?'
De bruine ogen werden neergeslagen. 'Ik wil het niet belangrijker maken dan het is. Het heeft niets met Julie te maken... althans niet met het feit dat ze is vermoord.'
Milo zakte onderuit en maakte zichzelf zo klein mogelijk zodat hij niet bedreigend over zou komen.
Stephanie Cranner ging rechtop zitten. 'Ik moet weer terug naar kantoor.'

'U bent hier nog maar net,' zei Milo. 'Anders neemt u altijd veertig minuten om te lunchen.'
Haar mond viel open. 'Hebt u mij in de gaten gehouden?'
Hij haalde zijn schouders op.
'Wat schandalig,' zei ze. 'Ik heb niets misdaan. Ik ben alleen toevallig verliefd op Ev.' Ze was heel even stil. 'En hij houdt van mij.'
Milo keek naar de gezwollen wang. 'Heeft hij dat al vaker gedaan?'
'Nee, absoluut niet.'
'Ach.'
'Echt waar,' zei ze. 'Dit was de eerste keer. Daarom wil ik er ook geen punt van maken. Alstublieft.'
'Mij best,' zei Milo.
'Dank u wel, inspecteur.'
Hij maakte geen aanstalten om op te staan.
'Mag ik nu weg, inspecteur?' vroeg ze. 'Alstublieft?'
Milo draaide zich om, schoof iets naar haar toe en keek haar recht aan. 'Mevrouw Cranner, het is absoluut niet mijn bedoeling om u het leven moeilijk te maken. Ik werk voor de afdeling moordzaken, met huiselijk geweld heb ik niets te maken. Maar ik moet u er wel op wijzen dat die twee dingen regelmatig gepaard gaan.'
Stephanie Cranner keek hem met open mond aan. 'Dit is niet te geloven. Dus u wilt zeggen...'
'Ik zou me gewoon minder zorgen maken over uw welzijn als ik wist wat er gebeurd is.'
'Ev en ik hebben gewoon... ruzie gehad. Het was mijn schuld. Ik verloor mijn zelfbeheersing. Ik werd handtastelijk en gaf hem een duw. Een behoorlijk harde duw en ik bleef doorgaan. Hij liet me een tijdje begaan, maar uiteindelijk duwde hij me van zich af.'
'Met zijn vuist?'
'Met zijn hand,' zei ze en ze liet Milo haar vlakke hand zien. Ze droeg aan beide handen twee ringen. Goedkoop spul, smalle gouden ringetjes met halfedelstenen. Geen diamant.
'Heeft hij dat met zijn vlakke hand gedaan?'
'Ja, inspecteur. Omdat ik hem min of meer besprong en daardoor... botsten we nogal hard tegen elkaar aan. En hij vond het nog veel erger dan ik, geloof me. Hij viel op zijn knieën en smeekte om vergiffenis.'
'En hebt u hem dat gegeven?'
'Ja, natuurlijk. Er viel helemaal niets te vergeven.' Ze klopte op een stevige borst. 'Ik was zelf begonnen. Hij verdedigde zich alleen maar.'
Milo nam een slokje ijsthee en bleef even stil.

'U luncht alleen vandaag,' zei hij.
'Hij zit in vergadering.'
'Ach.' Hij maakte maar weer eens gebruik van dat typische psychiaterwoordje. Hij had Alex er jarenlang mee geplaagd, maar het kwam hem nu goed van pas.
'Echt waar,' zei Stephanie Cranner. 'Vraag het maar na als u me niet gelooft.'
'En u wilde vandaag liever alleen blijven.'
'Is dat verboden?'
'Waarvan raakte u zo overstuur dat u hem een duw gaf, mevrouw Cranner?'
'Ik zie niet in waarom ik u dat moet vertellen.'
'Dat hoeft u ook niet.'
'Dan doe ik het ook niet.'
Milo glimlachte.
'Maar u wilt het niet laten rusten,' zei ze.
'Ik moet mijn werk doen.'
'Hoor eens,' zei ze, 'we hadden ruzie over Julie, als u het dan per se wilt weten. En dat is ook precies de reden waarom u uw tijd verspilt door Ev zo op zijn huid te zitten.'
Met een zelfingenomen gezicht sloeg ze haar armen over elkaar. Alsof dat alles verklaarde.
'Ik kan u niet volgen, mevrouw Cranner,' zei Milo.
'Alsjeblíéft!' zei ze. 'Snapt u het dan niet? Ev híéld van Julie. Nog steeds. En daar werd ik pissig van. Hij houdt van mij, maar toch... hij kan Julie niet uit zijn hoofd zetten. Zelfs nu ze... ook al is ze dood, hij kan toch niet...' Er kroop een blos over haar hele gezicht, zo plotseling en zo fel dat het bijna komiek aandeed.
'Wat kan hij niet sinds ze dood is?' zei Milo.
Stephanie Cranner mompelde iets.
'Pardon?'
'U weet wel.'
Milo zei niets.
'Shit,' zei Stephanie Cranner. 'Nou heb ik toch mijn mond voorbij gepraat.' Haar vingertoppen gleden over zijn mouw. Ze knipperde met haar wimpers, gooide haar haar over haar schouders en schonk hem een benepen glimlachje. 'Inspecteur, zeg alstublieft niet tegen hem dat ik u dit heb verteld... alstublieft niet, want hij zou me...'
Ze hield abrupt haar mond.
Milo onderdrukte zelf ook een benepen glimlachje omdat hij precies wist wat ze had willen zeggen. *Hij zou me vermoorden.*
'Hij zou me dat ontzettend kwalijk nemen,' zei ze iets te nadruk-

kelijk. 'Ik had het recht niet om u dat te vertellen, u laat me dingen zeggen die ik niet meen.'
'Laten we het er dan maar op houden dat meneer Kipper veranderd is sinds de moord op Julie.'
'Nee. Ja. Maar niet alleen in dat opzicht. Vooral emotioneel. Hij... hij is afstandelijk. Het heeft er allemaal mee te maken.'
'Emotioneel,' zei hij. Nog zo'n psychiatertrucje. Herhalen wat ze zei.
'Ja!' zei ze. 'Ev gaf zoveel om Julie dat hij haar niet van zich af kan zetten en... zich niet over kan geven.'
Ze trok haar arm terug en gooide het restant van de krakeling over het plein. Het leek meer op een aanval dan op gulheid. De duiven vlogen op. Het met mosterd bestreken stukje deeg rolde over de grond en bleef ten slotte liggen.
'Ik wist al van Julie af toen ik verkering met hem kreeg.'
'Wat wist u?'
'Dat ze elkaar af en toe nog steeds ontmoetten. Dat vond ik helemaal niet erg. Ik ging ervan uit dat het vanzelf over zou gaan. En Ev heeft echt zijn best gedaan. Hij wilde zich aan mij overgeven, maar...'
Ze vocht tegen haar tranen, zette haar bril op en wendde haar gezicht af.
'Dus ze zagen elkaar nog steeds,' zei hij.
'Er was niets stiekems aan, inspecteur. Ev heeft daar nooit een geheim van gemaakt. Het hoorde erbij.' Ze draaide zich abrupt om en keek Milo weer recht aan. 'Ev hield zo intens veel van Julie dat hij haar niet los kon laten. Hij zou haar van zijn levensdagen geen kwaad hebben gedaan, laat staan dat hij haar vermoord heeft.'

Hij slaagde erin om haar nog een kwartier vast te houden door over haar werk te beginnen en kreeg te horen dat ze al een paar jaar studeerde. Ze werkte overdag als secretaresse en volgde een avondopleiding aan Pepperdine. Een intelligente meid, met grote plannen voor de toekomst, waarin ze mogelijk samen met Kipper een machtig blok binnen de financiële wereld zou kunnen vormen.
Ze sprak met geen woord meer over Kipper en Julie. Hij gaf haar zijn kaartje.
'Ik kan u verder echt niets vertellen,' zei ze.
Met het vermoeden dat ze zijn visitekaartje weg zou gooien zodra hij zijn biezen had gepakt verliet hij het plein, verbaasd dat iemand die zo jong, mooi en intelligent was akkoord ging met de voorwaarden waarmee Ev Kipper haar had opgezadeld.

Het zou wel iets met haar eigen jeugd te maken hebben, maar dat was het terrein van Alex. Toen hij weer in zijn blinde politieauto zat, belde hij Alex thuis en vertelde precies hoe het onderhoud was verlopen.
'Ik ben geneigd het met haar eens te zijn,' zei Alex.
'Nog zoveel hartstocht? Dat Kipper Julie negen jaar nadat hij van haar is gescheiden nog steeds niet van zich af kan zetten? Dat hij zo intens veel van haar hield dat hij hem na haar dood niet eens meer overeind kan krijgen? Dat wijst toch op een ongezonde emotionele toestand, Alex? Tel daar nog eens dat temperament van Kipper bij op – en we weten nu ook dat hij zijn handen niet thuis kan houden – dan kom je toch uit op een explosieve situatie? Zoals ik ook al tegen Cranner heb gezegd, huiselijk geweld en moord gaan vaak hand in hand.'
'Ik zeg niet dat Kipper zijn zelfbeheersing niet kan hebben verloren tegenover Julie. Maar dan was het op een heel ander soort misdaad uitgedraaid. De moord op Julie was weloverwogen, kil en berekenend, net als al die andere. Ze is bespioneerd, de plek van het misdrijf was met zorg uitgekozen, het wapen stond van tevoren vast en ze is in een quasi-suggestieve houding achtergelaten. Als Kipper het had gedaan, zou hij Julie niet onteerd hebben. Integendeel, dan zou hij haar lichaam zo netjes mogelijk hebben neergelegd. Alleen als je zou kunnen aantonen dat er een verband bestaat tussen Kipper en Erna Murphy zou ik misschien van gedachten kunnen veranderen. Bovendien is een soortgelijke gitaarsnaar gebruikt voor zowel Julie als Levitch. Dat zou betekenen dat Kipper Levitch heeft vermoord als dekmantel voor de moord op Julie. En dat klinkt als het scenario van een slechte film.'
'Daar lijkt het leven af en toe ook op,' zei Milo. 'En waarom niet? Een goedgeklede man als Kipper zou tussen het publiek bij Szabo en Loh niet opvallen. En die snaar is alleen bij Julie en Levitch gebruikt.'
'Dus je hebt je twijfels over onze theorie betreffende die psychische kannibaal? Hoe zit het dan met Trouwe Scribent? En al die recensies over onze slachtoffers?'
'Kunstenaars worden nu eenmaal gerecenseerd... en het is niet zo dat ik twijfels heb, ik trek alleen maar de alternatieven na.'
'Oké,' zei Alex.
'Je zult vast wel gelijk hebben. Maar het zit me gewoon dwars dat Kipper zo overdreven op de moord op Julie reageert. Niet alleen het feit dat hij impotent is, maar ook dat hij de politie tart door tot diep in de nacht herrie te maken. Dat betekent volgens mij dat hij zijn

grenzen aan het verleggen is. Ik zou niet graag in Stephanies schoenen staan. Ik weet niet of ze wel beseft dat ze een risico neemt.'
'Er is niets mis met je instinct. Als je echt denkt dat ze in gevaar is, moet je haar waarschuwen.'
'Dat heb ik al min of meer gedaan... oké, ik ga even bellen om te horen hoe het Petra vergaat en dan zal ik eens controleren hoe ver het autolab is met de Honda van Kevin Drummond. Bedankt voor het luisteren.'
'Graag gedaan.'
'Is Robin nog steeds in San Francisco?'
'Voor zover ik weet wel,' zei Alex.
Zijn stem klonk neutraal, maar Milo wist dat hij die vraag niet had mogen stellen. Hij moest zich nu niet laten afleiden. Schoenmaker, hou je bij je leest.
Hij wou dat hij wist wat zijn 'leest' was.
Hij bood zijn verontschuldigingen niet aan, want dat had geen zin. In plaats daarvan zei hij: 'Als we iets meer weten, bel ik je meteen.'
'Dat zou ik heel prettig vinden,' zei Alex. Zijn stem klonk weer vriendelijk. 'Het is wel een ingewikkelde toestand, hè?'
Op en top de psychotherapeut.

36

Eric Stahl gooide er vijftig eenarmige push-ups uit, gevolgd door nog vierhonderd op twee armen. Dat soort inspanning maakte hem zelden aan het zweten, maar nu was hij doorweekt... in afwachting van zijn bezoek aan Donald Murphy?
Stom, dat zou hij eigenlijk in de hand moeten hebben. Maar het lichaam loog niet.
Hij douchte, trok een van zijn vier zwart-pak-wit-overhemd-en-grijze-das-combinaties aan en reed naar het Sun Garden Verpleegtehuis in Mar Vista.
Het bleek een koffiekleurig gebouw van twee verdiepingen te zijn, met donkerbruin geschilderd houtwerk. Binnen was de receptieruimte opgesierd met groengevlekt behang. Oude mensen hingen wezenloos in rolstoelen.
En dan die ziekenhuislucht.
Stahl werd plotseling duizelig. Hij onderdrukte de neiging om er-

vandoor te gaan, nam de stramme houding van een rekruut aan, trok zijn revers recht en liep naar de balie.
De vrouw die daar de scepter zwaaide, was een Filippijnse van middelbare leeftijd met een witte jas over haar bloemetjesjurk. In Saoedi-Arabië was het gros van de bedienden Filippijns geweest – in feite nauwelijks meer dan slaven. Mensen die er nog veel slechter aan toe waren dan hij.
Deze vrouw droeg een naamplaatje waarop stond dat ze CORAZON DIAZ, AFDELINGSASSISTENTE was.
Ziekenhuisjargon voor kantoorbediende.
Stahl glimlachte tegen haar, deed zijn best om over te komen als een gezellige kerel en vertelde waar hij voor kwam.
'Politie?' zei ze.
'U hoeft zich niet ongerust te maken, mevrouw. Ik wil alleen graag even met een van uw patiënten praten.'
'Wij noemen hen gasten.'
'De gast die ik zoek, is Donald A. Murphy.'
'Ik zal even voor u kijken.' Computerklikjes. 'Eerste verdieping.'
Hij nam de bijzonder langzame lift naar de eerste verdieping. Nog meer gevlekt behang, maar iedereen zou toch meteen zien dat dit in feite een ziekenhuis was. In het midden bevond zich een zusterspost en daar stonden een paar vrouwen in rode uniformen met elkaar te praten. Daarachter een lange gang met aan weerskanten kamers. In de gang stonden twee brancards, een met verfomfaaid beddengoed. Stahl kon zich maar met moeite staande houden.
Zelfs toen hij naar de verpleegsters toe liep, bleven ze gewoon met elkaar praten. Hij stond op het punt hun het kamernummer van Donald Murphy te vragen toen hij een wit bord boven de post zag hangen. De namen die erop stonden, waren met een blauwe marker geschreven en het leek wel een beetje op het bord met de werkindeling op het bureau.
Twee-veertien.
Hij liep de gang in, langs kamers met hoogbejaarde mensen, voor een deel in rolstoelen. Anderen waren bedlegerig. Hij hoorde flarden televisiegeluid. Het geklik van medische apparatuur.
Die lucht was hierboven nog sterker. Een voornamelijk chemische lucht, vermengd met braaksel, de stank van ontlasting, zweet en een heleboel geurtjes die hij niet thuis kon brengen.
Zijn huid voelde inmiddels klam aan en hij sloeg bijna dubbel toen hij opnieuw een aanval van duizeligheid kreeg. Hij bleef midden in de gang staan, drukte zijn platte hand tegen het pluizige behang en concentreerde zich op zijn ademhaling: inademen, uitademen, in-

ademen, uitademen. Hij was nog steeds licht in zijn hoofd, maar hij voelde zich een beetje beter en liep door naar 214.

De deur stond open. Hij liep naar binnen en trok de deur achter zich dicht. De man op het bed had slangetjes in zijn neus en in zijn armen. Op een hele rij monitoren boven zijn hoofd was te zien dat hij nog leefde. Het buisje van een catheter liep van onder de lakens naar een fles op de grond, gevuld met een gele vloeistof.
De marine had gezegd dat onderofficier Donald Arthur Murphy (gepens.) negenenzestig was, maar deze vent leek wel honderd.
Stahl controleerde de naam op het polsbandje van de patiënt: D.A. MURPHY. De geboortedatum klopte.
Met bonzend hart onderdrukte hij zijn gevoel van benauwdheid en bestudeerde de man in het bed. Erna's vader had een verlept, driehoekig gezicht met daarboven een wilde bos droog, wit haar. Een paar van de haren vertoonden nog sporen van hun oorspronkelijke kleur en waren vaag rossig aan de wortel. Murphy had grote, dikke handen vol levervlekken. Zijn neus zat vol rode drankadertjes. Zijn tandeloze mond was ingevallen.
De ogen waren gesloten. Hij lag zo stil als een mummie. Stahl zag geen enkel teken van ademhaling, maar de monitoren bewezen het tegendeel.
'Meneer Murphy?' zei hij.
Geen reactie van het lichaam op het bed of van de apparatuur.
Hij had al die moeite voor niets gedaan. Hij stond zich net af te vragen met wie hij moest gaan praten toen hij weer duizelig werd en hij het klamme zweet letterlijk over zijn hele lichaam voelde uitbreken. Dit hield hij nooit vol, shit, deze aanval was te sterk.
Hij zag een stoel staan en slaagde erin die net op tijd te bereiken. Hij deed zijn ogen dicht...

Een misthoorn bracht hem weer bij zijn positieven.
'Wie bent u en wat hebt u hier te zoeken?'
Stahl deed zijn ogen open en richtte zijn blik op de klok boven de monitoren. Hij was maar een paar minuten buiten westen geweest.
'Geef antwoord,' eiste dezelfde stem. Toeterend en vrouwelijk, een stem als een oorverdovende tuba.
Hij draaide zich om en keek naar de eigenares.
Een oudere vrouw, midden of achter in de zestig. Lang, breedgeschouderd en gezet.
Haar gezicht was bijna volmaakt rond, met daarboven een opgebolde bos champagnekleurige golven. Ze was zwaar opgemaakt,

met veel te veel rouge en ogenschaduw. Een donkerrode lipstick maakte haar rubberachtige lippen geen greintje vriendelijker. Ze droeg een grasgroen gebreid mantelpak dat waarschijnlijk heel duur was geweest, met grote kristallen knopen en een wit biesje langs de revers. Het zat veel te strak om haar geblokte lichaam, het leek alsof ze er ieder moment uit kon barsten. Bij elkaar passende tas en schoenen. De krokodillenleren tas had een grote, met rijnsteentjes bezette sluiting. De steen aan haar worstvinger was geen rijnsteen. Verblindend wit en gigantisch. Diamanten oorbellen, met elk twee stenen. Om de lellen van haar kalkoenennek zat een snoer grote zwarte parels.
'Nou?' toeterde ze. Ze stond hem boos aan te kijken met haar beide handen op een stel heupen die als droogdok dienst konden doen. Ook aan haar rechterhand sprankelde een knots van een ring. Met een smaragd die nog groter was dan de diamant. Van al die juwelen die ze droeg, zou Stahl gemakkelijk kunnen rentenieren.
'Ik bel nu de bewakingsdienst.' Haar wangen trilden en haar bolle boezem deed vrolijk mee.
Stahl had hoofdpijn en het geluid van die meedogenloze stem strooide zout in de wond. Hij stak zijn hand in zijn zak en liet haar zijn penning zien.
'Bent u van de politie?' vroeg ze. 'Waarom zit u hier dan voor de donder in Donalds kamer te slapen?'
'Neem me niet kwalijk, mevrouw. Ik voel me niet goed. Ik ben gaan zitten om op adem te komen, maar kennelijk heb ik heel even het bewustzijn verloren...'
'Als u ziek bent, dan mag u hier helemáál niet zijn! Donald is ontzettend ziek. Ik hoop voor u dat u hem niet hebt aangestoken. Dit is gewoon schandalig!'
Stahl stond op. Zijn duizeligheid was verdwenen. De ergernis van de confrontatie met die kenau had een eind gemaakt aan zijn benauwdheid.
Interessant...
'Wat is de relatie tussen u en meneer Murphy?' wilde hij weten.
'Nee, nee, nee!' Ze schudde met haar opgestoken vinger. De diamanten vonkten. 'Vertelt u mij maar eens eerst waarom u hier bent.'
'De dochter van meneer Murphy is vermoord,' zei hij.
'Erna?'
'Kent u haar?'
'Of ik haar ken? Ik ben haar tante. Het kleine zusje van Donald. Wat is er met haar gebeurd?' Geïrriteerd, dwingend en geen spoor van medeleven. Of schrik.

'Kijkt u daar niet van op?' vroeg Stahl.
'Jongeman, Ernadine was psychisch gestoord en dat was al jaren het geval. Donald had geen contact meer met haar en hetzelfde geldt voor mij. En voor de rest van de familie.' Ze keek naar de man op het bed. 'Zoals u ziet, heeft het geen zin om Donald lastig te vallen.'
'Hoe lang is hij al zo?'
Ze keek hem aan met een blik alsof ze wilde zeggen: Wat heb jij daarmee te maken? 'Al maanden, jongeman, maanden.'
'In coma?'
De vrouw lachte. 'U bent vast een detective.'
'Wat mankeert hem, mevrouw...'
'Mevrouw Trueblood. Alma F. Trueblood.'
Murphy's 'kleine zusje'. Stahl kon zich niet voorstellen dat dit mens ooit klein was geweest.
'Mevrouw, kunt u mij misschien iets vertellen over...'
'Nee,' snauwde Alma Trueblood.
'U hebt de vraag nog niet eens gehoord, mevrouw.'
'Dat hoeft ook niet. Ik kan u helemaal niets vertellen over Ernadine. Ik heb u net gezegd dat ze al jaren gestoord is. Met het leven dat zij leidde, is het een wonder dat ze het nog zo lang uitgehouden heeft. Donald had haar al jaren niet meer gezien. U moet me maar op mijn woord geloven.'
'Hoeveel jaar?'
'Een heleboel. Ze hadden geen contact meer met elkaar.'
'En u zegt dat het een wonder is dat ze nog zo lang in leven is gebleven?'
'Inderdaad. Ernadine weigerde elke vorm van hulp en ging haar eigen weg. Ze leefde op stráát. Ze was altijd al een vreemd meisje. Onbeheerst, humeurig, met rare gewoonten... Rare eetgewoonten... Kalk, zand, bedorven voedsel. Ze plukte aan haar haar en liep in zichzelf pratend in kringetjes rond. Ze zat de hele dag te tekenen, maar ze had geen greintje talent.'
Alma Trueblood richtte zich in haar volle lengte op. 'Ik heb haar nooit in de buurt willen hebben. Ze had een slechte invloed op mijn kinderen en ik zal u nog eens iets vertellen, agent, ik wens niet dat de familie bij een of andere onverkwikkelijke zaak betrokken wordt.'
'Sjonge,' zei Stahl.
'En wat bedoelt u daar precies mee, jongeman?'
'U bent kennelijk erg boos.'
'Ik ben helemaal niet boos! Ik neem hen in bescherming! Mijn broer

moet beschermd worden... Kijk maar eens naar hem. Eerst zijn hart en daarna zijn lever en zijn nieren. Niets werkt meer. Ik betaal de rekeningen van dit tehuis en geloof me, dat kost me alles bij elkaar een aardig sommetje. Als ik er niet was, zou Donald in een of ander tehuis voor oudstrijders terechtkomen. Maar daar wil ik niets van weten. Onze Lieve Heer heeft me goed bedacht, dus mijn grote broer mag hier rustig blijven liggen zolang dat nodig is. U moet niet denken dat ik wreed ben. Het nieuws omtrent Ernadine stemt me treurig. Maar ze heeft de familie al jaren geleden de rug toegekeerd en ik wil niet dat zij alles bederft.'
'Door dood te gaan?'
'Door... ons te betrekken bij het laag-bij-de-grondse bestaan dat ze leidde. Wij, mijn man William T. Trueblood en ik, staan hoog aangeschreven in de gemeenschap. Wij steunen veel goede doelen en ik wil niet dat de naam van meneer Trueblood bij iets onsmakelijks wordt betrokken. Hebt u dat begrepen?'
'Heel goed.'
'Dan kunt u nu gaan.' Alma Trueblood maakte de sluiting van de groene krokodillenleren tas open en gunde Stahl een blik op de inhoud. Er zat een heleboel in, maar alles was keurig geordend, allemaal in vloeipapier gewikkelde pakjes. Hij had nog nooit zo'n nette tas gezien.
'Bent u weleens in het leger geweest, mevrouw Trueblood?'
'Hoe komt u daarbij? Wat een belachelijke vraag.' De dikke vingers tastten over de bodem van de tas en vonden een gouden doosje dat ze openmaakte. Er kwam een crèmekleurig visitekaartje uit. 'Laat iemand maar contact met me opnemen om de begrafenis van Ernadine te regelen. De kosten zijn voor mijn rekening. Uiteraard. Goeden dag, jongeman.'
Stahl stopte het kaartje in een van zijn jaszakken. Prachtig papier, zwaar en glanzend.
Het kleine zusje was een flink stuk op de maatschappelijke ladder geklommen.
Hij liep naar de deur.
'Als ik u was, zou ik iets aan die narcolepsie laten doen,' zei Alma Trueblood. 'Ik weet zeker dat uw meerderen niet blij zullen zijn als ze dit te horen krijgen.'

37

Milo belde aan het eind van de middag. 'Petra en ik vinden het hoog tijd om weer eens met Drummonds ouders te gaan praten. De enige vingerafdrukken die in de Honda zijn aangetroffen, waren die van Kevin op het stuur en op de greep van het linkervoorportier, plus een paar verdwaalde veegjes van de jongens van de sleepdienst uit Inglewood. Geen bloed, geen lichaamssappen, geen wapens. Ook geen verwijzingen naar Erna Murphy, maar Petra heeft wel iemand gevonden die heeft gezien dat ze op de avond dat ze werd vermoord in een kleine lichte auto stapte. Op loopafstand van de plaats van het misdrijf. Kevins auto werd pas de volgende dag weggesleept.'
'Wie is die getuige?' vroeg ik.
'Een oplichter die zwaar aan de speed is,' zei hij. 'Niet echt solide, maar daardoor staat de gang van zaken wel min of meer vast: Kevin pikt haar op, brengt haar om zeep en maakt dat hij de stad uit komt.'
'Nadat hij Erna's vingerafdrukken uit zijn auto heeft gepoetst. Was die net gewassen?'
'Dat is moeilijk te zeggen, na al die tijd op het parkeerterrein van de sleepdienst. De jongens van het lab zeiden wel dat het rechterportier een beetje te netjes leek, alsof het was schoongeveegd. Dat duidt op criminele bedoelingen en daarom willen we mammie en pappie nog eens aan de tand voelen. Jouw inbreng en aanwezigheid worden hogelijk op prijs gesteld. In verband met de psychologische aanpak en zo.'
'Wanneer?' vroeg ik.
'Als het donker is. Over een paar uur. Ik kom je wel halen, dan zien we Petra daar.'
'Gaat Stahl niet mee?'
'Petra heeft hem achter de computer gezet. Ik zie je over een uur of twee. Begin maar vast na te denken over geniepige vragen.'

Als je met mensen te maken krijgt, valt er vooraf weinig te repeteren. Maar we deden toch een poging terwijl we met ons drieën in een rustige straat in Encino in Petra's Accord zaten. De plek was twee straten verwijderd van het huis van Franklin en Teresa Drummond, in de schaduw van een ruige peperboom met haast menselijke vormen. Het vage maanlicht was net sterk genoeg om de takken te veranderen in graaiende ledematen. Zo nu en dan reed er een auto voorbij, maar niemand merkte ons op.

Petra vertelde ons wat ze van de Drummonds wist. 'Klinkt dat als een geschikte kweekvijver voor een psychopathische moordenaar, Alex?'
'Tot dusver klinkt het als een bovenmodaal gezin uit de voorsteden,' zei ik.
Ze knikte treurig. 'Ik denk dat we ons het best op Frank kunnen concentreren... Omdat hij zo dominant is en zo. Als we hem negeren, lopen we het risico dat we hem meteen tegen ons in het harnas jagen.'
'Als hij de deur opendoet, zal hij niets met jullie te maken willen hebben,' zei ik. 'Je kunt wel beleefd beginnen, maar op een gegeven moment zullen jullie hem toch wat meer onder druk moeten zetten.
'Dreigen?' vroeg Milo.
'Als ze weten waar Kevin naartoe is gegaan, dan kan hun een aanklacht wegens medeplichtigheid boven het hoofd hangen,' zei ik. 'Frank is advocaat. Hij zal wel proberen hoog van de toren te blazen, maar ik zou goed oppletten of hij tekenen van onrust vertoont. En ook al te agressief gedrag is verdacht en kan een aanwijzing zijn dat hij iets te verbergen heeft.'
'En wat moeten we dan doen... Vragen of ze hun zoon willen verraden om hun eigen hachje te redden?'
'Wat hun gevoelens tegenover Kevin ook zijn, ik denk niet dat ze bereid zijn een strafblad te riskeren. Op een gegeven moment zou ik ook de financiële toestand onder de loep nemen. Zij hebben dat fanzine van Kevin gefinancierd, dus indirect zijn zij ook verantwoordelijk voor wat dat misschien teweeg heeft gebracht. In ieder geval zal het Franks praktijk geen goed doen. En dan kun je misschien ook de moeder aanpakken. Werk op haar geweten door haar de foto's van Erna te laten zien.'
'Die misschien wel niet Erna is,' zei Milo. En tegen Petra: 'Heeft Stahl ondertussen al enig verband tussen hen gevonden?'
'Nee,' zei ze. 'Ik heb je al verteld dat hij achter de verblijfplaats van Erna's vader is gekomen, maar die ligt in coma en kan ieder moment de pijp uit gaan. Toen hij in het verpleegtehuis was, kreeg hij wel een familielid te pakken. De zuster van Donald Murphy, een echte kenau die Alma Trueblood heet. Of misschien kan ik beter zeggen dat zij Stahl te pakken kreeg. Volgens haar is Erna haar hele leven een rare geweest, die altijd alle hulp van de familie heeft afgeslagen.'
Ze keek mij aan. 'Dus we moeten goed op hun reacties letten. Omdat wij met ons drieën zijn en zij met hun tweeën zal dat best lukken. Zullen we hun ook vertellen dat Alex psycholoog is?'

'Waarom?' zei Milo.
'Zodat het tot hen doordringt dat de zaak wat steviger wordt aangepakt omdat het vermoeden bestaat dat Kevin een psychopaat is.'
Ze keken me allebei afwachtend aan.
'Nee,' zei ik, 'ik blijf gewoon op de achtergrond. Als jullie het niet erg vinden om mij de vrije hand te geven, dan kom ik er wel tussen als ik het gevoel heb dat de tijd rijp is.'
'Prima,' zei Petra.
Milo knikte.
'Goed, jongens, zijn jullie zo ver?' vroeg ze.

Een gezette man in een te strak rood Lacoste-shirt, een slobberige katoenen broek, zwarte sokken en huisslippers deed de deur open. Een vlezig gezicht met een brede neus, golvend grijs haar en scherpe, boze ogen. Een vaatje buskruit dat ieder moment kon ontploffen.
'Goedenavond, meneer Drummond,' zei Petra.
Franklin Drummonds wangen trilden even. Hij keek naar Milo en mij.
'Heb je versterking meegebracht? Wat is er aan de hand?'
'We hebben Kevins auto gevonden,' zei Petra.
Franklin Drummond knipperde met zijn ogen. Ik hield me opzettelijk op de achtergrond, min of meer verstopt achter Milo's grote lijf, maar ik stond Drummond aandachtig op te nemen. Dat voelde hij kennelijk, want hij keek me even recht aan en zijn mond vertrok.
'Waar?' vroeg hij.
'De wagen is weggesleept, meneer,' zei Petra. 'Hij stond illegaal geparkeerd in de buurt van LAX. Momenteel doen we navraag bij diverse luchtvaartmaatschappijen om erachter te komen waar Kevin naartoe is gegaan. Als u weet...'
'LAX,' zei Drummond. Er verschenen zweetdruppeltjes op zijn voorhoofd. De bruine ogen begonnen opnieuw snel te knipperen. 'Godverdomme.'
'Mogen we alstublieft binnenkomen?'
Drummond rechtte zijn vlezige schouders en richtte zich op. De houding van een jurist. 'Ik heb geen flauw idee waar Kevin is.'
'Dat moet u toch zorgen baren, meneer,' zei Petra.
Drummond gaf geen antwoord en ze ging verder: 'Inmiddels gaan we ervan uit dat Kevins verdwijning verband houdt met een misdrijf.'
'Jullie zijn niet goed wijs.'
Petra deed een stapje in Drummonds richting. Milo en ik volgden

haar voorbeeld. Meer druk konden we niet uitoefenen. 'Als u weet waar uw zoon naartoe is gegaan, zou u hem en uzelf een dienst bewijzen door ons dat te vertellen.'
Drummond beet zijn kaken op elkaar.
Achter hem riep een stem: 'Frank?' Snelle voetstappen. Gedempt maar toch ritmisch geklik.
'Het is in orde,' zei hij, maar de voetstappen kwamen dichterbij en het gezicht van Terry Drummond verscheen boven de rechterschouder van haar man. De helft van haar gezicht. Ze was een centimeter of twee groter dan hij en dat werd nog benadrukt door haar hooggehakte, open sandalen. Hakken van tien centimeter, nauwelijks dikker dan stopnaalden. Het ritmische geklik.
De luxueuze vloerbedekking had het geluid gedempt.
Ik keek opnieuw naar de hakken. Ze kwelde haar voeten zelfs in haar eigen huis.
'Ga weer naar binnen,' beval Franklin Drummond.
'Wat is er aan de hand?' drong ze aan.
Petra vertelde haar het nieuws van de Honda.
'O nee!'
'Terry,' zei Frank.
'Frank, alsjeblieft...'
'De kans bestaat dat Kevin in gevaar verkeert, mevrouw,' zei Petra. Frank schudde zijn opgestoken wijsvinger vlak voor haar neus. 'Luister eens even goed...'
'Frank!' Terry Drummond pakte zijn hand, trok die omlaag en hield hem daar vast.
'Dit is onvergeeflijk,' zei Frank Drummond.
'Mogen we binnenkomen?' vroeg Petra. 'Zoals de zaak er momenteel voor staat, moeten we u meenemen naar het bureau als u dat weigert.'
Drummond drukte zijn handen tegen elkaar en trok een grimas. Een isometrische oefening: Wie succes wil hebben, moet pijn lijden. 'Wat bedoelt u met "zoals de zaak er momenteel voor staat"?'
'We hebben in Kevins auto het bewijs aangetroffen dat er sprake is van een misdrijf.'
'Welk bewijs?'
'We kunnen beter binnen praten,' zei Petra.
Drummond gaf geen antwoord.
'Zo is het mooi geweest, Frank,' zei zijn vrouw. 'Laat hen binnen.'
Drummonds neusvleugels trilden. 'Hou het kort,' zei hij.
Maar hij had zijn verzet gestaakt.

Aan de woonkamer was duidelijk te zien dat hier iemand woonde die zelf veel geld had verdiend in plaats van het te erven. Het van versierde panelen voorziene plafond was bijna een meter te hoog voor de vrij bescheiden ruimte. De muren waren bedekt met glimmend imitatiemarmer. Kant-en-klare gipsdecoraties zagen eruit alsof ze met een slagroomspuit waren aangebracht. Zware, machinaal vervaardigde meubels van lichtgekleurd hout, dat verbleekte in het schijnsel van te veel kristallen lampen. Op de dikke, beige vaste vloerbedekking lagen her en der imitatie Perzische tapijten.
Drie schilderijen: een harlekijn, een ballerina en een denkbeeldige droge rivierbedding onder een zalmroze lucht in veel te felle tinten. In het landschap moesten plekjes zilververf weerkaatst licht verbeelden. Vreselijk. Kevin Drummond was niet met exquise kunst opgegroeid.
En hij was dit ontvlucht. Het was nog geen uur rijden naar de gore flat in Hollywood, maar die had net zo goed op een andere planeet kunnen liggen.
Zijn vader viel zwaar op een te dik gestoffeerde bank neer. Terry ging een halve meter van hem af zitten, sloeg als een danseres haar lange, in een strakke *capri* gehulde benen over elkaar, woelde door haar vuurrode haar en trok zich niets aan van het feit dat haar borsten onbelemmerd heen en weer schudden.
Hoge hakken, los in de bloes. De geur van spaghetti uit blik kwam uit de keuken drijven.
Ik moest opnieuw aan Kevins jeugd denken.
Frank Drummond slaakte een zucht en ging rechtop zitten. Het gezicht van Terry Drummond was zwaar opgemaakt, maar al die cosmetica kon haar bezorgdheid niet maskeren. Desondanks bleef ze haar lome houding handhaven... Cleopatra-op-een-staatsieboot-op-de-Nijl.
Ze zaten een handbreedte van elkaar af. Maar ze raakten elkaar niet aan.
'Ik weet hoe moeilijk dit voor u is...' zei Petra.
'En u maakt het nog veel moeilijker,' zei Frank Drummond.
Zijn vrouw keek hem aan, maar hield haar mond.
'Wat verwacht u dan van ons, meneer?' vroeg Petra.
Geen antwoord.
'Het lijkt erop dat Kevin ergens naartoe is gevlogen,' zei Milo. 'Hebt u enig idee waarheen?'
'Jullie zijn de detectives,' zei Frank Drummond.
Milo glimlachte. 'Als ik u was, zou ik toch graag willen weten waar mijn zoon uithing.'

Er viel opnieuw een stilte. Ik keek strak naar hun gezichten om te zien of ze ons voor de gek probeerden te houden. Een slinks geknipper met de ogen, een gezicht dat even vertrok, een geringe verandering van lichaamstaal.
Het enige dat ik zag, was bezorgdheid. Een verdriet dat ik al veel te vaak had gezien.
Ouders van ernstig zieke kinderen. Ouders van weggelopen kinderen. Ouders die te maken hadden met pubers die zich volkomen onvoorspelbaar gedroegen.
De diepe ellende van het niet weten.
Terry Drummond ving mijn blik op. Ik glimlachte en ze lachte terug. Haar man zag het niet, die bleef stram rechtop zitten, met doffe ogen. Voor niemand bereikbaar.
'In één opzicht hebben we geluk,' zei Milo. 'En misschien u ook wel. Kevin heeft nooit een paspoort aangevraagd, dus de kans is groot dat hij nog steeds in het land is.'
'Dit kan toch niet waar zijn,' zei Terry Drummond.
'Schat,' zei Frank Drummond.
'Dit kan niet wáár zijn... Alstublieft! Wat wilt u toch van ons?'
'Informatie over de verblijfplaats van Kevin,' zei Milo.
'Maar ik wéét niet waar hij is! Daar word ik juist stapelgek van!'
'Térry!' zei Frank.
Ze negeerde hem, ging verzitten en draaide hem de rug toe. 'Denken jullie nou echt dat ik jullie niet zou vertellen waar hij was, als ik dat wist?'
'Zou u dat doen?' vroeg Petra.
Terry keek Petra minachtend aan. 'Ik kan wel zien dat u geen moeder bent.'
Petra werd bleek, maar ze glimlachte toch. 'Want...'
'Moeders willen hun kinderen beschermen, jongedame. Denkt u nou echt dat ik het leuk vind dat Kevin door jullie opgejaagd wordt? In jezusnaam, misschien wordt hij wel neergeschoten omdat hij een agent toevallig op een verkeerde manier aankijkt! Ik weet toch hoe jullie zijn. Altijd de vinger aan de trekker. Als ik wist waar hij zat, zou ik willen dat hij veilig was en buiten verdenking!'
De blik die Frank Drummond op zijn vrouw wierp, leek van een nieuw soort respect te getuigen.
Niemand zei iets.
'Dit is volslagen belachelijk,' zei Terry. 'Alleen al het idee dat Kevin ergens van verdacht wordt! Een moeder weet dat soort dingen. Heeft iemand van jullie kinderen?'
Stilte.

'Ha. Dat dacht ik al. Luister dan maar eens goed naar me: Kevin is een lieve jongen en hij heeft niets misdaan. Daarom zou ik het jullie onmiddellijk vertellen als ik wist waar hij was. Omdat ik toevallig zijn moeder ben.' Aan de manier waarop ze Frank aankeek, was duidelijk te zien dat die status mijlenver verheven was boven die van vader.
'Oké,' zei hij zacht. 'Willen jullie nu alsjeblieft weggaan?'
'Waarom zou Kevin dan de stad uit zijn gegaan?' vroeg Milo.
'U weet niet eens zeker of dat wel waar is,' zei Terry.
'Zijn auto stond in de buurt van het vliegveld...'
'Daar kunnen allerlei redenen voor zijn,' viel Frank hem in de rede. Hij klonk strijdlustig. Opnieuw op en top de advocaat.
Zijn vrouw keek hem vol afkeer aan en richtte zich weer tot Petra.
'Als je echt je werk zou doen, jongedame, dan zou je ophouden mijn zoon als een misdadiger te beschouwen en naar hem op zoek gaan alsof hij een normaal mens was.'
'Wat bedoelt u daarmee?' vroeg Petra.
'Wat ik bedoel... Ik weet niet wat ik bedoel. Dat is jullie werk... daar weten jullie alles van.'
'Mevrouw...'
Terry wrong haar handen. 'Wij zijn gewone mensen, we weten niet hoe we ons onder dit soort omstandigheden moeten gedragen!'
'Om te beginnen zou het verstandig zijn als u antwoord gaf op onze vragen,' zei Petra.
'Welke vragen?' riep Terry uit. Vingers met rode nagels klauwden door de lucht. Alsof ze een onzichtbare muur probeerde te slopen. 'Ik heb geen enkele zinnige vraag gehoord! Welke vragen dan?'

Milo en Petra wachtten geduldig tot ze gekalmeerd was en pakten toen de draad weer op. Twintig minuten later waren ze weinig meer te weten gekomen dan de geschatte datum waarop Kevin voor het laatst zijn ouders had gebeld.
Bijna een maand geleden.
Het was Frank die dat toegaf. Terry verbleekte toen hij dat vertelde. Een maand zonder onderling contact sprak boekdelen over de verhouding tussen de ouders en hun kind.
'Kevin moet zijn vleugels kunnen uitslaan,' zei ze. 'Hij was altijd mijn creatiefste kind.'
Frank begon iets te zeggen, bedacht zich en plukte aan de bank.
'Hou daarmee op, je vernielt de bekleding,' mopperde Terry.
Frank gehoorzaamde, sloot zijn ogen en liet zijn hoofd tegen een van de losse kussens zakken.

'Kevin is vierentwintig,' zei Terry. 'Hij leidt zijn eigen leven.'
'Wanneer hebt u hem voor het laatst geld gestuurd?' vroeg ik.
Dat onderwerp bracht Frank weer tot leven. Zijn donkere ogen vlogen open. 'Dat is al een hele tijd geleden. Hij wilde niets meer hebben.'
'Wilde Kevin geen geld meer aanpakken?'
'Uiteindelijk niet.'
'Uiteindelijk niet,' herhaalde ik.
'Hij was altijd onafhankelijk,' zei Terry. 'Hij wilde niet op ons terugvallen.'
'Maar u hebt wel *GrooveRat* gefinancierd,' zei ik.
Bij de naam van het fanzine vertrokken ze allebei hun gezicht.
'Ik heb dat alleen in het begin helemaal betaald,' zei Frank.
'En daarna?'
'Niets meer,' zei hij tegen me. 'Jullie slaan de plank mis met het idee dat wij bij alles wat hij deed betrokken waren.'
'Maar we waren wel betrokken bij zijn léven,' weersprak zijn vrouw. 'Hij is onze zoon, dus we zullen altijd deel uitmaken van zijn leven, maar...' Haar stem stierf weg.
'Kevin wilde op eigen benen staan,' zei ik, 'en u respecteerde dat.'
'Precies,' zei ze. 'Kevin wist altijd precies wat hij wilde.'
Frank knipperde met zijn ogen en ik zei tegen hem: 'Dus u stuurde hem geld om het tijdschrift te beginnen en daarna niet meer.'
'Ik stuurde hem geld voor alles wat hij nodig had,' zei Frank. 'Het was niet specifiek voor dat tijdschrift bedoeld.'
'Wat vond u van dat tijdschrift?'
Hij haalde zijn schouders op. 'Niet mijn smaak.'
'Ik vond het enig,' zei Terry. 'En heel goed geschreven.'
'Maar na de eerste paar maanden...' zei ik.
Frank kneep zijn ogen samen. 'Ineens belde hij niet meer...'
'Zo moet je dat niet zeggen,' zei Terry. 'Dat klinkt net alsof we ruzie hebben gehad. Jij en hij...' En tegen ons: 'Mijn man is een dominante persoonlijkheid. De andere jongens kunnen daar wel mee omgaan. Maar Kevin moest zijn eigen weg zoeken.'
'Fantastisch,' zei Frank. 'Dus het is allemaal mijn schuld.'
'Het is níemands schuld, Frank, en het gaat helemaal niet om schuld, niemand heeft iets gedaan waar hij of zij zich schuldig over moet voelen. We proberen hun zo goed en zo kwaad als het gaat te vertellen hoe Kevin werkelijk was, zodat ze hem als een mens gaan beschouwen in plaats van als een... een verdachte.'
Frank sloeg zijn dikke armen over elkaar.
'Dit heeft niets met jou te maken, Frank,' zei Terry.

'Goddank.'
Ze schoof nog iets verder bij hem weg en pakte een kussen dat ze als een huisdier op haar schoot hield.
Hij keek even in de richting van de keuken en spande zijn kaken. 'Zal ik jullie eens iets vertellen? Ik heb hier genoeg van. Ik ben de hele dag bij de rechtbank geweest en volgens mij heb ik verdomme recht op een fatsoenlijke, zelfbereide maaltijd. We waren net van plan om te gaan eten toen jullie aanbelden.'
Maar Terry deed net alsof ze niets had gehoord en hij stond zelf ook niet op.
'Op welke manier voorzag Kevin in zijn levensonderhoud, toen hij u niet meer om geld vroeg?'
'Hij heeft er nooit om gevraagd,' zei Terry. 'Zelfs niet in het begin. Wij hebben het aangeboden en Kevin was bereid het te accepteren.'
'Hij bewees ons een grote gunst,' zei Frank.
'Kevin is niet materialistisch,' zei Terry. 'Toen hij voor zijn college slaagde, hebben we aangeboden een leuke auto voor hem te kopen. Maar hij kocht zelf een of ander oud beestje.' Haar gezicht betrok.
Ze dacht aan de Honda die bij het vliegveld was gevonden.
Ik vroeg me af of hij een onopvallende auto had willen hebben om zijn misdaden te kunnen plegen. En toen dacht ik: waarom heeft hij dan geen donkere wagen genomen?
'Dus op een gegeven moment weigerde Kevin om nog langer geld aan te nemen,' zei ik.
'Ja,' zei Terry.
'Je kunt op verschillende manieren om geld vragen,' zei Frank. Hij liet zijn armen zakken en drukte op zijn knokkels tot ze kraakten. 'Ik heb jarenlang al zijn hobby's gefinancierd.'
'Dat is heel normaal voor een vader, Frank.'
'Dat ben ik, dus,' zei Frank. 'Een vader.'
Terry keek hem woedend aan. Haar vuisten waren stijf gebald en wit. 'Nu hebben jullie ons dus van onze slechtste kant gezien. Ik hoop dat jullie tevreden zijn.'
Haar stem klonk zo beschaamd, dat haar man even achteruitdeinsde. Daarna schoof hij iets naar haar toe en legde zijn hand op haar knie. Ze verroerde zich niet.
Milo keek van Petra naar mij. Ze knikte even. Ik maakte geen bezwaar.
Hij pakte zijn koffertje, haalde er een van de foto's van het lijk van Erna Murphy uit en duwde die de Drummonds onder de neus.
'O, mijn god,' zei Terry.

'Wie is dat, verdomme?' vroeg Frank. En toen: 'Nu heb ik ook geen trek meer.'

Milo en Petra bleven hen bezighouden terwijl de spaghettigeur langzaam maar zeker verdween. Ze stelden steeds opnieuw dezelfde vragen. In andere bewoordingen, afwisselend vol meegevoel en ongeïnteresseerd. Op zoek naar bijzonderheden, in een poging een verband tussen Murphy en Drummond te vinden.
De Drummonds ontkenden dat die bestond... Ze ontkenden alles. Zonder zich zorgen te maken. En ik geloofde hen. Ik was ervan overtuigd dat ze weinig van hun zoon wisten.
Op een gegeven moment werd het gesprek zelfs een beetje ontspannen. Iedereen zat zacht met elkaar te praten.
We waren allemaal ontmoedigd. Wij waren niets belangrijks te weten gekomen en hun zoon werd vermist.
'Die arme vrouw,' merkte Terry op. 'Zei u dat ze dakloos was?'
'Ja, mevrouw,' zei Milo.
'Hoe zou Kevin nou in vredesnaam zo iemand moeten kennen?'
'Hij woonde in Hollywood, mevrouw,' zei Petra. 'In Hollywood kom je allerlei soorten mensen tegen.'
Frank Drummond trok een gezicht toen ze het over 'allerlei soorten mensen' had. Zou hij aan Kevins seksuele geaardheid denken?
'Ik heb het nooit leuk gevonden dat hij daar ging wonen,' zei hij.
'Hij had behoefte aan iets nieuws, Frank,' zei Terry. En tegen ons: 'Kevin zou nooit... wat ik wil zeggen, is dat hij wel vriendelijk voor zo iemand zou zijn en misschien wat geld zou geven, maar dat is alles. Hij is nooit geïnteresseerd geweest in psychische afwijkingen en dat soort dingen.'
'Alleen in kunst,' zei ik.
'Ja, meneer. Kevin is dol op kunst. Dat heeft hij van mij. Ik heb vroeger gedanst.'
'O ja?' zei Petra. 'Ballet?'
'Ik heb wel balletles gehad,' zei Terry, 'maar ik was gespecialiseerd in modern. Rock-'n-roll, disco en jazzdansen. Ik was ook vaak op tv.' Ze raakte even haar haar aan. 'In *Hullabaloo*, *Hit List* en allerlei andere dansprogramma's. Maar dat is al eeuwen geleden. Ik had toen ontzettend veel werk.'
Frank kreeg een glazige blik in de ogen.
Doordat zij over haar carrière begon, schoot mij iets anders te binnen. Ik zei: 'Kent u de naam Baby Boy Lee?'
Ze beet op haar lip. 'Dat is toch een muzikant?'
'Hebt u hem weleens ontmoet?'

'Eens even nadenken,' zei ze. 'Nee, ik geloof niet dat hij in een van die programma's heeft gezeten. Ik heb wel de Dave Clark Five ontmoet en de Byrds en Little Richard...'
Toen Frank een diepe zucht slaakte, hield ze haar mond.
'Waarom wilt u dat weten?' vroeg ze.
Nu keek ik op mijn beurt Milo en Petra aan. Ze knikten.
'Baby Boy Lee is vermoord,' zei ik. 'Kevin had een overzichtsartikel over hem in *GrooveRat* geschreven en hij belde de politie omdat hij de forensische details wilde weten.'
'Dus daar gaat het om?' zei Frank. Hij lachte schor. 'Mijn god. Wat een volslagen kolder.' Hij lachte opnieuw. 'Een telefoontje? Jullie zijn echt niet te geloven!'
'Dat is niet alles, meneer Drummond,' zei Milo.
'Wat is er dan nog meer?'
Milo schudde zijn hoofd.
'Geweldig,' zei Drummond.
'Hoeveel geld hebt u Kevin gegeven?' viel ik hen in de rede.
'Wat maakt dat nu uit?'
'Is het dan een geheim?'
'Nou...'
'Tienduizend dollar,' zei Terry.
'Geweldig,' zei Frank opnieuw.
'Het is echt geen geheim, Frank.'
'Ineens of in gedeelten?' vroeg ik.
'Ineens,' zei hij. 'Het was een eindexamencadeau. Ik wilde het in gedeelten geven, maar zij... Ik betaal ook zijn auto- en zijn ziektekostenverzekering. Ik had het idee dat tienduizend wel genoeg zou zijn voor een jaar huur en kosten van levensonderhoud, als hij het een beetje rustig aan deed.'
'Waar heeft Kevin dan de afgelopen twee jaar het geld voor het tijdschrift en zijn andere kosten vandaangehaald?'
'Dat weet ik niet,' zei Drummond. 'Ik ging ervan uit dat hij een of ander baantje had.'
'Heeft hij het daar weleens over gehad?'
'Nee, maar hij vroeg nooit ergens om.'
'Kevin is altijd zelfstandig geweest,' zei Terry.
'Wat voor baantjes heeft hij daarvoor gehad?' vroeg ik.
'Hij heeft nooit gewerkt toen hij op college zat,' zei ze. 'Dat leek me niet verstandig. Hij concentreerde zich op zijn studie.'
'Kon hij goed leren?'
'O ja.'
Kevins mentor – Shull – had daar anders over gedacht: geen uitmuntend student.

'Maar voordat hij naar college ging, heeft hij dus wel gewerkt,' zei ik.
'O ja, hoor,' zei ze. 'Hij heeft in een winkel gewerkt waar ze tropische vissen verkochten, abonnementenacquisitie voor tijdschriften gedaan en voor ons klusjes in de tuin opgeknapt.' Ze liet haar tong over haar lippen glijden. 'En hij heeft een paar keer in de zomer bij Frank op kantoor gewerkt.'
'Als juridisch medewerker?' vroeg ik Drummond.
'Hij deed archiefwerk voor me.' Aan zijn gezicht te zien was het niet goed bevallen.
Terry haakte erop in. 'Kevin was altijd... hij hield er altijd zijn eigen ideeën op na.'
'Hij houdt niet van routine,' zei Frank. 'Bij mij op kantoor zijn veel dingen routine, zoals in elke advocatenpraktijk. Ik weet bijna zeker dat hij een of ander... buitenissig baantje heeft gevonden.'
'Zoals wat bijvoorbeeld?' vroeg Petra.
'Schrijven of zo.'
'Er is niets met hem aan de hand,' zei Terry. 'Dat weet ik gewoon zeker.' Haar stem trilde. Frank probeerde haar hand te pakken, maar ze schudde hem af en barstte in tranen uit.
Hij leunde vol afkeer achterover.
Toen ze gekalmeerd was, zei ik: 'U maakt zich zorgen over Kevin.'
'Ja, natuurlijk maak ik me zorgen... ik weet zeker dat hij niemand kwaad heeft gedaan. Maar die... die foto die u ons heeft laten zien.'
Een nieuwe huilbui.
'Hou op,' zei Frank Drummond ruw. Daarna dwong hij zichzelf een vriendelijker toon aan te slaan. 'Voor je eigen bestwil, Ter. Dat hoeft echt niet, schat.'
'Hoezo?' zei ze. 'Omdat jij het zegt?'

'Er lijkt me niet veel meer aan de hand dan een slecht functionerend gezinsleven,' zei Milo, toen Petra ons terugreed naar z'n auto.
'Kevin is twee jaar geleden het huis uit gegaan,' zei ik. 'Maar hij was al lang voor die tijd van hen vervreemd. Ze hebben geen flauw idee wat er in zijn hoofd omgaat. Als hij inderdaad hun aanbod om hem geld te geven heeft afgeslagen, dan zou ik graag willen weten hoe hij aan het geld kwam om zijn blad uit te brengen.'
'Een of andere illegale onderneming,' zei Milo. 'Op straat. Zo heeft hij Erna leren kennen.'
'Maar ze was geen nicht van hem,' zei Petra.
'Kennelijk niet.'
Ik begon over de mogelijkheid dat hij een auto had gekocht voor

criminele doeleinden. En dat Kevin een witte Honda had gekocht in plaats van een donkere auto.
'Hij is niet echt slim,' zei Petra. 'Aan de telefoon klonk hij als een jong knulletje.'
'Een vervelend knulletje,' zei Milo. 'En mammie is bang dat hem iets is overkomen.'
'Dat denken mammies altijd,' zei Petra. Ze klonk bijna even triest als Terry Drummond.

38

Petra en Milo wilden nog even praten, dus gingen we naar een all-night koffieshop op Ventura in de buurt van Sepulveda en bestelden koffie met gebak bij een serveerster die aan onze gezichten kon zien dat we met rust gelaten wilden worden.
'Je hebt gelijk met betrekking tot dat geld,' zei hij tegen me. 'Tien mille was misschien net genoeg voor al die computerapparatuur van Kevin. En daar komen dan nog de printkosten bij, het op de markt brengen van het tijdschrift, plus de huur en eten.'
'Kevins hospita vertelde dat hij zes maanden vooruit had betaald,' zei Petra. 'Die flat kost vijfhonderd per maand, dus dat is drie mille. En hij heeft ook de huur van zijn postbus zes maanden vooruitbetaald. Dat zal niet zo'n hoog bedrag zijn geweest, maar hij heeft dat geld van zijn pappie kennelijk meteen uitgegeven. En dan krijgen we van pappie te horen dat Kevin van "buitenissige" baantjes hield.'
Ze schepte de slagroom van de moorkop die ze had besteld en nam een klein hapje van het met chocola bestreken deeg.
Milo had binnen de kortste keren de helft van zijn appeltaart *à la mode deluxe* (met twee scheppen vanilleijs) op en ik besefte dat ik ook honger had en maakte korte metten met een stuk notentaart.
'Het gekke is,' zei ze, 'dat ik nu al drie dagen achter elkaar de straten afstroop en niemand kan vinden die hem kent, laat staan aanwijzingen dat hij zich met iets misdadigs bezighield.'
'Waar denk jij dan aan?' vroeg ik. 'Drugs?'
'Een rijke knul met genoeg poen op zak. Dat ligt voor de hand.'
'Met tien mille zal hij niet kunnen concurreren met een van de kartels, maar het is meer dan genoeg om een basisvoorraad te kopen,' zei Milo. 'Die had hij dan in kleine porties kunnen verdelen om na-

dat hij ze verkocht had de winst te gebruiken voor een nieuwe voorraad.'
'De buurt waar hij Erna heeft opgepikt staat bekend om de zwarte handel in pillen,' zei Petra. 'Misschien was Kevin daar al eerder geweest.'
Milo at het laatste stukje appeltaart op en begon aan het ijs. 'Jij hebt vroeger in een ziekenhuis gewerkt, Alex. Heb jij daar nog iets aan toe te voegen?'
'Ik heb nooit iets gemerkt van een zwarte handel in pillen.'
'Heb je nog contact met mensen in het Western Kinderziekenhuis?'
'Af en toe.'
'En hoe zit het met de andere ziekenhuizen in de buurt?'
'Daar lopen ook wel een paar kennissen van me rond.'
Hij keek Petra aan. 'Wat zou je ervan zeggen om hem met de foto van Kevin op die witte jassen af te sturen?'
'Dat kan geen kwaad,' zei ze. 'Misschien zijn ze wat openhartiger tegenover een collega. Zou je dat vervelend vinden, Alex?'
'Nee,' zei ik. 'Maar als er pillen worden gejat, zullen ze dat niet aan mij vertellen. En ze zullen ook niet toegeven dat ze dealers kennen.'
'Maar je zou hun reacties kunnen bestuderen,' zei Milo, 'om te zien of iemand zich vreemd gedraagt. Daarna pakken wij de draad wel op.'
'Oké.'
'Je hoeft jezelf niet te vermoeien, ik zou er niet meer dan een dag aan besteden. Het blijft een gok, maar je weet nooit.'
'Ik doe het morgen wel,' zei ik. 'Maar we moeten ook overwegen of Kevin misschien andere bronnen van inkomsten had. Al die computerapparatuur, de printers en de scanners. En Kevin verzamelde pornografie.'
Ze keken me allebei met grote ogen aan.
'Daar had ik aan moeten denken,' zei Petra. 'Toen we een bezoekje brachten aan het kantoor van Frank Drummond vroeg zijn secretaresse of dat iets te maken had met pornografie. Jezus... ik werd er met mijn neus op gedrukt... Misschien wist ze dat die knul daar eerder moeilijkheden mee had gehad.'
'Een paar zomers bij pappie op kantoor,' zei Milo. 'En pappie scheen daar niet met genoegen aan terug te denken.'
'Kevin die zijn creativiteit tentoonspreidde,' zei Petra. 'Misschien wel op een manier die pappie helemaal niet beviel. Dat spul wat zoonlief verzameld is keiharde SM.'
'Of misschien zat Kevin niet alleen in de business en hadden ze verschil van mening over de uitvoering,' zei ik. 'Misschien stak er wel

meer dan vaderlijke bezorgdheid achter die vijandige houding van Frank.'

Ze waren allebei stil. Petra speelde met haar vork. 'Een familiezaak... zal ik jullie iets vertellen? Die Terry ziet eruit alsof ze in haar jeugd best een stel gore films gemaakt kan hebben.' Ze tikte met de tanden van de vork op het tafelblad. 'Ik zal het eens bij de zedenpolitie navragen.'

Ik praatte een dag lang met allerlei bekende gezichten in het Western en in de andere ziekenhuizen aan Sunset Boulevard. Niemand herkende Kevin. Ik probeerde het ook nog bij een paar minder bekende gezichten, maar iedereen keek me wezenloos aan en schudde het hoofd.

Ik reed langs de plek waar Erna Murphy was opgepikt. Overdag was het een rustige, zonnige straat met aan weerskanten oude appartementsgebouwen. Geen spoor te bekennen van wat zich daar na het donker afspeelde.

Ik zag een jonge latino vrouw met een tweeling in een dubbele wandelwagen. Glimlachend. De baby's sliepen.

Een paar kilometer naar het westen zou ze een uniform hebben aangehad en zouden het andermans kinderen zijn geweest. Hier pasten moeders nog op hun eigen kinderen.

En zorgden ervoor dat ze 's nachts binnenbleven.

Voordat ik naar huis reed, belde ik Milo om te vertellen dat ik nul op het rekest had gekregen. 'Dan kunnen we elkaar een hand geven, vriend,' zei hij. 'Ik ben geen steek opgeschoten bij de luchtvaartmaatschappijen en ik heb de hele ochtend naar Boston zitten bellen om erachter te komen of Kevin daar ergens in de buurt een hotelkamer heeft genomen. Niet alleen nu, maar ook in de periode waarin Angelique Bernet neergestoken werd. Het antwoord op de eerste vraag luidt nee en wat de tweede betreft, kan niemand me zekerheid geven, want de meeste kleinere hotels zeggen dat ze hun gastenboeken niet langer dan een jaar bewaren. Een paar hotels waren bereid om in de computer te duiken, maar als Kevin in een daarvan logeert, is het niet onder zijn eigen naam. De grotere hotels zeiden allemaal dat ze in de week van Bernet volgeboekt zaten – vanwege een paar conventies – en hun archieven worden wel bijgehouden. Maar weer geen Kevin.'

'Wat voor soort conventies?'

'Eens even kijken... er vonden die week zes behoorlijk omvangrijke bijeenkomsten plaats. Drie op Harvard – revalidatie, de media

en het beleid ten opzichte van het publiek, en de geschiedenis van de wetenschap – één over plasmafysica op de technische hogeschool, een juridisch symposium op Tufts en iets over het Midden-Oosten op Brandeis. Zit daar iets bij wat onze jongeman zou aanspreken?'
'Nee,' zei ik. 'En een student met een beperkt budget zou ook niet in het Four Seasons of het Parker House hebben gelogeerd.'
'Daarom ben ik ook eerst begonnen met motels en goedkope hotelletjes. Ik heb ook navraag gedaan bij autoverhuurbedrijven en de politie in Boston en Cambridge gevraagd of ze in hun archief van verkeersovertredingen willen kijken of Kevin misschien een bekeuring heeft gekregen in een auto die hij onder een andere naam had gehuurd. Per slot van rekening hebben ze Son of Sam zo ook te pakken gekregen, dus waarom zou ik geen geluk hebben?' Diepe zucht. 'Nakka. En Petra heeft ontdekt dat Kevin niet degene is die bij de Drummonds een connectie heeft met pornografie, maar pappie. Franklin D. is als advocaat opgetreden voor meer dan tien makers van pornofilms. De Valley is het pornocentrum, dus logisch dat ze een advocaat uit Encino in de arm nemen.'
'Principiële kwesties?'
'Doodgewone civiele zaken: niet-betaalde rekeningen, geschillen over contracten, achterstallig loon. Frank is kennelijk het prototype van de hard werkende, alleenstaande advocaat. Hij zal wel niet zo snel blozen. Als je nagaat dat zijn kantoor min of meer platgelopen wordt door die boven-de-achttien-figuren begrijp ik ook waarom zijn secretaresse dacht dat Kevin misschien ook een poging in die richting had gedaan. Om het zo maar eens te zeggen.'
'Maar er zijn geen bewijzen gevonden dat Kevin daarbij betrokken was?'
'Tot dusver niet. Bij de zedenpolitie kenden ze Frank wel, maar van Kevin hadden ze nog nooit gehoord. Ze hebben alle geregistreerde bedrijven nageplozen, ook de vage. Nul komma nul.'
'En hoe zit het met Terry?' vroeg ik.
'Niets. Maar laten we aannemen dat mammie een paar vieze films heeft gemaakt en misschien zelfs op die manier onze Frankie heeft leren kennen. Dan zal geen hond zich druk maken over het feit dat Kevin het familiebedrijf niet wilde overnemen.'
'Dat familiebedrijf is misschien mede aanleiding geweest voor Kevins seksuele verwarring,' zei ik. 'Op zich heeft het niets te betekenen, maar als je alles bij elkaar optelt, begin ik Kevin steeds beter te begrijpen. Ik snap nu ook waarom hij op eigen benen wilde staan. En helemaal geobsedeerd raakte door het idee dat kunst puur moest blijven. Daardoor werd hij woedend op mensen die de zaak volgens

hem verraadden en zichzelf prostitueerden. Maar als hij alleen in zijn kamertje zit, verzamelt hij vieze foto's.'
'Seksuele verwarring,' zei hij. 'Wat een leuk eufemisme. Hij is gewoon homo, Alex.'
'Voor mij is dat geen eufemisme. Hij kan ook seksueel met zichzelf in de knoop zitten als hij hetero is.'
'Ja, dat zal wel... ik zal mijn lange tenen intrekken, maar zoals die ouwe Bob D. al zei: *too much of nothing*. Oké, dus de Drummonds liggen behoorlijk met zichzelf overhoop. Maar hoe vind ik nou die verdomde Kevin voordat hij al die verwarring uit door opnieuw een arme, nietsvermoedende kunstenaar om zeep te brengen?'
Dat was een vraag waarop ik het antwoord schuldig moest blijven.
'Het onderzoek naar Erna Murphy loopt gewoon door,' zei hij. 'Voor het geval dat Frank en Terry ons hebben belazerd toen ze zeiden dat ze haar niet kenden of voor het geval dat Erna's intelligente, artistieke neef toch blijkt te bestaan. Stahl schuimt het internet af, op zoek naar de familiestamboom met behulp van de naam van tante Kenau: Trueblood. Het blijkt dat ze echt heel veel poen heeft. Ze is getrouwd met een vent die een vermogen heeft verdiend met huishoudelijke apparaten en woont in een kast van een huis in Pasadena.'
'Dus ze is een buurvrouw van Everett Kipper,' zei ik.
Het bleef even stil. 'Daar had ik niet aan gedacht... nou ja, laten we maar even wachten waar Stahl mee aankomt. Ondertussen hebben Petra en ik een principe uit de showbiz overgenomen: als je niet meer weet wat je moet doen, beleg je gewoon een vergadering. De volgende is vanavond negen uur op haar grondgebied: bij Gino's op de Boulevard. Je bent van harte welkom, maar ik kan je geen opwinding beloven.'
'Schandalig,' zei ik. 'Die rozentuin heb je me ook al door de neus geboord en nu dit weer.'

39

Allison had een paar uurtjes vrij tussen de laatste patiënt bij wie ze op huisbezoek was geweest en een man in het terminale stadium van ALS, die ze regelmatig in het ziekenhuis opzocht. Ik kocht een paar luxebroodjes in een delicatessenzaak, pikte haar op Montana Avenue bij haar praktijk op en reed samen met haar naar Ocean

Park, waar we onder het eten naar de zonsondergang keken. Er waren nog steeds een paar windsurfers op het strand, onverbeterlijke optimisten. Pelikanen klepperden met hun vleugels en speurden het water af op zoek naar hun diner.
Ze viel op haar broodje aan, veegde haar mond af en keek naar de vogels. 'Ik ben dol op die beesten. Zijn ze niet adembenemend?'
Ik heb ook altijd van pelikanen gehouden. Ze zien er niet uit als ze vliegen, maar als het op voedsel vergaren aankomt, weten ze van wanten. Ongelooflijk efficiënt. Dat zei ik ook tegen haar en ik sloeg mijn arm om haar heen, terwijl ik het restant van mijn bier opdronk. 'Als we het over adembenemend hebben, denk ik eerder aan jou.'
'Schaamteloze vleier.'
'Af en toe wil dat nog weleens werken.'
Ze legde haar hoofd op mijn schouder.
'Heb je een zware avond voor de boeg?' vroeg ik. Ze had al een paar keer met me gepraat over de patiënt met de dodelijke spierziekte. Een brave man, een vriendelijke man, die de vijftig nooit zou halen. Ze had hem al vier maanden lang behandeld. Nu het einde langzaam maar zeker in zicht kwam, begon Allison zich steeds nuttelozer te voelen.
'Dat werk waarvoor wij hebben gekozen,' had ze een paar weken geleden gezegd. 'We worden verondersteld deskundig te zijn, maar welke god heeft ons benoemd?'
'De Baäl van de academische wereld,' zei ik.
'Precies. Als je maar zorgt dat je goede cijfers krijgt en voor de juiste examens slaagt. Dat is niet bepaald een spirituele opleiding.'
We bleven een hele tijd zwijgend naast elkaar zitten. Toen hoorde ik haar zuchten.
'Wat is er?'
'Ben je in de stemming om nog een bekentenis aan te horen?'
Ik kneep even in haar schouder.
'Dat nikkelen vriendje van me,' zei ze. 'Ik heb het één keer gebruikt.'
'Wanneer?'
'Vlak nadat ik het had gekocht. Voordat ik mijn eigen huis had en nog woonruimte in Culver City huurde. Ik werkte meestal tot 's avonds laat omdat er thuis toch niemand op me zat te wachten. Op een avond was ik tot na middernacht op kantoor bezig geweest met de administratie. Ik liep naar de parkeerplaats en daar hingen een paar knullen rond – punkers – die dope rookten en bier hesen. Toen ik bij mijn auto was, kwamen ze op me af. Ze waren met hun vieren en een jaar of vijftien, zestien. Niet echt hardcore, maar

duidelijk bezopen. Zelfs nu weet ik nog niet zeker of ze echt meer van plan waren dan me een beetje lastig te vallen. Maar toen de leider vlak voor me kwam staan – bijna met zijn neus tegen de mijne – schonk ik hem mijn liefste meisjesachtige glimlach, pakte het pistool uit mijn tas en drukte hem dát onder de neus. Ik kon ruiken dat hij in zijn broek pieste. Daarna deinsde hij achteruit en sloeg op de vlucht, net als de anderen. Toen ze weg waren, stond ik daar nog steeds met die grijns op mijn gezicht. Het lachen was me allang vergaan, maar mijn gezicht stond gewoon vast. Daarna begon ik te beven en daar kwam geen eind aan, dat pistool zwabberde alle kanten op. Het maanlicht viel erop en werd als vallende sterren in de loop weerkaatst. Toen we in de canyon naar de lucht zaten te kijken, moest ik daar ineens weer aan denken... Ik hield het pistool zo stijf vast dat mijn vingers gewoon pijn begonnen te doen. Toen ik eindelijk gekalmeerd was, voelde mijn hand nog steeds stijf aan. Ik had zelfs de trekker al een stukje overgehaald.'
Ze liet haar hoofd zakken, waardoor haar zwarte haar als een sluier uitwaaierde.
'Daarna heb ik overwogen om het pistool weer weg te doen. Maar dat leek me toch niet de juiste oplossing. Ik moest ermee leren omgaan en mijn leven weer beter in de hand zien te krijgen... En nu komt de echte bekentenis: in feite voelde ik me gedeeltelijk tot jou aangetrokken omdat jij vaak betrokken bent bij misdaadzaken. Iemand in mijn eigen vakgebied die het helemaal voor elkaar had. Ik had het gevoel dat we verwante zielen waren. Ik dacht heel vaak aan je. En toen je me ten slotte belde, was ik ontzettend opgewonden.'
Ze raakte mijn hand aan en kriebelde met haar nagel in mijn handpalm. Ik kreeg plotseling een erectie, die los leek te staan van mijn lichaam.
Eerst met Robin en nu weer. Mijn jongeheer reageerde overal op.
'Natuurlijk was dat niet het belangrijkste,' zei ze. 'Het feit dat je er zo lekker uitziet en zo intelligent bent, was ook mooi meegenomen.'
Ze keek naar me op.
'Ik heb je dat niet verteld om Robin onderuit te halen, omdat zij problemen had met je werk en ik juist de dappere verwante ziel wil uithangen. Het is gewoon de waarheid.'
Ze klemde haar vingers om de mijne. 'Klinkt dat erg verwrongen?'
'Nee.'
'Verandert wat ik je net verteld heb iets aan de situatie? Want dat wil ik helemaal niet. Ik ben juist zo gelukkig met de manier waarop wij met elkaar omgaan... maar ik geloof dat ik wel met vuur

speel. Door je precies te vertellen hoe ik ben.'
'Er is helemaal niets veranderd,' zei ik. 'Wat ik net heb gehoord bevalt me.'
'Wat lief van je om dat te zeggen.'
'Het is de waarheid.'
'De waarheid,' zei ze terwijl ze zich omdraaide en dicht tegen me aan kwam zitten. 'Dat is voorlopig mooi genoeg.'

Ik zette haar af bij haar praktijk en was net op weg naar de vergadering bij Gino's toen Milo belde.
'Het gaat niet door. Er is weer een lijk gevonden. Vergelijkbaar met onze gevallen, met dien verstande dat het niet in de buurt van een theater of een galerie is aangetroffen. Het was in het moerasgebied gedumpt, in de buurt van de jachthaven. Niet begraven, maar half verstopt onder de waterplanten. Een stel fietsers zag een boel vogels die ergens druk mee bezig waren en toen zijn ze gaan kijken wat er aan de hand was. De lijkschouwer denkt dat het er al een dag of twee, drie heeft gelegen, omdat het al in staat van ontbinding verkeerde.'
'Vlak nadat Erna werd opgepikt,' zei ik. 'Rond de tijd dat Kevins auto in de buurt van het vliegveld werd achtergelaten. De jachthaven is niet ver van het vliegveld.'
'De plek waar het lijk is gevonden ligt op weg naar het vliegveld. Het ziet ernaar uit dat Kevin zichzelf een afscheidscadeautje heeft gegeven. Het slachtoffer past in het rijtje kunstenaars, het was een beeldhouwer die Armand Mehrabian heette. Hij was gevestigd in New York en kwam hier om auditie te doen voor een groot commercieel project in de binnenstad. Hij werkte in steen, brons en stromend water... kinetische beeldhouwkunst noemen ze dat. Hij logeerde in het Loews in Santa Monica en werd vermist. Jong, getalenteerd en begon net naam te maken in de kunstwereld. Hij maakte goede kans om die opdracht van dat bedrijf in de wacht te slepen. Hij is op dezelfde manier aan het mes geregen als Baby Boy en aan zijn nek was te zien dat hij gewurgd was met een smalle, bewerkte draad. Ik heb tegen de assistente van de lijkschouwer gezegd dat het waarschijnlijk met een gitaarsnaar was gebeurd, een lage E. Ze was diep onder de indruk.'
'Als het lijk bij de jachthaven is gedumpt, is het een zaak voor Pacific.'
'Twee rechercheurs die ik niet ken,' zei hij. 'Schlesinger en Small. Petra zegt dat Small vroeger bij Wilshire zat. Ze heeft met hem samengewerkt en volgens haar is hij oké. We hebben de vergadering

verzet, zodat zij er ook bij kunnen zijn. Gelijke monniken, gelijke kappen, we zijn allemaal even wanhopig. Het zal wel morgenochtend worden, om Schlesinger en Small de tijd te geven een voorlopig rapport op te maken. Niet bij Gino's, maar in de Westside, om hen tegemoet te komen. Dus om een uur of tien bij mijn Indiase vriendjes. Red je dat?'
'Zonder moeite.'

40

Hetzelfde achterkamertje bij Café Moghul, dezelfde lucht van hete olie en kerrie.
Met twee meer mensen om de tafel kreeg je het gevoel dat je in een cel zat.
De rechercheurs van Pacific waren allebei mannen van in de veertig. Dick Schlesinger was lang, donker en slank, met een smal, bedachtzaam gezicht en een glanzende donkerbruine snor die als een snelweg dwars over zijn gezicht liep. Marvin Small was kleiner, een beetje gezet, met grijzend blond haar en zijn ode aan gezichtshaar was een zilveren borsteltje, piekerig als een strobaal, dat onder een boksersneus ontsproot. Hij grinnikte om de haverklap, zelfs als er niets te lachen viel.
De vrouw in de sari bracht *chai* en ijswater en verdween met een glimlach naar Milo.
'Die grappenmaker Drummond,' zei Marvin Small. 'Kan die ook de benen hebben genomen naar een andere plaats dan Boston?'
'Dat weten wij net zomin als jij,' zei Milo.
Dick Schlesinger schudde zijn hoofd. 'Weer een mysterie.'
'Zijn jullie daar de laatste tijd vaker mee geconfronteerd?' vroeg Petra.
'We hebben er nog twee op een laag pitje staan. Een klein meisje dat is verdwenen uit een supermarkt waar ze met haar moeder aan het winkelen was. Wij denken dat het een van de inpakkers is geweest, die is al eerder veroordeeld wegens aanranding. Maar we hebben geen lichaam, geen bewijs en voor een stomme knul is hij behoorlijk gehaaid. Dan hebben we ook nog een schietpartij op Lincoln, een van de hoeren die op het stuk tussen Rose en LAX tippelde. Wie de dader ook was, hij heeft haar achtergelaten met een tas vol drugs en geld en dit keer hebben we te maken met een pooi-

er die kennelijk echt van haar hield. Ze hadden samen drie kinderen. Er zijn daar de laatste tijd een paar kerels opgepakt die voor de gemeente werkten, voornamelijk sukkels van gemeentewerken en lui van de busdiensten die na de nachtdienst op weg waren naar huis en nog even een vluggertje wilden maken. We hopen dat het niet het begin is van een nieuwe reeks moorden. Met een seriemoordenaar die bij de gemeente werkt.'
'Maar jullie hoeven voor ons geen traan te laten, hoor. Zo te horen hebben jullie zelf ook meer dan genoeg te doen,' zei Small.
Er werd op de deur geklopt. De glimlachende vrouw kwam binnen met een schaal gratis hapjes die ze op de tafel zette. Milo bedankte haar en ze liep weer weg.
'Die heeft een oogje op je,' zei Small.
'Mijn onweerstaanbare charme,' zei Milo.
Petra grinnikte.
Iedereen probeerde de frustratie met luchthartigheid te bestrijden. Alleen Stahl zat onaangedaan voor zich uit te kijken.
Rechercheur Small keek een beetje ongerust naar het eten. 'De multiculturele samenleving ten voeten uit. Maar met deze cultuur heb ik nog nooit aan tafel gezeten.'
'Het smaakt lang niet gek, Marve,' zei Schlesinger. 'Mijn vrouw is vegetariër en wij komen vaak in Indiase restaurants.' Hij pakte een samosa, hield het pasteitje even omhoog en vertelde hoe het heette. Petra, Milo en Marve pakten ook iets te eten. Stahl niet.
Ik had een broodje pastrami achter de kiezen – Milo belde toen ik dat net op had – dus ik hield het bij de warme kruidenthee.
Stahl leek op een andere planeet te zitten. Toen hij aankwam, had hij een grote witte envelop bij zich en die lag nu voor hem op tafel. Sinds het begin van de vergadering had hij zich niet verroerd en geen woord gezegd.
De anderen zaten rustig door te kanen terwijl Small en Schlesinger een samenvatting gaven van de zaak Armand Mehrabian en foto's van de dode gingen rond onder begeleiding van etensgeluiden. Ik liep ze snel door. De buikwond was een afschuwelijke jaap. Ik moest meteen denken aan Baby Boy Lee en Vassily Levitch.
Het feit dat het lichaam in de openlucht was achtergelaten stemde overeen met de moorden op Angelique Bernet en China Maranga.
Flexibiliteit. Creativiteit.
Ik maakte er een opmerking over. Ze luisterden, maar gaven geen commentaar en namen nog iets te eten. Twintig minuten lang werd er doorgezaagd over dingen die al lang bekend waren. Toen zei Mi-

lo: 'Ben je nog iets opgeschoten met die stamboom van de familie Murphy, Eric?'
Stahl maakte de witte envelop open en haalde er een computerprint van een genealogiegrafiek uit. 'Dit heb ik van internet gehaald, maar het ziet er wel betrouwbaar uit. De vader van Erna Murphy, Donald, had een broer en een zuster. De broer, Edward, trouwde met een vrouw die Colette Branigan heette. Zij hadden alleen een dochter, Mary Margaret. Edward is dood en Colette woont in New York. Mary Margaret is non en zit in Albuquerque.'
'Als dat geen kanjer van een aanwijzing is,' zei Small. 'De Maniakale Zuster Mary.'
'Murphy's zuster heet Alma Trueblood,' zei Stahl. 'Ik liep haar tegen het lijf in het verpleegtehuis waar Murphy op sterven ligt. Zij heeft twee zoons uit een eerder huwelijk, van wie er een overleden is. Haar eerste man is ook dood, maar ze was al van hem gescheiden voor hij stierf. Ik heb nog wel een paar verre neven gevonden, maar die wonen hier geen van allen in de buurt en daar zitten geen Drummonds bij. Ik heb geen enkele connectie met Kevin kunnen vinden.'
'Dat hele verhaal over die neef was waarschijnlijk gekkenpraat,' zei Small.
'Een neef die van kunst houdt,' zei Schlesingen. 'Wat schieten we daar nu mee op?'
Milo pakte de grafiek op, keek er even naar en legde het papier walgend terug.
Ik wierp er ook een blik op.
'Wie is dit?' vroeg ik, wijzend op een naam.
Stahl leunde over het tafeltje en las ondersteboven mee. 'De eerste man van Alma Trueblood. Hij was makelaar in Temple City.'
'Alvard G. Shull,' zei ik. 'Kevins mentor van Charter College is een vent die A. Gordon Shull heet. De twee zoons die je hier hebt opgeschreven heten Bradley – inmiddels overleden – en Alvard, junior.'
'A. Gordon,' zei Petra. 'Als mijn voornaam Alvard was, zou ik ook mijn tweede naam willen gebruiken.'
'Godverdomme,' zei Marvin Small. 'Houdt die professor ook van kunst?'
'Inderdaad,' zei ik.
Het werd doodstil in de kamer.
'Shull heeft mij verteld dat hij in zijn jeugd een "gedegen" opleiding in kunst, literatuur en theater heeft gehad. Hij heeft ook rood haar.'
'Is hij groot en sterk genoeg?' vroeg Milo.

'Met gemak,' zei ik. 'Een meter tachtig en een kilo of negentig. Een buitenman. Extrovert. Aanvankelijk leek hij nogal verrast dat Kevin ergens van verdacht werd. Maar terwijl we met elkaar zaten te praten legde hij steeds meer nadruk op het feit dat Kevin zo excentriek was. Ik kan me nog herinneren dat hij zei: "Kevin was niet het soort knul met wie je graag een biertje zou willen drinken." Op dat moment hechtte ik er niet veel belang aan, maar nu ik eraan terugdenk, was dat een wrede opmerking. Een van de laatste dingen die hij tegen me zei, was dat Kevin een beroerde schrijver was.'
'O, jee,' zei Petra.
Milo wreef over zijn gezicht.
'Er is nog iets,' zei ik. 'Toen ik met het hoofd van Shulls faculteit over Kevin zat te praten, wenste ze aanvankelijk geen duimbreed toe te geven. Ze begon over academische vrijheid en over het feit dat al die gegevens vertrouwelijk waren. Maar toen ze ontdekte dat Shull de mentor van Kevin was geweest sloeg ze om als een blad aan een boom. Plotseling vond ze het prima dat ik met Shull ging praten. Ik heb er niets achter gezocht, maar misschien had ze zo haar redenen. Misschien wílde ze wel dat Shull problemen zou krijgen.'
'Dus Shull heeft zich misdragen?' vroeg Petra.
'Aangezien hij professor is, kan dat al betekenen dat hij het verkeerde kind een laag cijfer heeft gegeven,' zei Small. 'Wat kunnen we hem ten laste leggen, behalve dat hij van kunst houdt en een geschifte nicht had?'
'Een nicht die gewurgd is,' zei Petra. 'En die bij een van onze 187's op de plaats van het misdrijf is gesignaleerd.'
Small krabde in zijn snor. 'Maar moeten we daar dan uit opmaken dat we met twee boosdoeners te maken hebben? Leraar en leerling? Een stel smerige psychopaten dat als duo in de weer is, in de trant van Buono en Bianchi en Bittaker en Norris?'
'We hebben létterlijk een leraar en leerling,' zei Petra. 'Misschien zijn ze ook buiten het college gaan samenwerken.' En tegen Stahl: 'Jij zei dat de moeder van Shull een hoop poen had. Dat zou kunnen verklaren hoe Kevin aan zijn geld kwam.'
'De invloed van Shull zou ook de verklaring kunnen zijn voor de verandering in Kevins schrijfstijl,' zei ik. 'Kevins taalgebruik was aanvankelijk simpel, maar onder leiding van Shull werd het steeds complexer. Ik heb tegen Shull gezegd dat Kevins stijl behoorlijk pretentieus was geworden. Hij schoot in de lach en zei: "Au." Maar misschien vond hij dat helemaal niet leuk.'
'Kwam hij als een mafkees over, Alex?' vroeg Milo.

'Niet bepaald. Hij was bijzonder beheerst. Maar ik heb vanaf het begin gezegd dat de man die wij zoeken niet vreemd zou overkomen. Het is iemand die zonder opzien te baren allerlei zalen en galeries binnen kan lopen. Iemand die intelligent genoeg is om dingen van tevoren te regelen.'
'Iemand die ouder was dan Kevin,' zei hij. 'Zijn leeftijd heeft je voortdurend dwarsgezeten.'
'Hoe oud is Shull?' wilde Petra weten.
'Tussen de vijfendertig en de veertig.'
'Precies de goede leeftijd.'
'Waar komt het geld van die familie vandaan?' vroeg Schlesinger.
'Van de tweede echtgenoot,' zei Stahl.
'Een deel daarvan zal wel in handen zijn gekomen van haar enige nog levende kind,' zei ik. 'Weet je puur toevallig op welke manier Shulls vader en broer om het leven zijn gekomen?'
Stahl schudde zijn hoofd.
'Goed werk, Eric,' zei Petra.
Een sprankje emotie flikkerde op in de ogen van Stahl. Direct daarna werden ze weer uitdrukkingsloos.
'Zo gaat het in het leven,' zei Marvin Small. 'Ineens is alles anders.'
'Hij is een echte filosoof,' zei Schlesinger met de milde humor van een lankmoedige echtgenoot. 'Ik zou het helemaal niet erg vinden als er eens iets veranderde. Voor de verandering. Gaan jullie nu achter die professor aan?'
'Zodra we hier klaar zijn, haal ik hem door de computer,' zei Petra.
'Ik zou jullie niet aanraden om zijn moeder te ondervragen,' zei Stahl.
'Is ze niet aardig?' vroeg Milo.
'Het is niet iemand met wie ik graag een biertje zou willen drinken.'
Het was de eerste keer dat ik hem op een poging tot humor betrapte. Maar hij kwam niet komisch over. Zijn stem klonk mechanisch. De doodse toon van iemand die het hoofd in de schoot heeft gelegd. Of misschien had hij gewoon een vreemd karakter.
Hij stopte de grafiek weer in de witte envelop en staarde naar zijn lege bord.
Milo keek mij aan. 'Hoe heette dat hoofd van de faculteit?'

41

Ze hadden de archieven van de politie doorgespit op zoek naar Alvard Gordon Shull. Geen strafblad, maar Guadalupe Santos, de hospita van Kevin Drummond, dacht dat ze Shull herkende van de foto van zijn rijbewijs die Petra haar had laten zien.
'Mmm... ja, ik geloof het wel.'
'Wat gelooft u, mevrouw?'
'Ik heb Yuri een keer op straat zien praten met een man. Dat kan hij wel zijn geweest.'
'Waar op straat, mevrouw Santos?'
'Hier vlakbij, ik geloof op Melrose, in ieder geval in die richting.' Ze wees naar het oosten. 'Ik dacht dat Yuri aan het winkelen was, of zo.'
Petra had het hoofdschuddend aan Milo en mij verteld. En het was nooit bij dat mens opgekomen om ons dat te vertellen? 'Mevrouw, had hij een tas bij zich waaruit u kon opmaken dat hij aan het winkelen was?'
Santos dacht na. 'Het is alweer een tijdje geleden... misschien wel.'
'En u denkt dat dit de man was met wie hij stond te praten?'
'Ik weet het niet zeker... ik zei al dat het een hele tijd geleden was.'
'Hoe lang geleden?'
'Nou... toch zeker een paar maanden. Het viel me alleen op omdat ik Yuri nooit met andere mensen zag. Maar u moet niet denken dat ze samen waren of zo.'
'Wat deden ze dan?'
'Ze stonden gewoon te praten. Alsof die kerel Yuri de weg had gevraagd of zo. Daarna liep Yuri alleen naar huis.'
'En liep die man ook weg?'
'Eh, dat geloof ik wel. Maar ik zou daar nooit een getuigenis over af kunnen leggen. Eerlijk gezegd kan ik me helemaal geen bijzonderheden herinneren, ik heb alleen het vermoeden. Wie is hij?'
'Misschien niemand. Hartelijk bedankt, mevrouw.'
Het gezicht van Santos stond bezorgd toen ze de deur weer dichtdeed.

Shull woonde in een huis op Aspen Way, in de Hollywood Hills, en Stahl had de hele nacht een eindje verder in de straat op wacht gestaan zonder dat hij iets te melden had.
'Hoe ver is Aspen van het Hollywood-monument?' vroeg ik aan Milo.

'Rechtdoor de heuvel af en dan naar rechts. En het is ook niet ver van Kevin af.' Hij was al vrij snel na de vergadering bij me langsgekomen, had een tijdje zitten bellen en kwam ten slotte bij me aan de keukentafel zitten om te brainstormen.
'En niet ver van de platenstudio waar China zat op te nemen,' zei ik. 'Of van de Snakepit. Ik heb het idee dat Shull zich het meest op zijn gemak voelt in Hollywood, maar we hebben ook nog drie moorden in de Westside, om nog maar te zwijgen van Boston. Deze vent laat zich niet op één plek vastpinnen.'
'Wat is volgens jou het verband tussen Shull en Kevin? Een leraar-studentrelatie die uit de hand is gelopen?'
'Dat zou best kunnen. Mijn bezoek aan Shull heeft hem zenuwachtig gemaakt, dus heeft hij tegen Kevin gezegd dat hij zich uit de voeten moest maken. Een van hen heeft Erna opgepikt, of misschien hebben ze dat wel samen gedaan, en zich van haar ontdaan. Daarna heeft Shull Kevin naar het vliegveld gereden, zijn auto ergens neergezet en is met een taxi naar huis gegaan.'
'Ik zal mijn rechercheurs opdracht geven alle taxibedrijven na te trekken.' Hij pakte opnieuw zijn telefoon en belde de opdracht door. 'Is er nog een andere mogelijkheid?'
'Dat Terry Drummond gelijk heeft en haar zoon onschuldig is.'
'Als dat zo is, zal hij ook wel dood zijn.' Hij liep naar de koelkast, schonk een glas melk in en kwam weer terug. 'Als Kevin inderdaad de benen heeft genomen, dan denk ik niet dat hij naar Boston is gegaan. Shull zou verstandig genoeg zijn geweest om niet te willen dat Kevin zich daar vertoonde.'
Ik wist wat hij dacht. Hoeveel andere steden? Hoeveel andere doden?
Zijn pieper ging af. Het kantoor van de lijkschouwer. Hij belde terug en ik liep naar mijn kantoor, waar ik bij alle bekende zoekmachines de naam A. Gordon Shull invoerde.
Een verwijzing naar Shulls eigen website leverde de mededeling op dat die niet langer bestond. Er waren nog eenendertig andere verwijzingen, waarvan twee derde duplicaten waren. Twaalf van de oorspronkelijke twintig resultaten waren publicaties van Charter College waarin Shulls naam voorkwam. Als voorzitter van symposiums van de faculteit communicatiewetenschappen en lezingen die hij had gehouden.

De rol van de kunstenaar in de huidige maatschappij
Subjectieve journalistiek: Een acceptabel hulpmiddel om veranderingen te bewerkstelligen of boerenbedrog?

Rock-'n-roll Hoochy Coo: Seksualiteit als metafoor in moderne muziek
Taalwetenschap als noodlot: Waarom Noam Chomsky God zou kunnen zijn

Er was één titel bij de me bij de strot greep:

A Cold Heart: Het ultieme fatalisme van artistieke uitingen

Geen samenvattingen van de inhoud, geen verwijzingen. Shull had de lezing gehouden in een koffieshop in Venice. Een feestavond ter nagedachtenis aan Ezra Pound.
Ik ging na waar hij zijn andere lezingen had gehouden. Allemaal informele bijeenkomsten in cafés en dat soort gelegenheden. Hij had zijn cv flink opgepoetst. Zou dr. Martin daarom niet tevreden zijn over haar faculteitslid? Maar misschien ging het nog wel veel verder.
Ik herinnerde me de achteloze manier waarop Shull was omgesprongen met de studente die voor zijn kantoor had zitten wachten. De populaire professor? Een te vriendelijke sjoemelaar? Net als de politiek bood de academische wereld een amorele vent mogelijkheden te over.
Een koffieshop in Venice. Was het idee van een vertrouwde omgeving in L.A. wel relevant? Als je hier over een auto beschikte, kon je gaan en staan waar je wilde.
En toen schoot me nog iets anders te binnen...
Milo kwam mijn kantoor binnenlopen. 'De verwondingen van Mehrabian stemmen overeen met die van Baby Boy. Dat geldt ook voor de sporen van de verwurging. En zal ik je nog eens iets vertellen? Dit keer heeft onze boosdoener wel fysiek bewijsmateriaal achtergelaten. Een paar korte baardhaartjes, roodachtig grijs. Mehrabian had ook een baard, maar die was lang en zwart. De moordenaar heeft neus aan neus met hem gestaan. Letterlijk.'
'Shull heeft zo'n kort stoppelbaardje van een dag of vijf. Peenhaar met grijs.'
'Hé, Sherlock, volgens de lijkschouwer was het haar vijf of zes dagen oud.'
'En wat nu?' vroeg ik. 'Ga je hem ondervragen en proberen een gerechtelijk bevel te krijgen om hem te mogen plukken?'
'Daar zijn we nog lang niet aan toe.'
'Ondanks dat haar?'

'Ik heb een assistent-officier van justitie gebeld. Ze willen meer hebben. Aanzienlijk meer.'
'Omdat Shull toevallig een rijkeluiszoontje is?'
Hij lachte. 'De assistent-OVJ zou bij de gedachte alleen al huiveren.'
'Misschien helpt dit.' Ik wees naar de 'Cold Heart'-verwijzing op mijn scherm.
'O jee,' zei hij.
'Is dat wel een reden voor een gerechtelijk bevel?'
'Waarschijnlijk niet. Literaire pretenties gelden niet als mogelijk motief.'
'Dan heb ik nog een ander voorstel. In de week dat Angelique Bernet vermoord werd, waren er zes conventies in Boston. Je hebt me verteld dat een daarvan iets te maken had met de media. Dat klinkt als een onderwerp waarin Shull misschien geïnteresseerd zou zijn.'
Hij pakte zijn opschrijfboekje en bladerde terug. 'De media en het beleid ten opzichte van het publiek. Harvard.'
'Door wie werd dat georganiseerd?'
'Dit is alles wat ik weet,' zei hij.
'Wil je dat ik het uitzoek?'
'Ja, alsjeblieft,' zei hij. 'Maak maar eens gebruik van die titel.'

Hij vertrok met de belofte dat hij binnen een uur terug zou zijn. Ik deed er bijna net zo lang over, maar uiteindelijk kreeg ik toch een kopie te pakken van de lijst van deelnemers aan de conventie over massamedia.
Vanwege de vertrouwelijkheid en aanverwante problemen kostte het behoorlijk wat tijd, maar een van mijn oude studiemaatjes doceerde aan Harvard en via hem kreeg ik de namen van andere contactpersonen die ik belde. Een combinatie van schaamteloos smijten met bekende namen, mijn eigen smetteloze reputatie in de academische wereld en een uit de duim gezogen verhaal over de plannen om een symposium over media en geweld te organiseren vormde een reden om de lijst van aanwezigen op te vragen zodat ik 'de juiste mensen kon aanschrijven'.
De laatste man bij wie ik gebruik maakte van die leugen was een van de medeorganisatoren van het symposium, een snel pratende professor in de journalistiek van de universiteit van Washington, die Lionel South heette.
'Ja, dat klopt, dat heb ik georganiseerd. Omdat we van Harvard de Kennedyschool mochten gebruiken, hebben we een van hun faculteitsleden tot medevoorzitter benoemd. Maar in werkelijkheid hadden Vera Mancuso – van Clark – en ik de leiding. Zei u nou dat

uw symposium bij de medische faculteit zal worden gehouden? Komt er dan ook psychiatrie aan te pas?'
'We hanteren een eclectische aanpak,' zei ik. 'Maar voorlopig ben ik degene die de contacten onderhoudt tussen de medische faculteit, de afdeling psychiatrie en de faculteit rechtswetenschappen.' Soms kon ik liegen dat het gedrukt stond. Als ik niets te doen had, maakte ik me daar weleens zorgen over.
'Media en geweld,' zei South. 'Daar zullen jullie wel genoeg geld voor kunnen loskloppen.'
'Dat loopt wel aardig,' zei ik.
'Nog een paar gekken die met een geweer op een schoolterrein huishouden en jullie zitten gebakken.'
Ik produceerde met moeite een collegiaal lachje. 'Maar goed, het gaat dus om de presentielijst.'
'Die stuur ik meteen per e-mail naar u toe. Doe me een genoegen en hou ons op de hoogte. En als jullie nog een extra voorzitter nodig hebben...'

Hij stond op de derde bladzijde, halverwege de S:
Shull, A. Gordon, Prof. Comm., Charter College.
Hij had zichzelf weer mooier voorgedaan dan hij was: Shull was lector.
Dat paste in het beeld.
Toen Milo terugkwam, wees ik hem de naam.
'O ja! Goed zo, jochie... heeft Shull ook een lezing gehouden?'
'Nee, hij was gewoon een van de aanwezigen. Of hij heeft alleen de presentielijst getekend.'
'Zou hij gespijbeld hebben?'
'Dat had hij zonder problemen kunnen doen. Zodra hij zich had laten inschrijven, was er niemand meer die controleerde of hij ook echt aanwezig was bij de bijeenkomsten. Shull kon doen en laten wat hij wilde.'
'Dus hij had meer dan genoeg tijd om naar het ballet te gaan.'
'Het is best mogelijk dat hij van ballet houdt,' zei ik. 'Hij is immers opgevoed met cultuur en zo.'
'Een hart van steen... de vuile klootzak.' Hij keek zijn aantekeningen door, vond het lijstje met hotels uit Boston en begon ze af te bellen. Veertig minuten later had hij de bevestiging. Shull had in de week dat Angelique Bernet was vermoord in het Ritz-Carlton gelogeerd.
'Dat is vlak bij de zaal waar het ballet optrad,' zei hij. 'Hij pikt haar op in Boston, neemt haar mee naar Cambridge, waar hij haar om

zeep brengt en zich van het lichaam ontdoet. Omdat het zo'n eind weg is van zijn hotel en vlak bij het symposium... zo kan hij een meisje aan het mes rijgen en op tijd terugzijn voor de volgende klotelezing.' Zijn ogen schoten vuur.
'Hoog tijd voor een arrestatiebevel,' zei ik.
Hij vloekte binnensmonds. 'Ik heb de meest inschikkelijke rechter benaderd die ik kon vinden. Ze heeft begrip voor ons, maar ze wil een fysiek bewijs.'
'Zoals die vreemde baardharen die in Mehrabians baard zijn aangetroffen,' zei ik. 'Maar die kun je niet vergelijken met het haar van Shull tenzij je een reden hebt om hem te verzoeken een monster af te staan.'
'Leve Joseph Heller,' zei hij. 'Maar in ieder geval hebben we nu iemand op wie we ons kunnen concentreren. Petra gaat opnieuw op pad, ditmaal gewapend met de foto van Shull. Ik heb het ook met Small en Schlesinger over die haren gehad. Ze bedankten me en vroegen of ik hen op de hoogte wilde houden. Ik heb het gevoel dat ze Mehrabian maar al te graag op ons af willen schuiven. En volgens mij zullen wij ook inderdaad met die zaak opgezadeld worden.'
Hij wierp een blik op mijn computer. 'Is er verder nog iets interessants te melden uit cyberspace?'
'Shull had een website, maar die is buiten bedrijf.'
'Om geen sporen achter te laten?'
'Of hij heeft technische problemen,' zei ik. 'Met zo'n ego zal hij niet op internet willen ontbreken. Ik zou graag willen weten wat hij de laatste tijd heeft uitgespookt. Daar zou doctor Martin ons misschien mee kunnen helpen.'
'Denk je dat ze bereid is mee te werken?'
'Ik heb al bij die vergadering gezegd dat ik het gevoel heb dat Shull niet haar favoriete werknemer is, dus misschien wel.'
'Laten we het maar proberen,' zei hij. 'Niet op kantoor, maar bij haar thuis.'
'Waarom?'
'Om haar weg te houden uit de omgeving waar zij zich het meest op haar gemak voelt.'

Het kantoor van Elizabeth Gala Martin was met antieke meubels ingericht, maar thuis gaf ze de voorkeur aan modern.
Haar huis was een brede verzameling grijze kubussen op een groot terrein in een duur gedeelte van Pasadena. De tuin was onopvallend, in Japanse stijl en verfraaid door stragisch opgestelde verlich-

ting. Een gebeeldhouwde gong stond iets uit het midden op het brede, smetteloze gazon. Op de dubbele oprit stonden twee auto's naast elkaar: een zilverkleurige, vrij nieuwe vierdeurs BMW en een iets oudere tweedeurs Mercedes met dezelfde kleur.
Elk grassprietje stond in het gelid. Alsof het hele terrein regelmatig werd gestofzuigd.
Iets minder dan een kilometer verderop lag het huis van Everett Kipper, maar dat leek er inmiddels niet meer toe te doen. Het was acht uur 's avonds toen Milo op de voordeur klopte.
Martin deed zelf open, in een lange kaftan van groene zijde, geborduurd met gouden draken. Haar voeten waren in goudkleurige sandaaltjes gestoken. De nagels van haar tenen waren roze. Haar hennakleurige haar zag eruit alsof ze net van de kapper kwam en ze droeg grote, achthoekige gouden oorringen. Achter haar was een grote witte hal met een vloer van travertijn.
Haar aanvankelijke verbazing maakte plaats voor een vlijmscherpe blik. 'Professor Delaware.'
'Ik ben blij dat u mijn naam nog weet,' zei ik.
'U hebt... indruk op me gemaakt.' Ze bekeek Milo van top tot teen.
Ik stelde hem voor.
'De politie,' zei ze effen. 'Gaat het weer over meneer Drummond?'
'Het gaat over meneer Shull,' zei Milo.
Martin balde even haar vuisten en ontspande toen haar armen.
'Kom binnen,' zei ze.
Het huis was ruim, voorzien van sfeerverlichting en veel dakramen. Aan de achterkant bevond zich een glaswand met uitzicht op een zacht verlichte tuin en een lang, smal zwembad dat langs een gebogen witte muur liep. Binnen hingen grote abstracte schilderijen. Koperen vitrines stonden vol eigentijds glaswerk.
Elizabeth Martin vroeg ons plaats te nemen op een zwarte suède bank en ging tegenover ons zitten in een zwarte leren fauteuil.
'Goed,' zei ze. 'Vertel me maar eens wat er aan de hand is.'
'We zijn bezig met een onderzoek naar mogelijke criminele activiteiten van A. Gordon Shull, professor Martin,' zei Milo. 'Het spijt me dat ik daar niet dieper op in kan gaan.'
Vanuit de eetkamer drongen gedempte geluiden door. Voetstappen en gerinkel achter dubbele witte deuren. Het gekletter van bestek en stromend water. Iemand in de keuken.
'U kunt er niet dieper op ingaan, maar u wilt wel graag dat ik u alles vertel wat u wilt weten.'
Milo glimlachte. 'Precies.'
'Nou, u bent tenminste eerlijk.' De groene zijde ritselde toen Mar-

tin haar benen over elkaar sloeg. Ze had parfum op – een grasachtig luchtje – en de geur dreef naar ons toe. Gestimuleerd door een toegenomen lichaamswarmte? Ze zag er bedaard uit, maar schijn bedriegt soms.

'Professor Martin,' zei Milo. 'Het gaat om een bijzonder ernstige zaak en ik kan u verzekeren dat de informatie uiteindelijk aan het licht zal komen.'

'Over welke informatie hebt u het?'

'Met betrekking tot de problemen van meneer Shull.'

'O,' zei ze. 'Dus Gordon heeft problemen?'

'Dat weet u heel goed,' zei ik.

Ze keek me aan. 'Professor Delaware, toen u naar mij toe kwam, zei u dat Kevin Drummond iets te maken had met een moord. Dat zijn dingen waarmee een saaie academicus niet dagelijks te maken krijgt. Daarom maakte u indruk op me.' Ze richtte zich weer tot Milo. 'En nu komt u mij dus vertellen dat u Gordon Shull ervan verdenkt dat hij een moordenaar is?'

'U lijkt niet echt verbaasd,' zei hij.

'Ik probeer te voorkomen dat ik ergens door word verbaasd,' zei ze. 'Maar voor we verder gaan, wil ik eerst iets van u weten: broeit er iets dat bijzonder gênant zal zijn voor mijn faculteit?'

'Ik vrees het wel, mevrouw.'

'Wat ontzettend vervelend,' zei Martin. 'Een moordenaar.' Haar plotselinge glimlach was wreed en onrustbarend. 'Tja, als het puin zich blijft opstapelen kun je maar het best schoon schip maken. Dus laten we het maar over Gordon hebben. Misschien kunnen jullie me van hem verlossen.'

Ze ging verzitten en sloeg opnieuw haar benen over elkaar. Ze was kennelijk geamuseerd. 'Een moordenaar... ik moet bekennen dat ik nooit op die manier aan Gordon heb gedacht.'

'Hoe dacht u dan wel aan hem, mevrouw?'

'Ik vond hem een blaaskaak,' zei Martin. 'Gordon is een schertsfiguur. Alleen woorden, geen daden.'

De deuren naar de keuken gingen open en er kwam een man te voorschijn met een omvangrijke sandwich op een bord. 'Liz?'

Dezelfde grijsharige man die ik op de foto's in Martins kantoor had gezien. Hij droeg een wit poloshirt, een beige linnen broek en bruine instappers. Lang en goedgebouwd, maar met een beginnend buikje. Zeker tien jaar ouder dan Martin.

'Het is in orde, schat,' zei ze. 'Het is de politie maar.'

'De politie?' Hij kwam naar ons toe. De sandwich was een driedubbeldekker, vol gezond groen en kalkoen.

'Er is iets aan de hand met Gordon Shull, lieverd.'
'Hoezo, heeft hij iets gestolen?' Hij ging naast de stoel van Martin staan.
'Dit is mijn man, dokter Vernon Lewis. Vernon, dit is rechercheur...'
'Sturgis,' zei Milo. En tegen Lewis: 'Bent u ook professor, meneer?'
'Nee,' zei Martin. 'Vernon is een echte dokter. Een orthopedisch chirurg.'
'Wat u daarnet zei over stelen, dokter,' zei Milo. 'Dat klonk alsof u Gordon Shull ook kent.'
'Voornamelijk van reputatie,' zei Vernon Lewis. 'Ik heb hem ontmoet op faculteitsfeestjes.'
'Schat, waarom ga je niet even ergens rustig zitten?' zei Elizabeth Martin.
Lewis wierp haar een vragende blik toe. Ze glimlachte. Hij trok zijn wenkbrauwen op en keek naar zijn sandwich. 'Hoe lang gaat dit duren, Liz?'
'Niet te lang.'
'Oké,' zei hij. 'Leuk om kennis met jullie gemaakt te hebben, jongens. Hou mijn meisje niet te lang bezig.' Hij liep de kamer door, sloeg een hoek om en was verdwenen.
'Over welke reputatie had dokter Lewis het?' vroeg Milo.
'Algehele amoraliteit. Gordon is vanaf het begin een probleem geweest... Met name voor mij.'
'Houdt amoraliteit ook diefstal in?'
'Bleef het daar maar bij.' Martin fronste. 'De hemel mag weten wat ik mezelf op de hals haal door met u te praten, maar om eerlijk te zijn heb ik mijn buik vol van die man. Mijn faculteit bestaat maar uit drie personen en ik behoor zelf te beslissen wie ik aanneem.'
'Werd u gedwongen om Shull in dienst te nemen?' vroeg ik.
'"Gedwongen" is... net iets te sterk uitgedrukt.' Ze keek alsof ze bedorven vis rook. 'Ik kreeg het dringende adviés om Gordon aan te nemen.'
'Omdat zijn familie geld heeft.'
'Ja inderdaad,' zei ze. 'Het gaat altijd om geld, hè? Zes jaar geleden werd ik naar Charter College gehaald om een faculteit communicatiewetenschappen op te zetten die met de beste kon concurreren. Er werden me gouden bergen beloofd. Ik had nog een paar andere aanbiedingen – van grotere universiteiten, met betere faciliteiten. Maar die waren allemaal in andere steden en ik had net Vernon ontmoet, die een praktijk hier in de stad had. Ik verkoos liefde boven doelmatigheid.' Met een flauw glimlachje. 'Het was de juiste keuze, maar... Elke keuze heeft bepaalde consequenties.'

'Charter hield zich niet aan de beloften,' zei ik.
'Het niet nakomen van beloften is schering en inslag in de academische wereld. Waar het om gaat, is de verhouding tussen waarheid en onzin. Begrijp me niet verkeerd. Ik ben in principe niet ongelukkig met mijn baan. Charter is een goede school. Voor hun doen.'
'En dat is...'
'Het is maar een klein instituut. Heel klein. Dat geeft je wel de kans om nauw contact te hebben met de studenten, iets dat me aanvankelijk een voordeel leek en dat is het ook. Door de bank genomen hebben we een leuk stel leerlingen. Na vijf jaar Berkeley en al dat linkse geleuter leek Charter gewoon ouderwets. Maar dat heeft ook z'n beperkingen.'
'Welke beloften werden niet gehouden?' vroeg ik.
Ze telde ze op haar vingers af. 'Mij was een faculteit van vijf personen beloofd en ik kreeg er drie. Mijn budget werd met een derde teruggeschroefd omdat bepaalde subsidies wegvielen. Destijds zaten we nog midden in een recessie en de aandelenportefeuilles van diverse donateurs waren in waarde teruggelopen en ga zo maar door. Mijn voorgenomen leerplan moest aanzienlijk aangepast worden, omdat ik een veel kleinere faculteit had dan verwacht.'
'En welke beloften hielden ze wel?'
'Ik kreeg een mooi bureau.' Ze lachte. 'En ik kon er bijna naartoe lopen. Vernons praktijk brengt meer dan genoeg geld op om van te leven. Maar ik heb niet drieëntwintig jaar lang gestudeerd om te gaan golfen en om de dag bij de manicure te zitten. Dus besloot ik er het beste van te maken en maakte me op om ten volle te profiteren van het enige dat ze niet hadden teruggedraaid: een grote vrijheid om mijn eigen faculteitsleden te kiezen. Ik had het geluk dat ik Susan Santorini kon strikken omdat zij ook in Zuid-Californië wilde blijven. Haar partner is filmagent. Maar toen ik op zoek ging naar het derde lid van onze kleine, nauw samenwerkende groep kreeg ik van de rector te horen dat zich een sterke kandidaat had gemeld en dat hij me dringend adviseerde zijn sollicitatie serieus te nemen.'
Ze speelde met haar oorring. 'Gordon Shull is een lachertje. Maar zijn stiefvader is een van onze rijkste oud-leerlingen. Gordon is zelf ook een oud-leerling.'
'Een lachertje als wetenschapper?' vroeg ik.
'Een lachertje punt uit. Toen zijn sollicitatie op mijn bureau belandde en ik zag dat hij op Charter had gezeten, heb ik zijn studieresultaten erbij gepakt.'

'En die zagen er niet goed uit?'
Ze lachte. 'Ik vond het niet leuk om een advies te krijgen. Toen ik die studieresultaten zag, sloeg mijn ergernis om in woede. Om te zeggen dat Gordon een onopvallende student was geweest zou een te groot compliment zijn. Hij is een paar keer bijna van school gestuurd en wist uiteindelijk met de hakken over de sloot voor zijn eindexamen te slagen door een stel Mickey Mouse-colleges te volgen en daar heeft hij vijf jaar over gedaan. Op de een of andere manier is hij er daarna toch in geslaagd af te studeren.' Er verscheen een spottend trekje om haar mond. 'Ik heb mijn doctoraal in Berkeley gehaald en heb daarna aan de universiteit van Londen en aan Columbia een postdoctoraalstudie gedaan. Susan Santorini studeerde af aan Columbia en ze heeft in Florence in Italië en aan Cornell gedoceerd voordat ik erin slaagde haar te strikken. Met het huidige aanbod van werkgelegenheid voor academici hadden we kunnen kiezen uit een ruim aanbod van briljante wetenschappers van de beste universiteiten. In plaats daarvan werden we gedwongen onze intellectuele ruimte te delen met die schertsfiguur.'
'Die ervoor zorgt dat het budget behoorlijk wordt opgeschroefd,' zei ik.
'O ja,' zei ze. 'Ieder jaar ontvangt de faculteit een cheque van de Trueblood Endowment, de stichting van zijn stiefvader. Net genoeg om ons... te motiveren.'
'Een academisch wurgcontract,' zei Milo.
'Dat is heel goed omschreven, rechercheur. En eerlijk gezegd zou dit bezoek van u voor mij weleens een reden kunnen zijn om de dingen op een rijtje te zetten. Als Gordon zich nog erger heeft misdragen dan ik in mijn wildste dromen had kunnen vermoeden, word ik misschien eindelijk gedwongen om een serieuze keuze in dit leven te maken. Maar voordat ik u meer vertel, wil ik van één ding zeker zijn: dat u me op de hoogte houdt en me genoeg tijd biedt om ruim voordat de trammelant begint te vertrekken, zodat ik niet betrokken raak bij allerlei strafrechtelijke toestanden.'
'Bent u van plan om ontslag te nemen, mevrouw?'
'Waarom niet, als de beloning zoet genoeg is?' vroeg Martin. 'Vernon heeft al gezegd dat hij van plan is om het wat rustiger aan te doen en we popelen allebei van verlangen om meer te gaan reizen. Misschien is dit wel een kwestie van voorzienigheid. Dus als u meer wilt weten over de kwalijke karaktertrekjes van Gordon móét u mij op de hoogte houden.'
'Dat vind ik een redelijk verzoek,' zei Milo. 'Welke problemen hebt u met Shull gehad?'

'Gappen, onkostenrekeningen die niet kloppen, colleges die om de haverklap afgezegd worden, slonzige beoordelingen van werkstukken,' zei Martin. 'Zijn colleges – als hij de moeite neemt om op te dagen – zijn om te huilen. Verhandelingen van bedenkelijke kwaliteit over popcultuur met belachelijke literatuurlijsten. Alles draait om de dingen waar Gordon op dat moment mee bezig is en het concentratievermogen van Gordon laat ernstig te wensen over.'

'Een dilettant,' zei ik. Dezelfde opinie had Shull over Kevin Drummond gehad.

'Hij zou nog hard moeten werken om het niveau van een dilettant te halen,' zei Martin. 'Gordon is het toonbeeld van alles wat ik haat aan wat tegenwoordig in de academische wereld voor wetenschap doorgaat. Hij beschouwt zichzelf als een vleesgeworden toonbeeld van popcultuuur. Het orakel op de bergtop dat zijn oordeel uitspreekt over creatieve uitingen. Ongetwijfeld omdat hij zichzelf als een kunstenaar beschouwt, ook al brengt hij daar niets van terecht.'

Milo schoot overeind. 'Hoe bedoelt u?'

'Gordon denkt dat hij de renaissanceman ten voeten uit is. Hij schildert walgelijke, vlekkerige doeken... tuinlandschappen die impressionistisch heten te zijn, maar van een niveau dat door een doorsnee leerling van de middelbare school gemakkelijk overtroffen kan worden. Vlak nadat hij was aangenomen kwam hij met een aantal doeken naar mij toe en vroeg of de faculteit een solo-expositie van hem wilde financieren.' Ze snoof. 'Ik weigerde en hij ging naar de rector. Maar zelfs met al zijn connecties kreeg Gordon dat niet voor elkaar.'

'Een renaissanceman,' zei Milo. 'En verder?'

'Hij kan een beetje drums en gitaar spelen, maar daar is ook alles mee gezegd. Dat weet ik, omdat hij het altijd heeft over gigs en riffs en weet ik wat. Vorig jaar bood hij aan om gratis op te treden tijdens een feestje dat Vernon en ik voor de beste studenten gaven. Dit keer was ik zo dom om toe te geven.' Ze sloeg haar ogen ten hemel. 'Alsof al die eigenwaan nog niet voldoende is, beweert hij ook nog te werken aan een roman – een magnum opus in wording waar hij al over loopt te zeuren sinds ik hem ken. Maar ik heb nooit één bladzijde manuscript gezien.'

'Veel geschreeuw en weinig wol,' zei Milo.

'Een echte Californische vent,' zei Martin. 'Als zijn familie geen geld had, zou hij kelner zijn en leugens vertellen over zijn volgende belangrijke auditie.'

'U zei dat hij vaak niet voor zijn colleges komt opdagen,' zei Milo.

'Hij is altijd op pad voor een of andere onderneming die door zijn stiefvader wordt gefinancierd.'
'Wat voor soort onderneming?'
'Zogenaamd researchwerk, symposiums en conventies. Naast al zijn andere pretenties beschouwt hij zichzelf ook nog als een avonturier en hij is in Azië geweest, in Europa en noem maar op. Het hoort allemaal bij die machotoer van hem: geblokte overhemden met stropdassen, wandelschoenen en die Arafat-baard. Hij beweert ook voortdurend dat hij met een deugdelijke studie op de proppen zal komen, maar tot op heden is hij ook in dat opzicht in gebreke gebleven.' Ze priemde haar vinger in de lucht. 'In zekere zin is het een geluk dat hij zich niet aan zijn belofte houdt. Want Gordon is een draak van een schrijver. Onsamenhangend, gezwollen en hoogdravend.'
'Trouwe Scribent,' zei ik.
Ze zette grote ogen op. 'Dus dat weet u al?'
'Wat weet ik?'
'Dat Gordon bij voorkeur in de derde persoon over zichzelf spreekt. Hij heeft zichzelf vereerd met een stel stuitende bijnamen. De Gordster, de Onverschrokken Meneer Shull, de Trouwe Scribent.' Ze liet haar tanden zien. 'Hij is altijd een lachertje geweest. Jammer genoeg werkt hij niet op mijn gevoel voor humor. En nu krijg ik van u te horen dat hij iemand vermoord heeft... Terwijl onze kantoren maar een paar stappen van elkaar liggen. Dat is een heel verontrustende gedachte. Loop ik gevaar?'
'Volgens mij niet, professor,' zei Milo.
'Wie heeft hij vermoord?'
'Artistieke mensen.'
Martins ogen puilden uit haar hoofd. 'Meer dan één?'
'Ik vrees van wel, professor.'
Ze zuchtte. 'Ik ga absoluut een tijdje met verlof.'
'Wat kunt u ons vertellen over Kevin Drummond?' vroeg Milo.
'Wat ik tegen professor Delaware heb gezegd, was waar. Ik kan me de jongen nauwelijks herinneren. Na zijn bezoek heb ik zijn studieresultaten nog eens bekeken. Een middelmatig student, helemaal niets bijzonders.'
'U weet niet meer of hij veel met Shull optrok?'
'Nee, het spijt me. Studenten lopen in en uit bij het kantoor van Gordon. Een bepaald type kan goed met hem opschieten.'
'Welk type student kan goed met hem opschieten?'
'Gordon is altijd op de hoogte van de laatste trends en dat spreekt degenen aan die zich gemakkelijk laten imponeren. Ik weet zeker

dat hij het liefst een programma bij MTV zou willen presenteren.'
'Heeft Shull ook seksuele contacten met studenten gehad?' vroeg ik.
'Waarschijnlijk wel,' zei ze.
'Waarschijnlijk wel?' zei Milo. 'En dat zegt u zomaar?'
'Ik heb geen klachten gehad, maar het zou me absoluut niet verbazen. Het zijn voornamelijk vrouwelijke studenten die bij Gordon over de vloer komen als hij op kantoor is.'
'Maar er zijn geen feitelijke klachten geweest over seksuele intimidatie.'
'Nee,' zei Martin. 'Seks tussen faculteitsleden en studenten is een vast gegeven van het leven op college en klachten komen zelden voor. Het gebeurt meestal met wederzijdse instemming. Dat is toch zo, professor Delaware?'
Ik knikte.
'Kevin Drummond is homo,' zei Milo. 'Moeten we daar dieper op ingaan?'
'Wilt u weten of Gordon biseksueel is?' vroeg Martin. 'Tja, daar heb ik niets van gemerkt, maar om eerlijk te zijn sta ik nergens meer van te kijken. Hij is wat ze vroeger een schobbejak noemden. Dat is een prachtwoord. Jammer dat het in onbruik is geraakt. Hij is de spreekwoordelijke verwende snotneus, hij gaat zijn eigen gang en doet precies wat hij zelf wil. Bent u al bij zijn moeder geweest?'
'Nog niet.'
Martin lachte. 'Dat zou u echt moeten doen. Vooral u, professor Delaware. Dat is helemaal in uw straatje.'
'Voer voor psychologen?' vroeg Milo.
Martin wierp hem een lange, geamuseerde blik toe. 'De vrouw ontbeert elke vorm van normale beleefdheid en simpel gezond verstand. Tijdens de lunch waarbij het geld wordt overgedragen grijpt ze me ieder jaar in de kraag om me eraan te herinneren met hoeveel geld haar man over de brug is gekomen en vervolgens steekt ze een tirade af over al die fantastische prestaties van haar oogappel. Gordon heeft die aanmatigende houding van niemand vreemd. Zij doet net alsof ze tot de allerhoogste kringen behoort, maar ik heb gehoord dat haar eerste man – Gordons echte vader – een dronkelap was. Een mislukte makelaar die in de gevangenis heeft gezeten wegens fraude. Toen Gordon nog jong was, kwam hij samen met Gordons jongere broer bij een brand in hun huis om het leven en een paar jaar later heeft zijn moeder dat suikeroompje van haar aan de haak geslagen.'
Milo zat ijverig aantekeningen te maken.

'Dit is een interessant gesprek geweest,' zei Martin ten slotte, 'maar ik ben erg moe. Als dat alles is...'
'Als u een voorbeeld hebt van Shulls schrijfstijl zou ons dat goed van pas komen.'
'In mijn kantoor heb ik zijn laatste jaarverslag,' zei ze. 'Ieder faculteitslid is verplicht om dat in te leveren. Het is een opsomming van wat ze bereikt hebben en wat hun plannen zijn. Dat van Gordon is een formaliteit, want we weten allebei dat hij een baan voor het leven heeft.'
'Dat denk ik niet,' zei Milo.
'Wat een heerlijk idee,' zei Martin. 'Ik ga morgen vroeg naar kantoor en dan regel ik meteen een koerier die het naar u toe kan brengen.'
Ze liep met ons mee naar de deur, waar Milo haar bedankte.
'Het was me een genoegen,' zei ze. 'Trouwens... nu ik er goed over nadenk, sta ik er helemaal niet van te kijken dat Gordon een moordenaar is.'
'Waarom niet, mevrouw?'
'Iemand die zo onecht is en zo weinig diepgang heeft, is tot álles in staat.'

42

Het zat Petra die avond niet tegen.
Het was fris, de hemel had een fluweelachtige paars-zwarte tint op plekken waar de neonlampen van Hollywood de kleur niet tot grauwgrijs verbleekten, en A. Gordon Shull was een goede bekende in clubs, kroegen en alternatieve boekwinkels.
De opmerkingen van een katterige barkeeper in de Screw, een ranzige thrash-metaltent op Vermont waren typerend:
Ja, ik heb hem weleens gezien. Altijd in het zwart en proberen jonge meisjes op te pikken.
Slaagt hij daarin?
Af en toe misschien.
Zoekt hij een bepaald meisje?
Ze zijn allemaal hetzelfde.
Wat kunt u me nog meer over hem vertellen?
Het is gewoon een ouwe vent die cool probeert te zijn... u weet wel.
Wat weet ik?

Van die dingen.
Het was een heel ander verhaal dan haar vergeefse pogingen om iets over Kevin Drummond aan de weet te komen. Maar er was ook iets om over na te denken: geen van de mensen die hem kenden, brachten Shull in verband met Kevin. Was de jongeman wel betrokken bij die kwalijke zaken?

Ondanks het feit dat zoveel mensen hem kenden, kon ze er geen bewijzen voor vinden dat Shull iets te maken had met drugs en gewelddadige neigingen of dat hij een afwijkend seksueel gedrag vertoonde. Niemand bracht hem met Erna Murphy in verband. Aan het eind van haar dienst drong het tot haar door dat ze maar weinig had ontdekt dat hen op korte termijn verder zou helpen, en haar stemming sloeg om. Maar toen kreeg ze een klein godsgeschenk. De eerste keer dat ze Fountain Avenue had afgelopen was de Snake Pit gesloten geweest – VANAVOND GEEN VOORSTELLING – maar op weg naar het bureau kwam ze er opnieuw langs en zag dat er auto's voor de club stonden en dat de deur niet dichtgetrokken was.
Ze liep naar binnen en zag een dikke uitsmijter met een paardenstaart die achter een gin-tonic zat. De tent rook als een open riool.
'We zijn gesloten,' zei de dikke vent. 'Onderhoud.'
Dat betekende dat hij alleen maar zat te zuipen en dat een kleine man, die eruitzag als een indiaan uit een van de regenwouden, de vloer aanveegde. Muziek – een of andere stampende Chicagoblues met een opdringerige mondharmonica – denderde uit de luidsprekers. Lege triplex tafeltjes waren lukraak op een hoop geschoven. Op het podium stond een drumstel. Een microfoonstandaard zonder microfoon wekte de indruk onthoofd te zijn. Niets is zo triest als een kroeg zonder bezoekers.
Petra liep verder naar binnen, keek nog eens om zich heen en glimlachte tegen de uitsmijter.
'Ja?' Hij sloeg een paar armen met de omvang van dijbenen over elkaar tegen zijn dikke sumo-buik. Zijn huid had de roze tint van rauwe saucijsjes. Hij had zo'n wirwar van tatoeages op zijn armen dat het leek alsof hij een kimono droeg. Gevangeniskunst en subtieler werk. Een hakenkruis sierde zijn nek.
Hij was niet een van de mensen die ze na de moord op Baby Boy had ondervraagd. Ze liet hem haar penning zien en vroeg hoe dat kwam.
'Ik was die avond vrij.'
Ze had de directie om een lijst van het voltallige personeel gevraagd. Dat schoot lekker op. Ze liet hem de foto van Shull zien.

'Ja, die komt hier weleens.' Saucijs sloeg zijn borrel achterover, waggelde achter de bar en begon een nieuwe te mixen. Hij sneed op zijn gemak een schijfje citroen af, kneep dat uit boven het glas en stopte het in zijn mond. Hij kauwde en slikte het door, met schil en al.
'Hoe vaak komt hij hier?' vroeg Petra.
'Af en toe.'
'Hoe heet u?'
Die vraag beviel hem niet, maar hij was niet in het minst geïntimideerd. 'Ralf Kvellesenn.'
Ze liet hem de naam spellen en schreef hem op. Ralf met een 'f'. Een of andere vikingvoorouder draaide zich om in zijn graf. 'Geef me eens een duidelijker antwoord dan "af en toe", Ralf.'
Kvellesenn fronste en er verschenen rimpels in zijn vettige voorhoofd. 'Die gozer komt zo nu en dan binnenlopen. Hij is geen vaste klant. Ik herken hem alleen omdat hij altijd zo'n houding van ouwe-jongens-krentenbrood heeft.'
'Tegenover jou?'
'Tegenover de artiesten. Die gozer vindt het leuk om met ze te kletsen. In de pauzes. Hij gaat graag naar de kleedkamers.'
'Mag dat?'
Kvellesenn knipoogde. 'Dit is niet bepaald de Hollywood Bowl.'
Dat betekende dat de deuren voor een paar dollar opengingen.
'Dus hij is een soort groupie,' zei Petra.
Kvellesenn liet een vettig lachje horen. 'Ik heb hem nooit iemand zien pijpen.'
'Ik bedoelde het ook niet letterlijk, Ralf.'
'Mij best.'
'Je bent kennelijk niet nieuwsgierig waarom ik naar hem vraag.'
'Ik ben geen nieuwsgierig type,' antwoordde Kvellesenn. 'Nieuwsgierigheid veroorzaakt een hoop gedonder.'

Ze schreef Kvellesenns adres en telefoonnummer op, ging aan een van de lege tafeltjes zitten terwijl hij haar strak bleef aankijken, keek op haar gemak haar aantekeningen door en vond de naam van de uitsmijter die op de avond dat Baby Boy was vermoord dienst had gehad.
Val Bove.
Ze liep de club uit, toetste het privénummer van Bove in, belde hem wakker en gaf hem een beschrijving van Shull.
'Ja,' zei hij.
'Ja, wat?'

'Ik ken die gozer die je bedoelt, maar ik weet niet meer of hij er ook was toen Baby Boy om zeep is gebracht.'
'Waarom niet?'
'De tent was stampvol.'
'Maar je weet wel over wie ik het heb.'
'Ja, die professor.'
'Hoe weet je dat hij een professor is?'
'Dat zegt hij zelf,' antwoordde Bove. 'Hij heeft me verteld dat hij professor is. Alsof hij indruk op me wilde maken. Alsof mij dat ook maar een reet kan schelen.'
'Wat heeft hij je nog meer verteld?'
'Het komt erop neer dat hij zoiets heeft van: "Ik ben cool." "Ik schrijf boeken," "ik speel ook gitaar." Alsof mij dat een hol interesseert.'
'Een artistiek type,' zei Petra.
'Dat zal best.' Aan de andere kant van de lijn werd luid gegaapt en Petra durfde te zweren dat ze de gore adem van de vent kon ruiken.
'Wat kun je me nog meer vertellen over die gozer die professor is?'
'Da's alles, meid. En de volgende keer moet je niet meer zo vroeg bellen.'

Ze schreef alles zorgvuldig en uitgebreid op en was eigenlijk van plan om Milo te bellen en tevreden een welbestede dag af te sluiten, maar reed in plaats daarvan naar Dove House. De onderdirecteur, Diane Petrello, zat beneden achter het bureau. Petra had daar weleens mensen naartoe gebracht.
Diane glimlachte. Haar ogen waren roodomrand en vurig. Haar gezicht sprak boekdelen. *Wat nou weer?*
'Heb je een zware dag achter de rug?' vroeg Petra.
'Vreselijk. Twee van onze meisjes hebben gisteravond een overdosis genomen.'
'Het spijt me om dat te horen, Diane. Deden ze samen drugs?'
'Het waren aparte gevallen, rechercheur. Op de een of andere manier maakt dat het nog erger. Eentje was hier net om de hoek, ze was naar buiten gegaan om een wandelingetje te maken en had beloofd dat ze weer terug zou zijn voor het avondgebed. De ander was op die grote parkeerplaats achter het nieuwe Kodak Center. Al die toeristen... De enige reden dat we het zo snel te horen kregen, was omdat beide meisjes ons kaartje in hun tas hadden en uw agenten zo vriendelijk waren ons op de hoogte te stellen.'
Petra liet haar Shulls foto zien. Diane schudde haar hoofd.

'Heeft hij iets met Erna te maken?'
'Dat weten we nog niet, Diane. Mag ik deze foto alsjeblieft aan je huidige gasten laten zien?'
'Natuurlijk.'

Ze stommelden samen naar boven en Petra begon met de mannen... zes zwaar aangeschoten kerels die Shull geen van allen herkenden. Op de verdieping van de vrouwen trof ze maar drie gasten aan, die samen in één kamer zaten. Onder andere Lynnette, de uitgemergelde zwartharige junk met wie Milo over Erna had zitten praten.
'Wat een stuk,' zei ze. 'Het lijkt wel een advertentie voor een of andere bananenrepubliek.'
'Heb je hem weleens eerder gezien, Lynnette?'
'Ik wou dat het waar was.'
Diane Petrello kneep haar ogen even stijf dicht achter haar smoezelige brillenglazen. 'Lynnette,' zei ze zacht.
Voordat Lynnette kon reageren, zei Petra: 'Waarom wou je dat het waar was?'
'Ik zei al dat het een stuk was,' zei Lynnette. 'Ik kan hem zo verwennen dat hij allerlei leuke dingen voor me zou kopen.' Ze grinnikte en lachte scheve groene tanden bloot. Gele ogen, hepatitis of iets dergelijks. Petra had het liefst een stapje achteruit willen gaan, maar dat deed ze niet.
'Lynnette, heb je deze man weleens samen met Erna gezien?'
'Erna was een viezerik. Hij is veel te leuk voor haar.'
Een van de anderen, een bejaarde vrouw met haren op haar kin, lag op het bed en rekte zich in haar slaap uit. De ander was een jaar of veertig, lang, zwart en met dikke benen. Toen Petra de zwarte vrouw aankeek, kwam ze naar hen toe sjokken. Haar afgetrapte pantoffels sleepten over de versleten vloerbedekking en produceerden het geluid van een snaredrum.
'Ik heb hem wel met Erna gezien.'
'Ja, vast,' zei Lynnette.
'Wanneer hebt u hem gezien, mevrouw...?' vroeg Petra.
'Devana Moore. Ik heb hem hier en daar gezien... pratend.'
'Met Erna.'
'Uh-huh.'
'Ja, vast,' zei Lynnette.
'Echt waar,' zei Devana Moore.
'Hier en daar?' vroeg Petra.
'Niet hier... zo van híér, weetuwel,' zei Devana Moore. Ze praatte langzaam, slecht articulerend. Het formuleren van een zin kostte

haar de grootste moeite. 'Hier en... dáár.'
'Niet in het gebouw, maar in de buurt,' zei Petra.
'Klopt!'
'Ze liegt,' zei Lynnette.
'Helemaal niet,' zei Devana Moore zonder een spoor van ergernis. Ze klonk als een kind dat volhoudt onschuldig te zijn. Petra was geen deskundige, maar ze durfde te wedden dat deze vrouw vanwege haar IQ een rampzalige getuige zou zijn. Maar goed, ze moest roeien met de riemen die ze had.
Lynnette lachte spottend.
'Meid, ik mag hangen als ik lieg,' zei Devana Moore.
'Wanneer was de laatste keer dat u deze man samen met Erna hebt gezien, mevrouw Moore?' vroeg Petra.
'M'vróúw Moore!' zei Lynnette met een kakelend lachje.
'Kom op, Lynnette, dan gaan we een kopje koffie drinken,' zei Diane Petrello.
Lynnette bleef zitten waar ze zat. De oude vrouw lag luid te snurken. Devana Moore keek Petra met grote ogen aan.
Petra herhaalde de vraag en Moore zei: 'Dat was... ik denk een paar dagen geleden.'
'Hoeveel dagen?'
Stilte.
'Ongeveer?' drong Petra aan.
'Kweenie... misschien... kweenie.'
'Je wordt vast opgepakt omdat je zit te liegen. M'vróúw Moore,' zei Lynnette. En tegen Petra: 'Ze is achterlijk.'
Moore liet pruilend haar hoofd hangen en Petra verwachtte dat ze in tranen zou uitbarsten. In plaats daarvan haalde ze uit naar Lynnette en de twee vrouwen begonnen elkaar met machteloos zwaaiende armen te bewerken tot Petra ertussen sprong en riep: 'Hou daar onmiddellijk mee op!'
Stilte. Beschaamde gezichten. Lynnette begon weer kakelend te lachen, maar Diane Petrello loodste haar de kamer uit. Inmiddels waren bij Devana Moore de waterlanders te voorschijn gekomen. 'Ze doet gewoon vervelend,' zei Petra. 'Ik weet best dat je me de waarheid vertelt.'
Gesnuf. Moore keek naar de vloer.
'U helpt me echt, mevrouw Moore. Daar ben ik heel blij om.'
'Pak me alsjeblieft niet op,' zei Moore.
'Waarom zou ik u oppakken?'
Moore schopte tegen haar eigen enkel. 'Ik tippel weleens. Het is een zonde en ik wil het ook eigenlijk niet, maar soms doe ik het toch.'

'Dat moet u zelf weten, mevrouw Moore,' zei Petra. 'Ik ben van moordzaken en niet van de zedenpolitie.'
'Wie is er dan vermoord?' vroeg Devana.
'Erna.'
'O ja, dat is waar,' zei Devana. Ze ontspande, alsof die bevestiging Petra geloofwaardiger had gemaakt. Ze knipperde met haar ogen, krabde op haar hoofd en wees naar de foto van Shull. 'Heeft hij Erna koud gemaakt?'
'Misschien wel. Waar hebt u hem met Erna gezien?'
'Eh... eh... dat was op Highland.'
'Waar op Highland?'
'Vlak bij Sunset.'
'Aan de noord- of aan de zuidkant van Sunset?'
'Aan deze kant.' Devana drukte haar hand tegen haar borst, waaruit Petra opmaakte dat ze aan de zuidkant bedoelde. Twee volgende pogingen om de plaats nader aan te duiden mislukten.
Hoe dan ook, Highland in de buurt van Sunset klonk logisch. Vlak bij de praktijk van Hannah Gold, de dokter van Erna. 'Wat waren ze aan het doen, mevrouw Moore?'
'Praten.'
'Boos praten?'
'Uh-uh. Gewoon praten... wil u dat weten omdat hij Erna koud heeft gemaakt?'
'Misschien wel,' zei Petra. 'Wat kunt u me nog meer over hem vertellen, mevrouw Moore?'
'Da's alles,' zei Devana. Ze sloeg een kruis. 'Als hij Erna heeft gekeeld, is hij een zondige man.'

Petra was om vier uur 's ochtends terug op het bureau. Stahl zat niet op zijn plaats. Sinds het invallen van de duisternis hield hij Shull in de gaten. Hij moest daar al uren hebben gezeten. Je kon het de vent niet ontzeggen: er mankeerde niets aan zijn concentratievermogen.
Ze keek of er berichten voor haar waren. Stahl had niet gebeld. Dat deed hij nooit.
Dus hij had geen vooruitgang geboekt. Hoe hield hij het uit om zo lang stil te zitten?
Ze veronderstelde dat Stahls bereidwilligheid om voor standbeeld te spelen hem bij deze zaak de ideale partner maakte. Hoe het zou gaan bij gevallen waarbij intensiever moest worden samengewerkt bleef de vraag. Maar het had geen zin om zich daar nu het hoofd over te breken, ze had al haar concentratie nodig voor de zaak waarmee ze nu bezig waren.

Vier uur 's ochtends was niet het uur om een vriend lastig te vallen, dus belde ze Milo's bureau in West-L.A. en liet een boodschap achter. Ze wist dat de kans groot was dat hij haar wakker zou maken als hij terugbelde, maar dat kon haar niets schelen. Ze wilde hem vertellen dat Shull vaak in de Snake Pit kwam en graag op bezoek ging in de kleedkamers.

Ze had dorst en stond op om een bekertje van die afschuwelijke politiekoffie te halen. Ze dronk het op terwijl ze in haar eentje in een hoek van de korpskamer van de recherche over Shull stond na te denken.

Een vaste klant van het nachtelijke Hollywood-circuit.

De professor.

Wat jammer dat geen van beide uitsmijters kon bevestigen dat hij ook aanwezig was geweest op de avond dat Baby Boy was vermoord. Misschien moest ze haar lijst van getuigen er maar weer bij pakken en iedereen die erop stond de foto onder de neus duwen om te zien of er iemand bij was die zich wel iets herinnerde.

Ja, dat was een goed idee. Wel een saaie klus. Maar dat was negentig procent van het werk bij de recherche.

Maar Shull werd in de gaten gehouden, dus dat kon ook tot morgen wachten. Ze was doodmoe, ze wilde onder de douche en dan naar bed om een paar uurtjes lekker zonder dromen te slapen. Dus waarom stond ze dan nu cafeïne te hijsen?

Ze gooide de rest van het drab weg, liep terug naar haar bureau en pakte haar jas. Ze bleef nog even staan en stelde zich in gedachten voor hoe de ontmoeting tussen Shull en Baby Boy waarschijnlijk was verlopen.

Shull betaalt zijn entree en bestelt genoeg te drinken om aan een lekker donker tafeltje achterin te kunnen blijven zitten. Als het optreden begint, zit hij geboeid te luisteren.

En te applaudisseren.

Meer voor zichzelf dan voor Baby Boy.

Baby Boy beëindigt zijn eerste set en loopt weg. Shull heeft hem al eerder zien optreden en weet dat hij zoals gewoonlijk naar de steeg zal lopen om een sigaret op te steken.

Hij blijft nog even zitten, nipt van zijn drankje, loopt zijn plan nog even door en zorgt ervoor dat niemand hem ziet als hij de club uit glipt.

Volgens Linus Brophy droeg de moordenaar een lange, zwarte overjas. Shull was altijd van top tot teen in het zwart als hij 's nachts ging stappen.

Een grote zwarte jas was bij uitstek geschikt om een groot, scherp mes te verbergen.

Op alles voorbereid loopt Shull naar de steeg, waar hij zich in het duister verbergt.
En wacht af.
Baby Boy komt te voorschijn en steekt een sigaret op. Shull staat hem op zijn gemak te bestuderen.
Genietend van het moment.
Ten slotte loopt hij naar Baby Boy toe. Zonder Brophy te zien, maar de aanwezigheid van de dronkenlap zal achteraf geen consequenties hebben.
Baby Boy is zich van geen kwaad bewust. Een vriendelijke man, een lieve man. Hij is gewend aan bewonderende fans en dit is er een van. Shulls gedrag onderstreept die onjuiste veronderstelling: een brede lach en de emotionele lof van de ware gelovige.
De professor. Met die vriendelijke benadering waar al zoveel artiesten zijn in getrapt.
Zonder te beseffen dat hij zichzelf als de ultieme kunstenaar beschouwt.
In werkelijkheid een mislukkeling, naar zijn eigen idee een legende.
Psychisch kannibalisme had Alex dat genoemd.
Als je ze niet kunt verslaan, vreet je ze maar op.
Petra huiverde.
Baby Boy, een goedgelovige, naïeve man, glimlacht terug.
Ze staan allebei te lachen als Shull hem aan het mes rijgt.
Ze trok haar jas aan en ging naar huis.

Toen ze thuis was, stond er een boodschap van Milo op haar antwoordapparaat. 'Bel me maar, ik ben op.'
Ze kreeg hem op zijn mobiele telefoon te pakken. 'Jij bent ook nog laat wakker.'
'Booswichten slapen nooit, dus waarom zou ik dan naar bed gaan? Wat is er aan de hand?'
Ze bracht hem op de hoogte van de meest recente ontwikkelingen.
'Goed werk,' zei Milo. 'Fantastisch. We zitten hem op de hielen.'
'Wat houdt dat in?'
'Dat jij je schoonheidsslaapje hebt verdiend en dat ik morgen om negen uur bij de rechtbank op de stoep sta om te zien of rechter Davison iets minder bevooroordeeld is.'
'Laat me dat dan even weten.'
'Reken maar. Bedankt, kind.
'Graag gedaan, pa.'

43

Bij zijn eerste blik op het huis wist Eric Stahl al dat het geen ideale situatie was.
Het enige dat vanaf de straat zichtbaar was, waren de lichte houten hekken, geflankeerd door gemetselde posten. Naast de posten een met klimop begroeide muur van een meter tachtig. Achter de muur stonden torenhoge jeneverbessen en cipressen, waardoor zich een of andere klimplant slingerde.
Leuk optrekje. Shull had geld.
Uiteindelijk was het altijd een kwestie van geld.
Vlak nadat hij verderop in de heuvelachtige straat een plaatsje had gevonden zat Stahl even te fantaseren. Als hij over het hek zou klimmen om vervolgens in te breken in het huis, zou hij Shull misschien betrappen terwijl hij een van zijn smerige streken uithaalde en dan kon hij die klootzak uit de weg ruimen op een manier die dat soort smeerlappen verdiende.
Een leuk scenario. Maar in werkelijkheid bleef hij zitten waar hij zat, hield het huis in de gaten en wachtte af.

Vanavond viel het hem om de een of andere reden zwaar om werkloos toe te kijken. Om halftien 's avonds, twee uur nadat hij bij het huis was aangekomen, begon hij weer over heldendaden te fantaseren.
Hij stelde zich in gedachten voor hoe hij Shull koud zou maken. Hij kon zijn nek breken of, als Shull zich verzette, een mes gebruiken.
Eric Stahl, de grote held die voor 'genoegdoening' zorgde.
Een lelijker woord bestond niet.
'Gerechtigheid' was een goede tweede. Hij vroeg zich af hoe lang hij dit werk zou kunnen doen.
Misschien wel voorgoed. Of tot morgen.

De omgeving had drie voordelige punten: Shulls huis lag aan het eind van een doodlopende straat, wat betekende dat je er maar op één manier in en uit kon. Aan de linkerkant van de straat was geen parkeerverbod, zodat Stahl een plekje had kunnen vinden tussen twee andere auto's waardoor hij niet zou opvallen.
En het mooiste was dat dit een achterafstraat was, die zonder kaart nauwelijks was te vinden en er waren geen trottoirs zodat een toevallige voetganger ook geen reden had om hierheen te komen.
Fijn voor iemand die kwaad in de zin had...

Om kwart voor tien wist hij nog steeds niet of Shull wel thuis was. De vent moest zich aan schooltijden houden en volgens Sturgis gooide hij zelfs daar met zijn petje naar. Voor zover hij wist, had Shull de hele dag thuisgezeten en zich nog niet laten zien. Of de smeerlap was helemaal niet thuisgekomen en zat ergens beneden, in Hollywood, waar hij de straten afschuimde.
De kunstgenieter.
Sinds de aankomst van Stahl waren er gedurende het eerste uur maar twee auto's opgedoken en die waren allebei ver van het punt waar hij op wacht zat, gestopt. In beide gevallen waren het jonge vrouwen met fantastische figuurtjes geweest, achter het stuur van kleine auto's van buitenlandse makelij. Stahl keek toe hoe ze hun boodschappen naar binnen brachten in hun schattige huisjes op de heuvel. Het was voor een vrouw alleen geen verstandige keus om in deze buurt te gaan wonen. Veel te afgelegen en geen hulp in de buurt. Niet dat je tussen de mensen nou zo veilig was...
Hij vroeg zich af hoe die vrouwen met hun strakke lijven zouden reageren als ze te horen kregen dat ze naast zo'n grote boosdoener hadden gewoond. Hij zag de gebruikelijke, ontzette opmerkingen in de kranten al voor zich: 'Daar had ik geen flauw idee van.' 'Ik kan het gewoon niet geloven, hij leek altijd zo aardig.'
Geloof het maar gerust, dames. Niets is onmogelijk.

De avondlucht trok dicht en begon te glinsteren – purper-zwart, de kleur van bosbessenjam. Zwarte napalm. Stahl at een boterham met ham, nam een paar slokjes uit zijn thermosfles met espresso en nam het risico de straat over te steken om in de bosjes te plassen. Daarna ging hij meteen terug naar zijn auto, waar hij bleef zitten kijken of hij een van de twee wagens zag die op Shulls naam stonden: een BMW van vorig jaar en een twee jaar oude Ford Expedition.
De BMW zou wel de auto zijn waarin Shull goede sier maakte. En de vierwielaangedreven wagen werd waarschijnlijk gebruikt om op onderzoek uit te gaan. Geen busje... Kerels als Shull waren meestal dol op busjes omdat je daar zonder moeite een gevangenis-op-wielen van kon maken. Maar zo'n trendy kerel als Shull, die hier hoog in de heuvels woonde, zou een busje veel te ouderwets vinden en de uit de kluiten gewassen terreinwagen had een paar soortgelijke voordelen: groot en onopvallend.
Met meer dan genoeg bagageruimte.
Hij durfde te wedden dat Shull getinte ramen had.

Het licht van koplampen viel op Stahls achterruit. Hij dook in elkaar en keek om.
Een kleine auto.
Een donkere wagen... en daar schoot de grille van de BMW al voorbij, op weg naar het eind van de doodlopende straat. De auto reed zo snel dat Stahl in het donker niet kon zien wie achter het stuur zat, maar toen hij voor het lichthouten hek stopte, ging hij rechtop zitten.
Een elektrisch hek. De auto reed erdoor en precies dertig seconden later ging het weer dicht – het stond kennelijk op een timer.
Stahl wachtte tot 11 uur voordat hij uit zijn auto stapte. Hij ging ervan uit dat zelfs zo'n hippe vogel als Shull nu wel binnen zou blijven. Was hij alleen thuisgekomen? Hij zou het niet kunnen zeggen. Nadat hij om zich heen had gekeken en zag dat de straat uitgestorven was, liep Stahl weer naar de overkant, ging staan piesen en vervolgde zijn weg. Vlak langs de struiken. Als er dan iemand opdook, kon hij zich daartussen verbergen.
Dankzij zijn rubberzolen kon hij zonder geluid te maken doorlopen. Hij voelde zich ontspannen, omdat het instinct van de geboren sluiper de kop weer opstak. Alleen mensen met een aangeboren talent konden goede spoorzoekers en sluipschutters worden.
In zo'n afgelegen buurt als deze zou het eigenlijk doodstil moeten zijn, maar vanaf de voet van de heuvels rees een onafgebroken gedreun omhoog. Het geluid van Hollywood, het echte Hollywood, dat een paar kilometer lager lag te kolken.
Hij liep door tot op een paar meter van het lichthouten hek. Door de grote bomen die voor het huis van Shull stonden, zag hij in de verte lichtjes twinkelen. En ook een paar sterren aan de hemel deden hun best om door de smog te dringen.
De vent had een fantastisch uitzicht.
Het goede leven.
Stahl liep door naar het hek, keek opnieuw de straat af, bukte zich en slaagde erin om het hek te bestuderen zonder gebruik te maken van zijn kleine zaklantaarn. Naadloos in elkaar passende planken in een mooi patroon van v-vormige strepen, gestut door nog dikkere planken. Onderaan zat een stevige balk, die een stukje uitstak. Hij ging erop staan en hees zichzelf zo hoog op dat hij over het hek kon kijken.
Aan de andere kant was een ronde, met klinkers betegelde binnenplaats omgeven door groen. Potplanten. Aan de linkerkant een betegelde fontein, maar die stond niet aan. Ondanks de intieme verlichting was het huis duidelijk te zien, split-level en in Spaanse stijl,

dakpannen en mooie, aan de bovenkant afgeronde ramen. Een heel goed leven.

Geen spoor van de BMW of de Expedition, maar aan het eind van de binnenplaats was onder een van de vleugels van het huis een garage met plaats voor drie auto's aangebouwd. Een zwakke lamp toonde een trio lichthouten deuren met hetzelfde patroon als het hek. Aan de rechterkant een trap met een ijzeren leuning waarvan Stahl aannam dat hij naar de hoofdingang leidde. Het was moeilijk te schatten hoe groot het huis was, maar het zag er vrij ruim uit.

Hij dacht na over de indeling. Als je indruk wilde maken op je gasten zou je waarschijnlijk willen dat ze via de trap naar binnen gingen. Het eerste wat ze dan te zien zouden krijgen was het uitzicht op de stadslichtjes.

Maar als er niemand was om tegen op te scheppen zou Shull waarschijnlijk rechtstreeks de garage in rijden en dan via een binnentrap naar het huis lopen. Omdat de BMW nergens te zien was, had hij dat vanavond ook gedaan. En dat betekende dat hij alleen was.

Of met iemand die hij niet hoefde te imponeren.

Stahl bleef op het hek staan en bedacht dat dit weer zo'n nacht zou worden waarin niets gebeurde. Maar zijn nekharen gingen overeind staan toen hij het geritsel van bladeren hoorde – een paar keer achter elkaar – en hij stapte van het hek af en drukte zich stijf tegen de met klimop begroeide muur.

Hij hoorde opnieuw iets. Luider dan het geschuifel van een of ander knaagdier. Een snuivend geluid, alsof iemand de lucht opsnoof. Stahl wachtte. Er gebeurde niets.

Daarna klonk het geluid opnieuw en nog iets luider en zes meter verderop weken de struiken uit elkaar. Een hert – een vrij kleine ree – begon de weg over te huppelen.

Het beest bleef midden op straat staan en er gleed een rilling door haar lijf. Stahls hart klopte veel te langzaam, zoals altijd als hij zich halfdood was geschrokken. Maar hij herstelde zich snel... Althans van sommige dingen...

Het hert bleef even aarzelen, ging toen weer verder en rende een oprit in, waar ze tussen twee huizen verdween.

Een vaste klant, want ze wist precies wie thuis was en wie niet. Nu zou iemands tuin als hapje tussendoor functioneren. En uiteindelijk zou de ree een coyote tot maaltijd dienen. Of misschien kreeg een poema haar wel te pakken. Stahl had gehoord dat de bergleeuwen weer snel in aantal toenamen. Het wild kwam trouwens overal langzaam maar zeker dichter bij de stadsgrenzen. Dat was zeker het geval geweest bij de basis. Allerlei rare beesten die op de meest on-

verwachte plekken opdoken. Het leukst had hij de slang gevonden die het bidet van de vrouw van een van de kolonels als drinkplaats had gekozen. Ze gaat in het donker zitten en wordt getrakteerd op een glibberige verrassing...
Stahl kwam tot de ontdekking dat hij glimlachte.
Een geluid aan de andere kant van Shulls hek liet die glimlach als sneeuw voor de zon verdwijnen.
De startmotor van een auto.
Hij rende naar het hek, stapte er weer op en wierp er een snelle blik over. De middelste garagedeur gleed open. Hij sprong van het hek en rende terug naar zijn auto.
Hij zat nog maar net achter het stuur toen de hekken openzwaaiden.
Koplampen, een ander stel, hoger dan die van de BMW.
De Expedition kwam behoedzaam naar buiten, bleef een moment staan en reed toen snel weg.
Een zwarte terreinwagen. Getinte zwarte ramen.

Het was lastig en meestal zelfs onmogelijk om in je eentje iemand te schaduwen, maar met zo'n arrogante vent als Shull viel de klus wel mee. Waarom zou die klootzak zelfs maar op het idee komen dat hij achtervolgd werd?
Stahl reed zonder licht achter hem aan toen Shull veel te hard de heuvel af reed. De Expedition reed Cahuenga in noordelijke richting op, naar een jazzclub net ten zuiden van de Valley. Niet ver van Baby Boys appartement. Shull liet de wagen achter bij een parkeerbediende, bleef veertig minuten binnen en haalde toen de SUV weer op. Inmiddels was het bijna één uur en omdat er minder verkeer was, moest Stahl op afstand blijven.
Shull ging niet ver, het was maar een kort ritje naar Studio City waar hij een kop koffie en een hamburger nam in een 24-uurs koffieshop op Ventura in de buurt van Lankershim. Daar was geen parkeerbediende. Stahl zette zijn auto op de halflege parkeerplaats en keek door het raam naar binnen.
Vier koppen koffie, zwart. Shull schrokte zijn hamburger op.
Aan het bijtanken.
Hij betaalde contant en stapte weer in zijn auto.
Terug naar de stad via Laurel Canyon en rechtsaf Sunset op. Een paar straten verder stopte Shull voor een bar die Bambu heette. Neo-strohutteninrichting, een verveelde uitsmijter voor de deur. Weer een parkeerbediende.
Stahl reed tot voorbij de volgende zijstraat, maakte snel een U-bocht

en keek van de overkant van Sunset toe hoe Shull met een sigaar in de mond uit de terreinwagen stapte.
Hij was gekleed in een zwart leren jack, een zwarte spijkerbroek en een zwart T-shirt. Vol branie, zoals hij daar stond te kletsen met de parkeerbediende.
Hij had kennelijk geen last van zenuwen. Het feit dat Delaware in zijn kantoor was opgedoken baarde hem geen zorgen. Integendeel: de vragen van Delaware over Drummond waren voor Shull het bewijs dat hij geen gevaar liep.
Als Drummond Shulls medeplichtige was geweest – als Drummond iets had geweten – dan hadden Delawares vragen waarschijnlijk iets anders tot gevolg gehad: Drummond was nu een stevig blok aan het been, dus zeg maar dag met je handje, Kev.
Sturgis had dat tijdens die laatste vergadering ook gezegd. Het feit dat Drummonds auto in de buurt van het vliegveld was aangetroffen, betekende dat Shull waarschijnlijk met de knul had afgerekend, de Honda had gebruikt om Erna Murphy op te pikken en de auto vervolgens op een plek had achtergelaten die erop leek te duiden dat Drummond zich een heel eind uit de voeten had gemaakt. En met succes. Al die dagen die waren verspild aan het controleren van passagierslijsten. Al die tijd dat Stahl voor niets Drummonds appartement in de gaten had gehouden.
En ondertussen lag Drummond waarschijnlijk ergens te rotten.
Zelfs als Drummond niets met de misdaden van doen had gehad, was hij toch waarschijnlijk om zeep gebracht. Omdat zijn verdwijning misleidend werkte... En een prima dekmantel voor Shull was.
En omdat Shull het leuk vond om mensen te vermoorden.
Moderne kunst.

De imitatiestrodeur van de Bambu zwaaide open en Shull kwam naar buiten met een blond stuk dat hij aan de haak had geslagen. Achter in de twintig, een dikke bos goudblond haar, een levende Barbie. Ze droeg een rood glinsterend topje onder een kort zwart jasje, een rafelige spijkerbroek die haar als een tweede huid omsloot en hooggehakte laarzen. Haar borsten waren veel te hoog en te groot om echt te zijn en ze droeg veel te veel make-up. Stahl herzag zijn mening over haar leeftijd: aan de verkeerde kant van de dertig.
Een schoolvoorbeeld van een Sunset Boulevard-meisje-van-plezier dat over haar hoogtepunt was. Maar geen beroeps. Zoals ze daar aan Shulls leren arm hing, zag ze er veel te gelukkig uit om aan het werk te zijn.
Giechelend. Struikelend. Wankel.

Shull glimlachte terug, maar hij had zichzelf in de hand.
Het leven lacht me toe.
Stahl zat in zijn auto en keek toe hoe het stel met elkaar flirtte. Met een strakke blik op de machohouding van Shull en een gevoel alsof de kolf van het sluipschuttersgeweer tegen zijn schouder rustte. De Expedition werd voorgereden en Shull nam de moeite om het rechterportier voor Barbie open te doen. Hij hield haar hand vast terwijl ze instapte. Ze gaf hem als dank een kus.
Zodra het blondje in de auto zat, wisselden Shull en de parkeerbediende een samenzweerderige blik.
Iemand heeft vanavond mazzel, maatje.
Niet het meisje.

Shull bleef op Sunset en reed naar het westen. Via de Strip naar Beverly Hills en met een rotgang door het nog chiquere Bel Air. Bij Hilgard sloeg hij af, reed door Westwood Village, pakte Wilshire en vervolgde in westelijke richting.
Dat maakte het gemakkelijk voor Stahl, want zelfs om deze tijd – twee uur 's nachts – was er nog voldoende verkeer op de helder verlichte boulevard. Hij bleef drie auto's achter de Expedition rijden en bleef door Brentwood en Santa Monica aan Shull en zijn blondje plakken.
Vervolgens naar de Pacific Coast Highway en het strand. Hier was het verkeersaanbod gering en werd de klus wat moeilijker. Stahl bleef op afstand en hield zijn ogen op de achterlichten van de suv gericht. Shull trapte het gaspedaal in en reed inmiddels dik over de honderd – dertig kilometer boven de maximumsnelheid – terwijl hij het gebied van Pacific Palisades bereikte en zijn weg vervolgde naar de stad Malibu.
En nog sneller, van honderdtien naar honderdvijftien en honderdtwintig. Wat een haast. En niet bang dat hij aangehouden zou worden omdat hij er gewoon van uitging dat hem dat soort vervelende dingen niet zou overkomen.
Of omdat hij toch geld zat had om een bekeuring voor te snel rijden te betalen.
Zou dat ook betekenen dat de suv geen sporen meer bevatte van forensisch bewijsmateriaal? Het was moeilijk om een auto brandschoon te krijgen. Eén verdwaald haartje, één druppeltje lichaamsvloeistof konden boekdelen spreken. Shull vervoerde zijn slachtoffers niet, hij liet ze achter, maar toch zou hij via zijn eigen kleren op de stoelzitting of ergens anders iets achtergelaten kunnen hebben.

Maar toch gedroeg hij zich nu alsof hij bezig was aan de Daytona 500. Zou die vent echt zo arrogant zijn?
Stahls overpeinzingen werden cru onderbroken toen de Expedition abrupt rechtsaf sloeg en het parkeerterrein van een withouten motel met blauwe luiken op reed. De Sea Arms.
Omdat hij niet tijdig kon reageren reed Stahl een paar honderd meter door, stopte langs de berm, draaide om en ging terug.
Nadat hij de auto aan de kant van het strand langs de PCH had geparkeerd bestudeerde hij de Sea Arms.
Een twee verdiepingen hoog pand, in een bouwstijl die aan Cape Cod deed denken, met ervoor een open parkeerterrein. Geen ruimte erachter, het motel lag tegen de berghelling aan. Het gebruikelijke bordje van de AAA en de mededeling KAMERS VRIJ in roze neonletters op een hoge paal.
Zes kamers per verdieping en het kantoor rechts op de begane grond. Dertien auto's op de parkeerplaats, met inbegrip van de Expedition. Twaalf gasten plus de beheerder.
A. Gordon Shull, de geluksvogel, had beslag kunnen leggen op de laatste vrije kamer.

Stahl ging in de fout.
Hij viel in zijn auto in slaap en werd ruw wakker geschud omdat er iemand op zijn raam bonsde. Een verblindend licht scheen in zijn ogen.
Hij draaide het raampje open en een stem blafte: 'Kom maar op met dat legitimatiebewijs.'
Stahls hand was instinctief naar de holster met het 9mm-pistool gegleden die hij onder zijn colbert droeg, maar gelukkig kreeg hij net op tijd zijn gezond verstand terug toen hij het robocop-gezicht van een agent van de verkeerspolitie zag.
Uiteindelijk werd de zaak snel opgelost en de vent van de verkeerspolitie spoot weg in zijn patrouillewagen.
Stahl bleef vernederd achter. Hoe lang had hij geslapen? Het was inmiddels tien over halfvier, dus dat betekende bijna een halfuur.
In zijn hoofd klonk het gedreun van de oceaan. De hemel boven het strand was bezaaid met sterren en de zee was asgrauw met gouden spikkeltjes.
Nog elf auto's op de parkeerplaats. Een ervan was Shulls Expedition.
Stahl stapte uit, snoof de zilte lucht op, rekte zich uit, vervloekte zijn stommiteit, stapte terug in de auto en ging weer zitten wachten.

Om twintig over vier kwam A. Gordon Shull een van de kamers op de begane grond uit lopen. Met zijn zwarte jack over zijn schouder en in zijn ogen wrijvend. Hij stapte in de Expedition, reed vanaf de parkeerplaats met een verboden manoeuvre linksaf de snelweg op naar de andere weghelft, dwars over de dubbele gele strepen, en verdween met een vaartje terug naar de stad. Waar zaten die lui van de verkeerspolitie als je hen nodig had?
Nu moest hij snel een beslissing nemen: achter die klootzak aan of kijken hoe het met het blondje gesteld was.
Voldeed het blondje aan de voorwaarden van Shulls slachtoffers? Was ze een of ander artistiek type? Een aspirant-actrice? Zouden die ook meetellen? Of misschien was ze een danseres. Met die benen.
Shull had al een danseres koud gemaakt. Zou hij in herhaling vervallen?
Dat meisje in Boston was balletdanseres geweest. Deze leek meer geschikt voor een walsje met een suikeroom. Genoeg verschil om een moord te rechtvaardigen?
Hij gaat met haar naar binnen en komt zonder haar naar buiten. En dus zou het in de kamer weleens een aardig zootje kunnen zijn. Stahl reed via de snelweg rechtstreeks het parkeerterrein van de Sea Arms op. Hij zette de auto helemaal aan het eind, omdat hij de plek wilde bekijken waar de Expedition had gestaan.

Alleen een olieplek. Stahl liep naar kamer 5, klopte op de blauwe deur en probeerde de deurknop toen er geen reactie volgde. Op slot. Toen hij opnieuw klopte, denderend hard in de ochtendstilte, werd de deur nog steeds niet opengedaan en Stahl wierp een blik op het kantoor van de beheerder. Het licht was uit. Moest hij de beheerder wakker maken en om een sleutel vragen of rechtvaardigde dit een eigenmachtig optreden? Het slot was niets bijzonders en zijn gereedschap lag in de auto. Hij kon altijd zeggen dat de deur openstond.
Hij woog bij zichzelf de mogelijkheden af in het hoogdravende rechtszaaljargon van een smeris die zijn handelwijze moet rechtvaardigen.
Een vermoedelijke seriemoordenaar ging in het gezelschap van een vrouw naar binnen en bleef… een uur en tweeënvijftig minuten ter plekke voordat hij alleen vertrok. Ik probeerde mij aanvankelijk toegang te verschaffen door op de deur te kloppen en toen ik na geruime tijd gewacht te hebben nog steeds geen reactie bespeurde, leek de situatie mij voldoende…

De blauwe deur ging open.
Het blondje stond op de drempel in haar strakke rode topje en de gerafelde strakke spijkerbroek. De rits half los, de lichte welving van een buik boven een roze kanten tanga. Een miniem slipje, boven het elastiek piepten een paar platinablonde schaamhaartjes uit. Ze knipperde met haar ogen, wankelde, keek eerst naar de plek waar de Expedition had gestaan en vervolgens naar Stahl.
Het geluid van de branding klonk liefkozend in de ochtend. De lucht was koud en nat en rook naar drijfhout.
'Mevrouw...' zei Stahl.
Het blondje droeg geen make-up, haar ogen stonden dof en haar haar was zo stug als een vogelnestje, het resultaat van een met haarlak bespoten kapsel waar op geslapen is.
Sporen van tranen op haar volmaakte wangen.
Niet zo'n hard gezicht als Stahl had verwacht – zonder al die schmink leek ze jonger. En kwetsbaar.
'Wie ben jij voor de donder?' vroeg ze met een stem waarmee je roestplekken uit een stalen goot had kunnen verwijderen.
Over kwetsbaar gesproken.
Stahl liet haar zijn penning zien en drong langs haar heen de kamer binnen.

Ondanks het feit dat de Sea Arms aan het strand lag, was het gewoon een vrij goor motel en de kamer was gewoon een van die vunzige hokjes die per dag gehuurd kunnen worden. Een plafond dat aan kwark deed denken, een verfomfaaid tweepersoons bed met een vibrator in een houder voorzien van een sleuf waar geld in gedaan moest worden, nachtkastjes van gefineerd hout met plastic lampen die erop vastgeschroefd waren. Boven een klein tv-toestel dat met bouten aan de muur vastzat, hing een lijst met aanvangstijden van films waarvan zeker de helft ongeschikt was voor jeugdige kijkers. De modderkleurige vloerbedekking zat vol onuitwisbare vlekken.
Stahl zag witte korreltjes op het nachtkastje liggen, naast een dubbelgevouwen stukje stijf papier – om coke op te snuiven. Een verfrommeld papieren zakdoekje, stijf van het snot.
Kyra Montego wist dat Stahl het restant van de dope had gezien, maar ze deed net alsof ze niets in de gaten had.
'Ik begrijp er niets van,' zei ze, met haar strakke billen op het randje van het bed. De rits zat inmiddels helemaal dicht. Haar beha hing over een stoel en haar tepels stonden afgetekend in het rode topje. Ze frunnikte aan haar haar, maar slaagde er niet in om orde te brengen in de wilde blonde bos.

'De man die bij u was...' zei Stahl.
'Zo was het helemaal niet,' zei Montego.
Kyra Montego. Dat stond niet op haar geboortebewijs, geen denken aan.
Stahl vroeg of ze een legitimatie bij zich had en ze zei: 'Waar haalt u het recht vandaan? U doet net alsof ik een hoer ben of zo en dat is gelul... daar hebt u het recht niet toe.'
'Ik moet weten hoe u in werkelijkheid heet, mevrouw.'
'Dan moet u eerst een gerechtelijk bevel hebben!'
Iedereen keek veel te vaak naar de tv.
Stahl pakte haar handtas van de toilettafel, vond drie joints in een plastic zakje en legde ze naast haar op het bed. Op een verfomfaaid hoofdkussen krulde een lange blonde haar.
'Hé,' zei ze.
Hij pakte haar portefeuille en vond haar rijbewijs.
Katherine Jean Magary, een adres in Van Nuys met een uit drie cijfers bestaand huisnummer waaruit hij kon opmaken dat ze in een groot flatgebouw woonde.
'Katherine Magary is een mooie naam,' zei hij.
'Vindt u?' zei ze. 'Mijn agent zei dat die te sloom klonk.'
'Filmagent?'
'Was het maar waar. Ik ben danseres... ja, het soort dat u al vermoedde, maar ik heb ook in normale theaters gewerkt, dus u hoeft niet meteen vraagtekens te zetten bij mijn moraal.'
'Ik vind hem helemaal niet te sloom,' zei Stahl.
Ze staarde hem aan en er verscheen een zachte blik in haar ogen... Grote, vochtige irissen, donkerbruin, bijna zwart. Op de een of andere manier pasten ze goed bij het witblonde haar.
'Echt niet?'
'Nee.' Stahl stopte de portefeuille terug in de tas. En ook de joints. Magary/Montego ging rechtop zitten, gooide haar haar over haar schouder en zei: 'U bent hartstikke tof.'

Hij zat twintig minuten met haar te praten, maar hij geloofde haar al na vijf minuten.
Ze had Shull nooit eerder gezien, ze had te veel gedronken (knipoogje) en Shull leek een schatje. Mannelijk. Geestig. Best intelligent. Zijn kleren deden haar vermoeden dat hij geld had.
'Zijn kleren?' zei Stahl.
'Zijn jack was van Gucci.' Magary/Montego lachte. 'Ik kon een blik op het label werpen.'
Stahl glimlachte terug op een manier waaruit ze kon opmaken dat

hij dat slim vond en hield haar aan de praat.
Shull had een goed verhaal opgehangen en haar verteld dat hij professor in de kunstgeschiedenis was, een landschapsschilder die overal ter wereld had geëxposeerd en werd vertegenwoordigd door galerieën in New York en Santa Fe.
'Landschappen.' Stahl moest denken aan de beschrijving die Sturgis had gegeven van de schilderijen van die mevrouw Kipper. Sturgis had meer bijzonderheden gegeven dan strikt noodzakelijk was. Het was duidelijk dat hij de schilderijen mooi had gevonden.
'Dat zei hij tenminste.'
'Heeft hij de naam van die galerie genoemd?'
'Eh... dat geloof ik niet.' Katherine Magary – hij had besloten om haar bij haar echte naam te noemen – liet haar tong over haar lippen glijden, glimlachte en legde haar hand op zijn knie. Hij liet het toe. Het had geen zin om een getuige tegen je in te nemen.
'Was het allemaal gelul?' vroeg ze. 'Wat hij heeft verteld?'
'Hij deugt niet,' zei Stahl.
'O jee.' Katherine zuchtte en klopte met haar vuist tegen haar blonde pony. 'Het wordt hoog tijd dat ik daarmee ophou... me lam zuipen en me laten oppikken. Zelfs als ze leuk zijn.'
'Het is gevaarlijk,' zei Stahl.
'Ik durf te wedden dat u daar alles van af weet. Als rechercheur. U kunt me vast allerlei verhalen vertellen.'
'Helaas wel.'
'Ja,' zei Katherine. 'Het moet heel fascinerend zijn. Uw werk.'
Stahl gaf geen antwoord.
'Was ik echt in gevaar?' vroeg ze. 'Door met hem mee te gaan?'
'Ik zou het niet meer doen,' zei Stahl.
'Jezus... het spijt me.'
Verontschuldigde ze zich tegenover hém? 'Omdat u alleen woont, moet u goed oppassen,' zei hij.
'Ja, dat is zo... Ik sta nogal onder druk. Ik heb al een tijdje niet meer gewerkt.'
'Dat zal wel moeilijk zijn,' zei Stahl.
'O, lieve hemel. Je leert dansen als je nog een kind bent en ik zal u eens iets vertellen, het is echt heel zwaar werk. Een Olympische sporter werkt echt niet harder. En dan is het enige wat ze willen... u weet wel.'
Stahl knikte. Gore gordijnen vol brandgaten van sigaretten bedekten het enige raam van de motelkamer. Door het glas en het gordijn heen kon hij nog net het geluid van de branding horen.
Een langzaam ritme: op en af.

'Heeft hij je goed behandeld?' vroeg hij.
Katherine Magary gaf geen antwoord. Stahl keek haar aan. Ze bloosde.
'Heeft hij rare dingen met je gedaan, Katherine?'
'Nee. Dat is het juist. Hij kon het niet... je weet wel. Hij gedroeg zich als een eersteklas versierder en toen kon hij niet eens... Dus in plaats daarvan hebben we... hij... Ik wil mezelf niet in moeilijkheden brengen.'
'Daar is geen sprake van,' zei Stahl.
Ze zei niets.
'Hij was impotent dus in plaats daarvan stopte hij zijn neus maar vol coke,' zei Stahl.
'Als een beest. Hij wilde dat ik ook meedeed, maar dat heb ik niet gedaan. Echt niet. We waren op een punt aanbeland dat ik alleen nog maar wilde slapen, maar ik was een beetje zenuwachtig. Want toen hij niets klaar kon spelen raakte hij opgefokt. Hij werd rusteloos en begon heen en weer te lopen. En door die coke werd het nog erger. Ik slaagde er uiteindelijk in hem te kalmeren door hem te masseren. Dat is mijn tweede beroep, ik ben een gediplomeerd masseur. Echte massage, niet je-weet-wel. Ik gaf hem een heel goede massage en daardoor ontspande hij. Maar er was iets aan hem... Zelfs toen hij sliep, was hij nog zo gespannen als een veer. Hij lag met zijn tanden te knarsen en er stond echt zo'n... zo'n onaangename trek op zijn gezicht.'
Ze kneep haar ogen samen, stak haar onderkaak naar voren en spande haar spieren.
'Gespannen,' zei Stahl.
'Toen ik hem ontmoette, was hij volkomen ontspannen, heel los. Echt op zijn gemak. Dat vond ik juist zo leuk aan hem. Mijn leven zit al vol stress, dus dat kan ik missen als kiespijn.' Ze haalde haar schouders op. 'Ik dacht dat hij een gezellig type was. Stom van me.'
Stahls dij gloeide inmiddels op de plek waar ze haar hand had gelegd. Hij klopte licht op haar vingers, schoof haar hand weg en stond op.
'Waar ga je naartoe?' vroeg ze.
Haar stem klonk geschrokken. 'Even mijn benen strekken,' zei Stahl. Hij liep naar het bed en bleef naast haar staan.
'Toen ik wakker werd,' zei ze, 'toen jij me wakker maakte, schrok ik me lam omdat hij weg was. Hoe moet ik nu naar huis komen?'
'Ik breng je wel,' zei Stahl.
'Dat is echt tof van je,' zei ze. Ze stak haar hand uit naar zijn rits en trok die heel langzaam omlaag.

'Lief,' zei ze. 'Een lieve man.'
Stahl liet haar begaan.

44

Ik legde de fotokopieën neer. 'Dat lijkt me zonneklaar.'
Het was tien uur 's avonds en Milo was langsgekomen om me de jaaroverzichten te laten zien die Elizabeth Martin uit Shulls faculteitsdossier had gehaald. Toen ik de tekst doorlas, vielen de gezwollen alinea's me meteen op. Zinnen die als forensen in Tokio op elkaar gepropt stonden. Wanordelijkheid, gewichtigdoenerij, gebrek aan elegantie. Shull toonde intelligentie en vastbeslotenheid in de manier waarop hij zijn moorden plande en uitvoerde, maar als hij werd geconfronteerd met het geschreven woord sloeg zijn verstand op hol.
Hij had een voorstel gedaan voor een college dat hij van plan was te geven: *De cartografie van chaos en verwarring: kunst als een paradox van paleo-bio-energie*.
Ik keek in mijn archief en vond meteen wat ik zocht: de recensie van 'TS' in *SeldomScene* over de expositie van Julie Kipper, met de woorden 'paradoxaal', 'cartograferen' en 'chaos'. Ik keek verder. Toen TS Angelique Bernet uit 'la compagnie' had gepikt, had hij gezwijmeld: '*Dit is de paleo-instinctuo-bio-energie van de pure* dans, *zo perfect, zo echt, zo onbeschaamd erotisch.*'
Ik liet het aan Milo zien. 'Hij vervalt in herhalingen. Een beperkte creativiteit. Dat moet behoorlijk frustrerend zijn.'
'Een typische broodschrijver,' zei hij. 'Waarom kon hij geen scenario's gaan schrijven in plaats van mensen te vermoorden?' Mopperend omcirkelde hij de identieke zinsnedes met een rode pen.
'Nu we weten dat hij het is,' zei ik, 'krijg ik een andere kijk op de manier waarop hij zijn slachtoffers uitzoekt. Tot nu toe waren mijn ideeën puur op psychologie gebaseerd: het tot staan brengen van sterren in opkomst en het opslokken van hun identiteit voordat ze zich corrumpeerden.'
'Psychisch kannibalisme,' zei hij. 'Dat begon me net te bevallen. Jou niet meer?'
'Jawel. Maar je moet ook rekening houden met de discrepantie tussen Shulls overdreven eigendunk en zijn prestaties. De grote kunstenaar die is mislukt als musicus en schilder. Hij heeft geen schrij-

vers vermoord, dus waarschijnlijk beschouwt hij zichzelf nog steeds als een schrijver met mogelijkheden.'
'Die roman waar hij het over heeft.'
'Misschien ligt er ergens een manuscript in een la,' zei ik. 'Waar het op neerkomt, is dat Shull vooraan in de rij stond toen bitterheid en ziekelijke jaloezie werden uitgedeeld, maar dat is nog niet alles. Ik denk dat hij gewoon praktisch is. Vermoord iemand die echt beroemd is en je krijgt een enorme hoeveelheid publiciteit over je heen, plus de constante druk van de omgeving. Het is natuurlijk verleidelijk voor Shull om zo'n stunt uit te halen, maar voorlopig is hij nog te verstandig om dergelijke risico's te nemen. Dus hij kiest eieren voor zijn geld en richt zijn aandacht op mensen die nog geen beroemdheid zijn, zoals Baby Boy, Julie Kipper en Vassily Levitch. Die halen de kranten niet eens.'
'Wil je beweren dat hij uiteindelijk toch voor al die aandacht zal kiezen?'
'Als hij succes blijft hebben. Moord is het enige waar hij ooit goed in is geweest.'
'Je hebt gelijk. Als een van de slachtoffers beroemd was geweest, had ik allang een arrestatiebevel gehad.'
'Nog steeds geen geluk?'
'Ik heb de drie meest meegaande rechters benaderd die ik ken. Ik heb gevraagd of de officier van justitie me wilde steunen, maar dat kon ik vergeten. Iedereen zegt hetzelfde: alles bij elkaar lijkt het genoeg, maar het is onvoldoende onderbouwd.'
'Wat willen ze dan?'
'Afgezien van een ooggetuige willen ze iets tastbaars, zoals lichaamsvloeistoffen. Rechercheur Stahl heeft de zaak misschien een zetje gegeven. In de vroege uurtjes van de morgen zag hij hoe Shull een meisje oppikte in een bar op Sunset, haar meenam naar een motel in Malibu en vervolgens zonder haar weer wegging. Stahl vreesde het ergste en liet hem lopen om een onderzoek in te stellen in de kamer, maar het bleek dat Shull gewoon voortijdig was weggegaan. Toen hij het meisje ondervroeg, gaf ze onze Eric echter toestemming om rond te kijken. Zij was de bewoonster en het gebeurde dus met haar instemming. Hij heeft een paar dingen meegenomen, zoals een kartonnen snuifkokertje, een papieren zakdoekje vol snot en iets wat op bloedvlekken lijkt, een drinkglas dat Shull volgens het meisje heeft gebruikt en het laken van het bed. Als een van die dingen qua DNA overeenkomt met de rode haartjes in de baard van Armand Mehrabian kunnen we spijkers met koppen slaan.'
'Wanneer hoor je dat?'

'We hebben er haast achtergezet, maar het zal toch nog wel dagen duren. Maar goed, het is een stap vooruit.'
'Lang leve Stahl.'
'Het is een rare vent,' zei Milo, 'maar hij zou weleens de grote held kunnen worden.'
'Over de baard van Mehrabian gesproken,' zei ik. 'Jij hebt gezegd dat Shull praktisch neus aan neus met het slachtoffer moet hebben gestaan. Ik vraag me af of hij Mehrabian misschien zelfs heeft gekust.'
'De kus des doods?'
'Dat idee kan Shull best hebben aangesproken. Misschien zag hij zichzelf als een soort mafioso of als de Engel des Doods. De seksuele dubbelzinnigheid kan er ook mee te maken hebben. Dat zou een verband leggen met zijn relatie met Kevin.'
'Denk je dat Kevin nog in leven is?'
'Daar zou ik mijn kop niet onder verwedden,' zei ik. 'Of hij nu wel of niet Shulls medeplichtige was, vanaf het moment dat ik navraag naar hem deed, moet Shull hem als een risico hebben beschouwd.'
'Petra zegt dat ze niemand kan vinden die het stel samen heeft gezien, dus als er een vorm van samenwerking bestond dan gebeurde dat strikt privé.'
'Eén ding durf ik wel te wedden: dat Shull Kevins tijdschrift heeft gefinancierd om zijn stukken te kunnen publiceren. Tien tegen een probeert hij al jaren om bij echte tijdschriften aan de bak te komen en heeft hij stapels afwijzingen liggen.'
'Dus Kevin streelde zijn ego,' zei hij.
'Shull gebruikte Kevin als dekmantel, omdat Kevin jong, onzeker en ontvankelijk was en als er iets mis zou gaan met *GrooveRat* – wat dus ook gebeurde – zou de openlijke vernedering Shull bespaard blijven. Vlak na de moord op Baby Boy belde Kevin Petra op om achter de onsmakelijke details te komen. Misschien heeft Shull dat gesuggereerd – als een soort psychische souvenirjager – maar de kans bestaat dat Kevin zijn leraar begon te verdenken en op zoek was naar bevestiging van zijn vermoedens. In beide gevallen zou hij daardoor in de problemen komen.'
Hij fronste.
'Wat gebeurt er nu?' vroeg ik.
'Meer van hetzelfde. Vandaag is de tweede dag dat Stahl hem in de gaten houdt en hij heeft een uurtje geleden gebeld. Shull heeft tot nu toe alleen maar een paar uur op school gezeten en boodschappen gedaan, toen is hij weer naar huis gegaan. Daar zit hij nog steeds, maar Stahl heeft het idee dat hij ieder moment te voorschijn

kan komen. Meestal gaat hij rond dit uur stappen.'
'Waar?'
'Overal in de stad. Clubs, bars, restaurants. Hij rijdt veel, hij is constant op pad – en dat is ook een aanwijzing, want dit soort kerel is altijd een kilometervreter. Vanavond heeft Stahl voor alle zekerheid een terreinwagen gehuurd. Petra heeft niets meer te doen, dus misschien gaat ze hem een handje helpen. Het is altijd beter om iemand met twee man te schaduwen. Ik heb Shulls foto aan die lui van de galerie en aan Szabo en Loh laten zien. Niemand herkende hem, maar waarom zouden ze ook? Hij draagt het gebruikelijke uniform, van top tot teen in het zwart, waardoor hij het prototype van een vent uit L.A. is. Zijn naam staat ook niet op de gastenlijst van Szabo, maar ik blijf het proberen.'
'Wat voor soort meisje heeft Shull opgepikt?' vroeg ik.
'Dat heeft Stahl niet verteld. Het belangrijkste is dat hij haar niet heeft vermoord. Stahl zei dat Shull zich bijzonder ontspannen gedroeg toen hij haar had opgepikt. Hij is ervan overtuigd dat Shull geen flauw idee heeft dat wij hem in de gaten houden. Dus misschien begaat hij een vergissing en probeert hij opnieuw iemand te pakken.'
'Op heterdaad betrapt,' zei ik.
'Ja, ja,' zei hij. 'Een regelrechte jongensdroom.'

De volgende ochtend werd ik weer door Milo gebeld. 'Het was een saaie nacht,' zei hij. 'Shull heeft alleen maar rondgereden. Door de heuvels en vervolgens langs het strand helemaal tot in Ventura County. Hij sloeg af op Las Posas en pakte de 101 in noordelijke richting, reed een kilometer of vijftien door, draaide om en stopte bij een koffieshop in Tarzana die de hele nacht open is. Hij houdt van dat soort goedkope eetgelegenheden, waarschijnlijk denkt hij dat hij zo de sfeer van de onderwereld opsnuift. Daarna reed hij alleen naar huis en ging naar bed.'
'Rusteloos,' zei ik. 'Misschien een teken dat de spanning toeneemt.'
'Nou,' zei hij, 'laten we dan maar afwachten of hij knapt.'

Net toen ik op het punt stond om te gaan joggen belde Allison om te vertellen dat ze drie extra afspraken had moeten maken en dat ze pas om ongeveer halftien klaar zou zijn.
'Crisissituaties?' vroeg ik.
'De een na de ander. Komt het je uit als we later gaan eten?'
We hadden om acht uur een tafel besproken bij Hotel Bel Air. Fantastisch eten, onberispelijke bediening en als het weer het toeliet,

wat meestal het geval was in L.A., kon je buiten eten en naar de zwanen kijken die in de vijvers voorbijgleden. Jaren geleden had ik Bette Davis over de binnenplaats zien zweven. Op een avond dat ik daar met Robin was. Bij bijzondere gelegenheden gingen we vaak naar het Bel Air. Het feit dat ik bereid was daar nu met Allison naartoe te gaan leek me een goed teken.
'Zullen we er dan tien uur van maken?' vroeg ik. 'Heb je dan nog genoeg energie over?'
'Als dat niet zo is, doe ik wel net alsof,' zei ze.
Ik lachte. 'Weet je het zeker? We kunnen ook een andere keer gaan.'
'Ik ben geen aanhanger van het fenomeen "een andere keer",' zei ze. 'Het spijt me van al dat gedoe.'
'Een crisis is een crisis.'
'Eindelijk iemand die daar begrip voor heeft,' zei ze.

45

Op de derde avond dat ze hem in de gaten hielden, stond Petra geparkeerd in de straat waar A. Gordon Shull woonde. Niet zo dichtbij als Stahl had gestaan, omdat er minder auto's in de straat stonden en ze niet mocht opvallen. Maar ze had nog steeds een prima uitzicht op de hekken.
Stahl had voorgesteld dat zij het huis in de heuvels voor haar rekening zou nemen, zodat hij in de gehuurde SUV in de stad kon blijven. Het was zo'n beetje het enige dat hij de dag ervoor tegen haar had gezegd. Hij leek nog afstandelijker dan normaal, als dat tenminste mogelijk was.
Hij zat beneden op Franklin, in een Bronco. Een mooi, glanzend, zwart geval dat Petra op de parkeerplaats bewonderend had bekeken.
'Leuk, Eric.'
Als antwoord had Stahl een in olie gedrenkte lap gepakt en zich gebukt om het vod over het asfalt te wrijven. Hij schudde de steentjes eraf en begon de zijkanten en de ramen van de Bronco smerig te maken. Al gauw zag de arme wagen eruit alsof hij net op en neer was geweest naar Arizona.
'Schoelkopf moet een goede bui hebben gehad als hij toestemming heeft gegeven om zo'n toffe auto te huren,' zei Petra.
Stahl depte opnieuw vuil op van de parkeerplaats om de Bronco

nog smeriger te maken. 'Ik heb hem niets gevraagd.'
'Heb je die auto van je eigen geld gehuurd?'
'Yep.'
'Misschien kun je het nog terugkrijgen,' zei ze. 'Maar dan moet je de aanvraag wel snel indienen.'
Stahl maakte een beweging met zijn hoofd. Als je goed oplette, had het een knikje kunnen zijn. Hij trok het linkervoorportier van de Bronco open en zei: 'Bel me maar even als je er bent.' Hij stapte in en reed weg.

Ze hielden ieder uur contact, via een beveiligd kanaal op de radio. Tot dusver hadden ze elkaar vier keer opgeroepen, steeds met dezelfde tekst:
'Niets.'
'Oké.'
Het was kwart voor elf en Shull, van wie ze aannamen dat hij thuis was, had zich nog niet laten zien.
Zou hij thuisblijven, net als de avond ervoor?
Dat was een tegenvaller geweest. Zitten, wachten en vechten tegen de slaap. De intense verveling waar Petra zo'n hekel aan had. Maar in ieder geval was Shull niet bezig geweest iemand te vermoorden. Daarna grijnsde ze gemeen. Heláás was Shull niet bezig geweest iemand te vermoorden. Deze zaak was een aaneenschakeling geweest van verkeerde uitgangspunten, doodlopende sporen en veel te vaak nietsdoen. Maar lieve hemel nog aan toe, ze snákte gewoon naar actie en ze was best bereid om de openbare veiligheid in te ruilen voor een adrenalinestootje.
Wat is een onbetekenende poging tot moord tussen vrienden?
Een inwendige stem zei: *Stoute meid.*
'Val dood,' zei ze, alleen maar om haar eigen stem te horen.
Om elf uur 's avonds had ze weer zo'n drielettergrepig gesprek met Eric de Dooie. Ze leunde achterover en staarde naar de zwarte lucht boven de hekken.
Ze had goed opgelet dat ze niet te veel dronk voordat ze haar uitkijkpost betrok, maar inmiddels stond haar blaas op knappen.
Een moeilijk probleem voor een meisje.
Al had ze daar nooit over geklaagd.
Ze zat net de mogelijkheden te overwegen om ergens te gaan plassen, toen het hek van Shull openzwaaide en het licht van koplampen de nacht doorboorde. De BMW of de Expedition?
Ze lag onderuitgezakt in haar stoel toen de wagen voorbijreed.
Geen van beide. Een Cadillac, donkergrijs en glanzend.

Ondanks haar verbazing lukte het haar toch een blik op het kenteken te werpen. Ze fluisterde het hardop, om te voorkomen dat ze het zou vergeten.
Stahl had gezegd dat er maar twee auto's op Shulls naam stonden. Interessant. Ze pakte haar radio en bracht Stahl op de hoogte. Hij moest de wagen nu schaduwen, want zij wilde de gegevens van het kenteken opvragen.
Ze had de informatie al snel: een vijf jaar oude Sedan DeVille, op naam van William E. Trueblood en een adres in Pasadena.
Shulls rijke stiefvader.
Ze gaf de naam van Trueblood door aan het Bureau Kentekenbewijzen en dat leverde nog twee treffers op: een één jaar oude Eldorado en een Jaguar uit 1952.
Stiefpapa schaft zich een nieuwe Caddy aan en geeft de oude aan zoonlief. William F. Trueblood had niet de moeite genomen om het kentekenbewijs over te laten schrijven. En dat betekende dat hij waarschijnlijk ook nog steeds de wegenbelasting en de verzekering betaalde.
Een leuk cadeautje voor Gordon, gratis en voor niks. De Cadillac betekende dat Shull de beschikking had over een voertuig dat niet op zijn naam stond, zonder dat hij daarvoor een overtreding hoefde te begaan.
Verwende snotneus.
Petra startte de motor van haar Honda, draaide om en reed terug naar de stad. De eerste veilige en schone gelegenheid om naar de wc te gaan was bij een soort Frans café op Franklin, zeven straten ten westen van Beachwood. Ze liet haar auto achter bij de parkeerbediende, gaf hem een fooi en zei dat hij hem niet weg moest zetten. Het restaurant beschikte over een bar en een paar tafeltjes. Het was stampvol en lawaaierig en er hing een sterke geur van ratatouille en schelpdieren. Ze worstelde zich door een meute lachende en flirtende knappe mensen, ving hier en daar flarden van gesprekken op en glimlachte onwillekeurig. Meteen daarna werd ze een beetje chagrijnig omdat sommige mensen wel een privéleven hadden en zij niet.
Op weg naar het damestoilet kneep iemand in haar kont. Normaal gesproken zou ze lik op stuk hebben gegeven. Vanavond vond ze het eigenlijk wel leuk.

Toen ze weer in haar auto zat en hem opriep, verwachtte ze dat Stahl en Shull al kilometers ver weg zouden zijn. Maar Stahl zei: 'Ik ben op Fountain, in de buurt van Vermont.'

'Is hij ergens gestopt?'
'Hij reed rechtstreeks naar Fountain en is nu al drie keer op en neer langs de Snake Pit gereden.'
'Terug naar de plaats van het misdrijf,' zei ze. 'Om mooie herinneringen op te halen. Is hij ook in de steeg geweest waar hij Baby Boy heeft koud gemaakt?'
'Nog niet,' zei Stahl. 'Hij rijdt er alleen maar langs, maakt rechtsomkeert en komt er dan van de andere kant weer langs. De straat is uitgestorven. Ik kan niet echt vlak achter hem gaan zitten.'
'Waar ben je?'
Stahl vertelde haar precies waar hij zat.
'Dan kom ik wel vanuit het westen aanrijden en tuf met een gezapig gangetje langs. Als hij wegrijdt voordat ik er ben, laat me dat dan weten.'

Ze reed naar Western en sloeg rechts af Fountain op. De straat was donker en uitgestorven, een beetje griezelig. Toen ze nog drie straten van de Snake Pit verwijderd was, riep Stahl haar op. 'Hij houdt het voor gezien. Hij komt jouw kant op.'
Petra zag twee paar koplampen aankomen. Dat kon Stahl niet zijn, die zou nooit van zijn levensdagen zo dicht achter hem zitten. Ze bleef met dezelfde snelheid doorrijden terwijl het licht op haar voorruit viel.
Een pick-uptruck, met daarachter de Cadillac.
In haar achteruitkijkspiegel keek ze toe hoe Shull verder reed over Western, nog net een oranje stoplicht meepakte en het kruispunt overstak.
Een paar tellen later vloog de Bronco voorbij.
Petra maakte een U-bocht en volgde op een veilige afstand.

Ze pikten de Cadillac weer op toen hij over Wilton naar het zuiden reed. Een redelijk verkeersaanbod maakte hun taak gemakkelijker en ze wisselden regelmatig van plaats: eerst reed de Bronco drie of vier auto's achter Shull, daarna remde Shull af en nam Petra's Accord zijn plaats in.
Het is net een dans, dacht ze. Maar intiemer dan dit hoefde haar verhouding met Stahl niet te worden.
Shull reed naar Wilshire, sloeg rechtsaf en vervolgde zijn weg in westelijke richting. Lekker rustig, zeker vijftien kilometer onder de maximumsnelheid.
Rijden als ontspanning.
Toen Petra de eerste achtervolger was, kwam ze op een gegeven mo-

ment zo dichtbij dat ze kon zien dat de ramen van de Cadillac zo donker getint waren dat ze bijna zwart leken. Ze kon zich niet voorstellen dat een oude vent uit Pasadena zoiets zou laten doen. Shull had de auto aan zijn wensen aangepast.
De Sedan DeVille reed door Beverly Hills en hield rechts aan op de kruising van Wilshire en Santa Monica. Shull bleef op Wilshire, vervolgde zijn weg naar Westwood en nam daarna San Vicente in noordelijke richting, vlak langs de westelijke grens van het terrein van de Veterans Administration. Voorbij de begraafplaats vol witte kruisen en davidsterren. Toen zaten ze midden in de wildgroei van boetiekjes en koffieshops van Zuid-Brentwood.
Shull reed verder naar het noorden via Bundy en sloeg links af bij Sunset. Er waren nu zo weinig auto's dat ze zich niet meer konden verstoppen. Stahl reed voorop en hij wachtte lang voordat hij volgde. Zo lang dat Petra zeker wist dat ze de Caddy uit het oog waren verloren.
Ze riep hem op. 'Heb je enig idee waar hij uithangt?'
'Nee.'
Geweldig.
'Maar ik denk dat ik het wel kan raden,' zei Stahl.
Hij spoot weg, reed een eindje door en sloeg toen rechtsaf.
Bristol op. De plaats waar Levitch was vermoord.
Petra reed met een sukkelgangetje door de luxueuze straat. Ze zocht de Bronco en zag hem halverwege de volgende zijstraat staan, zonder licht. Zij deed haar lichten ook uit, rolde nog een paar meter verder en stopte langs het trottoir.
'Ik weet niet of hij hier is,' zei Stahl.
En nu? Blijven we gewoon wachten? Petra hield haar mond. Ze keek om zich heen en bewonderde de grote huizen, de massieve ceders en de met gras en bomen gesierde rotondes die de snelheid van het verkeer aan banden legden en de omgeving een eigen karakter gaven. De volmaakte, dure buitenwijk. Als je tenminste een inkomen van minstens zeven cijfers had.
In sommige huizen glinsterde licht. Ze ving een glimp op van kristallen kroonluchters, mooie schilderijen en bewerkte plafonds. Buiten stonden de chique auto's bij bosjes op ruim bemeten opritten.
Toen zag ze in de verte koplampen. Ze bewogen en kwamen dichterbij. Nog twee straten van hen af. Het kon iedereen zijn.
Het was Shull. Hij kwam hun richting op en bleef even staan voor de rotonde. Daarna reed hij er langzaam omheen en verdween weer in noordelijke richting.
Op en neer, op en neer. Zich verlustigend aan de plaatsen waar hij

zijn moorden had gepleegd. Het had iets seksueels en ze vroeg zich af of de idioot zichzelf zat te bevredigen.
'Moeten we niet iets dichterbij gaan staan?' vroeg Petra. Geërgerd omdat ze Stahl om zijn mening vroeg. Zij was de hoogste in rang. Maar Stahl was degene die had geraden wat Shull van plan was.
'Maar als hij niet binnen vijf minuten terug is, ga ik toch even kijken.'
'Oké.'
Vier minuten later dook de Cadillac weer op, reed de rotonde over, vervolgde zijn weg naar Sunset en sloeg snel rechtsaf.
Stahls lichten floepten aan. Ze volgde hem en ze zetten er allebei de sokken in tot ze de Cadillac weer in het oog kregen op het punt dat hij de Palisades binnenreed.
Terug naar het strand? Shull had een meisje meegenomen naar een motel in Malibu, maar voor zover zij wisten had hij daar nog nooit iemand vermoord.
Voor zover zij wisten.
Bij de Pacific Coast Highway veranderde Shull opnieuw van richting en sloeg linksaf naar het zuiden. Niet naar Malibu, maar naar de lichtjes van de Santa Monica-pier.
Heen en weer, op en neer.
Ze reden achter hem aan naar Ocean Avenue. Toen Shull Colorado bereikte, ging hij naar het oosten, langs de herrie en de drukte op de Promenade en verder naar Lincoln, waar hij weer naar het zuiden koerste.
In de richting van het vliegveld. Dezelfde weg die hij had genomen toen hij de auto van Kevin Drummond had gedumpt.
Als Kevin hetzelfde lot had ondergaan, zouden ze er misschien achter kunnen komen waar dat was gebeurd.

Bij Rose verraste Shull haar voor de zoveelste keer door weer terug te gaan in de richting van de oceaan, helemaal tot aan de boulevard in Venice, waar hij rechts langs de weg bleef staan zonder te parkeren.
Met stationair draaiende motor. De lichten aan.
Zij was op Pacific een eind achtergebleven. Stahl deed zijn lichten uit en reed door tot de eerste zijstraat achter de Cadillac.
De Caddy maakte een logge u-bocht en kwam snel naar hen toe. Tegen de tijd dat ze weer op snelheid waren, bevonden de drie auto's zich weer op Lincoln.
Voor die kerel was rijden veel meer dan de manier om van A naar B te komen.

Shull reed langs de jachthaven en Playa del Rey, niet ver van de plek waar hij zich had ontdaan van Armand Mehrabian, en vervolgens naar de sombere, industriële jungle op de grens van El Segundo. Een geweldige plek om je van een lijk te ontdoen en het feit dat het hier zo uitgestorven was, maakte het een helse klus voor een achtervolger. De beide rechercheurs hadden al een paar honderd meter terug hun lichten uitgedaan.
Shull remde af terwijl hij langs lege terreinen, olieboortorens en moerasland reed.
De laatste rustplaats van Kevin? Nee, daarginds reed Shull, hij had zijn snelheid weer opgevoerd. Nog anderhalve kilometer verder en dan linksaf naar Sepulveda. En weer rechtsaf.
Met een vaartje Inglewood binnen. LAX, dat stond vast.
Maar alsof hij Petra met al haar theorieën in haar hemd wilde zetten remde Shull drie straten voor de luchthaven af en stuurde de Cadillac plotseling een zijstraat in.
Nu waren ze op loopafstand van de plek waar de auto van Kevin Drummond was gevonden.
De Caddy vloog nog vier zijstraten voorbij voordat hij opnieuw stopte. Aan beide kanten van de straat stonden pakhuizen en kleine fabrieken. Slecht verlicht. En Petra wist wat er nog meer was. Een tippelzone.
Ze ging dertig meter achter Stahl staan. Hij riep haar op. 'Ik hou hem in het oog door een verrekijker. Hij is inmiddels uitgestapt en loopt weg. Nu staat hij met een vrouw te praten.'
'Hoe ziet ze eruit?' vroeg Petra, denkend aan Small en Schlesinger die hadden gezegd dat ze ook werkten aan een onopgeloste moord op een prostituee in deze buurt.
'Ze heeft hotpants aan,' zei Schlesinger.
'Ik kom iets dichterbij,' zei ze.

A. Gordon Shull stond met de hoer te praten, een mollige vrouw in een rood topje. Het korte broekje had dezelfde kleur. Het bleef bij praten en hij stapte weer in de Cadillac.
Via de radio zei Petra tegen Stahl: 'Ik blijf hier om haar te ondervragen. Ga jij maar verder.'

46

Om negen uur 's avonds ging de telefoon, net toen ik wegging om Allison van haar praktijk op te halen. Ik besloot om het gesprek door de boodschappendienst aan te laten nemen, maar onderweg in de auto begon mijn mobiele telefoon te piepen.
'Ik ben op weg naar Pasadena,' zei Milo. 'Stephanie Cranner, het vriendinnetje van Kipper, belde in paniek op. Kipper heeft haar een behoorlijk pak rammel gegeven en daarna een paar pillen geslikt. Ik heb het alarmnummer van de politie in Pasadena gebeld, maar ik wil er zelf ook naartoe. Ze leek me een aardig kind... Goed, daar gaan we dan. Mooi, het is heel rustig op de snelweg. Ik zal je even het voornaamste laatste nieuws doorgeven. Mijn recherchekleuterklas heeft keurig werk geleverd. Ik heb ze alle namen op de gastenlijst voor het Levitch-recital laten natrekken en opdracht gegeven dat ze iedereen moesten bellen om te horen of ze daar ook werkelijk zijn geweest. Nu blijkt dat één echtpaar – oude mensen uit San Gabriel – niet kon en hun kaartjes heeft weggegeven. En raad eens? Ze zitten in het bestuur van Charter College en zijn bevriend met meneer en mevrouw William Trueblood.'
'Dus Shull heeft die kaartjes gekregen. Wie heeft hij meegenomen?'
'Niemand, er is maar één kaartje gebruikt. Het is nog geen onomstotelijk bewijs dat Shull daar is geweest, hij kan nog altijd zeggen dat hij het kaartje ook heeft weggegeven. Maar samen met mijn stellige overtuiging dat zijn DNA identiek zal zijn aan dat van de haren op Mehrabian was het genoeg om rechter Foreman te bewegen me een beperkt bevel tot huiszoeking voor de woning van Shull te geven. Zodra ik klaar ben in Pasadena rij ik naar Foremans huis. Daarna richten we ons vizier op de Trouwe Scribent. Foreman woont helemaal in Porter Ranch, dus ik denk dat het op z'n minst drie tot vier uur zal duren tot we alles voor elkaar hebben.'
'Waar is Shull nu?'
'De laatste keer dat ik Petra sprak, zat hij nog steeds thuis, maar dat is al uren geleden. Het is de bedoeling dat we hem vroeg in de morgen verrassen, zeg maar rond een uur of twee. Als hij aan het stappen is, blijven Stahl en Petra hem schaduwen en dan gaan wij in het huis aan de slag. Als hij thuis is, wordt het bal.'
'Hoe beperkt is dat bevel?'
'Ik heb toestemming gevraagd om alle geschreven materiaal in beslag te nemen, plus persoonlijke bezittingen van slachtoffers, lage E-gitaarsnaren en wapens. Ik bel alleen maar om te vragen of jij nog

andere suggesties hebt, voordat ik de officiële aanvraag indien.'
'Audio- en videobanden,' zei ik. 'Schetsboeken, tekeningen en schilderijen. Alle middelen die Shull kan hebben gebruikt om zich te uiten.'
'Wou je zeggen dat hij die moorden achteraf vastlegt?'
'De kans is groot dat hij dat doet, ja.'
'Oké,' zei hij. 'Bedankt... dat is mooi, ik ben er helemaal klaar voor. Hoog tijd om hem een slechte recensie te geven.'

Toen ik in de buurt kwam van Montana Street begon het mobieltje opnieuw te piepen. Dit keer deed ik net alsof ik niets hoorde. Ik zat te denken dat het zo'n heerlijke avond was. En me af te vragen wat Allison aan zou hebben.

47

Het was niet druk. Een paar winkelende toeristen die voorbijreden, maar geen klanten en een paar van de vrouwen hadden zich in de schaduwen teruggetrokken om een sigaretje te roken.
Petra liet haar Accord twee straten verderop staan en ging te voet verder tot ze een goed plekje vond in de buurt van een paar afvalbakken voor een speelgoedwarenhuis, waar ze een tijdje stond toe te kijken. Er hing een stank van vinyl en benzine in de lucht. Om de zoveel tijd bestormden boven haar hoofd brullende jumbojets het luchtruim.
Ze pakte haar 9mm uit haar tas en stopte het pistool in de lichte stoffen holster die ze op haar heup droeg, verstopt onder een loshangend zwart jasje. Een Richard Tyler-model, dat ze voor een belachelijke prijs in de uitverkoop op de kop had getikt. Eigenlijk veel te mooi voor dit soort werk, maar zoals haar leven momenteel verliep, boden alleen dure kleren haar een beetje houvast met de beschaving.
Wat zou Tyler denken als hij wist dat ze hier in zijn creaties over de baan wandelde?
Ze besloot dat het tijd was om in actie te komen en liep naar de hoeren toe met een vertoon van nonchalance, hoewel de onzekerheid aan haar knaagde. Toen ze langs de eerste twee vrouwen liep, allebei zwart, staarden ze haar aan met hun sigaretten in de hand. Een van de twee zei: 'Hé, zus, hou je van beffen?'

Gegiechel.
'Want bij mij kun je voor alles terecht.'
Petra liep door. Een andere vrouw riep: 'Je bent toch niet op zoek naar een stekkie hier, hè, Spillepoot, want alles is al bezet.'
Opnieuw gelach, een tikje nerveus.
Iemand met een hoge, nasale stem zei: 'En jouw kak past beter in Beverly Hills.'
De kwinkslag sloeg aan bij de toehoorders. Petra keek naar de grappenmaakster. Een brede grijns vertelde haar dat het de vrouw was die ze zocht, het mollige, donkerharige blanke meisje in het rode vinyl pakje.
Ze lachte naar Petra. Petra glimlachte terug en de vrouw nam een uitdagende houding aan. De hotpants zat strak om haar lichaam, een rood worstenvelletje om slap wit vlees. De vrouw had een breed, grof gezicht en ze zag eruit alsof ze de middelbare leeftijd al ruim was gepasseerd, hoewel Petra haar op achter in de twintig schatte.
'Hé,' zei ze.
'Wat mot je van me?' vroeg Rood Vinyl.
Petra glimlachte opnieuw en de vrouw balde haar vuisten. 'Wat valt er te zien?'
Petra ging vlak bij haar staan en liet haar penning zien.
'Nou en?' zei de vrouw.
'Ik wil met je praten.'
'Dat kost je het uurtarief.'
'Hier of op het bureau,' zei Petra. 'Zeg het maar.'
'Waarom?'
'Voor je eigen veiligheid.' Terwijl ze controleerde dat geen van de andere hoeren dichterbij was gekomen en met haar blik vast op de brunette gericht haalde Petra een visitekaartje en haar kleine zaklantaarn te voorschijn en richtte de lichtstraal op de kleine lettertjes.
De prostituee wendde haar gezicht af en weigerde het kaartje te lezen.
'Kijk maar eens goed,' zei Petra.
Rood Vinyl koos toch eieren voor haar geld en haar lippen vormden het woord met enige moeite. *M-m-oord-za-ken.*
'Is er iemand koud gemaakt?'
Een jet verstoorde de stilte. Daarna klonk het staccato gekletter van hakken toen de andere hoeren snel naar hen toe kwamen lopen. Ze verdrongen zich rond Petra, maar ze voelde zich veilig. Ze waren bang.

'Wasterandehand?' vroeg iemand.
'Die vent die hier net was,' zei Petra, 'in die grijze Cadillac.'
'O, die,' zei Rood Vinyl.
'Ken je hem?'
'Deugt-ie niet? Hij heb mij nooit kwaad gedaan.'
'Ik heb 'm nooit gemogen,' zei een van de zwarte vrouwen.
'Hij valt ook niet op jóú,' zei Rood Vinyl en ze schudde met haar borsten. Hoerentrots, maar niet spontaan.
'Wat vindt hij leuk?' vroeg Petra.
'Wat heeft hij gedaan?' wilde Rood Vinyl weten.
Petra glimlachte.
'Dat moet je niet doen,' zei Rood Vinyl.
'Wat niet?'
'Op die manier lachen. Doodeng.'

Ze nam de vrouw apart en schreef de ongetwijfeld verzonnen naam over uit het met een imposant stempel van de staat Californië getooide, valse rijbewijs.
Alexis Gallant. Ze woonde zogenaamd in Westchester.
Het enige dat Gallant haar kon – of wilde – vertellen, was dat A. Gordon Shull een min of meer regelmatige klant was met een vrij gewone smaak op het gebied van geslachtsverkeer.
Hooguit drie keer per maand orale seks, geen rare eisen, geen complicaties.
'Hij doet er een beetje lang over, maar dat kan me niks schelen. Als ze allemaal waren zoals hij, zou ik een luizenleventje hebben.'
Petra schudde haar hoofd.
'Waarom niet?' protesteerde Gallant. 'Jij vertelt me niks, en het enige dat ik weet is dat hij het lekker vindt gepijpt te worden.'
'Hoe zit het met dat meisje dat een tijdje geleden in deze omgeving is vermoord?'
'Shaneen? Dat was haar pooier.'
'Mijn collega's zeggen dat zij en haar pooier goed met elkaar konden opschieten.'
'Jouw collega's hebben stront in hun ogen. En meer wil ik er niet over zeggen.'
'Dat moet je zelf weten, Alexis. Maar meneer Caddy is een akelig stuk vreten.'
'Dat zeg jij.'
'Waarom ben je zo eigenwijs, Alexis?'
De vrouw mompelde iets.
'Wat zeg je?'

'Dat het niet makkelijk is om aan de kost te komen.'
'Zo is het maar net,' zei Petra.

48

Stahl volgde de Cadillac naar de straat waar de auto van Kevin Drummond was achtergelaten. A. Gordon Shull stopte, maar liet zijn motor stationair draaien, stapte uit zijn auto, stak zijn armen omhoog en rekte zich uit.
Stahl hoorde iets waarvan zijn nekharen overeind gingen staan.
Shull die tegen de maan stond te huilen.
En ondertussen met zijn gebalde vuist stond te zwaaien. Een hoofdrol in zijn eigen privéfilm. Stahls handen op het stuur waren koel. Ze waren hier maar met z'n tweeën, het zou zo gemakkelijk zijn...
Hij bleef zitten. Shull schudde zich uit als een natte hond, liep terug naar de Cadillac en reed vijf straten verder naar het westen tot hij bij een verhuurbedrijf van opslagruimte was.
Op het bordje stond dat het pand vierentwintig uur per dag toegankelijk was, maar Shull remde alleen af en stopte niet. Stahl prentte het adres in zijn hoofd terwijl de Cadillac vaart meerderde, een paar honderd meter verder scheurde en vervolgens een route door een paar zijstraten volgde die Stahl opnieuw noodzaakte zijn lichten uit te doen.
Ze belandden uiteindelijk op Howard Hughes Boulevard, waar Shull voor de zoveelste keer van richting veranderde. Naar het noorden, terug naar de stad.
Terug naar Venice, waar Shull opnieuw in westelijke richting over Rose reed.
De klootzak was herinneringen aan het ophalen. Maar wat was hier dan gebeurd?
Gingen ze nu weer terug naar de boulevard? Had Shull daar ook iemand om zeep gebracht?
Maar dit keer sloeg de Cadillac af – naar Rennie – in plaats van de straat helemaal uit te rijden.
Een donkere buurt vol bungalows en kleine huisjes.
Shull bleef voortdurend heen en weer rijden. Langzaam. Heen en weer.
Stahl had hem het liefst willen volgen, maar dat zou in de smalle, rustige straat veel te riskant zijn geweest. Hij bleef op Rose staan,

zo dicht bij de hoek dat hij Shulls koplampen in de gaten kon houden. En zijn achterlichten.
Heen en weer.
Stahl kon de herinnering aan het gehuil niet uit zijn hoofd zetten.
De smeerlap zag zichzelf als een groot, gevaarlijk roofdier.

49

Allison stond voor haar praktijk op me te wachten.
In een zwart pakje met een oranje sjaal. Haar haar opgestoken in een chignon.
Ze stapte al in de auto voordat ik eromheen kon lopen om het portier voor haar open te doen. Voordat het plafondlampje uitging, zag ik dat het pakje in werkelijkheid donkergroen was. 'Wat een prachtige kleur.'
'Zwart smaragd. Fijn dat je het mooi vindt, ik heb het speciaal voor vanavond gekocht.' Ze drukte een kus op mijn wang. 'Heb jij ook honger? Ik rammel.'
Het restaurant van het Bel Air is zo'n plaats waar het altijd rustig is, ook al zit het bijna vol. Irish coffee voor haar, gin-tonic voor mij. Eerst de gratis soep, gevolgd door een salade, lamsbout, tong en een fles Pinot Grigio. Een echte kelner, geen mooie jongen die dit er even tussendoor deed tot hij zijn grote kans zou krijgen. Een man die ik herkende: een van de oorspronkelijk uit Salvador afkomstige keukenhulpen, die promotie had gemaakt omdat hij zijn werk goed deed.
We waren bij het dessert aanbeland, toen hij met een verontwaardigde blik op zijn gezicht naar het tafeltje toe kwam. 'Het spijt me, doctor, maar er is een telefoontje voor u.'
'Wie?'
'Uw boodschappendienst. Ze willen u absoluut spreken.'
Ik liep naar de telefoon in de bar. De telefoniste zei: 'Ik ben het, June. Het spijt me dat ik u lastig moet vallen, doctor Delaware, maar er is een man die voortdurend belt en hij beweert dat het dringend is. Hij klinkt nogal overstuur, dus ik dacht...'
Het telefoontje in de auto dat ik had genegeerd. 'Rechercheur Sturgis?'
'Nee, een zekere meneer Tim Plachette. Was het juist dat ik u heb gebeld?'

'Ja, hoor,' zei ik verbaasd. 'Verbind hem maar door.'

'Waar is ze?' zei Tim.
'Robin?'
'Wie anders?' Hij sprak zo luid dat het bijna op schreeuwen leek en zijn schitterende stem had de fluwelen klank verloren.
'Ik heb geen flauw idee, Tim.'
'Zit me nou niet te belazeren, Alex...'
'Het laatste wat ik heb gehoord was dat ze bij jou in San Francisco zat.'
Het bleef even stil. 'Ik hoop dat je me niet in de maling neemt.'
'Ik ben uit eten, Tim. Ik ga nu ophangen...'
'Nee!' riep hij. 'Alsjeblieft.'
Ik slaakte een diepe zucht.
'Het spijt me,' zei hij. 'Ik ging er gewoon van uit... het leek logisch.'
'Wat?'
'Dat Robin bij jou was. Ze is vanmorgen vertrokken... we hadden ruzie. Ik nam aan dat ze terug was gegaan naar jou. Het spijt me... waar is ze?'
'Als ik dat wist, zou ik het zeggen, Tim.'
'Als je wilt weten waarover we ruzie hadden, zou ik je dat niet eens kunnen vertellen. Het ene moment was er niets aan de hand en het volgende... Het was mijn schuld, ik had het zo verdomd druk dat ik niet genoeg aandacht aan haar kon besteden, die verdomde voorstelling...'
'Je zult het vast wel weer goed kunnen maken, Tim.'
'Dat is jou ook niet gelukt.'
Ik zweeg.
'Sorry,' zei hij. 'Ik gedraag me als een complete idioot. Het spijt me echt. Maar doordat ze zo boos op me was, ging ik er gewoon blindelings van uit dat ze terug was gegaan want... De waarheid is dat ze nog steeds om je geeft, Alex. Daar heb ik inmiddels mee leren leven. Het is niet gemakkelijk...'
'Je hoeft je geen zorgen te maken,' zei ik. 'Ik zit nu te eten met een andere vrouw. Iemand met wie ik al een tijdje omgang heb...'
'De psychologe. Dat heeft Robin me verteld. Ze weet zelf niet hoe vaak ze het over jou heeft. Ze probeert er luchtig over te doen... Ik ben bereid dat te slikken, als het alleen maar een kwestie van tijd is... Ik hou echt van haar, Alex.'
'Ze is een geweldige vrouw.'
'Dat is ze, dat is ze zeker... Godverdomme, als ze niet bij jou is, waar hangt ze dan in 's hemelsnaam uit? Haar vlucht is om vijf uur

geland en ik heb haar anderhalf uur de tijd gegeven om thuis te komen voordat ik belde, maar er werd niet opgenomen. Ik heb nog een paar keer gebeld...'
'Probeer het eens bij haar vriendin Debby, in San Diego.'
'Dat heb ik al gedaan. Maar zij heeft ook niets van Robin gehoord.'
'Ze zal wel even alleen willen zijn,' zei ik, terwijl mijn maag samenkromp.
'Ik weet het... oké, ik blijf het wel proberen. En nog bedankt, Alex. Het spijt me dat ik me zo stompzinnig heb gedragen. Ik had niet meteen moeten denken...'
'Maak je daar maar geen zorgen over,' zei ik.
Dat was gemakkelijker gezegd dan gedaan.

Toen ik weer aan onze tafel ging zitten, zei Allison: 'Je ziet eruit alsof jij net ook een crisis moest oplossen.'
'In zekere zin is dat ook zo, denk ik.'
'Is het iets waar je over wilt praten?'
Mijn gedachten tolden door mijn hoofd en het leek niet verstandig om haar erbuiten te houden. Ik vertelde wat Tim had gezegd.
'Lief dat je hem hebt gekalmeerd,' zei ze.
'Zo ben ik ten voeten uit. Vader Teresa.'
Ze schoof haar stoel naast de mijne en liet me de dessertkaart zien.
'Waar jij zin in hebt,' zei ik.
'Zit je te vol voor een toetje?' vroeg Allison.
'Nee, het kan me gewoon niet schelen.'
'Goed dan... chocola of geen chocola?'
'Dat maakt me niet uit.'
'Zal ik je eens iets vertellen?' zei ze. 'Ik zit wel behoorlijk vol.'
'Nee, laten we nou maar gewoon iets nemen.'
Ze schudde haar hoofd. 'Ik ben van gedachten veranderd. Het begint al laat te worden.'
'Ik heb alles bedorven.'
'Helemaal niet, lieverd.'
'Chocola,' zei ik.
Ze klopte op haar maag. 'Ik zit echt vol, vraag alsjeblieft om de rekening. Dan kunnen we daarna meteen naar Venice rijden.'
'Wát?'
'Je bent ongerust,' zei ze. 'Ik weet zeker dat er niets aan de hand is... Waarschijnlijk heeft ze gewoon geen zin om met hem te praten. Maar we gaan even kijken of dat waar is, zodat jouw hartje gerustgesteld is.'
Ik keek haar met grote ogen aan.

'Ik vind het heus niet erg,' zei ze.
'Je hebt een leuk vriendje gekozen om mee uit te gaan.'
'Het is al een tijdje veel meer dan dat.'

We liepen het hotel uit. Allison was intelligent en begripvol genoeg om te weten dat ik me zorgen maakte, maar ik had haar nog lang niet alles verteld. De hele tergende, misselijkmakende gedachtegang die door Tims telefoontje in werking was gezet.
China en Baby Boy, twee slachtoffers voor wie Robin had gewerkt.
De inbraak, waarbij alleen goedkope elektrische gitaren waren gestolen. Plus de akoestische gitaar van Baby Boy.
Als Shull zich verbeeldde dat hij een gitarist was, dan waren die instrumenten ideale trofeeën.
En Robin had net die leuke publiciteit gehad: het overzichtsartikel in *Guitar Player*. GP was een vaktijdschrift, maar precies het soort blad dat Shull, die zichzelf als een muzikant beschouwde, een insider – een kunstkenner – waarschijnlijk zou lezen.
Ik ging snel op weg naar Venice.

Allison zette de radio aan, draaide het volume terug en deed net alsof ze zat te luisteren. Zodat ik de kans had om na te denken.
Ineens schoot me een opmerking te binnen die Shull had gemaakt toen ik hem in zijn kantoor had ondervraagd: *Om de een of andere reden komt uw naam me bekend voor.*
Kort daarna had ik Shull gevraagd of hij had gemerkt dat de schrijfstijl van Kevin Drummond veranderd was.
Hoezo?
Het lijkt erop dat hij van simpel en direct is overgeschakeld op breedsprakig en pretentieus.
Destijds had ik daar geen flauw idee van gehad, maar het was een rechtstreekse aanval geweest op Shulls enorme ego. En Shull vond het helemaal niet leuk als iemand hem omlaaghaalde.
Hoe had hij daar ook alweer op gereageerd... kalm en met een glimlach, zo'n 'ach gut'-lachje: '*Ai. Integendeel. Hoewel ik Kevins ontwikkeling niet echt bijgehouden heb, vond ik wel dat er verbetering in zat.*'
Direct daarna had hij me weggestuurd.
Een ziekelijk jaloerse psychopaat en ik had hem een klap in zijn gezicht gegeven.
Om de een of andere reden komt uw naam me bekend voor.
Af en toe haalde mijn naam de krant. Niet uitgebreid, alleen als iemand die bij bepaalde misdaden een bijrol had vervuld. Sommige

psychopaten lazen alles wat over misdaden werd geschreven. Gold dat ook voor Shull? Zou hij zo'n goed geheugen hebben, dat hij zich mijn naam meteen herinnerde?
Maar toen schoot me de oplossing te binnen: de cd van Baby Boy. Een plaat die Shull ook wel zou hebben gekocht, toen hij onderzocht hoe hij zijn prooi te pakken kon nemen.
Ik zag in mijn verbeelding hoe hij keer op keer naar de cd had geluisterd. En zich had verdiept in de linernotes waarvan hij alle bijzonderheden in zich had opgezogen.
Milo, een gewone luisteraar, had Robins naam – en de mijne – bij de kleine lettertjes zien staan. Shull zou ze zeker niet over het hoofd hebben gezien.
Baby Boy die *'de mooie gitaardame'* bedankte omdat ze zijn gitaren zo goed onderhield.
Gevolgd door een dankbetuiging aan *'Dr. Alex Delaware omdat hij zorgt dat de gitaardame gelukkig blijft'*.
Al die foto's van Robin in dat blad, de grenzeloze bewondering.
Een opkomende ster.

Ik vertelde Allison het hele verhaal. 'Mijn verbeelding is echt op hol geslagen, hè?'
'Het is zo'n eng geval dat me dat een logische reactie lijkt. Laten we haar nu maar bellen, misschien is ze thuis en dan kunnen we het vergeten.'
Ik gebruikte mijn mobiele telefoon. Geen gehoor. Daarna probeerde ik Milo op het bureau te bereiken. Hij was er niet en op zijn mobiele nummer kreeg ik een antwoordapparaat.
Ineens herinnerde ik me dat hij naar Porter Ranch was, om de rechter zover te krijgen dat ze haar handtekening zette onder een aanvraag voor een gerechtelijk bevel tot huiszoeking.
Ik belde het politiebureau in Hollywood. Petra was er ook niet. En ik had haar mobiele nummer niet.
'Je mag wel iets harder rijden,' zei Allison.

Het was rustig en donker in de straat waar Robin woonde. Kleine huisjes die in diepe rust stonden te slapen, een heleboel geparkeerde auto's en de zilte lucht van de oceaan.
'Kijk,' zei ik. 'Haar truck staat op de oprit. Je had gelijk, ze neemt gewoon de telefoon niet op. Het licht is aan en alles ziet er normaal uit.'
'Als je wilt gaan kijken of alles met haar in orde is, vind ik dat prima,' zei Allison.

'Wat krijgen we nu, zusterlijke gevoelens?'
'Niet echt. Ik ken haar niet. Ik weet niet eens of ik haar wel aardig zou vinden. Ik doe het alleen maar voor jou, lieverd. Als er iets is dat je vannacht wakker houdt, dan wil ik dat zijn.'
'Vind je het niet vervelend om hier even te wachten?'
'Welnee,' zei ze met een brede grijns. 'Ik kan nog altijd uitstappen en gaan pronken met mijn Jimmy Choo-schoenen en mijn chique zwart-smaragd pak.'
Terwijl ik een parkeerplaats zocht, zei ze: 'Ik wed dat ze heel mooi is.'
'Ik wil liever over jou praten.'
'Dus ze is inderdaad mooi. Nou ja.'
'Allison...'
'Ja, ja.' Ze lachte. 'Daar is een plek... recht achter die Cadillac.'
Ik begon iets tegen haar te zeggen, maar tot op de dag van vandaag kan ik me niet meer herinneren wat.
Een kreet snoerde me de mond.

50

Ik liet de Seville midden op straat staan, dubbel geparkeerd, waardoor de Cadillac geen kant meer op kon, sprong eruit en rende naar Robins huis. Over het pad. Het geschreeuw hield aan.
Het klonk luider toen ik bij de deur stond.
'Nee, nee... hou op! Wie ben jij, wiebenjij... niet doen, niet doen!'
Ik beukte mijn schouder tegen de deur, maar die zwaaide open en ik verloor mijn evenwicht, ving mijzelf op mijn handen op, schoot overeind en rende verder.
Het huis was donker, met uitzondering van een driehoekje licht verderop in de gang, aan de linkerkant.
De studio.
Die kreten... Ik stoof naar binnen en struikelde bijna over een man die op de grond lag. Zwarte kleren, op zijn buik, een plas bloed onder zijn lichaam.
Robin stond helemaal aan de andere kant, met de rug tegen de muur, in elkaar gedoken, haar handen afwerend opgestoken.
Ze zag me en wees naar links.
Een man in het zwart kwam achter de deur vandaan en stoof zwaaiend met een mes op haar af. Een groot keukenmes. Het was van

Robin. Ik herkende het, omdat ik de messenset zelf had gekocht.
Ze schreeuwde, maar dat hield hem niet tegen. Een bivakmuts boven een zwart T-shirt en een nylon broek.
Een shirt met een Benetton-logo, wat vallen je soms toch rare dingen op.
Toen hij de blik in Robins ogen zag, draaide hij zich met een ruk om. Hij aarzelde een halve seconde en viel mij aan. Het mes zwiepte door de lucht.
Ik sprong achteruit, terwijl Robin zich op haar werktafel stortte, iets met twee handen oppakte en naar hem uithaalde. Een beitel. Ze miste, verloor haar houvast en het gereedschap viel kletterend en buiten bereik op de grond.
Hij keek er even naar, maar niet lang genoeg om mij ervan te laten profiteren en vestigde zijn aandacht weer op mij. Spelend met het mes. Ik kon de plaagstootjes ontwijken. Robin kreeg iets anders te pakken.
Ik keek om me heen, op zoek naar een wapen. Te ver van de werkbank. Een metertje verderop stonden een paar gitaren die nog gerepareerd moesten worden in standaards... Robin gilde opnieuw en hij keek onwillekeurig om. Hij zag de hamer die ze vasthield. Deed een uitval naar haar, bedacht zich en concentreerde zich weer op mij. Daarna weer op haar. Mij. Haar.
Het grondbeginsel van een roofdier: begin met de kleintjes.
Hij viel haar aan. Op volle snelheid, het mes in zijn uitgestrekte hand. Robin smeet de hamer naar hem, miste, liet zich op de grond vallen en rolde onder de werkbank. Hij boog zijn knieën, zocht haar op de tast, kreeg haar hand te pakken, haalde uit, miste en verloor zijn greep op het mes.
Ze schoof naar het midden van de bank.
Ik kreeg zijn vrije arm te pakken. Hij probeerde me af te schudden, maar toen dat mislukte, draaide hij zich snel om, keek me aan en trok me naar zich toe.
Neus-aan-neus.
Innige omhelzing.
Ik rukte me los en greep een van de gitaren op, een Strat van Mexicaanse makelij. Massief essenhouten kast. Ik haalde ermee uit alsof het een honkbalknuppel was en raakte hem vol in zijn gezicht.
Zijn knieën knikten en hij kwam languit op zijn rug terecht. Het mes vloog door de lucht, recht op me af. Ik ontweek het en het kwam op de grond terecht en schoot door.
Hij bleef liggen, roerloos, met een van zijn benen opgetrokken onder zijn lichaam.

De ooggaten in de bivakmuts toonden alleen wit. Zijn ademhaling was snel en regelmatig.
Ik trok de muts af en voelde hoe de stof aan een stoppelbaardje haakte. Het verweerde gezicht van Gordon Shull zag eruit alsof er een grasmaaier overheen was gegaan.
'Wie is dat?' vroeg een zacht stemmetje achter me.
Robin, bevend en tandenklapperend. Ik had haar het liefst in mijn armen genomen, maar dat kon niet. Shull begon te bewegen en te kreunen. Ik moest hem in de gaten houden.
Ik zocht naar het mes en pakte het op. Purperen vlekken op het stalen lemmet vestigden mijn aandacht met een ruk op het bloedende lichaam waar ik bij mijn binnenkomst overheen was gesprongen.
Kevin Drummond? Een spelletje voor twee personen?
Hoe had Robin hem te pakken kunnen krijgen?
Zijn borst was bewegingloos. De plas bloed was groter geworden.
'O, mijn god, we moeten hem helpen,' zei Robin.
Dat vond ik vreemd. 'Ga jij het alarmnummer maar bellen,' zei ik.
Ze rende weg en ik liep naar Drummond toe om hem te onderzoeken. Donker haar, geen bivakmuts. Een flauwe hartslag in zijn hals. Ik rolde voorzichtig zijn hoofd opzij.
Het was Drummond niet. Het was Eric Stahl.
Het bloed onder hem was overvloedig, dieprood en stroperig. Zijn huid begon al die groengrijze tint te krijgen. Ik rukte mijn colbert uit en legde het voorzichtig onder de wond. Ik zag geen teken van ademhaling, maar zijn hart klopte nog steeds.
'Hou vol, Eric, je redt het wel,' zei ik. Omdat je nooit weet wat ze nog kunnen horen.
Een metertje verderop bewoog Shull opnieuw. Zijn gebogen been trilde.
Ik sprong net op toen Allison in de deuropening opdook.
'Dat is de boosdoener,' zei ik. 'Dit is een smeris. Robin is het alarmnummer gaan bellen, ga even kijken hoe het met haar is.'
'Ze heeft ze net aan de lijn. Ze maakt het prima.' Ze liep behoedzaam naar binnen en stapte op haar donkergroene Jimmy Choo's om het bloed heen.
Met haar nikkelen vriendje in de hand en een koele, strakke, taxerende blik in haar blauwe ogen.
Niet bang. Geërgerd.
Shull kreunde en spande zijn rechterhand. Zijn ogen gingen open. Allison stond in een flits naast hem.
Shull probeerde haar te slaan, maar hij slaagde er niet in een vuist te maken. Allison wel. Ze gaf hem een harde klap op zijn arm en

drukte de loop van het pistool tegen zijn slaap.
'Ik zou me maar koest houden als ik jou was, anders schiet ik je dood,' zei ze. Op de kalme toon van een psychotherapeut.

51

Petra hing een beetje doelloos rond in de observatieruimte van de intensive care. Ze had alleen maar door een glazen ruit naar Eric mogen kijken.
Ze had niets meer gehoord sinds de traumachirurg een uur geleden naar haar was toe gekomen. Een aantrekkelijke vent die La Vigne heette en eruitzag als een dokter uit een tv-serie. 'Hij zal het waarschijnlijk wel halen,' had hij gezegd.
'Waarschijnlijk?'
'Hij is momenteel niet in direct levensgevaar, maar met buikwonden weet je het nooit. Het belangrijkste is het voorkomen van infectie. En daar komt het bloedverlies nog bij. We hebben hem bijna een complete transfusie gegeven. Hij verkeerde in shocktoestand en dat is nu voorbij, maar hij kan zo weer een nieuwe shock krijgen.'
'Bedankt,' zei ze.
De toon waarop ze sprak, deed La Vigne fronsen. 'Ik zeg alleen maar waar het op staat.'
'Heel verstandig.' Ze keerde hem de rug toe.

Vlak daarna kwam Milo langs met Rick en die maakte gebruik van zijn status als arts om de patiëntgegevens te bestuderen en achter gesloten deuren overleg te plegen met de staf.
Toen hij weer te voorschijn kwam, gedroeg hij zich op en top als dokter en zei: 'Ik beloof niets, maar mijn gevoel zegt dat hij er weer bovenop komt.'
'Fantastisch,' zei Petra, afgepeigerd, slap, nutteloos en vol schuldgevoelens. Ze dacht: als die gevoelens van jou maar een stuiver waard zijn.

Toen ze de wachtkamer in liep, zat daar alleen een blonde vrouw van midden dertig, die in een hoekje in een nummer van *Elle* bladerde. Ze droeg een strakke, zwarte ribbeltrui met een col, een witte spijkerbroek die al even strak zat en hooggehakte sandalen. Haar

teennagels waren roze. Alles was volmaakt: het haar, de borsten en het ooit smetteloze gezicht dat inmiddels alleen nog maar fantastisch was.
Snel aangeschoten kleren.
Ze keken elkaar even aan en toen Petra ging zitten, zei de vrouw: 'Neem me niet kwalijk, maar bent u... iemand van de politie?'
'Ja, mevrouw.'
De vrouw stond op en liep naar haar toe. Petra herkende haar parfum. Bal à Versailles. Sloten. Ook roze vingernagels. Een iets lichtere parelmoertint. Ze bleef handenwringen.
'Kan ik iets voor u doen?'
'Ik ben een... ik ken Eri... rechercheur Stahl. Het ziekenhuis belde me omdat hij een papiertje met mijn telefoonnummer in zijn zak had en ze...'
Haar stem stierf weg.
Petra stond op en stak haar hand uit. 'Petra Connor.'
'Kathy Magary. Gaat het goed met hem?'
'Het gaat alweer iets beter, Kathy.'
Magary slaakte een diepe, naar pepermunt ruikende zucht. 'De hemel zij dank.'
'Ben je bevriend met Eric?'
'Eigenlijk meer een kennis.' Magary bloosde. 'Ik bedoel, we hebben elkaar net leren kennen. Daarom had hij mijn nummer bij zich. Je weet wel.'
Stahl, jij Don Juan. Hopelijk blijf je lang genoeg leven om me opnieuw voor verrassingen te zetten.
'Tuurlijk,' zei Petra.
'Ik bedoel,' zei Magary, 'dat ik eigenlijk niet zeker wist of ik wel moest komen. Maar ze belden me en ik vond het... een soort plicht?'
'Eric kan elke vriend gebruiken,' zei Petra.
De vrouw leek een beetje in de war. Gezien de omstandigheden was dat niet zo vreemd.
'Ik hoop echt dat hij weer beter wordt. Hij is zo aardig.'
'Dat is waar.'
'Wat... is er precies gebeurd?'
'Eric was betrokken bij een politiezaak,' zei Petra. 'De arrestatie van een verdachte. Hij kreeg een mes in zijn buik.'
Magary's hand vloog naar haar volmaakte mond. 'Ogottegot! Ze hebben mij alleen verteld dat hij gewond was. En toen ik hier kwam, zeiden ze dat ik niet naar binnen mocht.' Ze wees naar de deur van de intensive care. 'U mocht waarschijnlijk naar binnen omdat u van de politie bent.'

'Ik ben zijn partner,' zei Petra.
'O.' De tranen sprongen Magary in de ogen. 'Ik vind het zo erg.'
'Hij komt er wel weer bovenop,' zei Petra quasi-opgewekt. Magary ontspande en glimlachte.
'Geweldig!'
Misschien heb ik het verkeerde vak gekozen, dacht Petra. Ik kan nog altijd verkoopster op tv worden.
'Ik geloof dat ik er dan maar weer vandoor ga,' zei Magary. 'Denkt u dat het goed is als ik morgen terugkom? Misschien is hij dan alweer iets beter en mag ik wel naar hem toe.'
'Dat is prima, Kathy. Ik zei al dat hij alle steun nodig heeft die hij kan krijgen.'
Op de een of andere manier werd Magary daardoor weer iets somberder. 'Het is nog steeds heel erg, hè? Ook al komt hij er weer bovenop.'
'Hij is zwaargewond geraakt. Maar hij wordt goed verzorgd.'
'Mooi,' zei Magary. 'De enige dokter die ik ken, is mijn orthopeed. Ik ben danseres.'
'Ach,' zei Petra.
'Nou,' zei Magary, 'dan ga ik maar. Ik kom morgen terug. Als Eric wakker wordt, vertel hem dan maar dat ik hier ben geweest.' Ze kuste haar vingertoppen en zwaaide ermee naar de deur van de intensive care. Daarna glimlachte ze naar Petra en liep heupwiegend de gang uit.

Kort daarna zag Petra dr. La Vigne uit een lift komen, pratend met twee grijsharige mensen. Het drietal bleef staan en zette hun gesprek voort zonder dat ze hen kon verstaan.
De man was in de zestig, klein, mager en gekleed in een bruin sportcolbert, een wit overhemd onder een lichtbruine trui en een gestreken bruine katoenen broek. Grijs stekeltjeshaar en een bril met een stalen montuur. De vrouw was heel klein – hooguit een meter vijftig lang – en ook heel slank. Blauwe trui, grijze lange broek.
La Vigne maakte een opmerking die hen allebei deed knikken. Ze liepen achter hem aan langs Petra de intensive care op. La Vigne kwam een halfuur later weer opdagen en negeerde Petra toen hij haastig voorbijliep. Een kwartier daarna kwam het grijze echtpaar weer te voorschijn.
Petra lag onderuitgezakt in een afschuwelijk oranje plastic stoeltje. Het kraakte ieder keer als ze ademhaalde. Ze probeerde haar gedachten te verzetten door een tijdschrift te lezen. De tekst had net zo goed in het Swahili kunnen zijn.

'Rechercheur Connor?' zei de vrouw.
Petra stond op.
'Wij zijn de ouders van Eric. Dit is dominee Stahl en ik ben Mary.'
'Bob,' zei haar man.
Petra pakte Mary's hand en drukte die tussen de hare. 'Ik vind het zo erg, mevrouw.'
'Ze zeggen dat hij weer beter wordt.'
'Daar zullen we voor bidden,' zei dominee Stahl.
'Absoluut,' zei Petra.
'Hoe is het gebeurd?' vroeg Mary Stahl aan haar. 'Weet u dat?'
'Wat ik wel weet,' zei Petra, 'is dat uw zoon een held is.'

Tegelijkertijd dacht ze: Het had niet zo hoeven gaan.
Vanaf een uur voor zijn confrontatie met Shull had Stahl niets meer van zich laten horen. Ze had nog twee keer geprobeerd hem te bereiken via het beveiligde kanaal, maar ze kreeg geen contact. Wat betekende dat hij haar had genegeerd. Of zijn radio had uitgezet.
Waarom?
Ze zat meer dan een uur met Bob en Mary Stahl te praten, voordat het antwoord langzaam maar zeker tot haar door begon te dringen. Ze kreeg te horen dat ze in Camarillo woonden, waar Eric was opgegroeid, op korte afstand van de kust. Eric had goed kunnen leren, had op school deel uitgemaakt van de basketbalploeg en het atletiekteam, was dol op junkvoer en speelde trompet. In de weekends ging hij altijd surfen, dus haar aanvankelijke idee was er toch niet zo ver naast geweest. Ze onderdrukte een glimlach. Zonder moeite, want ze hoefde alleen maar aan Eric te denken, die daar lag met hechtingen in zijn buik van zijn navel tot zijn borstbeen. Het mes van Shull had een puinhoop gemaakt van zijn ingewanden en zijn borstvlies op enkele millimeters gemist...
'Eric is altijd een lieve jongen geweest,' zei Mary Stahl. 'Hij heeft ons nooit problemen bezorgd.'
'Nooit,' beaamde Bob. 'Hij was bijna te braaf, als je begrijpt wat ik bedoel.'
Petra glimlachte hen bemoedigend toe.
'Dat zou ik niet willen beweren, lieverd,' zei Mary Stahl.
'Je hebt gelijk,' zei dominee Bob. 'Maar je snapt wel wat ik bedoel.' En tegen Petra: 'Het DK-syndroom. Domineeskinderen. Ze hebben het niet gemakkelijk, ze moeten altijd aan een bepaald beeld voldoen. In ieder geval denken ze dat vaak. Wij hebben Eric nooit onder druk gezet. We zijn presbyteriaans.'

Alsof dat alles verklaarde.
Petra knikte.
'Maar toch voelen sommige kinderen die druk wel degelijk,' zei dominee Bob. 'Dat gold ook voor mijn oudste zoon. Hij heeft zichzelf behoorlijk onder druk gezet tot hij zijn wilde haren kwijt was. Nu is hij advocaat.'
'Steve woont op Long Island,' zei Mary Stahl. 'Hij werkt bij een groot advocatenkantoor in Manhattan. Hij komt morgen hiernaartoe vliegen. Vroeger ging hij altijd samen met Eric surfen.'
'Eric leek nooit last te hebben van die druk,' zei haar man. 'Hij was heel laconiek. Ik zei vaak voor de grap tegen hem dat hij zich maar beter ergens druk over kon gaan maken, want anders zou hij problemen krijgen met zijn bloeddruk.'
Mary Stahl barstte in tranen uit. Petra zat er zwijgend bij terwijl dominee Stahl haar troostte.
'Neem me niet kwalijk,' zei ze toen ze zichzelf weer in de hand had.
'Je hoeft je nergens voor te verontschuldigen, schat.'
'Het is voor Eric beter dat ik sterk blijf. Ik hou er niet van om een scène te maken.'
Petra glimlachte. Dat was verdomme het enige dat ze nog kon doen. Ze hoopte dat ze oprecht overkwam, want zo voelde het helemaal niet.
Mary Stahl glimlachte terug. Ze plengde nog een paar traantjes en zei toen: 'Een paar jaar geleden is Erics leven volledig overhoopgegooid.'
'Mary,' zei Bob.
'Ze is zijn partner, lieverd. Ze moet het weten.'
Bobs ogen flonkerden achter zijn trifocale brillenglazen. 'Ja, je hebt gelijk.'
Mary zuchtte en streek even over haar haar. Ze leunde achterover, maar ging meteen daarna weer stram rechtop zitten. 'Eric heeft een gezin gehad, rechercheur Connor. Toen hij nog in het leger was... Bij de inlichtingendienst. Een vrouw en twee kinderen. Heather, Danny en Dawn. Danny was vijf en Dawn was tweeënhalf. Ze woonden in Riaad, in Saoedi-Arabië. Eric was gestationeerd bij de Amerikaanse ambassade, waarvoor heeft hij ons eigenlijk nooit verteld. Zo gaat dat bij de inlichtingendienst. Dan kun je niet over je werk praten.'
'Natuurlijk niet.'
'Zijn gezin werd daar gedood,' zei Mary. 'Door een lid van de koninklijke familie, een neef in een snelle auto... een Ferrari. Heather liep met de kinderen in een wandelwagen in een van de hoofdstra-

ten in de buurt van een groot winkelcentrum. Die man kwam veel te hard aanrijden, raakte hen en ze vonden alle drie de dood.'
'Mijn god,' zei Petra.
'Onze kleinkinderen,' zei Mary.
'Behalve die traumatische ervaring,' zei dominee Bob, 'had Eric vooral moeite met de manier waarop hij door de regering – onze regering – werd behandeld. De moordenaar is nooit gestraft. De Saoedi's beweerden dat Heather de straat overstak zonder te wachten tot het voetgangerslicht op groen stond en dat het haar eigen schuld was geweest. De Saoedi's boden Eric een afkoopsom aan... Honderdvijftigduizend dollar contant.'
'Vijftigduizend voor elk leven,' zei Mary.
'Eric heeft steun gezocht bij het leger en de ambassade,' zei Bob. 'Hij wilde dat die man vervolgd werd. Maar hij kreeg van het leger en het ministerie van buitenlandse zaken te horen dat hij het geld moest aanpakken. Vanwege het landsbelang.'
'Toen heeft Eric ontslag genomen,' zei Mary. 'En daarna is hij nooit meer de oude geworden.'
'Dat kan ik heel goed begrijpen,' zei Petra.
'Ik wou dat hij erover had willen praten,' zei Mary. 'Met mij, met zijn vader, in ieder geval met iemand. Voor die tijd kon hij over alles praten. Ons gezin stond overal voor open. Dat heb ik tenminste altijd gedacht.'
Ze schudde haar hoofd.
'Dat was ook zo, lieveling,' zei Bob. 'Maar op een ramp van dergelijke omvang kun je je niet voorbereiden.'
'Hoe lang werkt u nu met hem?' vroeg Mary aan Petra.
'Een paar maanden.'
'Ik wed dat hij niet veel zegt, hè?'
'Nee, mevrouw.' Ineens schoot Petra iets te binnen. De verslagen blik in Erics ogen na hun onderhoud met oom Randolph Drummond. Eric had meteen een hekel gehad aan de man. Een dronkaard die een ongeluk had veroorzaakt en zijn gezin om het leven had gebracht.
'En nu dit weer,' zei Mary Stahl. 'Ik weet niet hoe hij dit zal verwerken.'
'Hij wordt weer beter,' zei Bob. 'Wie weet, misschien helpt dit hem om weer wat toegankelijker te worden.'
'Misschien wel,' zei Mary weifelend.
'Maar het allerbelangrijkste is nu dat hij geneest, lieverd.'
'Hij raakt zo gedeprimeerd,' zei Mary. 'We moeten iets doen.' En tegen Petra. 'Ben jij moeder?'

'Nee, mevrouw.'
'Misschien,' zei Mary, 'zul je op een dag weten wat ik bedoel.'

Ze bleef nog drie uur bij het echtpaar Stahl zitten. Bij het aanbreken van de dag gingen de ouders een uurtje weg om een paar mensen op te bellen.
Petra liep de intensive care op.
'Het gaat veel beter met hem, rechercheur,' zei een van de verpleegkundigen. 'Ongelooflijk veel beter zelfs. Alle levensfuncties zijn goed, hij heeft alleen een beetje verhoging. Hij moet echt een geweldige conditie hebben.'
'Klopt,' zei Petra.
'Smerissen,' zei de verpleegkundige. 'We zijn gek op jullie, we vinden het vreselijk als zoiets als dit gebeurt.'
'Bedankt,' zei Petra. 'Mag ik naar binnen?'
De verpleegkundige keek even door het raam. 'Ja, maar je moet wel een jas aantrekken en ik zal je laten zien hoe je je handen moet wassen.'
Gehuld in een gele papieren jas liep ze naar Erics bed toe. Hij was van zijn kin tot zijn tenen bedekt met een laken en er liepen diverse slangetjes naar infusen en catheters. Achter hem stond een batterij hi-tech-apparaten.
Hij had zijn ogen dicht en zijn mond was een beetje opengezakt. Zuurstofslangetjes in zijn neus.
Zo kwetsbaar. En jong.
Met die buikwond bedekt zag hij er prima uit. Als je al die apparaten vergat, leek het net alsof hij vredig lag te slapen.
Ze legde haar in een handschoen gehulde hand op zijn vingers.
Zijn kleur was ook beter. Nog steeds bleek – hij was altijd bleek – maar dat griezelige groene waas was verdwenen.
'Je hebt heel wat beleefd,' fluisterde ze.
Eric ademde rustig door. Zijn levensfuncties bleven stabiel. De klank van haar stem veroorzaakte geen dramatische film-van-de-week-reactie. Hij kon haar niet horen. Maar dat maakte niet uit.
Als je de manier waarop hij zich gedroeg niet meetelde, was het eigenlijk best een aantrekkelijke vent.
Ze had hem een rare kwibus gevonden, nu zag ze hem als het zoveelste slachtoffer.
Het leven was net een prisma: wat je zag, was afhankelijk van de manier hoe je erdoorheen keek.
Zijn moeder had gezegd dat hij gedeprimeerd was. Af en toe gingen gedeprimeerde mensen wel eens op de vuist met de politie om-

dat ze er eigenlijk een eind aan wilden maken, maar de moed niet konden opbrengen. En dan hoopten ze dat ze de politie voor het blok konden zetten.
Zelfmoord door middel van een smeris, noemden ze dat.
Had Eric voor zelfmoord door middel van een dader gekozen?
Zo'n ervaren vent – met al die ervaring van de inlichtingendienst achter zich – hoe had die zich te grazen kunnen laten nemen door zo'n sukkel als Shull?
Het riep wel vraagtekens op.
Ze keek op hem neer.
Hij zag er helemaal niet gek uit. Hij was zelfs best aantrekkelijk. Ze probeerde zich voor te stellen hoe hij was geweest toen hij jonger was, lekker relaxt en gebruind terwijl hij op een surfplank over de golven scheerde.
'Eric,' zei ze, 'je komt hier weer bovenop.'
Geen reactie. Net zoals wanneer ze samen in de auto zaten.
Petra streelde zijn vingers en voelde de warmte door haar plastic handschoenen heen.
'Je kom hier absoluut weer bovenop, rechercheur Stahl. En dan gaan wij eens een hartig woordje met elkaar spreken.'

52

Allison en ik lagen naakt op haar bed. Mijn linkerhand rustte op haar nek. Haar nagels krasten over mijn arm.
Ze slaakte een diepe zucht, maakte zich los en kroop onder de dekens. Ze pakte haar haar bij elkaar en legde het in een losse knoop op haar hoofd. 'Hoe gaat het met Robin?'
'Beter.'
'Mooi zo. Wil je me dat water even aangeven?'
'Natuurlijk.'
'Dank je wel.'
Een paar minuten geleden waren we nog in elkaar verzonken geweest. Nu voerden we een beschaafd gesprek.
'Kun je Robin niet van je af zetten?' vroeg ik.
'Ik hoef niet steeds aan haar te denken. Maar ik voel met haar mee.'
Ze nam een slokje water en zette het glas zorgvuldig neer. 'Op een gegeven moment zul je er toch mee moeten leren leven, schat.'
'Waarmee?'

'Dat je haar gered hebt. En wat dat voor haar betekent.'
'Tim is bij haar. Ze krijgt steun genoeg.'
Ik was twee dagen geleden op bezoek geweest in het huis in Venice. Tim had bij de deur op me staan wachten, omdat hij iets tegen me wilde zeggen. Maar de woorden waren hem in de keel blijven steken... de zanggoeroe was met stomheid geslagen. Hij greep mijn hand, schudde die hard en liep weg. Ik bleef alleen met Robin in de zitkamer achter. Het was vreemd om haar stil te zien zitten. Zolang ik haar had gekend had ze altijd problemen gehad met nietsdoen. Ze liet zich omhelzen, bedankte me en zei dat met haar alles in orde was.
Ik beaamde dat ik dat kon zien.
Plichtplegingen van beide kanten. Ik bleef een tijdje zitten en ging toen weg.
'Ik heb het niet over steun, schat,' zei Allison.
'Ik ben van mening dat ik haar helemaal niet heb gered,' zei ik. 'Integendeel. Tim is de held, want zijn telefoontje bracht de bal aan het rollen. Ik nam niet eens op toen hij me de eerste keer belde. En als jij er niet was geweest, was ik misschien helemaal niet naar haar toe gegaan.'
'Als ik er niet was geweest, zou je al veel eerder bij haar zijn geweest.' Ze lachte.
'Wat is er?'
'Volgens jou was het dus een kwestie van teamwork,' zei ze.
Ik leunde op mijn elleboog. 'Is dit het juiste moment om daarover te bekvechten?'
'Is er dan een betere tijd?'
'Ik had eigenlijk een avond vol romantiek gepland,' zei ik.
'Wat mij betreft, hoort eerlijkheid bij romantiek,' zei ze. 'In ieder geval wel een beetje.' Ze rolde naar me toe, legde haar handen om mijn gezicht en kuste me op mijn mond.
'Ik kan je maar beter niet tegenspreken,' zei ik. 'Een vrouw die met een pistool rondloopt en zo.'
Ze lachte opnieuw en ging weer liggen.
Meteen daarna richtte ze zich op haar ellebogen op en kuste me op een manier die volkomen nieuw was.

53

'Een ironisch verhaal dat mijn biograaf later mooi van pas zal komen,' zei Milo, terwijl hij de laatste hap van zijn sandwich nam. 'Ik slaag erin mijn huiszoekingsbevel los te kloppen, voel me de koning te rijk en mis de hele voorstelling.'
'De mama van Shull heeft een goede advocaat in de arm genomen,' zei ik. 'Het is pas voorbij als het voorbij is.'
'Dat is waar,' zei hij, terwijl hij zijn mond afveegde. De sandwich was een doe-het-zelfproduct. Kalkoen, biefstuk, koud gehakt en alle groente die hij in mijn koelkast had kunnen vinden, opgestapeld tussen twee met de hand gesneden bruine boterhammen. Zo groot dat hij eigenlijk een bouwvergunning had moeten aanvragen.
'Maar toch moet ik bekennen dat ik optimistisch ben,' zei hij.
'Dat is iets nieuws.'
'Zoals je ziet, sta ik best open voor veranderingen, Alex.'
'Inderdaad.'
Hij vouwde zijn servet op. 'Ik heb er de pest over in dat ik alles heb gemist. Er is niets mooiers dan iemand op heterdaad betrappen. In twintig jaar kan ik het aantal keren op mijn vingers tellen.'
Maar Robin was het lijdend voorwerp geweest. Ik zei niets.
'Met Stahl gaat het een stuk beter,' zei hij. 'Rick zegt dat hij zeker in leven blijft. Hij is een geluksvogel. En een stommeling. Om het in zijn eentje tegen Shull op te nemen, zonder hulptroepen op te trommelen. Volgens Petra beweert hij dat alles veel te snel ging.'
'Goddank dat hij er was om Shull op te houden.'
'Goddank dat jij er was.'
'Daarvoor moet ik Allison bedanken.' *Robin is Tim en Allison dank verschuldigd*, dacht ik. En: *het leven is niet eenvoudig*.
'Hoe gaat het met Robin?' vroeg hij.
'Ze redt zich wel.'
Hij speelde met zijn servet. 'Ik ben vlak nadat het gebeurd was bij haar langs geweest. Toen leek ze vrij aangeslagen.'
Ik stond op en schonk een kop koffie in.
'Enfin,' zei Milo, 'vanmorgen heeft Stahl Petra iets meer verteld. Maar geen woord over het feit dat hij neergestoken is en ze wilde hem niet vermoeien. Wat hij haar dringend wilde vertellen was dat Shull, voordat hij naar het huis van Robin reed, naar een braakliggend stuk land in Inglewood ging, niet ver van de plek waar Kevins auto is gevonden. We zijn ernaartoe gegaan, hebben een paar kadaverhonden ingezet en die werden helemaal gek. Een paar uur gele-

den hebben we een stel botten opgegraven. Een paar jongens van de technische recherche zijn nu op weg naar Encino om de gebitsgegevens van Kevin op te halen.
'Triest,' zei ik.
'Ja.' Hij slaakte een zucht. 'We hebben het huis van Shull met de spreekwoordelijke stofkam doorzocht. Een enorme kast voor een vent alleen. Vol met al die dure oude meubels die hij van mammie had gekregen. Maar hij heeft er een varkensstal van gemaakt, hij ruimde niets op. Hij had een camera met afstandsbediening waarmee hij foto's van zichzelf nam, die hij door het hele huis ophing. Helemaal opgedoft en poserend als een of ander geraffineerd Ralph Lauren-type, maar overal lag rottend voedsel op de vloer waar de kakkerlakken tussendoor crossten. Het waardevolle spul vonden we in een opslagruimte-annex-wijnkelder in het souterrain. Shull had een mooie verzameling rode wijn. Aan de lege flessen te zien die overal op de grond lagen, nam hij regelmatig een slokje. Samen met grote hoeveelheden sneeuw.' Hij tikte tegen de zijkant van zijn neus. 'Plus pillen. Apothekersproducten, sommige nog compleet met ziekenhuisetiketten, dus in dat opzicht had je gelijk. Hij kende de omgeving waar hij Erna oppikte, omdat hij medicijnen kocht die hij als drugs gebruikte.'
'Wat was Erna's rol?' vroeg ik.
'Dat had ik juist van jou willen horen.'
'Ik betwijfel of we dat ooit zullen weten. Ik gok erop dat hij haar beschouwde als zijn gekke nicht die bepaalde dingen voor hem kon opknappen. Hij maakte misbruik van haar labiele toestand en haar liefde voor kunst. We weten dat hij haar naam als pseudoniem heeft gebruikt om stukken te schrijven. Op die manier dekte hij zich in voor het geval de artikelen in verband werden gebracht met de slachtoffers. Hij ging er waarschijnlijk van uit dat Erna te wazig was om hem schade te berokkenen als zij ooit in verband werd gebracht met dat pseudoniem. Uiteindelijk veranderde hij van mening en vermoordde haar.'
'Ik denk dat hij haar ook heeft gebruikt om mensen op een dwaalspoor te brengen,' zei hij. 'Door haar naar de galerie te sturen en misschien ook wel naar andere plaatsen. Hij dacht dat mensen wel afgeleid zouden worden als ze haar rond zagen scharrelen, zodat hij op zijn gemak poolshoogte kon nemen op de voorgenomen plek van het misdrijf. En zo is het ook gegaan. Met dien verstande dat hij zich daarmee juist in de vingers sneed, want door het onderzoek naar Erna's dood zijn we hem uiteindelijk op het spoor gekomen. Een psychopaat kan alles nog zo mooi plannen, maar toch.'

Hij vouwde het servet weer open, streek het glad en legde het opzij. 'Maar waarschijnlijk heb je gelijk. Zijn belangrijkste motief was om Erna's hoofd op hol te brengen. Gewoon voor de lol. Precies zoals hij met Kevin Drummond heeft gedaan door zich voor te doen als zijn mentor en hem te helpen met de financiering van *GrooveRat* zodat hij Kevin in de waan kon laten dat hij een geslaagd uitgever kon worden. Ondertussen had Shull een blad waarin hij zijn eigen waardeloze artikelen kon publiceren en had hij nog een dekmantel. Hoe klinkt die redenatie je in de oren?'
'Volkomen logisch,' zei ik. 'En opnieuw was hij een beetje te slim. Door Kevin naar Petra te laten bellen voor de onsmakelijke details over Baby Boy. Hij zal wel tegen Kevin hebben gezegd dat het prima kopij zou opleveren voor een tweede artikel. Tenzij Kevin medeplichtig was aan de moorden en daar zelf genoegen in schepte.'
'Tot dusver hebben we geen spoor van bewijs gevonden dat Kevin iets anders was dan een slachtoffer. En dat blijft zo, tot we het tegendeel kunnen bewijzen. Dat zal zijn ouders nog een beetje troost geven.'
Hij stond op en begon door de keuken te ijsberen. 'Shull zag zichzelf als een superieur wezen, maar hij was niets anders dan een kleinschalige machtswellusteling. Voordat hij een poging deed om Robin te vermoorden heeft hij urenlang rondgereden. Langs de Snake Pit, langs het huis van Szabo en Loh en langs de jachthaven waar hij zich van Mehrabian had ontdaan. Herinneringen ophalend om in de juiste stemming te komen. Maar één ding roept toch nog steeds vraagtekens bij me op. Het feit dat hij van aanpak veranderde. Tot Robin heeft hij altijd voor een soepele benadering gekozen. Door zich als een vriend of een fan voor te doen en dan plotseling toe te steken. Op openbare plaatsen, met alle risico's vandien. Het is net alsof hij bij de aanval op Robin een stapje terug heeft gedaan. Een heimelijke inbraak en dan plotseling aanvallen. Waarschijnlijk dezelfde methode die hij bij Angelique Bernet toepaste. Heb je enig idee waarom?'
'Hij zou het liever op de soepele manier hebben gedaan,' antwoordde ik. 'Die subtiele en dramatische aanpak strookte met zijn gevoel voor theater. Maar hij heeft waarschijnlijk besloten om wat voorzichtiger te zijn, vanwege mijn vragen over Kevin. Hij voelde zich niet genoeg bedreigd om ermee op te houden, maar hij wist dat we hem op de hielen zaten.'
'Dat denk ik ook,' zei hij. 'Maar toch bleef die idioot zo arrogant als de pest. Hij reed de hele stad door zonder zelfs maar te controleren of hij misschien geschaduwd werd.'

'Als puntje bij paaltje komt, was hij een amateur,' zei ik.
'Eens een mislukkeling, altijd een mislukkeling.' Hij rekte zich, liep nog even te ijsberen en ging weer zitten. Hij keek langs me heen. De korsten zaten in zijn ooghoeken. Bij het scheren had hij een paar plekjes overgeslagen.
Hij had al een paar dagen niet meer geslapen.
'Wat waren die waardevolle dingen die je in dat souterrain hebt gevonden?' vroeg ik.
'De gitaren van Baby Boy, zeven setjes lage E-snaren, een zwarte regenjas die onlangs gestoomd is, een doos plastic handschoenen en krantenknipsels over alle slachtoffers. Niet netjes opgeruimd, maar gewoon los in een grote archiefdoos. Hij knipte recensies uit, interviews – zoals dat van Robin uit *Guitar Player* – en krantenverslagen over de moorden.'
Hij beet zijn kaken op elkaar. 'Ik heb slecht nieuws voor je, Alex. Naast Baby Boy, Julie, Vassily, China, dat meisje Bernet en Mehrabian waren er nog vier anderen. Allemaal binnen een periode van vijf jaar, waardoor de leemte wordt opgevuld die ons al zo vreemd voorkwam. Een pottenbakster die in Albuquerque werd koud gemaakt, nog een danser – een mannelijke danskunstenaar – die in San Francisco is vermoord en in de Bay is gedumpt, een glasblazer uit Minneapolis en Wilfred Reedy, die ouwe jazzmuzikant die vierenhalf jaar geleden in Main Street om zeep werd gebracht. Iedereen ging ervan uit dat die moord verband hield met verdovende middelen, want ik heb je al verteld dat Reedy's zoon verslaafd was en in Main Street kunnen de zaken lelijk uit de hand lopen, maar het ziet er toch naar uit dat hij Shulls eerste slachtoffer was.'
'Had Shull alle lp's van Reedy?'
Hij keek me met grote ogen aan. 'Ja. Met betrekking tot die gevallen van buiten de stad zijn we op zoek naar conventies die Shull kan hebben bijgewoond.'
Ik probeerde me opgelucht te voelen omdat alles nu voorbij was. En het beeld van al die lijken uit mijn hoofd te zetten.
'En je had ook in een ander opzicht gelijk, Alex. Shull heeft schrijvers met rust gelaten, omdat hij zichzelf nog steeds daartoe rekende. Boven op zijn archiefdoos lag een envelop met het opschrift D.G.A.R. Het duurde even voordat ik dat doorhad. De Grote Amerikaanse Roman. Er zat een titelvel in. Ik heb het voor je gekopieerd.'
Hij haalde een opgevouwen velletje papier uit zijn binnenzak, vouwde het open en legde het plat op tafel.
Blanco, alleen in het midden stonden drie getypte regeltjes:

De kunstenaar
Een roman van
A. Gordon Shull

'Is dat alles?' vroeg ik. 'Alleen de titel?'
'Dat is het enige dat hij heeft geschreven. De vent zal wel gebrek aan inspiratie hebben gehad.'